古典文獻研究輯刊

八 編

曾永義 主編

第 8 冊

乾嘉時期文學爭論的研究

梁結玲 著

國家圖書館出版品預行編目資料

乾嘉時期文學爭論的研究／梁結玲 著 — 初版 — 新北市：花
木蘭文化出版社，2013〔民 102〕
目 2+306 面；19×26 公分
（古典文學研究輯刊 七編；第 8 冊）
ISBN：978-986-322-384-9（精裝）
1. 清代文學 2. 文學評論
820.8   102014643

ISBN-978-986-322-384-9

9 789863 223849

古典文學研究輯刊
八 編 第 八 冊   ISBN：978-986-322-384-9

乾嘉時期文學爭論的研究

作　　者　梁結玲
主　　編　曾永義
總 編 輯　杜潔祥
出　　版　花木蘭文化出版社
發 行 所　花木蘭文化出版社
發 行 人　高小娟
聯絡地址　235 新北市中和區中安街七二號十三樓
　　　　　電話：02-2923-1455／傳眞：02-2923-1452
網　　址　http://www.huamulan.tw 信箱 sut81518@gmail.com
印　　刷　普羅文化出版廣告事業
初　　版　2013 年 9 月
定　　價　八編 24 冊（精裝）新台幣 42,000 元

乾嘉時期文學爭論的研究

梁結玲　著

作者簡介

梁結玲，1972 年 11 月生，廣西大新縣人，文學博士，副教授。2005 年畢業於深圳大學文學院文藝學專業，獲文學碩士學位，2012 年畢業於北京師範大學文學院文藝學專業，獲文學博士學位。在國內期刊上發表論文 20 餘篇，研究方向：中國文化與詩學。

提　　要

　　乾嘉時期是清王朝由盛而衰的時期，相對穩定的社會環境與物質財富的迅速增長為學術與文學創作的繁榮創造了難得的歷史條件。這一時期的文學論爭主要來源於三股勢力：考據陣營、文學陣營、理學陣營。這三股力量既立足於歷史，又放眼於當代，都對文學進行了價值的判斷並由此而引發了爭論。乾嘉時期的漢學與宋學之爭是學術研究的熱點，而關於考據與文學的爭論，雖然不少學人有所提及，但大多是湮沒在漢宋之爭的大話題之下。本書第一章就考據與文學之爭作專題研究，對爭論的源起、演變以及爭論的內容進行分析。清學自身的面目——考據學到了乾嘉才成熟，清代文學思想的總結與集成的特徵在乾嘉時期最為突出，而這一點並沒有引起研究者的充分關注，總結與集成的特點在唐宋之爭上得到了明顯的反映。本書第二章主要論及乾嘉時期主要學人在對待唐詩與宋詩上的態度。清代駢文創作再度中興，乾嘉最為興盛，不少考據學者加入了創作的隊伍。駢散之爭的焦點集中在擅長駢文創作的考據學者與桐城派之間，他們之間的爭論實則是漢宋之爭在文學上的反映。

目

次

緒　論 ··· 1

第一章　考據與文學之爭 ·································· 5

1.1 考據的主流話語權與文學創作的繁榮 ········· 6

　1.1.1 考據的時代主流話語權 ···················· 6

　1.1.2 乾嘉時期文學創作的繁榮 ················ 12

1.2 考據與文學之爭 ······························· 17

　1.2.1 爭論的起源 ································· 17

　1.2.2 袁枚對考據的反駁 ························ 21

　1.2.3 漢學家的文學觀：重考據，輕文學 ······ 68

　1.2.4 乾嘉後學對袁枚言論的批判 ············· 75

1.3 考據、義理、文學的調和論 ·················· 90

　1.3.1 章學誠的調和論 ·························· 92

　1.3.2 姚鼐的調和論 ··························· 104

　1.3.3 翁方綱的調和論 ························· 108

　1.3.4 其他漢學家的觀點 ······················ 119

1.4 結　語 ······································· 123

第二章　唐宋之爭 …………………………………………… 125

2.1 唐宋調和的成因 ……………………………………… 128

2.1.1 民族矛盾的緩和與社會經濟的發展 …… 128

2.1.2 統治階級的有意引導 …………………… 129

2.1.3 文學觀念的自身演變 …………………… 134

2.2 沈德潛：格調論中的唐宋詩 ……………………… 139

2.2.1 前期的唐詩觀 …………………………… 141

2.2.2 後期的唐宋詩觀 ………………………… 152

2.3 性靈派的不分唐宋論 ……………………………… 159

2.3.1 性靈派主將袁枚的不分唐宋 …………… 161

2.3.2 性靈派副將——趙翼 …………………… 176

2.4 翁方綱的唐宋之論 ………………………………… 179

2.4.1 以神韻抹平唐宋 ………………………… 181

2.4.2 由神韻向宋詩的努力 …………………… 192

2.5 結　語 ………………………………………………… 206

第三章　駢散之爭 …………………………………………… 209

3.1 駢文與古文之爭 …………………………………… 213

3.1.1 何者為文 ………………………………… 213

3.1.2 文何用 …………………………………… 239

3.1.3 美何在 …………………………………… 252

3.1.4 文法之爭 ………………………………… 266

3.2 駢散合一 …………………………………………… 274

3.2.1 乾嘉前期的融合觀點 …………………… 274

3.2.2 乾嘉後期的融合觀點 …………………… 281

3.3 駢文、古文與八股文 ……………………………… 287

3.4 結　語 ………………………………………………… 292

結　語 ………………………………………………………… 295

參考文獻 ……………………………………………………… 299

後　記 ………………………………………………………… 305

緒　論

　　十八世紀，西方完成了產業革命，資本主義蓬勃發展，人類經歷著前所未有的變革。在東方，清王朝進入了一個發展高峰，這時期經濟、政治、文化等都出現了繁榮，然而，清王朝的繁榮卻沒能持續太長的時間，表面強盛的帝國掩蓋不了日趨衰落的趨向，十八世紀成了東西方社會發展的分水嶺。十八世紀中葉，東西方幾乎同時進行一項偉大的圖書編纂工程，那就是《百科全書》和《四庫全書》。《百科全書》彙聚了狄德羅、達朗貝爾、伏爾泰、孟德斯鳩、盧梭、孔多塞、霍爾巴赫等一大批站在時代前沿的思想家，而四庫館也網羅了乾隆時期中國第一流的學者，然而，兩者的命運與使命卻截然不同。源於商業運作、倍受各國政府打壓的《百科全書》促進了歐洲的思想啓蒙運動，其結果，不僅影響了文學，而且最終改變了歐洲的政治格局；而由官方主導的四庫全書的編纂沒有在學術理性的指引下開啓近代的科學與民主，在四庫館臣的推動之下，形成了注重經史考證的乾嘉學派。帝國的封閉與專制使得中國古代社會的文化得到了沉澱和再生產，總結與集成為清代文化的一大特點。「乾嘉以後，號稱清學全盛時代，條理和分法雖比初期緻密許多，思想界卻已漸漸成為化石了。」〔註1〕清代雖然沒有自己獨具特色的「一代之文學」，但各種文學體裁如詩歌、小說、詞、戲曲等創作數量眾多，詩話、詞話、文藝評論文章在數量上更遠遠超過之前的任何一個時代，而乾嘉時期尤為清代之盛。

　　乾嘉考據學一直為學界視為清代學術的代表，從乾嘉後期一直到當代，

〔註 1〕 梁啓超，《中國近三百年學術史》〔M〕，北京：中國書店，1985 年，第 176 頁。

乾嘉考據學的研究一直是清學研究的重點課題之一。近十年來，大陸學者在繼承前人研究成果的基礎上，對乾嘉考據學的成因、流派、史學成就、音韻學以及與之相關的漢宋之爭等問題進行了深入研究，突破了不少前期的觀點，成績是不小的。然而，與乾嘉考據學研究的熱鬧景象相比，乾嘉時期的文學研究不免冷清。改革開放前，乾嘉時期重要的作家如袁枚、蔣士銓、趙翼、姚鼐、翁方綱、黃景仁、方苞、劉大櫆等並沒有引起關注，除了文學史、文學批評史略有提及外，專門性的研究幾乎是空白。即如乾嘉詩壇影響最大的袁枚，第一篇系統介紹其文學思想並給予相對客觀評價的論文是王英志1982年的碩士論文《袁枚「性靈說」新探》，之後，研究才漸趨全面、深入。新時期以來，隨著思想大解放，乾嘉時期詩文研究也出現了繁榮的景象，重要的作家引起了研究者的關注，作品、文學思想都得到了比較深入的闡發，張健的《清代詩學研究》、王英志的《性靈派研究》等可視為這一時期文學思想研究的代表性著作。

近代以來，西方學術體系的引進將文學研究越來越走向專業化。中國文學理論學科的建立是在參照西方學術理論體系之下完成的，朱自清說道：「『文學批評』一語不用說是舶來的」〔註2〕。新時期以來的文學理論研究仍然是建立在以純文學為基點的西方文學理論模式之上，這種人為割裂的研究方法猶如醫學解剖分析，將活生生的生命體肢解為各不相關的板塊，看不到活的靈魂與組成部分之間的有機聯繫，將中國文學的複雜的問題簡單化。乾嘉時期的文學理論研究也不免此病，研究多是以純文學的眼光進行單兵作戰式的研究，縱向的單個詩人、學人的研究占主體，而能將文學理論研究還原於其原生態，充分考慮時代環境及學術文化特點的很少。即使能在橫向的比較中發現問題，也多是隨筆感悟式的發揮，缺乏深入細緻的分析。如錢鍾書先生的《談藝錄》，對乾嘉時期詩人們的交往、學術思想爭論有不少的點評，但多局限於羅列考證，沒有就問題的實質、內涵進行更深入的剖析，這是很可惜的。其實，在乾嘉時期，我們很難找到一個純粹的詩人，在考據學風的影響下，多數的文人都給捲入其中。如袁枚，長期以來人們一直將他視為詩人，其實，這是不全面的。二十八卷的《隨園隨筆》說明了袁枚在考據上的成就，著作涉及經史、金石、天文輿地、官制典禮等，內容極其廣泛，若果對考據不甚

〔註 2〕　朱自清，《朱自清古典文學論集》〔C〕，上海：上海古籍出版社，1981年，第544頁。

瞭解，是不可能有如此成績的。從《隨筆》的內容上看，作者在考據上用的功夫著實不少，不少考據成果令人信服。楊義說道：「平心靜氣地考察就不難發現，桐城派實際上是唐宋文章、程朱理學和清代學術的一個綜合體，它是把中國傳統文章的一切精華、傳統道學的一個脈胳和傳統學術的一種精彩的東西結合在一起。」〔註 3〕《桐城派與「文章的清朝」》誠然，乾嘉時期桐城派的出現並不僅僅是一個文學現象，它更多的是一個文化現象，僅僅以純文學的觀點來探討是不全面的。乾嘉時期，程朱理學普遍受到了批判，在考據學風下，經史考證成了文人們無法迴避的問題，重學成了時代的風尚，這股學風對文學的影響，目前並沒有人作全面、深入的探討。其實，考據學風不僅影響了作家的作品風格，而且還影響了他們對文學價值的判斷。可惜的是，當前對乾嘉作家的研究大多都沒有將學術風氣、學術思想融入文學研究之中，即使有提及，也只是作為背景進行介紹，沒有將學術思想與文學觀念有機地融合在一起進行分析，這是很遺憾的。此外，這一時期程朱理學的價值觀念受到了懷疑，儒家經典考證煥發出來的人性思想已滲透到文學之中。經濟的繁榮與社會的相對穩定促使文學創作出現了大眾化的趨勢，不僅詩人數量巨大，而且詩學思想也呈現了平民化的趨勢。嘉道以後，國事日非，程朱理學擡頭，這股大眾化的思潮受到了批判。對於乾嘉時期這股具有思想解放性質的大眾化詩歌浪潮，目前並沒有引起研究者的充分關注，多數研究者只是關注到了社會經濟的發展帶來的文學創作的繁榮，而沒有追問盛況的實質及其所具有的內涵。

在乾嘉時期的文學研究中，我們也往往忽略了一個事實，即理論的建立並非一瀉無遺，而是在衝突、鬥爭中建立、發展的。乾嘉時期的文學具有複雜的格局，文學除了要承受考據學風的巨大壓力外，內部也因價值取向的不同而彼此據理力爭。桐城派姚鼐「義理、考據、辭章」的古文理論與時代學術是密不可分的，以程朱理學為歸的價值取向讓其與漢學處於緊張的對峙之中，文學上的爭論是漢宋之爭的延續。乾嘉駢文中興又讓桐城派腹部受敵，古文的「正宗」地位受到了挑戰，駢散孰為「正宗」一時成為爭論的焦點。性靈派的袁枚在學術上反對漢宋，文學上反對唐宋之爭，獨樹一幟，既與漢學家論戰，捍衛文學獨立地位，又批評同時代的肌理派、格調派、神韻派，

〔註 3〕見學術會議論文集《桐城派與明清學術文化》，安徽大學出版社，2008 年，第10 頁。

領袖乾嘉詩壇，性靈派的這一地位是在爭論中壯大起來的。翁方綱的肌理派以考據入詩，以宋詩格唐詩，應該說是時代學風使然，是乾嘉學術在詩學上的反映。他除了面對性靈派的指責，還必須在理論上自圓其說，他的理論面臨著內外的雙重考驗。沈德潛的格調說既承受了康熙中葉宋詩熱帶來的壓力，又受到了袁枚性靈派抵抗及翁方綱對格調的肢解，時代環境及文學論難使得格調說由盛而衰。縱觀乾嘉時期主要的詩文流派，我們可以發現多元的文學思想在並爭中生存，在論難中完成了其理論的構建。對於乾嘉時期的文學理論，目前主要以靜態的分析爲主，對不同學人、流派在理論建立過程中的論難、互動缺乏深入的分析。如對考據與文學的爭論，研究者主要關注桐城派與漢學陣營之間的爭論，其實兩者的爭論主要是在經學而非文學。考據與文學之爭主要是在袁枚與漢學家之間進行，對於這個問題，論及的很少，即有論及者，也只是簡單地陳述。如王達敏在《姚鼐與乾嘉學派》一書中論提及這場爭論，但作者主要就文學與考據孰優孰劣這一問題進行闡述，並沒有就文學與考據之爭的內涵進行充分地分析，這是很可惜的。乾嘉時期駢文與古文的爭論也是如此。研究者注重梳理阮元、淩廷堪、姚鼐等人的文論，而對爭論的實質、內涵往往只是單言片語，缺乏細緻的分析。

　　梁啓超在《清代學術概論》對中國思想史的流變概括爲先秦子學、兩漢經學、魏晉玄學、隋唐佛學、宋明理學和清代樸學，這個概括現在仍然爲學界所接受。在中國漫長的歷史發展過程中，文學很少能作爲一種純粹的藝術門類獨立地存在，它往往與經學、史學糾纏在一起，既受經、史的制約，又反作用於經史。乾嘉在經史考證上的成就令後人讚歎，而對這一時期的學術與文學之間的關係卻少有人探究，這是一個很不正常的現象。同時，乾嘉時期在經濟發展、理學思想鬆馳、人口迅速增長的歷史條件下，詩文創作出現了繁榮。這一繁榮實則是文學創作的大眾化、平民化，這股大眾化的浪潮不僅加深了理學的危機，而且促使文學觀念出現了嬗變。由於文獻挖掘、整理的滯後，這股大眾化的浪潮現在也沒有引起研究者的足夠的關注，這是乾嘉文學研究中的一大不足。乾嘉時期是清王朝由盛而衰的時期，在某種程度上而言，也是中國傳統文化的終結時期。本書試圖突破現代學科分類的局限，在還原乾嘉時期政治、經濟的歷史語境下，結合這一時期的學術特點，以文學爭論爲主要研究內容，探討在多股勢力影響下文學理論的論爭與嬗變。

第一章　考據與文學之爭

　　鑒於明代的覆亡，清代的學術由虛尚實，顧炎武「經學即理學」成了清代學術的指導原則，閻若璩《尚書古文疏證》對《古文尚書》的辨偽、胡渭《易圖明辨》對以「五行生成數」和「九宮數」為「河圖」、「洛書」的歷史淵源的分析加深了人們對經典信任的危機，空談心性已不為時代所容，樸實無華、無涉玄虛的經史考證逐漸成為時代的強音。乾隆、嘉慶年間，在文化政策高壓及經濟繁榮的背景下，經史考證的熱潮被推向高潮，上自四庫館，下至富豪商賈、普通士子，無不以博學考據為榮，其影響所至，波及近代。乾嘉時期的文學創作也在承平的社會環境下達到了歷史的高峰，據柯愈春《清人詩文集總目提要》的著錄，乾隆朝詩文家有 4200 多人，詩文集近 5000 種，嘉慶朝詩文家 1380 多人，詩文集近 1500 種，乾嘉兩代的詩文創作在數量上遠遠超過之前的任何一個朝代。詩文創作的繁榮與經史考證的時尚成了這一時期獨特的風景，目前對乾嘉考據學的研究由表及裏，由粗及微，研究方法及視角呈現多樣性，成果也很顯著。這一時期的文學研究多側重於作家作品或流派，對於經史考證與文學如何在這一時期的文化生態中互消互長卻很少有人問及，對於兩者的爭論源起、發展與乾嘉學術流變的關係並沒有引起研究者的充分關注，本章試圖在社會歷史環境及學術思潮的背景下探討兩者的關係。

1.1 考據的主流話語權與文學創作的繁榮

1.1.1 考據的時代主流話語權

清代的考據學發軔於顧炎武，經由方以智、胡渭、閻若璩、毛奇齡、梅文鼎等人的推動至乾嘉而達到鼎盛。從乾隆一直到嘉慶末期，經史考證一直佔據著學術的主導地位，袁枚在《隨園詩話》感慨道：「近今風氣，有不可解者：士人略知寫字，便究心於《說文》、《凡將》，而束歐、褚、鍾、王於高閣；略知作文，便致力於康成、穎達，而不識歐、蘇、韓、柳爲何人。間有習字作詩者，詩必讀蘇，字必學米，侈然自足，而不知考究詩與字之源流。皆因鄭、馬之學多糟粕，省費精神；蘇、米之筆多放縱，可免拘束，故也。」〔註1〕梁啓超也說：「乾、嘉間之考證學，幾乎獨佔學界勢力，雖以素崇宋學之清室帝王，尚且從風而靡，其他更不必說了。所以稍爲時髦一點的闊官乃至富商大賈，都要『附庸風雅』，跟著這些大學者學幾句考證的內行話。這些學者得這種有力的外護，對於他們的工作進行，所得利便也不少。」〔註2〕考據取得了學術話語的主導權，文學、理學處於邊緣化的地位。四庫館的成立更是加重了這種學術風氣，四庫館臣多數是漢學家，他們不僅以考據相切磋，而且還將經史考證列入科舉考試的範圍，這對士子們的學習導向無疑是具有指引性的。「近日士大夫皆不尙友宋儒，雖江、浙文士之藪，其仕朝者無一人以理學著。」〔註3〕「乾隆中，大興朱氏以許鄭之學爲天下倡，於是士之欲致身通顯者，非漢學不足見重於世。」〔註4〕（《贈何原船序》）姚鼐在《鄉黨文擇雅序》中說道：「乾隆五十一年，大興朱石君侍郎典試江南，以《過位章》命題，士達於江氏（江永）說者，乃褒錄焉。」〔註5〕漢學家以經史考證列入科舉考試的做法雖然受到了不少人的批評，但這種批評的呼聲極其微弱，根本沒法動搖他們的信念。從事考據具有極大的號召力，達官富賈、漢學大師們也以培植後學爲樂事，焦循在回憶自己的學術歷程時說道：

> 乾隆己亥，夏五月，諸城劉文清公時以侍郎督學江蘇，按部至揚州。循年十七，應童子試。公課士簡肅，惡浮僞之習，試經與試賦

〔註1〕袁枚，《隨園詩話》〔M〕，北京：人民文學出版社，1982年，第39頁。
〔註2〕梁啓超，《中國近三百年學術史》〔M〕，北京：中國書店，1985年，第24頁。
〔註3〕昭槤，《嘯吟雜錄》〔M〕，北京：中華書局，1980年版，第318頁。
〔註4〕張星鑒，《仰蕭樓文集》，光緒六年刊本，北京師範大學圖書館藏。
〔註5〕姚鼐，《惜抱軒全集》〔M〕，上海：世界書局，1936年，第43頁。

尤愼重，用是試者甚罕。循幼從范先生學詩古文辭，至是往試，公取爲附學生。覆試日，公令教授金先生呼曰：「詩中用『韞矐』字者，誰也？」循起應之。教授令立俟堂下，良久，燈燭光耀，公自內出。循拜，公止之。公視循衣冠殊樸質，顏色甚憚，問二字何所本？循以《文藪・桃花賦》對，謹述其音義。公喜曰：「學經乎？」循對曰：「未也。」公曰：「不學經，何以足用？爾盍以學賦者學經？」顧謂教授金先生曰：「此子識字，今入郡學以付汝。」詢循所寓遠，令巡官執炬送歸寓。明日，公謁，公復呼循至前曰：「識之：不學經，無以爲生員也。」循歸，乃屛他學而學經。循之學經，公之教也。〔註6〕（《感大人賦・序》）

劉文清即乾嘉名臣劉墉，焦循所說的「學經」其實是在以「識字」爲基礎的經文推闡。焦循在這段回憶充滿了以考據爲人生追求目標的自豪感，他對劉墉的讚頌乃是同聲相應之鳴。劉墉等達官對考據的人才的引薦培養具有傳統「以吏爲師」的間接性，這一時期眾多的考據大師如惠棟、錢大昕等則通過私塾或官方書院的形式直接有意招引培養考據人才，考據的學理性和師承性更加彰顯。江藩在《漢學師承記》中記載有：「先生（朱筠）提倡風雅，振拔單寒，雖後生小子，一善行及詩文之可喜者，爲人稱道不絕口；飢者食之，寒者衣之，有廣廈千間之概。是以天下才人學士從之者如歸市。所居之室名曰『椒花吟舫』，亂草不除，雜花滿徑，聚書數萬卷，碑版文字千卷，終年吟嘯其中。足不詣權貴門，惟與好友及弟子考古講學，釂酒盡醉而已。」〔註7〕以「考古講學」爲雅興的集會是乾嘉學風的體現，這樣的集會在乾嘉比比皆是，它不僅有利於學術的交流，而且對培育考據的學風起了很好的推動作用。考察乾嘉漢學家的生平，我們不難發現，多數學者都有從詞章轉向考據的經歷，王鳴盛、錢大昕、朱筠、趙翼、洪亮吉、孫星衍、焦循、凌廷堪等人都是由詩人轉入考據一路，他們轉向的緣由與學術風氣有著密切的關係。段玉裁說道：「予少時慕爲詞，詞不逮自珍之工。先君子誨之曰：『是有害於治經史之性情。爲之愈工，去道且愈遠。』予謹受教，輒弗爲。」〔註8〕凌廷堪在《與張生其錦書》中說道：「近日學者風尙，多留心經學，於辭章則卑視之，

〔註6〕 焦循，《焦循詩文集》〔M〕，揚州：廣陵書社，2009 年，第 13 頁。
〔註7〕 江藩，《漢學師承記》〔M〕，北京：三聯書店，1998 年，第 81 頁。
〔註8〕 北京圖書館編，《年譜叢刊》第 108 冊，《段玉裁先生年譜》，北京圖書館出版社，1999 年版，第 346 頁。

而於史事，又或畏其繁密。」〔註9〕時代學術風氣我們由此可以窺其一斑。《四庫全書總目》可以說是代表了當時的主流觀點，「說經主於明義理，然不得其文字之訓詁，則義理何自而推？論史主於示褒貶，然不得其事迹之本末，則褒貶何據而定？」〔註10〕王鳴盛在評論當時的學風時說：「有空談妙悟，而徒遁於玄寂者矣；有泛濫雜博，而不關於典要者矣；有溺意詞章，春華爛然，而離其本實者矣；有揣摩繩尺，苟合流俗，而中勦精意者矣。此皆不足務也。是故經學為急。」〔註11〕（《贈任幼植序》）他所說的經學其實便是經史的考證。丹納在《〈英國文學史〉序言》中說到：

> 如果一部文學作品內容豐富，並且人們知道如何去解釋它，那麼我們在這作品中所找到的，會是一種人的心理，時常也就是一個時代的心理，有時更是一種種族的心理。〔註12〕

丹納所指的是對一部文學作品的解讀，其實，不僅僅是文學作品的解讀具有時代性，在中國歷史上，對儒家經典的解讀何嘗不具有鮮明的時代性，魏晉玄學、兩宋理學、明代心學無不體現了一個時代的心理，乾嘉的考據學乃是清代學術「時代的心理」的表徵。

這一時期考據的興盛既與漢學家的實績和褒獎後學分不開，又與最高統治者對理學的態度有關，精通清朝典章制度的皇族昭槤說道：

> 自乾隆中，傅、和二相擅權，正人與之梗者，多置九卿閒曹，終身不遷，所超擢者，皆急功近名之士。故習理學者日少，至書賈不售理學諸書，予前已具論矣。近年睿皇帝講求實學，今上復以恭儉率天下，故在朝大吏，無不屏聲色，減驂從，深衣布袍，遂以理學自命矣。如李侍郎宗昉、黃給諫中模，往昔皆以聲色自娛者，近乃絕口不談樂律，芝岩會客，必更易布袍，然後出見，以自詡其節儉。亦一時風氣然也。〔註13〕

「上有所好，下必甚焉」，最高統治階級雖然不能直接主導學術的風向，但其

〔註9〕凌廷堪，《校禮堂文集》〔M〕，北京：中華書局，1998年，第226頁。
〔註10〕永瑢等纂，《四庫全書總目》〔M〕，北京：中華書局，1965年，上冊凡例，第18頁。
〔註11〕王鳴盛，《西莊始存稿》，乾隆十三年刻本影印，卷十五，續修四庫全書本，上海古籍出版社，2002年。
〔註12〕馬奇主編，《西方美學史資料選編（下卷）》〔M〕，上海：上海人民出版社，1987年，第693頁。
〔註13〕昭槤，《嘯亭雜錄》〔M〕，北京：中華書局，1980年版，第503頁。

喜好卻起到催化劑的作用。乾隆在即位之初，曾一度對宋儒推尊不已，「居恆肄業，未曾於宋儒之書沉潛往復，體之身心，以求聖賢之道。」〔註14〕但過不了多久，他對宋儒開始不滿，「洛、蜀之門戶，朱、陸之冰炭，已啓相攻之漸。蓋有講學，必有標榜；有標榜，必有門戶。尾大不掉，必致國破家亡，漢、宋、明其殷鑒也。夫至國破家亡，黎民受其塗炭者，不可勝數；而方以死節殉難者多爲有光於古，收講學之效，則是傚也，徒成其爲害。眞所謂國家將亡，必有妖孽而已。」〔註15〕其實，乾隆對宋儒的不滿首先是他看到了僞理學的欺世盜名，他說道：「講學之人有誠有僞，誠者不可多得，而僞者託於道德性命之說，欺世盜名，漸啓標榜門戶之害。此朕所深知，亦朕所深惡。」〔註16〕乾隆不滿宋明理學，一方面，對僞理學深惡痛絕，認爲由此會蝕壞國家，另一方面中國的封建社會到了乾隆在集權上達到了空前，傳統的君賢臣能的已不符合乾隆時代的要求。乾隆對程頤「天下重任唯宰相與經筵」的論調很不滿，他說：「蓋『君德成就責經筵』，是矣。然期君德之成就，非以繫天下之治亂乎？君德成則天下治，君德不成則天下亂。此古今之通論也。若如頤所言，是視君德與天下之治亂爲二事，漠不相關者，豈可乎？而以繫之宰相。夫用宰相者，非人君其誰爲之？使爲人君者，但深居高處，自修其德，唯以天下之治亂付之宰相，己不過問，幸而所用若韓、范猶不免有上殿之相爭。設不幸而所用若王、呂，天下豈有不亂者？此不可也。且使爲宰相者，居然以天下之治亂爲己任，而目無其君，此尤大不可也。」〔註17〕（《書程頤論經筵箚子後》）嘉慶年間，雖然理學有所擡頭，但談虛論玄仍然不爲最高統治階級所取，實用的理學才是他們所需要的。

乾嘉經史考證是有感宋明理學空談心性而發，梁啓超認爲它是對理學的「反動」，余英時更傾向於是經學發展的「內在理路」，儘管對乾嘉考據的學理認識不一，但是對乾嘉考據反對宋明理學的看法卻是一致的。這一時期的理學普遍成了人們批判的對象，「明季以來，宋學太盛。於是近今之士，競尊

〔註14〕見《高宗純皇帝實錄》（二）影印本，卷一二八，中華書局，1985 年，第 875 ～876 頁。

〔註15〕弘曆，《清高宗（乾隆）御製詩文全集》〔M〕，北京：中國人民大學出版社，2011 年，卷十八，第 700 頁。

〔註16〕見《高宗純皇帝實錄》（二）影印本，卷一二八，中華書局，1985 年，第 54 ～55 頁。

〔註17〕弘曆，《清高宗（乾隆）御製詩文全集》〔M〕，北京：中國人民大學出版社，2011 年，卷十九，第 708 頁。

漢儒之學，排擊宋儒，幾乎南北皆是矣。豪健者尤爭先焉。」〔註18〕人們對理學不滿，宋儒也成了漢學家們打擊的對象，汪中甚至見人提及宋儒便漫罵不休，「君最惡宋之儒者，聞人舉其名，則罵不休」〔註19〕（《汪容甫墓誌銘》），致使其子汪喜孫拜姚鼐爲師學習古文時，姚鼐仍心有顧忌，婉言謝之。章學誠深有感慨地說道：「至今徽歙之間，自命通經服古之流，不薄朱子，則不得爲通人，而誹聖排賢，毫無顧忌，流風大可懼也！」〔註20〕正因如此，宋明理學給退居邊緣，學習理學的人日見其少。「自于、和當權後，朝士習爲奔競，棄置正道。黠者訐罝正人，以文己過，迂者株守考訂，訾議宋儒，遂將濂、洛、關、閩之書束之高閣，無讀之者。余嘗購求薛文清《讀書記》及胡居仁《居業錄》諸書於書坊中，賈者云：『近二十餘年，坊中久不貯此種書，恐其無人市易，徒傷貲本耳！』傷哉是言，主文衡者可不省歟？」〔註21〕以理學自任的姚鼐也無奈地說道：「吾在此勸諸生看朱子《或問》、《語類》，而坊間書賈至無此書。」〔註22〕（《與陳碩士》）朝鮮使者託紀昀購買理學的書時，紀昀也明確告之市面已無此類書。余英時在分析乾嘉時期學術時說道：

> 當時北京提倡考證運動最有影響力的領袖是朱筠和紀昀。朱筠河在經學上反對宋儒的「蹈虛」和「雜以釋氏」，我們在前面已經指出來了。紀曉嵐則比朱筠河更爲激烈，他可以說是乾嘉時代反程、朱的第一員猛將。曉嵐是四庫全書館的首席總纂官。通過這一組織，他廣泛而深入地把反宋思潮推向整個學術界。後來全書纂成，《總目提要》二百卷的編刻和頒行曾由曉嵐一手修改，所以其中充滿了反宋的觀點。誠如余嘉錫所指出的，曉嵐「自名漢學，深惡性理，遂峻詞醜詆，攻擊宋儒，而不肯細讀其書。」曉嵐排程、朱，在《提要》中是用明槍，在《閱微草堂筆記》中則專施暗箭。《筆記》中許多譏笑罵「講學家」的故事都是他挖空心思編造出來的。東原入都之次年（1755）即館曉嵐家，其《考工記圖》也是曉嵐爲他刻行的，而

〔註18〕 袁枚，《隨園詩話》〔M〕，北京：人民文學出版社，1982年，第49頁。

〔註19〕 淩廷堪，《校禮堂文集》〔M〕，北京：中華書局，1998年，第319頁。

〔註20〕 章學誠，《文史通義新編新注》〔M〕，杭州：浙江古籍出版社，2005年，第133頁。

〔註21〕 昭槤，《嘯亭雜錄》〔M〕，北京：中華書局，1980年，第317～318頁。

〔註22〕 姚鼐，《惜抱軒尺牘》，宣統二年國學扶輪社刻本，卷七，第13～14頁。

東原晚年入四庫館，曉嵐亦與有力焉。故東原與曉嵐的交誼似較其他人更爲密切。如果說東原對程、朱態度的轉變與曉嵐的影響有關，當非過甚之詞。〔註23〕

余英時的分析不無道理，乾隆二十年，戴震進入京師，紀昀、王鳴盛、錢大昕、王昶、朱筠、秦蕙田、姚鼐、王安國、盧文弨等一大批學術名流都與戴震相識。這些人對戴震的學識都很推賞，爲他廣爲延譽，共同的學術愛好及治學旨趣將他們緊密地聯繫在一起。紀昀與戴震交融二十多年，他們共同唱和，遂使考據學風彌遍天下。紀昀是一位很堅定的反對宋明理學的大學者，他在《四庫全書總目・經部總敘》中說道：

自漢京以後垂二千年，儒者沿波，學凡六變。其初專門授受，遞稟師承，非惟詁訓相傳，莫敢同異，即篇章字句，亦恪守所聞，其學篤實謹嚴，及其弊也拘。王弼、王肅稍持異議，流風所扇，或信或疑，越孔、賈、啖、趙以及北宋孫復、劉敞等，各自論說，不相統攝，及其弊也雜。洛閩繼起，道學大昌，擺落漢唐，獨研義理，凡經師舊說，俱排斥以爲不足信，其學務別是非，及其弊也悍（如王柏、吳澄攻駁經文，動輒刪改之類）。學脈旁分，攀緣日眾，驅除異己，務定一尊，自宋末以逮明初，其學見異不遷，及其弊也黨（如《論語集注》誤引包咸夏瑚商璉之說，張存中《四書通證》即闕此一條以諱其誤。又如王柏刪《國風》三十二篇，許謙疑之，吳師道反以爲非之類）。主持太過，勢有所偏，材辨聰明，激而橫決，自明正德、嘉靖以後，其學各抒心得，及其弊也肆（如王守仁之末派皆以狂禪解經之類）。空談臆斷，考證必疏，於是博雅之儒引古義以抵其隙，國初諸家，其學徵實不誣，及其弊也瑣（如一字音訓動辨數百言之類）。要其歸宿，則不過漢學、宋學兩家互爲勝負。夫漢學具有根柢，講學者以淺陋輕之，不足服漢儒也。宋學具有精微，讀書者以空疏薄之，亦不足服宋儒也。消融門戶之見而各取所長，則私心袪而公理出，公理出而經義明矣。蓋經者非他，即天下之公理而已。〔註24〕

〔註23〕余英時，《論戴震與章學誠》〔M〕，北京：三聯書店，2005 年，第 120～121 頁。

〔註24〕永瑢等纂，《四庫全書總目》〔M〕，北京：中華書局，1965 年，卷一，第 1 頁。

紀昀將中國學術發展史視爲漢宋之爭的過程，這基本符合學術發展的主線，他如此強調漢宋之分乃是基於其揚漢抑宋的立論的需要，其意圖是很明顯的。嘉慶後期，阮元更是唯漢是尊，他在《國朝漢學師承記序》中說道：

> 兩漢經學所以當尊行者，爲其去聖賢最近，而二氏之說尚未起也。
> 老莊之說盛於兩晉，然《道德》、《莊》、《列》本書具在，其義止於此而已，後人不能以己之文字飾而改之，是以晉以後鮮樂言之者。
> 浮屠之書，語言文字非譯不明。北朝淵博高明之學士，宋、齊聰穎特達之文人，以己之說傅會其意，以致後之學者繹之彌悅，改而必從，非釋之亂儒，乃儒之亂釋。魏收作《釋老志》後，蹤跡可見矣。
> 吾固曰：兩漢之學純粹以精者，在二氏未起之前也。我朝儒學篤實，務爲其雜，務求其是，是以通儒碩學，有束髮研經，白首而不能究者，豈如朝立一旨，暮即成宗者哉！〔註25〕

漢學陣營對宋儒打擊使得理學在乾嘉時期一直處於邊緣的地位，雖然理學陣營對漢學多有不滿，但這種聲音是微弱的，這一點我們可以從桐城派的艱難起步中看出來。後世論者大多認爲漢學家不涉世務，不關心時政，這是不全面的，他們當中不少人的兼濟情懷甚至超過了普通的理學家。首攻乾隆權臣和珅的王念孫，嘉慶初上書痛斥時弊的洪亮吉，歷經乾嘉道三朝元老、政績不斐的封疆大臣阮元都是考據的名家，他們兼濟天下的言行改變了時人對漢學瑣屑無用的看法，使得經史考據由此深入朝野。

1.1.2 乾嘉時期文學創作的繁榮

從清兵主入關到康熙時代，社會處於動蕩之中，民族鬥爭是社會的焦點問題，國破家亡的沈鬱筆調是這一時期文學的主旋律。到了乾嘉時期，社會趨於穩定，經濟不斷發展，人口迅速增長，物質財富較前代有了大幅度的增長，人們的生活水平也有了很大的提高，出現了封建社會中難見的繁盛局面，《巢林筆談》記載：

> 吳俗奢靡爲天下最，日甚一日而不知反，安望家給人足乎？予少時，見士人僅僅穿裘，今則里巷婦孺皆裘矣；大紅線頂十得一二，今則十八九矣；家無擔石之儲，恥穿布素矣；團龍立龍之飾，泥金剪金之衣，編户僭之矣。飲饌，則席費千錢而不爲豐，長夜流湎而不知

〔註25〕 江藩，《漢學師承記（外二種）》〔M〕，北京：三聯書店，1998年，第3頁。

醉矣。物愈貴，力愈艱，增華者愈無厭心，其何以堪？我家故貧，
一絲一粟皆先曾祖勤苦所貽，先君每念前勞，自奉極薄，釋褐時，
始有真青皮套，留以貽後人如新也。先夫人挫針治繲，沒後幾無裳
衣之設，思之有餘痛焉。今薄產無幾，不節若，則嗟若，何如《賁》
之六五猶得終吉乎？〔註26〕

在戰亂的年代，這樣的奢華生活是不可能的，大眾生活的奢靡是社會經濟繁榮的產物，商品數量的豐富也反映了都市的發展壯大。不僅是東南沿海，內地各省在乾嘉時期經濟都得到了恢復，據《清實錄》統計，乾隆五十五年，全國人口達 3 億，北京、廣州、太原等城市商業繁榮，商品流通速度加快，地方商會遍及全國各地。綜合國力的增強使得大清的正統地位逐漸為人們所接受，乾嘉時期的社會狀況與「天崩地解」的清初相比可謂是天壤之別。

滿清雖然取得了中原的統治權，但漢族對其文化的認同卻沒法與明代相比。明末社會黑暗但忠臣不絕，乾嘉雖然政治比較開明，但諍臣卻很少。與明代比，詩人少了一份家國的情懷。從文人結社看，明代的結社有很強的政治傾向，而清代雖然結社風氣也很盛，卻主於詩文唱和，在乾嘉經濟繁榮和政治高壓下，詩人們的政治熱度明顯是嚴重地下降了。與文人的精神狀態相適，乾嘉時期的文學在表面盛世之下顯得平和，閒適性增強，即使是詠史詩，也多缺少外指性的家國關懷。「當時的士大夫如王士禎、朱彝尊之流，詩酒流連，所舉行的『一品會』，拿唱和聯吟來抒寫其懷抱，其中士類，也有清濁的分別。這種風氣，一直到乾隆的末年，並沒有更改……可是當時朝士熙熙攘攘，詩酒酬唱，結社的風氣仍然沒有斷絕。」〔註27〕同時，乾嘉時期，隨著經濟的恢復，東南沿海的資本主義進一步發展，市民階層不斷壯大，民間通俗藝術也隨之普及發展，這就使得文學創作具有了廣泛的群眾基礎。焦循在《花部農譚》的序中說：

梨園共尚吳音。「花部」者，其曲文俚質，共稱為「亂彈」者也，乃
余獨好之。蓋吳音繁縟，其曲雖極諧於律，而聽者使未覩本文，無
不茫然不知所謂。其《琵琶》、《殺狗》、《邯鄲夢》、《一捧雪》十數
本外，多男女猥褻，如《西樓》，《紅梨》之類，殊無足觀。花部原

〔註26〕 龔煒，《巢林筆談》〔M〕，北京：中華書局，1981 年，第 113 頁。
〔註27〕 謝國楨，《明末清初的學風》〔M〕，上海：上海書店出版社，2006 年，第 208 頁。

本於元劇，其事多忠、孝、節、義，足以動人；其詞直質，雖婦孺亦能解，其音慷慨，血氣為之動蕩。郭外各村，於二、八月間，遞相演唱，農叟、漁父，聚以為歡，由來久矣。自西蜀魏三兒倡為淫哇鄙諺之詞，市井中如樊八，郝天秀之輩，轉相效法，染及鄉隅。近年漸反於舊。余特喜之，每攜老婦、幼孫，乘駕小舟，沿湖觀閱。天既炎暑，田事餘閒，群坐柳陰豆棚之下，侈譚故事，多不出花部所演，余因略為解說，莫不鼓掌解頤。有村夫子者筆之於冊，用以示余。余曰：「此農譚耳，不足以辱大雅之目。」為芟之，存數則云爾。〔註28〕

以經史考證聞名的焦循對被稱為俗文藝的「花部」進行了研究，並將其擡到文學之正宗的地位，這說明通俗文學在乾嘉時期已為人們所廣泛接受。金批《水滸傳》、毛批《三國演義》、張批《金瓶梅》及《西遊記》的批本不斷重印，這一時期的小說創作也進入了古代社會小說創作的最高峰，《紅樓夢》、《儒林外史》、《聊齋誌異》等通俗小說在社會上引起了廣泛的反響，「千態萬狀，競秀爭奇，何止汗牛充棟」〔註29〕。錢大昕在為顧炎武的《日知錄·重厚》作注時感慨到：「古有儒釋道三教，自明以來又多一教曰小說。小說演義之書，士大夫、農工、商賈無不習聞之，以至兒童、婦女、不識字者亦皆聞而如見之。是其教較之儒釋道而更廣也。釋道猶勸人以善，小說專導人從惡，姦邪淫盜之事，儒釋道書所不忍斥言者，彼必盡相窮形，津津樂道。以殺人為好漢，以漁色為風流，喪心病狂，無所忌憚。子弟之逸居無教者多矣，又有此等書以誘之，曷怪其近於禽獸乎！」〔註30〕錢大昕將小說視為一教，這其實是從教化之角度而言，我們由此不難看出小說對當時社會的影響。以揚州八怪為代表的乾嘉畫壇一反清初的復古傾向，主張表現自我性情，創作題材上更多的是花卉果蔬，平民化的色彩較前加重了。

在詩歌創作上，清人們旅遊紀古、詠物、記日常生活小事的詩歌明顯增多，而反映重大民生的作品較前大為減少，這是時代環境使然。東南沿海歷有詩社的傳統，文學創作風氣興盛，在清代，經濟最發達的東南領航全國的詩文創作。

〔註28〕 見《中國古典戲曲論著集成》（八），中國戲劇出版社，1959 年，第 225 頁。

〔註29〕 滋林老人《說呼全傳序》，見《說呼全傳》，乾嘉四十四年金閶書業堂刊本。

〔註30〕 錢大昕，《潛研堂文集》〔M〕，南京：江蘇古籍出版社，1997 年，第 272 頁。

> 國朝初定江浙，士大夫猶沿明季遺習，方州大縣，立社自豪。聞一
> 知名之士，則彼此爭闌入社，甚至挾兵刃弓矢以劫之。文酒翰墨之
> 場，至效惡少椎埋，道途交哄，何其傎也。相傳海寧有二社不相下，
> 一社遍致三吳諸名流，推吳梅村爲祭酒，舟楫絡繹數千里。三月某
> 日，方過嘉興，將以次日大會，其泊舟處，質明，大書一聯於野廟
> 門外云：「鼎湖莫挽龍髯日，鴛水爭持牛耳時。」蓋是日乃明思陵殉
> 國之日也，見者氣沮而散。〔註31〕

國初在社會動蕩的情況下尚且如此，在承平的乾嘉時期，上及皇帝、達官，
下及普通百姓，詩文創作更是蔚然成風，詩會不斷。

> 揚州詩文之會，以馬氏小玲瓏山館、程氏筱園及鄭氏休園爲最盛。
> 至會期，於園中各設一案，上置筆二、墨一、端研一、水注一、箋
> 紙四、詩韻一、茶壺一、碗一、果盒茶食盒各一，詩成即發刻，三
> 日內尚可改易重刻，出日遍送城中矣。每會酒肴俱極珍美，一日共
> 詩成矣。請聽曲，邀至一廳甚舊，有綠琉璃四。又選老樂工四人
> 至，均沒齒禿髮，約八九十歲矣，各奏一曲而退。倏忽間令啓屏
> 門，門啓則後二進皆樓，紅燈千盞，男女樂各一部，俱十五六歲妙
> 年也。」〔註32〕

群體性的詩歌創作乃是基於廣泛的個體創作的基礎之上，乾嘉時期的詩歌創
作遠勝歷代之總和，單是乾隆皇帝留下的詩作就達四萬三千五百八十四首，
可與《全唐詩》在數量上相抗，是中國歷史上創作作品數量最大的詩人。連
一向被認爲只善於馬上作戰的滿人也風雅大起，詩文創作繁富。「近日滿洲風
雅，遠勝漢人，雖司軍旅，無不能詩。福建將軍魁敘齋倫，以指畫墨菊，題
云：『淡中滋味意偏長，每愛秋英引巨觴。興到指頭塗抹際，墨香還道是花
香。』」〔註33〕從《隨園詩話》及清代筆記的記載上看，乾嘉時期的詩文創
作，普通文人的詩文創作也是遠超前代的。目前收集整理到的詩文集只是其
中一小部分，由於很多集子沒有流傳下來，我們現在很難窺見全部。袁枚的
《幽光集》收錄了不知名平民詩人，他在序中說道：「嗟乎！此集中者，皆東
西南北之人，余業已不獲過其鄉，弔其墓矣。而藉此一編，開卷宛然，九

〔註31〕 陳康祺，《郎潛紀聞》〔M〕，北京：中華書局，1984 年，第 405 頁。
〔註32〕 李斗，《揚州畫舫錄》〔M〕，北京：中華書局，1960 年，第 180～181 頁。
〔註33〕 袁枚，《隨園詩話》〔M〕，北京：人民文學出版社，1982 年，第 742 頁。

原若作，足慰衰年懷舊之思。且使天下人得而讀之，知我所集者如是，我所未集者尙無窮也，則或有繼我而爲採風者。」〔註 34〕乾嘉時期雖然社會經濟有了很大的發展，但由於科舉錄用人員的減少，通過科舉考試改變命運的希望很小，失意文人的數量也是歷代之冠，袁枚所說的「我所未集者尙無窮也」也並非有意誇大之辭。程晉芳在《望奎樓偶稿序》中說到：「曩余與錢唐袁子才尙論海內文人，統存歿，計之總得六十餘輩。余與子才交遊最廣，自謂此外當無復有人，有則必識之也。」〔註 35〕交遊廣泛的袁枚發出此「無窮」詩人的感慨，由此可見乾嘉時期默默無聞的文人何其之多。李斗在《揚州畫舫錄》中記載乾隆二十二年盧見曾修禊虹橋後作詩以誌，和者七千餘人，「丁丑修禊虹橋，作七言律詩四首云……其時和修禊韻者七千餘人，編次得三百餘卷。」〔註 36〕僅誌賀一橋，一時便有數千人，當時詩歌創作隊伍可想而知。

美國人類學家雷德菲爾德在《農民社會與文化》一書中提出了大傳統與小傳統的二元分析理論架構。他認爲，具有廣大社會精英並掌握文字記載主導權的都市社區是大傳統的主體所在，而邊遠的、缺乏正式文字記載的鄉村社區主要以小傳統爲主。雖然兩者相互影響，但雷德菲爾德認爲大傳統是一種佔據優勢的文學模式，提供社會文化的範式並成爲社會文明的價值內核，而小傳統卻在大傳統的影響下存活。雷德菲爾德大小傳統的二元劃分不無有可議之處，但劃分爲我們深入問題的內核提供了理論的思路。從文學角度而言，以士大夫爲代表的雅文學與下層人民爲代表的俗文學形成了中國文學的大傳統與小傳統，大傳統不僅擁有廣大的社會精英，而且不斷地被再生產。但明代中葉以後，市民階層的崛起使得小傳統的俗文學日益趨熾，小說、戲曲等俗文學爲人們日益關注，並逐步爲正統文學所承認。大傳統的雅文學在時代風氣的浸染下日趨脫去了崇高的品格，娛樂性、休閒性給雅文學換上了新的外衣，大傳統其實是日益給俗化了，公安、袁枚的性靈說其實是代表了俗化了的大傳統。在乾嘉時期，在經濟的促進下，大傳統的詩文創作似雅實俗，宏獎俗化了的雅文學也成了時代的風氣，詩歌理論和創作中表現出了可

〔註34〕 袁枚，《小倉山房詩文集》〔M〕，上海：上海古籍出版社，1988 年，第 1396 頁。

〔註35〕 程晉芳，《勉行堂文集》，嘉慶二十三年鄧廷楨等刻本影印，續修四庫全書本，上海古籍出版社，2002 年，卷二。

〔註36〕 李斗，《揚州畫舫錄》〔M〕，北京：中華書局，2007 年，第 190〜191 頁。

貴的平民意識。

1.2 考據與文學之爭

1.2.1 爭論的起源

　　文學雖然是一種相對獨立的意識形態形式，但卻無法排除與一定社會文化的糾葛，社會的文化形態都會給文學留下一定的痕跡，而文學也在社會文化薰浸中要麼同化質化，要麼異質化。乾嘉時期，考據學如日中天，佔據著學術的強勢話語。詩文創作雖然興盛，但在考據的重壓之下，文學一直被邊緣化。經史考證與文學在旨趣上相去甚遠，如何處理二者的關係成了文學理論必須面對的問題。經史考據的巨大影響和成就讓人們認識到借鑒考據的意義，桐城派、肌理派等文學流派採取了借鑒融合的策略，將考據融入文學中，試圖打通兩者的聯繫，以考據啓動文學。而袁枚等人卻表現出了直接抗擊的態度，他們一方面在考據與文學的複雜關係中認識到考據對文學的理性支撐，另一方面也辨識了文學與考據的不同性質，以文學的大旗抗拒考據，提高文學的地位。在中國傳統的文學理論中，文一直被視爲道的附庸，文以載道，離開了道，文便沒有存在的價值。多數漢學家以經史考證相尚，他們沿承了傳統的文道觀念，文學在他們心目中並沒有佔據太大的分量，詩文與考據孰優孰劣在他們看來是不用去思辨的，故而論及二者關係的文章很少。與漢學家相比，文學論者處境要艱難得多，面對強大的主流話語，他們據理力爭，試圖爲文學找到生存的園地，而他們的極力反駁正從反面印證了文學的邊緣地位。章太炎在《訄書・清儒》對乾嘉時期考據與文學的關係進行了描述：

> 初，太湖之濱，蘇、常、松江、太倉諸邑，其民佚麗。自晚明以來，
> 喜爲文辭比興，飲食會同，以博依相問難，故好瀏覽而無紀綱，其
> 流風遍江之南北。惠棟興，猶尚該洽百氏，樂文采者相與依違之。
> 及江永、戴震起休寧，休寧于江南爲高原，其民勤苦善治生，故求
> 學深邃，言直覈而無溫藉，不便文士。震始入四庫館，諸儒皆震竦
> 之，願斂衽爲弟子。天下視文士漸輕。文士與經儒始交惡。而江淮
> 間治文辭者，故有方苞、姚範、劉大櫆，皆產桐城，以效法曾鞏、
> 歸有光相高，亦願尸程朱爲後世，謂之桐城義法。震爲《孟子字義

疏證》，以明材性，學者自是薄程朱。桐城諸家，本未得程朱要領，
徒援引膚末，大言自壯（案：方苞出自寒素，雖未識程朱深旨，其
孝友嚴整躬行足多矣。諸姚生于紈綺綺襦之間，特稍恬惔自持，席
富厚者自易爲之，其他躬行，未有聞者。既非誠求宋學，委蛇寧靜，
亦不足稱實踐，斯愈庳也），故尤被輕蔑。從从子姚鼐，欲從震學；
震謝之，猶亟以微言匡飭。鼐不平，數持論詆樸學殘碎。其後方東
樹爲《漢學商兌》，徵章益分。陽湖惲敬、陸繼輅，亦陰自桐城受義
法。其餘爲儷辭者眾，或陽奉戴氏，實不與其學相容（儷辭諸家，
獨汪中稱頌戴氏，學已不類。其他率多辭人，或略近惠氏，戴則絕
遠）。夫經說尚樸質，而文辭貴優衍，其分涂自然也。〔註37〕

章太炎站在漢學的立場上對這一場理學、文學與經史考證的衝突進行了描
述，他主要考察了桐城派與漢學家之間的矛盾，基本上符合乾嘉時期的情況。
在考據興盛的乾嘉時期，漢學與宋學之爭是這一時期學術爭論的焦點，宋學
陣營主要是以桐城派爲代表，其成員多是文人，章太炎稱他們爲「文士」是
有一定的道理的。其實，當時這些「文士」並不自號爲文人，而是以理學自
任，他們雖然好文，但認爲文以傳道，道重於文。以戴震爲代表的漢學陣營
也不缺少兼長考據與詩文的學者，漢宋雙方的爭論涉及了社會問題、思想意
識、文學等諸多方面。20 世紀初，梁啓超、胡適等人受近代實證主義思潮的
影響，將漢宋之爭視爲實證主義與形而上學的爭論，而近十年來，關於漢宋
之爭多被認爲是漢儒義理與宋學義理之爭，余英時、張麗珠、漆永祥等均持
論此觀點。關於這場爭論，學術界的眼光主要集中在以姚鼐爲代表的宋學陣
營與以戴震爲代表的考據陣營之間的爭論，研究的主要方向也主要是儒家義
理的分歧，文學與考據之爭往往湮沒於漢宋之爭，即使有論及者，也是簡單、
模糊。〔註38〕章太炎認爲「文士與經儒始交惡」應該是指由學術思想的分歧
而演致的人際關係的緊張，並不是簡單的文學觀點的衝突。如果從純學術的
爭論上而言，我認爲袁枚與惠棟關於文學與考據的爭論應該是最早的，也是
最具有學理性的。

〔註37〕 章炳麟，《訄書》〔M〕，北京：華夏出版社，2002 年，第 50～51 頁。
〔註38〕 王達敏在《姚鼐與乾嘉學派》（學苑出版社，2007 年）論及了乾嘉時期辭章與
考據孰輕孰重的爭論，認爲袁枚重辭章，「爲乾嘉時代其他辭章家所不能言、
不忍言和不敢言。」這個觀點是正確的，可惜作者並沒有就爭論的來源、內
涵進行剖析。

　　文士與漢學家的「交惡」最明顯的就是姚鼐和戴震，他們的「交惡」實乃是由學術上的分歧所致。戴震於乾隆十九年入京師，爲當時學人所推譽，學術的風向標由此轉向，即「天下視文士漸輕。」入京初期的戴震基本上還是程朱理學的信徒，對理學並沒有太多的異詞，此時的姚鼐曾拜戴震爲師，遭委婉拒絕後，兩人仍保持良好的關係，乾隆二十年（1755）姚鼐給戴震的詩《贈戴東原》云：

> 新聞高論詘田巴，槐市秋來步落花。群士盛衰占碩果，六經明晦望萌芽。漢儒止數揚雄氏，魯使猶迷顏闔家。未必蒲輪徵晚至，即今名已動京華。〔註39〕

姚鼐對戴震在考據上的成就是充分肯定的。戴震寫於 1755 年的《與姚孝廉姬傳書》表明他們仍然有共同的理學信仰，並無太大矛盾。

> 自始知學，每憾昔人成書太早，多未定之說。今足下以是規教，退不敢忘自賀得師。……先儒之學，如漢鄭氏、宋程子、張子、朱子，其爲書至詳博，然猶得失中判。其得者，取義遠，資理閎，書不克盡言，言不克盡意。學者深思自得，漸近其區，不深思自得，斯草薉於哇，而茅塞其陸。其失者，即目未睹淵泉所導，手未披枝肆所歧者也。而爲說轉易曉，學者淺涉而堅信之，用自滿其量之能容受，不復求遠者、閎者，故誦法康成、程、朱，不必無人，而皆失康成、程、朱於誦法中，則不志乎聞道之過也。誠有能志乎聞道，必去其兩失，彈力於其兩得。既深思自得而近之矣，然後知孰爲十分之見，孰爲未至十分之見。如繩繩木，昔以爲直者，其曲於是可見也；如水準地，昔以爲平者，其坳於是可見也。夫然後傳其信，不傳其疑，疑則闕，庶幾治經不害。〔註40〕

戴震於乾隆二十二年（1757）年南下揚州時會晤了惠棟，此次相會對戴震影響很大，他從尊宋開始走到堅定的反宋立場。姚鼐此時雖然任職於四庫館，但其推尊理學的思想始終沒有變化，而他在考據上的成果每每被主持者紀昀所否定，這就使得他在四庫館孤立無助。姚鼐離開京師的主要原因乃是與四庫館的漢學家的矛盾，特別是與戴震和紀昀的矛盾。戴震由信仰程朱轉向反對，這無疑是戴震與姚鼐的交往的最大障礙，所以，姚鼐與戴震的交惡應

〔註39〕姚鼐，《惜抱軒詩文集》〔M〕，上海：上海古籍出版社，1992 年，第 520 頁。
〔註40〕戴震，《戴震集》〔M〕，上海：上海古籍出版社，1980 年，第 184～185 頁。

該是在戴震會見惠棟之後（1757 年）。而惠棟於與戴震相會的次年即 1758 年去世。

袁枚目前存有兩篇與惠棟論文學與考據的書信，從袁枚的信上看，惠棟寫給袁枚論辯考據與文學的信至少有兩封。袁枚於乾隆十三年（1748）辭官後往來於南京與杭州之間，而惠棟主要活動於蘇州，兩人在江南影響都比較大，也都以培養後學為樂事。我們現在無法看到惠棟寫給袁枚的那兩封信，從袁枚的兩篇書信上看，袁枚與惠棟的爭論應該是早於戴震會見惠棟的，況且學術思想轉變後的戴震與姚鼐的衝突也經歷了一個發展的過程。如果是從由學術思想的差異而導致人際關係的「交惡」而言，章太炎認為戴震入四庫館（1773 年）後文士與考證的經儒「始交惡」大致是不錯的，但是如果是從學術爭論而言，袁枚與惠棟關於文學與考據的爭論應該是最早的。袁枚會不會因為因為學術思想的差異而與惠棟「交惡」，目前沒有充分的材料來說明。在惠棟去世後，袁枚在寫給程魚門的信中說道：「僕無秋不病，七月間又痁作而伏矣。小愈輒復，瘠若槁木之枝。書來道稚威、定宇（惠棟）化為異物。病中聞此，悲何可支！惠子湛深經術，僕愛而未見」〔註41〕（《答程魚門書》）在《隨園詩話》的箚記中，袁枚對惠棟的經學和詩歌也是很推崇的：「近代深經學而能詩者，其鄭璣尺、惠紅豆（惠棟）、陳見復三先生乎？」〔註42〕由此我們可以肯定，袁枚雖然與惠棟有過比較激烈的爭論，但他們並沒有因此而「交惡」。

江藩在《國朝漢學師承記》裏有一段這樣的記錄：

> 是時，三禮館總裁方侍郎苞，自負其學，見永，即以所疑《士冠禮》、《士昏禮》數事為問，從容答之。苞負氣不服，永哂之而已。
> 〔註43〕（《江永》）

江藩是站在漢學家的立場來給江永作傳，其反桐城派的動機是很明顯的。按照江藩的記錄，那文士與考證經儒最早的「交惡」應該是方苞與江永。但在戴震和錢大昕給江永的傳記裏，我們卻找不到兩者「交惡」的證據。戴震給江永的傳寫道：

> 先生嘗一遊京師，以同郡程編修恂延之至也。三禮館總裁桐城方侍

〔註41〕 袁枚，《小倉山房詩文集》〔M〕，上海：上海古籍出版社，1988 年，第 1520頁。

〔註42〕 袁枚，《隨園詩話》〔M〕，北京：人民文學出版社，1982 年，第 119 頁。

〔註43〕 江藩，《漢學師承記（外二種）》〔M〕，北京：三聯書店，1998 年，第 93 頁。

郎芑素負其學，及聞先生，願得見，見則以所疑《士冠禮》、《士昏
禮》中數事為問，先生從容置答，乃大折服。〔註44〕

錢大昕的《江先生傳》與戴震相仿，只是「折服」，並無負氣。江藩的《國朝
漢學師承記》對桐城派多意氣用事，應該說，戴震與錢大昕的記載更可信。

乾嘉時期由於思想觀念的差異而導致人際關係「交惡」的其實不例不少，
王昶在《湖海詩傳》中記載：

時竹君推戴東原經術，而籜石獨有違言，論至學問可否得失處，籜
石顏發赤，聚訟紛挐。及罷酒出門，斷斷不已，上車復下者數四。
〔註45〕

錢載（籜石）是乾嘉時期盛享聲譽的詩人，也是程朱理學的信徒，他「顏發
赤，聚訟紛挐。及罷酒出門，斷斷不已，上車復下者數四」，這其實是由他與
戴震思想觀念的衝突引發，同樣的衝突在姚鼐、翁方綱、方東樹等理學信徒
的身上不時發生，在爭論中雙方都不免意氣用事。

乾嘉時期的漢宋之爭雖然涉及到了文學觀念，但主要矛盾集中在儒學內
部的尊宋與反宋上，如果從純粹的考據與文學的爭論而言，這場爭論應該說
主要是以袁枚為中心而展開。乾嘉前期，袁枚與惠棟爭論，並在其他場合對
考據進行了抨擊，使得性靈文學觀念佔據了一定的市場。而在後期，乾嘉後
學一改前期的零碎的考據學風，重新反思經史考證，重義理的推演，對袁枚
的持論進行了反駁並給性靈派以沉重打擊。

1.2.2 袁枚對考據的反駁

1.2.2.1 袁枚與惠棟之爭

在中國歷史上，文學學科的意識並不是很強，當人們回溯典籍，試圖給
文學學科定位的時候，往往由於學術立場的差異而顧此失彼。漢唐之後，關
於文學、訓詁考據、理學三者的關係開始為人們所關注。南朝梁蕭繹《金樓
子·立言》所云：

古人之學者有二，今人之學者有四。夫子門徒，轉相師受，通聖人
之經者，謂之儒；屈原、宋玉、枚乘、長卿之徒，止於辭賦，則謂
之文。今之儒，博窮子史，但能識其事，不能通其理者，謂之學。

〔註44〕 戴震，《戴震集》〔M〕，上海：上海古籍出版社，1980 年，第 230 頁。
〔註45〕 王昶，《蒲褐山房詩話新編》〔M〕，濟南：齊魯書社，1988 年，第 56 頁。

至如不便爲詩如閏纂，善爲章奏如伯松，若此之流，泛謂之筆。吟
詠風謠，流連哀思者，謂之文。而學者率多不便屬辭，守其章句，
遲於通變，質於心用。學者不能定禮樂之是非，辯經教之宗旨，徒
能揚榷前言，抵掌多識，然而挹源之流，亦是可貴。筆退則非謂成
篇，進則不云取義，神其巧惠，筆端而已。至如文者，惟須綺縠紛
披，宮徵靡曼，唇吻遒會，情靈搖蕩。而古之文筆，其源又異。
〔註46〕

蕭繹認爲學術由二而分爲「儒」、「文」、「學」、「筆」四種，強調了不同的學
術門類之間的差異，將「文」與「筆」對舉，這一學術劃分很符合文學自覺
時代的南北朝，也爲後世的學科分類提供了思路。程頤在《程氏遺書》：「古
之學者一，今之學者三，異端不與焉：一曰文學之學，二曰訓詁之學，三曰
儒者之學。欲趨道，舍儒者之學不可。今之學者有三弊，一溺於文章，二牽
於訓詁，三惑於異端。苟無此三者，則將何歸？必趨於道矣。」〔註 47〕程頤
高舉道學，不滿於文學與訓詁，認爲文學與訓詁乃是學術之弊，這就難怪梁
啟超認爲乾嘉考據學是對宋明理學的「反動」了。戴震在《與方希原書》云：
「聖人之道，在六經。漢儒得其制數，失其義理；宋儒得其義理，失其制數」
「古今學問之途，其大致有三：或事於理義，或事於制數，或事於文章。事
於文章者，等而末者也。然自子長、孟堅、退之、子厚諸君子爲之曰：是道
也，非藝也。以云道，道固有存焉者矣。如諸君子之文，亦惡睹其非藝歟？
夫以藝爲末，以道爲本。諸君子不願據其末，畢力以求據其本，本既得矣，
然後曰：是道也，非藝也。」〔註 48〕長期以來，文字訓詁作爲一種工具並不
被人們的重，文學與理學人關係一直成爲人們關注的熱點。戴震強調道本文
末，表面上與宋儒並無二致，其實他對宋儒心性之辯的理論鑿空很不滿，主
張從文字訓詁出發，以求儒道之眞諦。在四庫館臣的推動下，經史考證佔據
了學術的主流，連最高統治者乾隆帝也由最初尊宋儒而轉變爲反宋儒。學術
風氣的轉變讓人們再次思考文學、考據、理學的關係，價值的天秤在不同的
學人間呈現出了偏斜，正如章學誠在《與族孫汝楠論學書》所說：

學問之途，有流有別，尚考證者薄詞章，索義理者略徵實，隨其性

〔註46〕 蕭繹，《金樓子》，見《四庫全書子部精要（中）》，天津古籍出版社，第 597
～598 頁。
〔註47〕 程顥、程頤，《二程集（上）》〔M〕，北京：中華書局，2004 年，第 187 頁。
〔註48〕 戴震，《戴震集》〔M〕，上海：上海古籍出版社，1980 年，第 189 頁。

之所近，而各標獨得，則服、鄭訓詁，韓、歐文章，程、朱語錄，固已角犄鼎峙，而不能相下。必欲各分門戶，交相譏議，則義理入於虛無，考證徒為糟粕，文章只為玩物，漢唐以來，楚失齊得，至今囂囂，有未易臨決者。惟自通人論之則不然，考證即以實此義理，而文章乃所以達之之具。事非有異，何為紛然？〔註49〕

戴震認為義理是文章、考證之源，而在他的弟子段玉裁的眼中，考據卻成了學術的首要問題，「玉裁竊以謂義理、文章未有不由考覈而得者。」（《戴東原集序》，同上，卷首）學術思想浸染了人們對文學價值的判斷。乾嘉時期，隨著人口的大幅增長，文人隊伍也迅速壯大。在沉重的歷史面前，或幹濟、或詩文、或考據，士子們必須要做出選擇，盧文弨說道：

> 人之為學也，其徑途各有所從入：為理學者宗程、朱；為經學者師賈、孔；為博綜之學者希蹤貴與、伯厚；為詞章之學者方軌子雲、相如；為鈔撮之學者，則漁獵《初學記》、《藝文類聚》諸編；為校勘之學者，則規撫乎刊誤、考異諸作。人之力固有所不能兼，抑亦關乎性情，審其近而從事焉，將終身以之，而後可以發名成業。〔註50〕

在學術分工日益明確、文化遺產極其豐富的歷史條件下，乾嘉學人們遭遇到了「影響的焦慮」，他們必須根據自己的情況作出選擇，而這一選擇必然導致價值天秤的失衡。考據在學術上的霸權地位使得漢學家並不需要過多地去為其地位而辯護，他們將考據依附於經學，以經學看待考據，將文學視為傳道之具。而在這一時期，隨著文學創作的繁榮及創作主體性的增強，輕易地抹殺文學的價值也不為文學家們所許可。考據與文學的論辯，首先發難是發生在袁枚與惠棟之間。目前我們只能看到袁枚的兩封書信，而惠棟寫給袁枚的信現已無從查考。雖然如此，我們仍然可以從袁枚的信中看到雙方的立足點，我們不妨看看袁枚寫給惠棟的兩封信。

答惠定宇書

> 來書懇懇以窮經為勗，慮僕好文章，舍本而逐末者。然比來見足下窮經太專，正思有所獻替，而教言忽來，則是天使兩人切磋之意，幸有明也。

〔註49〕章學誠，《文史通義新編新注（倉修良輯注）》〔M〕，杭州：浙江古籍出版社，2005年，第799～800頁。
〔註50〕盧文弨，《抱經堂文集》〔M〕，北京：中華書局，1990年，第160頁。

夫德行本也，文章末也。《六經》者，亦聖人之文章耳，其本不在是也。古之聖人，德在心，功業在世，顧肯爲文章以自表著耶？孔子道不行，方雅言《詩》、《書》、《禮》以立教，而其時無《六經》名。後世不得見聖人，然後拾其遺文墜典，強而名之曰「經」。增其數曰六，曰九，要皆後人之爲，非聖人意也。是故眞僞雜出而醇駁互見也。夫尊聖人，安得不尊《六經》？然尊之者，又非其本意也。震其名而張之，如托足權門者，以爲不居至高之地，不足以蹲輮他人之門戶。此近日窮經者之病，蒙竊恥之。

古之文人，孰非根柢《六經》者？要在明其大義，而不以瑣屑爲功。即如說《關雎》，鄙意以爲主孔子哀樂之旨足矣。而說經者必爭爲后妃作，宮人作，畢公作，刺康王所作。說「明堂」，鄙意以爲主孟子王者之堂足矣。而說經者必爭爲即清廟，即靈臺，必九室，必四空，必清陽而玉葉。問其由來，誰是秉《關雎》之筆而執明堂之斤者乎？其他說經，大率類此。最甚者，秦近君說「堯典」二字至三萬餘言；徐遵明誤康成八寸策爲八十宗，曲說不已。一闤之市，是非麻起。煩稱博引，自賢自信，而卒之古人終不復生。于彼乎？于此乎？如尋鬼神搏虛而已。僕方怪天生此迂繆之才，後先噂沓，擾擾何休，敢再拾其瀋而以吾附益之乎？

聞足下與吳門諸士，厭宋儒空虛，故倡漢學以矯之，意良是也。第不知宋學有弊，漢學更有弊。宋偏于形而上者，故心性之說近玄虛；漢偏于形而下者，故箋註之說多附會。雖捨器不足以明道，《易》不畫，《詩》不歌，無悟入處。而畢竟樂師辨乎聲詩，則北面而絃矣；商祝辨乎喪禮，則後主人而立矣。藝成者貴乎？德成者貴乎？而況其援引妖讖，臆造典故，張其私說，顯悖聖人，箋註中尤難僂指。宋儒廓清之功，安可誣也！

僕齔齒未落，即受諸經。賈、孔註疏，亦俱涉獵。所以不敢如足下之念茲在茲者，以爲《六經》之于文章，如山之昆崙、河之星宿也。善遊者必因其胚胎濫觴之所以，周巡夫五嶽之崔巍，江海之交匯，而後足以盡山水之奇。若矜矜然孤居獨處于昆崙、星宿間，而自以爲至足，則亦未免爲塞外之鄉人而已矣。試問今之世，周、孔復生，其將抱《六經》而自足乎？抑不能不將漢後二千年來之前言往行而

多聞多見之乎？夫人各有能不能，而性亦有近有不近。孔子不強顏、閔以文學，而足下乃強僕以說經。倘僕不能知己知彼，而亦爲以有易無之請，吾子其能舍所學而相從否？〔註51〕

答定宇第二書

覆書道士之制行，非經不可。疑經者非聖無法云云。僕更不謂然。

夫窮經而不知經之所由名者，非能窮經者也。三代上無「經」字，漢武帝與東方朔引《論語》，稱傳不稱經；成帝與翟方進引《孝經》，稱傳不稱經。「六經」之名始於莊周，「經解」之名始於戴聖。莊周，異端也；戴聖，贓吏也。其命名未可爲據矣。桓、靈刊《石經》，匡、張、孔、馬以「經」顯。歐陽歙贓私百萬，馬融附姦，周澤彈妻，陰鳳質人衣物，熊安稱觸觸生，「經」之效何如哉！

六經中，惟《論語》、《周易》可信，其他經多可疑。疑，非聖人所禁也。孔子稱「多聞闕疑」，又稱「疑思問」。僕既無可問之人，故宜長闕之而已。且僕之疑經，非私心疑之也，即以經證經而疑之也。其疑乎經，所以信乎聖也。六經者文章之祖，猶人家之有高、曾也。高、曾之言，子孫自宜聽受，然未必其言之皆當也。六經之言，學者自宜參究，亦未必其言之皆醇也。疑經而以爲非聖者無法，然則疑高、曾之言，而爲之幹蠱，爲之幾諫者，亦可謂非孝者無親乎？

漢王充曰：「著作者爲文儒，傳經者爲世儒。著作者以業自顯，傳經者因人以顯。是文儒爲優。」宋劉彥和曰：「傳聖道者，莫如經。然則鄭、馬諸儒，宏之已足，就有闡宣，無足行遠。」唐柳冕曰：「明六經之義，合先王之道，君子之儒也；明六經之註，與六經之疏，小人之儒也。今先小人之儒，而後君子之儒，以之求才，不亦難乎？」此三君子之言，僕更爲足下誦之。

足下謂說經貴心得，不以沿襲爲工。此言是矣。然而一人之心，即眾人之心也；一人之心所能得，即眾人之心所能得，不足以爲異也。文章家所以少沿襲者，各序其事，各值其景，如煙雲草木，隨

〔註51〕　袁枚，《小倉山房詩文集》〔M〕，上海：上海古籍出版社，1988 年，第 1528 ～1530 頁。

化工爲運轉，故日出而不窮。若執一經而説之，如射舊鵠，雖后羿操弓，必中故所受穿之處；如走狹徑，雖跱跱小步，必履人之舊迹也。

前賜《讀大禮議》、《六宗説》俱精確，然一則毛西河曾言之，一則郝京山曾言之，其書俱在，其説更詳。此豈足下有意襲之哉！足下之心得之，彼二人之心先得之；足下之識雖在二人之前，而足下之生已在二人之後。則不襲之襲，二人傳而足下不傳矣。且僕固疏於經者也。甫得二義，已覺其襲，倘從足下之言，而惟經之是窮，則足下之終日仰首屋梁所自矜獨得者，不俱可危乎？要之足下自問不能購盡天下説經之書，又不能禁絕天下説經者之口，姑毋以説經自喜也。（同上，第 1530～1532 頁）

從袁枚的信中，我們可以看出，惠棟認爲「好文章」是「舍本而逐末」，「士之制行，非經不可」。惠棟顯然是將經看作是萬事的根本，認爲文章乃是經之末，君子宜先從經入手，由源導末才能有所成就。「昔人言詩之道有根柢焉，有興會焉。鏡中之象，水中之月，相中之色，羚羊掛角，無迹可尋，此興會焉。本之風雅，以道其源，泝之楚騷漢魏以達其流，博之九經三史諸子以窮其變，此根柢也。根柢原於學問，興會發於性情，二者率不可得兼，然則有兼之者，豈不裒然一大家乎？」〔註 52〕（《古香堂集序》）惠棟其實更看重的是學問的根柢而非興會。惠棟曾自稱「三世傳經」，而朱維錚卻認爲惠棟的父親惠士奇：「他著有《易》、《禮》、《春秋》三『説』，號稱邃深經術，但三書沒有超出平凡之上。在經學上眞有造詣的，是終身爲縣學生員的孫兒惠棟。」〔註 53〕（《漢學師承記・導言》）江藩記載惠棟祖、父二人：

研谿先生（惠周惕）少傳家學，又從徐枋、汪琬游，工詩古文詞。既壯，阨於貧，遍遊四方，與當代名士交。秀水朱彝尊亟稱之，文名益著。康熙辛未，成進士，選庶吉士。因不習國書，改密雲知縣，卒於官。著有《易傳》、《春秋問》、《三禮問》、《詩説》，及《研谿詩文集》。

子士奇，字天牧，晚年自號半農人。研谿先生夢東里楊文貞公來謁，

〔註 52〕 惠棟，《松崖文鈔》，清光緒劉氏刻聚學軒叢書本影印，卷二，《續修四庫全書》本，上海古籍出版社，2002 年。

〔註 53〕 江藩，《漢學師承記》〔M〕，北京：三聯書店，1998 年，《導言》第 8 頁。

　　已而生先生，遂以文貞之名名之。年十二，即能詩，有「柳未成陰
　　夕照多」之句，爲先輩所激賞。（同上，第25頁）

從記載上看，惠棟祖、父二人在文學上的成就比經學要大，惠棟自稱「三世
傳經」其實是爲他的專經做注腳，他對窮經的熱情遠遠大於祖、父兩輩，難
怪他對袁枚「懇懇以窮經爲勸」。惠棟在《九曜齋筆記》中說道：「近來不
喜漁洋詩者，皆天分過高之人。及觀其自作詩，於漁洋之秘，則概乎未之有
聞也。詩，小伎耳，猶如此，以此知學問之難。」〔註54〕惠棟所說的「不喜
漁洋詩者」正是指袁枚，袁枚曾經嗤笑王士禎爲「一代正宗才力薄」，而惠
棟在詩上所推重的正是王士禎。袁枚與惠棟爭論的焦點並非是否尊尙漁洋的
神韻，而是在對待考據與詩文上。惠棟認爲詩是「小伎」，作詩並非難事，所
難乃在於學問，這就與袁枚重詩輕考據的觀點相左，故而兩人的矛盾是在所
難免。

　　袁枚「見足下窮經太專，正思有所獻替」，說明他對漢學家繁瑣的考證是
有看法的。針對惠棟「士之制行，非經不可」，袁枚認爲聖人所重的乃在德
行，經籍乃是他們不得已而爲之，並非其本意，「後世不得見聖人，然後拾其
遺文墜典，強而名之曰『經』」，「遺文墜典」眞僞駁雜，固守己非，而箋註更
不當。「六經之言，學者自宜參究，亦未必其言之皆醇也。」袁枚認爲六經並
不是聖人的眞意所在，對經的神聖性提出了質疑，這無疑是釜底抽薪，將惠
棟認爲高高在上的「經」貶下了神壇。袁枚認爲經乃是後人捏造出來的，而
稱經、傳經的人多品行不端，「『六經』之名始於莊周，『經解』之名始於戴
聖。莊周，異端也；戴聖，贓吏也。其命名未可爲據。」袁枚以牙還牙，用
考據的方法將考據者的不端行爲暴露出來，這就使得考據的光環不復存在。
最讓袁枚忍愛不了的是考據的瑣碎，說《關雎》「說經者必爭爲后妃作，宮人
作，畢公作，刺康王所作。」說明堂「必爭爲即清廟，即靈臺，必九室，必
四空，必清陽而玉葉。」「說『堯典』二字至三萬餘言」，這完全違背了他追
求性靈的旨趣，故而他不遺餘力地加以抨擊，甚至認爲解經沒有什麼新意，
剿襲雷同，陳陳相因。袁枚認爲「六經者，文章之祖」，把經與文章視爲著
作，而考據是對著作的注疏，這就把考據放在了第二義的位置，孰優孰劣就
很明顯了。

　　袁枚與惠棟的爭論主要論及了考據與文學的孰優孰劣的問題，袁枚在書

〔註54〕　惠棟，《九曜齋筆記》，四庫全書文淵閣本，卷二。

信中點到了當時以惠棟爲代表的考據的致命不足，而他對經的懷疑和否定爲日後理學家的詆辱留下了口實。從書信上看，袁枚對惠棟的經史考證的認識還是比較表面，「足下謂說經貴心得，不以沿襲爲工。此言是矣。然而一人之心，即眾人之心也；一人之心所能得，即眾人之心所能得，不足以爲異也。」這儒經理解爲簡單的教條，沒有認識到解經帶來的思想收穫和時代意義，這是袁枚的不足，致使後人認爲袁枚「不解經」。另外，袁枚將六經與文章視爲一物，這也是不科學的。在乾嘉時期，經、史、子、集的分類已經深入人心，而袁枚卻還沒有區別經與文，這就難怪後來章學誠在文史源流的辨析中對他大加討伐了。這兩封書信是袁枚早期對考據的認識，隨著考據學風的日趨熾熱以及袁枚詩壇領袖地位的確立，爭論就更全面了。

1.2.2.2 袁枚與考據的全面抗衡

惠棟於乾隆二十三年（1758）去逝，當時袁枚並沒有執掌詩壇牛耳，考據之風也未達到全盛。四庫館的開館（1773 年）標誌漢學開始進入全盛，經史考證開始由民間走向官方，一大批漢學家主持風雅，考據之風遍及宇內，成爲學術的主流話語。而這個時期也正是袁枚逐步接替沈德潛成爲詩壇領袖的時期，孫原湘稱「乾隆三十年以前，歸愚宗伯主盟壇坫」，以後則是「小倉山房出而專主性靈」〔註 55〕。當袁枚主持詩壇風雅的時候，這一時期一大批在初步詩壇上享有盛名的詩人紛紛由辭章轉向經史考證，代表性的學者有王鳴盛、錢大昕、朱筠、趙翼等，而處於後輩的不少人也有著相同的經歷，如日後在考據上享有盛名的孫星衍、洪亮吉等。即使是不擅長考據的詩人，如被稱爲「小李白」的黃仲則也爲考據所吸引，欲束詩高閣，向考據靠攏。士子們倒戈投向考據，一方面是風氣使然，另一方面是道本文末的觀念在起作用。士子們的改弦易轍引起袁枚對考據的不滿，他在《再答黃生》批評說：「近日海內考據之學，如雲而起。足下棄平日之詩文，而從事於此，其果中心所好之耶？抑亦爲習氣所移，震於博雅之名，而急急爲欲冒居之也？足下之意以爲己之詩文業已足矣，詞章之學不過爾爾，無可用力，故捨而之他？不知天下無難事，只怕有心人。天下無易事，只怕粗心人。詩文非易事也，一字之未協，一句之未工，往往才子文人窮老盡氣而不能釋然於懷。亦惟深造者，方能知其癥結。子之於文未造古人境界，而半途棄之，豈不可惜？

〔註 55〕 孫原湘，《天真閣集》，清刻本，卷四十一，北京師範大學圖書館藏。

且考據之功，非書不可，子貧士也，勢不能購盡天下之書，倘有所得，必爲遼東之豕，縱有一瓻之借，所謂販鼠賣蛙，難以成家者也。」〔註56〕黃生其實就是當時極受世人推重的天才詩人黃仲則，並不擅長考據的他爲風氣所殉，欲棄詩文而從事考據，袁枚的努力終於讓這位詩人繼續在文學的園子裏耕耘，同樣的勸導不時地發現在袁枚身邊的文學青年身上。作爲乾嘉詩壇的領袖，袁枚極力維護詩文的地位，在他的爭辯下，考據與文學的關係得以釐清，在一定程度上避免了考據對文學的過度侵擾。袁枚與惠棟的兩封信引起了研究者的關注，其實那兩封信只是論及了考據與詩文孰優孰劣的問題，隨著考據學風的趨熾，袁枚對考據的批判就更全面了。可以說，與考據的論辯貫穿了袁枚的一生，可惜的是，袁枚後來對考據學風的批判並沒有引起研究者的深入分析。

1.「著」與「述」

乾嘉時期的經史考證主要是對儒家經典進行還原，離開了原典，考據學便失去了存在的依據。在方法上，乾嘉考據強調由文字入手對經典進行還原，「由字以通其詞，由詞以通其道，必有漸。」爲了保證結果的客觀性，他們還注重以子、史證經，「以古諸子書，關聯經傳，可以佐證事實，可以校訂脫訛，可以旁通音訓。故乾嘉以還學者，皆留意子書，用爲治經之功。」〔註57〕考據需要長期的學術積纍，考證的過程也必須保持客觀、嚴謹的態度。考據無論在其內涵、方法、歸趣上都與詩歌相去甚遠，袁枚對能否打通二者提出了質疑。

> 近日有巨公教人作詩，必須窮經讀注疏，然後落筆，詩乃可傳。余聞之，笑曰：且勿論建安、大曆、開府、參軍，其經學何如。只問「關關雎鳩」、「采采卷耳」，是窮何經、何注疏，得此不朽之作？陶詩獨絕千古，而「讀書不求甚解」。何不讀此疏以解之？梁昭明太子《與湘東王書》云：「夫六典、三禮，所施有地，所用有宜。未聞吟詠情性，反擬《內則》之篇；操筆寫志，更摹《酒誥》之作。『遲遲春日』，翻學《歸藏》；『湛湛江水』，竟全《大誥》。」此數言振聾發聵；想當時必有迂儒曲士，以經學談詩者，故爲此語以曉之。〔註58〕

〔註56〕袁枚，《小倉山房尺牘》〔M〕，南京：江蘇古籍出版社，1988年，第81頁。
〔註57〕羅熾，《諸子述學》〔M〕，臺北：河洛圖書出版社，1974年，第54頁。
〔註58〕袁枚，《隨園詩話》〔M〕，北京：人民文學出版社，1982年，第567頁。

「吟詠情性」、「操筆寫志」的詩歌講究個人的自得感受，而考據追求的是對原典客觀的實事求是的還原，任何個人主觀情感的介入都會對原典的闡釋產生偏離，兩者很難走到一塊，難怪袁枚感歎：「余嘗考古官制，撿搜群書，不過兩月之久，偶作一詩，覺神思滯塞，亦欲於故紙堆中求之。方悟著作與考訂兩家，鴻溝界限，非親歷不知。」〔註59〕章炳麟《說林下》也說到：

> 近世經師，皆取是爲法：審名實，一也；重佐證，二也；戒妄牽，三也；守凡例，四也；斷情感，五也；汰華辭，六也。六者不具，而能成經師者，天下無有。學者往往崇尊其師，而江戴之徒，義有未安，彈射糾發，雖師亦無所避。〔註60〕

情感是詩文生發的根源，辭采是詩文的重要特徵，考據所需要的客觀冷靜的「斷情感」、「汰華辭」正是詩文之大忌。袁枚認爲詩與考據很難溝通，這是有一定道理的。對於古文的創作，袁枚認爲考據也是無助古文創作的，他在《與程蕺園書》中說：

> 從熊公子處接手書，云有索僕古文者，命爲馳寄。僕于此事，因孤生嬾，覺古人不作，知音甚稀。其弊一誤于南宋之理學，再誤于前明之時文，再誤于本朝之考據。三者之中，吾以考據爲長。然以之潤古文，則大不可。何也？古文之道，形而上，純以神行，雖多讀書，不得妄有摭拾。韓、柳所言功苦，盡之矣。考據之學，形而下，專引載籍，非博不詳，非雜不備，辭達而已，無所爲文，更無所爲古也。嘗謂古文家似水，非翻空不能見長。果其有本矣，則源泉混混，放爲波瀾，自與江海爭奇。考據家似火，非附麗于物，不能有所表見。極其所至，燎于原矣，焚大槐矣，卒其所自得者皆灰燼也。以考據爲古文，猶之以火爲水，兩物之不相中也久矣。《記》曰：「作者之謂聖，述者之謂明。」《六經》、《三傳》，古文之祖也，皆作者也。《鄭箋》、《孔疏》，考據之祖也，皆述者也。苟無經傳，則鄭、孔亦何所考據耶？《論語》曰：「古之學者爲己，今之學者爲人。」著作家自抒所得，近乎爲己；考據家代人辨析，近乎爲人。此其先後優劣不待辨而明也。

> 近見海內所推博雅大儒，作爲文章，非序事噂沓，即用筆平衍，于

〔註59〕袁枚，《隨園詩話》〔M〕，北京：人民文學出版社，1982年，第187頁。

〔註60〕章太炎，《太炎文錄初編》，民國叢書本影印，上海書店，1992年，卷一。

剪裁、提挈、烹煉、頓挫諸法，大都懵然。是何故哉？蓋其平素神
氣沾滯于叢雜瑣碎中，翻撿多而思功少，譬如人足不良，終日循牆
扶杖以行，一旦失所依傍，便倀倀然臥地而蛇趨，亦勢之不得不然
者也。且胸多卷軸者，往往腹實而心不虛；藐視詞章以為不過爾爾，
無能深探而細味之。劉貢父笑歐九不讀書，其文具在，遠遜盧陵，
亦古今之通病也。〔註61〕

經史考證離不開典籍，以佐證為主，作者的情感不能過多地牽涉其中，所以
袁枚認為它「形而下」。與考據相反，「古文之道，形而上，純以神行；雖多
讀書，不得妄有撼拾。」認為古文需要空靈之氣。袁枚嚴格地辨別了古文與
考據，認為考據所尊尚的博學並不是古文創作的首要條件，讀書太多甚至會
「神氣沾滯于叢雜瑣碎中，翻撿多而思功少」，沒法進行古文創作。袁枚的這
一觀點可以說是逆時流而上，後來受到了漢學家的普遍批評。袁枚還批評了
漢學家全然不瞭解古文創作的方法，「非序事噂沓，即用筆平衍；于剪裁、提
挈、烹煉、頓挫諸法，大都懵然。」這點中了漢學家古文寫作上的缺陷，而
這種缺陷從根本上說乃是不瞭解古文的審美所在，正因如此，他們認為作文
甚易。在詩與文的關係上，袁枚認為古文比詩要難作，他說：「枚嘗核詩寬而
核文嚴。何則？詩言志，勞人思婦，都可以言，《三百篇》不盡學者作也。後
之人雖有句無篇，尚可采錄。若夫始為古文者，聖人也。聖人之文而輕許
人，是誣聖也。《六經》文之始也，降而《三傳》，而兩漢，而六朝，而唐、
宋，奇正騈散，體製相詭，要其歸宿無他，曰顧名思義而已。名之為文，故
不可俚也；名之為古，故不可時也。」〔註62〕（《與邵厚菴太守論杜茶村文
書》）袁枚認為古文「不可俚」，「不可時」，必須具有古樸的風韻。袁枚於此
有意擡高古文並非故意嚇人，當時以古文見長的姚鼐、師從劉大櫆的程晉芳
都與袁枚交好，袁枚的騈文、古文也為時人稱譽，他對古文創作的甘苦是有
體會的。在《答友人論文第二書》中，袁枚說道：「夫古文者，途之至狹者
也。唐以前無古文之名，自韓、柳諸公出，懼文之不古而古文始名。是古文
者，別今文而言之也。劃今之界不嚴，則學古之詞不類。韓則曰：非三代、
兩漢之書不觀。柳則曰：懼其昧沒而雜也，廉之欲其節。二公者，當漢、晉

〔註61〕 袁枚，《小倉山房詩文集》〔M〕，上海：上海古籍出版社，1988 年，第 1800
～1801 頁。

〔註62〕 袁枚，《小倉山房詩文集》〔M〕，上海：上海古籍出版社，1988 年，第 1544
頁。

之後，其百家諸子未曾放紛，猶且懼染於時。今百家回冗，又復作時藝弋科名，如康崑崙彈琵琶，久染淫俗，非數十年不近樂器，不能得正聲也。深思而慎取之，猶慮勿暇；而乃狃于厖雜以自淆，過矣。」（同上，第 1547 頁）袁枚有意地擡高古文創作的難度，一則是反駁輕視古文的觀點，二則是希望古文創作能夠不爲時文、考據的風氣污染，保持其古樸的藝術特性。袁枚由否定考據對作家情感的束縛而抹殺學識積纍對文學創作的促進作用，這是比較偏激的。

漢學家們的立論基礎其實是傳統的文以載道的觀念，他們看不起文學，認爲經本文末，只要在經學上有積纍，文學創作不是件難事，加之文人行爲多怪癖，這就使得在漢學家的眼中，文學地位低下，不足與考據相提並論。章學誠在《書〈朱陸〉篇後》一文中記錄了戴震論古文創作的一段話：「古文可以無學而能，余生平不解爲古文辭，後忽爲之而不知其道，乃取古人之文批覆思之，不假思索而成，其文即遠出《左》、《國》、《史》、《漢》之上。」〔註63〕章學誠的記述或許有些偏差，但戴震輕視古文卻是一個事實。袁枚對這種皮毛之論深爲不滿，他在《答友人某論文書》中說道：

> 然僕意以爲專則精，精則傳；兼則不精，不精則不傳。與足下異矣。若謂詩文不如著書，僕更不謂然。周、秦以來，作詩文者無萬數，誠如尊言矣。著書者亦無萬數，足下獨未知之乎？擷《藝文志》，未必文集俱亡，而著書獨在也。僕疑足下於詩文之甘苦，尚未深歷，故覺與我爭名者，在在皆是，而獨震於考訂家瑣屑斑駁，以爲其傳，較可必耶？又疑詩文之格調氣韻，可一望而知；而著書之利病，非搜輯萬卷，不能得其癥結。故足下渺視乎其所已知者，而震驚乎其所未知者耶？（同上，第 1546 頁）

在考據與詩文的對峙中，袁枚對重考據輕詩文思想的把握還是很準確的，故而能一語中的，找到問題的關鍵所在並予以回擊，很是痛快。

袁枚嚴格地辨析了考據與詩文，認爲兩者各成一家，不可相兼。爲了將二者區別開來，袁枚將詩歌作爲一個與考據並存並優於考據而獨立存在的學科門類。

王夢樓云：「詞章之學，見之易盡，搜之無窮。今聰明才學之士，往

〔註63〕章學誠，《文史通義新編新注（倉修良輯注）》〔M〕，杭州：浙江古籍出版社，2005 年，第 133 頁。

往薄視詩文，遁而窮經注史。不知彼所能者，皆詞章之皮面耳。未
吸神髓，故易於決捨；如果深造有得，必愁日短心長，孜孜不及，
焉有餘功，旁求考據乎？」予以爲君言是也。然人才力各有所宜，
要在一縱一橫而已。鄭、馬主縱，崔、蔡主橫，斷難兼得。余嘗考
古官制，撿搜群書，不過兩月之久，偶作一詩，覺神思滯塞，亦欲
於故紙堆中求之。方悟著作與考訂兩家，鴻溝界限，非親歷不知。
或問：「兩家孰優？」曰：「天下先有著作，而後有書；有書而後有
考據。著述始於三代六經，考據始於漢、唐注疏。考其先後，知所
優劣矣。著作如水，自爲江海；考據如火，必附柴薪。『作者之謂
聖』，詞章是也；『述者之謂明』，考據是也。」〔註64〕

袁枚認爲詩文與著述一樣是作者知識才性的自由表述，因此將詩文列入了
「著」這一門類。考據是對著文的注疏辯析，是「述」。他根據「著」與「述」
的區別將詞章提高到了「著」的高度，與經典並駕齊驅，而將考據放入了
「述」的二流位置。他認爲先有著述而後有考據，考據依附於著述，「天下先
有著作，而後有書；有書而後有考據。」在考據學佔據學術主流話語的乾嘉
時代，考據取得了與經同等重要的地位，將詩文的地位擡高於考據之前，這
不僅僅是對主流學術的貶低，而且也是對經的解構。袁枚將詩文創作等同於
經學的著說，其實二者在考據的參照系下只是形式上有一定的相似性，兩者
在寫作方法、內涵上還是有很大的區別，袁枚將他們混爲一談固然點到了考
據的致命之痛，但不能令人信服，致使乾嘉後學以此爲突破口對袁枚大肆辱
罵。在《散書後記》裏，袁枚還將「著」與「述」進行了對比。

書將散矣，司書者請問其目。余告之曰：凡書有資著作者，有備參
與者。備參考者，數萬卷而未足；資著作者，數千卷而有餘。何也？
著作者鎔書以就己，書多則雜；參考者勞己以徇書，書少則漏。著
作者如大匠造屋，常精思于明堂奧區之結構，而木屑竹頭非所計也；
考據者如計吏持籌，必取證于質劑契約之紛繁，而圭撮毫釐所必爭
也。二者皆非易易也。

然而一主創，一主因；一憑虛而靈，一核實而滯；一恥言蹈襲，一
專事依傍；一類勞心，一類勞力。二者相較，著作勝矣。且先有著
作而後有書，先有書而後有考據。以故著作者，始于六經，盛於周、

〔註64〕　袁枚，《隨園詩話》〔M〕，北京：人民文學出版社，1982年，第186頁。

秦，而考據之學，則自後漢末而始興者也。鄭、馬箋註，業已回冗。
其徒從而附益之，抨彈踳駁，彌彌滋甚。孔明厭之，故讀書但觀大
略；淵明厭之，故讀書不求甚解。二人者，一聖賢，一高士也。余
性不耐雜，竊慕二人之所見，而又苦本朝考據之才之太多也，盍以
書之備參考者盡散之。〔註65〕

先有著作而後有考據，袁枚從時間的先後上說明了著作與考據的本末關係，
而在兩者的特性上，「一主創，一主因；一憑虛而靈，一核實而滯；一恥蹈襲，
一專依傍；一類勞心，一類勞力。」袁枚將兩者進行了比較，使人們加深了
對經史考證的認識，但袁枚對考據的「核實而滯」、「蹈襲」、「依傍」的認識
顯然也仍然是處於表面。袁枚認為考據始於漢代，六經都是著述，這也是不
正確的。袁枚有意地貶低考據而過尊著述，這是袁枚崇尚「憑虛而靈」的詩
學主張使然，同時也跟他沒有真正地深入考據有關。

這一時期與袁枚有相似持論的人其實也是不少，朱仕琇具有從事經史考
據與文學創作的雙重經歷，他對經史考證與文學創作的區別在一定程度上也
為文學的獨立地位找到了存在的根基。

古人治經，非專門名家教授者，皆取大義通，不為章句。若孟子、
荀卿、李斯、賈生、司馬遷、劉向、揚雄、班固是也。故遷稱李斯
知六藝之歸，固謂向父子、揚雄為湛深經術，謂優於其義也。至於
名物器械之詳，則季漢通儒徐偉長之流亦知鄙之矣，學者幸不為君
子所鄙，又安畏世俗之識耶！至著文之道，第本其所得於古人者，
調劑心氣，誠一以出之，齊莊以持之，優遊以深之，曲折以昌之，
援引古昔以矜重之，使其言粲然各識其職而不亂，澹然各止其所而
不過，則雖尋常問訊起居之辭，而人寶之如金玉，襲之如蘭芷，聽
之如笙瑟，味之如醴醴，有不忍去者矣。何也？則以其心氣之清和
惻怛，感人於微，而人樂之，亦自得其志也。故自貴者人貴之，自
愛者人愛之。《傳》曰：「芷蘭生於空林，不以無人而不芳。」固斯
所為自著者也。後之作者，誇嚴自喜，動曰言思可法，或曰言必有
用，故所為皆依仿緣飾，以動於世。二者豈非教之所崇，第以古人
出之，皆流於內足之餘，其言信也。後之人未必然也，而馳騖心氣，

〔註65〕 袁枚，《小倉山房詩文集》〔M〕，上海：上海古籍出版社，1988 年，第 1777
頁。

以逐於外，色取聲附，以事觀聽，中柽源醨，美先盡矣，又何以永

學者之思慕乎。此仕琇有感於近世學與文之弊，妄獻其愚，以求大

人先生之折衷也。〔註66〕（《答王光祿西莊書》）

朱仕琇認爲文學創作「自貴者人貴之，自愛者人愛之」，這其實是要求作家要
有自己的創作原則，堅持自己的審美趣向，不爲周圍環境所左右。而漢學家
並不瞭解爲文之道，「後之作者，誇嚴自喜，動曰言思可法，或曰言必有用，
故所爲皆依仿緣飾，以動於世。」朱仕琇在堅持道文合一的前提下對漢學家
鄙薄詩文提出了異意，這對詩文的健康發展是有幫助的，與袁枚相比，見解
更爲中肯。

2. 詩學的真諦——性靈

　　在考據的熱潮中，不少漢學家也熱衷於詩歌創作，翁方綱、凌廷堪等人
以考據入詩，用詩歌的形式載入考據的內容，受到了一些漢學家的推崇。考
據詩雖然在漢學家中得到了一定程度的認可，但在整個詩歌領域，質疑的聲
音還是比較大的。在考據與詩歌的辯別中，袁枚捏出了「性靈」，以示詩歌與
考據的區別。

人有滿腔書卷，無處張皇，當爲考據之學，自成一家。其次，則駢
體文，盡可鋪排，何必借詩爲賣弄？自《三百篇》至今日，凡詩之
傳者，都是性靈，不關堆垛。惟李義山詩，稍多典故；然皆用才情
驅使，不專砌塡也。余續司空表聖《詩品》，第三首便曰《博習》，
言詩之必根於學，所謂「不從糟粕，安得精英」是也。近見作詩者，
全仗糟粕，瑣碎零星，如剃僧髮，如拆蟻線，句句加注，是將詩當
考據作矣。慮吾說之害之也，故續元遺山《論詩》，末一首云：「天
涯有客號詅癡，誤把抄書當作詩。抄到鍾嶸《詩品》日，該他知道
性靈時。」〔註67〕

袁枚的「性靈」是指詩人在作品表現出來的生動活潑、富於歷史韻味或生活
諧趣的智趣，它是創作主體即興的詩性體悟，具有鮮明的個性色彩。考據詩
雖然具有詩的外在形式，但它以羅列考據成果爲內容，在內涵上缺少詩應該
具有的情韻，袁枚認爲這種詩並不是眞詩。袁枚的「性靈」注重的是詩的內

〔註66〕朱仕琇，《梅厓居士文集》，乾隆四十七年松古藏版刻本，北京師範大學圖書
　　　館藏。
〔註67〕袁枚，《隨園詩話》〔M〕，北京：人民文學出版社，1982年，第146頁。

在情韻而非外在的形式或格調，他說：「孔子論詩，但云興、觀、群、怨，又云『溫柔敦厚』，足矣！孟子論詩，但云『以意逆志』，又云『言近而指遠』，足矣！不料今之詩流，有三病焉：其一、填書塞典，滿紙死氣，自矜淹博。其一、全無蘊藉，矢口而道，自誇真率。近又有講聲調而圈平點仄以為譜者，戒蜂腰、鶴膝、疊韻、雙聲以為嚴者，栩栩然矜獨得之秘。不知少陵所謂『老去漸於詩律細』，其何以謂之律？何以謂之細？少陵不言。元微之云：『欲得人人服，須教面面全。』其作何全法，微之亦不言。蓋詩境甚寬，詩情甚活，總在乎好學深思，心知其意，以不失孔、孟論詩之旨而已。必欲繁其例，狹其徑，苛其條規，桎梏其性靈，使無生人之樂，不已傎乎！唐齊已有《風騷旨格》，宋吳潛溪有《詩眼》：皆非大家真知詩者。」（同上，第 626～627 頁）堆書卷、嚴詩法，這些都有違於性靈，而矢口而道、毫無蘊藉的詩也非真詩，他說：「有人以某巨公之詩，求選入《詩話》。余覽之倦而思臥，因告之曰：『詩甚清老，頗有工夫；然而非之無可非也，刺之無可刺也，選之無可選也，摘之無可摘也。孫興公笑曹光祿『輔佐文如白地明光錦，裁為負版袴；非無文采，絕少剪裁』是也。』或曰：『其題皆莊語故耳。』余曰：『不然。筆性靈，則寫忠孝節義，俱有生氣；筆性笨，雖詠閨房兒女，亦少風情。』」（同上，第 620 頁）可見，袁枚的「性靈」乃是針對束縛詩人個性與缺少審美韻味的考據而論，它對糾正詩歌創作的時弊是有積極作用的。袁枚的性靈詩與考據詩可謂判若水火，他對缺乏情與韻的詩歌很不滿，就是當時備受推崇的杜甫，袁枚也表現出了不滿。「余雅不喜杜少陵《秋興》八首，而世間耳食者，往往讚歎，奉為標準。不知少陵海涵地負之才，其佳處未易窺測；此八首，不過一時興到語耳，非其至者也。如曰『一系』，曰『兩開』，曰『還泛泛』，曰『故飛飛』：習氣大重，毫無意義。」〔註68〕《秋興》八首是杜甫的七律的代表作，歷來受到人們的尊崇，詩人的故國之感、家園之思得到了充分的表現。袁枚卻沒有對這組詩表現出興趣，認為習氣太重，缺乏生動的機靈之趣。袁枚的評價是否客觀我們姑且不論，他的這一評價其實在向我們展示他自己的詩學觀：詩要有性靈之趣。王運熙、顧易生主編的《中國文學批評史》認為袁枚的性靈說淵源於鍾嶸與南宋的楊萬里，是晚明公安派的繼承與發展。王英志認為「袁枚性靈說的真正奠基石應該是鍾嶸《詩品》」。〔註69〕袁枚的詩學思

〔註68〕袁枚，《隨園詩話》〔M〕，北京：人民文學出版社，1982 年，第 245 頁。
〔註69〕王英志，《袁枚評傳》〔M〕，南京：南京大學出版社，2002 年，第 386 頁。

想與鍾嶸比較接近，應該說他確實是對鍾嶸的很好繼承。

「性靈」的內涵還要求每個時代的詩人各有自己的「性情」、「際遇」，因而，每一時代的詩歌內容、形式和風格都迥然有別於其他時代，這是詩歌發展的必然。袁枚云：「唐人學漢、魏變漢、魏，宋學唐變唐。其變也，非有心於變也，乃不得不變也。使不變，則不足以爲唐，不足以爲宋也。子孫之貌，莫不本於祖父，然變而美者有之，變而醜者有之。若必禁其不變，則雖造物所不能。」〔註70〕時代變了，詩歌的風格也應該隨之變化，造物之功，即在於千變萬化，如果詩歌古今一律，千人一篇，實乃詩歌之厄運，而非幸事。與「性靈」相反，考據不斷地回到過去，考證的最終結果只能有一個是正確的，個性化與多樣性都不符合考據的學科精神，「性靈」詩論與考據學在旨趣上判若水火。

袁枚很不滿當時以詩來敘寫考據內容的做法，他在《論詩》中寫道：「天涯有客號詅癡，誤把抄書當作詩。抄到鍾嶸詩品日，該他知道性靈時。」「天涯有客號詅癡」其實是指以考據爲詩的翁方綱，他的考據詩大多以詩的形式羅列考據內容，有賣弄學問之嫌，袁枚的指責其實是有道理的，劉聲木就指出：

> 國朝諸儒，能言而不能行者，莫如大興翁蘇齋學士方綱。易王文簡公論詩主神韻之說，爲肌理二字，亦可備一說，皆於詩學有裨。獨至其所自作之詩，極與所言相反。其詩實陰以國朝漢（學）家考證之文爲法，尤與俞正燮《癸巳類稿》、《癸巳存稿》相似，每詩無不入以考證。雖一事一物，亦必窮源溯流，旁搜曲證，以多爲貴，渺不知其命意所在。而爬羅梳剔，詰曲聲牙，似詩非詩，似文非文，似注疏非注疏，似類典非類典。袁簡齋明府論詩，有「錯把鈔書當說詩」之語，論者謂其爲學士而發，確爲不謬。百餘年來，翁氏之集，名雖行世，試問何人取而誦讀則效？聊供插架之用。《復初齋詩集》流傳益罕，欲供插架而未能，豈非不行於世之明驗乎。文章乃千古之公物，公是公非，自有定評，決非一二人以私意所能擾亂也。〔註71〕（《論翁方綱詩》）

〔註70〕 袁枚，《小倉山房詩文集》〔M〕，上海：上海古籍出版社，1988 年，第 1502 頁。

〔註71〕 劉聲木，《萇楚齋隨筆續筆三筆四筆五筆》〔M〕，北京，中華書局，1998 年，第 53 頁。

翁方綱以學爲詩，「性耽吟詠，隨地有詩，隨時有詩，所見法書名畫吉金樂石亦皆有詩。」（繆荃孫《重印復初齋詩集序》）他現存的詩基本上只有兩種：「金石碑版之作，偏旁點畫，剖析入微，折衷至當；品題書畫之作，宗法時代，辨訂精微。」（《晚晴簃詩彙》卷八二）這種學人之詩完全忽視了詩歌的審美性，也沒有認識到詩歌的情感原生性，難怪同時期的吳雷發有感而發：「然必有才識者方善讀書，不然萬卷之書，都化塵埃矣。詩須多做，做多則漸生才識也。然必有才識者方許多做，不然，如不識路者，愈走愈遠矣。詩須多講究，講究多，所以遠其識、高其才也。然必有才識者方能講究，不然，齊語楚咻，茫然莫辨故也。故知才識尚居三者之先。」〔註72〕吳雷發認爲才居學、識之先，重視創作主體的創造性，這比翁方綱的以學入詩要高明得多。錢鍾書先生對翁方綱掉書袋的做法也很不滿，他說：「（錢載）及與翁覃溪交好日深，習而漸化，題識諸什，類復初齋體之如《本草湯頭歌訣》，不復耐吟詠矣！」〔註73〕缺少了審美情韻的詩確實是很難說是稱得上是詩了，翁方綱以考據爲詩只能說是他的一己之好。童慶炳老師認爲：

> 文學，是美的領域。文學的對象和內容必須具有審美價值，或是在描寫之後具有審美價值。美並不單純是客觀事物的屬性，它跟審美主體的主觀作用有密切關係。什麼是美的生活，什麼是不美的生活，什麼生活可以進入作品，什麼生活不能進入作品，是一個極其複雜的問題。但文學創作的是藝術美，藝術美來源於生活，因此只有美的生活才能成爲文學的對象的道理，卻是容易理解的。詩人們歌詠太陽、月亮、星星，因爲太陽、月亮、星星能跟人們的詩意感情建立聯繫，具有美的價值；沒有聽說哪一首詩歌吟詠原子內部的構造，因爲原子內部的構造暫時還不能跟人們的詩意感情建立聯繫，還不具有美的價值。詩人吟詠鳥語花香、草綠魚肥，因爲詩人從這些對象中發現了美；暫時還沒有聽說只個詩人吟詠糞便、毛毛蟲、土鱉，因爲這些對象不美或者說詩人們暫時還沒有發現它們與美的某種聯繫。〔註74〕（《關於文學特徵問題的思考》）

〔註72〕吳雷，《說詩菅蒯》，《清詩話》本，上海：上海古籍出版社，1978年，第899頁。

〔註73〕錢鍾書，《談藝錄》〔M〕，北京：中華書局，1984年，第179頁。

〔註74〕童慶炳，《童慶炳文學專題論集》〔M〕，北京：北京師範大學出版社，2007年，第11頁。

對於漢學家而言，經史考證或許能給他們帶來審美的情趣，但對於廣大的接受都而言，這種美是很難觸及的了。缺乏了與現實生活的聯繫，缺乏了文學接受的群眾基礎，考據詩能在多大程度上稱爲詩是一個問題，劉聲木稱翁方綱的詩集「聊供插架之用」並非沒有道理。

與袁枚同朝代的陳章在友人——揚州八怪之一的汪士禎的詩集《巢林集》的序中以情與意之辯道出了學問之詩與性情之詩的區別。

> 古者德業爲重，然未嘗輒廢夫言，故可紀爲文，可歌爲詩，胥言之託，而詩難爲工，非工之難，能一本於情，匪徒出於意之爲難也。蓋一往而至者，情也。若摹而出者，意也。若有若無者，情也。必然必不然者，意也。章僵而情活，意迹而情神，意近而情遠，意僞而情眞。顧稱詩者，往往捨情而求之於意，於是遠想以撰之，雜事以羅之，長韻以屬之，做詭以張之。卒之虛而無物，蕪而不理，外相勝而天眞隱，於詩何有。〔註75〕

學問之詩爲文造情，「遠想以撰之，雜事以羅之，長韻以屬之，做詭以張之」，所作的詩缺乏天然的性情，最終只能是「虛而無物，蕪而不理，外相勝而天眞隱」，這種詩不是眞詩，其實也不是詩。陳章在內涵上界定詩與非詩的界限其實是對考據詩的否定，與袁枚「天涯有客號冷癡，誤把抄書當作詩。抄到鍾嶸《詩品》日，該他知道性靈時。」在本質上是一致的。

張問陶在詩學觀上與袁枚同調，對考據爲詩也很不滿，他在《論文》一詩中寫道：

> 甘心腐臭不神奇，字字尋源苦繫縻。只有聖人能杜撰，憑空一畫愛庖犧。一代輿圖妙斬新，薄今愛古轉陳陳。尋名枉受繙書苦，亂寫齊秦誤後人。職官志表辨興亡，忍署頭銜屬漢唐。此事好奇奇不得，特書人爵要遵王。識字何須問子雲，強依篆隸轉紛紜。寫書累煞諸名士，搁管遲疑畫《說文》。箋注爭奇那得奇，古人只是性情詩。可憐工部文章外，幻出千家杜十姨。誌傳安能事事新，須知載筆爲傳眞。平生頗笑抄書手，牽率今人合古人。詩中無我不如刪，萬卷堆床亦等閒。莫學近來糊壁畫，圖成剛道仿荊關。文場酸澀可憐傷，訓詁艱難考訂忙。別有詩人閒肺腑，空靈不屬轉輪王。〔註76〕

〔註75〕 李鱓、汪士禎，《揚州八怪全書（第三卷）》〔M〕，北京：中國言實出版社，2007年，第389頁。
〔註76〕 張問陶，《船山詩草全注》〔M〕，成都：巴蜀書社，2010年，第686～690頁。

張問陶認為詩表性情，與時俱進，考據是寫不出詩的真情的。他雖然沒有像袁枚那樣仔細辨析詩與考據，但他對考據的呆板死氣深為不滿，認為考據「爭奇那得奇」。乾嘉後期的舒位論詩主真性情，可以說是性靈派的後響，他論詩比袁枚更注重生活的真實。

> 讀書多多許，用書少少許。多則才質宏，少則義理舉。不向如來行，
> 不與將軍侶。公論豈無人？霸才自有主。閒中窺陳編，人棄我亦取。
> 夢中讀密笈，鬼奪天所與。萬里助山川，一燈掃風雨。考據與應酬，
> 皆非我輩語。〔註77〕（《與守齋論詩三首》）

在考據對詩文的包圍中，袁枚的性靈說是一張抵擋的盾，他釐清詩的內涵，主性情、韻味，重發展變化，與考據的冷靜、復古形成了鮮明對比，捍衛了詩文的獨立地位。

袁枚在對「性靈」的思索注意到了詩歌情感的自然性、歷史性，使得傳統「詩言志」的觀念在封建社會末期出現了新的變異。朱自清先生《詩言志辨》考察了詩言志在各個歷史語境中的內涵，認為在中國歷史上，詩言志長期受到政治教化的干預，陸機《文賦》「詩緣情而綺靡」的提出體現了詩與政治教化的分離，而直到袁枚，詩言志的傳統才得到了進一步的發展，將教化排除在外。朱氏的論斷基本符合袁枚詩論的實際。

袁枚對詩表性情的論斷在很大程度上是以人性類為基礎的。「聖人稱詩『可以興』，以其最易為感人也。王孟端友某在都娶妾，而忘其妻。王寄詩云：『新花枝勝舊花枝，從此無心念別離。知否秦淮今夜月？有人相對數歸明。』其人泣下，即挾妾而歸。」〔註78〕孔子的文學思想是從倫理出發對詩進行闡發，強調詩對仁、義、禮的作用。到了袁枚這裡，孔子的興觀群怨平民化、通俗化了，政治倫理色彩被淡化，而生活的風趣之味借助於經典而被啟動。也正因如此，袁枚歷來為人們所詬病，同時代的章學誠於《《婦學》篇書後》痛斥了袁枚為代表的詩派：「而近日不學之徒，援據以誘無知士女，逾閑蕩檢，無復人禽之分，則解《詩》之誤，何異誤解《金縢》而起居攝，誤解《周禮》而啟青苗，朱子豈知流禍至於斯極？……彼不學之徒，無端標為風趣之目，盡抹邪正、貞淫、是非、得失，而使人但求風趣；甚至言采蘭贈芍之詩有何關係，而夫子錄之，以證風趣之說。無知士女，頓忘廉檢，從風

〔註77〕 舒位，《瓶水齋詩文集》〔M〕，上海：上海古籍出版社，2009 年，第 306 頁。
〔註78〕 袁枚，《隨園詩話》〔M〕，北京：人民文學出版社，1982 年，第 400 頁。

波靡。是以六經爲導欲宣淫之具，則非聖無法矣……是則風趣之說，不待攻而破，不待教而誅者也……豈知千載而後，乃有不學之徒，創爲風趣之說，遂使閨閣不安義分，慕賤士之趨名，其禍烈於洪水猛獸，名義君子，能無世道憂哉？」〔註79〕衛道者的駁斥更眞顯了袁枚思想的不平凡性。

3. 求眞與求美的追求目標

袁枚在詩文創作上的成就及其對經史考據的反駁使得人們誤以爲他不長於考據。長期以來，人們對於袁枚的學術思想很少考究，這清代自今，這種狀況都沒有改變，生活於乾嘉時期的昭槤就對袁枚、趙翼在考據上的成績不屑。

> 本朝諸儒皆擅考據之學，如毛西河、顧炎武、朱竹坨諸公，實能洞徹經史，考訂鴻博。其後任翼公、江永、惠棟等，亦能祖述淵源，爲後學津梁，不愧其名。至袁簡齋太史、趙甌北觀察，詩文秀雅蒼勁，爲一代大家，至於考據皆非所長。《隨園隨筆》中載宋太宗高梁之敗，中遼人弩箭以崩。雖本王銍《默記》，然太宗自幽州敗歸後二十餘年始崩，弩箭之毒焉能若是之久？況《默記》所載狄武襄跋扈，韓魏公擅權，至以司馬溫公之劾王廣淵乃授執政之指，直與胡紘之劾眞、魏可同傳矣，其踳駁不一而足，奚可據爲典要？至趙甌北《簷曝雜記》，以湯若望、南懷仁至乾隆中猶存，其言直同囈語，未審老叟何以昏憒若此，亦著述中一笑柄也。〔註80〕

昭槤摘出幾條便輕易地進行否定，這樣的評價是不客觀的。趙翼在史學上的考證雖然有錯誤的地方，但整體的成就卻爲時人及後人所推崇。袁枚的考據錯誤不少，這也是事實，但當時考據大家如錢大昕、程晉芳、姚鼐等人都推崇他的考據成果。其實，在考據成爲學術中心的時代，袁枚是一個既能入乎其中，又能出乎其外的一個大學者。二十八卷的《隨園隨筆》是作者在考據上的不凡成就，著作分諸經類、諸史類、金石類、天時地志類、官識類、科第類、各解類、典禮類、政條類、稱謂類、辨訛類、存疑類、原始類、不可亦可類、應知不知類、不符類、詩文著述類、古姓名類、雜記類、術數類等，涉及內容極其廣泛，若果對考據不甚瞭解，是不可能有如此成績的。《隨園隨

〔註79〕 章學誠，《文史通義新編新注（倉修良輯注）》〔M〕，杭州：浙江古籍出版社，2005 年，第 317 頁。

〔註80〕 昭槤，《嘯亭雜錄》〔M〕，北京：中華書局，1980 年，第 428 頁。

筆自序》道出了作者的甘苦：「然入山三十年，無一日去書不觀。性又健忘，不得不隨時摘錄。或識大於經史，或識小於稗官，或貪述導聞，或微抒己見。疑信並傳，回冗不計。歲月既久，卷頁遂多，皆有資於博覽，付之焚如未免可惜。」〔註81〕從《隨筆》的內容上看，作者在考據上用的功夫著實不少，不少考據成果令人信服。此外，從袁枚的書信上看，他不僅向考據學人求教，而且還與他們進行了討論，錢大昕、程晉芳、姚鼐等都與袁枚有書信往來討論考據問題。袁枚在進行考據的時候往往還能翻案歷史，令人耳目一新。如在《高帝論》中，袁枚認爲漢高祖沒有乘著統一天下的銳氣逼迫匈奴，而是將矛頭轉向內部，削除勇將，這是一個極大的失誤。「項羽以輕用其鋒，而計失于高祖；高祖以早藏其鋒，而計失于匈奴；均失也。人皆知項羽之失，而不知高祖之失者，誤于史稱規模宏遠，而不熟計夫當日之時勢也。」〔註82〕袁枚的學術思想在乾嘉時期別具一格，既有與時代合拍的地方，又有超出時代之處，時代學術是他的詩學思想建立的重要參照系。

乾嘉經史考證重在於求眞，力圖眞實地還原典籍，方法上講究「實事求是」、「無徵不信」。詩文雖然是作者心靈運作的產物，但它也是要遵循一定的藝術規律的，袁枚對於生活眞實與藝術眞實的看法是很辯證的，他說：

> 考據家不可與論詩。或訾余《馬嵬》詩，曰：「『石壕村裏夫妻別，淚比長生殿上多。』當日貴妃不死於長生殿。」余笑曰：「白香山《長恨歌》：『峨嵋山下少人行』，明皇幸蜀，何曾路過峨嵋耶？」其人語塞。然太不知考據者，亦不可與論詩。余《錢塘江懷古》云：「勸王妙選三千弩，不射江潮射汴河。」或訾之曰：「宋室都汴，不可射也。」余笑曰：「錢鏐射潮時，宋太祖未知生否。其時都汴者何人，何不一考？」〔註83〕

對文學作品的非審美解讀往往會抹殺作品的價值，藝術的眞實並非生活眞實的簡單複製，從現實到藝術世界經由了一個藝術化的昇華過程。「藝術的眞實是被主觀化了的眞實，是被藝術家的思想提高了的、被藝術家的情感溫暖過了的、被藝術家的理想照亮了的眞實。」〔註84〕當然，藝術的眞實必須要有

〔註81〕 袁枚，《隨園隨筆》〔M〕，南京：江蘇古籍籍出版社，1988年，第1頁。

〔註82〕 袁枚，《小倉山房詩文集》〔M〕，上海：上海古籍出版社，1988年，第1591頁。

〔註83〕 袁枚，《隨園詩話》〔M〕，北京：人民文學出版社，1982年，第446頁。

〔註84〕 陸貴山，《藝術眞實論》〔M〕，北京：中國人民大學出版社，1984年，第38頁。

生活眞實的支撐。袁枚注意到了藝術眞實所具有的主觀情感性、審美理想性，他對生活眞實與藝術眞實的辯證看法使得文學在乾嘉求實的考據學術風氣中不失其風向。

　　對於考據學家而言，以六經爲代表的考據之學是一切學問的正宗，是對眞理的探討，而詩文不過是「餘事」，通過詩文不可能找到眞理的所在。戴震在《與方希原書》（1755）中說：「古今學問之途，其大致有三：或事於理義，或事於制數，或事於文章。事於文章者，等而末之也。」〔註85〕凌廷堪認爲：「文者，載道之器，非虛車之謂也。疏於往代載籍，其文必不能信今；昧於當時掌故，其文必不能傳後。」〔註86〕考據學家雖然不滿宋儒對經典的牽強附會，但在重道輕文上卻是一致的，都認爲道本文末。乾嘉史學家章學誠認爲：「義理不可空言也，博學以實之，文章以達之，三者合於庶幾哉！」章氏雖然不排斥文學，但將義理、考據放在文章之前，認爲文學等而下之，這表面上看似乎很折中，骨子裏仍然是重道輕文的表現。重經輕文，這就必然忽視文學作品的審美特質，以眞律文，汪師韓說：

　　魏文帝《典論》曰：「詩賦欲麗。」陸士衡《文賦》曰：「詩緣情而綺靡。」劉彥和《明詩》亦曰：「四言正體，則雅潤爲本；五言流調，則清麗居宗。」以綺麗說詩，後之君子所斥爲不知理義之歸也。嘗讀《東山》之詩矣，周公但言「慆慆不歸」及「勿士行枚」數言而已足矣。彼夫蠋在桑野，瓜在栗薪，「伊威在室，蠨蛸在戶」，町畽近廬舍而鹿以爲場，熠燿乃倉庚而螢以爲號；未至而「婦歎於室」，既至而「親結其縭」，皆贅言也。又嘗讀《離騷》矣，屈子但言「國無人莫我知」及「指九天以爲正」，亦數言而可畢矣。彼夫駟玉虯，戒鷖皇，飲咸池，登閬風；索虙妃而求簡狄，占靈氛而要巫咸；始之秋蘭秋菊，終之瓊佩瓊靡，皆空談也。是則少陵之傑名，無如「老夫清晨梳白頭」；昌黎之佳作，莫若「老翁眞個似童兒」。「一二三四五六七」，固唐賢《人日》之著題；「枇杷橘栗桃李梅」，且漢代大官之本色。香山《長慶集》，必老嫗可解也；鄭谷《雲臺編》，必小兒可教也。古樂府之「魚戲」，（魚戲蓮葉東，魚戲蓮葉西，魚戲蓮葉南，魚戲蓮葉北。）《浣花集》之「杜鵑」，（西川有杜鵑，東川無杜

〔註85〕戴震，《戴震集》〔M〕，上海：上海古籍出版社 1980 年，第 189 頁。

〔註86〕凌廷堪，《校禮堂文集》〔M〕，北京：中華書局，1998 年，第 212 頁。

鵑，涪萬無杜鵑，雲安有杜鵑。）元劉仁本之「蕨其」，（東山有蕨
其，南山有蕨其，西山有蕨其，北山有蕨其。）明袁中郎之「西湖」，
（一日湖上行，一日湖上坐，一日湖上住，一日湖上臥。）同一排
比也；晉之《懊儂》，（江陵去揚州，三千三百里，已行一千三，所
有二千在。）蘇之《靜坐》，（無事此靜坐，一日似兩日。若活七十
年，便是百四十。）同一眞率也。刻畫而有唐之盧延遜；坦易而有
明之莊定山，幾於風雅掃地矣。「宮宮乎思乙若抽，淵淵乎言長不足。」
「起輪囷之調，揚縹緲之音。」《典論》、《文賦》之言，竊謂未可盡
非也。〔註87〕

汪師韓的批評《杜鵑》、《蕨其》、《西湖》《懊儂》、《靜坐》諸詩的繁雜是有道
理的，但由此而反對《詩經》、《離騷》等作品的重章疊句的語言形式卻是錯
誤的。文學的形式固然服從於內容，但形式對於內容的表現是具有反作用的，
恰當的形式不僅能充分地表達內容，而且讓作品更富於感染力。「感性觀照的
形式是藝術的特徵，因爲藝術是用感性形象化的方式把眞實呈現於意識，而
這感性形象化在它的這種顯現本身裏就有一種較高深的意義，同時卻不是超
越這感性體現使概念本身以其普遍性相成爲可知覺的，因爲正是這概念與個
別現象的統一才是美的本質和通過藝術所進行的美的創造的本質。」〔註88〕
黑格爾的「理念」雖然過於抽象，但他對於形式與「理念」的分析是辯證的，
他看到了藝術形式所具有的積極意義。文學雖然以言志、達意爲主，但是如
果忽視了藝術所具有的能動作用，我們終究還是沒有很好地言志、達意了。
汪師韓對文學作品形式美的否定其實是道本文末的觀念在起作用，他認爲文
只是一個簡單地傳達道的工具，在傳達時必須簡潔、眞實地反映生活。很顯
然，汪師韓對文學的形式美認識還是比較表面。在評價杜甫時他說：「詩至少
陵，謂之集大成，然不必無一字一句之可議也。讀其全集，求痕覓瑕，亦何
可悉數？即如『岱宗夫如何，齊魯青未了。』（《望嶽》）起輕佻換體。『利涉
想蟠桃』，（《臨邑舍弟書至》）以臨邑近海而用蟠桃，豈非湊韻？」（同上，第
457 頁）站在道學實用的立場，汪師韓用客觀、冷峻的眼光來看待詩文，不允
許詩文來得半點虛假與輕佻，其弊病是很明顯的。

〔註87〕 汪師韓，《詩學纂聞（清詩話本）》〔M〕，上海：上海古籍出版社，1978 年，
　　　　 第 441 頁。
〔註88〕 黑格爾，《美學（第一卷）》〔M〕，北京：商務印書館，1979 年，第 129～130 頁。

在對待文學眞實上，袁枚既看到了生活眞實對文學的制約，又看到了文學的美與趣，與考據學家、理學家只是將文學作爲傳道之「器」是大不一樣的。

> 近日有巨公教人作詩，必須窮經讀注疏，然後落筆，詩乃可傳。余聞之，笑曰：且勿論建安、大曆，開府、參軍，其經學何如，只問「關關雎鳩」、「采采卷耳」，是窮何經、何注疏，得此不朽之作？陶詩獨絕千古，而「讀書不求甚解」；何不讀此疏以解之？梁昭明太子《與湘東王書》云：「夫六典、三禮，所施有地，所用有宜。未聞吟詠情性，反擬《內則》之篇；操筆寫志，更摹《酒誥》之作。『遲遲春日』，翻學《歸藏》；『湛湛江水』，竟同《大誥》。」此數言振聾發聵；想當時必有迂儒曲士，以經學談詩者，故爲此語以曉之。〔註89〕

以經學評詩或以經學作詩只能讓詩呆板地符合生活眞實或道的眞實，並不能保證能夠造出一個富於生命氣息的藝術作品。文學作品的美是無法用考據發掘出來的，對漢學家的迂腐做法，袁枚非之甚當。對於文學作品的美，袁枚的認識是比較客觀的。「詩境最寬，有學士大夫讀破萬卷，窮老盡氣，而不能得其閫奧者。有婦人女子、村氓淺學，偶有一二句，雖李、杜復生，必爲低首者。此詩之所以爲大也。作詩者必知此二義，而後能求詩於書中，得詩於書外。」〔註90〕詩的美在於其韻味與風雅。「詩如言也，口齒不清，拉雜萬語，愈多愈厭。口齒清矣，又須言之有味，聽之可愛，方妙。若村婦絮談，武夫作鬧，無名貴氣，又何藉乎？其言有小涉風趣，而嚅嚅然若人病危，不能多語者，實由才薄。」〔註91〕詩是一個獨立的世界，它自有其風趣與性靈，給人以某種新鮮感或是某種啓示。「熊掌、豹胎，食之至珍貴者也，生吞活剝，不如一蔬一筍矣。牡丹、芍藥，花之至富麗者也；剪采爲之，不如野蓼山葵矣。味欲其鮮，趣欲其眞，人必如此，而後可與論詩。」〔註92〕詩要讓人感到生活之眞，同時要蘊含著某種讓人回味的東西，「詩無言外之意，便同嚼蠟。」〔註93〕「詠物詩無寄託，便是兒童猜謎。讀史詩無新義，便成《廿

〔註89〕 袁枚，《隨園詩話》〔M〕，北京：人民文學出版社，1982 年，第 567 頁。
〔註90〕 袁枚，《隨園詩話》〔M〕，北京：人民文學出版社，1982 年，第 88 頁。
〔註91〕 袁枚，《隨園詩話》〔M〕，北京：人民文學出版社，1982 年，第 82 頁。
〔註92〕 袁枚，《隨園詩話》〔M〕，北京：人民文學出版社，1982 年，第 20 頁。
〔註93〕 袁枚，《隨園詩話》〔M〕，北京：人民文學出版社，1982 年，第 41 頁。

一史彈詞》。雖著議論，無雋永之味，又似史贊一派，俱非詩也。」〔註94〕
「詩有干無華，是枯木也。有肉無骨，是夏蟲也……有格無趣，是土牛也。」
〔註95〕詩的意味便是這種讓人沈迷其中而樂此不疲的東西，它讓詩歌成為一
個自我的世界。

袁枚認為藝術世界不可按生活的邏輯來要求它，它自有其運行的空間。
「或引『春江水暖鴨先知』，以為是坡詩近體之佳者。西河云：『春江水暖，
定該鴨知，鵝不知耶？』此言則太鶻突矣。若持此論詩，則《三百篇》句句
不是：在河之淵者，斑鳩鳲鳩皆可在也；何必『雎鳩』耶？止邱隅者，黑鳥
白鳥皆可也，何必『黃鳥』耶？」〔註96〕藝術的世界之所以能夠存在，就在
於其能引起人的某種共鳴，具有某種趣味，不必拘泥於生活，這是袁枚對藝
術真實的看法。而考據追求的卻是客觀真實，王鳴盛在《十七史商榷‧序》
說道：

> 史家所記典制，有得有失，讀史者不必橫生意見，馳騁議論，以明
> 法戒也；但當考其典制之實，俾數千百年建置沿革瞭如指掌，而或
> 宜法，或宜戒，待人之自擇焉可矣。其事蹟則有美有惡，讀史者亦
> 不必強立文法，擅加與奪，以為褒貶也；但當考其事蹟之實。俾年
> 經事緯，部居州次，記載之異同，見聞之離合，一一條析無疑，而
> 若者可褒，若者可貶，聽諸天下之公論焉可矣。書生胸臆，每患迂
> 愚，即使考之已詳，而議論褒貶猶恐未當，況其考之未確者哉！蓋
> 學問之道，求于虛不如求于實，議論褒貶，皆虛文耳。作史者之所
> 記錄，讀史者之所考覈，總期于能得其實焉而已矣，外此又何多求
> 邪！〔註97〕

詩追求的是美與趣，講究詩的意境，而考據追求的卻是真，實事求是是其最
高的境界。美、趣與真往往不能合一，詩與考據各異其趣，袁枚說道：

> 《三餘編》言：「詩家使事，不可太泥。」白傅《長恨歌》：「峨嵋山
> 下少人行。」明皇幸蜀，不過峨嵋。謝宣城詩：「澄江淨如練。」宣
> 城去江百餘里，縣治左右無江。相如《上林賦》：「八川分流。」長
> 安無八川。嚴冬友曰：「西漢時，長安原有八川，謂：涇、渭、灞、

〔註94〕袁枚，《隨園詩話》〔M〕，北京：人民文學出版社，1982年，第58頁。
〔註95〕袁枚，《隨園詩話》〔M〕，北京：人民文學出版社，1982年，第222頁。
〔註96〕袁枚，《隨園詩話》〔M〕，北京：人民文學出版社，1982年，第71頁。
〔註97〕王鳴盛，《十七史商榷》〔M〕，北京：中國書店，1987年，序，第1頁。

潈、澧、滈、潦、滴也；至宋時則無矣。」〔註98〕考據往往拘泥於事實的真實，而詩更注重作品整體的空靈之氣，一求真，一求美，兩者各異其趣。文學與考據形同水火，文學的美、趣、韻味是枯索的考據所無法達到的，正因如此，袁枚認為，過度援考據入詩將會破壞詩的空靈之美。「從古講六書者，多不工書。歐、虞、褚、薛，不硅硅於《說文》、《凡將》。講韻學者，多不工詩。李、杜、韓、蘇，不斤斤於分音列譜。何也？空諸一切，而後能以神氣孤行；一涉箋注，趣便索然。」〔註99〕「吟詩自注出處，昔人所無。歐公譏元稹注《桐柏觀碑》，言之詳矣。況詩有待於注，便非佳詩。韓門先生《蚊煙詩》十二韻，注至八行，便是蚊類書，非蚊詩也。」〔註100〕如果從純粹從表現方式上而言，以詩歌的形式表現考據的發現確實讓沉重的經史考證帶上了輕鬆活波的外衣，但這種沒有情韻的表現是否是詩，這值得我們的懷疑。朱光潛在《詩論》中說道：

> 如全憑空洞的形式，則《百家姓》、《千字文》、醫方脈訣以及冬烘學究的試帖詩之類可列於詩，而散文名著，如《史記》、柳子厚的山水雜記、《紅樓夢》、柏拉圖的《對話集》、《新舊約》之類，雖無音律而有詩的風味的作品，反被擯於詩的範圍以外。這種說法顯然是不攻自破的。

朱光潛認為徒有詩的外在形式是不能成為詩，詩還必須具有文學的情韻。以考據入詩，所缺的正是情韻，我們且看凌廷堪的一首考據詩：

> 《九章》述勾股，測天乃其略。西法入中國，遂有弧三角。八線立標準，方圓更量度。邊角互相求，分秒無少錯。斜正兼次形，得數捷而約。日月所運行，太虛仰寥廓。假以算經緯，不啻掌中握。渾蓋泊平儀，非此不能作。綴術佚已久，弧矢亦高閣。禮失求諸野，未可遽非薄。汲汲勿庵叟，中西細商榷，《黍尺》、《塹堵》篇，千古惠來學。〔註101〕（《後學古詩十首》）

這樣的考據詩與講究聲韻的《百家姓》、《千字文》、醫方脈訣、試帖詩並無二致，只是注重了知識的傳授，忽視了文學所應具有的審美本性。在漢學家

〔註98〕袁枚，《隨園詩話》〔M〕，北京：人民文學出版社，1982 年，第 10 頁。

〔註99〕袁枚，《隨園詩話》〔M〕，北京：人民文學出版社，1982 年，第 223 頁。

〔註100〕袁枚，《隨園詩話》〔M〕，北京：人民文學出版社，1982 年，第 119 頁。

〔註101〕凌廷堪，《校禮堂詩集（全集四）》〔M〕，合肥：黃山書社，2009 年，第 158 頁。

中，考據詩並不少見，凌廷堪在《後學古詩十首》的序中說道：「乾隆乙巳為《學古詩二十首》，今已十六年矣。銖積寸累，又漸有所獲，於是為《後學古詩十首》，他日倘能勉其所未至，當更有述焉。」翁方綱、阮元、張其錦等漢學家所作的考據詩數量也並不少。這種詩風其實是將詩文作為炫耀博學的工具，而不是真正地去表現文學的美。洪亮吉對此批評道：「只覺時流好尚偏，並將考證入詩篇。美人香草都刪卻，長短皆摩《擊壤》編。」〔註102〕（《道中無事偶作論詩截句二十首》）這點出了考據入詩的弊病。錢泳對這種做法也很不滿：

> 有某孝廉作詩，善用僻典，尤通釋氏之書，故所作甚多，無一篇曉暢者。一日，示余二詩，余口噤不能讀，遂謂人曰：「記得少時誦李、杜詩，似乎首首明白。」聞者大笑。始悟詩文一道，用意要深切，立辭要淺顯，不可取僻書釋典夾雜其中。但看古人詩文，不過將眼面前數千字搬來搬去，便成絕大文章。乃知聖賢學問，亦不過將倫常日用之事，終身行之，便為希賢希聖，非有六臂三首、牛鬼蛇神之異也。〔註103〕

袁枚在辯析考據與文學的時候，往往是對考據極盡地嘲笑，他的辯析和嘲笑目的在於擡高文學的地位，反對考據、經學對文學的過度排擠。在考據與詩文的辨析中，袁枚總是戴著詩文優於考據的眼鏡來分析的，他的分析雖然深中對方的要害，但也矯枉過正，不容許以經貶文。

> 春間寄所鐫《雕蟲樂府》來，僕至今未答。隨接手書，至于再，至于三。不知僕所以不答之故，而以前書未到為疑。然則僕敢再不答，以陷足下終身不知之過哉？

> 古之人無自鐫其文者。今所傳諸集，皆當時之門生故吏尊師其人，而代為鐫傳之。非夫人之所自為也。晉相和凝鏤集百卷，人多非之。足下齒猶未也，不必為和相之所為。然既已不求益而欲速成矣，則必使字帖句妥，可幾于成而後即安，不可使人聞其集名而先啞然笑也。夫使人笑其命集之名，則將不復觀其集而束之高閣。求名失名，為計已左。「雕蟲」二字，見《考工記》，「樂府」二字，見《霍光傳》。足下合而名之，於義何當？若曰謙詞云爾，則將來足下之詩日多，

〔註102〕 洪亮吉，《洪亮吉集》〔M〕，北京：中華書局，2001 年，第 1246 頁。
〔註103〕 錢泳，《履園叢話》〔M〕，北京：中華書局，1979 年，第 207 頁。

謙日甚，名樂府曰「雕蟲」，名五古、七古、五律、七律又曰「雕蟲」乎？莊子蟲天之道，何太紛紛也。

是諍也，僕久已墨之尊集矣。足下不以爲然，亦宜往復辨難，使僕噤無所答而後仍其原名，固未晚也。今一無商榷而即鐫傳之，又寄以曉示之，疎耶？愎耶？揭吾前言以爲大愚耶？《半閒堂》一首去後二句，味較深，亦曾墨之尊集矣。足下又不以爲然，而仍鐫其舊，則是僕所獻替于左右者，竟一無可也。〔註104〕（《答某生書》）

這裡「某生」我們已不可知，其《雕蟲樂府》無疑是揚雄「童子雕蟲篆刻，壯夫不爲也」之意。這種貶低詩文價值的作法引起了袁枚的不滿，他那「至于再，至于三」的不予回覆及對某生的責問讓我們感到了他的憤怒。

乾嘉時期的揚州八怪對個性及對藝術美的追求與袁枚的性靈詩學在內涵上有著天然的相似性，他們對考據戕殺藝術美的作法很不滿，鄭燮在詩中寫道：

英雄何必讀書史，直攄血性爲文章：不仙不佛不賢聖，筆墨之外有主張，縱橫議論析時事，如醫療疾進藥方。名士之文深莽蒼，胸羅萬卷雜霸王：用之未必得實效，崇論閎議多慨慷。雕鐫魚鳥逐光景，風情亦足喜且狂。小儒之文何所長，抄經摘史餖飣強：玩其詞華頗赫爍，尋其意味無毫芒。弟頌其師客談說，居然拔幟登詞場。初驚既鄙久蕭索，身存氣盛名先亡，韰碑刻石臨大道，過者不讀倚壞牆。嗚呼文章自古通造化，息心下意勿躁忙！〔註105〕（《偶然作》）

詩文與考據各有其旨趣，以考據律詩文只會讓詩文走向衰敗，鄭燮的批評深切文學創作的時弊。張問陶在《論詩十二絕句》中說道：

躍躍詩情在眼前，聚如風雨散如煙。敢爲常語談何易，百煉功純始自然。想到空靈筆有神，每從遊戲得天眞。笑他正色談風雅，戎服朝冠對美人。妙語雷同自不知，前賢應恨我生遲。勝他刻意求新巧，做到無人得解時。子規聲與鷓鴣聲，好鳥鳴春尚有情。何苦顢頇書數語，不加箋注不分明。〔註106〕

〔註104〕袁枚，《小倉山房詩文集》〔M〕，上海：上海古籍出版社，1988年，第1554頁。

〔註105〕鄭板橋，《鄭板橋文集》〔M〕，合肥：安徽人民出版社，2002年，第46頁。

〔註106〕張問陶，《船山詩草全注》〔M〕，成都：巴蜀書社，2010年，第783～785頁。

詩歌創作是「想到空靈筆有神，每從遊戲得天眞」的空靈之筆，詩歌的美是「躍躍詩情在眼前，聚如風雨散如煙」的情韻之美，詩歌是「美人」，而考據「不加箋注不分明」，求眞的考據是危衣正襟的「戎服朝冠」。張問陶通過詩歌將兩者進行了比較，道出了兩者在旨趣上的差異。

4. 才性與學識──詩與考據的主體性分野

　　清初考據學以顧炎武「博學於文，行己有恥」爲治學的方法，亡國之痛促進了人們學術上的自覺。到了乾嘉時期，民族矛盾已大爲緩和，「行己有恥」失去的存在的時代語境，而「博學於文」成了考據治學風尚，難怪章學誠感慨「時人方貴博雅考訂」。戴震說：「夫士不通經則材不純，識不粹，不足以適於化理。故用經義選士者，欲其通經；通經欲純粹其材識，然後可傳之化理斯民，克敬其事，供其職。」〔註107〕（《鳳儀書院碑》）戴震所說的「通經」並非只是熟知經典的義理，而是建立在廣學博聞的經史考證基礎之上的。「僕自十七歲時，有志聞道，謂非求之《六經》、孔孟不得，非從事於字義、制度、名物，無由以通其語言。」（同上，《年譜》，第 455 頁）考據重的是主體自身的學識修養，崇尚的是由學識積纍而成的「智識主義」，而文學更注重創作主體的能動性，章學誠說：「義理存乎識，辭章存乎才，徵實存乎學，劉子玄所以三長難兼之論也。」〔註108〕乾嘉漢學家根據對辭章的態度可以分爲崇尚辭采與重質輕文兩派，前者將駢偶、詩賦廣泛地運用於考據、書信、遊記散文、箚記等各個方面，用傳統的文學體裁、形式裝入時代的新鮮內容。而後者認爲過度對辭采的追求遮罩了內容的表達，在表現方法上，他們言足以達意，更傾向於質樸的表現方式。

　　清代的文學創作較前代而言主體意識也是大爲增強，人們已不局限於將文學視爲傳道的工具，詩歌、小說、駢文、古文、戲曲等都著上了鮮明的個性色彩，文學成了作者心靈的印記。而考據學實事求是的學術要求及復古傾向卻與這股個性追求的熱潮很不相諧，袁枚、趙翼等性靈派詩人由個性而推崇才性，他們對才性的張揚雖然沒有明確地表示與考據爭衡，但對才性的張揚本身便隱含了對依附於經史的考據學的不滿。重才與重學其實乃是乾嘉考據與詩文在主體性上的分野。

〔註107〕戴震，《戴震集》〔M〕，上海：上海古籍出版社，1980 年，第 221 頁。
〔註108〕章學誠，《文史通義新編新注（倉修良輯注）》〔M〕，杭州：浙江古籍出版社，2005 年，第 228 頁。

　　袁枚、趙翼等人認為詩文的意義在於其創造性，而這創造並非是由積學而成，而是創作主體的創造性思維在起作用，袁枚說：

> 夫用兵，危事也；而趙括易言之，此其所以敗也。夫詩，難事也；而豁達李老易言之，此其所以陋也。唐子西云：「詩初成時，未見可訾處，姑置之，明日取讀，則瑕疵百出，乃反覆改正之。隔數日取閱，疵累又出，又改正之。如此數四，方敢示人。」此數言，可謂知其難而深造之者也。然有天機一到，斷不可改者。余《續詩品》有云：「知一重非，進一重境；亦有生金，一鑄而定。」〔註109〕

詩文創作似易實難，其難在於難出新意，難於藝術上的精巧，要達到精美，付出的努力是難以言喻的。而在創作艱難之時，如果天分一到，便可「一鑄而定」。顯然，這種天機是詩人創造性的靈感，它決定了詩人的成就。袁枚認為：「人之才性，各有所近。」認為人的才性是一種天賦的才能，它是人們能夠在某一領域作出不朽成就的必要條件，他說：

> 今夫越女之論劍術曰：「妾非受于人也，而忽自有之。」夫自有之者，非人與之，天與之也。天之所與，豈獨越女哉！以射與羿，羿與秋，聰與師曠，巧與公輸，勇與賁、育，美與西施、宋朝。之數人者，俱不能自言其所以以異于眾也。而眾之人，方且彎弓、鬭棋、審音、習斤，學手搏，施朱粉，窮日夜追之，終不克肖此數人于萬一者，何也？〔註110〕

妙筆生花的才性是一種「天籟」，它是詩人進行創作最重要的主體性因素，只有秉持天才，我們才能創作出天地的至文。正因如此，袁枚說說：「詩文之道，全關天分。聰穎之人，一指便悟。」〔註111〕這正是在才性論基礎上引出的必然結論。因此他說：

> 詩不成于人，而成于其人之天。其人之天有詩，脫口能吟；其人之天無詩，雖吟而不如其無吟。同一石，獨取泗濱之磬；同一銅，獨取商山之鐘。無他，其物之天殊也。舜之庭，獨皋陶賡歌；孔之門，獨子夏、子貢可與言詩。無他，其人之天殊也。劉賓客亦云：天之所與，有物來相。彼由學而至者，如工人染夏以視羽畎，有生死之

〔註109〕袁枚，《隨園詩話》〔M〕，北京：人民文學出版社，1982年，第67頁。

〔註110〕袁枚，《小倉山房詩文集》〔M〕，上海：上海古籍出版社，1988年，第1756頁。

〔註111〕袁枚，《隨園詩話》〔M〕，北京：人民文學出版社，1982年，第488頁。

殊矣。〔註112〕（《何南園詩序》）

天分不同，成就也就不一樣，「成於其人之天」道出了文學創作中天分的決定性作用，文學創作並非人人都可以做的易事。在先天稟賦的基礎上，袁枚很重視詩歌創作中的靈感，認為靈感是天才的表現，並將靈感與「興會」聯繫起來，認為「作詩興會所至，容易成篇。」《續詩品·神悟》：

> 鳥啼花落，皆與神通。人不能悟，付之飄風。惟我詩人，眾妙扶智。
>
> 但見性情，不著文字。

「鳥啼花落」的自然景象在普通人眼裏只能「付之飄風」，而一旦進入詩人的心靈世界，神與物遊，通過主體的想像與聯想創作出另一個「天籟」的藝術世界。「神悟」其實就是在外物「眾妙扶智」催化下主體創造性靈感產生的過程。袁枚最重視這種「眾妙扶智」的靈感作用。他的《遣興》詩寫道：「但肯尋詩便有詩，靈犀一點是吾師。夕陽芳草尋常物，解用都為絕妙詞。」「靈犀」就是詩文創作中的「靈感」，它是不可預知的，但卻能使創作進入到一個絕妙的世界。《詩話》卷四說：

> 白雲禪師作偈曰：「蠅愛尋光紙上鑽，不能透處幾多難。忽然撞著來時路，始覺平生被眼瞞。」雪竇禪師作偈曰：「一兔橫身當古路，蒼鷹才見便生擒。後來獵犬無靈性，空向枯椿舊處尋。」二偈雖禪語，頗含作詩之旨。〔註113〕

蒼蠅經過「幾多難」的摸索之後終於「忽然撞著來時路」，創作靈感的到來具有偶然得之的偶然性，它忽然而至，不可理喻。靈感的出現往往是在不經意間得到，因而，當靈感出現的時候，就應該像蒼鷹一樣「才見便生擒」，不可錯過時機。兩則禪宗偈語告訴人們既要有豐富積累，為靈感的出現做好準備，又要善於把握時機，作出機敏迅捷的反映，創作出好的詩文。袁枚認為這種靈感是天才在詩歌創作中的表現。

令人吃驚的是，袁枚還將才性置於德性之上，認為無才便無德，在長期以來以德為先的傳統文化中這無疑是大膽的。

> 郵遞中接公手書，讀三過，殷然以天下為己任。數年來，得此于上游極寡。第書中稱「德為貴，才為賤」。是說也，狂夫阻之。

〔註112〕袁枚，《小倉山房詩文集》〔M〕，上海：上海古籍出版社，1988 年，第 1763 頁。

〔註113〕袁枚，《隨園詩話》〔M〕，北京：人民文學出版社，1982 年，第 120 頁。

公而不以天下爲己任也，則廢才可矣；公而以天下爲己任也，則天下事何一非才所爲乎？忠于君，德也；而所以忠之者，才也。孝于親，德也；而所以孝之者，才也。孝而愚，忠而愚，才之不存，而德亦亡。古以天、地、人爲三才。天之才，見於風霆；地之才，見於生物；人之才，極於參贊，其大者爲聖賢，爲豪傑，其小者爲農夫，爲工匠。百畝之田，人所同也；或食九人，或食五人，而才見焉。冶埴之事，人所同也；爲燕之鎛，爲秦之廬，而才見焉。使農一日不食人，工一日不成器，則子不能養其父，弟不能養其兄，而顧囂囂然曰：「吾有德，吾有德。」其誰信之！

孔子論成人，以勇藝居先，而以思義授命者次之。論士以使於四方不辱君命者居先，而以稱孝稱弟者次之。曰：「高陽氏有才子八人。」曰：「才難。」曰：「如有周公之才之美。」若是乎，才之重也！降至戰國，縱橫變詐，似才之爲禍尤烈。故孟子起而辨之曰：「若夫爲不善，非其才之罪也。」孟子之意，以爲能視者，目之才也；雖察秋毫，不足爲目病。而非禮之視，非其才之罪也。能食者，口之才也；雖辨淄、澠，不足爲口病。而非禮之食，非其才之罪也。若因其視非禮而必矐目而盲之，食非禮而必鉗口而噎之，是則罪才賤才之說，而非孔孟意矣。

《駉》之三百篇曰：「斯馬斯才」，馬尚非才不可，而況于人！今天下非無德也，然而有所謂偏德；非無才也，然而有所謂偏才。公與其貴此而賤彼也，毋寧兩辨而求其眞！〔註114〕（《答和觀察書》）

袁枚爲才張目其實乃是對長期以來被覆沒的主體性的發掘，這與他在詩文創作中強調作者的才性論是一致的，雖然持論過激，但還是很有針對性的。袁枚對才性的伸揚近乎「唯天才論」，但他並不完全排斥後天的積學，只是把學力視爲次要的輔助成分而已。《詩話補遺》卷六說：

劉知幾云：「有才無學，如巧匠無木，不能運斤；有學無才，如愚賈操金，不能屯貨。」余以爲詩文之作意用筆，如美人之髮膚巧笑，先天也；詩文之徵文用典，如美人之衣裳首飾，後天也。至於腔調

〔註114〕袁枚，《小倉山房詩文集》〔M〕，上海：上海古籍出版社，1988 年，第 1485～1486 頁。

塗澤，則又是美人之裹足穿耳，其功更後矣。〔註115〕

「作意用筆」是作家在藝術構思基礎上的創造性思維活動，對文學創作的成敗起得決定性的作用。當然，先天的才性如果沒有後天的積學所得的「徵文用典」和「腔調塗澤」也難成美文。袁枚曾明確表示：「詩文自須學力，然用筆構思，全憑天分」，「三分人事七分天」。袁枚論性靈，表現出重天賦，輕積學的傾向，這是他對天賦與學力關係的基本觀點。

趙翼被稱爲性靈派詩學的副將（王英志語），與袁枚、蔣士銓並稱「乾隆三大家」。趙翼既以詩名傳世又以歷史考證爲世人所推重，他認識到了詩歌自身的獨立性，認爲文學與考據作爲兩個不同的學術門類各有其自身的發展道路。他在《論詩》中說道：「著色原資妙選材，也須結構匠心裁。可憐絕豔芙蓉粉，塗在無鹽臉上來。」〔註116〕他對詩文與考據的界線還是看得很清的。

趙翼論詩重才性，他的主要詩論著作《甌北詩話》主要論述了十大詩人過人之才。他論才性不僅注重創作主體內在的稟賦，而且還注意到後天的閱歷對才性的影響，這比袁枚要深刻。這與他開闊的史學視野是分不開的。趙翼論元遺山，認爲「才不甚大，書卷亦不甚多，較之蘇、陸，自有大小之別」〔註117〕，但作者隨即筆鋒一轉，反指出「其廉悍沉摯處，較勝於蘇、陸」，奧妙何在呢？答曰：「蓋生長雲、朔，其天稟本多豪健英傑之氣；又值金源亡國，以寄託邱墟之感，發爲慷慨悲歌，有不求而自工者；自固地爲之也，時爲之也。」（同上）並援引同時李治稱其「律切精深，有豪放邁往之氣」之語以證之。元遺山生長北國，又「遭遇國變，感慨滄桑」，是雲、朔之「地」與亡國之「時」，培養了他「豪健英傑之氣」，激發了他「慷慨悲歌」之情，其作品或控訴蒙古軍暴行，或抒發亡國之痛，或借歌頌人民反抗鬥爭，皆如郝經所言：「歌謠扶蕩，挾幽、并之氣」（同上）。趙翼《題遺山詩》則稱其「國家不幸詩家幸，賦到滄桑句便工」〔註118〕，坎坷的人生使他具有「豪健英傑之氣」，故頁其詩「感時觸事，聲淚俱下」，而且「千載後猶使讀者低徊不能置」〔註119〕。在《甌北詩話》裏，趙翼按時間順序選取

〔註115〕袁枚，《隨園詩話》〔M〕，北京：人民文學出版社，1982年，第714頁。
〔註116〕趙翼，《甌北集》〔M〕，上海：上海古籍出版社，1997年，第861頁。
〔註117〕趙翼，《甌北詩話》〔M〕，北京：人民文學出版社，1963年，第117頁。
〔註118〕趙翼，《甌北集》〔M〕，上海：上海古籍出版社，1997年，第772頁。
〔註119〕趙翼，《甌北詩話》〔M〕，北京：人民文學出版社，1963年，第118頁。

了各個朝代的代表詩人 10 人進行評論。對於本朝詩人,《甌北詩話》除吳梅村外,捨棄「南朱(彝尊)北王(士禛)」與「南施(閏章)北宋(琬)」諸名家,而獨標舉查初白,被張維屏許為「獨具隻眼」〔註120〕。趙翼認為:「梅村後,欲舉一家列唐、宋諸公之後者,實難其人。惟查初白才氣開展,功力純熟,鄙意欲以繼諸賢之後。」〔註121〕查氏當然不乏詩才,但趙翼將他選入十大詩人之列的原因便是折服於其「氣」。查氏早年從軍西南,壯遊南北,這就培養了他非凡的氣度,正如趙翼所述:「當其少年,隨黔撫楊雍建南行,其時吳逆方死,餘孽尚存,官軍恢復黔、滇,兵戈殺戮之慘,民苗流離之狀。皆目所擊,故出手即帶慷慨沉雄之氣,不落小家。入京以後,角逐名場,奔走衣食,閱歷益久,鍛煉益深,氣足則調自振,意深則味有餘,得心應手,幾於無一字不穩愜。」(同上,第146頁)可見,戰場的悲壯經歷造就了他「慷慨沉雄之氣」,正是這股氣,使他的創作超越凡響,自成一家。趙翼論陸游也表現出了對氣的重視,贊其「古體詩才氣豪健」,認為這與陸游「從戎巴蜀」的閱歷是分不開的。重視社會經歷對個人才性形成的考察,將才性與生活緊密結合,這是趙翼在才性論具有超越尋常之論的宏觀視野。

袁枚論才分「清才」與「奇才」,認為「清才多,奇才少」。趙翼卻從偏與全上論才,他認為才有全有偏,全才功力純厚,自成體勢,而偏才卻顧此失彼,他批評清代以來幾位「偏才」詩人,指出施閏章腐氣,宋琬學晚唐而功力不足,王漁洋長於神韻而短於他技,即使是「負海內重名」的朱彝尊亦有「頹唐恣肆,不加修飾,實非風雅正宗之處」〔註122〕。所以趙翼認為清代詩人查初白能代表清代詩壇的成就,他評查初白:「才氣開展,功力純熟……氣足調自振,意深則味有餘,得心應手,幾於無一字不穩愜。其他摹寫景物,脫口渾成,猶其餘技也。」可見查初白不僅有「才」,而且才「全」。

除了性靈派,沈德潛對漢學家忽視詩人才性的作法也很不滿,他說:

作詩謂可廢學,持義卿「詩有別裁」之說而誤用之者也。而反其說者又謂詩之為道全在徵實,於是融洽貫串之弗講而剿獵僻書纂

〔註120〕張維屏,《國朝詩人徵略初編》〔M〕,上海:上海辭書出版社,1982 年,第54 頁。
〔註121〕趙翼,《甌北詩話》〔M〕,北京:人民文學出版社,1963 年,第146 頁。
〔註122〕趙翼,《甌北詩話》〔M〕,北京:人民文學出版社,1963 年,第146 頁。

組繁縟以誇奧博，若人挾書一部即可以詩人自詡者。究之駁襍支
離錮其靈明，愈徵實而愈無所得。夫天下之物以實爲質，以虛爲
用，學其實也，才其虛也。以實運實則滯，以虛運實則靈萬物也。
而動萬物者莫疾乎雷，雷其虛乎？撓萬物者莫疾乎風，風其虛乎？
老子謂天地之間其猶橐籥，虛而不屈，動而愈出，洵乎虛者足以
用實，而學人之學非才人之才無以善之也。〔註123〕（《汪茶圃詩
序》）

沈德潛認爲學實才虛，一虛一實方足以運詩，這與性靈詩論有相似之處。王
鳴盛也說道：

憂悲愉喜，夫人而有之，光景物色，隨所處而遇之。惟工於言者爲
能極其所至而傳之，若此者才爲之乎？情爲之乎？情不深則無言或
強言之，人弗感也。然則情者言之本也，才將緣是而萌茁焉，雖
然，請言其用。夫遂古之謠諺，壓壘而不能成聲，才未開也，夫女
子片言極致而無以與乎文章之觀，才之有所囿也，即使爛然具體，
入著作之林矣，而猶或甘辛異宜，丹素各適，無他，其才偏至而止
也。是則能達其情者非才不爲用，深於情而絀於才者矣，未有才之
至而無情者也。才之用也，廣之爲滄溟，細之爲溝竇，高之爲山
嶽，碎之爲瑪珮，壯之爲武賁，弱之爲處女，華之爲雕綺，素之
爲布菽。自非懸解超覽之士，孰以與於斯乎？〔註124〕（《張少華詩
集序》）

詩歌雖然是創作主體的情感表現，但是如果沒有才性作基礎，情也就無從表
現，王鳴盛對於才與情的分辨從根本上說是推重才性。

以性靈派爲代表的詩學對才性的張揚是對長期被湮沒的創作主體個性的
醒喚，他們的才性論在一定程度上衝破了考據尚博對詩文創作造成的重壓，
解放了詩人的心靈，其時代意義是不言而喻的。才性論成爲乾嘉時期詩學理
論上的自覺，這與市民階層日益壯大的背景是分不開的，也與考據對個性的
束縛有關，它的出現是時代的必然。尚才性之下學識的空疏也造成了性靈詩
派在創作上的鄙淺，這是才性論的不足之處。

〔註123〕 沈德潛，《沈歸愚詩文全集》，乾隆教忠堂刻本，北京師範大學圖書館藏，《文
　　　　鈔》卷十二。
〔註124〕 王鳴盛，《西莊始存稿》，乾隆三十年刻本影印，續修四庫全書本，卷二十
　　　　五。

5. 復古與創新：考據與詩文的旨趣

（1）考據學風下的復古

梁啓超在《清代學術概論》中說：

> 「清代思潮」果何物耶？簡單言之：則對於宋明理學之一大反動，而以「復古」爲其職志者也。其動機及其內容，皆與歐洲之「文藝復興」絕相類。而歐洲當「文藝復興期」經過以後所發生之新影響，則我國今日正見端焉。〔註125〕

將清代的考據學潮比之歐洲的文藝復興，這或許並未妥當，但在考據學風下，復古思潮彌漫於社會科學的各個領域卻是一個事實。在繪畫、書法領域，「唯古是尚」，古碑、古畫不斷地地挖掘、研究，收藏字畫蔚然成風。在詩文創作上，復古的氣息也很重，陳壽祺說道：「自胡稚威始倡復古，乾隆、嘉慶間乃多追效《選》體，然吾鄉猶局時趨，未能丕變。」〔註126〕（《答高雨農舍人書》）沈德潛說：「學者但知尊唐而不上窮其源，猶望海者指魚背爲海岸，而不自悟其見之小也。食雖不能竟越三唐之格，然必優柔漸漬，仰溯風雅，詩道始尊。」〔註127〕方苞對文學創作的發展提出了質疑：「抑吾觀周末諸子，雖學有醇駁，而言皆有物，漢、唐以降，無若其義蘊之充實者。宋儒之書，義理則備矣，抑不若四子之旨遠而辭文，豈氣數使然邪？抑浸潤於先王之教澤者，源遠而流長，有不可強也。」〔註128〕（《書刪定荀子後》）當時的兼長詩文的漢學家雖然沒有明確提出復古的主張，甚至是反對復古，但他們的創作大以漢唐是尚，如程晉芳、胡天遊、汪中的駢文便是以六朝、初唐爲宗，程瑤田、洪亮吉等人的詩也是以追摹漢唐爲特色，這就給詩文創作帶上了濃厚的復古色彩。漢學家深潛於古代典籍，他們由研經而愛其文，他們的詩論多少都帶有厚古薄今的味道。這種厚古薄今的觀念讓他們對當代詩人、詩風多有不滿，他們與主宰乾嘉詩壇的性靈派的衝突是很難避免的了，我們且看看洪亮吉。洪亮吉以詩和考據見稱於時，與袁枚有比較密的交往，但在觀念上卻更具有正統的衛道觀念，他的詩論多少帶有厚古薄今的味道。

〔註125〕梁啓超，《清代學術概論》〔M〕，北京：中華書局，2010年，第5頁。
〔註126〕陳壽祺，《左海文集》，續修四庫全書本，上海：上海古籍出版社，2002年，第183頁。
〔註127〕沈德潛，《說詩晬語》，見《原詩、一瓢詩話、說詩晬語》，人民文學出版社，1979年，第186頁。
〔註128〕方苞，《方苞集》〔M〕，上海：上海古籍出版社，2008年，第37頁。

凡作一事，古人皆務實，今人皆務名。即如繪畫家，唐以前無不繪
故事，所以著勸懲而昭美惡，意至善也。自董、巨、荊、關出，而
始以山水為工矣。降至倪、黃，而並以筆墨超脫，擺脫畦徑為工矣。
求其能繪故事者，十不得三四也。而人又皆鄙之，以為不能與工山
水者並論。豈非久久而離其宗乎？即詩何獨不然。魏晉以前，除友
朋答贈、山水眺遊外，亦皆喜詠事實，如《古詩為焦仲卿妻作》以
迄諸葛亮《梁父吟》、曹植《三良詩》等是矣。至唐以後，而始有偶
成漫興之詩，連篇接牘，有至累十累百不止者，此與繪事家之工山
水何異？縱極天下之工，能借之以垂勸誡否耶？是則觀於詩畫兩
門，而古今之陞降可知矣。〔註129〕

晚年的洪亮吉與趙翼同住一條巷子，他們交往甚密，經常往來唱和，當時趙
翼正在寫作《唐宋七家詩話》（既後來的《甌北詩話》的舅本），趙翼欲將清
代的查初白選入詩話，作《八家詩話》，以歷史發展的眼光勾勒中國文學發展
的歷史。趙翼將這個想法告訴了洪亮吉，遭到了洪亮吉的反對，「君意欲以查
初白配作八家，余固止之。」〔註130〕趙翼將查初白與李白、杜甫、韓愈、白
居易、蘇軾、陸游、高啟等大家相提並論是否妥當確實是值得商榷，但洪亮
吉反對將查初白置入八家詩話的真正原因並非只是看到查初白創作上的成就
不足與七家並列，其深層的原因乃是其復古的思想，我們可以通過伍崇曜在
《北江詩話》的跋中看到個中微細。

先是，趙甌北撰《七家詩話》，欲以查初白配作八家。先生止之，賦
詩云：「初白差難步後塵」；又云：「只我更饒懷古癖，溯源先欲到周
秦。」自注云：「余亦作詩話一卷，自屈、宋起。」見《更生齋集》。
則先生之宗旨可知。然是書無論及靈均輩語，殆亦不無遺佚歟？又
先生嘗賦《論詩絕句》，顧寧人、吳野人共一首，王阮亭、朱竹垞各
一首。今讀是書，所論幾於疊矩重規，又如吳梅村、邵青門、沈歸
愚、袁簡齋、蔣心餘、屬樊榭、孫淵如諸子，均有宋玉微詞，然俱
精確不磨，固不同文人相輕積習，轉貽笑柄者。〔註131〕

反對趙趙翼將查初白入選詩話固然是看到了查初白在詩歌上的成就不及七

〔註129〕洪亮吉，《北江詩話》〔M〕，北京：人民文學出版社，1998年，第80頁。

〔註130〕洪亮吉，《洪亮吉集》〔M〕，北京：中華書局，2001年，第1294頁。

〔註131〕洪亮吉，《北江詩話》〔M〕，北京：人民文學出版社，1998年，第108～109
頁。

家，但洪亮吉內心深處的「懷古癖」才是眞正的內在驅動力。

> 詩除《三百篇》外，即《古詩十九首》亦時有化工之筆，即如「青青河畔草」及「四顧何茫茫，東風搖百草」，後人詠草詩有能及之者否？次則「池塘生春草」，春草碧色，尚有自然之致。又次則王冑之「春草無人隨意綠」，可稱佳句。至唐白傅之「草綠裙腰一道斜」，鄭都官之「香輪莫碾青青草」，則纖巧而俗矣。孰謂詩不以時代降耶？〔註132〕

> 唐詩人去古未遠，尚多比興，如「玉顏不及寒鴉色」、「雲想衣裳花想容」、「一片冰心在玉壺」及玉溪生《錦瑟》一篇，皆比體也。如「秋花江上草」、「黃河水直人心曲」、「孤雲與歸鳥，千里片時間」以及李、杜、元、白諸大家，最多興體。降及宋元，直陳其事者十居其七八，而比興體微矣。〔註133〕

漢學家在學術活動中接觸了大量的前代典籍，他們在深入研究這些典籍的時候難免產生愛屋及烏的情感。這種情感雖則說是個人的偏好，但在乾嘉考據風氣興盛的條件下，它卻成了一股潮流，這股潮流與時代並不吻合。

（2）性靈派對復古思潮的反擊

清代考據至乾嘉而鼎盛，考據對原典的還原是建立在對古代文化制度的深入瞭解的基礎之上。隨著考據風氣佔據學術的主導話語，「凡古必眞，凡漢皆好」，清初已出現的復古主義思潮在這時期愈燃愈熾。這一復古思潮不僅在經學、史學、語言文字學等哲學社會科學領域出現，而且波及了自然科學和文學藝術領域。在龐大的文學創作隊伍中，尙古與追新成了兩道異樣的風景，尙古一派的價值追求與乾嘉時期的學術密不可分，文學實則是他們古經研究的派生。

作爲乾嘉影響最大的詩學流派，性靈詩派對這種復古主義極爲不滿。袁枚對當時經學上的漢宋之爭就深惡痛絕，認爲「宋學有弊，漢學更有弊。宋偏于形而上者，故心性之說近玄虛；漢偏于形而下者，故箋註之說多附會」〔註134〕（《答惠定宇書》）袁枚以人性論爲武器，跳出了當時的漢宋之爭，以

〔註132〕洪亮吉，《北江詩話》〔M〕，北京：人民文學出版社，1998年，第60頁。
〔註133〕洪亮吉，《北江詩話》〔M〕，北京：人民文學出版社，1998年，第2頁。
〔註134〕袁枚，《小倉山房詩文集》〔M〕，上海：上海古籍出版社，1988年，第1531頁。

發展的眼光看待文學，對唯古是尚的考據學風影響下的復古主義思潮進行了批評。

　　袁枚認爲詩歌是人性的表露，它是發展、變化的，這是詩歌發展的必然，他說：「唐人學漢魏，變漢魏，宋學唐變唐。其變也，非有心於變也，乃不得不變也。使不變，則不足以爲唐，不足以爲宋也。子孫之貌，莫不本於祖父，然變而美者有之，變而醜者有之。若必禁其不變，則雖造物所不能。」〔註135〕時代變了，詩歌必然隨之而變，其或變好，或變不好，我們不能絕對把握，但變卻是不以人的意志爲轉移的，袁枚認爲，「唐、宋之不能爲秦漢，猶漢、秦之不能爲三代也。」每個時代的特色與成就，是他朝不可取代的。以文來論，「大抵唐文峭，宋文平；唐文曲，宋文直；唐文瘦，宋文肥。」〔註136〕正所謂「環肥燕瘦，各有千秋」。就具體詩人而言，古今不一，每個人的才性不一，各有千秋，不可尊卑今。「即以唐論，廟堂典重，沈、宋所宜也；使郊、島爲之，則陋矣。山水閒適，王、孟所宜也；使溫、李爲之，則靡矣。邊風塞雲，名山古跡，李、杜所宜也；使王、孟爲之，則薄矣。撞萬石之鐘，鬬百韻之險，韓、孟所宜也；使韋、柳爲之，則弱矣。傷往悼來，感時記事，張、王、元、白所宜也，使錢、劉爲之，則仄矣。題香襟，當舞所，絃工吹師，低徊容與，溫、李、冬郎所宜也；使韓、孟爲之，則亢矣。」〔註137〕因此，袁枚主張詩壇上的百花齊放，認爲每一種風格的詩，不管其奇、平、豔、樸、厚、薄，都應有其地位，詩應以工拙而論，而不應以高低而分。他說：「詩如天生花卉，春蘭秋菊各有一時之秀，不容人爲軒輊。音律風趣能動人心目者，即爲佳詩，無所爲第一第二也。」〔註138〕

　　袁枚認爲人的才性既有其先天性，也有後天的因素。「天之生才，敏鈍各異：或應機立斷，或再三思而後決；或臥而理，或戴星出入而後理。此豈可學哉？」〔註139〕先天的習性固難學，但後天性的「性情」、「際遇」勢必使詩

〔註135〕袁枚，《小倉山房詩文集》〔M〕，上海：上海古籍出版社，1988年，第1502頁。

〔註136〕袁枚，《小倉山房詩文集》〔M〕，上海：上海古籍出版社，1988年，第1860頁。

〔註137〕袁枚，《小倉山房詩文集》〔M〕，上海：上海古籍出版社，1988年，第1505頁。

〔註138〕袁枚，《隨園詩話》〔M〕，北京：人民文學出版社，1982年，第70頁。

〔註139〕袁枚，《小倉山房詩文集》〔M〕，上海：上海古籍出版社，1988年，第1523頁。

人、時代的詩歌內容、風格、形式異於其他時代，這才是「變」的真正原因。袁枚說：「夫詩，無所謂唐、宋也。唐、宋者，一代之國號耳，與詩無與也。詩者，各人之性情耳，與唐、宋無與也。若拘拘焉持唐、宋以相敵，是子之胸中有已亡之國號，而無自得之性情，於詩之本旨已失矣。」〔註140〕所以詩文的變化發展，詩人之間的差異，都是因性情而成。「至於性情遭際，人人有我在焉，不可貌古人而襲之，畏古人而拘之也。今之鶯花，豈古之鶯花乎？然而不得謂今無鶯花也。今之絲竹，豈古之絲竹乎？然而不得謂今無絲竹也。」（同上，第 1502 頁）不是時代「際遇」給每個詩人都留下了心靈的烙印，正是這烙印，使得詩人的主體性在創作中復活了。《隨園詩話》卷四指出：「作詩者，各有身份，亦各有心胸。」還說：「作詩，不可以無我」，應「性靈獨出」，灌注著詩人自己獨特的真情。他認為「三唐詩之所以盛」，在於「杜少陵、白香山」能「自寫性情」。可見，在詩歌創新上，他首先強調詩歌作品應表現詩人的真性情。除表現真性情外，袁枚認為詩歌還應「出新意」，認為這才是「變」的內涵所在，他自己的不少詩特別是詠史詩表現了這一「變」。如《張麗華》「結綺樓邊花怨春，青溪柵上月傷神。可憐褒姐逢君子，都是《周南》傳里人」〔註141〕，一反世人「紅顏禍國」的觀點，認為褒姒、妲己和張麗華如果碰上了好國君，也會成為《詩經·周南》篇中歌頌的有德的后妃。《再題馬嵬驛》云：「不須鈴曲怨秋聲，何必仙山海上行？只要姚崇還作相，君王妃子共長生」。（同上，第 366 頁）作者更是反對「女人是禍水」的女人亡國論，認為真正的罪過在男子，在「君王」，而「妃子」只是被動者，作品從舊題材翻出新意，構思巧妙，對比鮮明，清新自然。「莫唱當年長恨歌，人間亦自有銀河。石壕村裏夫妻別，淚比長生殿上多！」（《馬嵬》，同上，第 147 頁）唐明皇與楊貴妃的那段愛情故事讓人對歷史人物感慨萬千，袁枚舊事重提，將帝王的傷別與石壕村歷盡戰苦的老夫妻的幽咽相提並論，在人性的深處揭示了人性情感平等性。

　　趙翼論詩的最大特點是主張創新發展，其《論詩》有：「李杜詩篇萬口傳，至今已覺不新鮮。江山代有才人出，各領風騷數百年。」趙翼的《甌北詩話》以李白、杜甫、韓愈、白居易、蘇軾、陸游、高啓、吳偉業、查慎行十大才

〔註140〕袁枚，《小倉山房詩文集》〔M〕，上海：上海古籍出版社，1988 年，第 1506頁。

〔註141〕袁枚，《小倉山房詩集》〔M〕，南京：江蘇古籍出版社，1988 年，第 422 頁。

人為線，構建了中國文學發展史。趙翼認為十大才子的不朽之處在於其開創了前人所沒有的東西，故而能為世人所景仰，而這種創新實則是由詩人的才性所決定的。趙翼在寫作十家詩話的過程中不顧洪亮吉的反對，將吳偉業、查慎行入選詩話，將清代的兩大詩人與古人並列，體現了他厚古不薄今的詩學思想。吳偉業、查慎行的詩風與趙翼具有相似性，後人多認《甌北詩話》入選兩人不免有「徇己」之嫌，我認為這是不恰當的。乾嘉以前的成就比較大清代詩人除吳、查外當屬錢謙益、王士禎、朱彝尊。錢、王、朱雖然成就不小，但基本上是傳統詩歌創作的延續，並沒有太大的創新，這與趙翼的入選標準是不相符的。吳、查二人在影響上並不及錢、王，但在創作上形成了獨到的特色，這是趙翼入選的主要原因，《文獻徵存錄》對趙翼的評價最為有見的：

> 晚歲取唐宋以來各家全集展玩而尋繹之，沿波溯源，閒得其心力獨至之處，故所撰《甌北詩話》抉摘精微，語多切當，要非局方隅之見橫使議論也。其論列近代諸家，梅村後獨舉初白，蓋查詩空靈變化，甌北性與之近也。然如王漁洋之高秀，朱竹垞之深厚，衡之初白，實所未逮。惟當兩家並峙之時，獨能陶冶性靈，自開門徑，此初白所以為不可及。則甌北之論詩，亦可云獨具單眼矣。

在與洪亮吉爭論中，趙翼寫下了《稚存見拙著〈甌北詩話〉次韻奉答》，堅持了自己的詩學觀點。

> 論古雖如廷尉平，詩文事已一毫輕。但消白首無聊日，豈附青雲不朽名。老始識塗輸早見，貧堪鑿壁借餘明。只慚結習癡堪笑，猶是燈窗未了情。

> 何限紛紛著作林，揀來只剩幾銖金。論人且復先觀我，愛古仍須不薄今。耳食爭誇談娓娓，鼻參誰侯息深深。錦機恐負遺山老，枉度鴛鴦舊繡針。

> 晚知甘苦擇言馴，一代風騷自有真。耄學我悲垂盡歲，大名君已必傳人。幸同禪窟參三昧，不笑玄關隔一塵。從此國門懸《呂覽》，聽他辯舌騁儀秦。〔註142〕

趙翼認為詩歌不斷推陳出新，厚古薄今的「結習」「癡堪笑」，因而不能一味

〔註142〕趙翼，《甌北集》〔M〕，上海：上海古籍出版社，1997 年，第 1092 頁。

地復古而不識今，正確的持論應該爲「愛古仍須不薄今」。他在《論詩》中
說道：

> 作詩必此詩，定知非詩人。此言出東坡，意取象外神。羚羊眠掛角，
> 天馬奔絕塵。其論實過高，後學未易遵。詩文隨世運，無日不趨新。
> 古疏後漸密，不切者爲陳。譬如泛駕馬，將越而適秦。瀟灑終南景，
> 何與西湖春？又如寫生手，貌施而昭君。琵琶春風面，何關芋蘿春。
> 是知興會超，亦貴肌理親。吾試爲轉語，案翻老斫輪：作詩必此詩，
> 乃是眞詩人。

趙翼對蘇軾「作詩必此詩，定知非詩人」這一命題進行翻案，認爲「作詩必
此詩，乃是眞詩人」。趙翼的「作詩必此詩」其實是指「詩文隨世運，無日不
趨新」的隨時隨地而變，只有與時俱進的變化才是詩的眞諦所在，墨守成規
將會無所成就。他認爲「古疏後漸密」，歷史是不斷發展的，詩「本從性情出」，
「不切者爲陳」，離開了具體的情境，詩歌便失去了存在了基礎，「只應觸景
生情處，或有空中天籟音。」（《論詩》，同上，第 1316 頁）

　　性靈派求新求變的主張與乾嘉時期市民隊伍的壯大是分不開的，它體現
了文學創作大眾化的發展趨勢，對人們認識文學的本質、消除考據對文學帶
來的不利影響是有幫助的。但是，一味求新求變也不免泥沙俱下，降低了文
學的品格。

1.2.2.3　乾隆時期袁枚對考據成功批判的原因

　　袁枚的性靈詩派在乾隆中期以後主導了詩壇，「隨園弟子半天下，提筆人
人講性情」，郭紹虞甚至認爲「在當時，整個的詩壇上似乎只見他（袁枚）的
理論」。性靈詩派幾乎是與考據學同步由盛而衰，性靈派在乾嘉時期深受時人
推崇，這是有原因的。

　　袁枚能夠在乾隆中後期對考據大肆鞭撻並收到一定效果，這與考據自身
的零碎有關，袁枚對他們的批評並非無道理。章學誠在談到戴震時說到：「凡
戴君所學，深通訓詁，先於名物制度而得其所以然，將以明道也。時人方貴
博雅考訂，見其訓詁名物有合時好，以爲戴之絕詣在此。及戴著《論性》、《原
善》諸篇，於天人理氣，實有發先人所未發，時人則謂空說義理，可以無作。
是固不知戴學者也。」〔註143〕乾嘉早期的學人專注於繁瑣的考證，以博多爲

〔註143〕章學誠，《文史通義新編新注（倉修良輯注）》〔M〕，杭州：浙江古籍出版社，

識高，忽略了對典籍義理的探求，章學誠所說的「時人則謂空說義理，可以無作」其實是指錢大昕、朱筠等人，這些人都是乾嘉早期考據的領袖人物，他們的態度對學術風氣的影響是很大的。章學誠在《答邵二雲書》中記載：「而當時中朝薦紳負重望者，大興朱氏，嘉定錢氏實爲一時巨擘。其推重戴氏，亦但云訓詁名物，六書九數，用功深細而已。及見《原善》諸篇，則群惜其有用精神耗於無用之地。」（同上，第 682 頁）考證名物制度被視爲學術的正道，而探求義理就不被人看重了。翁方綱在題爲《駁戴震作》一文的開頭便批評道：「近日休寧戴震，一生畢力於名物象數之學，博且勤矣，實亦考訂之一端耳！乃其人不甘以考訂爲事，而欲談性道，以立異於程朱。就其大要則言理力詆宋儒以謂理者是密察條析之謂，非性道統挈之謂，反目朱子性即理也。」〔註 144〕這一時期的漢學家以考證爲時尙，並不執意於義理的探求，即使有涉及義理者，也是零零碎碎。江藩在《漢學師承記》中記載道：「（洪榜）生平學問之道服膺戴氏，戴氏所作《孟子字義疏證》，當時讀者不能通其義，惟榜以爲功不在禹下。撰《東原氏行狀》，載《與彭進士尺木書》，笥河師見之，曰：『可不必載，戴氏可傳者不在此。』榜乃上書辯論。今《行狀》不載此書，乃東原子中立刪之，非其意也。」〔註 145〕戴震的《孟子字義疏證》乃是其在考據基礎上對義理探求之作，反對宋儒的傾向很明顯，朱筠卻認爲「可不必載，戴氏可傳者不在此。」這其實是反對在考據中從事義理的探求，認爲義理的探求沿襲宋人理論鑿穿的弊病。戴震的兒子也不敢宣揚戴震推求義理的著作，只能「刪之」，當時學術輿論壓力之大可想而知。洪榜雖然認爲戴震的《孟子字義疏證》「功不在禹下」，但也只能拐彎抹角地來闡明戴震此著的原由。

> 洪榜頓首笥河先生閣下：前者具狀戴先生行實，俾其遺孤中立稽首閣下之門，求誌其墓石。頃承面諭，以狀中所載《答彭進士書》可不必載，性與天道不可得聞，何圖更於程、朱之外復有論說乎，戴氏所可傳者不在此。榜聞命唯唯，惕於尊重，不敢有辭。退念閣下今爲學者宗，非漫云爾者，其指大略有三：其一謂程朱大賢，立身制行卓絕，其所立說不得復有異同，疑於緣隙奮筆加以釀嘲，奪彼

2005 年，第 132 頁。

〔註 144〕翁方綱，《復初齋文集》〔M〕，臺北：文海出版社，1961 年，卷七《說理》，第 321 頁。

〔註 145〕江藩，《漢學師承記》〔M〕，北京：三聯書店，1998 年，第 116～117 頁。

與此。其一謂經生貴有家法，漢學自漢，宋學自宋，今既詳度數，精訓故，乃不可復涉及性命之旨，反述所短以掩所長。其一或謂儒生可勉而爲，聖賢不可學而至，以彼矻矻稽古守殘，謂是淵淵聞道知德，曾無溢美，必有過辭。蓋閣下之旨出是三者，仰見閣下論學之嚴，製辭之慎。然恐閣下尚未盡察戴氏所以論述之心，與榜所以表章戴氏之意，使榜且得罪，不可以終無辭。夫戴氏《與彭進士書》非難程朱也，正陸王之失耳；非正陸王也，闢老釋之邪說耳；非闢老釋也，闢夫後之學者實爲老、釋而陽爲儒書，援周孔之言入老釋之教，以老釋之似亂周孔之眞，而皆附於程、朱之學。〔註146〕（《上笥河朱先生書》）

洪榜對朱筠的三點揣測是否符合朱筠的願意，這值得商榷，但以朱筠爲代表的漢學界反對探求義理卻是事實。洪榜拐彎抹角地爲戴震的義理之學作注腳，乃是學術風氣使然，難怪胡適在討論洪榜的這封信時說道：

洪榜書中末段說戴氏自名其書爲《孟子字義疏證》，可見那不是「言性命」，還只是談「訓故、度數」。這確是戴震的一片苦心。……大概他知道程、朱的權威不可輕視，不得已如此做。這是他「戴著紅頂子講革命」的苦心。〔註147〕

江聲在給孫星衍的考據成果集《問字堂集》作序時就對孫星衍沿襲宋儒學術路子的做法很不滿，並指出了考據上的零碎之弊，他說：「至如《原性篇》，弟不能知其是，亦不欲議其非，蓋性理之學，純是蹈空，無從捉摸。宋人所喜談，弟所厭聞也。地理古迹亦所不諳，無能置喙。諸書之敘，縷述原委，精詳博衍，具見素學。但誇多鬥靡，觀者不能一目了然，此亦行文之一病也。」〔註148〕江聲的直言正道出了考據的旨向和不足。紀昀對經史考證的零碎也有微詞，他說：「空談臆斷，考證必疏，於是博雅之儒引古義以抵其隙，國初諸家，其學徵實不誣，及其弊也瑣（如一字音訓動辨數百言之類）。」〔註149〕（《經部總敘》）在具體評價四庫書籍時，他批評部分典籍的「瑣」、「嗜博」。

〔註146〕戴震，《戴震全集》〔M〕，合肥：黃山書社，1995年，第141頁。

〔註147〕胡適，《戴東原的哲學》〔M〕，合肥：安徽教育出版社，2006年，第86～87頁。

〔註148〕孫星衍，《問字堂集》〔M〕，北京：中華書局，1996年，序頁。第6頁。

〔註149〕永瑢等纂，《四庫全書總目》〔M〕，北京：中華書局，1965年，第1頁。

考據以瑣屑為功，不敢深涉義理，這就使得他們缺少了有力的回擊武器，袁枚對他們的批評點到了致命之處。袁枚對考據進行了抨擊，但他也只是從表現方式、情感的角度進行剖析，沒有從哲學的高度來分析漢學的不足，這是很遺憾的地方。錢載後來也反對漢學，但也僅僅是從義理的角度來分析，並沒有抓住問題的實質。倒是章學誠看到了考據的最大問題「近日學者風氣，徵實太多，發揮太少，有如桑蠶食葉而不能抽絲。」〔註150〕（《與汪龍莊書》）「徵實太多，發揮太少」正是乾嘉前期考據學的最大弊病。

考據以學術正宗地位自居，認為詩文依附於經史，不屑與詩文爭優劣，這也是考據沒有回應袁枚批評考據的另一原因。王鳴盛在《王惠思先生文集序》中對義理、考據、經濟、辭章評述道：

> 夫天下有義理之學，有考據之學，以經濟之學，有詞章之學，譬諸木然。義理其根也，考據其幹也，經濟則其枝條而詞章用其藊葉也。譬諸水然，義理其原也，考據其委也，經濟則疏引溉灌，其利足以澤物，而詞章則波瀾瀠瀠洄演漾，足以供人玩賞也。四者皆天下之所不可少而能兼是者則古今未之有也。孰為重？義理為重，天下未有無根之木，無原之水，而能久長者也。雖然，豫章之材刈其幹而徒存其本，可乎哉？執湔氏而曰江儘是，執渤澥而曰河儘是，是豈不為大愚乎？是故義理之與考據，常兩相須也。若夫經濟者，事為之末，詞章者潤色之，資此則學之緒餘焉。〔註151〕

在漢學家的眼中，「詞章則波瀾瀠瀠洄演漾，足以供人玩賞也」，王鳴盛雖然認為「四者皆天下之所不可少」，但他看重的乃是考據，他將考據與義理並提，實是將考據提高到經的地位，以遙遙於經濟、辭章之上，王鳴盛的觀點代表了乾嘉考據學人的普遍觀點。

另外，袁枚勤於考據並受到考據名家的推崇，這就增強了其理論的說服力，使得反對的聲音處於微弱的境地。孫星衍在《隨園隨筆序》中說道：

> 然先生棄官山居五十年，實未嘗一日廢書。手評各史籍，字迹歷歷猶在，則亦未嘗不時時考據。世之以妖薄輕豔詩託言師法隨園者，非善學先生者也。顧先生欲然常恐所之之或有舛誤，故竟其生不以

〔註150〕 章學誠，《文史通義新編新注（倉修良輯注）》〔M〕，杭州：浙江古籍出版社，2005年，第693頁。

〔註151〕 王鳴盛，《西莊始存稿》，乾隆三十年刻本影印，續修四庫全書本，上海古籍出版社，2002年，卷二十五。

此書付梓，實則著書當觀大體，又思其命意所在，古人千慮，亦有
一失。〔註152〕

袁枚三十五歲便辭官隱居隨園，學壇領袖之一的朱筠以「隱者」目之，他在
與袁枚的信中說道：「以金石圖書，豪於江山之間，自謂循吏、儒林、隱逸三
者兼之。筠心慕其意趣，以為近今未嘗有也。」〔註153〕當時在朱筠幕僚的章
學誠極力勸朱筠痛詆袁枚，而朱筠卻「為護持枚故，挺身說人。」（同上）章
學誠對袁枚的批判言辭極為激烈，但當時由於「人輕言微」，所寫文章又不敢
輕易示人，所以沒有對袁枚造成太大的影響。

　　錢大昕辭官後與袁枚往來唱和頗多，詩集中存有過往隨園的詩作有《題
隨園雅集圖四首》、《隨園鐙詞八首》、《送袁香亭之官粵東》、《袁簡齋八十壽
序四首》、《袁簡齋前輩挽詩三首》等，而在《答袁簡齋書》中，錢大昕對袁
枚的考據是認可的。「得手教，循環雒誦，懽喜無量。先生研精史學，於古今
官制異同之故，燭照數計，洞見癥結，而猶虛懷若谷，示以所疑，俾馬勃牛，
得備好扁和之采，其為榮幸，非所敢望。謹就問目，述其一二，惟先生詳察。」
〔註154〕錢大昕的評價雖是不免諛美，但我們由此可以看出，袁枚在經史考證
上也並非沒有成就。乾嘉學人的讚譽為袁枚樹起了一面保護鏡，雖然部分學
人如章學誠對袁枚極其反感，但由於「人輕言微」，活動圈子比較小，在袁枚
的生前並不構成太大的影響。

　　袁枚的性靈論之所以能夠在乾嘉時期獨樹一幟，不為考據之風吹倒，從
根本上說，是因為適應了時代的要求。乾嘉時期，社會矛盾得到了進一步
的緩和，明末清初那種刀光劍影的鬥爭意氣已不復存在。在政治高壓下，不
僅稍涉華夷之辯便招致殺身之禍，而且過度抨擊時政也會引來滅頂之災，在
漢滿界線分明的意識形態領域，家國憂患的情懷已不再是時代的主題。加之
社會承平日久，社會的相對穩定和商品經濟的發展讓人們更多地傾注於日常
的消遣娛樂之上。這一時期詩文創作數量巨大，而在格調上卻是降了幾度，
「緣情」的傾向更加明顯。朱自清認為，到了清代袁枚，才將「詩言志」的
意義又擴展了一步，差不離和陸機的「詩緣情」並為一談，同時也把狹義的

〔註152〕孫星衍，《平津館文稿》，叢書集成新編本，臺北新文豐出版公司，1986年，
　　　　　第48頁。

〔註153〕此文附在袁枚《答朱竹君學士書》後，見《小倉山房詩文集》，上海古籍出版
　　　　　社，第1558～1559頁。

〔註154〕錢大昕，《潛研堂文集》〔M〕，南京：江蘇古籍出版社，1997年，第580頁。

「緣情詩」（男女私情之作），也算作「言志」，這樣的「言志」的詩倒跟我們現代譯語的「抒情詩」同義了，這時，「詩緣情」那傳統才算真正擡起了頭。朱自清對袁枚「緣情」論的分析是很中肯的，但是我們同時也要看到，袁枚「緣情」之論雖然說是他個人提出，但是它與乾嘉時期的文藝生態是緊密聯繫的，他的詩論之所以能「隨園弟子半天下，提筆人人談性靈」，說明了他的理論與時代產生了共鳴，是時代文學思想的體現。袁枚在《隨園詩話》中記載：

> 秋帆尚書德位兼隆，主持風雅。枚山澤之癯，何能及萬分之一？乃詩人好相提而並論。孫淵如太史云：「惟有先生與開府，許教人吐氣如虹。」徐朗齋孝廉云：「弇山制府倉山叟，海內龍門兩扇開。」
> 〔註155〕

這雖然是袁枚的自謙之詞，但他的性靈詩風在朝野為人們所廣泛接受卻是一個事實。

1.2.3 漢學家的文學觀：重考據，輕文學

乾隆中葉，以四庫全書為中心，彙集了一大批漢學家，他們的學術研究具有時代風向指示標的作用，一時朝野「家家許鄭，人人賈馬」，經史考證蔚然成風。這種注重經典考證的學術活動得到了最高統治者的肯定和支持。戴震記載：「癸巳夏，奉召入京師，與修《四庫全書》，躬逢國家盛典，乃得盡心纂次，訂其訛舛。審知劉徽所注，舊有圖而今闕者補之。書既進，聖天子命即刊行，又御製詩篇冠之於首。古書之隱顯，蓋有時焉，誠甚幸也。」〔註156〕（《刊九章算術序》）當時以考據見長而被授職四庫館職的不只是戴震一人，通過考據獲取職位成為當時除科舉之外另一條謀生途徑，考據對士子們具有極大的誘惑力。

乾嘉考據是針對宋儒空談性理的而發，他們繼承了清初顧炎武、黃宗羲、王船山等人的務實精神，崇尚實學，力圖還原經典的真正面目，避免理論的「鑿空」。在具體方法上，他們沿著顧炎武「識字」的訓詁方法，「經之至者道也，所以明道者其詞也，所以成詞者字也。由字以通其詞，由詞以通其道，必有漸。」〔註157〕，《說文》、《爾雅》成了入經的必讀書目。

〔註155〕袁枚，《隨園詩話》〔M〕，北京：人民文學出版社，1982年，第388頁。
〔註156〕戴震，《戴震集》〔M〕，上海：上海古籍出版社，1980年，第148頁。
〔註157〕戴震，《戴震集》〔M〕，上海：上海古籍出版社，1980年，第455頁。

《爾雅》，六經之通釋也。援《爾雅》附經而經明，證《爾雅》以經而《爾雅》明。然或義具《爾雅》而不得其經，殆《爾雅》之作，其時六經未殘缺歟。〔註158〕（《爾雅注疏箋補序》）

掌握了訓詁的工具便把握了經典入門的鑰匙，由此就可以敲開經典的大門，戴震自信地說道：

古故訓之書，其傳者莫先於《爾雅》，六藝之賴是以明也。所以通古今之異言，然後能諷誦乎章句，以求適於至道。劉歆、班固論《尚書》古文經曰：「古文應讀《爾雅》，解古今語而可知。」蓋士生三古後，時之相去千百年之久，視夫地之相隔千里之遠，無以異。昔之婦孺聞而輒曉者，更經學大師轉相講授，而仍留疑義，則時爲之也。余竊謂儒者治經，宜自《爾雅》始。〔註159〕（《爾雅文字考序》）

王鳴盛也說道：「夫學必以通經爲要，通經必以識字爲基，自故明士不通經，讀書皆亂讀，學術之壞敗極矣，又何文之足言哉？天運循環，本朝蔚興，百數十年來，如顧寧人、閻百詩、萬季野、惠定宇名儒踵相接，而尤幸《說文》之巋然獨存，使學者得所據依，以爲通經之本務。」〔註160〕借助文字這一工具，漢學家批判了宋儒的謬誤，宣佈找到了經典的眞正內涵，「僕自十七歲時，有志聞道，謂非求之《六經》、孔孟不得，非從事於字義、制度、名物，無由以通其語言。宋儒譏訓詁之學，輕語言文字，是欲渡江河而棄舟楫，欲登高而無階梯也。爲之三十餘年，灼然知古今治亂之源在是。」〔註161〕

漢學家雖然反對宋儒的理論鑿空，但他們並沒有懷疑儒家經典的眞理性，他們只是在借助文字訓詁來尋找原典的眞正含義，在對待道與文的關係上，他們與宋儒如出一則，重道輕文，認爲文是爲道服務的。戴震在《與方晞原書》中說道：

得鄭君手箚，言足下大肆力古文之學。僕嘗以爲此事在今日絕少能者，且其途易歧，一入歧途，漸去古人遠矣。

古今學問之途，其大致有三：或事於理義，或事於制數，或事於文

〔註158〕戴震，《戴震集》〔M〕，上海：上海古籍出版社，1980年，第52頁。
〔註159〕戴震，《戴震集》〔M〕，上海：上海古籍出版社，1980年，第51頁。
〔註160〕孫星衍，《問字堂集》〔M〕，北京：中華書局，1996年，序頁，第3頁。
〔註161〕戴震，《戴震集》〔M〕，上海：上海古籍出版社，1980年，第455頁。

章。事於文章者，等而末者也。然自子長、孟堅、退之、子厚諸君子為之曰：是道也，非藝也。以云道，道固有存焉者矣。如諸君子之文，亦惡睹其非藝歟？夫以藝為末，以道為本。諸君子不願據其末，畢力以求據其本，本既得矣，然後曰：是道也，非藝也。循本末之說，有一末，必有一本。譬諸草木，彼其所見之本，與其末同一株，而根枝殊爾。根固者枝茂，世人事其枝，得朝露而瘁，其為榮不久。諸君子事其根，朝露不足以榮瘁之，彼又有所得而榮、所失而瘁者矣。且不廢浸灌之資，雨露之潤，此固學問功深而不已於其道也，而卒不能有榮無瘁。故文章有至有未至。至者，得於聖人之道則榮；未至者，不得於聖人之道則瘁。以聖人之道被乎文，猶造化之終始萬物也。非曲盡物情，遊心物之先，不易解此。然則如諸君子之文，惡見其非藝與？諸君子之為道也，譬猶仰觀泰山，知群山之卑；臨視北海，知眾流之小。今有人履泰山之巔，跨北海之涯，所見不又懸殊乎哉？

足下好道，而肆力古文，必將求其本。求其本，更有所謂大本。大本既得矣，然後曰：是道也，非藝也。則彼諸君子之為道，固待斯道而榮瘁也者。聖人之道在六經，漢儒得其制數，失其義理；宋儒得其義理，失其制數。譬有人焉，履泰山之巔可以言山；有人焉，跨北海之涯可以言水。二人者不相謀，天地間之鉅觀，目不全收，其可哉？抑言山也，言水也，時或不盡山之奧、水之奇。奧奇，山水之道也；不盡之關物情也。〔註162〕（《與方晞原書》）

「事於文章者，等而末者也。」戴震對待文學與道學家並沒有太大的區別，「以藝為末，以道為本」這是他在道與文關係上基本看法。戴震認為古文創作有兩個「本」，一個是文學的「本」，這個「本」是文學傳統上的本源，另一個「本」便是儒家的義理，這個「本」才是大本，有了後者這個「本」，文學創作才能源泉不斷。戴震對「本」的論析其實是為了說明「道本文末」，與一般的道學家只論道本藝末不同，他認為「學問功深」才能得道，「漢儒得其制數，失其義理；宋儒得其義理，失其制數」，兩者都是不全的。戴震著重擡高義理，擡高經由考據而帶來的對義理的新的發現。

〔註162〕戴震，《戴震集》〔M〕，上海：上海古籍出版社，1980年，第188頁。

　　江藩在給淩廷堪《校禮堂文集》的序中重經貶文的傾向也很明顯：「君之學可謂本之情性、稽之度數者也。出其緒餘，為古文詞，經禮樂，綜人倫，通古今，述美惡，大則憲章曲謨，俾贊王道，小則文義清正，申紓性靈。嗟乎！文章之能事畢矣。蓋先河後海，則學有原委；茹史枕經，則言無枝葉。卓爾出群，斯人而已。近日之為古文者，規仿韓、柳，類比歐、曾，徒事空言，不本經術，汗潦之水不盈，弱條之花先萎，背中而走，豈能與君之文相提並論哉！」〔註 163〕文辭乃是出於經史的「緒餘」，「不本經術」便無從論文，這就直接道出了考據為源，文章為流的觀點，這樣的看法在漢學家中很普遍。錢大昕也說道：

> 　　昔人稱昌黎以六經之文為諸儒倡，今公之文非六經之法言不陳，非六經之疑義不決，折衷百家，有功後學，所謂吐詞為經，而蘄至於古之立言者，唯公有焉。嘗慨秦、漢以下，經與道分，文又與經分，史家至區道學、儒林、文苑而三之。夫道之顯者謂之文，六經子史皆至文也。後世傳文苑，徒取工詞翰者列之，而或不加察，輒嗤文章為小技，以為壯夫不為，是恥鏧悅之繡，而忘布帛之利天下；執穬秕之細，而訾菽粟之活萬世也。公之學求道於經，以經為文，當世推之曰通儒，曰實學，不敢厪以文士目公，而其文亦遂卓然必傳於後世，此之謂能立言者。昌黎不云乎：「言，浮物也。」物之浮者，罕能自立，而古人以立言為不朽之一，蓋必有植乎根柢，而為言之先者矣。草木之華，朝榮而夕萎；蒲葦之質，春生而秋槁，惡識所謂立哉！〔註 164〕（《味經窩類序》）

錢大昕認為經、史、文本不分家，皆為實學，文與經、史分家之後，不本經術，徒飾華辭，實是無源之水。錢大昕強調為文必須要有「根柢」，他所說的「根柢」並非是純粹義理的掌握，而是側重於考證的學識基礎，認為這種學識決定了古文的成就。

　　與戴震交融二十餘年的紀昀是乾嘉考據學的干將，他不僅以四庫全書的編纂為陣地團結了一大批漢學家，而且還幫助了一大批學者出版考據集子，為乾嘉漢學戰勝宋學作出了實質性的貢獻。同時，他在文學上也是成就非凡，

〔註 163〕淩廷堪，《校禮堂文集》〔M〕，北京：中華書局，1998 年，序頁，第 3 頁。
〔註 164〕錢大昕，《潛研堂文集》〔M〕，南京：江蘇古籍出版社，1997 年，第 414～415 頁。

許多評論也是很精到，對這一時期的文學思想、文學創作的影響也是不容忽
視的。在對待考據與文學上，他強調了學問對文學的決定作用。

> 氣化而成形，萬物一太極，故同稟一氣，則同開；一物一太極，故
> 務分一氣，則各貌皆自然而然耳。豈如模造面具，一一毫釐畢肖哉？
> 心之成文亦猶氣之成形也，才力之殊無論矣，即學問不殊，而所見
> 有淺深，則文亦有淺深。故同一明道，而聖人之言、賢人之言、大
> 儒之言，吾黨能辨；同一說法，而佛語、菩薩語、祖師語，彼教亦
> 能辨。自前明正德嘉靖間李空同諸人始以摹擬秦漢為倡，於是人人
> 皆秦漢，而人人之秦漢實同一音；茅鹿門諸人以摹擬八家為倡，於
> 是人人皆八家，而人人之八家又同一音。模造面具，其斯之庸采恩
> 歟？久而自厭，漸開別途，於是鍾伯敬諸人以冷峭幽渺求神致於一
> 字一句之間；陳臥子諸人更沿溯六朝，變為富麗，左右佩劍，相笑
> 不休。數百年來變態百出，實則惟此四派迭為盛衰而已矣。為文不
> 根柢古人，是個規矩也。孟子有言：梓匠輪與能與人規矩，不能使
> 人入巧。是雖非為論文設，而千古論文之奧具是言矣。夫巧者心所
> 為，心所以能巧，則非心之自能為。學不正，則雜；學不博，則陋；
> 學不精則膚。雜而廉以陋且膚，是惡能生巧？即恃聰明以為巧，亦
> 巧其所巧，非古人之所謂巧也。惟根本六經，而旁參以史子集，使
> 理之疑似，事之經權，了然於心，脫然於手，縱橫伸縮惟意所如，
> 而自然不悖於道。其為巧也不有不期然而然者乎。〔註165〕（《香亭
> 文稿序》）

紀昀認為後世之文實是四派之更迭：秦漢派、八大家派、冷峭孤峻派、六朝
派。在紀昀的眼中，這四派的成就不大，之所以如此，乃在於「不根柢古人」，
而要「根柢古人」，那就必須「根本六經，而旁參以史子集，使理之疑似，事
之經權，了然於心，脫然於手，縱橫伸縮惟意所如，而自然不悖於道。」這
其實就是以字詞通經和以子證經的考據學了。他認為唯有如此，作文才能「其
為巧也不有不期然而然者乎。」可見，在紀昀眼中，文與理密不可分，只有
推究六經，才能認識事理，事理弄通了，文學便通了，他在《明皋文集序》
中說道：

〔註165〕紀昀，《紀文達公遺集》，嘉慶十七年紀樹馨刻，北京師範大學圖書館藏，卷
　　　　九。

> 夫事必有理，推闡其理融會貫通，分析別白，使是非得失鑿然具見
> 其端緒，是謂之文。文而不根柢於理，雖鯨鏗春麗終爲浮詞；理而
> 不宣以文，雖詞嚴義正亦終病其不雅訓。譬諸禮樂，禮主於敬，理
> 也，然袒而拜君父，則不足以爲敬。樂主於各，理也，然喧呶歌舞，
> 快然肆意，則不足以爲和。（同上，卷九）

紀昀並非沒有看到文學的「巧」與美，他只是認爲文學之美乃是建立在「理」
的基礎之上，沒有「理」作基礎，文就失去了意義。我們要注意的是，紀昀
所謂的「理」並非宋儒的「理」，乾嘉漢學家嚴辨漢宋，勢如水火，他們借助
於文字訓詁自以爲找到了儒家原典的「理」，這個理是與宋儒援佛入儒的
「理」是不同的。汪師韓甚至認爲沒有經史考證的知識，便無法從事詩文創
作，他說：

> 三百篇、漢、魏之作，類多率爾造極。故嚴滄浪曰：「詩有別才，非
> 關書也。詩有別趣，非關理也。」後人傳誦其語。然我生古人之後，
> 古人則有格有律矣，敢曰不學而能乎？依法則天機淺；憑臆則否藏
> 凶，離之兩傷，此事固履之而後難也。且夫詩尚比興，必傍通鳥獸
> 草木之名，既不能無所取材，則不可一字無來歷矣。「關關」、「呦呦」
> 之情狀；「敦然」、「沃若」之精神，夾漈特著論以明之，其要歸於讀
> 書而已。《傳》曰：「不學博依，不能安詩。」讀詩且不可不博依也，
> 而顧自比於婦人小子之爲詩也哉？〔註166〕

過於重學導致了對文學審美特性的忽視，這是乾嘉漢學家的通病。除了重學
問，重道也是漢學家的論詩文的立腳點。在眾多的漢學家中，程瑤田算是文
學修養比較好的一個，他的詩歌創作意境深遠，有唐詩的風味。他認識到了
文學所具有的藝術美，道與文不可分離，但在本質上，他仍然是認爲文乃道
之文。

> 學者之於文，終身焉耳矣。文在六經曰六藝。孔子之教也，弟子身
> 通六藝者，七十有二人。而孔子之言學也，則曰：「志於道，據於德，
> 依於仁，遊於藝。」是故遊藝者，學之終事也。

> 夫學之始，嘗博學於文矣，學固從藝入耳。夫學，所以志於道也，
> 道則目擊而存者也。何以必從藝入也？蓋當志道時，初不知道之在

〔註166〕汪師韓，《詩學纂聞（清詩話本）》〔M〕，上海：上海古籍出版社，1978年，
第440頁。

吾目前也，而是藝也則載乎道，統乎德，而藏乎仁者也。是故道莫乎堯舜。堯舜之道，約言之可一言而盡也，曰「孝弟」而已。而所以孝弟者，則非一言所可盡也，載之於藝也。道莫備於夫子。夫子之道，約言之，可一言而盡也，曰「忠恕」而已。而所以忠恕者，則非一言之所可盡也，載之於藝也。道載於藝，故必於藝中而得其道；得其道，然後可以盡倫；得其道，然後可以盡識。盡倫、盡識，則德修於身，而可以據於德矣。倫無不盡，識無不盡，則仁全於心而可以依於仁矣。

夫德之能據也，仁之能依也，皆於藝乎得之。而德則欲其始終能據也，仁則欲其始終能依也，是不可不有以養之也。於藝乎得之者，還當於藝乎養之。遊藝者，所以養其所得之道也，而且溫故可以知新也，資深乃以逢源也。故曰：遊藝者，學之終事也。抑是藝也，豈惟是足乎也云爾哉！道在我，將以兼善天下也，能經足用，藝者出治之本也；道在我，將欲傳之其人也，博學詳說，藝者教人之方也。今夫聖人，藝之宗也，以其「從心所欲，不踰矩」者筆之書，是藝之所從出者也。然而發憤忘食，樂以忘憂，猶且好古敏求於藝之中，而不知其老之將至也。〔註167〕（《遊藝篇》）

段玉裁在《潛研堂文集序》也說道：

古之以別集自見者多矣，而多不傳；而不能久；傳且久矣，而或不著；其傳而久，久而著者，數十家而已。其故何哉？蓋學有純駁淺深，而文又有工拙之不等也。古之神聖賢人，作為六經之文，垂萬世之教，非有意於為文也，而文之工侔於造化。諸子百家皆竊取一端以有言，而言之有用者固多，言之偏致為流弊者亦多矣。自辭章之學盛，士乃有專於文章，顧不知文所以明道，而徒求工於文，工之甚適所以為拙也。雖然，有見於道矣，有見於經矣，謂不必求工於文而率意言之，則又孔子所謂「言之無文，行之不遠」者。蓋聖門言語、文學，必分二科，以是衡量古今，其能兼擅者鮮矣。乃若少詹事曉徵先生，庶幾無愧於古之能兼文學、言語者乎！〔註168〕

〔註167〕 程瑤田，《程瑤田全集（一）》〔M〕，合肥：黃山書社，2008年，第25頁。

〔註168〕 錢大昕，《潛研堂文集》〔M〕，南京：江蘇古籍出版社，1997年，序，第 1 頁。

重經，重考據，重實學是這一時期學術的特徵，詩文的虛靈、不切實用與考據學的旨趣甚有距離，漢學家之所以沒有繁瑣地論述考據優於文學，是因爲他們覺得那是不用多費腦力就可以得出的結論，袁枚等人的反覆論辯從反面證明了考據的主流地位。漢學家之所以對文學評價不高，除了與道本文末的觀念有關外，還與他們將詩文工具論有關，他們並沒有嚴格地將詩文視爲一個獨立的藝術門類，而只是視爲一種工具。不少漢學家兼長詩文創作，以詩文來表述考據內容是他們常用的方法，紀昀在《沽河雜詠序》中說道：

> 蔣子秋吟偶客長蘆，獨能採掇軼事，證以國史，爲《沽河雜詠》一百首，仍摭拾舊文以注之，其考覈精到，足補地志之遺，其俯仰淋漓芒情四溢，有劉庚子竹枝之遺韻焉。余不至斯土五十餘年矣，讀之宛如坐漁莊蟹舍之間與白頭故老指點而話舊也。後山詩云：「巧婦莫爲無麥餅。」如秋吟者眞能爲無麥餅矣。注中所引有《沽上題襟集》，近人作也。余平生不喜入詩社，不能識諸君子，亦未見是集，然讀秋吟所引風流，婉約亦足當嘗鼎一臠。秋吟此集與之聯鑣齊驚同爲藝林佳話無疑也，彼南宋數家不出爾時江湖一派者，殆不足道矣。〔註169〕

被紀昀認爲「藝林佳話無疑」的考據詩集《沽河雜詠》並沒有經得住歷史的考驗，這本詩集現在難覓芳迹。在乾嘉時期，以考據入詩，以駢文抒寫考據內容比比皆是，其實，考據學所看重的並非其文，而是考據的內容，詩文在他們眼中只不過是個形式罷了。

1.2.4 乾嘉後學對袁枚言論的批判

在乾隆中期，袁枚對考據大肆批判，積極培養文學人才，對文學的發展起到了推動的作用。然而，考據學所具有的威信是文學所無法比擬的，由文學轉入考據是乾嘉時期的文人的一大特點，乾嘉後期與袁枚展開爭論並使袁枚偃旗息鼓的就是被袁枚目爲「奇才」的孫星衍。孫星衍少有詩才，年長後卻從事考據，袁枚爲極力挽留、勸阻。其實，袁枚對於考據盛行的反思在他的詩文中是非常多的。他對孫星衍的勸告，或說對於考據的反對，也可見

〔註169〕紀昀，《紀文達公遺集》，嘉慶十七年紀樹馨刻本，北京師範大學圖書館藏，卷九。

他的一首詩。在《考据之學莫盛于宋以後，而近今爲尤。余厭之，戲仿太白〈嘲魯儒〉一首》：「東逢一儒談考据，西逢一儒談考据。不圖此學始東京，一丘之貉于今聚。《堯典》二字說萬言，近君迷入公超霧。八寸策訛八十宗，遵明竭竭強分疏。或爭《關雎》何人作，或指明堂建某處。考一日月必反唇，辨一郡名輒色怒。干卿底事漫紛紜，不死飢寒死章句？專數郛書燕說對，喜從牛角蝸宮赴。我亦偶然願學焉，頃刻揮毫斷生趣。搰搰故紙始成篇，彈弄雲和輒膠柱。方知文字本天機，若要出新先吐故。魯人無聊把瀋拾，齊士談仙將影捕。作《爾雅》非磊落人，疏《周官》走蠶叢路。當時孔聖尚闕疑，孟說井田亦臆度。底事于今考据人，高睨大談若目睹？古人已死不再生，但有來朝無往暮。彼此相毆昏夜中，畢竟輸贏誰覺悟？次山文碎皇甫譏，夏建學瑣乃叔惡。男兒堂堂六尺軀，大筆如椽天所付。鯨吞鰲擲杜甫詩，高文典冊相如賦。豈肯身披膩顏袷，甘逐康成車後步！陳迹何妨大略觀，雄詞必須自己鑄。待至大業傳千秋，自有腐儒替我註。或者收藏典籍多，亥豕魯魚未免悞。招此輩來與一餐，鎖向書倉管書蠹。」〔註170〕當時孫星衍正對考據滿懷熱情，他在《答袁簡齋前輩書》針鋒相對，擡高考據，貶低辭章。他還將兩人的書信一併收入自己的《問字堂集》，書成後遍寄京師名流。該書王鳴盛作序，漢學名流錢大昕、江聲、張祥雲、朱珪、阮元皆有題詞，一時間，考據與辭章的爭論遍及整個學術界，這個爭論一直延續到袁枚的晚年。

答袁簡齋前輩書

兩奉手書，具承存注。侍生平知己之感，莫先於閣下。自束髮知詩，閣下即許以奇才之目，揄揚於當道之前。一登龍門，得盡交海內瑰異之士，何敢一日忘之？然閣下負天下之重名，後進奉其言以爲法，閣下有爲而言，聞者不察，或阻其進學之志，亦不得不獻疑於左右也。

來書惜侍以驚采絕豔之才，爲考據之學，因言形上謂之道，著作是也；形下謂之器，考據是也。侍推閣下之意，蓋以抄摭故實爲考據，抒寫性情爲性靈爲著作耳。然非經之所謂道與器也。道者謂陰陽、柔剛、仁義之道，器者謂卦爻象象載道之文，是著作亦器也。侍少讀書，爲訓詁之學，以爲經義生於文字，文字本於六書，六

〔註170〕袁枚，《小倉山房詩集》〔M〕，南京：江蘇古籍出版社，1993年，第733頁。

書當求之篆籀古文，始知倉頡、《爾雅》之本旨。於是博稽鍾鼎款識
及漢人小學之書，而九經三史之疑義可得而釋。及壯，稍通經術，
又欲知聖人製作之意，以為儒者立身出政，皆則天法地，於是考周
天日月之度，明堂井田之法，陰陽五行推十合一之數，而後知人之
貴於萬物，及儒者之學之所以貴於諸子百家。雖未遽能貫串，然心
竊好之，此則侍因器以求道，由下而上達之學。閣下奈何分道與器
為二也？

來書又以聖作為考據，明述為著作，侍亦未以為然。古人重考據甚
於重著作，又不分為二。何者？古今論著作之才，閣下必稱老、莊、
班、馬。然老則述黃帝之言，莊則多解老之說，班書取之史遷，遷
書取之《古文尚書》、《楚漢春秋》、《世本》、《石氏星經》、顓頊、夏
殷周魯曆，是四子不欲自命為著作。又如《管子》之存《弟子職》、
《呂覽》之存后稷、伊尹書，董仲舒之存神農求雨書，賈誼之存青
史氏記，大小戴之存《夏小正》、《月令》、《孔子三朝記》。而《月令》
一篇，呂不韋、淮南王、小戴爭傳之；《哀公問》一篇，荀卿、大戴
爭傳之。《文王官人》一篇，《周書》、大戴爭傳之。他如《禮論》、《樂
書》、《勸學》、《保傅》諸篇，互見於諸子，不以為復出。是古人之
著作，即其考據。奈何閣下欲分而二之？前人不作聰明，乃至技藝
亦重考據。唐人鉤摹《蘭亭敘》、《內景經》不知幾本，宋元畫手以
絹素臨舊圖，為其便於影寫，故流傳畫本，皆有故事。今則各出新
意，以為長古無是也。

至閣下謂考據者為趨風氣，則又沒人之善。漢廷諸儒多以通經致高
位，唐亦以射策取士。後世試士，第一場用四書文，試官之空疏者，
或不以二三場措意，然則從事於考據者，於古或有干祿欺世之學，
於今必皆篤行好學之士。世人方笑其學成而無用，閣下又何以為趨
風氣乎？

古之書籍未有板本，藏書賜書之家，不過一二名士大夫，如摧酤然
士不至其門則無由借書。故嵇康就太學寫經，康成從馬融受業，其
時好學之士，不登於朝不能有中祕書，蓋博引為難。宋時書籍，既
有板本，值汴京淪喪，金無收圖籍如蕭何之臣，南遷諸儒，囿於耳
目。今覽北宋類書，如《太平御覽》、《太平寰宇記》、《事類賦》所

引諸書，南宋已失之。朱晦庵、王伯厚號稱博涉，其所引據亦無今世未有之書。近時開四庫館，得《永樂大典》所出佚書甚多，及釋、道二藏，載有善本古書，前世或未之睹。而鍾鼎碑碣，則歲時出於土而無窮。以此而言，考據之學今人必當勝於古，而反以爲列代考據如林，不必從而附益之，非通論矣。且《洪範》、《九疇》陳於武王，則文王未必知，《周志》、《穆傳》出於汲塚，則孔子所不見。人者與天地參，孔子云：「當仁不讓於師。」孟子云：「有爲者亦若是。豈有中道而畫之時哉？」

閣下以侍爲韓愈可惜，惜其一枝好筆，爲愛侍太過之言則可耳。侍誠負閣下之知，苦文不逮意，故率棄之不惜。若謂其官階漸進，當尊主隆民，不可雕蟲自累，則非知侍者。孔子云：「學優則仕。」漆雕開云：「斯未能信。」侍正恐經世之疏，故汲汲不敢有暇日耳。所以言者，侍非敢與前輩矜舌辨，懼世之聰明自用之士，誤信閣下之言，不求根柢之學，他日詒儒者之恥。如劉歆所云：「立辟雍、封禪巡狩之儀，則杳冥而莫知其原。」故作此書，以廣其意。幸終教之，不以爲罪也。〔註171〕

孫星衍由詩文轉入考據，終成乾嘉考據的大家，他對經史考證的理解比袁枚要深，他的這封信對袁枚一一進行了辯駁。袁枚認爲「形而上者謂之道，形而下者謂之器」，將詩文與經學列入「道」，而將考據列入「器」，孫星衍還原了道的本義：「道者，謂陰陽、柔剛、仁義之道」，並非著述便是道，因此，「載道之文，是著作，亦器也」。考據乃是通道的途徑，孫星衍對袁枚強將兩者一分而二很不滿意，認爲兩者是緊密不可分的，「古人之著作，即其考據」。這無疑又抹殺了著述與考據的區別，混淆了兩者各自的特性。孫星衍以漢、唐科舉不用考據爲由，辯駁了袁枚考據是趨風氣之說，這其實是孫星衍的託辭。章學誠在《答沈楓墀論學》中說道：「今之學者則不然，不問天質之所近，不求心性之所安，惟逐風氣所趨而徇當世之所尚，勉強爲之，固已不若人矣；世人譽之則沾沾以喜，世人毀之則戚戚以憂，而不知天質之良，日已離矣。夫風氣所在，毀譽隨之，得失是非，豈有定哉！」〔註172〕乾嘉

〔註171〕孫星衍，《問字堂集》〔M〕，北京：中華書局，1996年，第90～92頁。
〔註172〕章學誠，《文史通義新編新注（倉修良輯注）》〔M〕，杭州：浙江古籍出版社，2005年，第112頁。

時期，追逐考據確實是時代的風氣，孫星衍的辯辭只是為自己的轉向找藉口罷了。孫星衍還批評了袁枚關於考據前人勝後人的觀點，認為後人佔有材料更多，問題看得更清，所以優於前人。在這一點上，孫星衍的觀點是正確的。孫星衍的這封信辯駁有力，駁倒了袁枚的不少論點，使得袁枚很難回擊。《問字堂集》在這封書信的後面還附了袁枚的回信，回信表明了袁枚的自動息旗。

附答書

> 枚拜覆淵如太史足下：前月接手書，為考據二字反覆辨證，適霞裳在坐，讀之笑曰：「不過要騙老人答書，以添兩家集中文字耳。」僕亦莞然，其時猶在欲答未答間也。不料次日即患間日之瘧，欲以尊作解頭風，而頭風愈甚，何也？不甚領解故也。譬如以鐘鼓享爰居，為混沌開眉目，不但不能歸依，亦無從駁辨。方信漢景帝「食肉不食馬肝，未為不知味。」元微之云：「鳥不駕，馬不飛，不相能，何相識？此天地之所以為大也」。有味哉其言乎！亦惟有唯唯否否，將尊作以如意貼之而已。昔者溫公與蜀公至交也，而終身不與談樂律；魏公與歐公至交也，終身不與談繫詞；考亭與東萊至交也，而終身不與談詩疏；僕與夢樓、姬傳至交也，而一則至不與談禪，一則至今不與談地理，皆君子全交之道也。

> 日前勸足下棄考據者，總為從前奉贈「奇才」二字橫據於胸中，近日見足下之詩之文，才竟不奇矣，不得不歸咎於考據。蓋晝長則夜短，天且不能兼也，而況於人乎？故敢陳其芻管。足下既不以為然，則語之而不知捨之可也，又何必費足下援儒入墨之心，必欲拉八十翁披膩顏怡，抱《左傳》逐康成車後哉？

> 今而後僕仍以二十年前之奇才視足下，足下亦以二十年之前之知己待僕可也。如再有一字爭考據者，請罰清酒三升，飛遞於三千里之外，何如？（同上，卷四，第93～94頁）

與考據的論辯貫穿了袁枚了一生，歲月的變遷沒有改變隨園老人的幽默與對詩的執著，袁枚的說法很痛快，人的天性、才能、思想各有不同，有人趨向考據，有人趨向文學創作。袁枚在晚年不再爭論考據與文學的優劣極有可能跟他自己鑽進考據的圈子有關。從《隨園隨筆》的內容上看，作者在考據上

用的功夫著實不少，不少考據成果令人信服。此外，從袁枚的書信上看，他不僅向考據學人求教，而且還與他們進行了討論。袁枚的學術思想及詩學思想都有那個時代的烙印。晚年出版考據集子《隨園隨筆》的時候，袁枚有了「出爾反爾，行與言違」的顧慮。

　　章學誠讀了《問字堂集》中的考據與文學的爭論後不禁拍手叫好，他在《與孫淵如觀察論學十規》中對袁枚肆意辱罵。

> 集中與某人論考據書，可爲太不自愛，爲玷豈止白圭所云乎哉！彼以纖佻傾仄之才，一部優伶劇中才子佳人俗惡見解，淫辭邪説，惑士女，肆侮聖言，以六經爲導欲宣淫之具，敗壞風俗人心，名教中之罪人，不誅爲幸。彼又烏知學問文章爲何物，所言如夏畦人議中書堂事，豈値一笑！又如瘋狂譫囈，不特難以取裁，即詰責之，亦無理解可入。天地之大，自有此種沴氣，非道義所可喻也。此可與之往復，豈不自穢其著述之例乎？別有專篇聲討，此不復詳幸即刊削其文，以歸雅潔，幸甚幸甚！〔註173〕

從學術到人品，章學誠對袁枚一概否定，其批評意氣多於理性，已遠遠超出了學術論爭的層面，評論之不公也是顯而易見的，胡適就說道：「實齋之攻袁氏，實皆不甚中肯。」〔註174〕從信中看，章學誠對孫星衍的觀點是認同的，他對袁枚的批判比孫星衍更全面、深入。在《與吳胥石簡》裏章學誠表現了他對考據與文學的觀點。

> 作啓事訖，仲魚陳君斥夫已氏不當與選其言允愜。或爲徐君解説，論文不必論人，入選之文，但有可觀，古人亦不盡苛平素。不知正是就文論文，斯人豈有片言之可取乎！徐君選其與人論文之書，濃賞密贊；不知正是此人自具不學無識，斷然不可爲文之供招。今爲明白指剖，則斷識此人筆墨萬無可以玷辱簡編之理，又何論其他耶！如與《程蕺園論文》，以古文爲形上之道，考據爲形下之器；「古文似水，非翻空不能見長，考據似火，非附麗於物不能有所表見；水則源泉達乎江海，火則所餘不過灰燼」。此直是瘋狂人作夢囈語，不但不識文理，並不識字畫矣。

〔註173〕章學誠，《文史通義新編新注（倉修良輯注）》〔M〕，杭州：浙江古籍出版社，2005年，第393～399頁。

〔註174〕胡適，《胡適全集（第十九卷）》〔M〕，合肥：安徽教育出版社，2003年，第139頁。

古人本之學問而發爲文章，其志將以明道，安有所謂考據與古文之分哉！學問文章，皆是形下之器，其所以爲之者道也；彼不知道，而以文爲道，以考爲器，乃是夏畦一流爭論中書堂事，其謬不待辨也。大抵彼本空疏不學，見文之典實不可憑空造者，疾如讎仇，不能名之，勉強目爲考據，（天下但有學問家數，考據者，乃學問所有事，本無考據家。）因而妄詆之。充其所見，六經宜去三禮，《尚書》宜去典、謨、貢、範而但存訓、誥，《春秋》宜去《左傳》而但存《公》、《穀》，《詩》宜刪《雅》、《頌》而但存《國風》，六經之文大半灰燼，而達江海者寥寥無幾，謂非喪心病狂，何至出此！至於與友人論文，則深戒文章須有關係，甚至言「欲著不朽之書，必召崔浩之災，欲冒難成之功，必爲安石新法之屬」，此其不可理解，直是驢鳴狗噑！推原其意，不過嫌人矯揉造作爲偽體耳。（天下原有一種偽體關係文章。）然不反其本，而但惡天下有偽君子，因而昌言於眾，相率爲眞小人，是其所刻種種淫詞邪說，狎侮聖言，至附會經傳，以爲導欲宣淫之具，得罪名教，皆此書爲之根源。此等文字，方當請於當事搜訪禁絕之，猶恐或有貴遺留，爲世道人心之害。而徐君乃選刻之贊之服之，嗚呼！人心嗜好固不可同，然亦何至此耶！此乃吾輩憂患之言，二三同志共之，不過爲子弟戒，不足與外人道也，幸勿播揚，致爲逐臭之徒增訾詈而啓爭端可矣。（同上，第643～644頁）

徐斐然輯評的《國朝二十四家古文》選錄了清代開國至乾隆間的王猷定、顧炎武、侯方域、施閏章、魏禧、計東、汪琬、湯斌、姜宸英、朱彝尊、陸隴其、儲欣、邵長蘅、毛際可、李良年、陳廷敬、潘耒、徐文駒、馮景、方苞、李紱、茅星來、沈廷芳、袁枚等24人的古文，章學誠對袁枚的入選大動肝火，由人品的辱罵轉入對學識的批評，措辭之激烈在乾嘉是很少見的。章學誠與孫星衍關於考據與著述之間關係的看法有著相似性，他看到了道並非僅僅是形成上，而且是倫理的本體，強調文爲道服務，這其實是傳統的文道觀念。章學誠反對將考據視爲工具，認爲考據即是學問，沒有所謂的考據家，「天下但有學問家數，考據者，乃學問所有事，本無考據家」，這就打通了考據與學問、義理的關係，將考據視爲義理的闡發的基礎。另外，章學誠認爲考據與古文是兩位一體的，反對將兩者分而論之，他在《詩教上》對文

章的源流進行了考辯。「三代盛時，各守人官物曲之世氏，是以相傳以口耳，而孔、孟以前，未嘗得見其書也。至戰國而官守師傳之道廢，通其學者述舊聞而著於竹帛焉。中或不能無得失，要其所自，不容遽昧也。以戰國之人，而述黃、農之說，是以先儒辨之文辭而斷其僞託也；不知古初無著述，而戰國始以竹帛代口耳。（外史掌三皇五帝之書，及四方之志，與孔子所述六藝舊典，皆非著述一類，其說已見於前。）實非有所僞託也。然則著述始專於戰國，蓋亦出於勢之不得不然矣。著述不能不衍爲文辭，而文辭不能不生其好尚。後人無前人之不得已，而惟以好尚逐於文辭焉，然猶自命爲著述，是以戰國爲文章之盛，而衰端亦已兆於戰國也。」〔註175〕章學誠認爲戰國時期道術分裂，百家各得其一端，各著其說，故「著述始專於戰國」，而「文辭」由「著述」衍生，乃是著述之末。在文辭與著述分家後，章學誠認爲著述優於文辭。他說：

> 文人之文，與著述之文不可同日語也。著述必有立於文辭之先者，假文辭以達之而已。譬如廟堂行禮，必用錦紳玉佩，彼行禮者不問紳佩之所成，著述之文是也；錦工玉工未嘗習禮，惟藉製錦攻玉以稱功，而冒他工所成爲己製，則人皆以爲竊矣，文人之文是也。故以文人之見而議著述之文辭，如以錦工玉工議廟堂之禮典也。（《答問》，同上，第 324 頁）

袁枚將詩文與著述混爲一談，並由此而提高了詩文的地位。而章學誠卻仔細分辨兩者，將文辭貶在著述之下，認爲著述才是眞正體道的。章學誠認爲著述並非是簡單地表述己意，而是在佔有大量學識材料基礎之上切合時用的義理闡述，他在《書教上》中說道：

> 蓋官禮制密，而後記注有成法，記注有成法而後撰述可以無定名。以謂纖悉委備，有司具有成書，而吾特舉其重且大者筆而著之，以示帝王經世之大略。而典、謨、訓、誥、貢、範、官、刑之屬，詳略去取，惟意所命，不必著爲一定之例焉。斯《尚書》之所以經世也。至官禮廢，而記注不足備其全，《春秋》比事以屬辭，而左氏不能不取百司之掌故，與夫百國之寶書，以備其事之始末，其勢有然也。馬、班以下，演左氏而益暢其支焉。所謂記注無成法，而撰述

〔註175〕章學誠，《文史通義新編新注（倉修良輯注）》〔M〕，杭州：浙江古籍出版社，2005 年，第 47 頁。

不能不有定名也。（同上，第 21 頁）

章學誠將記注與撰述對舉，認為「間嘗竊取其義以概古今之載籍，撰述欲其圓而神，記注欲其方以智也。夫智以藏往，神以知來，記注欲往事之不忘，撰述欲來者之興起，故記注藏往似智，而撰述知來擬神也。」（《書教下》，同上，第 36 頁）很顯然，章學誠對著述的理解比袁枚要深刻得多，他對著述的要求也是很高的。當然，章學誠也認識到著述與文章的區別，他說：「文人之文，與著述之文，不可同日語也。著述必有立於文辭之先者，假文辭以達之而已。譬如廟堂行禮，必用錦紳玉佩，彼行禮者，不問紳佩之所成，著述之文是也。錦工玉工，未嘗習禮，惟藉製錦攻玉以稱功，而冒他工所成為己製，則人皆以為竊矣，文人之文是也。故以文人之見解，而議著述之文辭，如以錦工玉工，議廟堂之禮典也。」（《答問》，同上，第 324 頁）這其實是將文章視為道的外在形式，這就難怪他對文不以為然了。

在考據與文學的爭論中，章學誠還能跳出兩者的狹隘視野，將考據放在整個學術中進行考察，他批評袁枚道：「學問之途甚廣，記誦名數，特其一端。彼空疏不學，而厭漢儒以為糟粕，豈知其言之為糞土耶？經學歷有淵源，自非殊慧而益以深功，不能成一家學也。而彼則謂不能詩者遁為經學，是伏、鄭大儒，乃是有所遁而為之，鄙且悖矣！考據者，學問之所有事耳。學問不一家，考據亦不一家也，鄙陋之夫，不知學問之有流別，見人學問眩於目而莫能指識，則概名之曰考據家。夫考據豈有家哉？學問之有考據，猶詩文之有事實耳。今見有如韓、柳之文，李、杜之詩，不能定為何家詩文，惟見中有事實，即概名為事實家，可乎？學問成家，則發揮而為文辭，證實而為考據。比如人身，學問其神智也，文辭其肌膚也，考據其骸骨也，三者備而後謂之著述。著述可隨學問而各自名家，別無所謂考據家與著述家也。鄙俗之夫，不知著述隨學問以名家，輒以私意妄分為考據家、著述家，而又以私心妄議為著述家終勝於考據家。彼之所謂考據，不過類書策括。所謂著述，不過如伊所自撰無根柢之詩文耳。其實皆算不得成家。是直見人具體，不知其有神智，而妄別人有骸骨家與肌膚家，又謂肌膚家之終勝骸骨家也，此為何許語耶？」（《詩話》，同上，第 294～295 頁）乾隆中前期的考據確實是零碎瑣屑，袁枚將之稱為考據家不是沒有道理，而在乾隆末年到嘉慶時期，純粹的考據已不為時人所取，將考據與義理緊密相聯成為時代學術的共識，章學誠「考據者，學問之所有事耳」，將考據所包含的內涵泛化到了最大的程度，

他批評袁枚「彼之所謂考據，不過類書策括。所謂著述，不過如伊所自撰無根柢之詩文耳。」確實也是點到了袁枚的要害。

章學誠追溯考據與文章的源流，其實是為了貫穿其「六經皆史」的觀點，將考據與文學歸屬於他的「道」之下，認為文為達道的工具，文的最終歸宿仍然是道。他說道：「後世之文，其體皆備於戰國，人不知；其源多出於《詩》教，人愈不知也。知文體備於戰國，而始可與論後世之文。知諸家本於六藝，而後可與論戰國之文，知戰國多出於《詩》教，而後可與論六藝之文；可與論六藝之文，而後可與離文而見道；可與離文而見道，而後可與奉道而折諸家之文也。」（同上，第 45 頁）六經皆器，不是載道之書；六經並非固定不變，而是隨世用而變更的；後世考據只會通一經或數經，而不能窺見全豹。難能可貴的是章學誠把經中所包涵的「道」當作一種現在的時態，而漢學家卻努力還原其「過去式」的原始狀態，他以考據學識之道經世，努力讓由考據而形成的道學成為經世的工具，這就突破了長期以來漢學家埋頭故紙堆不問現實的弊病，然而，也正是建立在重道的基礎之上，文學遭受貶斥也是情理之中的事情。

從深層次而言，章學誠與袁枚的矛盾乃是世界觀的矛盾。章學誠認為「學必本於性天，趣必要於仁義，稱必歸於《詩》、《書》，功必及於民物，是堯、舜而非桀、紂，尊孔、孟而拒楊、墨。其所言者，聖人復起，不能易也。」〔註176〕章學誠論文雖然處處講學問，但還是以「道」來衡量一切，他雖然表面上說是以文論袁枚，其實仍然是按照道統的要求來批評袁枚，其批評之偏執說明了他傳統道統觀念的根深蒂固。

孫星衍的《問字堂》刊行後，不少漢學家紛紛撰文論辯。與乾嘉前期相比，這時候考據的觀念更深入人心，成就也不亞於前期。隨著考據的日益深入，前期考據「學而不思」的弊病也益加顯露，乾嘉後學對這種零碎的學問門徑很不滿，阮元指出「余以為儒者之於經，但求其是而矣。……未聞以違注見譏。蓋株守傳注曲為傅會，其弊與不從傳注、憑臆空談者等。夫不從傳注憑臆空談之弊，近人類以言之，而株守傳注，曲為傅會之弊，非心知其意者未必能言之也。」〔註177〕（《焦里堂群經宮室圖序》）晚年的

〔註176〕 章學誠，《文史通義新編新注（倉修良輯注）》〔M〕，杭州：浙江古籍出版社，2005年，第177頁。
〔註177〕 阮元，《研經室集》〔M〕，臺北：世界書局，1982年，《揅經室一集》，第226頁。

段玉裁也說道：「喜訓詁考覈，尋其枝葉，略其根本，老大無成，追悔已晚。」〔註178〕（《博陵尹師賜朱子學恭跋》）焦循對將義理和考據分而治之的做法很反感，他說：「近之學者，無端而立一考據之名，群起而趨之，所居者漢儒，而漢儒中所居又唯鄭、許，執一定之道，莫此為甚。專執二君之言，以廢眾家，或此許、鄭而同之，自擅為考據之學，吾深惡之也。」〔註179〕他將考據與經學的義理緊密相聯，反對有「考據」一名，認為考據就是經學，這就彌補了前期考據的缺陷。同樣是對待戴震的《原善》、《孟子字義疏證》，乾嘉前期學者如錢大昕、朱笋等人認為「可不必作」，而焦循卻在《申戴》一文中對戴震的義理之學表示了贊同，「東原生平所著書，惟《孟子字義疏證》三卷、《原善》三卷最為精舍，知其講求於是者，必深有所得，故臨歿時，往來於心。」「夫東原，世所共仰之通人也，而其所自得者，惟《孟子字義疏證》、《原善》。所知覺不昧於昏瞀之中者，徒恃此戔戔也。噫嘻危矣！」〔註180〕焦循舊事重提，擡高戴震的《原善》、《孟子字義疏證》，反映了這一時期學人對經史考證的共同思考。站在時代學術的前沿，焦循的《與孫淵如觀察論考據著作書》可以說是關於考據與文學爭論的終結。

> 循讀新刻大作《問字堂集》，精言卓識，茅塞頓開。尤善者復袁太史一書，力鋤謬說，用彰聖學，功不在孟子下。反覆久之，拜服拜服。惟著作考據之說，似有未盡，妄附鄙見，上諸左右。
>
> 循謂仲尼之門，見諸行事者，曰德行，曰言語，曰政事；見諸著述者，曰文學。自周、秦以至於漢，均謂之「學」，或謂之「經學」。經學者以經文為主，以百家、子、史、天文、術算、陰陽五行、六書、七音等為之輔，彙而通之，析而辨之，求其訓故，覈其制度，明其道義，得聖賢立言之指，以正立身經世之法。以己之性靈，合諸古聖之性靈，並貫通於千百家著書立言之性靈，以精汲精，非天下之至精，孰克以與此。不能得其精，竊其皮毛，敷為藻麗，則詞章詩賦之學也。其在史曰賈山，涉獵書記，不能為醇儒。山工之於

〔註178〕段玉裁，《經韻樓集》，卷八，經韻樓叢書本影印，續修四庫全書本，上海古籍出版社，2002 年。

〔註179〕焦循，《里堂家訓》，續修四庫全書本，上海古籍出版社，2002 年，下卷，第4～5 頁。

〔註180〕焦循，《焦循詩文集》〔M〕，揚州：廣陵書社，2009 年，第 125～126 頁。

詞章，不得爲醇儒者，以習其精不知其精也。史又曰：廣川受《易》、《論語》、《孝經》，皆通好文詞方技。然則文詞與方技一類，屏諸能經之外，以其於經僅有皮毛也。蓋惟經學可言性靈，無性靈不可以言經學。故以經學爲詞章者，董、賈、崔、蔡之流，其詞章有根柢無枝葉。而相如作《凡將》、終軍言《爾雅》、劉珍著《釋名》，即專以詞章顯者，亦非不考究於訓故名物之際。晉宋以來，駢四儷六間有不本於經者，於是蕭統所選，專取詞采之悦目。歷至於唐，皆從而仿之，習爲類書，不求根柢，性情之正，或爲之汨。是又詞章之有性靈者，必由於經學，而徒取詞章者，不足語此也。趙宋以下，經學一出臆斷，古學幾亡，於是爲詞章者，亦徒以空衍爲事，並經之皮毛，亦漸至於盡，殊可閔也。王伯厚之徒，習而惡之，稍稍尋究古説，撦拾舊聞。此風既起，轉相仿傚，而天下乃有補苴掇拾之學，此學視以空論爲文者，有似此精而彼精，不知起自何人，強以考據名之，以爲不如著作之抒寫性靈。鳴呼！可謂不揣其本而齊其末矣。

本朝經學盛興，在前如顧亭林、萬充宗、胡朏明、閻潛邱；近世以來，在吳有惠氏之學，在徽有江氏之學、戴氏之學；精之又精，則程易疇名於歙，段若膺名於金壇，王懷祖父子名於高郵，錢竹汀叔侄名於嘉定。其自名一學，著書授受者，不下數十家，均異乎補苴掇拾者之所爲，是直當以「經學」名之，烏得以不典之稱之所謂「考據」者混目於其間乎？若袁太史所稱擇其新奇隨時擇錄者，此與經學絕不相蒙，止可爲詩料策料，在四部書中爲説部。世俗考據之稱，或爲此在而設，不得竊附於經學，亦不得誣經學爲此，概以考據目之也。著作之名見於班孟堅《賓戲》，其辭云：「取捨者，昔人之上務，著作者，前列之餘事。」推其以著作爲餘事，倘以道與器配之，正是取捨爲道，著作爲器。今袁太史以考據爲器，著作爲道，已異於班氏之説。且漢時所謂著作者，專爲堂修國史之稱，或曰著作東觀，或曰典著作是也。魏、晉、南北朝直名掌史之官爲著作郎。乃無端設一考據之目，又無端以著作歸諸抒寫性靈之空文，此不獨考據之稱有未明，即著作之名亦未深考也。袁氏之説不足辨，而考據之名不可不除，果如補苴掇拾，不能通聖人立言之指，則袁氏之説，

轉不爲無稽矣。〔註181〕

袁枚以性靈論詩，「人有滿腔書卷，無處張皇，當爲考據之學，自成一家。其次，則駢體文，盡可鋪排，何必借詩爲賣弄？自《三百篇》至今日，凡詩之傳者，都是性靈，不關堆垛。」〔註182〕而焦循卻以性靈論經，「蓋惟經學可言性靈，無性靈不可以言經學。」顯然，焦循是有針對性的。焦循認爲「經學者以經文爲主，以百家、子、史、天文、術算、陰陽五行、六書、七音等爲之輔，彙而通之，析而辨之，求其訓故，覈其制度，明其道義，得聖賢立言之指，以正立身經世之法。」很顯然，焦循的對經的理解是建立在考據基礎之上的，他認爲有了考據的基礎才會有經的「性靈」，這「性靈」其實便是「通」。焦循在《里堂家訓》中說道：「學經者博覽眾說，而自得其性靈，上也；執於一家之私，以廢百家，惟陳言之先入，而不能自出其性靈，下也。」〔註183〕焦循只把「性靈」賦予經，認爲「詞章之有性靈者，必由於經學，而徒取詞章者，不足語此也。」焦循的批評比孫星衍更堅決，他認爲後世的文學不從經學出發，便是無源之水，不會有什麼成就，這其實是針對袁枚重詩文而輕考據而發的。焦循通過對經學源流的梳理駁斥了袁枚以詩文爲著述而考據爲器的論調。其實，焦特對袁枚的批評也有不當之處。如他認爲袁枚「以通經學者爲考據，善屬文者爲著作」，這其實是誤解了袁枚。袁枚認爲善屬文是著作不假，但他也認爲通經而述也是著述。袁枚所理解的考據就是零碎的考據而沒有條理地闡發義理，而非焦循所說的「求其訓故，覈其制度，明其道義」。焦循將清初以來的考據學全都命名爲經學，認爲清初以來的學者都是由考證以通義理，這也不全符合實際。

　　焦循乃是站在經學的立場來評述考據與文學的關係，所以他處處擡高考據的地位，貶斥文學的價值，他將考據提到了經的位置，他痛恨將考據與經學分開對待的做法，認爲袁枚零碎的讀經史箚記「與經學絕不相蒙，止可爲詩料策料，在四部書中爲說部。」並不認爲那是考據。由此我們可以看出，焦循對長期以來「補苴掇拾」的考據方式甚不不滿，力圖在新的起點上爲考據正名，這是乾嘉後學對前期學者的修正。焦循認爲，考據與經學彼此分不開，考據即經學，經學即考據，所以「考據之名不可不除，果如補苴掇拾，

〔註181〕焦循，《焦循詩文集》〔M〕，揚州：廣陵書社，2009 年，第 245～247 頁。
〔註182〕袁枚，《隨園詩話》〔M〕，北京：人民文學出版，1982 年，第 146 頁。
〔註183〕焦循，《里堂家訓》，續修四庫全書本，上海古籍出版社，2002 年，下卷。

不能通聖人立言之指，則袁氏之說，轉不爲無稽矣。」正是看到了考據與義理之學的緊密聯繫，焦循抹平了兩者的界線，他在《述難二》中說：

> 《記》曰：「作者之謂聖，述者之謂明。」「作」、「述」無等差，各當其時而已。人未知而己先知，人未覺而己知覺，因以所先知先覺者教人，俾人皆知之覺之，而天下之知覺自我始，是爲「作」。已有知之覺之者，自我而損益之，或其意久而不明，有明之者，用以教人，而作者之意復明，是之謂「述」。〔註184〕

焦循關於「作」與「述」比袁枚要客觀得多，他看到了「述」的創新而非僅僅是還原，但他將「作」與「述」看作是「無等差」，這又走到了與袁枚相反的一個極端，確實是矯枉過正。焦循的「述」並非僅指著述，而且還包括了經注。他在《與王欽萊論文書》中說道：「孔子之《十翼》，即訓故之文，反覆以明象變，辭氣與《論語》逐別。後世注疏之學，實起於此。依經文而用己之意，以體會其細緻，則精而兼實，故文莫生於注經。」〔註185〕焦循將考證與義理緊密合一，既抨擊了袁枚，又維護了乾嘉前期學者的聲譽，這實在是很高明的。

焦循對文學的批評其實只是從經史的源流來探討文學與考據的關係，他沒有認識到文學發生的社會根源。詩文都是「爲時」、「爲事」而作，離開了現實的土壤，詩文才會失去其存在的價值，詩文與進變遷乃是正常的現象，而焦循卻以經律文，以史律文，走到了復古的路子上去，這是乾嘉學人的一個通病。

這裡有必要提一下淩廷堪，他在持論上與焦循相似，對袁枚割裂考據與文章，認爲考據有害文章的說法非常不滿。「竊謂近者學術昌明，士咸以通經復古爲事，本無遺議。而一二空疏者流，聞道已遲，向學無及，遂乃唇集矢，謂工文章者不在讀書，淪性靈無須考證。此與臥翳桑而侈言屏膏梁，下蠱室而倡論廢昏禮者何異。不知容有拙於藻繢之儒林，必無昧於古今之文苑也。來教所云某君者，其弊似亦類此，所謂道不同不相爲謀者也。」〔註186〕（《答孫符如同年書》）淩廷堪認爲，經史考證乃是做文章的基礎，沒有這個學問基礎便不可能在文章上有所建樹，他在《與江豫來書》中對袁枚進行了

〔註184〕焦循，《焦循詩文集》〔M〕，揚州：廣陵書社，2009 年，第 133 頁。
〔註185〕焦循，《焦循詩文集》〔M〕，揚州：廣陵書社，2009 年，第 266 頁。
〔註186〕淩廷堪，《校禮堂文集》〔M〕，北京：中華書局，1998 年，第 216 頁。

批評。

> 曩者所云：「近見爲文者，稽之於古，則訓詁有乖；驗之於今，則典
> 章多牾。」又云：「能文者必多讀書，讀書不多必不能文。」此數
> 語，僕俯首至地，以爲非眞讀書人不能道也。蓋文者，載道之器，
> 非虛車之謂也。疎於往代載籍，其文必不能信今；昧於當時掌故，
> 其文必不能傳後。安有但取村童所恒誦者而摹擬之，未博先約，便
> 謂得古人神髓，何其淺之乎視古人也！今之號稱能文者，以空疎之
> 腹，作滅裂之談，懼讀書者之掎摭其後也，於是爲之說曰：「能文者
> 不在多讀書也。吾讀書不屑屑於考據也。」又忌讀書者之陵駕其上
> 也，於是爲之說曰：「多讀書者，類不能文也。即能文，亦往往不暇
> 工也。」及其遇胸腹之更陋於彼者，則又毛舉一二誤處，以自矜淹
> 雅，竟忘其與前說相刺謬也。嗚呼！是則所謂強顏者矣。（同上，第
> 212 頁）

凌廷堪對袁枚的理解有不當之處，他站在漢學的立場，注重學問知識對文章
的決定作用，他對袁枚的批駁代表了漢學的聲音。孫星衍、焦循、凌廷堪爲
乾嘉後期考據學的大家，他們在考據與文學的關係上幾乎是同一個聲音，這
應該說是時代使然，張舜徽先生在《清代揚州學記》中說道：

> 余嘗考論清代學術，以爲吳學最專，徽學最精，揚州之學最通。無
> 吳、皖之專精，則清學不能盛；無揚州之通學，則清學不能大。然
> 吳學專宗漢師遺說，屛棄其他不足數，其失也固。然吳學專宗漢師
> 遺說，屛棄其他不足數，其失也固。徽學實事求是，視夫固泥者有
> 間矣，而但致詳名物度數，不及稱舉大義，其失也褊。揚州諸儒承
> 二派以起，始由專精彙爲通學，中正無弊，最爲近之。夫爲專精之
> 學易，爲通學則難，非特博約異趣，亦以識有淺深弘纖不同故也。
> 〔註187〕

揚州學派是乾嘉考據的餘響，他們對清代以來考據的利弊看得最清，故持論
也較前期更通融。張舜徽以地域流派來看待乾嘉學術的源流，這有以偏概全
之嫌，我認爲從「過程」的角度來看待學術流變更爲可靠，蔣寅先生認爲：

> 然而由於觀念的問題，迄今爲止我們的明清文學研究，基本還停留
> 在平面地詮釋理論問題和評價作家作品的水平，沒有充分利用文獻

〔註187〕張舜徽，《清代揚州學記》〔M〕，揚州：廣陵書社，2004 年，第2～3 頁。

的優厚條件，即便是古典文學中研究得最多的詩學也是如此。從各
種文學批評通史到清題似乎總是那麼多。也許對一個基礎還比較薄
弱，積累還比較少的研究領域，我們不應該過於苛求。可是面對這
樣一個文獻豐富的時代，如果一開始就不確立起進入過程的學術理
念，那麼我們的研究很可能會長期徘徊在一個膚淺的水平，不得深
入。眾所周知，古典詩學是一直處在動態發展中的，若不在具體的
歷史過程中把握其運動軌迹，就會遺失其具體語境下的所指，使歷
史上的概念、範疇和理論命題喪失其豐富的内涵和實踐意義。在戲
曲小說及說唱文學等通俗文學的研究領域，由於資料缺乏，作家生
平事迹不詳，或作品年代難以考訂，給歷史過程的研究帶來許多困
難。但詩學則不存在這樣的問題，豐富的別集、選集、總集和筆記、
詩話爲研究一個人、一個時代詩歌觀念發展、變化的過程提供了充
分的資料。有了這一條件，我們完全可以將理論問題還原供了充分
的資料。有了這一條件，我們完全可以將理論問題還原到過程中去，
使詩學的一些基本概念、命題呈現其建構過程和被理解、接受的歷
史，以豐富我們對詩學傳締的認識。〔註 188〕（《進入「過程」的文
學史研究》）

的確，在清代文學研究上，以作家、流派爲研究對象的「單兵作戰」式研究
是清代文學研究的主體，這雖然在分析作家作品和挖掘學人、流派的詩學理
論上有其合理的地方，但對於複雜的文學發展過程的解釋仍然是蒼白的，進
入過程的研究方法更有助於我們對複雜問題的把握。

1.3 考據、義理、文學的調和論

純文學概念的出現乃是近代之後的事情，在中國歷史上，「文」的概念長
期模糊不明，文史哲往往很難分清彼此。乾嘉時期，考據學風的盛行使博學
多聞爲時代所崇尚，在詩文創作上，才、學、識併兼也成爲人們的共識，雖
然考據與文學在内涵、旨趣上相去甚遠，但要求調和義理、考據、文學的呼
聲還是很強大的，這種聲音在漢學家與作家之間此起彼伏，成爲乾嘉文壇獨

〔註 188〕 蔣寅，《王漁洋與康熙詩壇》〔M〕，北京：中國社會科學出版社，2001 年，
第 3～4 頁。

特的理論現象。

> 著述之道，蓋難言矣。昔人論詩話一家，非胸次具良史才不易為。
> 何則？其間商榷源流，揚扢風雅，如披沙簡金，正須明眼者決擇
> 之。予於有韻之語，初未能研其得失，謂其良楛，又烏足以操三寸
> 不律，而雌黃而陽秋哉？顧己雖不能詩，乃心有獨嗜，遇朋箋酒
> 座，聞人談藝，亹亹忘倦，輒或樹齒牙其間，暇且筆而識之，殊不
> 自悟其費可已也。間復以史喻之：夫學通古今、識究天人之際者，
> 固推南、董、遷、固之才，亦有為別史，為稗史，為蕪史，為穢
> 史，下至厄言諛說，巷議街談，苟稍足以資記注而廣多聞，要未必
> 為三長之士所盡斥。然則是編也，姑存以備詩話之稗乘，或庶幾
> 焉。至書中先後，緣隨時隨筆，故不類不次，亦略仿宋、元人詩話
> 之例。〔註189〕

空疏不學為人們所恥，詩文創作在時代學術風氣的影響之下也被染上了學問
的色彩，法式善說道：「詩之為道也，從性靈出者，不深之以學問，則其失也
纖俗；從學問出者，不本之以性情，則其失也龐雜。」〔註190〕（《鮑鴻起野雲
集序》）如何將考據與詩文合而為一成了乾嘉時期人們普遍思考的一個問題，
王昶說道：

> 今海內操觚之士，其趨不出二端：曰訓古之學，曰詞章之學。能訓
> 故者以詞章為空疏而不屑為，工詞章者又以訓故為餖飣而不願為，
> 膠執已見，隱然若樹敵為。夫董生、揚子奧於文，於經未嘗不深匡
> 鼎；劉向邃於經，於文未嘗不茂。彼好為異同，交相訾議，必其中
> 有所歉淺之乎？窺古人而意猶未盡融也，若去二者之弊又克兼二者
> 之長，則世頗難其人而人宜以為法。〔註191〕

乾嘉考據學風的興起使得人們對學識懷有一種敬畏的心理，以前信口雌黃的
持論被一種更為嚴肅的理論思維所替代，人們試圖借助考據的嚴謹學風來重
整文學的隨意性。乾嘉的學術風氣為人們重新思考文學注入了新的思維方

〔註189〕 吳騫，《拜經樓詩話（清詩話本）》〔M〕，上海：上海古籍出版社，1978年，
　　　　 第720頁。
〔註190〕 法式善，《存素堂文集》，嘉慶十二年程邦瑞揚州刻增修本影印，續修四庫全
　　　　 書本，上海古籍出版社，2002年。
〔註191〕 王昶，《春融堂集》，嘉慶十二年塾南書舍刻本影印，續修四庫全書本，卷三
　　　　 十。

式，文學理論面臨著考據與文學合一的時代性課題，不同的學人就二者的融合提出了各自的觀點。

1.3.1 章學誠的調和論

在乾嘉考據盛行的年代，章學誠是寂寞的，他所從事的文史校讎鮮爲人知，在當時「人輕言微」，並沒有擠進學術的名流之列。在清末以後，章太炎、梁啓超等人卻將之與戴震並尊，錢穆在《中國近三百年學術史》中稱戴震與章學誠「乃乾、嘉最高兩大師。」在漢學家熱衷於名物考證的時候，章學誠卻每每引戴震爲同調，試圖爲其義理之說尋找根據。余英時在《論戴震與章學讀》一書中認爲章學讀是戴震的影子，處處以戴震來寫照自己，這是很有見地的。

章學誠長於文史校讎，對文史源流有自己獨特的見解，在對待義理、考據、文章上，他雖然不免有所偏重，但認爲三者不可偏廢，他以「六經皆史」的理論高度評判義理之學、考據之學與文學，試圖在歷史與現實中還原他們的面目。

乾嘉學者試圖通過文字訓詁來達到對儒家經典的還原，避免後人過多的「鑿空」，而章學誠卻將六經消融在歷史的洪流中，「六經皆史也。古人不著書；古人未嘗離事而言理，六經皆先王之政典也。」〔註192〕（《易教上》）將經看作歷史的一部分，消除了經典的神聖光環，將其還原到社會生活的軌徑之上。以史明經，文自然也不能跳出歷史的範圍之外。倉修良認爲章學誠「六經皆史」的「史」兼有「史料」之史的內容和「史意」之史的含義，這是很有見地的。正是因爲注重「史料」，章學誠不是一味地否定名物考訂，他反對的是繁瑣的考證而不求「史意」的學風，他說：

> 諸子百家之患，起於思而不學；世儒之患，起於學而不思；蓋官師分而學不同於古人也。……學博者長於考索，豈非道中之實積，而騖於博者，終身敝精勞神以徇之，不思博之何所取也？才雄者健於屬文，豈非道體之發揮？而擅於文者，終身苦心焦思以搆之，不思文之何所用也？言義理者似能思矣，而不知義理虛懸而無薄，則義理亦無當於道矣。此皆知其然，而不知所以然也。程子曰：「凡事思

〔註192〕章學誠，《文史通義新編新注（倉修良輯注）》〔M〕，杭州：浙江古籍出版社，2005 年，第 1 頁。

所以然，天下第一學問。」人亦盍求所以然者思之乎！〔註193〕（《原學下》）

在章學誠看來，漢學家爲考據而考據，失去了學問與現實的緊密聯繫，無益於現實，而空談義理「離事言理」墮入虛無，他認爲只有在考據的基礎上探求社會現實的義理，才是眞正的學問。因此，他總結道：

> 訓詁名物，將以求古聖之迹也，而侈記誦者，如貨殖之市矣；撰述文辭，欲以闡古聖之心也，而溺光采者如玩好之弄矣。異端曲學，道其所道而德其所德，固不足爲斯道之得失也。記誦之學，文辭之才，不能不以斯道爲宗主，而市且弄者之紛紛忘所自也。宋儒起而爭之，以謂是皆溺於器而不知道也。夫溺於器而不知道者，亦即器而示之以道斯可矣。而其弊也，則欲使人舍器而言道。夫子教人博學於文，而宋儒則曰：「玩物而喪志」；曾子教人辭遠鄙倍，而宋儒則曰：「工文則害道。」夫宋儒之言，豈非末流良藥石哉！然藥石所以攻臟腑之疾耳，宋儒之意，似見疾在臟腑，遂欲并臟腑而去之。將求性天，乃薄記誦而厭辭章，何以異乎？然其析理之精，踐履之篤，漢唐之儒未之聞也。孟子曰：「義理之悦我心，猶芻豢之悦我口。」義理不可空言也，博學以實之，文章以達之，三者合於一，庶幾哉周、孔之道雖遠，不啻累譯而通矣。顧經師互詆，文人相輕，而性理諸儒，又有朱、陸之同異，從朱從陸者之交攻，而言學問與文章者又逐風氣而不悟，莊生所謂「百家往而不反，必不合矣」，悲夫！

> （同上，《原道下》第 104〜105 頁）

章學誠以史論的角度對義理之學、考據之學的利弊進行了剖析，對各自偏執一隅，以偏概全、因噎廢食的做法很不滿，去其所弊，合其所長乃是他的言下之意。對學術的變遷，章學誠認爲用是「風氣」使然，他說：

> 天下不能無風氣，風氣不能無循環，一陰一陽之道，見於氣數者然也。所貴君子之學術，爲能持世而救偏，一陰一陽之道，宜於調劑者然也。風氣之開也，必有所以取，學問文辭與義理，所以不無偏重畸輕之故也；風氣之成也，必有所以敝，人情趨時而好名，徇末而不知本也。是故開者雖不免於偏，必取其精者爲新氣之迎；敝者

〔註193〕章學誠，《文史通義新編新注（倉修良輯注）》〔M〕，杭州：浙江古籍出版社，2005 年，第 112 頁。

　　縱名爲正，必襲其偏者，爲末流之託；此亦自然之勢也。而世之言
　　學者，不知持風氣而惟知徇風氣，且謂非是不足邀譽焉，則亦弗思
　　而已矣。（同上，《原學下》第112頁）

乾嘉時期，考據風氣之下「家家許鄭，人人賈馬」，尙博成了時代的學術時尙，
對義理的探求處於學術的邊緣，文學也給邊緣化了，這一時期的學術旨趣與
宋明以來的義理追求形成了鮮明的對比，難怪章學誠發出時代「風氣」的感
慨。當然，章學誠並不主張徇時代之風氣，而是逆流而上，矯時代風氣之不
足，這是章學誠超出同時代學人的不同凡響之處，也正因如此，章學誠的理
論在乾嘉時期一直處理邊緣的地位。

1.3.1.1 首重義理

　　乾嘉時期，在考據學風之下，談論義理被認爲是蹈宋人之舊習，章學誠
《原道（上、中、下）》三篇出，邵晉涵說到：「是篇初出，傳稿京師，同人
素愛章氏文者皆不滿意，謂蹈宋人語錄習氣，不免陳腐取憎，與其平日爲文
不類，至有移書相規誠者。余諦審之，謂朱少白（名錫庚。）曰：此乃明其
《通義》所著一切，創言別論，皆出自然，無矯強耳。語雖渾成，意多精湛，
未可議也。」〔註194〕《原道》三篇是章學誠談論義理的文章，被時人認爲「蹈
宋人語錄習氣，不免陳腐取憎」，時代的學術風向我們由此可見一斑，可見章
誠是逆時代風氣而上來談義理的。雖則如此，他的義理並非是傳統理學的翻
版，他對「道」有自己的理解，邵晉涵認爲「創言別論」是有根據的。章學
誠在《原道中》說到：

　　《易》曰：「形而上者謂之道，形而下者謂之器。」道不離器，猶影
　　不離形。後世服夫子之教者自六經，以謂六經載道之書也，而不知
　　六經皆器也。《易》之爲書，所以開物成務，掌於《春官》太卜，則
　　固有官守而列於掌故矣。《書》在外史，《詩》領大師，《禮》自宗伯，
　　樂有司成，《春秋》各有國史。三代以前，《詩》、《書》六藝，未嘗
　　不以教人，不如後世尊奉六經，別爲儒學一門而專稱爲載道之書者。
　　蓋以學者所習，不出官司典守、國家政教，而其爲用，亦不出於人
　　倫日用之常，是以但見其爲不得不然之事耳，未嘗別見所載之道也。
　　夫子述六經以訓後世，亦謂先聖先王之道不可見，六經即其器之可

〔註194〕章學誠，《文史通義校注（葉瑛校注）》〔M〕，北京：中華書局，1985年，第
　　　　140頁。

見者也。後人不見先王，當據可守之器而思不可見之道。故表章先
王政教，與夫官司典守以示人，而不自著爲説，以致離器言道也。
夫子自述《春秋》之所以作，則云：「我欲託之空言，不如見諸行事
之深切著明。」則政教典章人倫日用之外，更無別出著述之道，亦
已明矣。秦人禁偶語《詩》、《書》，而云「欲學法令，以吏爲師」。
夫秦之悖於古者，禁《詩》、《書》耳。至云學法令者以吏爲師，則
亦道器合一，而官師治教，未嘗分歧爲二之至理也。其後治學既分，
不能合一，天也。官司守一時之掌故，經師傳授受之章句，亦事之
出於不得不然者也。然而歷代相傳，不廢儒業，爲其所守先王之道
也。而儒家者流，守其六籍，以謂是特載道之書耳。夫天下豈有離
器言道，離形存影者哉！彼舍天下事物人倫日用，而守六籍以言道，
則固不可與言夫道矣。〔註195〕

章學誠的「道」乃是離不開「政教典章，人倫日用之外」的，六籍乃是器，
以六籍爲旨歸以求道其實並不是眞正的「道」；空談心性，以爲在現實生活之
外還別有所謂「道」的存在也是虛妄之談。很明顯，章學誠的「道」在很大
程度上還原到了先秦樸素的唯物認識論。章學誠雖然不從根本上否定程朱理
學，但還是保持了一定的距離。

自謂學問之中，即此亦可辨人心術；而竊怪今之議學問者，往往不
求心術，不知將以何者爲學爲問，而所爲學與問者又將何所用也！
戴氏好闢宋學，其説亦豈無因！然以世儒推重宋人躬行實踐，謂其
無以異於釋老，則其平日言行相違，於此正可見也。由其筆著之
書，證其口騰之説，不啻相爲矛盾。即以對甲之言，證之辨乙之
語，亦多不似一人。豈亦因佛氏有口語之誡，故戴氏力作狡獪，以
示不類釋迦耶？僕謂人當問其果類聖賢君子否耳，由兼求退，高明
沉潛，從人之途，古人已不一致，皆以聖賢君子爲準可也。必斤斤
而摘其如何近釋，如何似老，不知釋老亦人，其間亦有不能與聖人
盡異者。宋儒於同志中所見有歧，輒以釋老相爲詆毀，此正宋人之
病。戴氏力闢宋人，而自度踐履萬不能及，乃並詆其躬行實踐，以
爲釋老所同，是宋儒流弊，尚恐有僞君子，而戴亦反，直甘爲眞小

〔註195〕章學誠，《文史通義新編新注（倉修良輯注）》〔M〕，杭州：浙江古籍出版社，
　　　　2005 年，第 100～101 頁。

> 人矣。戴氏著於文者尚且如是，何況騰口欺人，遺屬至今，方未艾
> 耶！僕著書無他長，辯論學術精微，實有離朱辨色、師曠審音之
> 妙，近則能於學問文章別擇心術邪正。然所見既深，所言必少所
> 可，而所以見怪於世人者亦必益多，故辨戴諸說，不欲遽爲今人所
> 知也。〔註196〕

章學誠折服於戴震的考據功夫，對其由考據引發的義理是有所肯定的，他不滿於戴震對宋儒的過多否定，認爲戴震與宋儒各有所弊，惟合其兩長，各去其弊乃能達到道的平衡，這其實是他「六經皆史」的觀念在起作用。

　　在義理、考據、文章三者中，章學誠認爲義理是三者的靈魂，考據與文章最終都要以體現義理爲中心。

> 後儒途徑所由寄，則或於義理，或於制數，或於文辭，三者其大較
> 矣。三者致其一，不能不緩其二，理勢然也。知其所致爲道之一
> 端，而不以所緩之二爲可忽，則於斯道不遠矣。徇於一偏而謂天下
> 莫能尚，則出奴入主，交相勝負，所謂物而不化者也。是以學必求
> 其心得，業必貴於專精，類必要於擴充，道必抵於全量，性情喻於
> 憂喜憤樂，理勢達於窮變通久，博而不雜，約而不漏，庶幾學術醇
> 固，而於守先待後之道，如或將見之矣。（同上，《博約下》第 119
> ～120 頁）

「知其所致爲道之一端，而不以所緩之二爲可忽，則於斯道不遠矣。」三者雖然要兼得，但首要的仍在於道，必須在得道的前提下「制數」、「文辭」才不可忽。在《與族孫汝南論學書》，章學誠說道：

> 學問之途，有流有別，尚考證者薄詞章，索義理者略微實，隨其性
> 之所近，而各標獨得，則服鄭訓詁，韓、歐文章，程、朱語錄，固
> 已角犄鼎峙，而不能相下。必欲各分門戶，交相譏議，則義理人於
> 虛無，考證徒爲糟粕，文章只爲玩物，漢、唐以來，楚失齊得，至
> 今囂囂，有未易臨決者。惟自通人論之則不然，考證即以實此義理，
> 而文章乃所以達之之具。（同上，第 800 頁）

除了文學要爲義理服務，章學誠還要求經史考證也要堅持同樣的方向，不能沒有方向地考證，也不能在考證中失去正確的方向。

〔註196〕章學誠，《文史通義新編新注（倉修良輯注）》〔M〕，杭州：浙江古籍出版社，
　　　　2005 年，第 686～687 頁。

余曰：「近日考訂之學，正患不求其義，而執形迹之末，銖黍較量，小有同異，即囂然紛爭，而不知古人之眞不在是也。文字有畫以著義，猶笙簫因孔以出聲也。笙簫之孔，敬於鍾律無訛，自能和聲以入樂，而漆色之淺深，畫文之疏密不與焉。鍾律苟不取諧，但求畫文漆色，雖同大舜之《簫韶》，無能協也。今之自命爲考訂而好爭無益之名數者，率皆不知鍾律而侈言漆色畫文者也。」（同上，《〈說文字原〉課本書後》第 579～580 頁）

正是由於堅持義理的方向，章學誠對不關世教、品行不端的人一概否認其在文學、考據上的成就，他對袁枚的肆意攻擊在某種程度上體現了他衛道的固執。他在《俗嫌》一文中說到：

夫文章之用，內不本於學問，外不關於世教，已失爲文之質；而或懷挾偏心，詆毀人物，甚而攻發隱私，誣涅清白；此則名教中之罪人，縱幸免刑誅，天譴所必及也。至於是非所在，文有抑揚；比擬之餘，例有賓主；厚者必云不薄，醇者必曰無疵；殆如賦詩必諧平仄，然後音調；措語必用助辭，然後辭達。今爲醇厚著說，惟恐疵薄是疑，是文句必去焉哉乎也，而詩句須用全仄全平，雖周、孔復生，不能語稱完善矣。嗟乎！經世之業，不可以爲涉世之文，不虞之譽，求全之毀，從古然矣。讀古樂府形容蜀道艱難，太行詰屈，以謂所向狹隘，喻道之窮；不知文字一途，乃亦崎嶇如是！是以深識之士，黯然無言，自勒名山之業，將俟知者發之，豈與容悅之流較甘苦哉！（同上，第 188 頁）

在《言公中》中，他告誡人們文學是一把雙刃劍，在用文的時候一定要堅持正確的方向：

文，虛器也；道，實指也。文欲其工，猶弓矢欲其良也。弓矢可以禦寇，亦可以爲寇，非關弓矢之良與不良也；文可以明道，亦可以叛道，非關文之工與不工也。陳琳爲袁紹草檄，聲曹操之罪狀，辭采未嘗不壯烈也。他日見操，自比矢之不得不應弦焉，使爲曹操檄袁紹，其工亦必猶是爾。然則徒善文辭而無當於道，譬彼舟車之良，洵便於乘者矣，適燕與粵，未可知也。（同上，第 209 頁）

章學誠對道的堅持其實是在考據重壓的環境下對傳統文論的傳承，對於糾正時風是有裨益的。但是，在新興市民階層興起的語境下，過重地以道論人、

以道論文又是一種歷史的倒退。

1.3.1.2 辯證的文辭觀

　　章學誠雖然堅持文爲「道」服務，但他對文的特殊性還是有比較足夠的認識的，他在《雜說》一文中對文學的反作用有著充分的認識，他說：

> 文固用以明理，或以記事，然有時理明事備而文勢闕然，乃若有所未盡。此非辭意未至，辭氣有所受病而不至也。求義理與微考訂者皆薄文辭，以爲文取事理明白而已矣，他又何求焉？而不知辭氣受病，觀者鬱而不暢，將並所載之事與理而亦病矣。周子虛車之說，誠探本之言也。而抑知敝車撓軸之不可以行，則亦一偏之說爾。故曰：「持其志毋暴其氣。」曾子曰「辭氣遠鄙倍」，夫子曰「辭達」。《春秋傳》曰「辭之不可已也」。

> 文以氣行，亦以情至。人之於文，往往理明事白，於爲文之初指，亦若可無憾矣。而人見之者，以謂其理其事不過如是，雖不爲文可也。此非事理本無可取，亦非作者之文不如其事其理，文之情未至也。今人誤解辭達之旨者，以謂文取理明而事白，其他又何求焉？不知文情未至，即其理其事之情亦未至也。譬之爲調笑者，同述一言而聞者索然，或同述一言而聞者笑不能止，得其情也；譬之訴悲苦者，同敍一事而聞者漠然，或同敍一事而聞者涕演不能自休，得其情也。昔人謂文之至者，以爲不知文生於情，情生於文。夫文生於情，而文又能生情，以謂文人多事乎？不知使人由情而恍然於其事其理，則辭之於事理，必如是而始可稱爲達爾。（同上，第 354～355 頁）

認識到義理對文學的決定作用，而不否認文學在表現情感、思想時的反作用，這種辯證的文學觀在中國古代確實是難能可貴的。章學誠也沒有完全忽視了詩文的美，他對文學作品的審美性是有認識的，在《原道下》中，他說：

> 《易》曰：「神以知來，智以藏往。」知來，陽也；藏往，陰也。一陰一陽，道也。文章之用，或以述事，或以明理。事溯已往，陰也；理闡方來，陽也。其至焉者，則述事而理以昭焉，言理而事以範焉，則主適不偏，而文乃衷於道矣。遷、固之史，董、韓之文，庶幾哉有所不得已於言者乎！不知其故而但溺文辭，其人不足道已。即爲

高論者，以謂文貴明道，何取聲情色采以爲愉悅，亦非知道之言也。夫無爲之治而奏薰風，靈臺之功而樂鐘鼓，以及彈琴遇文，風雩言志，則帝王致治，賢聖功修，未嘗無悅目娛心之適，而謂文章之用，必無咏嘆抑揚之致哉！但溺於文辭之末，則害道已。（同上，第104頁）

文學雖然離不開道，但也有自身的審美價值，「未嘗無悅目娛心之適」。章學誠在文與道關係的看法是比較辯證的。不僅如此，章學誠還認識到了藝術眞實與生活眞實之間的辯證，他說：

有天地自然之象，有人心營搆之象。天地自然之象，《說卦》爲天爲圓諸條，約略足以盡之；人心營搆之象，睽車之載鬼，翰音之登天，意之所至，無不可也。然而心虛用靈，人累於天地之間，不能不受陰陽之消息。心之營搆，則情之變易爲之也。情之變易，感於人世之接搆而乘於陰陽倚伏爲之也。是則人心營搆之象，亦出天地自然之象也。

《易》象雖包六藝，與《詩》之比興，尤爲表裏。夫《詩》之流別，盛於戰國人文，所謂長於諷喻，不學《詩》，則無以言也。（詳《詩教》篇。）然戰國之文，深於比興，即其深於取象者也。《莊》、《列》之寓言也，則觸、蠻可以立國，蕉、鹿可以聽訟；《離騷》之抒憤也，則帝闕可上九天，鬼情可察九地。他若縱橫馳說之士，飛箝捭闔之流，徙蛇引虎之營謀，桃梗土偶之問答，愈出愈奇，不可思議。然而指迷從道，固有其功，飾奸售欺，亦受其毒。故人心營搆之象，有吉有凶，宜察天地自然之象，而衷之以理，此《易》教之所以範天下也。（《易教下》第16～17頁）

章學誠的「天地自然之象」、「人心營搆之象」涉及了文學的形象思維，他指出「情之變易，感於人世之接搆，而乘於陰陽倚伏爲之也。是則人心營搆之象，亦出天地自然之象也。」這正是文學的起源及藝術眞實與生活眞實之間的關係的表述，我們不難看出，章學誠並非是對文學的泛泛而談之輩，而是對其特性有著深入認識的學者。當然，章學誠對文學的理解最終也是有其道之旨歸：「故人心營搆之象，有吉有凶，宜察天地自然之象，而衷之以理，此《易》教之所以範天下也。」

　　章學誠長於文史校讎，他對史文與文學之文的看法也很辯證。他在《與

陳觀民工部論史學》中說：「文士撰文，惟恐不自己出；史家之文，惟恐出之於己，其大本先不同矣。史體述而不造，史文而出於己，是爲言之無徵。無徵，且不信於後也。」〔註197〕史文要堅持歷史的客觀性，而文學「惟恐不自己出」，兩者的區別乃在於一虛一實，而史在在尊重歷史眞實的同時也不可過於質野，「史之賴於文也，猶衣之需乎采，食之需乎味也。采之不能無華樸，味之不能無濃淡，勢也。」〔註198〕這種對文史的辯證觀點在今天仍然有借鑒的意義。

1.3.1.3 義理離不開考證

章學誠生活的年代正是考據鼎盛之時，他早年爲考據所震驚，對考據的思索可以說是貫穿了他的一生，在他留下的文章中，我們更多的是看到他對考據的批判。其實，對於作爲經典探索不可或缺的方法，章學誠並沒有對考據持否定的態度，對考據的批評主要是批評漢學家爲考據而考據，沒能跳出考據追尋義理，他在評戴震時說到：「吾輩辯論學術，當有關於世道，私心勝氣，何以取後世之平！戴氏筆之於書，惟關宋儒踐履之言謬爾，其他說理之文，則多精深謹嚴，發前人所未發，何可誣也！至騰之於口，則醜詈程朱，詆侮董、韓，自許孟子後之一人，可謂無忌憚矣。」（同上，《答邵二雲書》第684頁）他勸勉後學義理、考據並重方能在學問上在所建樹。

> 人生有能有不能，耳目有至有不至，雖聖人有所不能盡也。立言之士，讀書但觀大意；專門考索，名數究於細微；二者之於大道，交相爲功，殆猶女餘布而農餘粟也，而所以不能通乎大方者，各分畛域而交相詆也。足下有志於文，正當益重精學之士，能重精學之士，則發爲文章，必無偏趨風氣之患矣。昔朱竹君先生善古文辭，其於六書未嘗精研而心知其意；王君懷祖，固以六書之學專門名家者也；朱先生序刻《說文》，中間辨別六書要旨，皆咨於懷祖而承用其言，僕稱先生諸序，此爲第一。非不知此言本懷祖也，而世或議之；此不可語於古人爲文之大體也。（同上，《答沈楓墀論學》第714～715頁）

〔註197〕 章學誠，《文史通義新編新注（倉修良輯注）》〔M〕，杭州：浙江古籍出版社，2005年，第405頁。

〔註198〕 章學誠，《文史通義新編新注（倉修良輯注）》〔M〕，杭州：浙江古籍出版社，2005年，第266頁。

對於乾嘉時期的考據大師，章學誠始終懷著敬意，義理之說要立足於考證之基礎，這是他一貫的主張。

　　章學讀認為義理、考據、文章三者不可偏廢，既是時代學術風氣影響的結果，又與他堅定的學術信念有關，他在《與族孫汝楠論學書》中回憶自己的學問經歷時說道：

> 往僕以讀書當得大意，又年少氣銳，專務涉獵，四部九流，泛覽不見涯涣，好立議論，高而不切，攻排訓詁，馳騖空虛，蓋未嘗不憫然自喜，以為得之。獨怪休寧戴東原振臂而呼曰：「今之學者，毋論學問文章，先坐不曾識字。」僕駭其說，就而問之。則曰：「予弗能究先天后天，河、洛精蘊，即不敢讀元亨利貞；弗能知星躔歲差，天象地表，即不敢讀欽若敬授；弗能辨聲音律呂，古今韻法，即不敢讀關關雎鳩；弗能考三統正朔，《周官》典禮，即不敢讀春王正月。」僕重愧其言！因憶向日曾語足下所謂「學者只患讀書太易，作文太工，義理太貫」之說，指雖有異，理實無殊。充類至盡，我輩於四書一經，正乃未嘗開卷卒業，可為慚惕，可為寒心！

章學誠的學術經歷以會見戴震為一大轉折，在會見戴震之前，他「好立議論，高而不切，攻排訓詁，馳騖空虛，蓋未嘗不憫然自喜，以為得之。」而戴震「不曾識字」的言論著實對他震動不小，「可為慚惕，可為寒心！」道出了他內心的感受。而關於這一次會面，章學誠不僅是為戴震的考證所折服，而且對他由考證通義理的學問門徑也是深有同感。在《答邵二雲》一文中，他對鄭虎文是否真知戴震提出了疑問：

> 丙戌春夏之交，僕因鄭誠齋太史之言，往見戴氏休寧館舍，詢其所學，戴為粗言崖略，僕即疑鄭太史言不足以盡戴君。時在朱先生門，得見一時通人，雖大擴生平聞見，而求能深識古人大體，進窺天地之純，惟戴氏可與幾此。而當時中朝薦紳負重望者，大興朱氏，嘉定錢氏，實為一時巨擘。其推重戴氏，亦但云訓詁名物，六書九數，用功深細而已，及見《原善》諸篇，則群惜其有用精神耗於無用之地，僕於當時力爭朱先生前，以謂此說似買櫝而還珠，而人微言輕，不足以動諸公之聽。〔註199〕

〔註199〕章學誠，《文史通義新編新注（倉修良輯注）》〔M〕，杭州：浙江古籍出版社，2005 年，第 683 頁。

鄭虎文與錢大昕、朱筠等同屬北京漢學陣營，他向章學誠推介戴震的學問應該也就僅限於考證一途，故章學誠認爲他「不足以盡戴君」。據段玉裁記載，「是年（丙戌，1766 年）玉裁入都會試，見先生云：近日做得講理學一書，謂《孟子字義疏證》也。」〔註200〕余英時認爲段玉裁老年記錯，應該是《原善》而非《孟子字義疏證》。〔註201〕兩書都是戴震探求義理的結果，他向章學誠介紹其學術門徑應該是由考據通向義理，故而章學誠一生的義理傾向都喜歡用戴震爲例進行說明，並認爲自己「最知」戴震。與戴震會面時，章學誠年僅 29 歲，其學術思想仍然未定型，與戴震會見後，章學誠改變了自己「高明有餘，沉潛不足，故於訓詁考質，多所忽略」的學術方向，將義理、考據、文章並舉，主張融而通之，他在《與汝楠論學書》裏說道：

> 學問之途，有流有別，尚考證者薄詞章，索義理者略徵實，隨其性之所近，而各標獨得，則服鄭訓詁，韓、歐文章，程、朱語錄，固已角犄鼎峙，而不能相下。必欲各分門戶，交相譏議，則義理人於虛無，考證徒爲糟粕，文章只爲玩物，漢、唐以來，楚失齊得，至今囂囂，有未易臨決者。惟自通人論之則不然，考證即以實此義理，而文章乃所以達之之具。事非有異，何爲紛然？自同鷸蚌，而使異端俗學，得以坐享漁人之利哉！〔註202〕

章學誠所說的「通人」其實就是指像戴震這樣考證古今，會通義理的學者。章學誠是一個性格堅定的人，飽經磨難卻仍堅持自己的學術理想，這深爲後人所感慨。乾嘉時期，經史考據爲學術的主流，爲了區別考據與義理，章學誠提出了功力與學問一說，他在《又與正甫論文》中說道：

> 學問文章，古人本一事，後乃分爲二途。近人則不解文章，但言學問，而所謂學問者，乃是功力，非學問也。功力之與學問，實相似而不同。記誦名數，搜剔遺逸，排纂門類，考訂異同，途轍多端，實皆學者求知所用之功力爾！即於數者之中，能得其所以然，因而上闡古人精微，下啓後人津逮，其中隱微可獨喻，而難爲他人言者，

〔註200〕戴震，《戴震集》〔M〕，《戴東原先生年譜》，上海：上海古籍出版社，1980年，第 467 頁。

〔註201〕余英時，《論戴震與章學誠》〔M〕，北京：三聯書店，2005 年 1 月，第 10 頁。

〔註202〕章學誠，《文史通義新編新注（倉修良輯注）》〔M〕，杭州：浙江古籍出版社，2005 年，第 799～800 頁。

乃學問也。今人誤執古人功力以爲學問，毋怪學問之紛紛矣。文章
必本學問不待言矣，而學問中之功力，萬亦不同，《爾雅》注蟲魚，
固可求學問，讀書觀大意，亦未始不可求學問，但要中有自得之實
耳。中有自得之實，則從入之途，或疏或密，皆可入門，聖門如顏、
曾、賜、商，未能一轍。而今之誤執功力爲學問者，但趨風氣，本
無心得，直謂舍彼區區掇拾，即無所謂學，亦夏蟲之見矣。（同上，
第 807 頁）

章學誠將考據視爲功力，由考據而能推闡義理才是學問，而二者與文章實爲
一途，即明道。章學誠將三者視爲一體，反對任意割裂，他說：

夫文非學不立，學非文不行，二者相須，若左右手，而自古難兼，
則才固有以自限，而有所重者，意亦有所忽也。陶朱公曰：「人棄我
取，人取我與。」學業將以經世，當視世所忽者而施挽救焉，亦輕
重相權之義也。今之宜急務者，古文辭也；攻文而仍本於學，則既
可以持風氣，而他日又不致爲風氣之弊矣。足下於此，豈有意乎？
語云：「太上立德，其次立功，其次立言。」人生不朽之三，固該本
末兼內外而言之也。鄙人則謂著述一途，亦有三者之別：主義理
者，著述之立德者也；主考訂者，著述之立功者也；主文辭者，著
述之立言者也。「言之無文，行而不遠」，宋儒語錄，言不雅馴，又
騰空說，其義雖有甚醇，學者罕誦習之，則德不虛立，即在功言之
中，亦猶理不虛立，即在學、文二者之中也。足下思鄙人之舊話，
而欲從事於立言，可謂知所務矣。然而考索之家，亦不易易，大而
《禮》辨郊社，細若《雅》注蟲魚，是亦專門之業，不可忽也。阮
氏《車考》，足下以謂僅究一車之用，是又不然。治經而不究於名物
度數，則義理騰空而經術因以鹵莽，所繫非淺鮮也。子貢曰：「文、
武之道，未墜於地，賢者識大，不賢者識小」。皆夫子之所師也。人
生有能有不能，耳目有至有不至，雖聖人有所不能盡也。立言之
士，讀書但觀大意；專門考索，名數究於細微；二者之於大道，交
相爲功，殆猶女餘布而農餘粟也，而所以不能通乎大方者，各分畛
域而交相詆也。足下有志於文，正當益重精學之士，能重精學之
士，則發爲文章，必無偏趨風氣之患矣。昔朱竹君先生善古文辭，
其於六書未嘗精研而心知其意；王君懷祖，固以六書之學專門名家

者也：朱先生序刻《說文》，中間辨別六書要旨，皆咨於懷祖而承用
其言，僕稱先生諸序，此爲第一。非不知此言本懷祖也，而世或譏
之；此不可語於古人爲文之大體也。(《答沈楓墀論學》，同上，第
714頁)

乾嘉時期，考據陣營、宋學陣營、文學陣營各偏一方，章學誠其實是在堅持
學術發現的前提下主張三者合一，這在乾嘉漢宋激烈爭論之際是很有建設意
義的。

1.3.2 姚鼐的調和論

　　乾嘉時期的桐城派信奉程朱理學，爲文主唐宋八大家，將道統與文統集
於一身。而在考據的強勢學術話語之下，桐城文派仍然處於邊緣的位置，這
一時期桐城文派的學者都不同程度地受到了考據的影響，而最能入乎其中
的，莫過於姚鼐。姚鼐早年以辭章見稱，乾隆十九年，姚鼐禮試失利，而這
時期京師學風正由「尊德性」向「道問學」轉向，失意的姚鼐對考據充滿了
興趣。他於次年拜戴震爲師，雖然遭到拒絕，但卻沒能由此改變他的決心。
四庫館開，姚鼐任職於館內，漢學家們排斥、詆毀宋學的態度，讓宗奉程朱
的姚鼐無法接受，最終只能離開京都。「姚鼐的告退儘管不免有其他因素，但
他與戴震等漢學家的嚴重分歧及其在論爭中的孤立，無疑是導致其最終從都
門告退的主要原因。」〔註203〕姚鼐經歷了辭章——考據——辭章的學問經歷，
他將考據援引入文學，這是與時代的學術風氣是分不開的。

　　乾嘉時期，固守理學已不爲時代所取，理學家成了人們批評的對象，程
晉芳說道：「辛楣先生不喜方文，猶之心餘先生不喜屬詩。」〔註204〕其實，錢
大昕對方苞的不滿不僅僅在古文，於經學更甚。姚鼐將義理、考據、辭章三
者並稱，其實只是在強大的學術話語之下，給文學注入新的元素，使之與時
代合拍，避免文學走向爲時人所嘲笑的空疏無學的道路上去。他在《復秦小
峴書》中說到：

　　鼐嘗謂天下學問之事，有義理、文章、考證三者之分，異趨而同爲
　　不可廢。一途之中，歧分而爲眾家，遂至於百十家。同一家矣，而
　　人之才性偏勝，所取之逕域，又有能有不能焉。凡執其所能爲而呲

〔註203〕王達敏，《姚鼐與乾嘉學派》〔M〕，北京：學苑出版社，2007年，第45頁。
〔註204〕見袁枚《續同人集·文類卷三》，《袁枚全集(六)》，江蘇古籍出版社，1993
　　　　年版，第301頁。

其所不爲者，皆陋也，必兼收之，乃足爲善。〔註205〕

在乾嘉時期，攻考據者或疏於辭章，專義理者或荒於考據，好辭章者或失於考據，學科分工的細化讓人們很難併兼衆長，姚鼐提出三者合一，這是有現實針對性的。他認爲三者合一才能濟學問之美，如果只是偏重一途，很難說是完美。姚鼐提出三者合一，其目的在於希望能以考據的實證來充實文學的內容，他在《謝蘊山詩集序》中說：「且夫文章學問一道也，而人才不能無所偏擅。矜考據者，每窒於文詞。美才藻者或疏於稽古，士之病是久矣。」（同上，第 55 頁）乾嘉時期考據學的最大問題是「學而不思」，繁瑣於考據而不求義理，忽視了文學的審美特性，對於此病，姚鼐深感惋惜：

> 士不知經義之體之可貴，棄而不欲爲者多矣！美才藻者，求工於詞章聲病之學；強聞識者，博稽於名物制度之事；厭義理之庸言，以宋賢爲疏闊，鄙經義爲俗體。若是者，大抵世聰明才傑之士也。國家以經義率天下士，固將率其聰明才傑者爲之，而乃遭其厭棄。惟庸鈍寡聞，不足與學古者，乃促促志於科舉，取近人所以得舉者，而相效爲之。夫如是，則經義安得不日陋？苟有聰明才傑者，守宋儒之學，以上達聖人之精，即今之文體，而通乎古作者文章極盛之境。經義之體，其高出詞賦箋疏之上，倍蓰十百，豈待言哉！可以爲文章之至高，又承國家法令之所重，而士乃反視之甚卑，可歎也。

（同上，《停雲堂遺文序》第 53～54 頁）

姚鼐將「美才藻者」、「強聞識者」視爲「世聰明才傑之士」，這就將文學與考據相提並論了。他認爲正是因爲這些聰明才傑之士厭棄經義，故使經義日衰、文章日弱。重考據輕義理，重漢學輕宋學，這是乾嘉前期學者的共同毛病，姚鼐並不想矯枉過正，他只是想走一條中庸之道以達到三者的平衡。

> 余嘗論學問之事，有三端焉，曰：義理也，考證也，文章也。是三者，苟善用之，則皆足以相濟；苟不善用之，則或至於相害。今夫博學強識而善言德行者，固文之貴也；寡聞而淺識者，固文之陋也。然而世有言義理之過者，其辭蕪雜俚近，如語錄而不文；爲考證之過者，至繁碎繳繞，而語不可了當。以爲文之至美，而反以爲病者，何哉？其故由於自喜之太過，而智昧於所當擇也。夫天之生才，雖

〔註205〕姚鼐，《惜抱軒詩文集》〔M〕，上海：上海古籍出版社，1992 年，第 104～105 頁。

> 美不能無偏，故以能兼長者爲貴，而兼之中猶有害焉。豈非能儘其
> 天之所與之量，而不以才自蔽者之難得與？（《述庵文鈔序》，同上，
> 第 61 頁）

曾任職四庫館的姚鼐並沒有鄙薄考據、辭章之義，他對三者的合理性存在是持肯定態度的，這比非此既彼的門戶之見確實是高明得多。而在義理的內涵上，他仍然是程朱的信徒，對漢學家們倡明的新「義理」深惡痛絕，這是姚鼐落後的一面。他在《再復簡齋書》痛斥戴震等學者：

> 儒者生程、朱之後，得程、朱而明孔、孟之旨，程、朱猶吾父、師
> 也。然程、朱言或有失，吾豈必曲從之哉？程、朱亦豈不欲後人爲
> 論而正之哉？正之可也，正之而詆毀之，訕笑之，是詆訕父、師也。
> 且其人生平不能爲程、朱之行，而其意乃欲與程、朱爭名，安得不
> 爲天之所惡。故毛大可、李剛主、程綿莊、戴東原，率皆身滅嗣絕，
> 此殆未可以爲偶然也。〔註206〕

措詞之激烈在姚鼐的其他文章中是罕見的，個中原因，乃是姚鼐對程朱理學的堅定立場，他在《復蔣松如書》中說到：

> 自秦、漢以來，諸儒說經者多矣，其合與離，固非一途。逮宋程、
> 朱出，實於古人精深之旨，所得爲多，而其審求文辭往復之情，亦
> 更爲曲當，非如古儒者之拙滯而不協於情也。而其生平修己立德，
> 又實足以踐行其所言，而爲後世之所向慕。故元明以來，皆以其學
> 取士。利祿之途一開，爲其學者，以爲進趨富貴而已，其言有失，
> 猶奉而不敢稍違之，其得亦不知其所以爲得也，斯固數百年以來學
> 者之陋習也。
>
> 然今世學者，乃思一切矯之，以專宗漢學爲主，以攻駁程、朱爲能，
> 倡於一二專己好名之人，而相率而效者，因大爲學術之害。夫漢人
> 之爲言，非無有善於宋而當從者也；然苟大小之不分，精粗之弗別，
> 是則今之爲學者之陋，且有甚於往者爲時文之士，守一先生之說而
> 失於隘者矣。博聞強識，以助宋君子之所遺，則可也，以將跨越宋
> 君子，則不可也。（同上，第 95 頁）

他不僅對漢學家抨擊程朱理學不滿，而且對文人們不講義理也很不滿意。

> 天下所謂文者，皆人之言，書之紙上者爾。言何以有美惡？當乎理，

〔註206〕姚鼐，《惜抱軒詩文集》〔M〕，上海：上海古籍出版社，1992 年，第 102 頁。

切於事者，言之美也。今世士之讀書者，第求為文士，而古人有言
曰：「一為文士，則不足觀。」夫靡精神銷日月以求為不足觀之人，
不亦惜乎！徒為文而無當乎理與事者，是為不足觀之文爾。（同上，
《稼門集序》，第 273 頁）

乾嘉考據學乃是針對理學的空疏而發，乾嘉學者對宋明理學多有不滿，姚鼐
固守程朱理學，在乾嘉時期這種聲音是微弱的，這時期與姚鼐共鳴者很少，
致使李慈銘對他批評道：

至惜抱經學甚淺，為同時漢學諸儒所輕，因循而尊宋儒，貶斥惠定
宇、戴東原、朱石君諸君子；至自誇其筆記中所論史學，謂足與錢
辛楣相匹；且以與袁簡齋素好，謂浙中可與竹垞、西河抗衡；則不
識輕重之言矣。又謂《淩仲子文集》一無足取，此途軌迥別，其是
非又不足論也。〔註207〕

姚鼐雖然極力維護程朱理學，但他論文卻高出理學家「文以載道」的工具論，
對文學的美有著深入的認識。

吾嘗以謂文章之原，本乎天地。天地之道，陰陽剛柔而已。苟有得
乎陰陽剛柔之精，皆可以為文章之美。陰陽剛柔並行而不容偏廢。
有其一端而絕亡其一，剛者至於僨強而拂戾，柔者至於頹廢而闇
幽，則必無與於文者矣。然古君子稱為文章之至，雖兼具二者之
用，亦不能無所偏優於其間。其故何哉？天地之道，協合以為體，
而時發奇出以為用者，理固然也。其在天地之用也，尚陽而下陰，
伸剛而絀柔，故人得之亦然。文之雄偉而勁直者，必貴於溫深而徐
婉；溫深徐婉之才，不易得也。然其尤難得者，必在乎天下之雄才
也。夫古今為詩人者多矣，為詩而善者亦多矣，而卓然足稱為雄才
者，千餘年中數人焉耳。甚矣，其得之難也。（同上，《海愚詩鈔序》
第 48 頁）

與傳統道學家將文章視為載道之器不同，姚鼐將文直接與天地之道相接，認
為文乃是天地之道的體現，與天地相通，其自身自有陰陽剛柔之本性，文章
之至乃是道。姚鼐此論無疑是提高了文章的地位，讓人們認識到了文章乃是
一個獨具美質的世界，與道具有直接關聯性。在《敦拙堂詩集序》裏，他說

〔註207〕李慈銘，《越縵堂讀書記》〔M〕，上海：上海書店出版社，2000 年，第 1046
頁。

到：「言而成節合乎天地自然之節，則言貴矣。其貴也，有全乎天者焉，有因人而造乎天者焉。今夫《六經》之文，聖賢述作之文也。獨至於《詩》，則成於田野閭閻、無足稱述之人，而語言微妙，後世能文之士，有莫能逮，非天為之乎？」（同上，第 53 頁）認為詩歌乃是「第二自然」，具有最高意義的美，在經史考據佔據學術主流的時代，這樣的聲音無疑是對考據的挑戰。在《答翁學士書》裏，姚鼐提出了「詩文皆技也，技之精者必近道，故詩文美者命意必善。」（同上，第 85 頁）姚鼐所論的文乃是個有文學情韻的「美文」，並非漢學家所論的普通行文，姚鼐每每將詩文與道相提並論，他其實是看到了詩文的審美價值的，並以道的地位提高文的地位。

曾經在四庫館任職的姚鼐，雖然成就不能與一流學者比肩，但對於經史考證還是有他的看法的。他在《小學考序》中說道：

> 六藝者，小學之事，然不可盡之於小學也。夫九數之精，至於推步天運，冥測乎不得目睹之處，遙定乎前後千百載不接之時，而不迷於冥茫，不差於毫末，此術家之至學，小子所必不能也。夫六書之微，其訓詁足以辨別傳說之是非，其形音上探古聖初制文字之始，下貫後世遷移轉變之得失，此博聞君子好學深思者之所用心，小子所不能逮也。至於禮樂，則固聖賢述作之所慎言，尤不得以小學言矣。然而謂之小學者，製作講明者君子之事，既成而授之，使見聞之端於幼少者，則小子所能受也。今夫行萬里窮山海者，紀其終身之所履，艱危勞苦之所僅獲，以告於居不出室中者，可以一日而盡得也。夫小學者，固亦若是而已。（同上，第 62～63 頁）

戴震認為「自昔儒者，其結髮從事，必先小學。」姚鼐在考證名物象數上與戴震的觀點一致，認為由文字訓詁以「辨別傳說是非」，「上探古聖初制文字之始，下貫後世遷移轉變之得失」，姚鼐以考據為工具而不是為目的，這比津津於考據而不辯義理者要有遠見。

姚鼐表面上要求義理、考據、辭章三者合一，其實他最醉心的是義理和辭章，考證在他心目中並沒有佔有太多的份量，也僅是為義理和辭章服務而已。

1.3.3 翁方綱的調和論

翁方綱是兼長考據與詩文的學者，同時，他又是程朱理學的信徒，學術思想介於漢學與宋學之間，他對義理、考據、文學有不同於時代的理解。

1.3.3.1 義理、考據與文學的合一

　　清代的主要詩學流派大多或暗或明地與前代詩學流派有著淵源關係，如神韻說、格調說、性靈說等，而翁方綱的肌理說卻是清代考據學風下形成的一個清人自己的詩學流派，肌理說的出現是乾嘉時代考據學風的產物。翁方綱在《言志集序》中說到：「士生今日，經籍之光，盈溢於世宙，爲學必以考證爲準，爲詩必以肌理爲準。《記》曰：『聲相應，故生變；變成方，謂之音。』又曰：『聲成文，謂之音，聲音之道，與政通矣。』此數言者，千萬世之詩視此矣。學古有獲者，日覽千百家之詩可也。惟是檢之於密理，約之於肌理，則竊欲隅舉焉。於唐德六家，於宋、金、元得五家，鈔爲一編，題曰『志言』，時以自勉，亦時以勉各同志，庶幾有專師而無泛鶩也歟！」〔註208〕翁方綱的「肌理」即義理之理、文理之理。翁方綱的義理之理其實就是程朱理學之理，「天下未有捨理而言文者。且蕭氏之爲《選》也，首原夫孝敬之準式，人倫之師友，所謂事出於沉思者，惟杜詩之眞實，足以當之。而或僅以藻繢目之，不亦誣乎？」（《杜詩精熟文選理字說》，同上，第 409 頁）他對《文選》以理律之，這確實是「過度闡釋」了，而他的過度正好讓我們更清楚地看到他論文的旨歸。而翁方綱所謂的文理並非是行文的順達，而是指在學問考證基礎上的學理順當，「詩自宋、金、元接唐人之脈而稍變其音。此後接宋元者全恃眞才實學以濟之。乃有明一代徒以貌襲格調爲事，無一人具眞才實學以副之者。至我國朝文治之光乃全歸於經術，是則造物精微之秘衷諸實際，於斯時發泄之。然當其發泄之初，必有人焉先出而爲之伐毛洗髓，使斯文元氣復還於沖淡淵粹之本然，而後徐徐以經術實之也。」（同上，《神韻論下》，第 347～348 頁）翁方綱以學理論詩，認爲「理」是一切事物的眞理所在，詩文也不例外，「其實肌理亦即神韻也」，「吾謂神韻即格調者」，這就將詩學在學問之下泛化了。這其實是將考據、義理、文學視爲彼此緊密聯繫的統一體，彼此具有不可隨意分割的依賴性。他感慨道：「嘗歎文家與義疏並行而不能相賅者。詞章之士騁其妍秘而或未暇考訂，及專一於考訂而又不能概以文律繩也。」（同上，《彭晉函時文序》，第 197 頁）義理、考訂、詞章三者異趣，但三者的融合也不是沒有可能，他在《吳懷舟時文序》中說：「有義理之學，有考訂之學，有詞章之學，三者不可強而兼也，況舉業文乎。然果以其人之眞氣貫徹而出之，則三者之眞趣而得。」（同上，第 198 頁）翁方

〔註208〕翁方綱，《復初齋文集》〔M〕，臺北：文海出版社，1961 年，第 211～212 頁。

綱認識將三者融合的關鍵乃在於義理，義理是後二者的靈魂所在，這在他的著作中反覆地給強調。如果說章學誠將文納入其「史」的視域之中，姚鼐是將考據作為文學的必要補充，那麼翁方綱卻要將文學與考證作為孿生姐妹了。翁方綱認為，「然而辭必舉其要，事必詳其義，是即所謂博依雜服安詩安禮者也。今讀此集上下古今出入經傳，因文辭以約其旨趣，即離經辨志之屬矣。由肆事以比其原委，即知類能達之屬矣。士生今日經學昌明之際，皆知以通經學古為本各，而考訂詁訓之事與詞章之事未可判為二途。誠得人人家塾童而習之，以此這安詩安禮所從入，則其為藝圃之津逮，為詞學之指南立誠，居業皆由早以廣益焉，而儷語之工特其餘事耳，又豈石梁王氏所疑，泛論者所能該悉也哉！」〔註 209〕（卷四《蛾術集序》）兩者實則密不可分，無考訂則無詩文，他甚至認為，「經訓考訂實與詩同源。」〔註 210〕翁方綱認為考據所具有的博學廣識是文學的基礎，缺乏這個基礎，文學便失卻了源泉，他對桐城派為文空談義法就很不滿，「予嘗謂為文必根柢經籍，博綜考訂，非以空言機法為也。」〔註 211〕（《蔣春農文集序》）桐城派作家大多考據不精，所作古文也都以「小事」為主，所談為文之法多浮於字面，缺乏經籍的深度，故翁方綱對桐城派頗多微詞。

翁方綱看到了考據與文學的緊密聯繫，但這並不是說他沒有看到二者的區別，他對文學與考據的區別還是看得很清的。經史考證雖然能給文學帶來根柢，但文學與考訂乃是兩途，「詩家固不能盡以訓詁考訂繩之。」〔註 212〕「作文多用古字，偶一為之，或於題古器物、古竹簡之類，以博古趣，非必事事皆用此成之也。《周禮》有古字者原是山岩屋壁，故書如此，又經杜子春、先後鄭氏引申而通釋之。《漢書》古字則其時篆初變隸，亦其本據之文如此。然洪文惠撰《隸釋》，力辨蔡中郎，未嘗一字好奇，而洪氏之《續急就》已不免好奇矣。今之學者詩文多以寫古字為見長，其實文之工拙不繫乎此。」（同上）考證追求義理，而為文也自有「文理」，「文理」與「義理」是相通的，他在《志言集序》中說：

〔註 209〕 翁方綱，《復初齋文集》〔M〕，臺北：文海出版社，1961 年，第 192～193 頁。

〔註 210〕 見翁方綱《復初齋文集》之手稿《蘇齋筆記》，臺北：文海出版社，1974 年，卷十一。

〔註 211〕 翁方綱，《復初齋文集》〔M〕，臺北：文海出版社，1961 年，第 172 頁。

〔註 212〕 見翁方綱《復初齋文集》之手稿《蘇齋筆記》，臺北：文海出版社，1974 年，卷十一。

昔虞廷之《謨》曰：「詩言志，歌永言。」孔庭之訓曰：「不學詩，
無以言。」言者，心之聲也。文辭之於言，又其精者。詩之於文辭，
又其諧之聲律者。然則「在心爲志，發言爲詩」，一衷諸理而已。理
者，民之秉也，物之則也，事境之歸也，聲音律度之矩也。是故淵
泉時出，察諸文理焉；金玉聲振，集諸條理焉；暢於四支，發於事
業，美諸通理焉。義理之理，即文理之理，即肌理之理也。韓子曰：
「周詩三百篇，雅麗理訓詁。」杜云：「熟精《文選》理。」〔註213〕

翁方綱認識到萬物均有其理，它們都是理的表現，文理也不例外，所以他說
「義理之理，即文理之理，即肌理之理也。」文學自有其理，那麼這種理是
一種怎樣的理呢？翁方綱在在《詩法論》中對「文理」進行了分析。

歐陽子援揚子製器以喻書法，則詩文之賴法以定也審矣。忘筌忘
蹄，非無筌蹄也。律之還宮，必起於審度，度即法也。顧其用之也
無定方，而其所以用之，實有立乎法之先而運乎法之中者。故法非
徒法也，法非板法也。且以詩言之，詩之作作於誰哉，則法之用用
於誰哉？詩中有我在也，法中有我以運之也。即其同一詩也，同一
法也，我與若俱用此法，而用之之理、用之之趣各有不同者，不能
使子面如吾面也。同一時、同一境、同一事之作，而其用法之所以
然，父不能得之於子，師不能傳之於弟；即同一在我之作，而今歲
不能仿昨歲語，今日不能用昨日之語，況其隔時地、分古今，而強
我以就古人之法，強執古人以定我之法。此則蔑古之尤者也，而可
謂效古哉？

故曰：文成而法立。法之立也，有立乎其先、有立乎其中者，此法
之正本探原也；有立首其節目、立首其肌理界縫者，此法之窮開盡
變也。杜云「法自儒家有」，此法之立本也；又曰「佳句法如何」，
此法之盡變者也。夫惟法之立本者，不自我始之，則先河後海，或
原或委，必求諸古人也。夫惟法之盡變者，大而始終條理，細而一
字之虛實單雙，一音之低昂尺泰，其前後接筍、乘承轉換、開闔正
變，必求諸古人也。乃知其悉準諸繩墨規矩，悉效諸六律五聲，而
我不得絲毫以己意與焉。故曰：禹之治水，行其所無事也。行首所
不得不行，止乎所不得不止。應有者盡有之，應無者盡無之，夫然

〔註213〕翁方綱，《復初齋文集》〔M〕，臺北：文海出版社，1961年，第210～211頁。

後可以謂之法矣。〔註214〕（《復初齋文集》卷八）

翁方綱所論有法而無定法並不異於普通的文法之論，他論法其實仍然是堅持了以考據爲基礎的探本求源，由古而今，變化有源，惟有如此，才能寓法於無法之中，達到神明變化。

翁方綱雖然在一定程度上承認了「文理」，但他認爲「文理」乃是建立在考據學識基礎之上的，沒有學識爲支撐，「文理」也就無從粘附。歸根到底，他對義理、考據、文學三者的融合是建立在學識基礎之上的。

1.3.3.2 考據乃是給文學以充實的內涵

清初王士禛主神韻，續之沈德潛倡格調，二者均以唐音是尚，注重詩歌的音韻風致。乾嘉時期，考據學風興蔚，尊尚學問成了時代的風氣，空疏不學爲人們所批判，這是一個重視學問的年代。翁方綱提倡以考據濟文學，實乃欲以考據充實文學，避免文學「蹈虛」的傾向，這是乾嘉學風對文學影響的結果。他說：「詩必研諸肌理，而文必求其實際。夫非僅爲空談格韻者言也，持此足以定人品學問矣。」〔註215〕（《延暉閣集序》）空談格韻已不爲時代所取，充實的學問知識乃是文學創作以及人品學問的根基，翁方綱的肌理其實就包涵了兩個方面，一是以考據的材料充實文學，二是以考據對義理的體悟來充實文學，他說道：

> 文必根本「六經」，詩必根本《三百篇》，蓋未有不深探經學而能言詩文者。治經以義理爲主，固不可以後世詩文例之，然未有不深究《三百篇》之理而能言詩者，亦未有不深究於詩教源流正變而能讀《三百篇》者，此詩家最上第一義。〔註216〕

對經史材料的準確把握與對義理的體悟正是翁方綱所謂的「學問」，有了這樣的學識才能作詩、論詩。翁方綱將學問視爲作詩的先決條件，他對不本學問的詩論很不滿，他說：

> 有學人之詩，有才人之詩，有專取興象、專取性靈之詩。若以「詩言志」論之，則性靈爲主而興象佐之。古人原以天籟爲眞詩也，然而世運與學問相乘而生焉。若必盡效祖詠《春高》四句意盡輒足，

〔註214〕翁方綱，《復初齋文集》〔M〕，臺北：文海出版社，1961 年，第 329～330 頁。

〔註215〕翁方綱，《復初齋文集》〔M〕，臺北：文海出版社，1961 年，第 207 頁。

〔註216〕見翁方綱《復初齋文集》之手稿《蘇齋筆記》，臺北：文海出版社，1974 年，卷九。

則漁洋所謂三昧者直若舉古今學者皆歸於空中之音，作禪房入定之
興象以爲趣詣。漁洋固云「舉一而反三」也，吾則爲擬一語云：舉
一而廢百也。再若必盡推佇興而就之靈妙，則又恐啓陳白沙、莊定
山之流弊矣。所以詩家竟言才矣，曰才思，曰才力，曰才藻。思與
力皆自己出，藻則資學矣。因時因地，鑒古宜今，士生今日，百年
以前尚沿明朝人貌襲古人之弊，惟我國朝考訂之學博洽則追東漢，
精研則兼南宋，際此通經稽古之會，則其爲詩也必以學人之詩爲職
志，乃克有以自立耳。(《蘇齋筆記》卷九，《詩四》)

翁方綱自認爲詩學承王士禎，而對王士禎空靈的神韻也是很不滿，他在《志
方集序》中對王士禎的不求甚解就提出了批評：

杜云：「熟精《文選》理。」曩人有以杜詩此句質之漁洋先生，漁洋
謂理字不必深求其義，先生殆失言哉！杜牧之序李長吉詩亦曰：「使
加之以理，奴僕命騷可也。」今之騁才藻，貌爲長吉者知此乎？不
惟長吉也，太白超絕千古，固不以此論之，然後人不善學者，輒徒
以馳縱才力爲能事，故雖楊廉夫之雄姿，而不免詩妖之目。即以李
空同、何大復之流，未嘗不具才力，而卒以剿襲格調自欺以欺人，
此事豈可強爲，豈可假爲哉！〔註217〕

王士禎「神龍見首不見尾」的神韻不具有知識的確定性，翁方綱試圖以確定
的知識性來彌補這一理論的不足，使其清晰可見，有蹤可尋。爲了使自己
的理論取得合法性，他不僅利用了王士禎的神韻論，而且還改造了它。翁方
綱有《神韻論》上、中、下三篇，他表面上是申張王士禎的神韻說，其實
乃是借屍還魂，用王士禎的神韻說來爲自己的肌理說張目，我們且看《神韻
論下》。

詩以神韻爲心得之秘，此義非自漁洋始言之也，是乃自古詩家之要
眇處，古人不言而漁洋始明著之也。神韻者，非風致情韻之謂也。
吾謂神韻即格調者，特專就漁洋之承接李、何、王、李而言之耳。
其實神韻無所不該，有於格調見神韻者，有於音節見神韻者，亦有
於字句見神韻者，有於高古渾樸見神韻者，亦有於情致見神韻者，
非可執一端以名之也。此其所以然，在善學者自領之，本不必講
也。

〔註217〕翁方綱，《復初齋文集》〔M〕，臺北：文海出版社，1961年，第210～211頁。

吾既爲漁洋之承李、何，而不得不析言之；乃今又爲近人之誤會者，更不得不析言之。世之不知而誤會者，吾安能一一析之。今姑就吾所近見其最不通者，莫如河間邊連寶之論詩，目漁洋爲神韻家。是先不知神韻乃自古詩家所共具，漁洋偶拈出之，而別指之曰神韻家，有時理乎？彼既不知神韻是詩中所固有矣，乃反歸咎於嚴儀卿之言鏡花水月，涉於虛無，爲貽害於後學，此非罵嚴儀卿也，特舉以罵漁洋耳。漁洋特專取神韻而不能深切，則誠有之。然近日之譏漁洋者，持論皆不得其平也。

請申析之，詩自宋、金、元接唐人之脈而稍變其音。此後接宋元者全恃眞才實學以濟之。乃有明一代徒以貌襲格調爲事，無一人具眞才實學以副之者。至我國朝文治之光乃全歸於經術，是則造物精微之秘衷諸實際，於斯時發泄之。然當其發泄之初，必有人焉先出而爲之伐毛洗髓，使斯文元氣復還於沖淡淵粹之本然，而後徐徐以經術實之也。所以賴有漁洋首唱神韻以滌蕩有明諸家之塵滓也。其援嚴儀卿所云，鏡中之花水中之月者，正爲滌除明人塵滓之滯習言之。即所謂詩有別才非關學之語，亦是專爲務博滯迹者，偶下砭藥之詞，而非謂詩可廢學也。須知此正是爲善學者言，非爲不學者言也。司空表聖《詩品》亦云「不著一字盡得風流」，夫謂不著一字，正是函蓋萬有也。豈以空寂言邪？漁洋之詩，雖非李、何之滯習，而尚有未盡化滯習者，如詠焦山鼎，只知鋪陳鍾鼎款識之料，如詠漢碑，只知敘説漢末事，此皆習作套語，所以事境偶有未能深切者，則未知鋪陳排比之即連城玉璞也。蓋漁洋未能喻「熟精文選理」理字之所以然，則必致後人誤以神韻爲漁洋咎乎？若趙秋谷之議漁洋，謂其不切事境，則亦何嘗不中其弊乎？學者惟以讀書切己爲務，日從事於探討古人，考析古人，則正惟恐其不能徹悟於神韻矣。

神韻者，視其人能領會，非人人皆得以問津也。其不能悟及此者，奚爲而必強之？其不知而強附空喑以爲神韻，與其不知而妄駁神韻者，皆坐一不知之咎而已。不知何害，不知而妄議，則爲害滋甚耳。

〔註218〕（《復初齋文集》卷八）

〔註218〕翁方綱，《復初齋文集》〔M〕，臺北：文海出版社，1961 年，第 346～350 頁。

翁方綱不僅將王士禎的神韻說泛化爲能夠容納一切風格的大融爐，而且還將虛靈的神韻詩說給實有化了，「學者惟以讀書切己爲務，日從事於探討古人，考析古人，則正惟恐其不能徹悟於神韻矣。」神韻的來源乃是來自於對經籍的學習體會，而不是借助於空靈的靈感。布魯姆認爲，「詩的歷史是無法和詩的影響截然區分的。因爲，一部詩的歷史就是詩人中的強者爲了廓清自己的想像空間而相互『誤讀』對方的歷史。」〔註219〕翁方綱對王士禎神韻的理解在多大程度上是符合王士禎的原意我們不敢隨意下定論，翁方綱對神韻的理解正可謂是有積極意義的「誤讀」。正是基於對學問的認識，他對宋詩極爲推崇，他說：

> 宋人精詣，全在刻抉入裏，而皆從各自讀書學古中來，所以不蹈襲唐人也。然此外亦更無留與後人再刻抉者，以故元人祇剩得一段豐致而已，明人則直從格調爲之。然而元人之豐致，非復唐人之豐致也；明人之格調，依然唐人之格調也。孰是孰非，自有能辨之者，又不消痛貶何、李始見眞際矣。〔註220〕

清初以來，主流詩派對宋詩的評價均不高，翁方綱於此卻有意擡高宋詩，這實則是其重學、重義理的詩學旨趣使然。而在宋代詩人中，他又特別推崇黃庭堅。

> 談理至宋人而精，說部至宋人而富，詩則至宋而益加細密，蓋刻抉入裏，實非唐人所能圍也。而其總萃處，則黃文節爲之提挈，非僅江西派以之爲祖，實乃南渡以後，筆虛筆實，俱從此導引而出。善夫劉後村之言曰：「國初詩人如潘閬、魏野，規規晚唐格調；楊、劉則又專爲昆體；蘇、梅二子，稍變以平澹豪俊，而和之者尚寡；至六一、坡公，歸然爲大家，學者宗焉。然二公亦各極其天才筆力之所至，非必鍛煉勤苦而成也。豫章稍後出，會粹百家句律之長，究極歷代體制之變，蒐討古書，穿穴異聞，作爲古律，自成一家，雖隻字半句不輕出，遂爲本朝詩家宗祖。」按此論不特深切豫章，抑且深切宋賢三昧。不然而山谷自爲江西派之祖，何得謂宋人皆祖之？且宋詩之大家無過東坡，而轉祧蘇祖黃者，正以蘇之大處，不當以

〔註219〕〔美〕哈羅得・布魯姆，《影響的焦慮》〔M〕，北京：三聯書店，1989 年，第 3 頁。

〔註220〕翁方綱，《石洲詩話》〔M〕，上海：上海古籍出版社，清詩話續編本，第 1427 頁。

南北宋風會論之，捨元祐諸賢外，宋人蓋莫能望其肩背，其何處而
祖之乎？呂居仁作《江西宗派圖》，其時若陳後山、徐師川、韓子蒼
輩，未必皆以爲銓定之公也。而山谷之高之大，亦豈僅與厭原一刻
爭勝毫釐！蓋繼往開來，源遠流長，所自任者，非一時一地事矣。
論者不察，而於《宋詩鈔》品之曰「宋詩宗祖，是殆必將全宋之詩
境與後村立言之旨，一一研勘也。觀其所鈔，則又不然，專以平直
豪放者爲宋詩，則山谷又何以爲之宗祖？蓋所鈔全集與其品山谷之
言，初無照應，非知言之選也。」〔註221〕

黃庭堅的「無一字無來歷」、「點鐵成金」、「脫胎換骨」實則是肌理說的注腳。
對於蘇軾，他批評吳之振的《宋詩鈔》刪去使事之詩就很不滿。

《宋詩鈔》之選，意在別裁眾說，獨存真際，而實有過於偏枯處，
轉失古人之真。如論蘇詩，以使事富縟爲嫌。夫蘇之妙處，固不在
多使事，而使事亦即其妙處。奈何轉欲汰之，而必如梅宛陵之枯淡、
蘇子美之松膚者，乃爲真詩乎？且如開卷《鳳翔八觀》詩，尚欲加
以芟削，何也？餘所去取，亦多未當。蘇爲宋一代詩人冠冕，而所
鈔若此，則他更何論！（同上，第1420頁）

翁方綱的批評是否恰當這值得商榷，我們由此可以看出其以學爲詩的詩學旨
向。翁方綱對以學問入詩津津樂道，不嫌其多，惟恐其少，認爲能夠鋪排學
問並非易事。

元相作《杜公墓係》有「鋪陳」、「排比」，「藩翰」、「堂奧」」之說，
蓋以「鋪陳終始，排比聲韻」之中，有「藩籬」焉，有「堂奧」焉。
語本極明。至元遺山作《論詩絕句》，乃曰：「排比鋪張特一途，藩
籬如此亦區區。少陵自有連城璧，爭奈微之識碔砆！」則以爲非特
「堂奧」，即「藩翰」亦不止此。所謂「連城璧」者，蓋即《杜詩學》
所謂參苓、桂術、君臣、佐使之說，是固然矣。然而微之之論，有
未可厚非者。詩家之難，轉不難於妙悟，而實難於「鋪陳終始，排
比聲律」，此非有兼人之力，萬夫之勇者，弗能當也。但元、白以下，
何嘗非「鋪陳」、「排比」！而杜公所以爲高曾規矩者，又別有在耳。
此仍是妙悟之說也。遺山之妙悟，不減杜、蘇，而所作或轉未能肩

視元、白，則「鋪陳」、「排比」之論，未易輕視矣。即如白之《和夢遊春》五言長篇以及《遊悟眞寺》等作，皆尺土寸木，經營締構而爲之，初不學開、寶諸公之妙悟也。看之似平易，而爲之實艱難。元、白之「鋪陳」、「排比」，尙不可躋攀若此，而況杜之「鋪陳」、「排比」乎？微之之語，乃眞閱歷之言也。自司空表聖造《二十四品》，抉盡秘妙，直以元、白爲屠沽之輩。漁洋先生韙之，每戒後賢勿輕看《長慶集》。蓋漁洋之教人，以妙悟爲主者，故其言如此。當時宣城施氏已有頓、漸二義之論，韓文公所謂「及之而後知，履之而後難」耳。（同上，第 1373～1374 頁）

翁方綱對元遺山的杜詩之論不以爲然，高度評價元稹理解杜詩「鋪陳」、「排比」，這種「鋪陳」、「排比」其實是誇炫學問、羅列典故，翁方綱如此持論，比江西派更爲狹隘，他對王士禎的神韻說、沈德潛的格調說是否眞的有深入瞭解還眞讓人懷疑。

1.3.3.3 文學、考據同服務於義理

翁方綱認爲義理乃是考證的目標，而文學又是以表現義理爲終極，因此，不管是經史考證還是文學，不歸依義理都是不可取的，他說：

考訂之學以衷於義理爲主，其嗜博嗜瑣者非也，其嗜異者非也，其矜己者非也，不矜己、不嗜異、不嗜博、嗜瑣而專力於考訂，斯可以言考訂矣，考訂者對空談義理之學而言之也。凡所爲考訂者欲以資義理之求是也，而其究也惟博辨之是炫而於義理之本然反置不問者，是即畔道之漸所由啓也。〔註 222〕（《考訂論上之一》）

有宋南渡以後，程學行於南，蘇學行於北，其一時才人俊筆，或未能深入古人膝理，而一二老師宿儒之傳，精義微言，專在講學，又與文家之妙，非可同條而語。至如南宋諸公之學，尤在精於考證，如鄭漁仲、馬貴與以逮王深寧，源遠流長，百年間亦須有所付受。入元之代，雖碩儒輩出，而菁華醞釀，合美爲難。虞文靖公承故相之世家，本草廬之理學，習朝廷之故事，擇文章之雅言，蓋自北宋歐、蘇以後，老於文學者，定推此一人，不特與一時文士爭長也。〔註 223〕

〔註 222〕翁方綱，《復初齋文集》〔M〕，臺北：文海出版社，1961 年，第 296～297 頁。
〔註 223〕翁方綱，《石洲詩話》〔M〕，上海：上海古籍出版社，清詩話續編本，第 1451 頁。

與多數漢學家相似，翁方綱認為文學的真髓並不在其自身，而在於由經史的學習所帶來的體悟，理論的深度決定了文學成就的大小，他說到：

> 吾所慮者不在質樸與華縟之分，而在義理與考證之分也。蓋學者苟能研究義理則其為文必漸能潤色，非至魯鈍者尚無難加以藻飾，是表裏本自一致，非所大患也。惟是義理之學至南宋而益精，然如陳北溪之《字義》，黃東發之《日抄》，鄭夾漈、馬貴與之《通考》，王伯厚之《玉海》諸編皆考證精密，實自南宋以後朱門弟子義理日精與考證合為一事。獨到明代士皆專習作比時文，以《大全》為根柢，束注疏於高閣，於是經生家終身莫知考證為何事。然究其原亦未嘗非宋朝諸儒不甚留意《爾雅》、《說文》有以啓之。（同上，蘇齋筆記：卷八，《文集五》）

他甚至認為「吳孟舉之鈔宋詩，若用其本領以鈔邵堯夫、陳白沙、莊定山諸公之詩，或可成一片段耳。」〔註224〕這簡直就是道學家的詩論，我們由此可以看出其崇尚義理本質。翁方綱的義理實則是程朱理學的義理，是有別於這一時期的新「義理」的，他與姚鼐一樣，都是程朱的忠實信徒，對違反程朱理學的都不遺餘力加以討伐。對當時以考據名重一時的戴震，他在《理說駁戴震作》批評道：

> 近日休寧戴震一生畢力於名物象數之學，博且勤矣，實亦考訂之一端耳。乃其人不甘以考訂為事而欲談性道以立異於程朱。就其大要，則言理力詆宋儒以謂理者是密察條析之謂，非性道統挈之謂，反目朱子性即理也。之訓謂入於釋老真宰真空之說，竟敢刊入文集，說理字至一卷之多。其大要則如此其反覆駁詰牽繞，諸語不必與剖說也，惟其中最顯者引經二處請略早之一。〔註225〕

信奉程朱理學，認為其教條不可懷疑，這是翁方綱落後於時代之處，也正因如此，他的詩論較多地帶上了衛道的色彩，與同時期的袁枚形成了一個對比。後世對翁方綱的肌理論批評多於贊同，劉聲木引乾嘉詩人施朝幹的話：

> 今之詩人，山經地志，鋪陳詼詭；《說文》、《玉篇》，穿鑿隱僻。方其伸紙揮毫，自謂綜千年、包六合，而作者之精神面目，邈絕不屬。

〔註224〕翁方綱，《石洲詩話》〔M〕，上海：上海古籍出版社，清詩話續編本，第1427頁。

〔註225〕翁方綱，《復初齋文集》〔M〕，臺北：文海出版社，1961年，第321頁。

是有文而無情，天下安用此無情之文哉！〔註226〕
這確實是深中肌理說的致命之處。

1.3.4　其他漢學家的觀點

1.3.4.1　錢大昕的融合理論

作爲乾嘉時期學術領袖，錢大昕對考據與文學之間關係的觀點可以說是很能代表時代的共識，他說：

> 嘗慨秦、漢以下，經與道分，文又與經分，史家至區道學、儒林、文苑而三之。夫道之顯者謂之文，六經子史皆至文也。後世傳文苑，徒取工詞翰者列之，而或不加察，輒嗤文章爲小技，以爲壯夫不爲，是恥鼛悦之繡，而忘布帛之利天下；執穰秕之細，而訾菽粟之活萬世也。公之學求道於經，以經爲文，當世推之曰通儒，曰實學，不敢厲以文士目公，而其文亦遂卓然必傳於後世，此之謂能立言者。昌黎不云乎：「言，浮物也。」物之浮者，罕能自立，而古人以立言爲不朽之一，蓋必有植乎根柢，而爲言之先者矣。草木之華，朝榮而夕萎；蒲葦之質，春生而秋槁，惡識所謂立哉！〔註227〕（《味經窩類序》）

錢大昕認爲道學、儒林、文苑本爲一，經、道與文不應人爲地分開。錢大昕所論「經與道分」是對宋儒強立道學的批評，他認爲經既是道，無有捨經之道，同樣地，文也是經之文，不能捨經而言文。這裡值得注意的是，錢大昕在談到詩文時強調的是「根柢」、「經」，而不是道，他對道是持批判態度的，這是漢宋之爭在文學上的反映，其經與文之關係也是多數漢學家的聲音。他認爲六經便是文的典範，後世爲文，必須以經、以學爲基礎，才能達到三者的合一，他在《甌北集序》中說道：

> 昔嚴滄浪之論詩謂：「詩有別材，非關乎學；詩有別趣，非關乎理。」而秀水朱氏譏之云：「詩篇雖小技，其原本經史。必也萬卷儲，始足供驅使。」二家之論幾乎枘鑿不相入。予謂皆知其一，而未知其二者。滄浪比詩於禪，沾沾於流派，較其異同，詩家門戶之別，實啓於

〔註226〕劉聲木，《萇楚齋隨筆》〔M〕，北京：中華書局，1998 年，第 10 頁。
〔註227〕錢大昕，《潛研堂文集》〔M〕，南京：江蘇古籍出版社，1997 年，第 414～415 頁。

此，究其所謂別材、別趣者，只是依牆畫壁，初非真性情所寓，而轉
蹈於空疏不學之習，一篇一聯，時復斐然，及取其全集讀之，則索
然盡矣。秀水謂詩必原本經史，固合於子美讀書萬卷，下筆有神之
旨，然使無真材逸趣以驅使之，則藻采雖繁，臭味不屬，又何以解
祭魚、點鬼、疥駱駝、掉書袋之誚乎！夫唯有絕人之才，有過人之
趣，有兼人之學，甩能奄有古人之長，而不襲古人之貌，然後可以
卓然自成一大家。今於耘松先生見之矣。（同上，第 418～419 頁）

錢大昕看到了創作主體的學識、才性、性情對詩歌創作的影響，持論不偏向
一方，這實在是很難得，在《春星草堂詩集序》，他說：

昔人言史有三長，愚謂詩亦有四長：曰才，曰學，曰識，曰情。放
筆千言，揮灑自如，詩之才也；含經咀史，無一字無來歷，詩之學
也；轉益多師，滌淫哇而遠鄙俗，詩之識也；境往神留，語近意深，
詩之情也。方其人心，有感天籟自鳴，雖村謠里諺，非無一篇一句
之可傳，而不登大雅之堂者，無學識以濟之也。亦有胸羅萬卷，采
色富贍，而外強中乾，讀未終篇索然意盡者，無情以宰之也。有才
而無情，不可謂之真才，有才情而無學識，不可謂之大才。尚稽千
古，兼斯四者代難其人。（同上，第 421 頁）

錢大昕強調才、學、識、情四者相輔相濟，這個持論是比較客觀的，比一般
漢學家重道輕文的見解要深刻得多。

1.3.4.2 杭世駿的學人詩理論

乾嘉時期，杭世駿以考據見長，他論詩主清貴，認為詩人應該具備學問
的根柢，他說：

詩無定格，以清貴為宗。有山水之助，不有雲霞之情，非清也；有
經籍之腴，不有高遠之見，非貴也。予嘗持是以論今詩，冷汰以立
幹，或迫筰而不揚；瀾浪以使才，或喧雜而無制。清固難，貴尤不
易也。〔註228〕（《馬思山南坨詩稿序》）

「清」是情景交融的藝術境界，「貴」是經史學識的豐腴之美，「清貴」其實
是將文學的審美意韻與經史學識緊密結合，相輔相成。杭世駿對學與詩應該
融合而一的觀點不是一般的泛泛而談，而是結合具體的實際來論述，這是很

〔註228〕杭世駿，《道古堂文集》，光緒十四年汪曾唯增修本影印，續修四庫全書本，
上海古籍出版社，2002 年，卷十。

難能可貴的。

> 詩緣情而易工，學徵實而難假。今天下稱詩者什之九，俯首而孜孜
> 於學者什不曾得一焉，習俗移人，轉相仿傚，即推之千百萬人而猶
> 不得一焉。豈非蹈虛者易爲力，徵實者難爲功乎？
>
> 間嘗遠引《三百》，取其略可曉者而諭之：「柳樹」、「雨雪」，便成瑰
> 辭；「一日」、「三秋」，動參妙諦。風人之致，小雅之材，茂矣美矣。
> 若夫歙《豳》以紀風土，涉渭而述艱難；「緝熙」、「宥密」，參性命
> 之精微；格廟、鄉親，通鬼神之嗜欲。斯時情窒而理不得伸，意窮
> 而辭不得騁，非夫官禮製作之手，大雅宏遠之才，純懿顯爍，蜚英
> 騰茂，固未易勝任而愉快也。故曰：三百篇之中，有詩人之詩，有
> 學人之詩。何謂學人？其在於商則正考父，其在於周則周公、召康
> 公、尹吉甫，其在於魯則史克、公子奚斯。之二聖四賢者，豈嘗以
> 詩自見哉？學裕於己，運逢其會，雍容揄揚，而雅、頌以作；經緯
> 萬端，和會邦國，如此其嚴且重也。後人漸昧斯義，勇於爲詩，而
> 憚於爲學，思義單狹，辭語陳因，不得不出於稗販剽窺之一途；前
> 者方積，後隨朽落，蓋即其甫脫口而即寓不可終日之勢，散爲飄風
> 鬼火者矣。余特以學之一字立詩之幹，而正天下言詩者之趨，而世
> 莫宗也。
>
> 或有詰余曰：鴻儒碩學，代不乏人，漢之服、鄭，唐之賈、孔，未
> 聞有名章秀句，流播儒林，度其初亦必執管而爲之，蹇拙不悅於口
> 耳，遂輟而不爲，則學適足爲詩之累，詩人之不盡由學審矣。
>
> 余應之曰：固也。自昌黎有於書無所不讀專以爲詩之識，而盧殷在
> 唐傳者十一詩，則子之說伸矣。少陵下筆有神，而乃云：「讀書破萬
> 卷。」則子之所云非篤論也。自滄浪有「詩有別才，不關學問」之
> 說，江西之派盛於南渡而宋弱，永嘉四靈之派行於宋而宋社遂屋。
> 然則詩非一家之事，識微之士，善持其敝、擔斯責者，固非空疏不
> 悅學之徒所能任矣。（《沈沃田詩序》，同上，卷十）

杭世駿論詩雖然重學，但他對過度重學識而缺乏個性色彩的作法感到不滿，
認爲應該在虛與實之間找到平衡的點。與乾嘉漢學家比，杭世駿的視野要開
闊得多，他不僅認識到學識到詩文創作的意義，而且還看到了社會生活對詩
文的影響，這在以考據是尚的乾嘉時代可以說是很難得的。他在《趙勿藥文

集序》中說：

> 吾所謂工者豈謂其能獵百氏之辭與調哉。吾未見不空百氏之所有而
> 能謂之工者也，亦未見不兼百氏之所無而能空百氏之所有者也。王介
> 甫之自言曰：「自百家諸子立書，至於難經素問本草諸小說，無所不
> 讀，農夫工女無所不問，然後於經能知其大體而無疑。」介甫之文具
> 在深求其所讀與所問，則固楞然一無所有也。夫楞然一無所有則何以
> 謂之介甫矣，而介甫之所以為介甫者則非以其能讀之，能問之而謂其
> 能空之也。誠夫之文於介甫不類世之人，卒亦未嘗以介甫目之即作者
> 亦不敢自目為介甫也，而吾獨以為能為介甫之文者誠夫也。何也？
> 為己能兼百氏之所有也，夫兼百氏之所有，而吾即以為能為介甫，非
> 為介甫者之若此易易也。為夫無介甫之所有而妍妍然，即蘄至於介
> 甫者之多，是所謂反踵卻行，愈求而愈不至者也。（同上，卷十）

兼通百氏而不囿於一派，注重文與社會的關係，杭世駿的文論有超出一般漢
學家之處。

1.3.4.3 全祖望的學人與詩人的觀點

全祖望精於經學與史學，經史上的成就沒有使他過低地貶斥文學，他從
經學與文學的歷史的角度，證明了兩者並行不礙。

> 因念世之操論者，每言學人不入詩派，詩人不入學派，吾友杭堇浦
> 亦力主之。余獨以為是言也，蓋為宋人發也，而殊不然。張芸叟之
> 學出於橫渠，晁景迂之學出於涑水，汪青溪、謝無逸之學出於滎陽
> 呂待講，而山谷之學出於孫莘老，心折於范正獻公醇夫，此以詩人
> 而入學派者也。楊尹之門而有呂紫薇之詩，胡文定公之門而有曾茶
> 山之詩，湍石之門而有尤遂初之詩，清節先生之門而有楊誠齋之
> 詩，此以學人而入詩派者也。章泉、澗泉之師為清江，栗齋之師為
> 東萊，西麓之師為慈湖，詩派之兼學派者也。放翁、千岸得之茶
> 山，永嘉四靈得之葉忠公水心，學派之中但分其詩派者也。安得以
> 後世之詩歧而二之，遂使三百篇之遺教自外於儒林乎？賦詩日工，
> 去道日遠，昔人所以箴後山者，謂其溺於詩也，非遂謂詩之有害於
> 道也。〔註229〕（《寶甄集序》）

〔註229〕全祖望，《全祖望集彙校集注》〔M〕，上海：上海古籍出版社，2000 年，第
606 頁。

全祖望用事實說明了詩與經可以相兼，他認為詩乃是表現人的性情的，人的性情與「道」並不矛盾。「然而詩之為道，蓋性靈之所在，不必謂大家之落筆皆可傳也，即景即物，會心不遠，脫口而出，或成名名，則非言門戶者所能盡也。」（同上）全祖望論詩文的文字不多，但持論還是比較通達的。

1.4 結 語

乾嘉時期，傳統的理學受到了批判，由考證以通經史被視為治學的正宗，長期以來不被重視的考據學一躍而成為學術的中心，經史考證成了學術的主流。傳統理學的影響使得乾嘉學者仔細辨析考據與義理、考據與經學之間的關係，在辯析中他們建立起了學術的門徑。在理學與考據學糾纏之際，文學創作的興盛又讓人們重視審視考據與文學、文學與經學的關係，文學陣營、理學陣營、考據陣營都在新的時代語境下對自身及相關領域進行了價值判斷，不同的觀念於些彙集而衝突、整合，理論上極具思辯性。乾嘉時期，考據學雖然與主流的性靈派詩學各異其趣，但在反理學上卻是一致的，這就使得強壓在文學身上的「理」得到了解放，文學開始從載道的工具論中解脫出來，開始思考自身的價值。通過爭論，文學與考據的學科意識、自主性大為增強，為學科的發展提供了很好的思路。值得注意的是，文學理論作為一個學科類別也在這時候被確立起來。紀昀在《四庫全書總目》「詩文評類」總述云：

> 文章莫盛於西漢，渾渾灝灝，文成法立，無格律之可拘。建安黃初，體裁漸備，故論文之說出焉，典論其首也。其勒為一書傳於今昔，則斷自劉勰、鍾嶸。勰究文體之源流而評其工拙，嶸第作者之甲乙而溯厥師承，為例各殊。至皎然詩式，備陳法律。孟本事詩，旁採故實；劉攽中山詩話、歐陽修六一詩話，又體兼說部。後所論著，不出此五例中矣。〔註230〕

紀昀在集部中列出「詩文評」一類，「詩文評類一」收錄的是詩歌批評理論著作，「詩文評類二」收錄的是文章批評理論著作。在對文學批評史的回顧中歸納出了五種批評形式：「究文體之源流而評其工拙」，這屬於文體研究；「第作者之甲乙而溯厥師承」，這是對作家的批評；「備陳法律」是對作詩技法、理

〔註230〕永瑢等纂，《四庫全書總目》〔M〕，北京：中華書局，1965年，第1779頁。

論的描述；「旁採故實」的本事詩是以詩敘事；詩話既涉及詩文評論又兼有以資閒談的敘事。紀昀的歸納大致反映了我國文學批評的實際，這其實是文學理論的成熟的表現。杜書瀛在《「中國文學批評史」應正名為「『詩文評』史」》一文中說道：

> 而到清代乾隆年間修《四庫全書》，「詩文評」在目錄學和分類學上正式成為一個獨立類別，而從學科和整個學術發展史的角度來說，也即表明它作為一門特殊學問和獨立學科的名稱得到文化界、學術界乃至全社會的普遍認可。至此，「詩文評」這門特殊學問和獨立學科，名至實歸，名正言順，「合理合法」地存在於世，並在歷史的、文化的、學科自身的各種力量的推波助瀾之下，大行其道，走向繁榮，走向它的「集大成」（郭紹虞語）時代。〔註231〕

在乾嘉時期，古代各種文化知識於此融彙一爐，「詩文評」這一學科名稱為人們所接受乃是歷史的必然，它實際上中國特色的文學理論，也是文學學科自覺的一大表現。

〔註231〕 杜書瀛，《「中國文學批評史」應正名為「『詩文評』史」》〔J〕，陝西師範大學學報，2011 年 7 月，第 5～11 頁。

第二章　唐宋之爭

　　唐詩和宋詩是中國詩歌在發展過程中形成的兩大傳統，也是詩歌的兩大財富，唐詩、宋詩的長短優劣之爭是中國千年詩論的公案。在中國詩歌發展的不同時期，兩大詩學傳統或明或暗地影響詩學的發展，如明前後七子尊唐黜宋，「於是稱詩者必曰唐詩；苟稱其人之詩爲宋詩，無異於唾罵。」〔註1〕而在清末，宋詩派興起，宋詩又爲人們所張揚，「合學人、詩人之詩二而一之」。錢鍾書說道：「唐詩、宋詩，亦非僅朝代之別，乃體格性分之殊。天下有兩種人，斯分兩種詩。唐詩多以豐神情韻擅長，宋詩多以筋骨思理見勝。」〔註2〕繆鉞先生在《論宋詩》中對兩者的區別更爲細緻：

> 唐詩以韻勝，故渾雅，而貴蘊藉空靈；宋詩以意勝，故精能，而貴深折透闢。唐詩之美在情辭，故豐腴；宋詩之美在氣骨，故瘦勁。唐詩如芍藥海棠，穠華繁采；宋詩如寒梅秋菊，幽韻冷香。唐詩如啖荔枝，一顆入口，則甘芳盈頰；宋詩如食橄欖，初覺生澀，而回味雋永。譬諸修園林，唐詩則如疊石鑿池，築亭闢館；宋詩則如亭館之中，飾以綺疏雕檻，水石之側，植以異卉名葩。譬諸遊山水，唐詩則如高峰遠望，意氣浩然；宋詩則如曲澗尋幽，情境冷峭。唐詩之弊爲膚廓平滑，宋詩之弊爲生澀枯淡。雖唐詩之中，亦有下開宋派者，宋詩之中，亦有酷肖唐人者；然論其大較，固如此矣。〔註3〕

〔註1〕 葉燮，《原詩》，見《原詩、一瓢詩話、說詩晬語》，人民文學出版社，1979年，第5頁。
〔註2〕 錢鍾書，《談藝錄》〔M〕，北京：三聯書店，2007年，第3頁。
〔註3〕 繆鉞，《詩詞散論》〔M〕，上海：上海古籍出版社，1982年，第36頁。

繆鉞先生的持論是很中肯，唐詩、宋詩雖然風味不一，但兩者的區分只是在相對意義上而言，並不是絕對的勢不兩立。在不同的歷史時期，宗唐、宗宋的呼聲此起彼伏，它們在被人們藉重的同時又不斷地給推陳出新。清代的詩歌並沒有創造出屬於自己特有的文學樣式，清人們沿著前人的開創的道路繼續前行，「現在和過去之間的區別在於有意識的現在認識過去時所採取的方式和所達到的程度是過去認識它自己時所不能相比的。」〔註4〕（《傳統與個人才能》）清人們在回頭仰視傳統的時候，傳統既成為他們創作的理論資源，又是他們前行中要跳出的鴻溝。在清代前期，各種風格的詩學迭代登場，彼此相持不下，多是以唐詩、宋詩為理論支撐，正如洪亮吉所說：

> 詩至今日，競講宗派，至講宗派，而詩之真性情真學識不出，嘗略論之。康熙中，主壇坫者，新城王尚書士禎，商丘宋尚書犖，新城源出嚴滄浪，詩品以神韻為宗，所撰《唐賢三昧集》，專主王、孟、韋、柳而已，所為詩，亦多近之，是學王、孟、韋、柳之派。商丘詩主條暢，又刻意生新，其源出於眉山蘇氏，遊其門者，如邵山人長蘅等，亦皆靡然從風。同時海鹽查編修慎行亦有盛名，又源出於劍南陸氏，是又學蘇、陸之派；秀水朱檢討彝尊，始則描摹初唐，繼則泛濫北宋，是又初唐北宋之派；博山趙宮贊執信，復矯王、宋之弊，持論一準常熟二馮，以唐溫、李為極則，是又學溫、李之派。迨乾隆中葉，長州沈尚書德潛，以詩名吳下，專以唐開元、天寶為宗，從之遊者，類皆摩取聲調，專講格律，而真意漸漓，是又學開元、天寶之派。蓋不及百年，詩凡數變，而皆不出各持宗派，何則才分獨有所到，則嗜好各有所偏，欲合之，無可合也。〔註5〕（《卷施閣集甲集·西溪漁隱詩序》）

誠然，從清初到中葉，各種詩學理論在傳承與鬥爭中完成其理論的構建，這一構建的過程無一不是從傳統的泥潭中拔足而出。如清代初期的詩壇，王士禎倡導神韻說，論詩宗王孟一派，成為「一代正宗」，在清初影響很大，而其詩論是在對傳統的思辨中建立起來的。

　　嚴滄浪論詩，特拈「妙悟」二字，及所云「不涉理路，不落言詮」，

〔註4〕　〔英〕托·斯·艾略特，《艾略特文學論文集》〔M〕，南昌：百花洲文藝出版社，2010年，第4頁。

〔註5〕　洪亮吉，《洪亮吉集》〔M〕，北京：中華書局，2001年，第218～219頁。

又「鏡中之象，水中之月，羚羊掛角，無迹可尋」云云，皆發前人
未發之秘。而常熟馮班詆諆之不遺餘力，如周興、來俊臣之流，文
致士大夫，鍛煉羅織，無所不至，不謂風雅中乃有此《羅織經》也。
昔胡元瑞作《正楊》，識者非之。近吳殳修齡作《正錢》，余在京師
亦嘗面規之。若馮君雌黃之口，又甚於胡、吳輩矣。此等謬論，爲
害於詩教非小，明眼人自當辨之。至敢詈滄浪爲「一竅不通，一字
不識」，則尤似醉人罵坐，聞之唯掩耳走避而已。〔註6〕

王士禎借助於嚴羽的「妙悟」論倡導神韻說，這其實是以唐爲宗。他以神韻
之「神」補貌襲唐人之空，同時對宋詩也有所相容，在與吳修齡、趙執信等
人的論辯中雖然比較持正，但也免不了門戶之見。

　　清初面臨的最直接的文學遺產是明代的前後七子，「文必秦漢，詩必盛唐」
的門戶之爭給清人留下了提供了借鑒的鏡子，辨析前後七子是清代初期至中
葉人們熱議的話題。清初，不少學者已開始有意識地借鑒宋詩，顧炎武、錢
謙益、朱彝尊等人主張兼取唐宋，而黃宗羲、吳之振、查愼行等人更是直取
宋詩，特別是吳之振的《宋詩鈔》的刊行將宗宋風氣推到了一個高潮。這正
如納蘭性德所言：「十年前之詩人皆唐之詩人也，必嗤點夫宋；近年來之詩人
皆宋之詩人，必嗤點夫唐。」〔註7〕（《原詩》）這話雖然說得有點絕對，但大
體還是符合清初詩壇的實際的。對明七子的思辨讓人們在唐、宋之間取捨，
唐詩、宋詩之爭是清初詩論張力之所在，即使是詩壇盟主王士禎也經歷了「中
歲越三唐而事兩宋」的變化。清初唐宋之爭其實不僅僅是詩學觀念之爭，它
與當時的社會意識形態有著緊密的聯繫，清初對瘦硬的宋詩的繼承是在意識
深處對異族的排斥，而宗唐詩派也與統治階級的政治高壓和日益興盛的王朝
有關。當然，也有跳出唐宋之爭而思考詩的本質的，如全祖望說到：「然而詩
之爲道，蓋性靈之所在，不必謂大家之落筆皆可傳也，即景即物，會心不遠，
脫口而出，或成名句，則非言門戶者所能盡也。」〔註8〕

　　如果說清初的遺民詩人們還在對故國的懷念中不忘傳誦宋詩、宣揚宋
詩，與唐詩冰火，那麼到了乾嘉，清王朝正統地位的鞏固使得這種聲音就很

〔註6〕　王士禎，《分甘餘話》〔M〕，北京：中華書局，1989 年，第 37 頁。
〔註7〕　納蘭性德，《納蘭成德詩集、詩論箋注》〔M〕，太原：山西人民出版社，1988
　　　　年，第 209 頁。
〔註8〕　全祖望，《全祖望集彙校集注》〔M〕，上海：上海古籍出版社，2000 年，第
　　　　1247 頁。

微弱了，而乾嘉考據學的興起在一定程度上對虛靈的唐音也日益給學識化了。在對明前後七子的宗唐與康熙年間宗宋的反思中，乾嘉時期的詩學理論呈現出集成的特色，消融門戶之爭，兼取唐宋所長成爲共識。

乾隆前期，沈德潛的「格調」說主詩韻與「關係」，其選編的《唐詩別裁集》影響極大，爲唐詩學的普及與傳播作了了貢獻。沈德潛的詩論乃是承王士禎，其宗唐的傾向是很明顯的，但在「格調」的統領下，他仍有《宋金三家詩選》，「非必如嘉隆以後言詩家尊唐黜宋，概以宋以後詩爲不足存而棄之也。」〔註9〕對宋詩的相容由此可見一斑。其後袁枚的性靈詩派佔據了主導地位，「在當時，整個的詩壇上似乎只見他（袁枚）的理論，其他作風，其他主張，都成爲他的敗鱗殘甲。」〔註10〕郭紹虞先生的評價或許有失公允，但性靈派成爲乾嘉詩壇的中堅卻是不可否認的事實。以袁枚爲首的性靈一派論詩反對分唐界宋，「夫詩無所謂唐宋也。唐宋者，一代之國號耳，與詩無與也。」主張多種風格並存，這對打擊復古主義和門戶之爭具有挽救時代的意義。考據學風下形成的肌理派自稱是傳承了王士禎的神韻說，其實是借屍還魂，以宋律唐，其整合唐宋的傾向更明顯。與此同時，宗唐與宗宋的詩學在此時並沒有消失，多種詩論主張這時並沒有明顯的衝突，只是到了嘉道時期，宋詩運動興起，唐詩學才受到了很大的衝擊。綜觀乾嘉時期的詩學理論，我們不難發現，不管是以唐格宋的沈德潛還是以宋律唐的翁方綱，他們在詩論上都顯示出了唐宋整合與集成的特色，「文必秦漢，詩必盛唐」在乾嘉已難覓其迹。

2.1 唐宋調和的成因

2.1.1 民族矛盾的緩和與社會經濟的發展

明末清初「天崩地解」的社會動蕩讓遺民們不得不在出處上作出艱難的選擇，而到了乾隆時期，經過幾代皇帝的努力，清王朝的正統地位逐漸爲人們所接受，民族矛盾在很大程度上得到了緩解。清代慣例，遺民子孫入職官府已不被認爲是失節，長期以來壓在人們頭上的名節觀念到乾嘉時期已不復

〔註 9〕 沈德潛輯，《宋金三家詩選》，乾隆三十四年刻本影印，齊魯書社，1983 年，序頁。

〔註10〕 郭紹虞，《中國文學批評史》〔M〕，上海：上海書店，1989 年，第 566 頁。

存在，通過科舉奉身進職成爲士人們的理想。乾隆時期，隨著社會的穩定，各地的經濟也得到了恢復，東南沿海除了農業得到恢復發展外，資本主義性質的手工業得到了恢復和發展。龔煒記載道：「吳俗奢靡爲天下最，日甚一日而不知返，安望家給人足乎？予少時，見士人僅僅穿裘，今則里巷婦孺皆裘矣；大紅線頂十得一二，今則十八九矣；家無擔石之儲，恥穿布素矣；圍龍立龍之飾，泥金剪金之衣，編戶僭之矣。飲饌，則席費千錢而不爲豐，長夜流湎而不知醉矣。」〔註11〕社會政治經濟雖然不能直接左右文學，但在文學研究時我們是不能忽略的，「要瞭解某一個國家的科學思想史或藝術史，只知道它的經濟是不夠的。必須知道如何從經濟進而研究社會心理；對於社會心理若沒有精細的瞭解，思想體系的歷史唯物主義解釋根本就不可能。」〔註12〕經濟的發展帶來了生活的奢靡，唐宋詩詞的高雅格調已不爲時人所取，小說、戲曲等通俗藝術獲得了長足發展，休閒性、娛樂性的文藝作品成了時代的主流，文學創作大眾化的浪潮消融了唐宋之爭的偏激性，主導乾嘉詩壇的性靈派的出現其實是東南沿海市民階層的壯大的表現。清初瘦硬冷澀的宋詩風在意識形成變更之際失去了存在的時代語境，優遊靈空的唐風雖然隨著盛世的出現而趨熾，但在樸實學風的浸染之下少了幾人靈氣，文學發展的日益大眾化使得詩論的品位有所下移。

2.1.2 統治階級的有意引導

滿族入主中原，曾受到漢人士民持續的抵抗，雙方都爲此付出了巨大的代價，經過歷代的強力經營，到了康熙中期，基本上完成了統一，王權得到了鞏固。清王朝在政治上取得了統一，建立起了強大的帝國，最高統治在刀光火劍的戰爭中認識到了文化認同的重大意義，統治政策也由武力向文化控制傾斜。清朝歷代最高統治者在入關前就非常注重漢文化的學習，入主中國後，學習漢文化成了一種自覺的行爲。

> 本朝家法之嚴，即皇子讀書一事，已迥絕千古。余內直時，屆早班之期，率以五鼓入，時部院百官未有至者，惟內府蘇喇數人（謂閒散白身人在內府供役者）。往來。黑暗中殘睡未醒，時復倚柱假寐，然已隱隱望見有白紗燈一點入隆宗門，則皇子進書房也。吾輩窮措

〔註11〕 龔煒，《巢林筆記》〔M〕，臺北：新興書局，1983年，第113頁。
〔註12〕 普列漢諾夫，《普列漢諾夫哲學著作選集》〔M〕，北京：三聯書店，1961年，第2卷，第272頁。

　　大專恃讀書為衣食者，尚不能早起，而天家金玉之體乃日日如是。
　　既入書房，作詩文，每日皆有程課，未刻畢，則又有滿洲師傅教國
　　書、習國語及騎射等事，薄暮始休。然則文學安得不深？武事安得
　　不嫻熟？宜乎皇子孫不惟詩文書畫無一不擅其妙，而上下千古成敗
　　理亂已了然於胸中。以之臨政，復何事不辦？因憶昔人所謂生於深
　　宮之中，長於阿保之手，如前朝宮庭間逸惰尤甚，皇子十餘歲始請
　　出閣，不過官僚訓講片刻，其餘皆婦寺與居，復安望其明道理、燭
　　事機哉？然則我朝諭教之法，豈惟歷代所無，即三代以上，亦所不
　　及矣。〔註13〕（《皇子讀書》）

正是對漢文化的刻苦學習，康、雍、乾三朝皇帝文化水平之高，在歷代帝王
是很少見的。清代最高統治階層對漢文化的學習一方面是對漢文化的體認，
另一方面是想通過對文化的控制穩定其統治。康熙在《四書講義序》中說道：
「萬世道統所傳，即萬世治統之所繫也」，「道統在是，治統也在是也。」與
武力強奪相比，文化上「道統」地位的確立任重而道遠，它涉及深層次的民
族認同感。而要獲得漢民族的認同，狹隘的門戶之爭只會加劇共同體認同感
的分裂，無助於維繫穩定的共同文化價值。無論是在政治上的黨朋之爭還是
在文學上的結社，清代最高統治階層都保持著高度的警惕。清代乾隆年間的
史學家趙翼曾經指出：「東漢及唐、明三代，宦官之禍最烈。」在對歷史的回
顧中，清代統治階級就不斷告誡人們，明代的亡國一個重要的原因便是門戶
之爭，為了避免重蹈覆轍，他們努力排除各種門戶紛爭。乾隆說：「近閱諸臣
中亦尚無擅權專恣之人，但恐竟見各有不同，或於滿漢之間稍存分別，致有
各立門戶之意，此即將來朋黨之漸，其為國家之患甚大，此等時雖未顯有形
迹但不可不豫為防維。」〔註14〕「前明言官各立門戶，互相排擊，矢口譏訕，
以致混淆國是釀成尾大不掉之患。近來御史各逞胸臆，非藉以沽譽，即意在
徇私……非所應言之事而亦肆其簧鼓……此風斷不可長。」（同上，卷 136，
乾隆六年二月上戊申條，第 969a～969b 頁）明代黨朋結社具有很強的政治性，
而在清代，在政治與文化高壓之下，政治上的朋黨不斷地給打擊，文人結社
幾乎無涉政治。與此意識形態相適應，文學上獨尊一方已不適合時代的需要，

〔註13〕趙翼，《簷曝雜記》〔M〕，北京：中華書局 1990 年，第 8 頁。
〔註14〕見《清高宗純皇帝實錄》，卷六十六，乾隆三年四月上甲申條，中華書局，1986
　　　　年，頁 67a。

釐清歷史的脈絡，廣泛接受各個時代的成果更適合治統體系的構建。乾隆在《皇清文穎》的序言中寫道：「昔之論文，以代爲次者，於漢則有《西漢文類》，唐則有《文苑英華》、《唐文粹》，宋則有《文海》、《文鑒》，元則有《文類》，明則有《文衡》，皆博綜一代著作之林，無體不備。今是編惟取經進之作、朝廷館閣之篇，與諸書不異。然以觀斯文風尙，當有取焉。在《易》渙之象曰：風行水上。善立言者，以爲天地自然之文，而序卦受之以節，言文之不可過也。繼之以中孚，言有實也。節而不流，徵之以信，有典有則，可久之道，其在斯乎！」〔註15〕在建立當代文統的時候，乾隆以整個文學史爲參照系，在對歷史的追述中完成文統的構建，排除了偏局一隅的近視性，這種文化的寬容性與大一統的政治需求是相一致的。

乾隆在《御選唐宋詩醇》除了宣揚「溫柔敦厚」的詩教外，他在推重唐詩的同時也爲宋詩保留了一定的地位，他在《序》說道：

> 文有唐宋大家之目，而詩無稱焉者。宋之文足可以匹唐，而詩則實不足以匹唐也。既不足以匹，而必爲是選者，則以唐宋文醇之例。有文醇不可無詩醇，且以見二代盛衰之大凡，示千秋風雅之正則也。文醇之選，就向日書窗校閱所未畢，付張照足成者，茲詩醇之選！則以二代風華，此六家爲最。時於幾暇偶一涉獵，而去取評品，皆出於梁詩正等，數儒臣之手。夫詩與文豈異道哉？昌黎有言：「氣盛，則言之短長與聲之高下皆宜。」然五三六經之所傳，其以言訓後世者，不以文而以詩，豈不以文尚有鋪張揚屬之迹，而詩則優遊饜飫入人者深？是則有文醇，尤不可無詩醇也。六家品格與時會，所遭各見於本集小序，是編彙成梁詩正等，請示其梗概，故爲之總敍如此。〔註16〕（《原序》）

在隨後的《凡例》裏，將唐宋六大家並列「名家」，唐宋調和的聲音可見一斑。

> 唐宋人以詩鳴者，指不勝屈；其卓然名家者，猶不減數十人。茲獨取六家者，謂惟此足稱大家也。大家與名家猶大將與名將，其體段正自不同。李杜一時瑜亮，固千古稀有。若唐之配白者，有元宋之

〔註15〕鄂爾泰、張廷玉等纂，《國朝宮史》〔M〕，北京：北京古籍出版社，1987年，第632頁。

〔註16〕清高宗弘曆，《唐宋詩醇》，《四庫全書》文淵閣本。

繼蘇者，有黃在當日，亦幾角立爭雄。而百世論定，則微之有浮華而無忠愛。魯直多生澀而少渾成，其視白蘇較遜。退之雖以文爲詩，要其志在直追李杜，實能拔奇於李杜之外。務觀包含宏大，亦猶唐有樂天。然則騷壇之大將，旗鼓捨此何適矣？〔註17〕（《凡例》）

難能可貴的是，乾隆用色筆對唐宋名家的點評對後來的詩文評論產生指導意義，其中比較明顯的便是《四庫全書》對《唐宋詩醇》的評價：

凡唐詩四家：曰李白、曰杜甫、曰白居易、曰韓愈。宋詩二家：曰蘇軾、曰陸游。詩至唐而極其盛，至宋而極其變。盛極或伏其衰，變極或失其正。亦惟兩代之詩最爲總雜，於其中通評甲乙，要當以此六家爲大宗。蓋李白源出《離騷》，而才華超妙，爲唐人第一；杜甫源出於《國風》、二雅，而性情眞摯，亦爲唐人第一。自是而外，平易而最近乎情者，無過白居易；奇創而不詭乎理者，無過韓愈。錄此四集，已足包括眾長。至於北宋之詩，蘇、黃並驚；南宋之詩，范、陸齊名。然江西宗派，實變化於韓、杜之間。既錄杜、韓，可無庸復見。《石湖集》篇什無多，才力識解亦均不能出《劍南集》上，既舉白以概元，自當存陸而刪范。權衡至當，洵千古之定評矣。考國朝諸家選本，惟王士禎書最爲學者所傳。其古詩選，五言不錄杜甫、白居易、韓愈、蘇軾、陸游，七言不錄白居易，已自爲一家之言。至《唐賢三昧集》，非惟白居易、韓愈皆所不載，即李白、杜甫亦一字不登。蓋明詩摹擬之弊，極於太倉、歷城；纖佻之弊，極於公安、竟陵。物窮則變，故國初多以宋詩爲宗。宋詩又弊，士禎乃持嚴羽餘論，倡神韻之説以救之。故其推爲極軌者，惟王、孟、韋、柳諸家。然詩三百篇，尼山所定，其論詩一則謂歸於溫柔敦厚，一則謂可以興觀群怨。原非以品題泉石，摹繪煙霞，洎乎畸士逸人，各標幽賞，乃別爲山水清音，實詩之一體，不足以盡詩之全也。宋人惟不解溫柔敦厚之義，故意言幷盡，流而爲鈍根。士禎又不究興觀群怨之原，故光景流連，變而爲虛響。各明一義，遂各倚一偏。論甘忌辛，是丹非素，其斯之謂歟？茲逢我皇上聖學高深，精研六義，以孔門刪定之旨，品評作者，定此六家，乃共識風雅之正軌。臣等循環雒誦，實深爲詩教幸，不但爲六家

〔註17〕清高宗弘曆，《唐宋詩醇》，《四庫全書》文淵閣本。

幸也。〔註18〕

文學的選本是文學思想的實踐，乾隆的六家之選可以說是持衡之論，以唐宋六家爲宗，這就爲詩學的持論埋下了基調。清代的詩學理論基本是建立對明代前後七子的復古和公安派的反思的基礎上，前後七子的復古、擬古在乾嘉時期已被廣泛地批判，而公安派的空疏淺俗也爲人們所不齒，乾嘉畢竟是一個崇尚博學的時代。人們對復古和公安性靈派有所不滿，學習古人特別是唐宋文學的優秀傳統成了一個基本的共識，在學習基礎上進行創新也被人們所認識，他們都以能融彙百家而自成一家爲榮。四庫館的主持紀昀在《鶴街詩稿序》中說到：「從擬議之說最著者無過青丘，仿漢魏似漢魏，仿六朝似六朝，仿唐似唐，仿宋似宋，而問青丘之體裁如何，則莫能答也。從變化之說最著者無過鐵崖，怪怪奇奇，不能方物，而卒不能解文妖之目，其亦勞而鮮功乎？」〔註19〕認識到兩者的偏頗，紀昀認爲詩文的發展乃一正一變，他說道：

> 文章一道，則源流正變，其說甚長，必以晦庵一集律天下萬世，而詩如李杜，文如韓歐，均斥之以衰且壞，此一家之私言，非千古之通論也。〔註20〕

紀昀認爲古今詩文流變，各朝自有其成就，泥於一派、一朝並非確論，他在對歷代詩文的批評中堅持著這一原則：

> 三代有三代之音，秦漢有秦漢之音，晉宋有晉宋之音，齊梁有齊梁之音。自唐以後有唐以後音。猶之籀變而篆，篆變而隸，隸變而行。因革損益，輾轉漸移，不全異亦不全同，不能拘以一律。〔註21〕

清人吳綺在《宋金元詩詠》認爲宋元詩與唐詩有「天淵之別」，紀昀對此批評道：

> 一朝之詩，各有體裁，一家之詩，各有面目。江淹所謂楚謠、漢風既非一骨，魏制、晉造固已二體。蛾眉詎同貌而俱動於魂，芳草寧其氣而皆悅於魄者也。必以唐法律宋、金、元而宋、金、元之本眞隱矣。即如唐人之詩，又豈可以漢、魏、六朝繩之。漢、魏、六朝

〔註18〕永瑢等纂，《四庫全書總目》〔M〕，北京：中華書局，1965年，第1728頁。

〔註19〕紀昀，《紀文達公遺集》，嘉慶十七年紀樹馨刻本，北京師範大學圖書館藏，卷九。

〔註20〕永瑢等纂，《四庫全書總目》〔M〕，北京：中華書局，1965年，第1432頁。

〔註21〕永瑢等纂，《四庫全書總目》〔M〕，北京：中華書局，1965年，第1772頁。

又豈可以風、騷繩之哉？〔註22〕

四庫館的聲音代表了時代的主流觀點，我們由此不難發現，集成與融合乃是
乾嘉時期詩學的時代要求，錢泳說道：

> 詩之爲道，如草木之花，逢時而開，全是天工，並非人力。溯所由
> 來，萌芽於《三百篇》，生枝布葉於漢、魏，結蕊含香於六朝，而盛
> 開於有唐一代，至宋、元則花謝香消，殘紅委地矣。間亦有一枝兩
> 枝晚發之花，率精神薄弱，葉影離披，無復盛時光景。若明之前後
> 七子，則又爲刮絨通草諸花，欲奪天工，頗由人力。迨本朝而枝條
> 再榮，群花競放，開到高、仁兩朝，其花尤盛，實能發泄陶、謝、
> 鮑、庾、王、孟、韋、柳、李、杜、韓、白諸家之英華，而自出機
> 杼者，然而亦斷無有竟作陶、謝、鮑、庾、王、孟、韋、柳、李、
> 杜、韓、白諸家之集讀者。花之開謝，實由於時，雖爛漫盈園，無
> 關世事，則人亦何苦作詩，亦何必刻集哉？覆醬覆醅，良有以也。
>
> 〔註23〕

在古人豐富的遺產面前，乾嘉時期的人們並沒有退縮，他們仍然相信在繼承
前人的基礎上能夠創造出一個新的歷史經典，「本朝七律，金聲玉振，不特
勝於有明一代，直可超出宋、元，而亦有高出唐人者，可謂極一時之盛。」
〔註24〕清人是否能眞的超越唐人，我們不敢亂下斷語，但是從他們的自信中
我們看出了他們積極傳承、勇於創新的精神。

2.1.3 文學觀念的自身演變

文學觀念雖然受到一定的社會政治、經濟的影響，但作爲一種審美，文
學仍然具有自身的發展規律。余英時先生認爲，「思想史研究如果僅從外緣著
眼，而不深入『內在理路』，則終不能儘其曲折，甚至舍本逐末。」〔註25〕文
學史的研究又何嘗不如此，文學作爲一種特殊的意識形態，也有其自身相對
的獨立性，紀昀說道：

〔註22〕 永瑢等纂，《四庫全書總目》〔M〕，北京：中華書局，1965 年，第 1769 頁。
〔註23〕 錢泳，《履園談詩（清詩話本）》〔M〕，上海：上海古籍出版社，1978 年，第 872 頁。
〔註24〕 錢泳，《履園談詩（清詩話本）》〔M〕，上海：上海古籍出版社，1978 年，第 891 頁。
〔註25〕 余英時，《論戴震與章學誠》〔M〕，北京：三聯書店，2005 年，第 3 頁。

三古以來文章日變，其間有氣運焉，有風尚焉。史莫善於班馬，而班馬不能爲尚書春秋，詩莫善於李杜，而李杜不能爲三百篇，此關乎氣運者也。至風尚所趨，則人心爲之矣，其間異同得失，縷數難窮。大抵趨風尚者三途：其一厭故喜新，其一巧投時好，其一循聲附和，隨波而浮沉。變風尚者二途：其一乘將變之勢，鬥巧爭長，其一則於積壞之餘，挽狂瀾而反之正。若夫不沿頹弊之習，亦不欲黨同伐異，啓門戶之爭，孑然獨立，自爲一家，以待後人之論定，則又於風尚之外，自爲一途焉。〔註26〕（《愛鼎堂遺集序》）

各種詩學思想的迭代更替乃是一個歷史事實，其間既有「氣運」原因，也有「風尚」原因，紀昀對文學發展變化的分析是符合中國文學發展的狀況的。

清代的詩學是在繼承、反思明代中構建起來的。明清之際，前後七子的復古論雖然仍然有一定的市場，但在爭論中復古的弊病也日益顯露，錢謙益批評道：

獻吉以復古自命，曰古詩必漢魏，必三謝；今體必初盛唐，必杜；捨是無詩焉。率率模擬剽賊於聲句字之間，如嬰兒之學語，如桐子之洛誦，字則字，句則句，篇則篇，毫不能吐其心之所有，古之人固如是乎？〔註27〕

清初遺民們對七子黨朋之爭很不滿，錢謙益對七子的批評廓清了七子的面目，與清初的意識形態是相適應的。錢謙益雖然極力批判七子，但在清初社會動蕩之際，唐音也與動蕩時代不諧，康熙年間吳之振刊行《宋詩鈔》，稱「黜宋詩者曰腐，此未見宋詩也。宋人之詩，變化於唐，而出其所自得，皮毛落盡，精神獨存。」〔註28〕《宋詩鈔》的刊行掀起了一股宋詩熱，宗唐的王士禎也加入到了這個行列。宋詩的熱潮在一定程度上說乃是故國遺民在易代之際的心靈感愴，毛奇齡對此評論道：

益都師相嘗率同館集萬柳堂，大言宋詩之弊，謂開國全盛，自有氣象，驚此怵涼鄙弇之習，無論詩格有陞降，即國運盛殺，於此繫之，

〔註26〕 紀昀，《紀文達公遺集》，嘉慶十七年紀樹馨刻本，卷九，北京師範大學圖書館藏。

〔註27〕 錢謙益，《列朝詩集小傳》〔M〕，上海：上海古籍出版社，1957年，第311～312頁。

〔註28〕 吳之振輯，《宋詩鈔》〔M〕，北京：中華書局，1986年，序頁。

不可不飭也。〔註29〕

毛奇齡在意識形態上對宋詩派持批判的態度，認為與蒸蒸日上的國勢不相適應，其實宗宋之弊在這時也日益顯露，田同之說道：

> 今之言詩者，多棄唐主宋，下取蘇、黃、楊、陸之體制，而又遺其神明，獨拾瀋滓，無怪乎高者肆而下者俚，博者縛而約者疏，一切粗厲、噍殺、生澀、平熟、俗直之音，彌漫於聲調間也。〔註30〕

王士禎在短暫推宋之後又回到了唐音，倡導神韻並成為康熙年間的主流詩派。而宗宋詩風也並沒有消失，雍正至乾隆初年，以厲鶚為代表的浙派又掀起了宗宋的新風。到了乾隆時期，康雍年間的唐宋之爭已被人們所厭棄，純粹一種風格已不能滿足人們的審美需要，融合不同的詩學風格，吸收各種詩學營養幾乎成了這一時期的共識。紀昀在《瀛奎律髓誤序》中就對清初的這種宗派學風深為不滿，「顧虛谷左祖江西，二馮雙左祖晚唐，冰炭相激，負氣詬爭，遂並其精確之論，無不深文以詆之，矯枉過直，亦未免轉惑後人。」〔註31〕紀昀認為文學的每一次發展變化都會有利有弊，文學正是在這種「救弊」中不斷前進，固守一種風格必成歷史笑柄。他在《冶亭詩介序》中說：

> 夫文章格律與世俱變者也。有一變必有一弊，弊極而變又生焉。互相激，互相救也。唐以前毋論矣，唐末詩猥瑣，宋楊、劉變而典麗，其弊也靡。歐、梅再變而理暢，其弊也率。蘇、黃三變而恣逸，其弊也肆。范、陸四變而工穩，其弊也襲。四靈五變，理賈島、姚合之緒餘，刻畫纖微，至江湖末派，流為鄙野，而弊極焉。元人變為幽豔，昌谷、飛卿遂為一代之圭臬。詩如詞矣，鐵厓矯枉過直，變為奇詭，無復中聲。明林子羽輩倡唐音，高青邱輩講古調，彬彬然始歸於正。三楊以後臺閣體興，沿及正嘉，善學者為李茶陵，不善學者遂千篇一律，塵飯土羹。北地、信陽挺然崛起，倡為復古之說，文必宗秦漢，詩必宗漢魏，踔厲縱橫，鏗鏘震耀，風氣為之一變，未始非一代文章之盛也。久而至於後七子，剿襲摹擬，煙釭成窠臼。其間槎枒而出者，公安變以纖巧，竟陵變以冷峭，雲間變以繁縟，如塗塗附，無以相勝也。

〔註29〕 毛奇齡，《西河詩話》，宣統三年石印本，卷五。

〔註30〕 田同之，《西圃詩說》，清詩話續編本，上海古籍出版社，1983年，第763頁。

〔註31〕 紀昀，《紀文達公遺集》，嘉慶十七年紀樹馨刻本，卷九，北京師範大學圖書館藏。

國初變而學北宋，漸趨板實。故漁洋以清空縹緲之音，變易天下之耳目，其實亦仍從七子舊派神明運化而出之。趙秋谷掊擊百端，漁洋不怒。吳修齡目以清秀李於鱗則銜之終身，以一言中其隱微也。故七子之詩雖不免浮聲而終爲正軌。吐其糟粕咀其精英，可由是而盛唐、而漢魏。惟襲其面貌，學步邯鄲，乃至如馬首之絡，篇篇可移，如土偶之衣冠，雖繪畫而無生氣耳。（同上）

作爲文化政策的代表聲音，紀昀的批評是爲時代所廣泛認同的。凌廷堪在《墨波堂詩集序》中也表達了相近的看法，他說：

十五國風有正有變，大小二雅亦有正有變。風雅且然，唐宋以下何論焉。唐人之詩有正有變，宋人之詩亦有正有變。唐詩之變，變而不失其正者也。宋詩之變，有變而不失其正者，有變而失其正者。學邯鄲之步，去風雅彌遠矣。故詩當論正變，不必分唐宋也。元裕之云：「蘇門果有忠臣在，肯放坡詩百態新。」又云：「奇外無奇更出奇，一波纔動萬波隨。」其曰新者，則變之謂也。其曰奇外出奇者，則變而失其正之謂也。今之翻新鬥奇者，日出不窮，一無倡之，百夫和之，其於唐人之詩，不啻魏文侯之聽古樂矣。……竊謂今之翻新鬥奇者，莫不極力推崇宋人矣，果能沿波討源眞見其精神之所聚乎？抑隨眾口而交毀譽也？又莫不同聲抵排明七子矣，果能批郤導窾直指其癥結之所在乎？抑隨眾口而交譽也？夫文勝則救之以質，質勝則救之以文。公安、竟陵之取宋人譏七子，蓋生唐風既盛之後而思有以救之，不自知其矯枉之過正也。今之談藝家自謂翻新鬥奇，而不知適蹈公安、竟陵之故轍。〔註32〕

凌廷堪以詩歌史的發展來看待唐宋之爭，認爲詩歌只存在正變，不存在唐宋，唐宋只是詩歌歷史發展過程中的一個環節，他的這種循環論與葉燮的復變論是一致的。錢大昕在總結詩歌發展時說道：

昔嚴滄浪之論詩謂：「詩有別材，非關乎學；詩有別趣，非關乎理。」而秀水朱氏譏之云：「詩篇雖小技，其原本經史。必也萬卷儲，始足供驅使。」二家之論幾乎柄鑿不相入。予謂皆知其一，而未知其二者。滄浪比詩於禪，沾沾於流派，較其異同，詩家門户之別，實啓於此，究其所謂別材、別趣者，只是依牆畫壁，初非眞性情所寓，

―――――――――
〔註32〕凌廷堪，《校禮堂文集》〔M〕，北京：中華書局，1998年，第259～260頁。

　　而轉蹈於空疏不學之習，一篇一聯，時復斐然，及取其全集讀之，
　　則索然盡矣。秀水謂詩必原本經史，固合於子美讀書萬卷，下筆有
　　神之旨，然使無眞材逸趣以驅使之，則藻采雖繁，臭味不屬，又何
　　以解祭魚、點鬼、疥駱駝、掉書袋之誚乎！夫唯有絕人之才，有過
　　人之趣，有兼人之學，甩能奄有古人之長，而不襲古人之貌，然後
　　可以卓然自成一大家。〔註33〕

「別裁」、「別趣」與「原本經史」的詩論之爭一直是中國詩歌發展史上的一
大公案，貫穿著宋代以後的詩歌發展歷程，錢大昕「絕人之才」、「過人之趣」、
「兼人之學」實則是在新的歷史語境下對詩歌的思考，其總結性、思辨性是
詩歌發展的必然。

　　經過清初唐風宋音的迭代爭長，在對明末清初的歷史回顧中，乾嘉學人
已普遍用發展的眼光看待文學，辯證唐宋詩風也成了時代的共識，正如李重
華所言：「『初』、『盛』、『中』、『晚』特評者約略之詞，以觀風氣大概可耳，
未足定才力高下；猶唐、宋時代之異，未可一概優劣也。何則？唐以聲律取
士，宜其工者固多於宋。然公道論之，唐之中，拙者什四三，宋之中，工者
亦什四三，原不可時代限矣。金、元詩法，宗唐者眾，而氣力總弱，亦風會
使然。明之能詩者，孰不追唐？然得其貌似頗多，取其精華特鮮，蓋唐法不
傳久矣。要而論之：非漢氏無以學古，非唐代無以學律，人知之也；豈知天
地眞才所發，日出日新，欲自爲一家，非直如此而已。」〔註34〕唐宋各有其
存在的價值，因而在取法上也應該各取所長。郭麐在回憶自己的老師姚鼐時
說道：

　　吾師姚姬傳先生以古文擅海內，詩亦兼眾長。七古沉雄廉悍，浩氣
　　孤行，無所依傍。七律初爲盛唐，晚年喜稱涪翁。嘗謂麐曰：「竹垞
　　晚年七律學山谷，枯瘠無味，意欲矯新城之習耳。乃其詩云江西詩
　　派數流別。吾先無取黃涪翁，此何爲者耶？」又嘗曰：「近日爲詩當
　　先學七子得其典雅嚴重，但勿沿習皮毛，使人生厭。復參以宋人坡
　　谷諸家學問，宏大自能別開生面。」〔註35〕

〔註33〕錢大昕，《潛研堂文集》〔M〕，南京：江蘇古籍出版社，1997 年，第 418～419
　　　　頁。
〔註34〕李重華，《貞一齋詩說（清詩話本）》〔M〕，上海：上海古籍出版社，1978 年，
　　　　第 923 頁。
〔註35〕郭麐，《樗園銷夏錄》，嘉慶刻本影印，續修四庫全書本，上海古籍出版社，

姚鼐詩文兼長，他在創作實踐上主動取法唐宋，這是對唐宋詩風辯證認識的
結果，也是理論成熟的表現。

2.2 沈德潛：格調論中的唐宋詩

康雍詩壇彌漫著濃重的宗宋風氣，錢謙益對七子批評道：「自弘治至於
萬曆，百有餘歲，空同霧於前，元美霧於後，學者冥行倒植，不見日月。」
〔註 36〕在他的影響下，康熙詩壇宋風大盛，「家務觀而戶致能」。其後，查慎
行、厲鶚等人續揚宗宋之詩風。乾隆初期，以厲鶚為代表的浙派仍然擁有相
當大的市場，他們以瘦硬的詩風沿續著清初崇宋的風格，而這時期主力唐音
的沈德潛影響日顯，隨著沈德潛詩壇盟主地位的確立，宗宋的呼聲就越來越
微弱了。沈德潛的詩論強調詩的教化作用，所謂「詩之為道，可以理性情，
善倫物，感鬼神，設教邦國，應對諸侯，用如此其重也。」〔註 37〕這一詩學
思想貫穿了他詩論的始終。晚年在《七子詩序》中，他說道：「竊謂宗旨者，原
乎性情者也；風格者，本乎氣骨者也；神韻者，流於才思之餘，虛與委蛇，
而莫尋其迹者也。……七子者，秉心和平，砥礪志節，抱拔俗之才，而又亭
經藉史，培乎根本，其性情，其氣骨，其才思，三者具備，而歸於自然。……
謂非詩教之正軌也耶？」〔註 38〕對於詩學後進，他以詩教相激，影響甚大。
王昶在《青苔館詩鈔序》中回憶到：

> 至吾師沈文慤公（德潛）論詩以復古為己任。予與丁沚（王鳴盛）、
> 竹汀（錢大昕）輩從公遊，刻吳中七子詩，一以不背於風雅，有合
> 於體裁者為宗。〔註39〕

陳康祺也說道：

> 康祺以為就今日論之，師徒著述，強半流傳，二王、錢、曹諸公，
> 其才學實出歸愚上，而在當時，則陶成獎借，尚書未必無功。世之
> 身負達尊，有氣力足以庇士者，其亦留心雅道，收桃李門牆之效哉
> （成就人才，挽回世運，是當今第一事業。一命已上，均有此責。

2002 年，卷下，第 6 頁。
〔註 36〕錢謙益，《初學集》〔M〕，上海：上海古籍出版社，1985 年，第 925 頁。
〔註 37〕沈德潛，《說詩晬語》，見《原詩、一瓢詩話、說詩晬語》，人民文學出版社，1979 年，第 186 頁。
〔註 38〕沈德潛輯，《七子詩選》，乾隆十八年刻本。
〔註 39〕張學仁，《青苔館詩鈔》，道光九年刻本，卷首。

　　但爲史書附傳、學案淵源起見，猶淺論也）。〔註40〕

沈德潛晚年受知乾隆，君臣相互唱和，成爲乾隆詩壇的佳話，加上積極獎掖後進，沈德潛的詩論由此而佔據主流的位置。沈德潛的格調論具有鮮明的詩學集成的特點，它一方面強調詩歌的政治思想方向，另一方面又兼顧了詩歌的藝術成就。他在《唐宋八家文序》中說道：「宋五子書，秋實也；唐宋八家之文，春華也。天下無騖春華而棄秋實者，亦即無捨春華而求秋實者。亦即無捨春華而求秋實者，惟從事於韓、柳以下之文而熟復焉，而深造焉，將怪怪奇奇，渾涵變化，與夫紆餘深厚，清崹遒折，悉融會於一心一手之間，以是上窺賈、董、匡、劉、馬、班，幾可縱橫貫穿而摩其壘者。夫而後去華就實，歸根返約，宋五子之學行且徐驅而輠其庭矣。」〔註41〕沈德潛將宋五子的書視爲秋實，這體現了他以道爲歸的文論本質。然而，他並不因此而放棄對藝術的追求，「春秋」正體現了他的這個追求。在詩論上，沈德潛也堅持了思想性與藝術性並重的原則，「事難顯陳，理難言罄，每託物連類以形之。鬱情欲舒，天機隨觸，每借物引懷以抒之。比興互陳，反覆唱歎，而中藏之懽愉慘戚，隱躍欲傳，其言淺，其情深也。倘質直敷陳，絕無蘊蓄，以無情之語而欲動人之情，難矣。」〔註42〕雖然在思想與藝術上，沈德潛更注重前者，但他關於兩者的辯證看法還是值得肯定的。

　　沈德潛一生經歷了康、雍、乾三朝，對從康熙到乾隆間的唐宋之爭有著切身的體會，他在《唐詩別裁序》中說道：「德潛於束髮後，即喜鈔唐人詩集，時竟尚宋、元，適相笑也。」康熙年間宋詩熱的時候，沈德潛不顧時流，毅然沉浸於唐詩中，這說明唐詩是他的愛好所在。在受知乾隆前，沈德潛對宋詩評價並不高，相反，爲時人所詬病的明前後七子卻受到了他較高的評價。在受知乾隆後，沈德潛對宋詩的態度有所改變，晚年輯《宋金元三家詩選》。在對待唐詩與宋詩上，沈德潛經歷了一個艱難的抉擇的過程，這一抉擇反映了他的愛好與詩學理論的矛盾。

　　目前對於沈德潛詩學的研究，大多集中在格調論內涵的探討上，對他在唐詩、宋詩態度上的研究很少，既有論及者，也簡單地以後期補弊前期宗唐

〔註40〕　陳康祺，《郎潛紀聞》〔M〕，北京：中華書局，1984 年，第 459 頁。

〔註41〕　沈德潛，《歸愚文鈔》，乾隆年間教忠堂刻本，卷十一，北京師範大學圖書館藏。

〔註42〕　沈德潛，《說詩晬語》，見《原詩、一瓢詩話、說詩晬語》，人民文學出版社，1979 年，第 186 頁。

的不足而論之，對其價值取捨的意圖、方式、結果並無論及。

2.2.1 前期的唐詩觀

沈德潛影響最大的詩歌選本是《唐詩別裁集》，這是他受知乾隆之前的唐詩選輯，他在該書的序中說道：「德潛於束髮後，即喜鈔唐人詩集，時競尚宋、元，適相笑也。迄今幾三十年……取向時所錄五十餘卷，刪而存之，復於唐詩全帙中網羅佳什，補所未備，日月既久，卷帙遂定。」〔註43〕沈德潛選輯唐詩的經歷了宋詩的由熱趨冷，而他在這三十年的選輯過程中並沒有受到時代風氣的影響，堅持認為唐詩是詩歌的正宗，「時吳中詩學祖宋祧唐，幾家至能而戶務觀。予與二三同志欲挽時趨，苦於無其力。」〔註44〕（《許竹素詩序》）在宋詩廣泛地為人們所接受的時候，沈德潛的唐詩選有矯枉過正的弊病，他在《唐詩別裁集》的凡例中說道：「詩至有唐，菁華極盛，體制大備。學者每從唐人詩入，以宋、元詩流於卑靡。」很明顯，在唐、宋的對比中，他認為唐詩乃得詩的正宗，而宋詩卻遠遜於唐了。袁枚在《答沈大宗伯論詩書》中說：「先生誚浙詩，謂沿宋習、敗唐風者，自樊樹為屬階。」〔註45〕袁枚與沈德潛三次同年參加科舉考試（鄉試、會試、博學鴻詞），袁枚隱退後與沈德潛往來頻繁，袁枚的評價應該說是有依據的。魯迅說：「凡是對文術，自有主張的作家，他所賴以發表和流佈自己的主張的手段，倒並不在作文心、文則、詩品、詩話，而在出選本。」〔註46〕沈德潛長期苦鈔唐詩，一則是唐詩的藝術成就吸引他，二則唐詩所具有的思想內涵與他的格調論是相契合的。他在《唐人五言長律清麗集序》中說道：「余嘗論唐初長律，王、楊、盧、駱、沈、宋、陳、杜、燕、許、曲江，並皆佳妙，少陵出而瑰奇宏麗，變動開闔，後有作者，無能為役。……是集詳初盛，略中晚，大篇多錄少陵詩，以示模則，卻取謹嚴，有與余曩日持論合者。」〔註47〕沈德潛前期主要推崇古詩和唐詩，對唐以後的詩人評論很少，而且評論也不高。在唐代詩人中，他最推崇杜甫，「聖人言詩自興觀群怨，歸本於事父事君。少陵身際亂

〔註43〕 沈德潛，《唐詩別裁集》〔M〕，上海：上海古籍出版社，1979 年，序，第 1頁。

〔註44〕 沈德潛，《歸愚文鈔》，乾隆教忠堂刻本，北京師範大學圖書館藏，卷十四。

〔註45〕 袁枚，《小倉山房詩文集》〔M〕，上海：上海古籍出版社，1988 年，第 1502頁。

〔註46〕 魯迅，《集外集》〔M〕，北京：人民文學出版社，1995 年，第 123 頁。

〔註47〕 見徐日璉、沈士駿輯，《唐人五言長律清麗集》，乾隆二十二年刻本，序頁。

離，負薪拾橡，而忠愛之意，惓惓不忘，得聖人之旨矣。」「抱負如此，終遭阻抑。然其去也，無怨懟之詞，有『遲遲我行』之意，可謂溫柔敦厚矣然備一代之詩，取其宏博。而學詩者沿流討源，則必尋究其指歸。何者？人之作詩，將求詩教之本原也。」杜甫詩歌的思想性與藝術的完全結合是沈德潛格調論的最佳註腳，在《唐詩別裁》中，他對杜甫的稱讚可謂不厭其煩。在《杜詩偶評序》中，他也說道：「予少喜杜詩，而未能即通其義。嘗虛心順理，嘗詠恬吟以求之，不逞泛濫，不蹈鑿空，尤不敢束縛拘攣，惟於情境偶會、旁通證入處，隨手評釋。日月既久，漸次貫穿，即未必果有得於魯直、裕之之語，如與少陵揖讓晤於千載之上。……同邑潘子森千，予忘年友也，素嗜杜，與予同癖，任剖厥之資，並為發凡起例，不欲使此本之湮沒也。」〔註48〕沈德潛對杜詩可謂是愛敬交加。

　　在《唐詩別裁集》中，在堅持思想性的前提下，沈德潛對唐詩藝術上的成就是有充分認識的，如評唐七言律詩：「平敘易於徑直，雕鏤失之佻巧，比五言更難。初唐英華乍啟，門戶未開，不用意而自勝。後此摩詰（王維）、東川，春容大雅，時崔司勳（崔顥）、高散騎（高適）、岑補闕（岑參）諸公，實為同調。而大曆十子及劉賓客（劉禹錫）、柳柳州（柳宗元），其紹述也。少陵胸次閎闊，議論開闔，一時盡掩諸家。而義山詠史，其餘響也。外是曲徑旁門，雅非正軌，雖有搜羅，概從其略。」評五言長律：「五言長律，貴嚴整，貴勻稱，貴屬對工切，貴血脈動蕩。唐初應制贈送諸篇，王（王勃）、楊（楊炯）、盧（盧照鄰）、駱（駱賓王），陳（陳子昂）、杜（杜審言）、沈（沈佺期）、宋（宋之問），燕、許、曲江（張九齡），並皆佳妙。少陵出而瑰奇宏麗，變動開闔，後此無能為役。元（元稹）、白（白居易）長律，滔滔百韻，使事亦復工穩，但流易有餘，變化不足，故寧捨旃。」評五言絕句：「五言絕句，右丞之自然，太白之高妙，蘇州之古淡，純是化機，不關人力。他如崔顥《長干曲》，金昌緒《春怨》，王建《新嫁娘》，張祐《宮詞》等篇，雖非專家，亦稱絕調。後人當於此問津。」評七言絕句：「七言絕句，貴言微旨遠，語淺情深，如清廟之瑟，一倡而三歎，有遺音者矣。開元之時，龍標（王昌齡）、供奉（李白），允稱神品。外此高、岑起激壯之音，右丞多淒惋之調，以至『葡萄美酒』之詞，『黃河遠上』之曲，皆擅場也。後李庶子、劉賓客（劉禹錫）、杜司勳（杜牧）、李樊南（李商隱）、鄭都官（鄭谷）諸家，託興幽微，

〔註48〕　沈德潛，《歸愚文鈔》，乾隆教忠堂刻本，北京師範大學圖書館藏，卷十一。

克稱嗣響。」

　　難能可貴的是沈德潛的《唐詩別裁集》對唐詩藝術成就的認識是建立在
對文學發展史的基礎之上。沈德潛雖則推崇唐詩，認為「詩至有唐，菁華極
盛，體制大備。」但他並不否認前代詩歌的成就，並認識到前代詩歌的基礎
性地位。「五言古體，發源於西京，流衍於魏、晉，頹靡於梁、陳，至唐顯慶、
龍朔間，不振極矣。陳伯玉力掃俳優，直追曩哲，讀《感遇》詩，何啻在黃
初間也。張曲江、李供奉繼起，風裁各異，原本阮公。唐體中能復古者，以
三家為最。過江以後，淵明詩胸次浩然，天真絕俗，當於語言意象外求之。
唐人祖述者，王右丞得其清腴，孟山人得其閒遠，儲太祝得其真樸，韋蘇州
得其沖和，柳柳州得其峻潔，氣體風神，翛然埃壒之外。」（《凡例》，下同）
「五言律，陰鏗、何遜、庾信、徐陵已開其體，唐初人研揣聲音，穩順體勢，
其制大備。神龍之世，陳、杜、沈、宋如渾金璞玉，不須追琢，自饒名貴。
開、寶以來，李太白之穠麗，王摩詰、孟浩然之自得，分道揚鑣，並推極勝。
杜少陵獨開生面，寓縱橫顛倒於整密中，故應超然拔萃。終唐之世，變態雖
多，無有越諸家之範圍者矣。以此求之，有餘師焉。」「唐人詩雖各出機杼，
實憲章八代。如李陵《錄別》，開《陽關三疊》之先聲；王粲《七哀》，為《垂
老別》、《無家別》之祖武；子昂原本於阮公；左司嗣音夫彭澤。揆厥由來，
精神符合。讀唐詩而不更求其所出，猶登山不造五嶽，觀水不窮崑崙也。選
唐人詩外，舊有《古詩源》選本，更當尋味焉。」沈德潛對各種詩體的流變
雖然有些地方值得進一步商榷，但其論詩的宏觀野卻是超出了許多唐詩選本
的作者，正如其在《古詩源》序中所說：「詩至有唐為極盛，然詩之盛非詩之
源也。」〔註 49〕「唐詩者，宋元之上流，而古詩又唐人之發源也。」在宋詩
為人們廣泛接受的時候，沈德潛對詩歌源流的追溯並視為「菁華極盛，體制
大備」，其反宋詩的意圖是不言而喻了。

　　沈德潛的唐詩選改變了歷代唐詩選的狹隘偏見，兼包多種風格，力圖還
原唐代詩歌的真正面貌。他對歷代唐詩選本多持批評態度，「唐人選唐詩，多
不及李、杜。蜀韋縠《才調集》，收李不收杜。宋姚鉉《唐文粹》，只收老杜
《莫相疑行》、《花卿歌》等十篇，真不可解也。元楊伯謙《唐音》，亦不收李、
杜。明高廷禮《正聲》，收李、浸廣，而未極其盛。是集以李、杜為宗，玄圃
夜光，五湖原泉，彙集卷內，別於諸家選本。」（《凡例》）「顧自有明以來，

〔註 49〕　沈德潛輯，《古詩源》〔M〕，北京：中華書局，1963 年，序頁。

選古人之詩者，意見各殊。嘉、隆而後，主復古者拘於方隅，主標新者偭而先矩，入主出奴，二百年間，迄無定論。」（《原序》）兼顧唐代不同的詩風，這不僅體現了唐詩「菁華極盛，體制大備」，而且讓唐詩成爲一個與宋詩對立的審美範疇，對打擊宋詩熱是有一定作用的。

沈德潛在輯成《唐詩別裁集》後便著手開始選輯《古詩源》。從選輯的內容上看，《古詩源》的選取更嚴格地按照詩教的標準來進行。照理，宋詩在重教化、重實用上更勝於唐詩，而沈德潛卻對宋詩評價不高，其原因何在？如果我們仔細分析他對宋詩的評價，我們不難發現，沈德潛對宋詩的評判並沒有像他評價古詩、唐詩那樣按照思想和藝術兩個標準，而是僅僅從藝術上看待宋詩，更有甚者，他以唐詩律宋詩，這就讓宋詩處在了二流的位置，這在他的理論性著作《說詩晬語》中得到了體現。

成書於雍正九年的《說詩晬語》是沈德潛詩學思想的集中體現，該書時間上是在《唐詩別裁》、《古詩源》編選之後，從內容上看，沈德潛抑宋的意圖很明顯。《說詩晬語》評論宋代詩人不多，與評唐代詩人相比要少得多。不僅如此，沈德潛對宋代詩人的評價並不高，我們且看他對宋代詩人、詩歌的評論。

一

宋初臺閣倡和，多宗義山，名「西崑體」。（以義山爲「崑體」者非是。）梅聖俞、蘇子美起而矯之，盡翻窠臼，蹈屬發揚，才力體制，非不高於前人，而淵涵渟滀之趣，無復存矣。歐陽七言古專學昌黎，然意言之外，猶存餘地。

二

王介甫才力頗張，而意味較薄，桃花源一篇外，良楛互見矣。王逢力求生新，亦同時之錚錚者。

三

蘇子瞻胸有洪爐，金銀鉛錫，皆歸鎔鑄。其筆之超曠，等於天馬脫羈，飛仙遊戲，窮極變幻，而適如意中所欲出，韓文公後，又開闢一境界也。元遺山云：「只知詩到蘇黃盡，滄海橫流卻是誰？」嫌其有破壞唐體之意，然正不必以唐人律之。蘇門諸君子，清才林立，併入彀中，猶之邾、莒巳。蘇詩長於七言，短於五言；工於比喻，拙於莊語。

四

劍南集原本老杜，殊有獨造境地，但古體近粗，今體近滑，遜於杜之沉雄騰踔耳。明代楊君謙、本朝楊芝田專錄其歎老嗟卑之言，恐非放翁知己。

五

放翁七言律，隊仗工整，使事熨貼，當時無與比垺。然朱竹垞摘其雷同之句，多至四十餘聯。緣放翁年八十餘，「六十年間萬首詩」後，又添四千餘首，詩篇太多，不暇持擇也。初不以此遂輕放翁，然亦足爲貪多者鏡矣。八句中上下時不承接，應是先得佳句，續成首尾，故神遠氣厚之作，十不得其二三。

六

南渡後詩，楊廷秀推尤、蕭、范、陸四家，謂尤延一（袤）、蕭東夫（德藻）、范致能（成大）、陸務觀（游）也。後去東夫，易以廷秀，稱尤、楊、范、陸，蕭幾不能舉其名氏，而詩亦散逸矣。傳其詠梅云：「百千年蘚著枯樹，一兩點花供老枝。」又云：「湘妃危立凍蛟背，海月冷掛珊瑚枝。」意子子求新，而入於澀體者耶？

七

朱子五言，不必蘄絕淩厲而意趣風骨自見，知爲德人之音。

八

「西江派」黃魯直太生，陳無己太直，皆學杜而未嚌其炙者。然神理未浹，風骨獨存。南渡以下，范石湖變爲恬縟，楊誠齋、鄭德源變爲諧俗，劉潛夫、方巨山之流，變爲纖小；而四靈諸公之體，方幅狹隘，令人一覽易盡，亦爲不善變矣。

九

蘇、李數篇，老杜奉爲吾師，不朽之作，不必務多也。楊誠齋積至二萬餘，周益公如之。以多爲貴，無如此二公者；然排沙簡金，幾於無金可簡，亦安用多爲哉？

一〇

宋末謝臯羽《晞髮集》，意生語造，古體欲獨闢町畦，方之元和時，在盧仝、劉叉之列。

一一

宋詩中如「捲簾通燕子，織竹護雞孫」、「爲護貓頭筍，因編鹿眼籬」、「風來嫩柳搖官綠，雲起奇峰湧帝青」、「遠近筍爭滕薛長，東西鷗背晉秦盟」，皆卑卑者。至「若見江魚應慟哭，此中曾有屈原墳」，則怪矣。「腳跟頭上麗兩青天」、「月子灣灣照九州島」，則俚矣。學宋人者，並無宋人學問，而但求工對偶之間，（如「木上座」、「竹夫人」、「趙盾日」、「展禽風」之類。）曲摹里巷之語，捨大聲而愛折楊、皇荂，宜識者之不欲觀也。擴清俗諦，以求大方，斯真宋詩出矣。「春水渡旁渡，夕陽山外山。」何工於著景也！「客遊兒廢學，身拙婦持家。」何工於言情也！此種何嘗不是宋詩？

一二

谷音一卷，係宋遺民詩，皆不落塵溷，清鏘可誦者。月泉吟社一卷，便不足觀。

在《說詩晬語》中，沈德潛按時間順序從《詩經》到明代的主流作家進行了評點。從朝代上看，評唐的比較多，而評宋詩卻很少，僅有十二則。在評價唐詩的時候，除了杜甫，沈德潛對其他詩人的品評多從藝術角度著眼，給予了很高的評價。如評盛唐大家：「高、岑、王、李（頎）四家，每段頓挫處，略作對偶，於局勢散漫中求整飭也。李，杜風雨分飛，魚龍百變，讀者又爽然自失。」（同上，第209頁）評李白：「太白想落天外，局自變生，大江無風，濤浪自湧，白雲卷舒，從風變滅，此殆天授，非人力也。集中笑矣乎、悲來乎、懷素草書歌等作，開出淺率一派，王元美稱爲百首以後易厭，此種是也。或云：此五代庸妄子所擬。」（同上，第209～210頁）評唐詩佳句：「起手貴突兀。王右丞『風勁角弓鳴』，杜工部『莽莽萬重山』、『帶甲滿天地』，岑嘉州『送客飛鳥外』等篇，直疑高山墜石，不知其來，令人驚絕。」（同上，第213頁）從整體上而言，沈德潛對唐詩的評價是很高的。而在評價宋詩的時候，沈德潛幾乎都是從藝術上進行評價，這就捨去了宋人在義理上的優勢。更有甚者，他還每每以唐詩的藝術成就來對比宋詩，這就將宋詩推到了二流的位置。如評陸游：「《劍南集》原本老杜，殊有獨造境地，但古體近粗，今體近滑，遜於杜之沉雄騰踔耳。明代楊君謙、本朝楊芝田專錄其歎老嗟卑之言，恐非放翁知己。」（同上，第234頁）評黃庭堅：「『西江派』黃魯直太生，陳無己太直，皆學杜而未嚌其炙者。然神理未浹，風骨獨存。南渡以下，范

石湖變爲恬縟，楊誠齋、鄭德源變爲諧俗，劉潛夫、方巨山之流，變爲纖小；而四靈諸公之體，方幅狹隘，令人一覽易盡，亦爲不善變矣。」（同上，第 235 頁）沈德潛對宋詩的評價可謂是捨其所長而論其所短，這就難怪他對宋詩評價不高了。與對宋詩的評價形成鮮明對比的，清初以來一直遭受世人痛斥的明七子卻受到了沈德潛的推揚。

一八

張志道《送阮子敬》一篇，連跗接萼，神似《飲馬長城》詩。袁景文題蘇李泣別圖，神韻雙絕，應在劉賓客、李庶子間。

一九

高典籍（棅）長於五言，如：「海國霜氣涼，秋聲落遙野。飛雨霞際晴，夕陽雁邊下。」風致疑出常建。閩中林子羽輩，未之或先。

二〇

永樂以還，崇臺閣體，諸大老倡之，眾人應之，相習成風，靡然不覺。李賓之（東陽）力挽頹瀾，李（夢陽）、何繼之，詩道復歸於正。

二一

李獻吉雄渾悲壯，鼓蕩飛揚；何仲默秀朗俊逸，迴翔馳驟。同是憲章少陵，而所造各異，駸駸乎一代之盛矣。錢牧齋信口掎摭，謂其摹擬剽賊，同於嬰兒學語。至謂讀書種子，從此斷絕。此爲門户起見，後人勿矮人看場可也。兩人學少陵，實有過於求肖處。錄其所長，指其所短，庶足服北地、信陽之心。

二二

徐昌穀大不及李，高不及何，而倩朗清潤，骨相嶔崎，自能獨尊吳體。邊庭實、王子衡，同羽翼李何，而地位少下。康對山涉筆膚庸，一往易盡。七子之名，不必存也。

二三

僧雪江送王伯安謫龍場驛丞云：「蠻煙瘦馬經荒驛，瘴雨寒雞夢早朝。」上句寫遠竄景色，人猶能之，下則文成之忠愛俱見矣。又趙鶴登岱云：「山壓星辰從下看，海浮天地自東回。」胸中不知吞幾雲夢也！

二四

楊用修負高明俊爽之才，沈博絕麗之學，隨物賦形，空所依傍。讀
宿金沙江、錦津舟中諸篇，令人對此茫茫，百端交集。李何諸子外，
拔戟自成一辦。五言非用修所長，過於穠麗，轉落凡近也。同時有
薛君案（慧），稍後有高子業（叔嗣），並以沖淡為宗，五言古風，獨
饒高韻。後華子潛（宗）希韋、柳之風，四皇甫（沖、涔、汸、濂）
仰三謝之體，雖未穿溟津，而氛垢已離，正、嘉之際稱爾雅云。

二五

王元美天分既高，學殖亦富，自珊瑚木難盈牛溲馬勃，無所不有。
樂府古體，卓爾成家，七言近體，亦曾曾見大方；而鍛煉未純，且
多酬應率率之態。李於鱗擬古詩，臨摹已甚，尺寸不離，固足招詆
諆之口。而七言近體，高華矜貴，脫去凡庸，正使金沙並見，自足
名家。過於迴護與過於掊擊，皆偏私之見耳。

二六

謝茂秦古體，局於規格，絕少生氣。五言律句烹字煉，氣逸調高。
集中「雲出三邊外，風生萬馬間」、「人吹五更笛，月照萬家霜」、「絕
漠兼天盡，交河蕩日寒」、「夜火分千樹，春最短落萬家」，高、岑遇
之，行當把臂。七言送謝武選一章，隨題轉折，無迹有神，與高青
丘送沈左司詩，並推神來之作。

二七

王、李既興，輔翼之者，病在沿襲雷同；攻擊之者，又病在矯新弔
詭。一變為袁中郎兄弟之詼諧，再變為鍾伯敬、譚友夏之僻澀，三
變為陳仲醇、程孟陽之纖佻；回視嘉靖諸子，又古民之三疾矣。論
者獨推孟陽，歸咎王、李，而並認論李、何為作俑之始。其然，豈
其然乎？

二八

萬曆以來，高景逸（攀龍）、歸季思（子慕）五言，雅淡清眞，得陶
公意趣。仁義之人，其言藹如也。〔註50〕

〔註50〕沈德潛，《說詩晬語》，見《原詩、一瓢詩話、說詩晬語》，人民文學出版社，
1979年，第238～241頁。

清代的詩學理論是建立在對明代詩歌反思的基礎之上立論，無論是前後七子或公安，清初的論者基本上是批判的多，肯定的少。王夫之對七子的復古提出了批評：「何仲默一派，全體落惡劣中，但於名爭唐人，爭建安，古詩即亡於倣古者之手。」〔註51〕錢謙益對李夢陽批評道：

> 獻吉以復古自命，曰古詩必漢魏，必三謝；今體必初盛唐，必杜；捨是無詩焉。牽率模擬剽賊於聲句字之間，如嬰兒之學語，如童子之洛誦，字則字、句則句、篇則篇，毫不能吐其心之所在，古之人固如是乎？〔註52〕

顧炎武則從歷史的發展變化出發，對明代七子的擬古不化很不滿，他說：

> 《三百篇》之不能不降而《楚辭》，《楚辭》之不能不降而漢、魏，漢、魏之不能不降而六朝，六朝之不能不降而唐也，勢也。用一代之體，則必似一代之文，而後爲合格。詩文之所以代變，有不得不變者。一代之文，沿襲已久，不容人人皆道此語。今且千數年矣，而猶取古人之陳言，一一而摹倣之，以是爲詩可乎？故不似則失其所以爲詩，似則失其所以爲我，李、杜之所以獨高於唐人者，以其未嘗不似而未嘗似也。知此者，可與言詩也已矣。〔註53〕（《詩體代降》）

從清初至乾嘉時期，肯定七子成就的很少，而沈德潛卻逆道而行，這其實是看到了七子對唐詩學傳統的繼承。在沈德潛的心目中，唐詩「菁華極盛，體制大備」，他並不責怪七子學唐，而是稱許他們在恢復唐詩傳統上的貢獻：「明初，雖沿元季餘習，然如劉伯溫、高季迪輩，颻然自異，亦一時之盛。洪宣以後，疲苶無力，衰矣。李獻吉、何大復奮然挽之，邊庭寶、徐昌谷諸人輔之，古體取法八代，近體取法盛唐，雖未盡得古人之眞，而風格遒上，彬彬大盛。後王、李繼述，亦稱蔚然。」〔註54〕「永樂以還，崇臺閣體，諸大老倡之，眾人應之，相習成風，靡然不覺。李賓之（東陽）力挽頹瀾，李（夢陽）、何繼之，詩道復歸於正。」〔註55〕沈德潛對七子的不滿只是在於責怪他

〔註51〕 王世貞，《明詩評》〔M〕，北京：中華書局，1985 年，卷二。

〔註52〕 錢謙益，《列朝詩集小傳》〔M〕，上海：上海古籍出版社，1957 年，第 311 頁。

〔註53〕 顧炎武，《日知錄集釋》〔M〕，上海：上海古籍出版社，1985 年，第 54 頁。

〔註54〕 沈德潛，《歸愚文鈔》，乾隆教忠堂刻本，北京師範大學圖書館藏，卷十五。

〔註55〕 沈德潛，《說詩晬語》，見《原詩、一瓢詩話、說詩晬語》，人民文學出版社，

們「臨摹已甚，尺寸不離」。而對於批評七子的錢謙益，沈德潛就對他不客氣了，「李獻吉雄渾悲壯，鼓蕩飛揚；何仲默秀朗俊逸，迴翔馳驟。同是憲章少陵，而所造各異，駸駸乎一代之盛矣。錢牧齋信口掎摭，謂其摹擬剽賊，同於嬰兒學語。至謂讀書種子，從此斷絕。此為門戶起見，後人勿矮人看場可也。兩人學少陵，實有過於求肖處。錄其所長，指其所短，庶足服北地、信陽之心。」（同上，第 238～239 頁）同樣的，對矯枉過正的公安派，沈德潛也很不客氣了，「詩至鍾、譚諸人，衰極矣。陳大樽墾闢榛蕪，上窺正始，可云枇杷晚翠。」〔註56〕沈德潛認為公安派「衰極」，一則是公安派詩風的低俗，二則是公安派的詩學理論偏離了唐詩的傳統。不顧時流推崇明七子，這是沈德潛崇唐的重要體現。沈德潛對明詩的態度在《明詩別裁集》中表現最為突出，他在序中說道：

> 宋詩近腐，元詩近纖，明詩其復古也。而二百七十餘年中，又有陞
> 降盛衰之別。嘗取有明一代詩論之。洪武之初，劉伯溫之高格，並
> 以高季迪、袁景文諸人，各逞才情，連鑣並軫，然猶存元季之餘風，
> 未極隆時之正軌。永樂以還，體崇臺閣，骫骳不振。弘、正之間，
> 獻吉、仲默，力追雅音；庭實、昌谷，左右驂靳。古風未墜。餘如
> 楊用修之才華，薛君采之雅正，高子業之沖淡，俱稱斐然。於鱗、
> 元美，益以茂秦，接踵曩哲。雖其間規格有餘，未能變化，識者咎
> 其鮮自得之趣焉。然取其菁英，彬彬乎大雅之章也。自是而後，正
> 聲漸遠，繁響競作。公安袁氏，竟陵鍾氏、譚氏，比之自鄶無譏。
> 蓋詩教衰而國祚亦為之移矣。此陞降盛衰之大略也。編明詩者，陳
> 黃門臥子《皇明詩選》，正德以前殊能持擇，嘉靖以下形體徒存。尚
> 書錢牧齋《列朝詩選》，於青邱、茶陵外，若北地、信陽、濟南、婁
> 東，概為指斥，且藏其所長，錄其所短，以資排擊。而於二百七十
> 餘年中，獨推程孟陽一人。而孟陽之詩，纖詞浮語，只堪爭勝於陳
> 仲醇諸家。此猶捨丹砂而珍溲勃，貴箏琶而賤清琴，不必大匠國工，
> 始知其誣妄也。〔註57〕

在沈德潛的心目中，有明一代的詩歌，劉伯溫、高啓、袁凱諸人「未極隆時

〔註56〕 沈德潛，《說詩晬語》，見《原詩、一瓢詩話、說詩晬語》，人民文學出版社，
1979 年，第 238 頁。

〔註56〕 沈德潛，《說詩晬語》，見《原詩、一瓢詩話、說詩晬語》，人民文學出版社，
1979 年，第 241 頁。

〔註57〕 沈德潛輯，《明詩別裁集》〔M〕，北京：中華書局，1975 年，序頁。

之正軌」，眞正代表明代詩歌最高成就的乃是前後七子，認爲他們「力追雅
音」，這「雅音」其實便是盛唐詩。沈德潛對錢謙益排斥七子的做法極爲不滿，
認爲他並沒有客觀地評價七子。錢謙益過度地貶低了七子，而沈德潛卻又有
意地擡高了七子，同爲明代詩歌選本，兩者卻表現出了迥異的趣向，這實乃
是兩人的唐詩觀使然。沈德潛對錢謙益的批評其實是希望詩歌回到唐風上
來，他在《與陳恥菴書》中說道：

> 李獻吉、何大復奮然挽之，邊庭實、徐昌穀諸人輔之，古體取法八
> 代，近體取法盛唐，雖未盡得古人之眞，而風格逍上彬彬大盛。後
> 王李繼述，亦稱蔚然，而擬義太過，末學同聲冠裳劍珮等於土偶，
> 盛者漸趨於衰。公安袁氏有心矯弊，失之於俚，竟陵鍾譚立意標
> 新，失之於魔，極矣。於是錢受之意氣揮霍一空，前人於古體中揭
> 出韓蘇，於近體中揭出劍南，受之之學高於眾人，而又當鍾譚極
> 衰之後，錢氏之學行於天下，較前此爲盛矣。然而推激有餘，雅
> 非正則，相沿既久，家務觀而戶致能，有詞華無風骨，有隊仗無首
> 尾，甚至譏誚他人則曰此漢魏，此盛唐。耳食之徒有以老杜爲戒
> 者。弟弱冠時猶聞此語，受之之意未嘗云爾，而流弊則至於此也。
> 〔註58〕

前後七子在清初普遍地受到了人們的批評，沈德潛對這些批評都不滿意，從
根本上來說，是他將唐詩視爲正宗使然。《四庫全書總目》在總結明代詩歌時
說道：

> 明之詩派，始終三變。洪武開國之初，人心渾樸，一洗元季之綺
> 靡，作者各抒所長，無門戶異同之見。永樂以迄弘治，沿三楊臺閣
> 之體，務以舂容和雅，歌詠太平。其弊也冗沓膚廓，萬喙一音，形
> 模徒具，興象不存。是以正德、嘉靖、隆慶之間，李夢陽、何景明
> 等崛起於前，李攀龍、王世貞等奮發於後，以復古之說，遞相唱和，
> 導天下無讀唐以後書。天下回應，文體一新。七子之名，遂竟奪長
> 沙之壇坫，漸久而摹擬剽竊，百弊俱生，厭故趨新，別開蹊徑。萬
> 曆以後，公安倡纖詭之音，竟陵標幽冷之趣，麼弦側調，嘈囋爭鳴。
> 佻巧蕩乎人心，哀思關乎國運，而明社亦於是乎屋矣。大抵二百七
> 十年中，主盟者遞相盛衰，偏袒者互相左右，諸家選本，亦遂皆堅

〔註58〕沈德潛，《歸愚文鈔》，乾隆教忠堂刻本，北京師範大學圖書館藏，卷十五。

持昑域，各尊所聞。〔註59〕

前後七子復而不變，忽視創作主體的創造性，這是他們遭受詬病的主要原因。「堅持昑域，各尊所聞」正是沈德潛評論明詩先入爲主的不足，這對宣揚唐詩有一定的作用，但卻不是詩歌發展的正路。

當然，沈德潛對明前後七子並非全盤接受，他接過明七子格調論的時候對它進行了改造，他以詩教補七子的不足，試圖通過詩教喚醒創作主體的積極入世的情懷，構建起格調與性情之間的橋梁，避免格調架空於現實之上。明七子的格調是從學唐詩入手，而沈德潛的格調卻是從學識性入手。「詩道之實其氣在根柢於學，以唐人言之，少陵之詩穿穴經史，太白之詩浸淫莊騷，昌黎之詩原本漢賦，推此而上若顏謝阮陶曾劉諸人蔑弗盡然。蓋能根柢於學，則本原醇厚，而因出之以性情之和平，將卓爾樹立，成一家言。吾不受風氣之轉移而可轉移乎。風氣此實其氣之說也，假使王李以後有人焉，溯古人之眞而不襲古人之迹，以自授其隙，公安、竟陵之徒何自而置其喙哉！」〔註60〕很顯然，與七子空談格調、談詩法相比，沈德潛的詩論要現實得多，他成功地將唐詩的傳統與性情融合起來，找到了思想性與藝術性的結合點，也正因如此，他的詩學觀受到了朝野上下的一致稱許。

2.2.2 後期的唐宋詩觀

在《唐詩別裁集》刊發四十年後，沈德潛再次進行了補輯。前期的沈德潛以王士禎爲依歸，以受知於王士禎爲榮。康熙四十五年，王士禎曾在致尤侗之子尤珍的信中問及沈德潛，沈德潛感動萬分，寫下了《王新城尙書寄書尤滄湄宮贊，書中垂問鄙人，云「橫山下尙有詩人」，不勝今昔之感。末並述去官之由，云與橫山同受某公中傷。此新城病中口授語也，感賦四章，末章兼誌哀挽》一詩，詩中感慨道：「三百年來久，風騷讓此賢。慚無水曹句，辱荷尙書憐。千里吳雲隔，雙魚汶水傳。野夫承下訊，惆悵倚江天。」〔註61〕得到王士禎的贊許無疑是沈德潛的一大驕傲。而在受知乾隆後，他對神韻說提出了批評，「新城王阮亭尙書選《唐賢三昧集》，取司空表聖『不著一字，盡得風流』，嚴滄浪『羚羊掛角，無迹可求』之意，蓋味在鹽酸外也。而於杜

〔註59〕永瑢等撰，《四庫全書總目》〔M〕，北京：中華書局，1965年，第748頁。
〔註60〕沈德潛，《歸愚文鈔》，乾隆教忠堂刻本，北京師範大學圖書館藏，卷十五。
〔註61〕沈德潛，《歸愚詩鈔》，清代詩文集彙編本，上海古籍出版社，2010年，卷十二。

少陵所云『鯨魚碧海』，韓昌黎所云『巨刃摩天』者，或未之及。余因取杜、韓語定《唐詩別裁》，而新城所取，亦兼及焉……要籍以扶掖雅正，使人知唐詩中有『鯨魚碧海』，『巨刃摩天』之觀。」（《重訂序》）補輯在選取上較前期也有了很大的突破：

> 鐫版間世，已四十餘年矣。第當時採錄未竟，同學陳子樹滋攜至廣南鐫就，體格有遺，倘學詩者性情所喜，欲奉爲步趨，而選中偏未之及，恐不免如望洋而返也。因而增入諸家：如王、楊、盧、駱。唐初一體，老杜亦云「不廢江河萬古流」也；白傳諷諭，有補世道人心，本傳所云「箴時之病，補政之缺」也；張、王樂府，委折深婉，曲道人情，李青蓮後之變體也；長吉嘔心，荒陊古奧，怨懟悲秋，杜牧之許爲《楚騷》之苗裔也。又五言試貼，前選略見，今爲制科所需，檢擇佳篇，垂示準則，爲入春秋闈者導夫先路也。他如任華、盧仝之粗野，和凝《香奩詩》之褻嫚，與夫一切生梗僻澀及貢媚獻諛之辭，概排斥焉。且前此詩人未立小傳，未錄詩話，今爲補入；前此評釋，亦從簡略，今較詳明。……詩雖未備，要籍以扶掖雅正，使人知唐詩中有「鯨魚碧海」「巨刃摩天」之觀，未必不由乎此。（《重訂序》）

袁枚對前期的《唐詩別裁集》批評道：「至於盧仝、李賀險怪一流，似亦不必擯斥。兩家所祖，從《大招》、《天問》來，與《易》之龍戰、《詩》之天妹，同波異瀾，非臆撰也。一集中不特豔體宜收，即險體亦宜收。然後詩之體備而選之道全。」〔註62〕香奩詩和盧仝在重訂的時候仍然被排斥在外，這是沈德潛一貫的持論，但李賀給補上了，這說明沈德潛在後期是力圖做到「詩之體備而選之道全」的。沈德潛在堅持詩教的前提下，收錄了多種風格的詩歌，這些詩歌中不乏導源宋代詩風的晚唐詩人群。從選輯唐詩的過程上看，他晚年重訂增補，目的要建立的是一個宏大的唐詩體系，這與明七子宗盛唐、王士禎宗王、孟是不可同日而語的。在《唐詩別裁集》前期的序中，沈德潛說到了選詩的標準：「既審其宗旨，復觀其題材，徐諷其音節，未嘗立異，不求苟同，大約去淫濫以歸於雅正，與古人所云微而婉、和而莊者，庶幾一合焉；此原意所存也。」而在《重訂唐詩別裁集序》中，沈德潛說道：「作

〔註62〕 袁枚，《小倉山房詩文集》〔M〕，上海：上海古籍出版社，1988 年，第 1504 頁。

詩之先審宗指，繼論體裁，繼論音節，繼論神韻，而一歸於中正和平。」成書於乾隆十八年的《七子詩選序》中，他也說道：「始則審宗旨，繼則標風格，終則辨神韻，如是焉而已。」王士禎的神韻論在乾隆初期爲人們所詬病，受知於乾隆之後的沈德潛成爲詩壇盟主，他沒有必要以王士禎爲自己張目，他有意地將「神韻」放在選擇標準的最後，這無非就是有意地說明他並不想像王士禎那樣狹隘持論，而是力圖在詩教的思想指導下建立更爲寬宏的詩學體系。在成書於乾隆二十三年、重修於乾隆二十五年的《國朝詩別裁集》一書中，沈德潛說道：「唐詩蘊蓄，宋詩發露，蘊蓄則韻流言出，發露則意盡言中。愚未嘗貶斥宋詩，而趣向舊在唐詩。故所選風調音節，俱近唐賢，從所尚也。若樂府及四言，有越唐人而竊攀六代、漢、魏者，所云雖不能至，心向往之。」沈德潛說「未嘗貶斥宋詩」，而在前期的《明詩別裁集序》中他明說道：「宋詩近腐，元詩近纖，明詩其復古也。」在《說詩晬語》中對宋詩的貶斥也是很明顯，沈德潛在這裡是很難自圓其說的。究其原因，後期的沈德潛乃是想以宏大的詩論修正前期過度宗唐帶來的門戶之嫌，《宋金三家詩選》其實是這個意圖的實踐。《宋金三家詩選》是沈德潛最後一部詩歌選本，於去世當年完成，選宋代蘇軾詩 185 首，陸游詩 208 首，元好問詩 134 首。與前面的三個選本相比，選詩的人數和規模都要小得多，實際的選輯工作都是由他人完成，這與沈德潛晚年精力不足有緊密聯繫。陳明善在序中說到了該書的成書成因：

> 余鈔《唐宋八家詩》成，戊子夏攜之吳門請正於歸愚師，因論宋金人詩，師曰：「蘇子瞻天才奔放，鑄古鎔今；陸放翁志在復仇，沉雄悲憤；元遺山遭時變故，登歸憑弔，聲與淚俱之。三家者皆不可不熟習者也。」第全集卷帙浩繁，艱於披閱，選本雖多，惜未盡善，能彙而鈔之亦大快事。善即以三家詩輯爲請，師許之。今年春，師先定放翁、遺山二家，繼輯東坡集，未及評而師遊道山。嗚呼，殆絕筆於此矣！善不敢自秘，謹依原本繕寫付梓以公海內。若夫采擇之精，評論之確，有識者自應春爲準則，非余荒陋所能贊一辭也。
> 〔註63〕

沈德潛對宋詩其實並不是一味地排斥，他不僅許可宋金三家詩的選輯，而且還親自評定，雖然未及評蘇軾而先逝，但從他對宋金三家的高度評價上看，

〔註63〕 沈德潛，《宋金三家詩選》〔M〕，濟南：齊魯書社影印本。

他對宋詩的成就是不否認的，這與前期對宋詩的批判形成了對比。在前期的《說詩晬語》中，沈德潛對蘇軾的評價並不是很高，陸游也一樣，元好問並沒有出現在集子中，晚年卻對三人給予了很高的評價：「蘇子瞻天才奔放，鑄古鎔今；陸放翁志在復仇，沉雄悲憤；元遺山遭時變故，登歸憑弔，聲與淚俱之。三家者皆不可不熟習者也。」晚年日隆的沈德潛不廢宋詩，也是有鑒於明七子門戶之爭帶來的弊病。明代前後七子的似古作風在清初至清代中葉一直受到了猛烈的批評，吳喬在《圍爐詩話》中說道：

> 問曰：「先生嘗言三唐與宋、元易辨，唐、明難辨者，何也？」答曰：「此為弘、嘉派言之也。若唐、明易辨，則二李俗學，為人指擊盡矣，安得蹶而復起耶？世亦有厭賤俗學者，而意中陰受其害，祇求好句，不論詩意，則其所謂唐詩，止是弘、嘉人詩也。讀唐人之詩集，則可以知其人之性情、學問、境遇、志趣、年齒。如《韻語陽秋》之評太白者，可以見太白詩從心出故也。讀明人詩集，了無所見，以作者仿唐人皮毛，學之者又仿其皮毛，略無自心故也。夫唐無二盛，盛唐亦無多人，而自弘、嘉以來，百千萬人，百千萬篇，莫非盛唐，豈人才獨盛於明，瑤草同於蘪茵葦乎？此何難知，逐臭者不知耳。」〔註64〕

趙翼在《甌北詩話》中說到也批評道：「高青丘後，有明一代，竟無詩人。李西涯雖雅馴清澈，而才力尚小。前、後七子，當時風行海內，迄今優孟衣冠，笑齒已冷。」〔註65〕前後七子的擬古，輕則以食古不化受清人訾罵，重則以亡國加罪，在清代中葉以前，人們對七子批評的多，讚揚的少。沈德潛也認識到了他們的弊病，他在《王東漵柳南詩草序》中說道：

> 夫詩道之壞在性情之境地之不問而務期乎苟同。前明中葉，李獻吉、何大復以復古倡率天下，天下靡然從風，家北地而戶信陽，於是土苴文繡詢刪。當時咎學李何者並李何而咎之。後濟南、婁東紹述李何，天下皆王李也。公安竟陵掊擊王李，天下皆二袁、鍾譚也。苟同之弊必至於此。〔註66〕

為了避免七子的覆轍，沈德潛適當地借助了曾不喜的宋詩，以抑平可能帶來

〔註64〕吳喬，《圍爐詩話》，清詩話續編本，上海古籍出版社，1983年，第554頁。

〔註65〕趙翼，《甌北詩話》〔M〕，北京：人民文學出版社，1963年，第130頁。

〔註66〕沈德潛，《歸愚文鈔》，乾隆教忠堂刻本，北京師範大學圖書館藏，卷十二。

的論詩的狹隘。沈德潛晚年的這一補苴宋詩其實更多的還是爲了避免陷入偏執門戶的時議，顧宗泰在該書的序中說到：

> 吾師歸愚先生所選《古詩源》、《唐詩別裁》、《明詩別裁》諸集久已膾炙，海內人士奉爲圭臬。而獨宋、金、元詩久未之及，非必如嘉隆以後言詩家尊唐黜宋，概以宋以後詩爲不足存而棄之也。誠以宋以後詩門戶不一，求其精神面目可嗣唐正軌者不二三家，即得二三家矣，篇什浩博，擇焉不精，無以存之，不如聽其詩之自存。是則存之綦重而選之難也。今年春先生始選蘇東坡、陸放翁、元遺山三家詩補前此所未及，同協助者爲吾友陳君野航。茫如煙海，各一搜尋三家爲宋以後大家，以選之者存之，盡詩之正軌矣。放翁、遺山二家先生首爲論定，例言評語都備，獨東坡詩於病中選閱，祇有定木，不及評而先生已下世。今野航梓版行世，悉存其舊，不纂入一語以滋後世惑也。竊嘗取三家詩讀之，東坡於韓吏部後獨天生面，其才之大如金銀銅錫合爲一冶，其筆之超曠如天馬行空，不可羈靮，洵巨手也。放翁南渡後推第一，胸懷磊落，光氣淩暴，其志節所見直可上追少陵，不得以詩人盡也。遺山值金之衰，悲憤沈鬱，浩氣獨存，黍離麥秀之感往往流溢，其身未嘗仕元，實爲金詩。首選三家者各有面目，各具精神，非擇之至精，無以存其眞，此先生遲之數十年久而論定，庶不與唐岐趨而存宋以後之詩也。（同上）

在《古詩源》、《唐詩別裁集》、《明詩別裁集》、《清詩別裁集》等選本風行海內後，如何評價宋詩便是擺在他面前的一個問題，宋人選本的編輯可以避免門戶之見的責難。顧宗泰的「誠以宋以後詩門戶不一」來爲沈德潛的前期尚唐旨趣開脫，其實沈德潛在評論宋詩的時候並沒有談到宋詩的門戶紛爭，只是認爲宋人詩作成就不高，顧宗泰的解釋並不得要領。沈德潛前期不選宋詩的眞正原因乃是認爲宋詩「可嗣唐正軌者不二三家」。這其實是把唐詩視爲正軌，在評價宋詩的時候以唐詩作爲價值評判的參照系，歸根到底，仍然是宗唐的觀念在作怪。宋詩的選輯其實也是對他詩學的補充，在《凡例》中，沈德潛認爲三家的詩是對杜詩的繼承，「東坡、放翁、遺山爲宋金大家，其源皆出於少陵，選本頗多，率皆專集，今合而梓之，知波瀾之莫二云。」杜甫的詩歌具有濃厚的愛國情懷，沈德潛在評陸游的時候也說道：

> 放翁詩前有楊儀部君謙選，後有楊太史芝田選，儀部多取其歎老嗟

卑之作，太史則兼及光芒燭天者矣，然不免短長相見。茲嚴擇其大
有關係者，故所收少於兩家。（《宋金三家詩選‧放翁詩選例言》）
沈德潛在選三家的時候似乎很注重他們的思想性了。其實，在評論宋詩的時
候，沈德潛重於藝術上的評判，思想性給輕放了。如評蘇軾的《書王定國所
藏煙江疊嶂圖》，沈德潛說道：「鋪寫畫景，錯落有致。」評《萬谷酣笙鍾覺
而遇清風急雨戲作此數句》：「想見獨立蒼茫景象」。評陸游的《餘里遂抵雁翅
浦》：「寫出順風者氣勢」，評《龍湫歌》：「寫得出隨物成形，此真是放翁絕
處」。沈德潛於宋僅取蘇軾、陸游，著眼點乃在於二人繼承了唐詩的傳統，「東
坡於韓吏部後獨天生面，其才之大如金銀銅錫合為一冶，其筆之超曠如天馬
行空，不可羈靮，洵巨手也。放翁南渡後推第一，胸懷磊落，光氣淩暴，其
志節所見直可上追少陵，不得以詩人盡也。」江西詩派也以師承杜甫自號，
晚年的沈德潛在輯宋詩的時候沒有入選黃庭堅，可能是仍然沒有改變他前期
對江西派的看法：「『西江派』黃魯直太生，陳無己太直，皆學杜而未嚌其炙
者。」〔註67〕與蘇軾、陸游相比，江西派的詩風離唐更遠了，沈德潛排斥江
西派，原因可能在於此。

　　在後期的評論中，沈德潛對具有宋詩風格的作品給予了很高的評價，在
《王鳳喈詩序》中，他對王鳴盛的詩作評價道：「己巳夏，予乞身歸里，卿大
夫皆有詩寵其行，而嘉定王孝廉風喈贈五言百韻一章，排比鋪張，才情繁富，
而一歸於有典有則，予心焉重之。既讀其《竹累園詩》及《日下集》若干卷，
知其平日學可以貫穿經史，識可以論斷古今，才可以包孕餘子，意不在詩，
而發而為詩，宜其無意求工而不能不工也。……鳳喈能卓然於舉世波靡之日，
平心易氣，磊落英多，而書味盎然。可希風於古君子之其言有物者，其亦中
流之一壺也已。」〔註68〕王鳴盛長於經史考證，詩作多排列學問，近乎「以
議論為詩」、「以文字為詩」、「以才學為詩」的江西詩派。而在前期，沈德潛
認為：「古來說詩者多矣，而司空表聖、嚴滄浪、徐昌谷為勝，以不著迹象，
能得理趣也。」（《劍溪說詩序》，同上）從「理趣」為勝到「書味盎然」，沈
德潛詩論的相容性向前推進了一大步。在《七子詩選序》中，他也說道：「七
子者，秉心和平，砥礪志節，抱拔俗之才，而又亭經藉史，培乎根本，其性

〔註67〕沈德潛，《說詩晬語》，見《原詩、一瓢詩話、說詩晬語》，人學文學出版社，
　　　　1979年，第235頁。
〔註68〕沈德潛，《歸愚文鈔》，乾隆教忠堂刻本，北京師範大學圖書館藏，卷十四。

情，其氣骨，其才思，三者具備，而歸於自然。故發而爲詩，或如巨壑崇岩，龍虎變化；或如寒潭削壁，冰雪崢嶸，曷嘗沾沾焉摹擬刻畫，局守一家之言哉！」（同上）《七子詩選》是沈德潛歸里後的門人詩選，七子中不少人長於經史考證，以學問爲詩的傾向更重，沈德潛對此不像前期一樣排斥，應該說與他修正後的詩學觀有關。

　　沈德潛前期是在唐宋詩風冰火的歷史語境下推唐詩的，而在受知乾隆後，他詩壇盟主的地位已確立，他面臨的危險是門戶之爭而帶來的詬病。通過選輯宋人選本，他可以免掉時人對他的門戶之誚，晚年孜孜不倦地選評宋詩，正是他努力建立宏大詩學體系而避免陷入門戶之誚的意圖所在。

　　這裡隨便提一下與沈德潛同出葉燮門下的薛雪。薛雪堅持了葉燮的發展論，認爲詩歌處於不斷發展變化之中中，對門戶之爭很不滿。他說：

> 學詩須有才思、有學力，尤要有志氣，方能卓然自立，與古人抗衡。若一步一趨，描寫古人，已屬寄人籬下；何況學漢魏、則拾漢魏之唾餘，學唐宋、則啜唐宋之殘膏。非無才思學力，直自無志氣耳！昔吾師橫山先生云：「竊古人竊之似，則『優孟衣冠』，不似，則『畫生虎不成』。與其假人餘焰，妄自僭王稱霸，孰若甘作偏裨，自領一隊？不然，豈獨風雅掃地，其志術亦可窺矣。」〔註69〕

> 從來偏嗜，最爲小見。如喜清幽者，則紬痛快淋漓之作爲憤激、爲叫囂；喜蒼勁者，必惡宛轉悠揚之音爲纖巧、爲卑靡。殊不知天地賦物，飛潛動植，各有一性，何莫非兩間生氣以成此？理有固然，無容執一。昔橫山先生云：「天道十年一變，無事無物不然，寧獨詩之一道乎？就《三百篇》而論，風有正風、有變風，雅有正雅、有變雅。風雅已不能不由正而變，吾夫子亦不能存正而刪變也。後此爲風雅之流者，其不能伸此而詘彼也明矣。」（同上，第103頁）

薛雪認識到了擬古的弊病，認爲詩文貴在於獨創，對各執唐宋一隅提出了疑問：

> 運會日移，詩亦隨時而變。其實羲皇一畫，未嘗漸減。何以有一種人，談唐宋而下，底若仇讎；以宋詩比擬其作，即艴然不悅？吾嘗

〔註69〕　薛雪，《一瓢詩話》，見《原詩、一瓢詩話、說詩晬語》，北京：人民文學出版社，1979年，第90頁。

永夜思之，不得其解。（同上，第 106 頁）

經過清初對明代七子的反思，到了乾嘉時期，論詩主發展變化已為人們所廣泛接受，唯唐唯宋是尊已失去時代風氣的基礎，性靈派的出現將唐宋不休的爭論一掃而去。

2.3 性靈派的不分唐宋論

康熙間王士禛主神韻說，當時風靡詩壇，乾隆初期，已為時人所不滿，沈德潛批評他持論過狹，袁枚認為他「才力薄」。宋詩派在康熙中期熱鬧一場後，其流弊日益顯露，乾隆初期的浙派雖然還沿襲著宗宋的思路，但影響不大，也鮮為時人所取。

> 明自嘉、隆以後，稱詩家皆諱言宋，至舉以相訾謷；故宋人詩集，度閣不行。近二十年來，乃專尚宋詩。至余友吳孟舉《宋詩鈔》出，幾於家有其書矣。孟舉序云：「黜宋者曰腐，此未見宋詩也；今之尊唐者，目未及唐詩之全，守嘉、隆間固陋之本，陳陳相因，千喙一倡，乃所謂腐也。」又曰：「嘉、隆之謂唐，唐之臭腐也，宋人化之，斯神奇矣。」蓋意主捄弊，立論不容不爾。顧邇來學宋者，遺其骨理而撏扯其皮毛；棄其精深而描摹其陋劣。是今人之謂宋，又宋之臭腐而已，誰為障狂瀾於既倒耶？〔註70〕

經過康熙後期及雍正時期的反思，唐宋調和的聲音逐漸顯現。乾隆初期，簡單的宗唐或宗宋都很難說服人們，李重華就說道：

> 曰：或言唐無五言古詩而有其律詩，且近代莫盛於唐，而論者有「初」、「盛」、「中」、「晚」之分。宋、元以來，並有作者，而尊唐者劣宋，祖宋者祧唐，其折衷可得聞歟？曰：漢、魏以來未知律，自然流出，所謂空中天籟是已。陳、隋欲為律而未悟其法，非古非律，詞多淫哇，不足效也。自唐沈、宋創律，共法漸精，又別作古詩，是有意為之，不使稍涉於律，即古近迥然二途；猶度曲者，南北兩調矣。究之，朝華夕秀，善之者自詣其極，何嘗無五古耶？且七言成於鮑照；而李、杜才力廓而大之，終為正宗；厥後韓愈、蘇

〔註70〕 宋犖，《漫堂說詩（清詩話本）》〔M〕，上海：上海古籍出版社，1978 年，第 416～417 頁。

軾稍變之。然論七古無逾此四家者矣。「初」、「盛」、「中」、「晚」特評者約略之詞，以觀風氣大概可耳，未足定才力高下；猶唐、宋時代之異，未可一概優劣也。何則？唐以聲律取士，宜其工者固多於宋。然公道論之，唐之中，拙者十三四，宋之中，工者亦十三四，原不可時代限矣。金、元詩法，宗唐者眾，而氣力總弱，亦風會使然。明之能詩者，孰不追唐？然得其貌似頗多，取其精華特鮮，蓋唐法不傳久矣。要而論之，非漢氏無以學古，非唐代無以學律，人知之也；豈知天地真才所發，日出日新，欲自為一家，非直如此而已。必卓然為本朝誰氏之詩，必昭然為若人某時某地之詩，使人望其氣色，聽其音響，知非他人可偽託者，此為嚌其胾、入其奧耳。

〔註71〕（《貞一齋詩說》）

李重華雖然沒有直接提出融彙唐宋自創一格的主張，但他看到了宗唐宗宋的偏頗，認為唐宋不可一概而論優劣，應當具體分析。李重華看到了時代因素對詩歌創作的影響，但他並沒有能從歷史發展的大傳統出發去分析，後來趙翼的詩論彌補了這一點的不足。

在乾隆初期，沈德潛與袁枚往來唱和，但在詩學觀念上，兩人持論相去甚遠，他們之間的爭論其實是性情與詩教的爭論、性情與格調的爭論。袁枚對沈德潛的「關係」說不以為然，對於沈德潛過於偏向唐詩也不滿，他認為詩是個人性情的表現，不能以「關係」或唐調宋調論之。沈德潛的詩教論是在充分吸收傳統詩學精華基礎上的詩教說，已非傳統的「詩以載道」的簡單翻版，因而在乾隆前期，主宰詩壇的仍然是沈德潛的格調說。沈德潛的格調說在他逝世後仍然對詩壇有著強大的影響，他的學生王鳴盛、王昶、錢大昕等人都是博學多識之士，對學術風氣、詩壇風向有一定的影響，而這一時期論詩重教化也不少，如黃子雲、李重華、宋大樽等都強調詩歌的倫理道德作用。袁枚與沈德潛往來論辯，雙方不僅廣植門徒，而且積極刊印詩集，成為乾隆前期詩壇兩大門派。在與沈德潛的論爭中，袁枚求真、重性情、重主體性才能的性靈論逐漸為人們所認可，終於在乾隆中期以後成為詩壇的主要流派。

在乾嘉詩壇上，袁枚是一個特殊的存在，他一方面信孔疑孔，不滿理學，

〔註71〕 李重華，《貞一齋詩說（清詩話本）》〔M〕，上海：上海古籍出版社，1978年，第923～924頁。

另一方面，對當時主流的考據學的魚蟲書蠹甚為不滿，認為是考據之學「形而下」，遠非「形而上」的著作之文所能比。袁枚的學術思想既不盲從經學，又不尚考據，認為詩表性情，與經學、考據相去甚遠，這使得他的詩學思想別開生面，振奮著僵化的詩壇，「隨園弟子半天下，提筆人人講性情」。「詩文集，上自公卿大夫，下至市井負販，皆知貴重之。海外琉球有來求其書者。仕雖不顯，而備林泉之清福，享文章之盛名，世謂百餘年，未有及隨園者。張船山檢討所謂『一代傳人傳已定』，非溢美也。」〔註72〕與袁枚同時代的性靈派副將（王英志語）趙翼倡導文學的時代發展，「江山代有才人出，各領風騷數百年」，他們一唱一和，主導了乾嘉詩壇的格局。

　　袁枚論詩主性情，這是他論詩的出發點，沈德潛論詩也主「真情」，但他的「真情」是「萬古之常情」，要求「為社會而藝術」，而袁枚的「真情」卻是「個人之情」，論詩主張「為自我藝術」、「為藝術而藝術」。沈德潛的詩論更多地具有社會情懷，而袁枚的詩論卻具有強烈的個人色彩、平民色彩。正是基於對詩歌表情的認識，袁枚反對分唐據宋，反對任何形式的門戶之爭。

2.3.1 性靈派主將袁枚的不分唐宋

　　作為封建時代的知識份子，袁枚從小便受到儒家思想的教育，他的著作中孔子被提及多達200多次，可見儒學對他的影響。「孔子之道大而博」，「夫堯、舜、禹、周、孔之道所以貴者，正以易知易行，不可須臾離故也。」〔註73〕作為主流的意識形態，儒家傳統思想在很大程度上滲透到袁枚的思想之中，並指導其行動。在對儒家思想接受的同時，袁枚更多的是對其進行反思，剔除其不合理之處，從整體上看，袁枚對傳統儒學的批評與修正遠大於對儒學的直接接受。他說：「宋儒非天也，宋儒為天，將置堯、舜、周、孔於何地？過敬鄰叟，而忘其祖父之在前，可乎？夫尊古人者，非尊其名也，其所以當尊之故，必有昭昭然不能已于心者矣。若曰人尊之，吾亦尊之云爾，是鄉曲之氓逢廟必拜者之為也，非真知所尊者也。足下尊宋儒，尊其名乎？尊其實乎？尊其名，非僕所敢知也；尊其實，則必求其所以可尊之故，與人所以不尊之故，兩者參合而慎思之，然後聖道日明。不宜一聞異辭，如聞父

〔註72〕錢林輯，《文獻微存錄》〔M〕，臺北：明文書局，1985年，卷六。
〔註73〕袁枚，《隨園詩話》〔M〕，北京：人民文學出版社，1982年，第400頁。

母之名，便掩耳而走也。」〔註74〕袁枚借孔子打擊宋儒，其實是對理學過度束縛人性的不滿。袁枚反對盲目信仰，「夫尊古人者，非尊其名也，其所以當尊之故，必有昭昭然不能已於心者矣。」〔註75〕知其所以然之後再相信，這才是眞的信仰；如果只是圖其名而信之，其實是詆毀，袁枚對後儒的頑固不化的剖析入木三分。歷代文人疾呼孔子之後道的缺失，認爲孔子之道是高不可及之物，力圖「宏道」、「衛道」。袁枚卻認爲，孔子之道是一種合乎人自然之性的行爲方式，由堯舜至今，孔子之道就沒有停止過，後儒所宣揚的「道統」其實是一種狹隘的「道」，與孔子相去甚遠。郭巨埋兒救母的故事在封建時代廣爲流傳，人們津津於郭巨的「孝名」。在《郭巨論》裏，袁枚對郭巨的「孝名」進行了嚴厲的批判，認爲郭巨殺兒以事母其實是「傷老母情」，是應該「遭嚴譴」的行爲，郭巨不配「天賜黃金」。袁枚從人性論的角度對郭巨的行爲進行了剖析，發人深省，挑戰傳統觀念可謂大膽。在袁枚看來，儒家之道是一種合乎人性的仁，凡是合乎人道、人之常理的都是其所涉及的內容，而後世卻將儒家之道狹隘化，甚至僵化，在很大程度上違背的正常的人性，這與其的原初內涵相去甚遠，袁枚從歷史發展的角度闡發了儒家思想的寬泛人性，對宋儒的狹隘曲解提出了批評。袁枚對「道」的闡釋不僅對衛道者固步自封進行了揭示，而且爲儒學注入了人性的活力，使得儒學更貼近了生活，這在一定程度上反映了市民階層思想意識的崛起。袁枚的學術思想與其詩學思想是一致的，他的詩學思想正是建立在他人性論的基礎之上。他認爲詩是個人情感的表現，它不能以唐宋而分，而只應從眞僞而論，詩必須源於眞情，人爲地推尊唐或宋其實都不得詩的眞諦。

2.3.1.1 詩只論性情工拙，而無古今

乾嘉時期，在考據學風的影響下，社會上彌漫著一股濃重的復古主義思潮，以古爲尚，以古爲雅的風氣散漫於社會科學的各個領域，特別是在繪畫、書法等藝術領域。翁方綱說道：「夫惟法之立本者，不自我始之，則先河後海，或原或委，必求諸古人也。夫惟法之盡變者，大而始終條理，細而一字之虛實單雙，一音之低昂尺黍，其前後接笋、乘承轉換、開闔正變，必求諸古人也。乃知其悉準諸繩墨規矩，悉效諸六律五聲，而我不得絲毫以己意與焉。

〔註74〕 袁枚，《小倉山房詩文集》〔M〕，上海：上海古籍出版社，1988 年，第 1563 頁。

〔註75〕 袁枚，《小倉山房文集》〔M〕，南京：江蘇古籍出版社，1993 年，第 332 頁。

故曰：禹之治水，行其所無事也。行首所不得不行，止乎所不得不止。應有者盡有之，應無者盡無之，夫然後可以謂之法矣。」〔註76〕過於盲信古人，認為今法不出古法，這是考據學風下的怪現象。章學誠在考辨文學源流時說道：「蓋至戰國而文章之變盡，至戰國而著述之事專，至戰國而後世之文體備，故論文於戰國，而陞降盛衰之故可知也。」〔註77〕過於信古，便會薄今，倉修良在分析乾嘉時期的文化時說道：

> 但是，由於清政府推行嚴屬的文化專制主義政策，壟斷控制了學術，禁錮了人們的思想，從而限制和扼殺了任何進步思想的產生和發展。在這種局面下出現的乾嘉考據學，絲毫不代表社會的進步思潮，仍然是封建專制主義幽靈的頑固體現。他們缺乏對現實社會的大膽揭露和批判，更沒有對未來新世界的憧憬和追求。他們甚至高呼「回到漢代去」的口號。他們從博古、求古、存古，發展到尊古，甚至是「捨古無是」，泥古不化。〔註78〕

埋頭典籍讓漢學家忽視了現實的存在，他們唯古是尚，以倣古為樂。在駢文、詩歌領域，受考據學風的影響，漢唐備受推崇。在詩壇上，沈德潛的復古詩論在乾隆初期仍然有很大的市場。袁枚對這股以古為尚的社會風氣很不滿，他在給沈德潛的信中說：

> 先生誚浙詩，謂沿宋習、敗唐風者，自樊榭為屬階。枚浙人也，亦雅憎浙詩。樊榭短於七古，凡集中此體，數典而已，索索然寡真氣。先生非之甚當。然其近體清妙，于近今少偶。先生詩論粹然，尚復何說。然鄙意有未盡同者，敢質之左右。
>
> 嘗謂詩有工拙，而無今古。自葛天氏之歌至今日，皆有工有拙，未必古人皆工，今人皆拙。即《三百篇》中，顏有未工不必學者，不徒漢、晉、唐、宋也。今人詩有極工極宜學者，亦不徒漢、晉、唐、宋也。然格律莫備於古，學者宗師，自有淵源。至於性情遭際，人人有我在焉，不可貌古人而襲之，畏古人而拘之也。今之鶯花，豈古之鶯花乎？然而不得謂今無鶯花也。今之絲竹，豈古之絲竹乎？

〔註76〕翁方綱，《復初齋文集》〔M〕，臺北：文海出版社，1961年，第330頁。

〔註77〕章學誠，《文史通義新編新注（倉修良輯注）》〔M〕，杭州：浙江古籍出版社，2005年，第45頁。

〔註78〕倉修良，《章學誠評傳》〔M〕，南京：南京大學出版社，1996年，第22～23頁。

然而不得謂今無絲竹也。天籟一日不斷則人籟一日不絕。孟子曰：「今之樂，猶古之樂。」樂，即詩也。唐人學漢、魏，變漢、魏，宋學唐變唐。其變也，非有心於變也，乃不得不變也。使不變，則不足以為唐，不足以為宋也。子孫之貌，莫不本於祖父，然變而美者有之，變而醜者有之。若必禁其不變，則雖造物有所不能。先生許唐人之變漢、魏，而獨不許宋人之變唐，惑也。

且先生亦知唐人之自變其詩，與宋人無與乎？初、盛一變，中、晚再變，至皮、陸二家，已浸淫乎宋氏矣。風會所趨，聰明所極，有不期其然而然者。故枚嘗謂變堯舜者，湯武也；然學堯、舜者，莫善於湯、武，莫不善於燕噲。變唐詩者，宋、元也；然學唐詩者，莫善於宋、元，莫不善於明七子。何也？當變而變，其相傳者心也；當變而不變，其拘守者迹也。鸚鵡能言，而不能得其所以言，夫非以迹乎哉？

大抵古之人先讀書而後作詩，後之人先立門戶而後作詩。唐、宋分界之說，宋、元無有，明初亦無有，成、宏後始有之。其時議禮講學，皆立門戶，以為名高。七子狃於此習，遂皮傅盛唐，搤擊自矜，殊為寡識。然而牧齋之排之，則又已甚。何也？七子未嘗無佳詩，即公安、竟陵亦然。使掩姓氏，偶舉其詞，未必牧齋不嘉與。又或使七子湮沉無名，則牧齋必搜訪而存之無疑也。惟其有意於摩壘奪幟，乃不暇平心公論。此亦門戶之見。先生不喜樊榭詩，而選則存之，所見過牧齋遠矣。〔註79〕（《答沈大宗伯論詩書》）

乾隆前期，沈德潛的倡導的「唐音」佔據時代的主流，而以屬鶚為代表的宗宋的浙派卻日趨沒落。對於這兩派詩風，袁枚都有所不滿，這與他的詩學觀點有關。袁枚認為詩歌是個人真實感情的表現，「至於性情遭際，人人有我在焉，不可貌古人而襲之，畏古人而拘之也。」文學只能以性情而論，不能以古今而論，模仿前人就束縛了自己個性的發揮，喪失了文學的真義。抓住了詩言志這一問題的關鍵，袁枚反對厚古薄今。袁枚用時代發展的眼光消融了古今之別，以性情論詩，這對防止詩歌滑入復古思潮是有幫助的。對於只談格調而不論性情的詩論，袁枚很反感，他對王士禎的神韻說和沈德潛的格調

〔註79〕 袁枚，《小倉山房詩文集》〔M〕，上海：上海古籍出版社，1988 年，第 1502～1504 頁。

說批評到：

> 老學究論詩，必有一副門面語：作文章，必曰有關係，論詩學，必
> 曰須含蓄。此店鋪招牌，無關貨之美惡。《三百篇》中有關係者，「邇
> 之事父，遠之事君」是也。有無關係者，「多識於鳥獸草木之名」是
> 也。有含蓄者，「棘心夭夭，母氏劬勞」是也。有說盡者，「投畀豺
> 虎」、「投畀有昊」是也。〔註80〕

過多地講「關係」、「格調」，詩人的個性便會被湮沒，詩便會失去言情的本
質。袁枚認為談神韻、談格調都是不足以捉住詩的本質，容易誤導後學。
他說：

> 楊誠齋曰：「從來天分低拙之人，好談格調，而不解風趣。何也？格
> 調是空架子，有腔口易描；風趣專寫性靈，非天才不辦。」余深愛
> 其言。須知有性情，便有格律；格律不在性情外。《三百篇》半是勞
> 人思婦率意言情之事；誰為之格？誰為之律？而今之談格調者，能
> 出其範圍否？況皋、禹之歌，不同乎《三百篇》；《國風》之格，不
> 同乎《雅》、《頌》：格豈有一定哉？許渾云：「吟詩好似成仙骨，骨
> 裏無詩莫浪吟。」詩在骨不在格也。（同上，第 2 頁）

唐宋之分、古今之爭重在格律的分辨，袁枚認為詩重在「骨」而不是「格」，
「格」是離不開「骨」的。袁枚所說的「骨」其實是指詩人的創作個性在詩
歌上的反映，這與一般論詩言志是不一樣的。他說：「凡作詩者，各有身分，
亦各有心胸。」〔註81〕不同時代的人各有其性情，因而詩歌是不斷發展變化
的，「唐人學漢魏變漢魏，宋學唐變唐。其變也，非有心於變也，乃不得不變
也。使不變，則不足以為唐，不足以為宋也。」因此袁枚認為「詩有工拙，
而無今古」，反對人為地分立門戶。在《答施蘭垞論詩書》中，他明確地提出
反對唐宋之分：

> 夫詩，無所謂唐、宋也。唐、宋者，一代之國號耳，與詩無與也。
> 詩者，各人之性情耳，與唐、宋無與也。若拘拘焉持唐、宋以相敵，
> 是子之胸中有已亡之國號，而無自得之性情，於詩之本旨已失矣。
> 子與人歌而善，必使反之而後和之。其歌者為齊人歟？為魯人歟？
> 孔子不知也。其所歌者為夏聲歟？為商聲歟？孔子又不知也。但曰

〔註80〕 袁枚，《隨園詩話》〔M〕，北京：人民文學出版社，1982 年，第 236 頁。
〔註81〕 袁枚，《隨園詩話》〔M〕，北京：人民文學出版社，1982 年，第 101 頁。

善則愛之而和之。聖人之和人歌，聖人之教人學詩也。

雖然物必取其極盛者而稱之。詩之稱唐，猶曰宋之斤魯之削云爾。
僕之不甚宗唐，不欲逼天下之人盡遷居於宋於魯而後為斤削也。然
宋斤魯削之善，不可誣也。子之不欲尊唐，是欲逼居宋居魯之人遠
適異國，而後許其為斤削也，則好惡拂人之性矣。是奚可哉！

來書云：唐詩舊，宋詩新。更不然也。夫新舊可以年代計乎？一人
之詩，有某首新，某首舊者；一詩之中，有某句新，某句舊者。新
舊存乎其詩，不存乎唐、宋。且子之所謂新舊，僕亦知之。前有人
焉，明堂奧房，禕禕焉盛服而居；後又有人焉，明堂奧房，禕禕焉
盛服而居。子慮其雷同而舊也，將變而新之。則宜更華其居，更盛
其服，以相壓勝矣。乃計不出此，而忽窪居窟處，衣昌披而服藍縷，
曰吾以為新云爾。其果新乎？抑雖新而不如其不新乎？五尺之童，
皆能辨之。

楊子曰：斲木為棋，挠木為鞠，皆有法焉。唐人之法，本乎漢、晉；
宋人之法，本乎三唐。終宋之世，無斥唐人者。子忽欲尊宋而斥唐，
是率其子弟攻其父兄也。恐詩未作，而教先敗已！〔註82〕

唐詩宋詩只是人為的劃分，與性情無涉，宗唐宗宋是「好惡拂人之性」，袁枚
用人性論融解了唐宋之分，抹平了唐宋之間的界線。袁枚認為唐宋之爭只
是門戶之爭，所以「僕之不甚宗唐，不欲逼天下之人盡遷居於宋而後為斤削
也。」從信中我可以看出，施蘭垞是宋詩的推崇者，其揚宋抑唐的傾向很
明顯，了為防止過度地宗宋，袁枚在《答蘭垞第二書》中對宋詩之弊進行了
分析：

來書極言唐詩之弊，故以學宋為解。所陳諸弊，僕不以病唐人，乃
以病吾子。何也？子亦知孔子之道，歷萬世而無弊者乎？然鄉之
氓，有學孔子者，終日食不厭精，膾不厭細，人但呼為飲食之人，
不呼為孔子也。是豈孔子之弊哉？子之弊唐，毋乃類是！且弊有多
寡，學者當擇其寡者而趨之。程、朱講學，陸、王亦講學。其于聖
道，互有是非。然天下士多遵程、朱，少遵陸、王。故何也？程、
朱流弊，不過迂拘；陸、王之弊，一再傳而姦滑竄焉。其弊大，故

〔註82〕袁枚，《小倉山房詩文集》〔M〕，上海：上海古籍出版社，1988 年，第 1506
～1507 頁。

其教不昌。唐詩之弊，子既知之矣；宋詩之弊，而子亦知之乎？不
依永，故律亡；不潤色，故采晦。又往往疊韻如蝦蟆繁聲，無理取
鬧。或使事太僻，如生客闌入，舉座寡懂。其他禪障理障，瘦詞替
語，皆日遠夫性情。病此者，近今吾浙爲尤。雖瑜瑕不掩有可傳者
存，然西施之顰，伯牛之癩，固不如其勿顰勿癩也。況非西施與伯
牛乎？（同上，第 1507 頁）

「近今吾浙爲尤」說明了宗宋一派仍然有很大的市場，以厲鶚爲代表的浙派
的流弊確實如袁枚所說：「不依永，故律亡；不潤色，故采晦。又往往疊韻如
蝦蟆繁聲，無理取鬧。或使事太僻，如生客闌入，舉座寡懂。其他禪障理障，
瘦詞替語，皆日遠夫性情。」吳騫《拜經樓詩話》引汪師韓的話對厲鶚進行
了批評：「先生之詩，搜討精博，蹊徑幽微。取材新，則有獨得之奇；使事切，
則無寡情之采。自成情理之高，不關身世之感。至若典僻而意或晦，藻密而
氣爲傷……然先生全集，要無一字一句，不自讀書創獲，所以雄視一時。後
人傚之者，不效其讀書，而惟是割綴詩詞內新異之字，以供臨文之攢湊，望
之炫目，按之枵腹。昔人云：所作不可盡難，難便不知所出。是又不得以學
者之不根，而並咎作者之非法也。」〔註 83〕偏執一派往往會限制了人們的眼
界，看不到詩的全貌，袁枚對宗宋一派的批評是有針對性的。同一時期的冒
春榮也對宗唐一派批評道：

曰：初唐自高祖武德元年戊寅歲至玄宗先天元年壬子歲，凡九十五
年。盛唐自玄宗開元元年癸丑歲至代宗永泰元年乙巳歲，凡五十三
年。中唐自代宗大曆元年丙午歲至文宗大和九年乙卯歲，凡七十
年。晚唐自文宗開成元年丙辰歲至哀帝天祐三年丙寅歲，凡七十一
年。溯自高祖武德戊寅至哀帝末年丙寅，總計二百八十九年，分爲
四唐。然詩格雖隨氣運變遷，其間轉移之處，亦非可以年歲限定。
況有一人而經歷數朝，今雖分別年歲，究不能分一人之詩，以隸於
每年之下。甚之以訛傳訛，或一詩而分載數人，或異時而互爲牽引，
則四唐之強分疆界，毋亦刻舟求劍之說邪？然初、盛、中、晚之年
之分起訖，初學又不可不識之。〔註 84〕

〔註 83〕 吳騫，《拜經樓詩話》，清詩話本，上海古籍出版社，1978 年，第 773 頁。
〔註 84〕 冒春榮，《葚原詩說（清詩話續編本）》〔M〕，上海：上海古籍出版社，1983
年，第 1607～1608 頁。

朝代的政治變更與文學的發展並非完全一致，唐宋的國號與文學無干，冒春榮的觀點與袁枚是一致的。袁枚告戒人們，詩的真義在於「真」，而這真只有在作者的心中才能找到，靠模仿是尋不著的。

> 人或問余以本朝詩，誰為第一？余轉問其人，《三百篇》以何首為第一？其人不能答。余曉之曰：詩如天生花卉，春蘭秋菊，各有一時之秀，不容人為軒輊。音律風趣，能動人心目者，即為佳詩；無所為第一、第二也。有因其一時偶至而論者，如「不愁明月盡，自有夜珠來」一首，宋居沈上。「文章舊價留鸞掖，桃李新陰在鯉庭」一首，楊汝士壓倒元、白是也。有總其全局而論者，如唐以李、杜、韓、白為大家，宋以歐、蘇、陸、范為大家是也。若必專舉一人，以覆蓋一朝，則牡丹為花王，蘭亦為王者之香：人於草木，不能評誰為第一，而況詩乎？〔註85〕

因此，詩只可以工拙而論，不能以時代先後而評。對於那些抱唐宋以凌人的人，袁枚甚為反感，無情地進行了諷刺。

> 抱韓、杜以凌人，而粗腳笨手者，謂之權門托足。仿王、孟以矜高，而半吞半吐者，謂之貧賤驕人。開口言盛唐及好用古人韻者，謂之木偶演戲。故意走宋人冷徑者，謂之乞兒搬家。好疊韻、次韻，刺刺不休者，謂之村婆絮談。一字一句，自注來歷者，謂之骨董開店。〔註86〕

「權門托足」是指沈德潛的格調論，「仿王、孟以矜高」指王士禎的神韻論，「故意走宋人冷徑者」指以厲鶚為代表的浙派，「自注來歷者」指翁方綱以考據為詩的肌理論。袁枚在這裡所諷刺的就是披著各種外衣下宗唐宗宋的詩學流派。

2.3.1.2 分唐界宋沒有生活的味道，違反了作詩的原則

在中國歷史上，詩文很少能做為一種純文學形態，它往往擔負著太多的政治倫理功能，《毛詩序》「經夫婦，成孝敬，厚人倫，美教化，移風俗」的非審美解讀一直左右著中國詩學的發展。乾嘉時期，東南沿海資本主義萌芽進一步發展，市民層不斷壯大，這一時期從事詩文創作的普通民眾在數量上遠勝前代，出版的詩文集之多也是之前任何一個時代所無法比肩的。市民階

〔註85〕 袁枚，《隨園詩話》〔M〕，北京：人民文學出版社，1982年，第70頁。
〔註86〕 袁枚，《隨園詩話》〔M〕，北京：人民文學出版社，1982年，第148頁。

層的創作隊伍壯大使得這一時期的詩歌觀念發生了變化，傳統的詩教觀念開始受到衝擊，詩歌表情達意和娛樂的功能被放大，一場關於人性的爭論在文學領域特別是在詩學領域悄然展開。

> 沈歸愚宗伯與袁簡齋太史論詩判若水火。宗伯專講格律；太史專取性靈。自宗伯三種《別裁集》出，詩人日漸日少；自太史《隨園詩話》出，詩人日漸日多。然格律太嚴固不可；性靈太露亦是病也。
> 〔註87〕

錢泳的評價其實道出了這一時期詩歌創作風向轉換，乾隆三十年是沈德潛主持風雅，後三十年是袁枚的性靈詩派主唱詩壇。沈德潛詩壇的正宗地位與乾隆皇帝的褒獎不無關係，而袁枚的性靈詩派能在沈德潛之後風行應該說是適應了時代的發展，體現了詩歌大眾化的趨勢。性靈派在這一時期出現既與當時的社會經濟狀況相關，又與這一時期的學術思想有著緊密的聯繫。

袁枚的性靈論注重生活原生態的表現，反對架空現實的空洞理論，「然鄙意以爲得千百僞濂、洛、關、閩，不如得一二眞白傅、樊川，以千金之珠易魚之一目，而魚不樂者，何也？目雖賤而眞，珠雖貴而僞故也。」〔註88〕生活的眞實高於理論上的眞實，袁枚對理論的空殼很不以爲然，他在《隨園詩話》中說道：

> 詩空談格調，不主性情，楊誠齋道是「鈍根人所爲」。近又有每動筆專摹古樣者。不知鑄錢有範，而人之求之者買錢不買範也。遺腹子祭墓，備極三牲五鼎，而終不知乃翁之聲音笑貌在何所，豈不可笑！〔註89〕

袁枚所說的「格調」既包括溫柔敦厚之格調，又包括宗唐宗宋之格調，他認爲格調只是一種空洞的理論，由格調出發創作出來的作品都是些沒有生命的東西，他對這種格調的虛假批評道：

> 高青邱笑古人作詩，今人描詩。描詩者，象生花之類，所謂優孟衣冠，詩中之鄉愿也。譬如學杜而竟如杜，學韓而竟如韓：人何不觀眞杜、眞韓之詩，而肯觀僞韓、僞杜之詩乎？孔子學周公，不如王

〔註87〕 錢泳，《履園談詩（清詩話本）》〔M〕，上海：上第古籍出版社，1978 年，第871 頁。

〔註88〕 袁枚，《小倉山房詩文集》〔M〕，上海：上海古籍出版社，1988 年，第 1801 頁。

〔註89〕 袁枚，《隨園詩話》〔M〕，北京：人民文學出版社，1982 年，第 812 頁。

莽之似也；孟子學孔子，不如王通之似也。唐義山、香山、牧之、昌黎，同學杜者；今其詩集，都是別樹一旗。杜所伏膺者，庾、鮑兩家；而集中亦絕不相似。蕭子顯云：「若無新變，不能代雄。」陸放翁曰：「文章切忌參死句。」黃山谷曰：「文章切忌隨人後。」皆金針度人語。《漁隱叢話》笑歐公「如三館畫筆，專替古人傳神」，嫌其描也。五亭山人《嘲鸚鵡》云：「齒牙餘慧雖偷拾，那識雷同轉可羞。」又曰：「爭似流鶯當百囀，天真還是一家言。」（同上，第235頁）

真正有天分的詩人從個人的性靈出發才能有所創獲，宗唐祧宋的格調往往是失去了生活的味道，袁枚認為真正的詩應該像活生生的生活一樣，具有泥土的氣息。

熊掌、豹胎，食之至珍貴者也；生吞活剝，不如一蔬一筍矣。牡丹、芍藥，花之至富麗者也；剪綵為之，不如野蓼山葵矣。味欲其鮮，趣欲其真，人必知此，而後可與論詩。〔註90〕

詩如生活，必須真實地反映生活，袁枚對脫離生活的詩學傾向很不滿，他對以學問為詩的浙派提出了批評。

吾鄉詩有浙派，好用替代字，蓋始於宋人，而成於厲樊榭。宋人如：「水泥行郭索，雲木叫鉤輈。」不過一蟹一鷓鴣耳。「歲暮蒼官能自保，日高青女尚橫陳。含風鴨綠鱗鱗起，弄日鵝黃嫋嫋垂。」不過松、霜、水、柳四物而已。座詞謎語，了無餘味。樊榭在揚州馬秋玉家，所見說部書多，好用僻典及零碎故事，有類《庶物異名疏》、《清異錄》二種。董竹枝云：「偷將冷字騙商人。」責之是也。不知先生之詩，佳處全不在是。嗣後學者，遂以「瓶」為「軍持」，「橋」為「略彴」，「箸」為「挾提」，「棉」為「芮溫」，「提燈」為「懸火」，「風箱」為「扇蹟」，「熨斗」為「熱升」，「草屨」為「不借」；其他「青奴」、「黃奶」、「紅友」、「綠卿」、「善哉」、「吉了」、「白甲」、「紅丁」之類，數之可盡，味同嚼蠟。余按《世說》：「郝隆為桓溫南部參軍。三月三日作詩曰：『娵隅躍清池。』桓問何物。曰：『魚也。』桓問：『何以作蠻語？』曰：『千里投公，才得蠻部參軍，那得不作蠻語？』」此用替代字之濫觴。《文選》中詩，以「日」為「耀」，「靈

〔註90〕 袁枚，《隨園詩話》〔M〕，北京：人民文學出版社，1982年，第20頁。

風」為「商飆」,「月」為「蟾魄」,皆此類也。唐陳子昂出,始一洗
而空之。〔註91〕

這種沒有生活氣息的詩只能在書中討生活,也不具有永恒的價值。解讀袁枚
的詩歌作品會發現,中國傳統文化中一直特別強調的集體理性精神被淡化處
理,而具有生活情趣的事情卻被詩人反覆題詠、重筆表現。這種表現其實已
經不是傳統意義上的「詩言志」了,它已賦予了新的內涵。朱自清對他的評
價頗有點意思:

> 他(袁枚)在《答蕺園論詩書》裏說願效白傅(白居易)、樊川(杜
> 牧),不願刪自己的「緣情詩」,並有「情所最先,莫如男女」的話
> (《小倉山房文集》)三十)。那麼,他所謂「緣情詩」,只是男女私
> 情之作,這顯然曲解了陸機的原語。然而按他所舉那「縱伎」的例,
> 似乎就是這種狹義的「緣情詩」也可算作「言志」。這樣的「言志」
> 的詩倒跟我們現代譯語的「抒情詩」同義了。〔註92〕

朱自清認為袁枚所謂的「情」只是男女之情,這未免失之偏頗,袁枚論詩偏
重於男女之情,這是事實,但他並沒有因此而認為人的性情只有男女之情。
袁枚的言志論淡化了政治倫理的價值,強調創作主體個人情感的直接流露,
確實與現代抒情詩近乎同義。

> 須知有性情,便有格律;格律不在性情外。《三百篇》半是勞人思婦
> 率意言情之事;誰為之格,誰為之律?而今之談格調者,能出其範
> 圍否?況皋、禹之歌,不同乎《三百篇》;《國風》之格,不同乎《雅》、
> 《頌》;格豈有一定哉?許渾云:「吟詩好似成仙骨,骨裏無詩莫浪
> 吟。」詩在骨不在格也。〔註93〕

袁枚論情首重男女之情,這與他對傳統儒家思想過於僵化的不滿有關,而傳
統思想中最受壓抑的莫過於男女之情,袁枚對情的宣揚既是他的思想的體
現,又是他詩學觀念的立腳點。

2.3.1.3 師人之所長,補己之所短,推陳出新

袁枚以性情論詩,他以「變」來看唐宋之分,他說:「唐人之法,本乎漢、
晉;宋人之法,本乎三唐。終宋之世,無斥唐人者。子忽欲尊宋而斥唐,是

〔註91〕 袁枚,《隨園詩話》〔M〕,北京:人民文學出版社,1982年,第320頁。
〔註92〕 朱自清,《詩言志辨》〔M〕,桂林:廣西師範大學出版社,2004年,第35頁。
〔註93〕 袁枚,《隨園詩話》〔M〕,北京:人民文學出版社,1982年,第2頁。

率其子弟攻其父兄也。恐詩未作，而教先敗已！」〔註94〕這與沈德潛、翁方綱將唐詩、宋詩作爲兩種不同的詩風是不一樣的。雖然袁枚以「變」來看待唐詩與宋詩，但這並不是說他沒有看到不同詩歌的風格，他認爲每一種詩歌風格的存在都有其合理性，但是如果偏執一方，就容易產生流弊，成爲一個空架子。

> 凡事不能無弊，學詩亦然。學漢、魏《文選》者，其弊常流於假；學李、杜、韓、蘇者，其弊常失於粗；學王、孟、韋、柳者，其弊常流於弱；學元、白、放翁者，其弊常失於淺；學溫、李、冬郎者，其弊常失於纖。人能吸諸家之精華，而吐其糟粕，則諸弊盡捐。大概杜、韓以學力勝，學之，刻鵠不成，猶類鶩也。太白、東坡以天分勝，學之，畫虎不成，反類狗也。佛云：「學我者死。」無佛之聰明而學佛，自然死矣。〔註95〕

每位詩人都有自己的風格，如果只是株守一家，詩境未免過於偏狹，學詩貴在於能入能出，入乎其中，出乎其外，以己之性情學人之所長，不能學而不化。袁枚認爲學習就是一個廣泛博覽師承的過程，他說：

> 詩人家數甚多，不可硜硜然域一先生之言，自以爲是，而妄薄前人。須知王、孟清幽，豈可施諸邊塞？杜、韓排奡，未便播之管弦。沈、宋莊重，到山野則俗。盧仝險怪，登廟堂則野。韋、柳雋逸，不宜長篇。蘇、黃瘦硬，短於言情。悱惻芬芳，非溫、李、冬郎不可。屬詞比事，非元、白、梅村不可。古人各成一家，業已傳名而去。後人不得不兼綜條貫，相題行事。雖才力筆性，各有所宜，未容勉強；然寧藏拙而不爲則可，若護其所短，而反譏人之所長，則不可。所謂以宮笑角，以白詆青者，謂之陋儒。范蔚宗云：「人識同體之善，而忘異量之美，此大病也。」蔣苕生太史《題〈隨園集〉》云：「古來只此筆數枝，怪哉公以一手持。」余雖不能當此言，而私心竊向往之。（同上，第 149 頁）

前人的成就是後人師法對象，袁枚並不反對這種師承學習，他反對株守一家而不能兼通。他認爲後人只有「兼綜條貫」才能確立自己的面目。除了廣泛

〔註94〕袁枚，《小倉山房詩文集》〔M〕，上海：上海古籍出版社，1988 年，第 1507頁。

〔註95〕袁枚，《隨園詩話》〔M〕，北京：人民文學出版社，1982 年，第 103 頁。

學習各家之長，袁枚認為學習的關鍵在於得其神髓，而非襲其皮毛，他在《高文良〈味和堂詩〉序》中說道：

> 夫人臣之不可不皐、夔也，猶詩之不可不唐音也。學皐、夔者，衣以其衣，冠以其冠，曼擊而拜颺焉，其皐、夔乎？學唐音者，習其趨蹌，聲其句讀，終日筦絃鏗鏘，其唐音乎？善學皐、夔者，莫如周、召；然其詩無喜起明良一字也。善學周、召者，莫如吉甫、奚斯，然其詩無《卷阿》、《東山》一字也。後世王朗學華子魚，學之愈肖，而離之愈遠。此其故可深長思矣。明七子學唐用宮調，而專摩初、盛，故多疵焉；新城學唐兼角羽，而旁及中、晚，故少疵焉。然皆莊子所謂循迹者也，非能生迹者也。〔註96〕

袁枚認為只有學到神髓才能融彙而有自我的面目。袁枚把只學得其皮毛的師承稱為「描詩」，他說：「描詩者，象生花之類，所謂優孟衣冠，詩中之鄉愿也。譬如學杜而竟如杜，學韓而竟如韓：人何不觀真杜、真韓之詩，而肯觀偽韓、偽杜之詩乎？孔子學周公，不如王莽之似也；孟子學孔子，不如王通之似也。唐義山、香山、牧之、昌黎，同學杜者；今其詩集，都是別樹一旗。」〔註97〕宗唐或宗宋的復古思想多少都帶有「描詩」的味道，袁枚的批評是有見的的。

　　唐詩在中國歷代都不缺乏推崇者，以唐詩自號的也代不乏人，袁枚對這種作法就不以為然，他說：

> 嚴滄浪借禪喻詩，所謂「羚羊掛角」，「香象渡河」，有神韻可味，「無迹象可尋」。此說甚是。然不過詩中一格耳。阮亭奉為至論，馮鈍吟笑為謬談：皆非知詩者。詩不必首首如是，亦不可不知此種境界。如作近體短章，不是半吞半吐，超超玄箸，斷不能得弦外之音，甘餘之味：滄浪之言，如何可詆？若作七古長篇、五言百韻，即以禪喻，自當天魔獻舞，花雨彌空，雖造八萬四千寶塔，不為多也；又何能一「羊」一「象」，顯「渡河」、「掛角」之小神通哉？總在相題行事，能放能收，方稱作手。〔註98〕

袁枚對從嚴羽到王士禎的「別趣」論的評價是比較中肯的，「詩不必首首如

〔註96〕　袁枚，《小倉山房詩文集》〔M〕，上海：上海古籍出版社，1988 年，第 1374 頁。

〔註97〕　袁枚，《隨園詩話》〔M〕，北京：人民文學出版社，1982 年，第 235 頁。

〔註98〕　袁枚，《隨園詩話》〔M〕，北京：人民文學出版社，1982 年，第 273 頁。

是，亦不可不知此種境界」，這在視野上就比簡單地宗唐、宗宋者要開闊得多了。因此，袁枚認爲不應該以門戶之見來任意褒貶，應實事求是地給予評價。

> 阮亭先生，自是一代名家。惜譽之者，既過其實，而毀之者亦損其真。須知先生才本清雅，氣少排奡，爲王、孟、韋、柳則有餘，爲李、杜、韓、蘇則不足也。余學遺山，《論詩》一絕云：「清才未合長依傍，雅調如何可詆娸？我奉漁洋如貌執，不相菲薄不相師。」
> 〔註99〕

在具體的批評中，袁枚就能打破詩學門戶之見，也能打破傳統的以人論詩的偏見進行評論。

> 金聖歎好批小説，人多薄之；然其《宿野廟》一絕云：「眾響漸已寂，蟲於佛面飛。半窗關夜雨，四壁掛僧衣。」殊清絕。孔東堂演《桃花扇》曲本，有詩集若干，佳句云：「船沖宿鷺排檣起，燈引秋蚊入帳飛。」其他首未能稱是。〔註100〕

金聖歎對傳統思想的反判被人們視爲「異端」，當時多不被人們所稱重。袁枚不以人論詩、不以派別論人，堅持自己詩學的標準進行取捨，這是難能可貴的。同樣的，對於走冷癖一路的宋詩派，袁枚甚爲不滿，但對其中好的詩篇，他也是讚不絕口。

> 吾鄉厲太鴻與沈歸愚，同在浙江志館，而詩派不合。余道：厲公七古氣弱，非其所長；然近體清妙，至今爲浙派者，誰能及之？如：「身披絮帽寒猶薄，才上籃輿趣便生。」壓枝梅子多難數，過雨楊花貼地飛。」白日如年娛我老，綠陰似水送春歸。」《入都會試途中除夕》云：「荒村已是栽春帖，茅店還聞索酒錢。」「燭爲留人遲見跋，雞防失旦故爭先。」皆絕調也。〔註101〕

袁枚對唐宋詩學的調和其實是看到了門戶之爭對性情的湮殺，他試圖以「詩言志」的傳統糾正門戶之爭的偏見，回來詩學的原本大道上來。齊治平《唐宋詩之爭概述》裏評價袁枚的唐宋詩論上的觀點時說：

> 蓋隨園之時，在朝則有沈德潛之提倡唐音，在野則有厲鶚等之扢揚

〔註99〕 袁枚，《隨園詩話》〔M〕，北京：人民文學出版社，1982 年，第 48 頁。
〔註100〕 袁枚，《隨園詩話》〔M〕，北京：人民文學出版社，1982 年，第 4 頁。
〔註101〕 袁枚，《隨園詩話》〔M〕，北京：人民文學出版社，1982 年，第 823 頁。

> 宋調，故己乃倡為不分朝代軫域之說，以示門庭之廣，而遇宗唐者
> 則申以宋難之，遇害尊宋者則稱唐以折之，左右開弓，亦爭勝之一
> 術也。〔註102〕

袁枚左右開弓與祖唐宗宋者論難是事實，但說「遇宗唐者則申以宋難之，遇
害尊宋者則稱唐以折之」是不大切合事實。厲鶚在乾隆十七年去世，那時袁
枚還沒有在詩壇上顯露聲名，從目前的材料上看，袁枚並沒有與厲鶚直接交
往的記錄，袁枚對厲鶚的評價多是回憶性質，而且褒處多於貶處，對其編輯
宋詩也是大加讚賞。

> 厲太鴻《宋詩紀事》，採取最博。余閱《北盟會編》，為補所未採者，
> 如：徽宗在五國城詩曰：「噬臍有愧平燕日，嘗膽無忘在莒時。」李
> 若水曰：「五鼓可回千里夢，一官妨盡百年身。」宇文虛中云：「傳
> 聞巳築西河館，自許能肥北地羊。」皆佳句也。金主亮中秋無月詞
> 云：「（惟）恨劍鋒不快，一一揮斷紫雲根，要見嫦娥體態。」亦頗
> 豪氣逼人。〔註103〕

袁枚對宋詩的批評中要是體現在《答施蘭垞論詩書》、《答蘭垞第二書》等文
章中，袁枚雖然於其中對宋詩的弊病進行了批評，但他始終堅持不偏執門戶
之見，並沒有在批宋的同時故意揚唐，而且他在論述之中一貫堅持的人性論
思想是清晰不移的。與對厲鶚的態度相比，袁枚對沈德潛相比要意氣用事一
些。袁枚雖然與沈德潛交好，但論詩每每相對，對這位詩壇老宿並不留下半
分客氣。袁枚對沈德潛的批判雖然不免油滑，但他在與沈德潛論辯的過程中
立場也是一以貫之的。

　　袁枚雖然也認識到各個時代文學的不同風格，但他過度地以人性論來闡
釋詩歌抹殺唐宋詩風的不同，這也有矯枉過正之弊。

　　受袁枚影響，宣揚袁枚詩學的李調元在反對唐宋之爭上與袁枚如出一
轍，他說：

> 詩者，天之花也。花閱一春而益新，詩閱一代而益盛。穠桃繁李，
> 比豔爭妍，而最高者為梅、蘭、竹、菊；唐、宋、元、明，分壇列
> 坫，而最大者為李、杜、韓、蘇。然梅、蘭、竹、菊高且高矣，而

〔註102〕齊治平，《唐宋之爭概述》〔M〕，長沙：嶽麓書社，1983 年，第 116 頁。
〔註103〕袁枚，《隨園詩話》〔M〕，北京：人民文學出版社，1982 年，第 483～484
　　　　頁。

> 藝圃者不遍植奇花，非圃也；李、杜、韓、蘇大則大矣，而談詩者
> 不博及時彥，非話也。

> 夫花既以新爲佳，則詩須陳言務去。大率詩有恒裁，思無定位，立
> 言先知有我，命意不必猶人。詩衷於理，要有理趣，勿墜理障；詩
> 通於禪，要得禪意，勿墜禪機。言近而指遠，節短而韻長，得其一
> 斑，可窺全豹矣！〔註104〕

李調元認爲詩如四委更替，各有所長，不可局於一隅，須以時新爲佳。這其
實強調的是詩的生活趣味，要求表現生活的情趣，反對空洞的說理。與袁枚
一樣，他以性情論抹平了唐宋之間了界限，認爲性情便是詩的眞諦所在，他
在《雲谷詩草·序》中說到：

> 詩也者，人之性情也。人之性情，稟乎五行。五行者，金、木、水、
> 火、土也，在天爲五星、在地爲五方、在時爲五德、在人爲五常；
> 發於文章爲五色，播於音律爲五聲，而總其精氣之用謂之五行。五
> 行者，互相生而間相勝也。然亦各有體用焉！澄澤流行，水之體也，
> 漂流沒溺，水之用也；光顯炳明，火之體也，燔燎焦燃，火之用也；
> 長短曲直，木之體也，幹擧機發，木之用也；從革堅剛，金之體也，
> 鋒刃銛利，金之用也；敦靜安鎮，土之體也，含垢匿穢，爲萬化母，
> 土德也。土在中央，主含萬物，故言：德土之爲言，吐也。故人發
> 而爲言，吐而爲詩，莫不各有水、火、木、金、土之性情而所本。（同
> 上，卷五，第63頁）

李調元通過天地五行爲性情找到了合法的根基，也由此建立了詩表性情的理
論基礎。

2.3.2 性靈派副將──趙翼

趙翼論詩主創新，認爲詩歌是一個發展變化，推陳出新的過程，任何盲
信古人的做法都是可笑的。「滿眼生機轉化鈞，天工人巧日爭新。預支五百
年新意，到了千年又覺陳。李杜詩篇萬口傳，至今已沈不新鮮。江山代有
才人出，各領風騷數百年。單眼須憑自主張，紛紛藝苑漫雌黃。矮人看戲
何曾見，都是隨人說短長。詩解窮人我未空，想因詩尚不曾工。熊魚自笑

〔註104〕李調元，《童山文集》，叢書集成新編本，臺北：新文豐出版公司，卷四，第
50頁。

貪心甚，既要工詩又怕窮。」〔註105〕（《論詩》（一））即使是萬口傳誦的李杜詩篇，經過歷代的誦揚後已很難讓人感到有新意，所以詩歌必須開創前人所未有，才能爲後人所傳揚。作者晚年創作的《甌北詩話》是他詩學的總結。

> 少日閱唐、宋以來諸家詩，不終卷，而己之才思湧出，遂不能息心凝慮；究極本領，不過如世之選家，略得大概而已。晚年無事，取諸家全集，再三展玩，始知其眞才分、眞境地；覺向之所見，猶僅十之二三也。因窺自愧悔：使數十年前，早從此尋繹，得識各家獨至之處，與之相上下，其才高者，可以擴吾之才；其功深者，可以進吾之功；必將挫籠參會，自成一家。惜乎老至耄及，精力已衰，不復能與古人爭勝。然猶幸老而从事于此……，必待晚而始知，則何如以余晚年所見，使諸才人早見及之，可以省數十年之熟視無睹。是於余雖不能有所進，而於諸才人實大有所益也。爰就鄙見所及，略爲標舉，以公諸同好焉。〔註106〕（甌北詩話小引）

甌北一生專注於史學和詩歌，其詩歌、詩論都熔化了他的歷史見解，他晚年所發現的詩歌創作的「眞才分、眞境地」，其實就是要在發現「各家獨至之處」的基礎上，「挫籠參會，自成一家」，只有形成自己的風格，才能與古人爭高下。歷史的發展需要不斷地開創，那些活在過去的人不會得到歷史的寬容，他笑明代的前後七子，「當時風行海內，迄今優孟衣冠，笑齒已冷。」〔註107〕詩歌分唐界宋，不會寫出自我的眞性情，也不會有自己的獨到之處，趙翼在《甌北詩話・五言古詩・閒居念書作之五》裏寫道：

> 共此面一尺，竟無一相肖。人心亦如面，意匠戞獨造。同閱一卷書，各自領其奧。同作一題文，各自擅其妙。問此胡爲然，各有天在竅。
> 所以才智人，不肯自棄暴。力欲爭上游，性靈乃其要。〔註108〕

個人的詩性才華並不是在唐詩宋詞裏找到，它本於詩人的性靈，不拘束於唐宋的格子，「自身已有初中晚，安得千秋尙漢唐。」所以，趙翼認爲，詩歌上的唐宋之爭就像經學上的漢宋之爭一樣，只是嘴角之爭，並無實際意義。「宋調唐音百戰場，紛紛唇舌互雌黃。此於世道何關係，竟似儒家闢老莊。」

〔註105〕趙翼，《甌北集》〔M〕，上海：上海古籍出版社，1997年，第630頁。
〔註106〕趙翼，《甌北詩話》〔M〕，北京：人民文學出版社，1963年，第1頁。
〔註107〕趙翼，《甌北詩話》〔M〕，北京：人民文學出版社，1963年，第130頁。
〔註108〕趙翼，《甌北集》〔M〕，上海：上海古籍出版社，1997年，第515頁。

〔註109〕（《論詩》）「有明李何學，詩唐文必漢。中抹千餘年，不許世人看。毋怪群起攻，加以良庸訕。宋儒探六經，心源契一貫。亦掃千餘年，注疏悉屏竄。《書》疑古文僞，《詩》斥《小序》亂。理雖可默通，事豈可懸斷？竹垞西河生，所以又翻案。吾言則已贅，一編聊自玩。」〔註110〕滿口的雌黃解決不了詩歌發展的問題，如何開闢未有之境才是關鍵之所在，趙翼在《讀杜詩》裏詠歎：

> 杜詩久循誦，今始識神功。不創前未有，焉傳後無窮。一生爲客恨，
>
> 萬古出群雄。吾老方津逮，何由羿彀中。〔註111〕

趙翼以歷史發展的眼光看待詩歌的發展，不拘泥於唐風宋調。他的主要詩歌理論著作《甌北詩話》，體現了這種詩學思想。《甌北詩話》以李白、杜甫、韓愈、白居易、蘇軾、陸游、元好問、高啓、吳偉業、查愼行十家爲線，勾勒出了中國詩歌發展的歷史，對各個朝代的代表詩人都分析了其獨到之處，不宗唐、宋，不厚古薄今，以發展的眼光消融了唐宋之爭、門戶之爭。

　　除了以發展的眼光來看待文學的變遷，趙翼與袁枚一樣強調詩歌的表情達意的功能，反對以空洞的詩歌格調圈套活的靈魂。「昔我即伯牙，今我即鍾期。本從性情出，仍來養心脾。魂尋舊遊夢，緒引不斷絲。生平辛苦報，消受惟此詩。」（《編詩》，同上，第472頁）趙翼的「性情」與袁枚一樣，強調眞實性、當下性，不滿於刻意的門戶之爭。「興會偶然值，不覺神與遊。其人本不朽，其事遂千秋。如何好名者，徒欲託物留。栽成數竿竹，自比王子猷。種就几叢菊，又謂淵明儔。品茶希陸羽，泛舟託日休。韻事遞相續，高人遍九州。效顰良可笑，拾唾亦足羞。卒之誰振拔？同歸貉一邱。人生可傳處，豈在假風流？」（《放言九首》，同上，第464頁）門戶之爭只會限制個人性情的抒發，趙翼對明七子的擬古極爲不滿，他譏諷道：「有明李何學，詩唐文必漢。中抹千餘年，不許世人看。毋怪群起攻，加以妄庸訕。」（《雜題》，同上，第487頁）主變、求眞是趙翼論詩的兩大武器，基於這樣的立場，他不屑於唐風宋調，對株守門戶之見的詩論大加鞭撻。李治亭在《清史（下）》中說道：

> 以史學而言，中國史學分爲「求眞」與「求用」兩途，以其時代不

〔註109〕趙翼，《甌北集》〔M〕，上海：上海古籍出版社，1997年，第1233頁。
〔註110〕趙翼，《甌北集》〔M〕，上海：上海古籍出版社，1997年，第487頁。
〔註111〕趙翼，《甌北集》〔M〕，上海：上海古籍出版社，1997年，第943頁。

同而各有側重。求用者多爲國家處於動盪不安或分裂割據時期，學
者們爲總結歷史經驗而致用於當世，故此類以當代史著爲多，如明
清之際著作即是；求眞者則多爲國家處於承平時期，史家對前代史
或通史進行整理或編著，以求保存一代史實。乾隆嘉慶時期承平既
久，史學家受考據學風之影響，於是求眞的特徵表現更爲明顯，尤
其是對古史的增補考訂，爲後世之史學訂其誤論，補其缺失，厥功
甚偉。這是中國史學自身之發展規律所使然。〔註 112〕

這個看法不僅適用於史學，於文學亦然。在承平的乾嘉時期，袁枚與趙翼對
性靈的宣揚清算了清初以來的唐宋之爭，讓「緣情」的詩路佔據時代詩壇的
主流。

2.4 翁方綱的唐宋之論

在乾嘉詩壇上，翁方綱是一位博學多才的學者，對考據懷有濃厚的興趣，
同時他又株守程朱理學，學術思想的時代性與保守性在他身上糅雜於一身。
同樣的，他的詩論既傳承了傳統詩論的因素，又極具歷史思辨性。他在《言
志集序》中說道：「昔虞廷之《謨》曰：『詩言志，歌永言。』孔庭之訓曰：『不
學詩，無以言。』言者，心之聲也。」〔註 113〕在言志的前提下，翁方綱堅持
內容決定形式，對歷代不同風格、不同流派的詩歌都有所相容，詩論上體現
出了宏大的氣象。「孔子於三百篇皆弦而歌之，以合於韶、武之音，豈三百篇，
篇篇皆具《韶》、《武》節奏乎？抑且勿遠稽三百篇，即以唐音最盛之際，若
杜，若李，若右丞、高、岑之屬，有一效建安之作，有一效謝、顏之作者乎？
宋詩盛於熙、豐之際，蘇、黃集中，有一效盛唐之作者乎？直至明朝，而李、
何在前，王、李踵後，乃有文必西漢、詩必盛唐之說，因而遂有五言必效選
體之說，五言不效選體，則謂之唐無五言古詩。然則七古亦將必以盛唐爲正
矣，則何不云宋言古詩？而彼不敢也。」(《格調中》，同上，第 334～335 頁)
在對歷史的反視中，翁方綱認識到了詩歌變化的合理性，值得注意的是，他
將「詩言志」貫徹得很徹底，反對以正變、繁簡等藝術形式割裂詩歌的情感
傳達。在《七言詩三昧舉隅》中，他分析道：

〔註 112〕李治亭，《清史》〔M〕，上海：上海人民出版社，2002 年，第 1270 頁。
〔註 113〕翁方綱，《復初齋文集》〔M〕，臺北：文海出版社，1961 年，第 210 頁。

杜雖生於兵災播遷之際，似竟一生言愁者，然此其面目耳，非其神髓也。設若杜公當周、召之遭逢，則《時邁》、《思文》之頌，《皇矣》、《旱麓》之雅，捨此其誰也？歐陽子論詩，亦曰：「窮而後工。」吾最不許此言。若依漁洋之論杜，準以歐陽子語，則必評杜曰，變而不失其正乎！夫見其時勢之艱，則以爲詩之窮；見其敍述之苦，則以爲詩之變，此惡可與言詩也哉？經曰：「溫柔敦厚，詩教也。」人之爲志，有不必繁言以含蓄爲正者，亦有必以發抒詳實爲正者；所謂言豈一端而已，達而已矣，各指其所之而已矣。今漁洋之論詩，以漢魏五言無過十韻者，恨後人言之太盡，遂以崔德符語，疑《八哀》之蕪累。充此類也，則《北征》、《奉先》、《詠懷》與陶、謝、阮、陳竟劃然分界乎？其果孰爲溫柔敦厚之正？則必推陶、謝、阮、陳，而杜公不得與焉矣。愚嘗論文章之正變，初不盡以繁簡濃淡之外貌求之，如「於穆清廟」，「維清緝熙」，周頌也，而篇章簡古；「小球大球」，「來享來王」，商頌也，而篇章極暢達。夫值其當含蓄之時，而徒事繁縟者，非也；值其不能含蓄之時，而故斂抑者，亦非也。故曰：「行乎其所不得不行，止乎其所不得不止。」不求與古人離，而不能不離；不求與古人合，而不能不合，此古今文之總括也。不惟七言不能以此分界，即五言體尚質實，而《北征》、《奉先》、《詠懷》實繼二雅而作，溫柔敦厚之旨，所必歸之者也。七言則不但《悲陳陶》、《哀江頭》皆溫柔敦厚也；即《長恨歌》、《連昌宮》、《望雲騅》，亦皆溫柔敦厚之至者也；香山樂府，亦皆溫柔敦厚之至者也。然而漁洋先生方且矜矜持擇於盛唐四十二家之間，夢香鼓琴於陶、韋之際，吾安敢帝贊一辭乎？昔唐文皇評右軍書，亦曰：「勢似欹而反正。」然後人學其欹乎？抑學其正乎？夫他書勿論已，《蘭亭》，篆勢也，豈其欹；夫他詩勿論已，《丹青引》，正聲也，豈其變！〔註114〕

抓住詩歌言情的本質，反對人爲地劃分，「行乎其所不得不行，止乎其所不得不止」這是翁方綱論詩的不同凡響之處，也正因如此，他的詩論消融了門戶之見，兼取不同風格的詩風，具有集大成的風範。

〔註114〕翁方綱，《七言詩三昧舉隅》，清詩話本，上海古籍出版社，1978年，第291～292頁。

　　翁方綱的肌理論是一個由破而立的過程，他處處以王士禎的神韻論爲辯駁的參照糸，而王士禎具有總結意味的神韻論讓翁方綱面對的不僅僅是一個詩歌理論，而是整個詩學傳統。「方綱束髮學爲詩，得聞先生緒論於吾邑黃詹事，因得先生所爲《古詩聲調譜》者。既又見江南屢有刊本，或詳或略；又有所謂《詩問》、《詩則》者，其論間有捃掛，亦大同小異。今見新城此刻，抑又不同，或遂疑其有贗。方綱蓋嘗熟復先生言詩之旨，而知其不相悖也。夫張、王、元、白之雅操，不可以例杜、韓；山谷之逆筆，不可以概歐、梅。吾惡知先生當日有所爲而言之之爲桓司馬耶，爲南宮敬叔耶！其知者則曰舉一以反三也，其不知者則曰舉一而廢百也。今日高才者嗜古者，稍有所得，輒往往訕薄先生，漸加甚矣；其墨守先生之論者，尙知聞聲欬而愛慕之，得其片紙單詞，以爲拱壁。方綱若不爲之剔抉原委，俾讀者知其立言之所以然，其於甘辛丹素經緯浮沉之界，所關非細。故因新城學官之請而爲之序如此。」〔註115〕翁方綱認爲「夫漁洋論詩上下千古之祕」（《謝蘊山詩序》），他不厭其煩地舉例證明神韻論的豐富內涵，在對神韻論的辯析中，他更多的是觸及了唐詩傳統和宋詩傳統，並認爲自己找到了詩歌的眞理所在，「士生今日，經籍之光，盈溢於世宙，爲學必以考證爲準，爲詩必以肌理爲準。」（《言志集序》）他的肌理說是在辯駁格調、神韻之後的詩學總結，它由唐入宋，強調學識對詩文創作的決定性，肌理論崇實反虛的理論爲乾嘉乃至清代學術精神的產物，爲同時代的性靈派所不容。

2.4.1 以神韻抹平唐宋

2.4.1.1 神韻義蘊的探析

　　翁方綱論詩並不是直接地提出自己的觀點，而是借助於王士禎的神韻論。王士禎執清初詩壇之牛耳，乾嘉時期仍然爲人們所評論最多的當代詩人，袁枚稱之「一代正宗才力薄」；沈德潛認爲他繼承司空徒、嚴羽的韻味論，缺乏碧海鯨魚、巨刃摩天的陽剛之美；邊連寶甚至視之爲「神韻家」。王士禎晚年推唐音，其《唐賢三昧》在整個清代影響甚大，從清初到乾嘉時期，主流的評論都將其視爲唐詩的繼承者。翁方綱詩論的出發點是王士禎的神韻論，他對神韻論的理解與時人相去甚遠，他對王士禎詩論的瞭解有不少眞知之

〔註115〕翁方綱，《王文簡古詩平仄論》，見《清詩話》，上海古籍出版社，1978 年，
　　　　第 223 頁。

處，但先入爲主的有色眼鏡也妨礙了他持論的客觀性。王士禎一生論詩凡三變，他自己說道：

> 吾老矣。還念平生，論詩凡屢變；而交遊中，亦如日之隨影，忽不知其轉移也。少年初筮仕時，惟務博綜該洽，以求兼長。文章江左，煙月揚州，人海花場，比肩接迹。入吾室者，俱操唐音，韻勝於才，推爲祭酒。然而空存昔夢，何堪涉想？中歲越三唐而事兩宋，良由物情厭故，筆意喜生，耳目爲之頓新，心思於焉避熟。明知長慶以後已有濫觴，而淳熙以前俱奉爲正的。當其燕市逢人，征途揖客，爭相提倡，遠近翕然宗之。既而清利流爲空疏，新靈浸以佶屈，顧瞻世道，焉心憂。於是以太音希聲，藥淫哇錮習，《唐賢三昧》之選，所謂乃造平淡時也，然而境亦從此老矣。〔註116〕

王士禎的詩風經歷了唐風——宋風——唐風的轉變，《唐賢三昧》是王士禎晚年的唐詩選本，也是他詩學的最終旨趣所在。王士禎的詩風經歷了唐音宋調的更迭，在詩論上並沒有刻意貶低任何一種詩風，加上他在康熙詩壇的「正宗」地位，這就給人一種詩學集成的印象。楊繩武在《資政大夫經筵講官刑部尚書王公神道碑銘》中寫道：

> 公之詩既爲天下所宗，天下人人能道之，然而公之詩非一世之詩，公之功非一世之功也。公之詩籠蓋百家，囊括千載，自漢魏六朝以及唐、宋、元、明人，無不有咀其精華，探其堂奧，而尤浸淫於陶、孟、王、韋諸公，有以得其象外之音，意外之神，不雕飾而工，不錘鑄而煉，極沈鬱排奡之氣，而彌近自然，盡鏤刻絢爛之奇，而不由人力。嘗推本司空表聖味在酸鹹之外，及嚴滄浪以禪喻詩之旨，而益伸其說，蓋自來論詩者或尚風格，或矜才調，或崇法律，而人則獨標神韻，神韻得而風格、才調、法律三者悉舉諸此矣。明自中葉以還，先後七子互相沿習，鍾、譚、陳、李更相詆訶。本朝初，虞山、婁東數公馳驅先道，風氣始開，猶未能盡復於古。至公出，而始斷然別爲一代之宗，天下之士一歸於大雅。蓋自明迄今，歷二百年，未有逾於公者也……公於書無所不窺，於學無所不貫。……而或者但執詩以求公之詩，又或執一家之詩以求公詩，其亦終不足

〔註116〕王士禎，《漁洋詩話》，見《歷代詩話統編（四）》，北京圖書館出版社，2003年，第203～204頁。

　　以語於知公也明矣。〔註117〕

王士禎的詩論具有很強的相容性，簡單地以神韻目之是不恰當的。但是，如果仔細地分辨，王士禎詩風的轉變是很明顯的，這一點他自己也是直言不諱：「中歲越三唐而事兩宋，良由物情厭故，筆意喜生，耳目爲之頓新，心思於焉避熟。」王士禎對自己詩風變化的說明並不爲時人及後人所領受，惠棟說道：「漁洋詩能盡窺古人之秘，擇善而從，故當時有集大成之目。」〔註118〕這就將王士禎前後的詩風當作一個融彙各種風格的整體來看待，而忽視了其變化的過程。翁方綱延續了這種看法，他說：「漁洋先生所講神韻，則合豐致、格調爲一而渾化之。此道至於先生，謂之集大成可也。」〔註119〕「濟南文獻千秋葉，三昧唐賢僅一隅。安得湖光《蠶尾錄》，盡收監邑十籤符。」〔註120〕《唐賢三昧》是王士禎的唐詩選，《蠶尾集》是其宗宋的作品代表，兼具唐宋詩風的神韻說無疑是傳統詩歌的集成與總結，正是在這個意義上，翁方綱將王士禎的神韻說泛化爲詩學的普遍理論。

> 神韻者，非風致情韻之謂也。今人不知，妄謂漁洋詩近於風致情韻，此大誤也。神韻乃詩中自具之本然，自古作家皆有之，豈自漁洋始乎？古人蓋皆未言之，至漁洋乃明著之耳。漁洋所以拈舉神韻者，特爲明朝李、何一輩之貌襲者言之，此特亦偶舉一端，而非神韻之全旨也。詩有於高古渾樸見神韻者，亦有於風致見神韻者，不能執一以論也。如「巡簷索共梅花笑」二句，則是於情致見神韻也；若「浣花溪裏花饒笑」笑字，則不如此，此乃窺笑取笑之笑，與笑樂之笑不同，且此二句亦與情致不同。彼舉眼但見二處皆有笑字，遂誤混而言之，可乎？即觀此語，則所謂注杜者，其謬更何待言，而以此序《坳堂詩》，其可乎？〔註121〕（《坳堂詩集序》）

翁方綱所理解的神韻並非沖淡平遠的詩味，而是所有詩歌所應具有的藝術之美，別才別趣僅爲其中一隅，神韻乃是詩歌普遍追求的原則。在《漁洋先生

〔註117〕　王士禎，《漁洋山人精華錄箋注（金榮箋注）》〔M〕，臺北：廣文書局，1957年，第3～4頁。

〔註118〕　惠棟，《九曜齋筆記》，文淵閣四庫全書本，卷二。

〔註119〕　翁方綱，《石洲詩話》〔M〕，上海：上海古籍出版社，清詩話續編本，第1427頁。

〔註120〕　翁方綱，《復初齋詩集》，清代詩文集彙編本，上海古籍出版社，2010年，卷六十。

〔註121〕　翁方綱，《復初齋文集》〔M〕，臺北：文海出版社，1961年，第154頁。

五七言詩鈔重訂本鋟板成賦寄粵東葉花溪十二首》中，翁方綱明確地點明了
神韻說的風格多樣性。

> 濟南文獻千秋葉，三昧唐賢僅一隅。安得湖光鸜尾錄，盡收鄃邑
> 十籤符。舉隅心苦獨良工，雅頌原難例國風。金碧浮沉商繢素，
> 誰憑廿四品司空。八代文章眾體兼，起衰可借葦間扶。若將左氏
> 浮誇例，誰法春秋筆謹嚴。正雅遙追二漢還，杜韓翻以變從刪。
> 玉瑩即是丹青理，大謝如何作轉關。三昧何嘗別五家，古音唐調
> 本無差。峨眉天半泉飛處，白雪樓空日又斜。(唐無五言古詩，李滄
> 溟語)

> 少陵尺壁重連城，掛角羚羊偶敢爭。金蝦擘天鯨掣海，不妨中有玉
> 琴聲。……放翁深歎注詩難，解唱黃麈莫誤看，絕代嬋娟詑一笑，
> 石帆亭子記憑欄。校讎那問閣天藜，日共松軒答木雞。池北瓣香拈
> 冀北，覃溪青眼對花溪。(昔與撣石同訂書於木雞軒) 〔註122〕

翁方綱認爲王士禎的詩歌囊括古今，兼具唐風宋調，是古今詩歌的集大成者。
在《神韻論下》中翁方綱說道：

> 詩以神韻爲心得之秘，此義非自漁洋始言之也，是乃自古詩家之要
> 眇處，古人不言而漁洋始明著之也。神韻者，非風致情韻之謂也。
> 吾謂神韻即格調者，特專就漁洋之承接李、何、王、李而言之耳。
> 其實神韻無所不該，有於格調見神韻者，有於音節見神韻者，亦有
> 於字句見神韻者，有於高古渾樸見神韻者，亦有於情致見神韻者，
> 非可執一端以名之也。此其所以然，在善學者自領之，本不必講
> 也。〔註123〕

經過翁方綱改裝的神韻論被泛化了爲一個能夠容納不同風格的大熔爐，成爲
詩學的最終權衡。

2.4.1.2 神韻的詩學舉隅

王士禎早年以唐五七言律詩、絕句彙爲一冊，名曰《神韻集》，晚年《唐
賢三昧》以盛唐爲宗，故而神韻往往被人們視爲只是一種風格。《神韻集》現
在已不可見，但王士禎在《唐賢三昧序》中明確地說明了「《唐賢三昧》之

〔註122〕翁方綱，《復初齋詩集》，清刻本，清代詩文集彙編，上海古籍出版社，2010
年，卷六十。

〔註123〕翁方綱，《復初齋文集》〔M〕，臺北：文海出版社，1961年，第346頁。

選，所謂乃造平淡時也」，王士禛後來回憶時也說道：「《三昧》一集，偶然成書，妄欲令海內作者識取開元、天寶本來面目」。〔註124〕在明前後七子之後再輯盛唐詩選，王士禛其實是有針對性的，何世璂記載了王士禛的動機：「吾蓋疾夫世之依附盛唐者，但知學爲『九天閶闔』、『萬國衣冠』之語，而自命高華，自矜爲壯麗，按之其中，毫無生氣。故有《三昧集》之選。要在剔出盛唐眞面目與世人看，以見盛唐之詩，原非空殼子、大帽子話。其中蘊藉風流，包含萬物，自足以兼前後諸公之口。後世之但知學爲『九天閶闔』、『萬國衣冠』等語，果盛唐之眞面目眞精神乎？抑亦優孟、叔敖也。苟知此意思過半矣。」〔註125〕王士禛的《三昧》之選是在對明七子、康熙時期的宋詩熱之後的反思，其總結的意義是很顯明的。「《林間錄》載洞山語云：語中有語，名爲死句；語中無語，名爲活句。予嘗舉似學詩者。門人彭太史直上（始摶）來，問予選《唐賢三昧集》之旨，因引洞山前語語之，退而筆記。夾山曰：『坐卻舌頭，別生見解，參他活意，不參死意。』達觀曰：『才涉唇吻，便落意思。並是死門，故非活路。』」〔註126〕（《居易錄》）王士禛雖然不廢宋詩，但從選擇上看，他視盛唐爲詩之正宗的意圖還是很明顯的，盛唐渾厚氤氳的氣象是他選輯的旨趣所在。

而翁方綱卻並不認爲三昧僅僅爲平淡的詩風，爲了證明王士禛的神韻說無所不包，翁方綱還專門著了《七言詩三昧舉隅》，該書選取14位詩人26首七言詩舉例論證神韻說的相容性。「所以必拈取七言者，五言多含蓄，七言則疑於縱矣，故不得不舉隅證之。」〔註127〕翁方綱以王士禛《古詩選》所選的作品爲例證來進行引證，如評《隴頭吟》：「長城少年游俠客，夜上戍樓看太白。隴頭明月迴臨關，隴上行人夜吹笛。關西老將不勝愁，駐馬聽之雙淚流。身經大小百餘戰，麾下偏裨萬戶侯。蘇武才爲典屬國，節旄空盡海西頭！」翁方綱說道：「此則實際振奇者矣，與前篇之本實敘事者不同也。愚所以說但舉前一篇已足也。平實敘事者，三昧也；空際振奇者，亦三昧也；渾涵茫汪茫千彙萬狀者，亦三昧也，此乃謂之萬法歸源也。若必專舉寂寥沖淡者以爲三昧，則何萬法之有哉？漁洋之識力，無所不包；漁洋之心眼，抑別有在？」

〔註124〕王士禛，《帶經堂詩話》〔M〕，北京：人民文學出版社，1963年，第109頁。
〔註125〕何世璂，《然鐙記聞》，清詩話本，上海古籍出版社，1978年，第122頁。
〔註126〕王士禛，《王士禛全集》〔M〕，濟南：齊魯書社，2007年，第4222頁。
〔註127〕翁方綱，《七言詩三昧舉隅（清詩話本）》〔M〕，上海：上海古籍出版社，1978年，第285頁。

（同上，第 287 頁）翁方綱看到了王士禎論詩的相容性，比起一般將王士禎視爲嚴羽詩論傳承者要高明得多。王士禎論詩雖然相容了多種風格，但他認爲盛唐詩爲詩之正的，欲爲後世詩法準則。接過神韻棒子的翁方綱卻將神韻論「過度闡釋」了，他說：「然則有明李何之徒，文必西漢，詩必盛唐、必杜者，亦曰以神，非以貌也。吾安能必執以爲漁洋是而李何非乎？吾故曰，神韻者，格調之別名耳。雖然，究竟言之，則格調實而神韻虛，格調呆而神韻活，格調有形而神韻無迹也。七言視五言，又開闊矣。是以學人才人，各有放筆騁氣處。所盛則言之長短、聲之高下皆宜。先生又惡能執一以裁之？夫是以不得已而姑取短章也，爲其騁之尙未極也。然而仁知見矣，浮沉判矣，眞贗雜矣，微乎危乎，不可以不愼也。原先生之意，初不謂壯浪馳騁者，非三昧也；顧其所以拈示微妙之處，則在此不在彼也。即先生述前人之言曰『不著一字，盡得風流。』此豈僅言短章乎。曰『羚羊掛角，無迹可求。』此豈僅言短章乎？知其不僅在此，而姑舉此以爲一隅先也，或有合於先生之意歟？」（同上，第 285 頁）《唐賢三昧》不選李白詩，翁方綱卻認爲「太白詩無一首不可作三昧觀。」他的「三昧」是否就是王漁洋的「三昧」，我們不敢苟同。除了《七言詩三昧舉隅》翁方綱還在多個場合反覆例證神韻論的豐富內涵，「漁洋先生五七言詩鈔雖云鈔不求備，而古今詩法之正脈繫焉。既以所託古調若仍沿白雪樓遺意，且五言自杜韓以後若皆視爲變體，或類舉一廢百乎！然先生提倡神韻，高挹群言，其所舉似本自如此。揆諸三昧，十選沿波討源，若涉大川，茲其津涯也。」〔註128〕（《重刻王文簡五七言詩鈔序》）「夫漁洋論詩上下千古之秘，蓋不得已而寄之於嚴滄浪，其於時輩也，蓋又不得已而屬之蓮洋、丹壑耳。予束髮爲詩輒思與吾學侶共證斯義，嘗爲浮山張氏論次《蓮洋集》矣，《丹壑集》則欲刪存其什一而未暇。蓋《丹壑》清詞秀韻，幾欲超蓮洋而上之，而其通集薾弱者正復不少，不能無待於後人之重訂也。」〔註129〕（《謝蘊山詩序》）「肯讓坡詩百態新，蘇黃詩盡屬何人。邵庵自說先天義，鳴鳥聲希想獲麟。（蓋未有不研經義而僅執不著理路、不落言詮之說以爲三昧者。）」〔註130〕（《論詩三昧十二首》之十）可以說，辯析神韻論的內涵貫穿了翁方綱詩論的全程，王士禎的神韻論就像一個永不消失的陰靈盤旋在

〔註128〕翁方綱，《復初齋文集》〔M〕，臺北：文海出版社，1961 年，第 135 頁。
〔註129〕翁方綱，《復初齋文集外文》，吳興劉氏嘉業堂刊本影印，清代詩文集彙編本，卷一。
〔註130〕翁方綱，《復初齋詩集》，清刻本，清代詩文集彙編本，卷六十二。

翁方綱詩論的上空，翁方綱的每一步都要擡頭仰望這一理論的星座。「但是，詩的影響並非一定會影響詩人的獨創力，相反，詩的影響往往使詩人更加富有獨創精神——雖然這並不等於使詩人更加傑出。詩的影響是一門玄妙深奧的學問，我們不能將其簡單地還原爲訓詁考證學、思想發展史或者形象塑造術。詩的影響——在本文中我將更多地稱之爲『詩的有意誤讀』（misprision）——必須是對作爲詩人的詩人的生命循環的研究。」〔註131〕忽視了王士禎詩論、詩風的變化，以一隅觀全豹，翁方綱的「誤讀」最終遠離了神韻論的旨趣所在。

2.4.1.3　哲理論中的神韻

爲了給神韻論找到穩固的安身立命之所，翁方綱還從哲理上進行了論證。他將神韻視爲詩論之「中庸」，從哲理上構建了神韻論的眞理性，在《神韻中》裏，他說道：

> 君子引而不發，躍如也。中道而立之，能者從之。中道而立，非界在難易之間之謂也。朱子《集注》蓋偶用某家之說，以中爲難易遠近之中間，此中字一誤會，則而立二字，亦不得明白矣。道無邊際之可指，道無四隅之可竟，道無難易遠近之可言也。然而其中其外，則人皆見之。中道而立者，言教者之機緒，引躍不發，只在此道內，不能出道外一步，以援引學者，助之使入也。只看汝能從我否耳，其能從者，自能入來也。道是一個大圈，我只立在此大圈之內，看汝能入來與否耳。此即詩家神韻之說耳。

> 今以藝事言之，寫字欲運腕空靈，即神韻之謂也。其不知古人之實得，而欲學其運腕空靈，必致手不能握筆矣。知其所以然，則吾兩手寫字，其沈鬱積力，全用於不執筆之左手，然後其執筆之右手，自然輕靈運轉如意矣。以爲文之理喻之，則即據上游之謂也。然則可以能得神韻乎？曰：置身題上，則黃鵠一舉見山川之紆曲，再舉見天地之圓方。文之心也，文之骨也，法外之意也，夫然後可以針對癡肥貌襲之弊也。彼癡肥貌襲，正患坐在題中，舉眼不見四周之輪光，「不識廬山眞面目，只緣身在此山中。」癡肥既不可，削枯又不可；似既非也，不似又非也。是以李、何固謬，王、李又謬；抑

〔註131〕〔美〕哈羅德‧布魯姆，《影響的焦慮》〔M〕，北京：三聯書店，1989年，第6頁。

湯若士、徐天池輩之矯變李、何，亦又非也；抑且公安、竟陵之矯變李、何，又無謬不出也。然而新城以三昧標舉盛唐諸家，盛唐諸家，其體盛大，貌其似者，固不能傷之，徒自敝而已矣。矯其說者，一以澄蔑淡遠味之，亦不免墜一偏也。何者？盛唐元是真詩，橫看成嶺，側看成峰，隨其人自得之而已矣。至於舉明朝徐昌穀、高子業之一得，遂欲於五言截支杜、韓、蘇、黃以漢魏可也。刊韋左司在中唐，以接陶，亦可也。高、徐皇甫諸家在明，以遙接漢、魏、盛唐，則不可也。此則言神韻者之偏辭也。

綜計之，所謂置身題上者，必先身入題中也。射者必入彀而後能心手相忘也。筌蹄者，必得筌蹄而後筌蹄兩忘也。詩必能切己切時切事，一一具有實地，而後漸能幾於化也。未有不有諸己，不充實諸己，而遂議神化者也。是故善教者必以規矩焉，必以彀率焉。神韻者以心聲言之也。心聲也者，誰之心聲哉？吾故曰先於肌理求之也。知肌理求之，則刻刻惟規矩彀率之弗若是懼，又溪必其言神韻哉？

（同上，第342～346頁）

翁方綱認為神韻乃是詩的中庸之道，是詩的真理性所在，「道是一個大圈，我只立在此大圈之內，看汝能入來與否耳。此即詩家神韻之說耳。」神韻具有中庸的特性，它避免了詩歌的偏向，是真理性所在。既然神韻是詩的真理所在，那詩歌中的方與圓、肥與瘦、虛與實、骨與肉等都可以在神韻中找到平衡的支點，因此，神韻就不僅僅是沖淡平遠的單一風味了，它應該是虛靈與平實的完美結合，偏執於任何一方都會「過猶不及」。正是在這個意義上，翁方綱認為「今人誤執神韻，似涉空言，是以鄙人之見，欲以肌理之說實之。其實肌理亦即神韻也。」以肌理之實補神韻之虛，翁方綱認為這才是完美的詩論。

在對神韻進行歸納之後，翁方綱又由哲理的高度進行了詩論的演繹，認為神韻必須具有詩韻之虛與學問之實的品質，經由如此一來一回，神韻論的「真理性」也就更明瞭了。

吾既為漁洋之承李、何，而不得不析言之；乃今又為近人之誤會者，更不得不析言之。世之不知而誤會者，吾安能一一析之。今姑就吾所近見其最不通者，莫如河間邊連寶之論詩，目漁洋為神韻家。是先不知神韻乃自古詩家所共具，漁洋偶拈出之，而別指之曰神韻家，

有時理乎？彼既不知神韻是詩中所固有矣，乃反歸咎於嚴儀卿之言鏡花水月，涉於虛無，為貽害於後學，此非罵嚴儀卿也，特舉以罵漁洋耳。漁洋特專取神韻而不能深切，則誠有之。然近日之譏漁洋者，持論皆不得其平也。

請申析之，詩自宋、金、元接唐人之脈而稍變其音。此後接宋元者全恃真才實學以濟之。乃有明一代徒以貌襲格調為事，無一人具真才實學以副之者。至我國朝文治之光乃全歸於經術，是則造物精微之秘衷諸實際，於斯時發洩之。然當其發洩之初，必有人焉先出而為之伐毛洗髓，使斯文元氣復還於沖淡淵粹之本然，而後徐徐以經術實之也。所以賴有漁洋首唱神韻以滌蕩有明諸家之塵滓也。其援嚴儀卿所云，鏡中之花水中之月者，正為滌除明人塵滓之滯習言之。即所謂詩有別才非關學之語，亦是專為務博滯迹者，偶下砭藥之詞，而非謂詩可廢學也。須知此正是為善學者言，非為不學者言也。司空表聖《詩品》亦云「不著一字盡得風流」，夫謂不著一字，正是函蓋萬有也。豈以空寂言邪？漁洋之詩，雖非李、何之滯習，而尚有未盡化滯習者，如詠焦山鼎，只知鋪陳鍾鼎款識之料，如詠漢碑，只知敘說漢末事，此皆習作套語，所以事境偶有未能深切者，則未知鋪陳排比之即連城玉璞也。蓋漁洋未能喻「熟精文選理」理字之所以然，則必致後人誤以神韻為漁洋咎乎？若趙秋谷之議漁洋，謂其不切事境，則亦何嘗不中其弊乎？學者惟以讀書切己為務，日從事於探討古人，考析古人，則正惟恐其不能徹悟於神韻矣。

神韻者，視其人能領會，非人人皆得以問津也。其不能悟及此者，奚為而必強之？其不知而強附空喑以為神韻，與其不知而妄駁神韻者，皆坐一不知之咎而已。不知何害，不知而妄議，則為害滋甚耳。

（《神韻論下》，同上，第346～350頁）

王士禎在為「不著一字，盡得風流」解釋時說道：「或問『不著一字，盡得風流』之說。答曰：太白詩：『牛諸西江夜，青天無片雲。登高望秋月，空憶謝將軍。余亦能高詠，斯人不可聞；明朝掛帆去，楓葉落紛紛。』襄陽詩：『掛席幾千里，名山都未逢。泊舟得陽郭，始見香爐峰。常讀遠公傳，永懷塵外蹤。東林不可見，日暮空聞鐘。』詩至此，色相俱空，政如羚羊掛角，無

迹可求，畫家所謂逸品是也。」〔註132〕「戴叔倫詩云：『藍田日暖，良玉生煙。』司空表聖云『不著一字，盡得風流』、『神出古異，淡不可收』、『采采流水，逢逢（疑作蓬蓬——作者注）遠春』、『明漪見底，奇花初胎』、『晴雪滿林（疑作竹——作者注），隔溪漁舟』。劉蛻《文家銘》云：『氣如蛟宮之水。』嚴羽云：『如鏡中之花，水中之月，如羚羊掛角，無迹可求。』姚寬《西溪叢話》載古琴銘云：『山高溪深，萬籟蕭蕭；古無人蹤，唯石焦曉』，東坡《羅漢贊》云：『空山無人，水流花開。』王少伯詩云：『空山多雨雪，獨立君始悟。』（同上）王士禎在《師友傳習錄》中說：「嚴儀卿」所謂『如鏡中花，如水中月，如水中鹽味，如羚羊掛角，無迹可求。』皆以禪理喻詩。內典所云不即不離，不粘不脫，曹洞宗所云參活句是也。熟看拙選《唐賢三昧集》，自知之矣。」王士禎的神韻論並沒有如翁方綱所言「其援嚴儀卿所云，鏡中之花水中之月者，正爲滌除明人塵滓之滯習言之。」「須知此正是爲善學者言，非爲不學者言也。」翁方綱強爲之辯只是爲自己的理論作鋪墊而已。沈德潛曾說道：「司空表聖云『不著一字，盡得風流。』『采采流水，逢逢遠春。』嚴滄浪云：『羚羊掛角，無迹可求。』蘇東坡云：『空山無人，水流花開。』王阮亭本此數語，定《唐賢三昧集》。木玄虛云『浮天無岸』，杜少陵云『鯨魚碧海』，韓昌黎云『巨刃摩天』，惜無人本此定詩。」〔註133〕沈德潛將神韻說理解嚴羽、司空徒一派固然並不全面，但是強硬將神韻論劃入學問一途實乃是翁方綱的有意「誤讀」。

　　神韻論的真理性不僅表現在虛實相生之間，而且還表現在思想性與藝術性之間的辯證上，他在《杜詩精熟文選理字說》中說道：

　　　　自宋人嚴儀卿以禪喻詩，近日新城王氏宗之，於是有不涉理路之說，而獨無以處夫少陵「熟精文選理」之理字，且有以宋詩近於道學者爲宋詩病，因而上下古今之詩，以其凡涉理路者皆爲詩之病，僅僅不敢以此爲少陵病耳。然則孰是孰非耶？曰：皆是也。客曰：然則白沙、定山之宗《擊壤》也，詩之正則耶？曰：非也。少陵所謂理者，非夫《擊壤》之流爲白沙、定山者也。客曰：理有二歟？曰：理安得有二哉！顧所見何如耳。杜之言理也，蓋根極於六經矣，曰

〔註132〕王士禎，《帶經堂詩話》〔M〕，北京：人民文學出版社，1963年，第70～71頁。

〔註133〕沈德潛，《說詩晬語》，見《原詩、一瓢詩話、說詩晬語》，人民文學出版社，1979年，第255～256頁。

「斯文憂患餘，聖哲垂象繫」，《易》之理也。曰「舜舉十六相，身尊道何高」，《書》之理也。曰「春官驗討論」，《禮》之理也。曰「天王狩太白」，《春秋》之理也。其他推闡事變，究極物則者，蓋不可以指屈。則夫大輅椎輪之旨，沿波而討原者，非杜莫能證明也。然則何以別夫《擊壤》之開陳、莊者歟？曰：理之中通也，而理不外露，故俟讀者而後知之云爾。若白沙、定山之爲《擊壤》派也，則直言理耳，非詩之言理也。故曰：「如玉如瑩，爰變丹青。」此善言文理者也。

理者，治玉也，字字從玉，從里聲。其在於人，則肌理理也；其在於樂，則條理也。《易》曰：「君子以言有物。」理之本也。又曰：「言有序。」理之經也。天下未有捨理而言文者。且蕭氏之爲《選》也，首原夫孝敬之準式，人倫之師友，所謂事出於沉思者，惟杜詩之眞實，足以當之。而或僅以藻繢目之，不亦誣乎？自王新城究論唐賢三昧之所以然，學者漸由是得詩之正派，而未免歧視理與詞爲二途者，則不善學者之過也。而矯之者又或直以理路爲詩，遂蹈白沙、定山一派，致啓詩人之訾謷，則又不足以發明六義之奧，而徒事於紛爭疑惑，皆所謂泥者也。必知此義，然後見少陵之貫徹上下，無怕不該，學者稍偏於一隅，則皆不得其正。豈可以矜心躁氣求之哉，但憾不能熟精而已矣。（同上，第 407～409 頁）

將思想性與藝術性融彙於一爐，避免了詩的非藝術化傾向，對於救弊性理詩是有幫助作用的，這是乾嘉時期詩論集成性的又一例證。

　　神韻具有中庸的眞理性，翁方綱特別反對將神韻說狹隘化，他批判同時期的邊連寶：

顧其稿有任邱邊連寶一序，極口詆斥神韻之非，甚至目漁洋爲神韻家，彼蓋未熟讀古人集，不知神韻之所以然，惟口熟漁洋詩，輒專目爲神韻家而肆議之。〔註134〕（《坳堂詩集序》）

邊連寶論詩主性情，與袁枚相似，對王士禎論詩只偏向一種風格很不滿，他譏笑王士禎：「牛耳文壇四十年，至今尸祝奉群賢。瓣香只在滄浪氏，不墜狐窠是正傳。」〔註135〕其將王士禎目爲「神韻家」，無疑是以一小流派論之，這

〔註134〕翁方綱，《復初齋文集》〔M〕，臺北：文海出版社，1961年，第152頁。
〔註135〕邊連寶，《邊隨園集》〔M〕，北京：中華書局，2007年，第254頁。

就當然引起翁方綱的極大不滿了。

通過對神韻論的哲理把握，翁方綱打通了格調與神韻的界限，並為肌理論作了鋪墊，在《方綱漁洋詩髓論》中，他說道：「漁洋於五言言陶、謝，言韋、柳，而於七言乃言史、漢。昔東坡亦教人熟讀三百篇及楚騷耳。然則由漁洋之精詣，可以理性情，可以窮經史，此正是讀書汲古之蘊味。而所謂不涉理路，不落言詮者，乃專對貌為唐賢之滯迹者言之。其鈔五七言，則三百篇之正路也；其選《萬首絕句》，則樂府之息壤也；其《三昧十選》，則《十籤》之發凡也。學者及此時熟復先生言詩之所以然，而加以精密考訂之功，從此充實涵養，適於大道，殆庶幾矣！其僅執選本以為學先生與夫執一端以議先生者厥失均也。愚將綜理《北池》、《石帆》卷目，析而究之。」〔註 136〕在《七言詩三昧舉隅》中，翁方綱不僅將神韻論泛化了，而且也將其學問化，實有化了。在評論虞集《子昂畫馬》時，他說道：「尋常故實，一入道園手，則深厚無際；蓋所關於讀書者深矣。」〔註 137〕以學問為詩的《為汪華玉題所藏〈長江萬鴉圖〉》被翁方綱認為是「真神韻也」。這就將王士禎的神韻論由虛向實，由宗唐轉向了宗宋，由此也完成了神韻向肌理的轉化。

縱觀翁方綱對王士禎神韻論的解讀，我們不難發現，翁方綱對神韻論的理解較同時代的許多論者要深刻得多，對王士禎詩論的集成性是有真見的。但是，時代求實的學術風氣以及翁方綱對考據的偏好讓他把王士禎「當代化」了，王士禎的學識被有意放大，以至在學識與詩歌的天秤上，翁方綱偏重了前者，神韻論在翁方綱的手中變了味。

2.4.2 由神韻向宋詩的努力

2.4.2.1 尚實反虛的肌理

翁方綱認為王士禎的神韻論是基於對明前後七子反思的基礎上的，他認為格調是個空架子，有其貌而無其神，容易讓人陷入模仿地境地，在《格調論》中，他對明七子泥於唐風而內中無物深為不滿：

> 詩之壞於格調也，自明李、何輩誤之也。李、何、王李之徒，泥於格調而偽體出焉。非格調之病也，泥格調者病之也。夫詩豈有不具

〔註 136〕翁方綱，《復初齋文集》〔M〕，臺北：文海出版社，1961 年，第 305 頁。
〔註 137〕翁方綱，《七言詩三昧舉隅（清詩話本)》〔M〕，上海：上海古籍出版社，1978 年，第 300 頁。

格調者哉？記曰：「變成方謂之音」，方者音之應節也，其節即格調也。又曰「聲成文謂之音」，方者音之應節也，其節即格調也。又曰「聲成文謂之音」，文者音之成章也，其章即格調也。是故嘄殺嘽緩直廉和柔之別由此出焉。是則格調云者非一家所能概，非一時一代所能專也。

古之爲詩者，皆具格調，皆不講格調。格調非可講而筆授也。唐人之詩未有執漢魏六朝之詩以目爲格調者，宋之詩未有執唐詩爲格調，即至金元詩亦未有執唐、宋爲格調者，獨至明李、何輩乃泥執《文選》體以爲漢魏六朝之格調焉，泥執盛唐諸家以爲唐格調焉。於是不求其端，不訊其末，惟格調之是泥，於是上下古今只有一格調而無遞變遞承之格調矣。至於漁洋變格調曰神韻，其實即格調耳。而不欲復言格調者，漁洋不敢議李、何之失，又惟恐後人以李、何之名歸之，是以變而言神韻，則不比講格調者之滋弊矣。然而又慮後人執神韻爲是，格調爲非，則又不知格調本非誤，而全壞於李、何輩之泥格調者誤之，故不得以不論。（同上，第 331～333頁）

明前後七子「文必秦漢，詩必盛唐」的類比論調經清初錢謙益等人的批判已逐漸失去市場。乾嘉時期，擬古論調已不再成爲詩論的主流，如何突破前人的窠臼成爲時代詩論的課題。翁方綱認爲詩歌歷史上「遞變遞承」的各個時期的詩風都有其合理的存在，泥於其中一格調是不可取的。他認爲明前後七子泥於唐詩之貌而不求其神，因此也只是形似，並沒有得到唐詩的神髓，王士禎的神韻論是對格調之失的修正。從立論基點上看，翁方綱對神韻論提出背景的分析是有見地的。他認爲學王士禎者多得其貌而不瞭解其實質的內涵，與前後七子沒有太大的區別。在《題漁洋先生戴笠像》中，他說道：

先生非戴笠人也，而其門人常贊之曰：「身著朝衫頭戴笠，孟縣、眉山共標格。」夫蘇有笠力，韓則無之。乃以爲共標格者，何哉？愚以爲此詩家之喻言耳。古今不善學杜者無若空同、滄溟，空同、滄溟貌皆似杜者也；古今善學杜者無若義山、山谷，義山、山谷貌皆不似杜者也。夫空同、滄溟所謂格調，其去漁洋所謂神韻者奚以異乎？夫貌爲激昂壯浪者，謂之襲取；貌爲簡淡高妙者，獨不謂之襲取乎？漁洋先生提唱唐賢三昧，無迹可求之旨，其胸中超然標舉，

獨自得於空音鏡象之外者，而其一時友朋門弟子或未之盡知也。此
當時畫者但知以戴笠之況寫其蕭寥高寄之神致，而於先生之實得究
未能傳者也。先生嘗謂杜陵與孟襄陽不同，而其詩推孟浩然獨至，
若宋之山谷、元之道園，皆與先生不同調，而先生尤推述之不置，
則先生論詩初不繫乎形聲象貌之似矣。然則當時畫者之貌先生如
此，其門人之贊先生如此，而今日方綱之所見先生又如此，此超松
雪贊杜陵去「先生有神，當賞其意」者也。

天都朱舍人，詩人之俊也，摹是圖，屬方綱題其後，竊舉其所見者
以質之。（同上，第 1351～1352 頁）

很顯然，翁方綱認為王士禎的神韻乃是其表，重學問、重經世乃是其實。王
士禎一生考證、辨偽、記錄時政的著述確實不少，但他並沒有執意地將這些
實學強加於詩歌之上。翁方綱對神韻論的理解在這一點上是「過度闡釋」了。
翁方綱不滿於神韻的空靈，認為只有實學才能補救其弊，「詩必研諸肌理，而
文必求其實際。夫非僅為空談格韻者言也，持此足以定人品學問矣。乃今於
曹子儷笙詩文集發之。聖門言德行，則文章即行事也。《樂記》:『聲音之道與
政通』，則文章即政事也。泥於言法者，或為繩墨所窘；矜言才藻者，或外繩
墨而馳；是皆不知文詞與事境合而一之者也。」〔註138〕論詩重實學，這與乾
嘉時期的學術精神是一致的。乾嘉考據學乃是反動於理學的空疏無物，戴震
對宋儒批評道：「宋儒譏訓詁之學，輕語言文字，是欲渡江河而棄舟楫，欲登
高而無階梯也。為之三十餘年，灼然知古今治亂之源在是。」〔註139〕皮錫瑞
說：「乾嘉以後，許、鄭之學大明，治宋學者已鮮，說經者皆主實證，不空談
義理。」翁方綱主張以考據的實學融入詩歌，認為以實學補充詩歌的虛靈乃
是詩之理，他在《志言集序》中說道：

昔虞廷之《謨》曰：「詩言志，歌永言。」孔庭之訓曰：「不學詩，
無以言。」言者，心之聲也。文辭之於言，又其精者。詩之於文
辭，又其諧之聲律者。然則「在心為志，發言為詩」，一衷諸理而
已。理者，民之秉也，物之則也，事境之歸也，聲音律度之矩也。
是故淵泉時出，察諸文理焉；金玉聲振，集諸條理焉；暢於四支，
發於事業，美諸通理焉。義理之理，即文理之理，即肌理之理也。

〔註138〕翁方綱，《復初齋文集》〔M〕，臺北：文海出版社，1961年，第207頁。
〔註139〕戴震，《戴震集》〔M〕，上海：上海古籍出版社，1980年，第455頁。

韓子曰：「周詩三百篇，雅麗理訓誥。」杜云：「熟精《文選》理。」
襄人有以杜詩此句質之漁洋先生，漁洋謂理字不必深求其義，先生
殆失言哉！杜牧之序李長吉詩亦曰：「使加之以理，奴僕命騷可
也。」今之騁才藻，貌爲長吉者知此乎？不惟長吉也，太白超絕千
古，固以此論之，然後人不善學者，輒徒以馳縱才力爲能事，故
雖楊廉夫之雄姿，而不免詩妖之目。即以李空同、何大復之流，未
嘗不具才力，而卒以剿襲格調自欺以欺人，此事豈可強爲，豈可假
爲哉！

士生今日，經籍之光，盈溢於世宙，爲學必以考證爲準，爲詩必以
肌理爲準。《記》曰：「聲相應，故生變；變成方，謂之音。」又曰：
「聲成文，謂之音，聲音之道，與政通矣。」此數言者，千萬世之
詩視此矣。學古有獲者，日覽千百家之詩可也。惟是檢之於密理，
約之於肌理，則竊欲隅舉焉。於唐得六家，於宋、金、元得五家，
鈔爲一編，題曰「志言」，時以自勉，亦時以勉各同志，庶幾有專師
而無泛鶩也歟！〔註140〕

翁方綱認爲「文理」乃是虛與實相間、學識與才情並茂，「文理」是「理」之
分殊，與程朱義理之理一樣具有普遍性，具有「自然」的準則。在將詩歌的
肌理論擡高到理學的義理高度之後，翁方綱也具有了居高臨下的高度，被他
稱爲「當代詩家第一人，里門譽已冠儒紳」的王士禎也受到了批評，「漁洋謂
理字不必深求其義，先生殆失言哉！」在「理」光環的照耀下，翁方綱將學
問與詩聯繫起來了，「詩家之難，轉不難於妙悟，而實難於『鋪陳終始，排比
聲律』，此非有兼人之力，萬夫之勇者，弗能當也。」〔註141〕求學、求實在詩
論中獲得了眞理的地位，翁方綱以此爲基點，批判唐音，滑入宋調。他在《書
王文簡載書圖後》中說道：

康熙乙巳，文簡自揚州歸。惟載書數十篋，及官京師三十年俸錢悉
以買書。爲都御史時，秀水朱檢討爲作《池北書庫記》，至辛巳夏請
急遷葬出都時命柴車載書以行。其門下士爲書載書圖以紀之。後八
十二年而是圖歸於予，謹錄先生所具卷第者凡五百五十餘種，後學

〔註140〕翁方綱，《復初齋文集》〔M〕，臺北：文海出版社，1961 年，第 210～212
　　　　頁。

〔註141〕翁方綱，《石洲詩話》，清詩話續編本，上海古籍出版社，1983 年，第 1373
　　　　頁。

者知先生枕葄經籍之勤如此，非僅空言神韻以爲不著一字者比也。
然予竊又有說者，先生於甲申十月罷歸里居尚在此，後三年且其年
十月即赴京師，計是時，載書之行家居財三四月耳。況以先生之詩
考之所謂鎔鑄經史，貫串百家之作多在《蜀首》、《南海》、壯盛奉使
之年，而其晚歲里居所謂《蠶尾續集》者，僅寂寞短章而已，雖不
敢以才之盛衰輕量先生，而其精華所聚在此不在彼固有明徵已。夫
士人少習舉業非兼人之力則往往不暇探討古籍，幸而獲第則又牽於
識事公私酬應，復不暇窮極研覈，往往爲晚歲歸讀之計。於是讀先
生集者把是圖而豔羨之，說者率以爲此好學深思者所有託而作也。
《論語》曰：「仕而優則學」，夫人學古人官惟典常作之師動止啓處，
何往而非經訓之腴文章之實乎？乃必待晚年謝絕人事而爲之，非其
藉口於高尚則其開啓乎放誕，均之百正也。吾每服董文敏論書謂山
中自恃多暇，往往不如吏牘之餘，況所謂眞讀書者元止在童而習之，
之諸經正史穿穴覼索且終身不能竟矣。彼撥棄目前常見之書而高談
耳目之所未及者本非讀書，直以邀名耳。少時所讀既不得云讀也，
復以待諸歸田之日，人必捨目前和爲之光陰而務矯爲好高沽譽之
舉，其何益之有哉！即以漁洋先生一生精詣，畢萃於詩，其不知先
生而輕加抨彈者勿論已，即其知愛先生者必博取古今之能事，藝文
之眾長，悉以歸諸先生，而於其詩之眞實超逸或反未有以盡知，猶
之言新城之學者，於其平日綜覽薈萃之實際皆不之詳，而獨舉是圖
以爲先生好學博古之一驗是，豈善學先生者乎？今去先生雖遠而是
圖猶在，因以想像爾日門牆景仰之餘韻，雖不敢謂私淑於先生，然
先生就聞而心許之。（同上，第 1348～1351 頁）

王士禎中年追宋，晚年返唐，晚年《唐賢三昧》乃是其詩趣的最終定調。而
翁方綱卻認爲「況以先生之詩考之所謂鎔鑄經史，貫串百家之作多在《蜀首》、
《南海》、壯盛奉使之年，而其晚歲里居所謂《蠶尾續集》者，僅寂寞短章而
已，雖不敢以才之盛衰輕量先生，而其精華所聚在此不在彼固有明徵已。」
翁方綱強以己意解讀王士禎，認爲中年追宋的王士禎是其詩歌精華之所在，
學漁洋當從此入手方爲眞諦。翁方綱的有意「誤讀」造成了他的肌理論。翁
方綱在《神韻論上》中說道：

盛唐之杜甫，詩教之繩矩也，而未嘗言及神韻。至司空圖、嚴羽之

徒，乃標舉其概，而今新城王氏暢之。非後人之所詣，能言前古所
未言也；天地之精華，人之性情，經籍之膏腴，日久而不得不一宣
泄之也。自新城王氏一倡神韻之說，學者輒目此爲新城言詩之秘，
而不知詩之所固有者，非自新城始言之也。且杜云「讀書破萬卷，
下筆如有神」。此神字即神韻也。杜云「熟精文選理」，韓云「周詩
三百篇雅麗理訓誥」，杜牧謂「李賀詩使加之以理，奴僕命騷可矣」。
此理字即神韻也。神韻者徹上徹下，無所不該，其謂羚羊掛角，無
迹可求，其謂鏡花水月，空中之象，亦皆即此神韻之正旨也，非墮
入空寂之謂也。其謂雅人深致，指出「訏謨定命，遠猷辰告」二句
以質之，即此神韻之正旨也，非所云理字不必深求之謂也。然則神
韻者是乃所以君形者也。今人誤執神韻，似涉空言，是以鄙人之見，
欲以肌理之說實之。其實肌理亦即神韻也。昔之人未有專舉神韻以
言詩者，故今時學者若欲目神韻爲新城王氏之學，此正坐在不曉神
韻爲何事耳。知神韻之所以然，則知是詩中所自具，非至新城王氏
始也。其新城之專舉空音鏡象一邊，特專以針灸李、何一輩之癡肥
貌襲者言之，非神韻之全也。且其誤謂理字不必深求其解，則彼新
城一叟，實尚有未喻神韻之全者，而豈得以神韻屬之新城也哉？（同
上，第339～342頁）

翁方綱將王士禎的神韻泛化爲詩的普遍眞理，將不同風格的詩風都包含在
了神韻論之下，這似乎是建立了集大成的詩論。然而，翁方綱的眞正意圖
並不在於建立一種能夠融合不同風格的詩歌理論，接過神韻論棒子的翁方
綱將王士禎前後詩風的變化賦予了一以貫之的東西——學問。翁方綱並爲此
而反覆證明、引申，以汪洋的知音自居。在《題新城王文簡像二首》中，他
寫道：

昔望《蠶尾山》，如依洞宮腳。沈寥十年思，咫尺千里託。夢中寫鵲
華，空外倚衡霍。斯人不可見，妙喻何從著。嗒然圓鏡中，誰與證
前諾。水月印梅花，松風度高閣。

每愛王摩詰，側想香爐峰。云何王、孟作，不與韋柳同。五字律琴
弦，三唐首射洪。先生言外意，測景吾何從。三昧悟至精，兩端請
折衷。設問劉與郎，何以發春容。有能代答者，千載旦暮逢。青山
白雲外，一杵斜陽鐘。（嘗謂漁洋品古今五言詩以盛唐爲宗，盛唐人

五言又以《三昧集》王孟諸家爲宗。然而先生撰五言詩於唐止取五

家，乃有韋柳而無王孟諸家，何也？請下一語方許拜先生像。）

王士禛《唐賢三昧》不選韋柳推宗王孟，《五七言詩鈔》不選王孟，推宗李杜，
翁方綱由此認爲神韻論並非只取平遠沖淡，而是包含多種風格，這個見解其
實是很有見的的。然而，翁方綱卻不由此止步，認爲宗宋乃是王士禛的眞意
所有。《蠶尾》諸集乃是王士禛「事兩宋」的詩集，翁方綱認爲此集「沉寥十
年思，咫尺千里託」，這就將神韻論給「過度闡釋」了。

2.4.2.2 唐宋天秤上的失衡

作爲中國詩歌的兩大傳統，唐詩與宋詩一直爲人們年關注，而對於二者
的聯繫，多數論者將宋詩視爲唐詩的繼承者。葉燮說道：

蓋自有天地以來，古今世運氣數，遞變遷以相禪。……此外繁辭縟

節，隨波日下，歷梁、陳、隋以迄唐之垂拱，踵其習而益甚，勢不

能不變。小變於沈、宋、雲、龍之間，而大變於開元、天寶。高、

岑、王、孟、李，此數人者，雖各有所因，而實一一能爲創。而集

大成如杜甫，傑出如韓愈，專家如柳宗元、如劉禹錫、如李賀、如

李商隱、如杜牧、如陸龜蒙諸子，一一皆特立興起。其他弱者，則

因循世運，隨乎波流，不能振拔，所謂唐人本色也。宋初，詩襲唐

人之舊，如徐鉉、王禹偁輩，純是唐音。蘇舜卿、梅堯臣出，始一

大變，歐陽修亟稱二人不置。自後諸大家迭興，所造各有至極。今

人一概稱爲「宋詩」者也。自是南宋、金、元，作者不一。〔註142〕

吳之振《宋詩鈔序》云：「宋人之詩，變化於唐，而出其所自得，皮毛落盡，
精神猶存。」〔註143〕繆鉞先生在《論宋詩》中也堅持此觀點：「變唐人之所已
能，而發唐人所未發。……宋詩雖殊於唐，而善學唐者莫過於宋。」〔註144〕

翁方綱並不從沿承的角度來看待唐詩與宋詩，他將兩者視爲不同類型的
詩歌風格，他對歷代詩歌評述道：

宋人精詣，全在刻抉入裏，而皆從各自讀書學古中來，所以不蹈襲

唐人也。然此外亦更無留與後人再刻抉者，以故元人祇剩得一段豐

〔註142〕葉燮，《原詩》，見《原詩、一瓢詩話、說詩晬語》，人民文學出版社，1979
年，第4～5頁。

〔註143〕吳之振輯，《宋詩鈔》〔M〕，北京：中華書局，1986年，序頁。

〔註144〕繆鉞，《詩詞散論》〔M〕，上海：上海古籍出版社，1982年，第36頁。

致而已，明人則直從格調爲之。然而元人之豐致，非復唐人之豐致也；明人之格調，依然唐人之格調也。孰是孰非，自有能辨之者，又不消痛貶何、李始見眞際矣。〔註145〕

翁方綱嚴辨唐宋詩風，這與他對唐詩、宋詩的理解有緊密的聯繫，他評論唐、宋詩時說道：

唐詩妙境在虛處，宋詩妙境在實處。初唐之高者，如陳射洪、張曲江，皆開啓盛唐者也。中、晚之高者，如韋蘇州、柳柳州、韓文公、白香山、杜樊川，皆接武盛唐、變化盛唐者也。是有唐之作者，總歸盛唐。而盛唐諸公，全在境象超詣，所以司空表聖《二十四品》及嚴儀卿以禪喻詩之說，誠爲後人讀唐詩之準的。若夫宋詩，則遲更二三百年，天地之精英，風月之態度，山川之氣象，物類之神致，俱已爲唐賢占盡，即有能者，不過次第翻新，無中生有，而其精詣，則固別有在者。宋人之學，全在研理日精，觀書日富，因而論事日密。如熙寧、元祐一切用人行政，往往有史傳所不及載，而於諸公贈答議論之章，略見其概。至如茶馬、鹽法、河渠、市貨，一一皆可推析。南渡而後，如武林之遺事，汴土之舊聞，故老名臣之言行、學術，師承之緒論、淵源，莫不借詩以資考據。而其言之是非得失，與其聲之貞淫正變，亦從可互按焉。今論者不察，而或以鋪寫實境者爲唐詩，吟詠性靈、掉弄虛機者爲宋詩。所以吳孟舉之《宋詩鈔》，捨其知人論世、闡幽表微之處，略不加省，而惟是早起晚坐、風花雪月、懷人對景之作，陳陳相因。如是以爲讀宋賢之詩，宋賢之精神其有存焉者乎？〔註146〕

翁方綱認爲初唐引啓盛唐的高峰，而中、晚唐則是盛唐之變調，盛唐是唐詩精華之所在，「是有唐之作者，總歸盛唐。而盛唐諸公，全在境象超詣，所以司空表聖《二十四品》及嚴儀卿以禪喻詩之說，誠爲後人讀唐詩之準的。」而宋詩的特點在於：「全在研理日精，觀書日富，因而論事日密」。宋詩的「實」其實是以學問、理學爲根基，翁方綱更喜歡這種「實」。翁方綱嚴辨兩種風格，這是爲他的立論作準備，因此，他對康熙年間吳之振選輯的《宋詩

〔註145〕 翁方綱，《石洲詩話》〔M〕，上海：上海古籍出版社，清詩話續編本，第1427頁。

〔註146〕 翁方綱，《石洲詩話》〔M〕，上海：上海古籍出版社，清詩話續編本，第1428～1429頁。

鈔》對唐宋分辨不清很是不滿：

> 吳序云：「萬曆間李蓘選宋詩，取其遠宋而近唐者。曹學佺亦云：
> 『選始萊公，以其近唐調也。以此義選宋詩，其所謂唐終不可近
> 也，而宋詩則已亡矣。』」此對嘉、隆諸公吞剝唐調者言之，殊爲痛
> 快。但一時自有一時神理，一家自有一家精液，吳選似專於硬直一
> 路，而不知宋人之精腴，固亦不可執一而論也。且如入宋之初，楊
> 文公輩雖主西崑，然亦自有神致，何可盡祧去之？而晏元獻、宋元
> 憲、宋景文、胡文恭、王君玉、文潞公，皆繼往開來，肇起歐、
> 王、蘇、黃盛大之漸，必以不取濃麗，專尚天然爲事，將明人之吞
> 剝唐調以爲復古者，轉有辭矣。故知平心易氣者難也。（同上，第
> 1402 頁）

翁方綱對歷代以唐格宋不滿，認爲以唐律宋，「宋詩則已亡矣」。康熙年間吳之振的《宋詩鈔》影響甚大，在選輯上專取瘦硬一路，這其實是遺民思想在詩學上的體現。翁方綱對以此義視宋詩也感到不滿，認爲吳鈔並沒有認識到宋詩的精腴之處。乾嘉社會相對承平，清初刀光劍影的民族鬥爭已不復存在，文人們將更多的精力消耗於經史考據中。在新的歷史條件下，翁方綱重新審視宋詩，將宋詩實有化、學問化，並與唐詩嚴格區別。在嚴格地區別了唐詩與宋詩後，在情感的天秤上，翁方綱更傾向於宋詩。

> 談理至宋人而精，說部至宋人而富，詩則至宋而益加細密，蓋刻抉
> 入裏，實非唐人所能囿也。而其總萃處，則黃文節爲之提挈，非僅
> 江西派以之爲祖，實乃南渡以後，筆虛筆實，俱從此導引而出。善
> 夫劉後村之言曰：「國初詩人如潘閬、魏野，規規晚唐格調；楊、劉
> 則又專爲崑體；蘇、梅二子，稍變以平澹豪俊，而和之者尚寡；至
> 六一、坡公，巋然爲大家，學者宗焉。然二公亦各極其天才筆力之
> 所至，非必鍛鍊勤苦而成也。豫章稍後出，會粹百家句律之長，究
> 極歷代體制之變，搜討古書，穿穴異聞，作爲古律，自成一家，雖
> 隻字半句不輕出，遂爲本朝詩家宗祖。」按此論不特深切豫章，抑
> 且深切宋賢三昧。不然山谷自爲江西派之祖，何得謂宋人皆祖之？
> 且宋詩之大家無過東坡，而轉祧蘇祖黃者，正以蘇之大處，不當以
> 南北宋風會論之，捨元祐諸賢外，宋人蓋莫能望其肩背，其何處而
> 祖之乎？呂居仁作《江西宗派圖》，其時若陳後山、徐師川、韓子蒼

輩，未必皆以爲銓定之公也。而山谷之高之大，亦豈僅與厭原一刻
爭勝毫釐！蓋繼往開來，源遠流長，所自任者，非一時一地事矣。
論者不察，而於《宋詩鈔》品之曰「宋詩宗祖，是殆必將全宋之詩
境與後村立言之旨，一一研勘也。」觀其所鈔，則又不然，專以平
直豪放者爲宋詩，則山谷又何以爲之宗祖？蓋所鈔全集與其品山谷
之言，初無照應，非知言之選也。（同上，第 1426 頁）

翁方綱認爲「詩則至宋而益加細密，蓋刻抉入裏，實非唐人所能囿也。」他
雖然沒有明確地表示宋詩優於唐詩，但在論述中我們可以感覺到他對宋詩的
陶醉。所以當選擇學詩的道路時，他說到：「漁洋先生則超明人而入唐者也，
竹垞先生則由元人而入宋而入唐者也。然則二先生之路，今當奚從？曰吾敢
議其甲乙耶？然而由竹垞之路爲穩實耳。」（同上，第 1427 頁）朱彝尊論詩
主學問，王士禎論詩主神韻，重空靈。由宋入則以學問爲根基，學詩有一個
堅實的基礎，便於入門；由格調入唐蹈於虛，不容易把握。從對唐宋取捨的
態度上，我們不難發現翁方綱對宋詩的偏愛。翁方綱對宋詩的偏好不僅僅局
限於詩風，而且還包括兩宋理學，這是與一般宗宋論者不同之處。他對《宋
詩鈔》僅涉詩風而不及理學很不滿，他說：

> 所以吳孟舉之《宋詩鈔》，捨其知人論世、闡幽表微之處，略不加省，
> 而惟是早起晚坐、風花雪月、懷人對景之作，陳陳相因。如是以爲
> 讀宋賢之詩，宋賢之精神其有存焉者乎？（同上，第 1429 頁）

翁方綱所說的宋賢之精神其實乃是宋詩中表現出的理學精神，他對朱熹讚賞
道：

> 朱子《北山紀行十二章》，並注觀之，可抵一篇《遊廬山記》。「舊學
> 商量加邃密，新知培養轉深沉」，朱子《次陸子靜韻》詩也。朱子詩
> 自以此種爲正脈，曾從道中流露也。而吳鈔轉不之及。（同上，第
> 1434 頁）

他甚至認爲：「吳孟舉之鈔宋詩，若用其本領以鈔邵堯夫、陳白沙、莊定山諸
公之詩，或可成一片段耳。」翁方綱對缺乏理學內涵的詩很不滿，他對楊萬
里批評道：

> 若誠齋以輕儇佻巧之音，作劍拔弩張之態，閱至十首以外，輒令人
> 厭不欲觀，此眞詩家之魔障，而吳鈔鈔之獨多。「自有肺腸，俾民卒
> 狂」，孟子所謂「放淫息邪」，少陵所謂「別裁僞體」，其指斯乎！（同

上，第 1437 頁）

由此可見，翁方綱的宋詩論是「宋詩文化論」，他將理學、詩學緊密地結合起來。

翁方綱特意標舉宋詩，這與乾嘉時期的學術思潮是分不開的，他說：「予嘗謂爲文必根柢經籍博綜考訂，非以空言機法爲也。」〔註147〕「士生今日經學昌明之際，皆知以通經學古爲本務，而考訂詁訓之事與詞章之事未可判爲二途。誠得人人家塾童而習之，以此爲安詩安禮所從入，則其爲藝囿之津逮，爲詞學之指南立誠，居業皆由早以廣益焉，而儷語之工特其餘事耳，又豈石梁王氏所疑，泛論者所能該悉也哉！」（《蛾術集序》，同上，第 192～193 頁）翁方綱甚至認爲：「經訓考訂實與詩同源。」〔註148〕由此，我們不難看出，翁方綱的肌理論是站在時代學術思潮的基點上辨析唐宋詩風的，他將詩歌納入了時代學術的體系，認爲經此途才能不蹈襲前人，造出自我面目，「所以詩家竟言才矣，曰才思，曰才力，曰才藻。思與力皆自己出，藻則資學矣。因時因地，鑒古宜今，士生今日，百年以前尚沿明朝人貌襲古人之弊，惟我國朝考訂之學博洽則追東漢，精研則兼南宋，際此通經稽古之會，則其爲詩也必以學人之詩爲職志，乃克有以自立耳。」（同上）

2.4.2.3 趣味上與江西詩派同調

翁方綱論詩與桐城派一樣注重詩的政教功能，但他不像沈德潛一樣爲教化而隨意趨附古詩。沈德潛將詩三百視爲詩的正宗，並以恢復《詩經》的政教功用爲己任。而翁方綱談及《詩經》不多，對於乾隆時期影響甚大的沈德潛的格調論也論之甚少，他真正醉心的是宋詩，他認爲詩歌的正宗乃是杜甫，而蘇軾、黃庭堅源繼了這個傳統，這與江西詩派並沒有太大的區別。陸廷樞認爲翁方綱「所服膺在少陵，瓣香在東坡，而初不以一家執也。」這是很有見地的。翁方綱對杜甫評價道：

> 杜詩之具宋、元格也，本所就有也，詩至於杜而天地之元氣暢洩於此，天地之大無所不包，日月之明無所不照，天縱之聖無所不能，即至卜筮、星命、相宅、醫術無不託原易卦，聖人見天下之頤而盡利盡神，何所不備安得以此爲聖經病乎？且杜法之該攝中晚唐，

〔註147〕 翁方綱，《復初齋文集》〔M〕，臺北：文海出版社，1961 年，第 172 頁。
〔註148〕 見翁方綱《復初齋文集》之手稿《蘇齋筆記》，臺北：文海出版社，1974 年，卷十一。

該極宋元者，正見其量之足而神之全也。善讀杜者則知其筆尖處即
其筆圓處也。至若後人不善學者則但見其形不見其神，於是用尖筆
者不能用圓筆矣。其讀古人至用尖筆處竟莫知其爲其爲圓筆矣。
〔註 149〕

杜甫歷來受到人們的推崇，清代也是如此。錢謙益評道：「自唐以降，詩家之
途轍總萃於杜氏。大曆後以詩名家者，靡不由杜出。」〔註 150〕朱彝尊評道：「惟
杜子美之詩，其出也有本，無一不關乎綱常倫紀之目，而寫時狀景之妙，自
有不期工而工者。然則善學詩者捨子美其誰師也歟？」〔註 151〕翁方綱對杜甫
的推崇更是到了無以復加的地步，「詩至於杜而天地之元氣暢洩於此，天地之
大無所不包，日月之明無所不照，天縱之聖無所不能」。杜詩不僅是遠超了詩
三百，幾乎就是詩學的全部。中國傳統詩論一直以詩三百爲源頭並強調詩歌
的美刺傳統，翁方綱對杜甫的定位主要是從詩法、風格等藝術上的成就來進
行評價，這就讓他能夠繞過外在因素的干擾而爲學問化的杜詩找到立論的根
基。翁方綱著有《杜詩附記》，他在序中說道：

> 杜詩繼三百篇而興者也，《毛傳》、《鄭箋》尚不能畫一，況杜詩乎？
> 予幼而從事焉，始則涉魯山言、黃鶴以來諸家所爲注釋者味之，無
> 所得也。繼而讀所謂千家注、九家注，益不審其所以然。於是求近
> 時諸前輩手評本，又自以小字鈔入諸家注語，又自爲注釋，蓋三十
> 餘遍矣。……且吾所欲讀杜者何也哉？非欲考史也，非欲綴輯詞藻
> 也，惟欲知詩之所以爲詩而已。苟非上窺三百篇，中歷漢魏六朝，
> 下逮宋金元明，徹原委而共甘辛，敢輒於此贊一詞乎？是以與讀經
> 條件同題曰《附記》，以備自審自擇焉爾。〔註 152〕

翁方綱不厭其煩地注解杜詩，用功可謂勤矣。他將杜詩與經同列，既看重了
杜詩的思想性，又爲其藝術性折服，但從評論上看，他更多地著眼於詩法，
對杜詩確有不少獨到之處。確立杜詩的地位後，師承杜甫的蘇軾、黃庭堅等
宋詩使取得了合法的地位，在《石洲詩話》中，他說道：

〔註 149〕翁方綱，《復初齋文集》〔M〕，臺北：文海出版社，1961 年，第 412～413
　　　　頁。
〔註 150〕錢謙益，《牧齋初學集》〔M〕，上海：上海古籍出版社，1985 年，卷三十二。
〔註 151〕朱彝尊，《曝書亭集》〔M〕，國學整理社，1937 年，第 394 頁。
〔註 152〕翁方綱，《杜詩附記》，宣統元年夏勤幫抄本影印，續修四庫全書本，上海古
　　　　籍出版社，2002 年，序頁。

善夫劉後村之言曰：「國初詩人如潘閬、魏野，規規晚唐格調；楊、劉則又專爲昆體；蘇、梅二子，稍變以平澹豪俊，而和之者尚寡；至六一、坡公，歸然爲大家，學者宗焉。然二公亦各極其天才筆力之所至，非必鍛煉勤苦而成也。豫章稍後出，會粹百家句律之長，究極歷代體制之變，搜討古書，穿穴異聞，作爲古律，自成一家，雖隻字半句不輕出，遂爲本朝詩家宗祖。」按此論不特深切豫章，抑且深切宋賢三昧。不然而山谷自爲江西派之祖，何得謂宋人皆祖之？且宋詩之大家無過東坡，而轉祧蘇祖黃者，正以蘇之大處，不當以南北宋風會論之，捨元祐諸賢外，宋人蓋莫能望其肩背，其何處而祖之乎？呂居仁作《江西宗派圖》，其時若陳後山、徐師川、韓子蒼輩，未必皆以爲銓定之公也。而山谷之高之大，亦豈僅與厭原一刻爭勝毫釐！蓋繼往開來，源遠流長，所自任者，非一時一地事矣。〔註153〕

對於江西詩派，翁方綱幾乎是毫不保留地給予了肯定，究其原因，無非是江西詩派以學問爲詩的理論極其符合他的口味。翁方綱辨析王漁洋是爲了理論建立的需要，從《石洲詩話》以及其他評論上看，翁方綱最喜歡的詩作乃是杜甫、蘇軾和黃庭堅，江西詩派的理論主張與他是切合的。他甚至認爲蘇軾是宋代的杜甫：「宋之有蘇詩，猶唐之有杜詩。一代精華氣脈，全泄於此。蘇亦初不學杜也，然開卷《荊州五律》，何嘗不從杜來？其後演迆宏偉，令人不能識其詣所至耳。」〔註154〕翁方綱生平喜好蘇詩，著有《蘇詩補注》八卷，他書齋「蘇齋」也以蘇軾命名，他對蘇詩的偏好可想而知。他對蘇軾評價道：

蘇齋讀蘇詩，回覆萬古心。嗟此邁往途，敢以薄力任。法自吾儒家，杜陵捼心箴。眞氣眞性情，均鍾調瑟琴。洞庭九奏響，勃發於謳吟。庶惟杜韓後，山海量崇深。非由讀杜出，誕岸誰追尋。所以星宿源，憑杜爲指引。

詩源浩無津，每借仙與佛。杜求洞宮丹，亦向雙峰剎。眞詮帆欲追，

〔註153〕翁方綱，《石洲詩話》〔M〕，上海：上海古籍出版社，清詩話續編本，第1426頁。

〔註154〕見翁方綱《復初齋文集》之手稿《蘇齋筆記》，臺北：文海出版社，1974年，卷十。

遠壑靷初發。是有拈寄處，奚關智巧竭。八萬四千偈，如何問禪窟。
身在匡廬中，山淨溪長舌。百千泛潁相，照徹鬢眉髮。續之無盡燈，
合什妙圓月。誰知澹忘言，胎息本無訣。

先生初不飲，言飲蓋共偶。後來縱筆爲，詩必繫以酒。對客喧壺觴，
自名豈升斗。眞一特假辭，和陶亦何有。昔聖酒無量，曾涉詩教否？
太白酒中仙，彼自出塵垢。一以瓣香忝，何必持螯手。相與觀其深，
慎之論尚友。

蘇陸較香山，似近實不同。蘇則函眾有，又不侔放翁。無如李何輩，
偏體欺盲聾。翻借蘇爲藥，欲效針砭功。誰將珠玉韞，誤等薑桂充。
雖爾白蘇齋，偏嗜非由衷。渾淪元氣出，廣大教化中。試以白集擬，
然否杜法通。且慢杭湖上，柳堤習玉虬。〔註155〕（《讀蘇詩四首》）

翁方綱對蘇軾的推崇主要在於學問與才情，而在黃庭堅身上，我們可以更地
深切體會到他對宋詩的陶醉。他說：「古今不善學杜者無若空同、滄溟，空同、
滄溟貌皆似杜者也；古今善學杜者無若義山、山谷，義山、山谷貌皆不似杜
者也。」〔註156〕翁方綱認爲明前後七子學杜只得皮毛，黃庭堅得到了杜詩的
神髓。七子學杜主空靈，黃庭堅以學問論杜，兩者在趣向上相去甚遠，翁方
綱推重黃庭堅，實則是兜售自己的詩學。他對黃庭堅評價道：「義山以移宮換
羽爲學杜，是眞杜也；山谷以逆筆爲學杜，是眞杜也。」〔註157〕（《同學一首
別吳殼人》）在《黃詩逆筆說》中，他細緻分析了黃庭堅的詩法：

> 逆筆者，即南唐後主作書撥燈法也。逆固順之對，順有何害，而必
> 逆之？逆者，意未起而先迎之，勢將伸而反蓄之。右軍之書，勢似
> 欹而反正，豈其果欹乎？非欹無以得其正也。逆筆者，戒其滑下也；
> 滑下者，順勢也，故逆筆以制之。長瀾抒寫中時時有節制焉，則無
> 所用其逆矣。事事言情，處處見提掇焉，則無所庸其逆矣。然而胸
> 所欲陳，事所欲詳，其不能自爲檢攝者，亦勢也。定以山谷之書卷
> 典故，非裝績爲工也，比興寄託，非借境爲飾也，要亦不外乎虛實
> 乘承、陰陽翕闢之義而已矣。《易》曰：尺蠖之屈，以求信也；龍蛇

〔註155〕翁方綱，《復初齋詩集》，清刻本，清代詩文集彙編，上海古籍出版社，2010
　　　　年，卷六十六。
〔註156〕翁方綱，《復初齋文集》〔M〕，臺北：文海出版社，1961年，第1351頁。
〔註157〕翁方綱，《復初齋文集》〔M〕，臺北：文海出版社，1961年，卷十五。

> 之藝，以存身也。此則道之大者，就其精義入神言也。若下而就至
> 淺者言，則米老作書云無垂不縮，無往不收，又何嘗非此義乎？凡
> 用筆四無依傍，則謂之瘦；傅以肉彩，謂之肥。乃坡公《墨妙亭》
> 詩識杜之貴瘦，而卻有細筋入骨之句，則肥瘦豈二義歟？知肥瘦非
> 二，則順與逆，歙與正，非二也。可與立，乃可與權，中道而立，
> 其機躍如，夫道一而已矣。（同上，卷十）

翁方綱認為黃庭堅以「書卷典故」與「比興寄託」有意識地節制情感，避免
了情感過於直白地流露，使詩歌收到了奇效。翁方綱對黃庭堅的發現應該說
是他的學識與趣味使然，他的詩歌創作與黃庭堅等江西詩派的「以學問為詩」
實為殊途同歸。他對吳之振在《宋詩鈔》中過多地刪除蘇詩很不滿，他說：

> 吳孟舉之鈔宋詩，於大蘇則欲汰其富縟，於半山則病其議論，而以
> 楊誠齋為太白，以陳後山、簡齋為少陵，以林君復之屬為韋、柳。
> 後來頹波日甚，至如祝枝山、唐伯虎之放肆，陳白沙、莊定山之流
> 易，以及袁公安、鍾伯敬之佻薄，皆此一家之言浸淫灌注，而莫可
> 復返，所謂率天下而禍仁義者。吳獨何心，乃習焉不察哉？（同上，
> 第 1436 頁）

翁方綱對吳之振的指責其實並沒有看到吳之振在清初的故國之思的沉痛，他
所推崇的「富縟」、「議論」正是江西詩派的旨趣所在。

　　翁方綱的肌理論由破而立，體現了重學、求實的乾嘉學術精神，這一理
論是乾嘉學術在詩學上的反映。翁方綱門徒甚多，而且有成就的也不少，他
的理論在當時是有一定市場的，「今聞其及門王君實齋、吳君蘭雪諸子，編次
其古今體詩為若干卷，一時之博學有文者爭為序之。」〔註158〕（《復初齋詩集
序》）當前，對於肌理論的探討多局限於詩論層面，對其學術背景很少有探及，
這不能說不是個遺憾。

2.5 結　語

　　乾嘉時期詩壇上的唐宋之爭其實是傳統詩教觀念、乾嘉學術、人性論思
想在詩學上的反映，這三股不同的思潮在對待唐詩、宋詩上都出現了難得的

〔註158〕翁方綱，《復初齋詩集》，清代詩文集彙編本，上海古籍出版社，2010 年，序
　　　　頁。

調和特點，這與大一統帝國的意識形態是相適應的，也與這一時期在文化的集成前代之大成的學風有關。同時，經過對明代復古、清初唐宋熱潮的更迭的反思，調和不同理論也成了這一時代的共識，這也是文學觀念自身演變的結果。

第三章　駢散之爭

　　清代的駢文創作無論是在作品數量還是在作家總量上都遠遠超過前代，呂亮在《清代駢文研究》中認爲清代駢文作家在兩千人以上，作品數量逾萬篇。然而，這也只是一個大概的說法，資料的散佚讓我們無法進行準確的統計。當然，清代駢文創作雖在數量上遠超前代，但也是泥沙俱下，不可一味地以繁榮相稱。關於清代的駢文，姜書閣有一段評論，頗與眾不同，應引起我們的關注。

> 　　近世論駢文者，往往薄明而厚清，謂駢文至元明而絕響，至清而復興。元、明駢文衰茶已甚，幾於絕響，此固然矣。清代人文蔚起，士子力矯明人之空疏奔陋，二百六十餘年中確也有人頗用心於駢文的寫作。但能不能說是駢文的復興呢？恐怕不能。此種文體發展五百年，至陳、隋徐、庾而極矣；唐人初加改革，延其生命，以至於晚唐、五代；北宋時期，已不能不變，歐、蘇遂他成新變四六，而止用於詔、制、章、表；元、明已成爲僵固的格套，不復有所創新。假如入清以後，駢文果已復興，它就必有新變，絕對不可能在因襲前人舊套的情況下取得新的成就，復興已經衰亡的文體。不論清人循宋、明故迹也好，或上追六朝也好，都是沒有出路的。〔註1〕

姜書閣認爲清代的駢文並沒有出現復興的氣象，因爲此種文體至隋徐、庾已達到頂峰，清人並沒有在文體上實現新變，在這種情況下，很難談所謂的復興。而國內不少學者談到清代駢文的復興卻主要是從龐大的作家、作品

〔註 1〕　姜書閣，《駢體史論》〔M〕，北京：人民文學出版社，1986 年，第 529 頁。

數量這個角度來談，認爲清代駢文創作出現了歷代少有的繁榮景象。如果從文體的革新上看，姜書閣的觀點大致是不錯的，清代從事駢文創作的作家確實沒有能夠從文體上實現創新，特別是清代駢文創作最興盛的乾嘉時期，不少駢文作者是考據的學者，他們尊尚漢唐，寫作的駢文也是多漢唐風味，復多變少。如李兆洛的《駢體文鈔》爲戰國至隋代駢文總集，以古爲歸；汪中、程瑤田等駢文創作也入於漢唐一派。一種文體在成熟之後要求有新變或許是有點苛刻，如五律七絕，在唐代成爲一種成熟文體後，後代在運用這種體裁進行創作時往往都是「帶著鐐銬跳舞」，很少進行文體形式上的創新。但我們也不能由此而說清代駢文只是因襲而毫無新變，事實上，袁枚、姚鼐等人不僅認識到了駢文的獨特美學價值，而且試圖縫合駢散的裂痕；而崇尚考據的學者卻以經世致用的眼光看待駢文，認爲駢文也是「經國之大業」，在很大程度上改變了以往認爲駢文華而不實的觀點，在文體上也略有變化。

清代駢文創作最興盛的時期乃是乾嘉時期，而這一時期是經史考證的高潮期，不少漢學家積極投身駢文創作，華麗的文辭與樸實的考據在他們身上融彙而一，這是一個很有趣的現象。漢學家大多不滿於宋明理學，而當時由弱趨強，影響日大的桐城派古文卻是程朱理學的堅定信徒，漢學家憑藉學識上的淵博，對桐城派大加鞭撻，由道而文，雙方的激烈爭論是乾嘉時期獨特的學術風景，「凡嗜學多文之士知考訂者輒多厭薄宋儒以自喜，今日學者之通患也。」〔註2〕漢學家熟悉先秦、漢唐的典籍，在對這些典籍進行整理、研究中，都不同程度上對早期的學術、文學觀點產生了愛好甚至是認同，而對於宋明以來道學家的標舉的唐宋八大家多不以爲然。焦廷琥在記載父親焦循時說道：「丁未，以所撰序事文就正於汪容甫先生。先生令焚之，曰：『序事文須無一語似小說家言，當時時以《左傳》、《國語》、《史記》、《漢書》爲之鵠。』至今心服之。」〔註3〕（《先府君事略》）宋明以來的古文創作都不自覺地以小說的題材、敘述、語言融入其中。汪中認爲「序事文須無一語似小說家言」，令焦循將些類作品「焚之」，其蔑視古文的態度可想而知。他心目中的古文乃是史漢散文，王念孫在《述學序》中稱他：「容甫淡雅之才，跨越近代。其文

〔註2〕 王元啟，《祇平居士集》，嘉慶十七年王尚繩恭壽堂刻本影印，續修四庫全書本，序頁。

〔註3〕 賴貴三，《焦循年譜新編》〔M〕，臺北：里仁書局，1994年，第36頁。

合漢魏晉宋作者而鑄成一家之言，淵雅淳茂，無意模仿，而神與之合。蓋宋以後無此作手矣。……蓋其貫穿經史諸子之書，而流衍於豪素，揆厥所元，抑亦醞釀者厚矣。」〔註4〕汪中熱衷於駢文，這與他排斥宋儒，長期研究秦漢以前的典籍是有緊密聯繫的。正是基於對古學的熱愛與認識，魏晉的文風為漢學家重新評價，阮元、凌廷堪等人認為駢文乃是文章的正脈，不滿宋明以來對「文」的界定，紛紛抨擊以八大家為代表的散文傳統，認為駢文乃是文章的正宗，試圖恢復駢文的正宗地位。凌廷堪對桐城派排斥駢文的門戶之見就很不滿，他在《書唐文粹後》中說：

> 蓋昌黎之文，化偶為奇，戛戛獨造，特以矯枉於一時耳，故好奇者皆尚之；然謂為文章之流別則可，謂為文章之正宗則不可也。宋初古學猶存，文章矱矱人皆知之，故姚氏明於決擇如此。熙寧而後，厭故喜新，末學習為固然。元明以來，久不復識源流之別矣。竊謂昌黎之論文與考亭之論學，皆欲以一人之見，上掩千古，雖足以矯風尚之同，而實例於空疏之習。故韓、歐作而摯虞、劉勰之焰熄，洛、閩興而沖遠、叔明之勢絀，廢墜之所由來者漸矣。今一二識者，知蹈虛言理不如名物訓詁之實有可憑也，於是蒐遺訂佚，倡之於前，士從事於學者皆以復古為志，而論文則貿焉但曰八家，是知二五而昧於十也。因讀《文粹》，感而書此。〔註5〕

凌廷堪稱「讀《文粹》」而有感於韓愈以來古文之弊，其實，這是他長期積學使然。他由文而道，對八大家的古文傳統、宋明理學都否定了。當時桐城派以唐宋八大家文統自居，凌廷堪卻以「文章之流別」目之，這無疑是對桐城派的鄙視。他認為文章的正宗並非如桐城派所言的八家文統，而是更古老的漢唐六朝駢文，這實在是學術旨趣在文學上的體現。這一時期的不少散文作家在文學觀念上與主古文、主駢文者不盡一致，認為不必拘泥於駢散，主張駢散合一，多元的文學觀念在這一時期凸顯。

　　乾嘉時期，駢文創作呈現興盛之勢，創作隊伍及數量都遠超前代，而這時期有志於古文創作的卻很少，焦循說道：「近來經學盛著，古文講者極希，得足下為之兩浙之間，一倡百應，則此道且由是振。」〔註6〕（《與趙寬夫論

〔註4〕 汪中，《新編汪中集》〔M〕，揚州：廣陵書社，附錄三，第61頁。

〔註5〕 凌廷堪，《校禮堂文集》〔M〕，北京：中華書局，1998年，第290頁。

〔註6〕 焦循，《焦循詩文集》〔M〕，揚州：廣陵書社，2009年，第267頁。

文書》）袁枚也說道：「今天下不爲古文，子爲之，安知其不爲者之不含笑以待也。」〔註7〕（《贈黃生序》）古文的不振與考據學的興盛有著緊密的聯繫，梁啓超認爲「啓蒙期之宋學殘緒，亦莫能續，僅有所謂古文家者，假『因文見道』之名，欲承其祧，時與漢學爲難，然志力兩薄，不足以張其軍。」〔註8〕這大致是不錯的。在漢學家的打壓下，以唐宋八大家爲宗的古文家不僅在思想信念上受到批判，而且在文學觀念上也受到了否定。雖則如此，我們也要看到，唐宋八大家散文在明清仍然爲人們所接受，文道合一、文以載道的文學觀念還是擁有很大的市場的。面對駢文的挑戰，桐城也是積極反擊，方東樹在《漢學商兌》中說道：

> 漢學家論文，每曰土苴韓、歐，俯視韓、歐，又曰骫矣韓、歐。夫以韓、歐之文而謂之骫，眞無目而唾天矣！及觀其所爲，所推崇諸家，類如屠酤計帳。揚州汪氏謂：文之衰，自昌黎始。其後揚州學派皆主此論，力詆八家之文爲偏體。阮氏著《文筆考》，以有韻者爲文，其旨亦如此。江藩嘗謂余曰，吾文無他過人，只是不帶一毫八家氣息。又凌廷堪集中，亦詆退之文非正宗，於是遂訾《平淮西碑》書法不合史法者。〔註9〕

漢學家的文學觀念迥異於桐城派，他們對桐城派所認定的唐宋八大家古文傳統也是嗤之以鼻。其實，從道統到文統，漢學家與桐城派都是針鋒相對，桐城派對古文的維護不僅僅是在文學意義上的，更重於道統的維護上，爭論雙方由經而文，在各個層面上展開了論爭。

魏晉以後，駢文與散文隨著時代的變化而此消彼長，兩者的爭論是中國散文史上一個獨特的現象。乾嘉時期，在考據學風的影響下，兩者都自覺地向考據靠攏，雖然兩者在理論上爭辯不一，但在創作上卻都將考據納入了各自的視野。桐城派的姚鼐以古文寫作考據的內容，而以凌廷堪爲代表的漢學家卻以駢文表述考據成果。理論的爭辯與創作上的相容讓兩者的爭論無論在內涵、形式還是功用上都較前代深入了。

〔註7〕 袁枚，《小倉山房詩文集》〔M〕，上海：上海古籍出版社，1988 年，第 1382 頁。

〔註8〕 梁啓超，《清代學術概論》〔M〕，北京：中華書局，2010 年，第 7 頁。

〔註9〕 方東樹，《漢學商兌》，見《漢學師承記（外二種）》，三聯書店，1998 年，第 384 頁。

3.1 駢文與古文之爭

3.1.1 何者爲文

洪邁《容齋三筆》在「四六名對」條中說道：「四六駢麗，於文章家爲至淺，然上自朝廷命令、詔冊，下而縉紳之間箋書、祝疏，無所不用。」〔註10〕駢文在官方的應用文書中被廣泛應用，科舉考試的八股文也是以駢文的形式答題，駢體文的寫作具有很強的實用價值。駢文華豔的文辭卻又引起了道學家的不滿，程頤說道：「凡爲文，不專意則不工，若專意則志局於此，又安能與天地同其大也？」〔註11〕作普通的文章尚且不能過於用心，更何況追求辭采華麗的駢文，程頤由此推斷「作文害道」。在中國傳統的文學理論中，文學很少能夠成爲一個獨立的學科門類，文與道有著千絲萬縷的聯繫。道學家重道輕文的文學觀念在中國歷史上有很大的影響，乾嘉時期的桐城派便是這一文論的繼承者。道學家往往以「文以載道」的工具論看待散文，很少對駢文與古文進行學理的辨析，而考據學者卻津津於對駢文、古文的學理辨析，在論析中，爲了能爲自己的合法性找到依據，他們將目光投向了先秦散文，試圖通過共同承認的經典爲自己找到安身立命之所。

3.1.1.1 駢文家的觀點

乾嘉時期的駢文家大多具有深厚的經史考證的根柢，對宋儒的厭惡使他們本能地對宋明以來的文化採取批判的態度，他們以先秦、漢唐的典籍爲支撐，試圖通過考證的方式恢復儒家思想的本來面目。在對文章的學理分析中，他們以先秦儒家典籍爲理論支撐，以先秦、漢唐、六朝文章爲實踐榜樣，提出了與桐城派迥異的文章觀念。

李兆洛的《駢體文鈔》成於嘉慶末年，該書爲戰國至隋代駢文總集，當時正是桐城派迅速發展的時候，作者的選文應該說是有一定針對性的。作者在書的序言中說道：

> 少讀《文選》，頗知步趨齊、梁。後蒙恩入庶常，臺閣之制，例用駢體，而不能致。因益搜輯古人遺篇，用資時習，區其鉅細，分爲三編。《序》而論之曰：天地之道，陰陽而已，奇偶也，方圓也，皆是

〔註10〕 洪邁，《容齋隨筆》〔M〕，上海：上海古籍出版社，1978 年，第 505 頁。
〔註11〕 程顥、程頤，《二程集》〔M〕，北京：中華書局，2004 年，第 239 頁。

也。陰陽相併俱生，故奇偶不能相離，方圓必相爲用。道奇而物
偶，氣奇而形偶，神奇而識偶。孔子曰：「道有變動，故曰爻；爻有
等，故曰物；物相雜，故曰文。」又曰：「分陰分陽，迭用柔剛。」
故易六位而成章，相雜而迭用。文章之用，其盡於此乎！《六經》
之文，班班具存。自秦迄隋，其體遞變，而文無異名。自唐以來，
始有古文之目，而目六朝之文爲駢儷。而爲其學者，亦自以爲與古
文殊路。既歧奇與偶爲二，而於偶之中，又歧六朝與唐與宋爲三。
夫苟第較其字句，獵其影響而已，則豈徒二焉三焉而已，以爲萬有
不同可也。夫氣有厚薄，天爲之也；學有純駁，人爲之也；體格有
遷變，人與天參焉者也；義理無殊途，天與人合焉者也。得其厚薄
純雜之故，則於其體格之變，可以知世焉；於其義理之無殊，可以
知文焉。文之體，至六代而其變盡矣。沿其流，極而溯之，以至乎
其源，則其所出者一也。吾甚惜夫歧奇偶而二之者之毗於陰陽也。
毗陽則躁剽，毗陰則沈膇，理所必至也，於相雜迭用之旨均無當
也。〔註12〕（《自序》）

李兆洛引用孔子的話「物相雜，故曰文」闡釋了文的內涵，這就將「文」定
義爲文采，具體到文學上便是具有審美價值的奇偶相雜的語言形式。他對韓
愈別出古文一目很不滿，認爲「歧奇偶而二之者之毗於陰陽也」，是得不到
「文」的眞旨的。李兆洛以經典推闡了文的內涵，理清了散文的理路淵源，
通過對經典的引用，沿波討源，爲駢文的合法地位作證，反對韓愈等人對文
的人爲劃分。他雖然沒有明確地提出反對古文，但從他對單行散句的古文的
批判上看，他對駢文長期以來沒有受到重視是很不滿的。從文中我們可以看
出，李兆洛對駢文只是著重於駢文的語言形式方面，並沒有過多地涉及駢文
的內容，這就爲人們思考「文」的眞義留下了空間。如果說李兆洛只是從學
理上爲駢文的合法性作證，那麼吳育給該書作的序便從文統的角度論證了駢
文的地位。

昔史臣述堯，啓四言之始；孔子贊《易》，兆偶辭之端。此上古之玄
音，載道之華辭，不徒以文言也。及《左氏傳》、《曲臺記》，戰國之
文、百家之書，莫不時引其緒。至枚乘、司馬長卿出而其體大備，
有《書》之昭明，《詩》之諷諫，《禮》之博物，《左》之華腴；故其

〔註12〕李兆洛，《駢體文鈔》〔M〕，鄭州：中州古籍出版社，1990 年，第 19 頁。

文典，其音和，盛世之文也。後生祖述，際齊、梁而益工，玄黃錯采，丹青昭爛，可謂美矣，然不能有古人之意。其蕩者爲之，或跌宕靡麗，浮而無實，放而不收，至蕭氏父子而其流斯極。然其間如任昉、沈約、邱遲、徐陵、庾信之徒爲之，莫不淵淵乎文有其質焉。惜也囿於俗，而不能進厥體，故君子有自檜之譏焉。以至於今，作者代興，互有工巧，世莫能尚。揆其文，善江、鮑者，豔厥體；善徐、庾者，侈厥文。既其華不既其質，習其流不探其源，不可謂之善學者矣。辨志書塾，錄駢儷之文，區其條爲三：上焉者製作之文，中焉者冠冕之制，下焉者則齊、梁之篇爲多，而古人喻志之作入焉。錄自秦始，迄於隋，幾以端其途徑，道其門戶而已。

夫人受天地之中，資五氣之和，故發喉引聲，和言中宮，危言中商，疾言中角，微言中徵、羽，此自然之體勢，不易之理也。其一言之中，亦莫不律呂相和，宮徵相宣，而不能自知。然則駢儷之文，不由是而作者耶！論者往往右韓、柳而左徐、庾，殆非通論也。余於此，固未嘗學切，好諷誦之。大凡廟廷之上，敷陳聖德，典麗博大，有厚德載物之致，則此體爲宜。〔註13〕（《吳序》）。

吳育認爲「文」應具有兩個因素：辭采與音韻。他認爲重辭采是自古而然，「史臣述堯」，「孔子贊《易》」已開其端。重音韻是人的天然本性，「夫人受天地之中，資五氣之和，故發喉引聲，和言中宮，危言中商，疾言中角，微言中徵、羽，此自然之體勢，不易之理也。」通過辭采與音韻，吳育其實已經界定了「文」。在引用儒家經典爲「文」界定的時候，吳育顯得小心翼翼，他說「史臣述堯」與「孔子贊《易》」是「此上古之玄音，載道之華辭，不徒以文言也。」吳育不把「史臣述堯」與「孔子贊《易》」歸入文，其實是仍然把它們視爲經，將駢文與經緊密地聯繫在一起，駢文便獲得了一個高貴的出身。對於史漢散文，吳育也只是認爲它們只是經的「引其緒」，吳育將「文」的源頭定在了漢賦，認爲「至枚乘、司馬長卿出而其體大備。」吳育勾勒了唐以前的駢文史，追溯源流，有意構建起文統，其目的是證明古文一派門戶之誤，爲駢文理清學統。通過如此梳理，吳育建立起了一個與古文迥異的文章體系，其批判古文的意圖是很明顯的。

　　乾嘉後期，桐城派古文形成了聲勢浩大的文學流派，桐城派與「道統」

〔註13〕李兆洛，《駢體文鈔》〔M〕，鄭州：中州古籍出版社，1990年，第1頁。

緊密相聯的「文統」被人們所廣泛接受。面對桐城派文章正宗的地位，阮元提出了質疑。阮元對「文」的定義側重於形式，頗近乎俄國形式主義文論，他在《文言說》中提出了自己對「文」的看法。

> 古人無筆硯紙墨之便，往往鑄金刻石，始傳久遠；其著之簡策者，亦有漆書刀削之勞，非如今人下筆千言，言事甚易也。許氏說文「直言曰言，論難曰語」。左傳曰「言之無文，行之不遠」。此何也？古人以簡策傳事者少，以口舌傳事者多，以目治事者少。以口耳治事者多，故同為一言，轉相告語，必有愆誤，是必寡其詞，協其音，以文其言，使人易於記誦，無能增改；且無方言俗語，雜於其間，始能達意，始能行遠。此孔子於易所以著文言之篇也。古人歌詩箴銘諺語，凡有韻之文，皆此道也。爾雅釋訓主於訓蒙，子子孫孫以下，用韻者三十二條，亦此道也。
>
> 孔子於乾坤之言，自名曰文，此千古文章之祖也。為文章者，不務協音以成韻，修詞以達遠，使人易誦易記，而惟以單行之語，縱橫恣肆，動輒千言萬字，不知此乃古人所謂直言之言，論難之語，非言之有文者也，非孔子之所謂文也。文言數百字，幾於句句用韻。孔子於此，發明乾坤之蘊，詮釋四德之名，幾費修詞之意，冀達意外之言。要使遠近易誦，古今易傳，公卿學士皆能記誦。以通天地萬物，以警國家身心。〔註14〕

阮元從文章的發生學出發，認為上古缺乏交流的媒介，多數的信息主要依靠口頭傳達，而口頭傳達容易導致以訛傳訛，為了防止這種情況，「是必寡其詞，協其音，以文其言，使人易於記誦，無能增改；且無方言俗語，雜於其間，始能達意，始能行遠。」阮元認為通過「協其音」、「文其言」，那麼文就能行之久遠了，所以真正的「文」就必須是「協其音」和「文其言」的。如果非此，「惟以單行之語，縱橫恣肆，動輒千言萬字，不知此乃古人所謂直言之言，論難之語，非言之有文者也，非孔子之所謂文也。」阮元區別了「直言之言」、「論難之語」與「文」，在這裡，他基本上是從形式上對「文」進行界定的。其實，阮元並非全部從形式著眼來論文，他在《書梁昭明太子〈文選〉序後》說道：「是故昭明以為經也，史也，子也，非可專名之為文也；專名為文，必沉思翰藻而後可也。」這就要求文要有一定的內涵所在。朱自清

〔註14〕阮元，《研經室三集》〔M〕，臺北：世界書局，1982年，第567～568頁。

先生說道:「阮氏本人於『沉思』無說,他所著重的似乎專在『翰藻』一面;他在《文韻說》裏道:『凡文者,在聲爲宮商,在色爲翰藻。』『翰藻』與『宮商』對文,簡直將『沉思』撇了開去。」〔註15〕的確,阮元對「文」的界定更多地是在形式方面,他對魏晉到唐的駢文評價道:「自齊梁以後,溺於聲律,彥和雕龍,漸開四六之體,至唐而四六更卑,然文體不可謂之不卑,而文統不得謂之不正。」六朝的文雖然「體卑」,但仍然得「文統」之正,可見阮元論文並不像道學家那樣簡單地以道論文,排斥文學的外在形式。

在《學海堂文筆策問》裏,阮氏父子對文與筆、文與辭進行了區別。這篇策問收在阮元的《研經室三集》裏,雖然是阮福代答,但阮元是認同阮福的觀點的。策問羅列了許多歷史材料來爲自己的觀點作證明。劉勰《文心雕龍・總術篇》:「今之常言,有文有筆,以爲無韻者筆也,有韻者文也。」在列舉該段文字後,阮元評論道:「按文筆之義,此最分明。蓋文取乎沉思翰藻,吟詠哀思,故以有情辭聲韻者爲文。筆從聿,亦名不聿;聿,述也,故直言無文采者爲筆。史記『春秋筆則筆』,是筆爲據事而書之證。」〔註16〕劉勰將文筆之辨別於有韻無韻,而阮元在接過這一棒子時又融入了蕭統沉思翰藻之說,以「有情辭聲韻者爲文」。借助於劉勰,阮元將筆首先排除在有韻之外,其次,通過引用《說文解字》、《釋名》對字形字義的考證,阮元認爲「筆爲據事而書」,這就將筆排除在了講究辭采的範圍之外。結合在《文言說》中阮元所論的「直言之言」、「論難之語」與「筆爲據事而書」,阮元便在音韻、辭采上爲「文」找到了安身立命之所。爲了更明確「文」的概念,阮元還將文與有音韻、辭采的「辭」進行了區別。阮元認爲「辭,詩人所歌詠之辭。」詩乃是言志的,所以詩較「文」在表達方式上就缺少了曲折迴環的形式之美,所以阮元認爲「是文者,音韻鏗鏘,藻采振發之稱;辭特其句之近於文,而異乎直言者耳。」阮元還從字義上考證了「辭」的本義:「《說文》:『詞,意內而言外也。從言從司。』《釋名》曰『詞,嗣也;令撰善言相續嗣也。』然則詞之司,有係續之意;詞爲本字,辭乃假借也。」辭乃是對詩人本志或某一典籍的闡發,雖然有文采和音韻,但以直述爲主。經由字義的考證,阮元便在表達方式上區別了「文」與辭。經過區別「直言之言」、「論難之語」、「筆

〔註15〕 朱自清,《朱自清古典文學論集》〔C〕,上海:上海古籍出版社,1981年,第40頁。

〔註16〕 阮元,《研經室三集》〔M〕,臺北:世界書局,1982年,第660頁。

爲據事而書」以及辭，阮元從形式上爲「文」找到了歸宿。

　　阮元對「文」的定義是借助於《文選序》對於文與經、史、子的劃分，其實蕭統對「文」的理解並不於阮元一致。蕭統雖然推崇「事出於深思，義歸乎翰藻」的文，但他並沒有於此標準定義「文」。從所選的內容上看，他所謂的「文」其實包括了賦，詩，騷，七，詔，冊，令，教，文，表，上書，啓，彈事，箋，奏記，書，檄，移，對問，設論，辭，序，頌，贊，符命，史論，史述贊，論，連珠，箴，銘，誄，哀，碑文，墓誌，行狀，弔文，祭文38類。蕭統並不把經、史、子排除在「文」之外。他說：「若夫姬公之籍，孔父之書，與日月俱懸，鬼神爭奧，孝敬之準式，人倫之師友，豈可重以芟夷，加之剪截？老、莊之作，管、孟之流，蓋以立意爲宗，不以能文爲本，今之所撰，又以略諸。若賢人之美辭，忠臣之抗直，謀夫之話，辨士之端，冰釋泉湧，金相玉振。所謂坐狙丘，議稷下，仲連之卻秦軍，食其之下齊國，留侯之發八難，曲逆之吐六奇，蓋乃事美一時，語流千載，概見墳籍，旁出子史。若斯之流，又亦繁博。雖傳之簡牘，而事異篇章，今之所集，亦所不取。至於記事之史，繫年之書，所以褒貶是非，紀別異同，方之篇翰，亦已不同。若其贊論之綜緝辭采，序述之錯比文華，事出於深思，義歸乎翰藻，故與夫篇什雜而集之。遠自周室，迄於聖代，都爲三十卷，名曰《文選》云耳。」蕭統雖然以種種藉口把非「事出於深思，義歸乎翰藻」的文章排除在《文選》之外，但他並沒有因此而將它們界定爲非文。章太炎說道：「昭明太子序《文選》也，其於史籍，則云『事異篇章』；其於諸子，則云『不以能文爲貴』。此爲裒次總集，自成一家，體例適然，非不易之定論也。……是故昭明之說，本無以自立者也。」〔註17〕這是比較客觀的。在談到文的起源時，蕭統說：「式觀元始，眇覿玄風，冬穴夏巢之時，茹毛飲血之世，世質民淳，斯文未作。逮乎伏羲氏之王天下也，始畫八卦，造書契，以代結繩之政，由是文籍生焉。《易》曰：『觀乎天文，以察時變；觀乎人文，以化成天下。』文之時義，遠矣哉！」蕭統用發展的眼光來看待文，而不像阮元那樣一開始便以孔子的《文言》將「文」給定義下來。

　　蕭統關於「文」的模糊論析到了阮元被明確地界定了，這一界定將「文」納入了一個獨立的藝術門類。「文」有駢賦與古文，如何辨析這兩者成了擺在阮元面前的一個問題。

〔註17〕章太炎，《國故論衡》〔M〕，上海：上海古籍出版社，2003年，第51頁。

　　阮元認為「元謂古人於籀史奇字，始稱古文，至於屬辭成篇，則曰文章。故班孟堅曰『武宣之世，崇禮官，考文章。』又曰『雍容揄揚，著於後嗣，大漢之文章，炳焉與三代同風。』是故兩漢文章，著於班范，體制和正，氣息淵雅，不為激音，不為客氣，若云後代之文，有能盛於兩漢者，雖愚者亦知其不能矣。」〔註18〕（《與友人論古文書》）阮元首先在名稱上對「古文」一詞進行分析，認為古人所謂的古文其實是古字，並非文章，只有「屬辭成篇」才能稱得上是文章。通過追溯古文一詞的原義，阮元認為後世的古文並不得文的眞義，他對後世古文很不滿，他說：

> 近代古文名家，徒爲科名時藝所累，於古人之文，有益時藝者，始競趨之。元嘗取以置之兩漢書中誦之，擬之淄澠不能同其味，宮徵不能壹其聲，體氣各殊，弗可強已。若謂前人樸拙不及後人，反覆思之，亦未敢以爲然也。

> 夫勢窮者必變，情弊者務新，文家矯屬，每求相勝，其間轉變，實在昌黎。昌黎之文，矯《文選》之流弊而已。昭明選序，體例甚明，後人讀之，苦不加意。選序之法，於經、子、史三家不加甄錄，爲其以立意紀事爲本，非沉思翰藻之比也。今之爲古文者，以彼所棄，爲我所取，立意之外，惟有紀事，是乃子史正流，終與文章有別。

> 千年墜緒，無人敢言，偶一論之，聞者掩耳，非聰穎特達深思好問如足下者，元未嘗少爲指畫也。嗚呼，修塗具在，源委遠分，古人可作，誰與歸歟！願足下審之。（同上）

阮元認為後世的古文背離了「文」的正道，既不求音韻，又不講辭采，「置之兩漢書中誦之，擬之淄澠不能同其味，宮徵不能壹其聲，體氣各殊，弗可強已。」阮元認為以「立意」、「紀事」爲主的「是乃子史正流，終與文章有別。」他認爲韓愈肇其端而後世莫知「文」之眞義。很顯然，阮元是按照他重辭采、講音韻的標準來看待後世之文，不符合他的標準的，一概拒斥。「自唐、宋韓、蘇諸大家以奇偶相生之文爲八代之衰而矯之，於是昭明所不選者，反皆爲諸家所取，故其所著者，非經即子，非子即史，求其合乎昭明序所謂文者，鮮矣；合於班孟堅《兩都賦序》所謂文章者，更鮮矣。其不合之處，蓋分於奇

〔註18〕阮元，《研經室三集》〔M〕，臺北：世界書局，1982 年，第 570～571 頁。

偶之間。經、子、史多奇而少偶，故唐、宋八家不同偶；《文選》多偶而少奇，故昭明不尚奇。如必以比偶非文之古者而卑之，則孔子自名其言曰『文』者，一篇之中，偶句凡四十有八，韻語凡三十有五，豈可以非文之正體而卑之乎？」（《書昭明太子〈文選〉序後》）除了從音韻、辭采來剖析古文非「文」，阮元還從表述的內容上來責難古文。「選序之法，於經、子、史三家不加甄錄，為其以立意紀事為本，非沉思翰藻之比也。今之為古文者，以彼所棄，為我所取，立意之外，惟有紀事，是乃子史正流，終與文章有別。」阮元認為經、史、子各有其表述的內容，內容不同，歸入的學術門類就不一。「凡說經講學者皆經派也，傳志記事皆史派也，立意皆子派也，惟沉思翰藻乃可名為文也。非文者尚不可名為文，況名之曰古文乎。」（同上）阮元對「文」的定義其實就隱含了對古文的反思。阮元所處的時代正是桐城派經姚鼐經營後日益發展壯大的時期，桐城派以理學自任，在創作上以寫身邊的小題材為主，強調文道合一。在經、史、子分類明確的情況之下，桐城派古文在經、史與文上糾纏不清，這其實並不利於學術的發展。阮元從形式和內容上批駁了古文，雖然有失公允，但這為劃清學術門類，明確自身的特性是很有幫助的，也為漢學與宋學的區分作了說明。阮元雖然沒有明確地說反對桐城派，但從他的言論上看，他至少是打擊了桐城派。

　　阮元嚴格地辨析了經、史、子、文，在建立文統的時候，他也是很謹慎。他一方面從儒家經典中為「文」尋找安身立命之所，同時，又注意區別經與「文」，保持「文」的獨立性。他認為「孔子於乾、坤之言，自名曰文，此千古文章之祖也。」這其實是指解《易傳》的《文言》篇，阮元認為孔子在此篇文章中界定了「文」，並評價該篇：「此篇奇偶相生，音韻相和，如青白之成文，如咸韶之合節，非清言質說者比也，非振筆縱書者比也，非詰屈澀語者比也。」阮元雖然認為《文言》具有了「文」所應具備的條件，但他在在建立起文統的時候卻並不以它為源頭。他認為「說經講學者皆經派」，《文言》是屬於說經的，所以它雖然具有「文」的條件，卻不能歸入「文」。按照「事出於深思，義歸乎翰藻」以及經、史、子、文的分類標準，阮元將具有自身獨特品格的「文」的肇始定位於屈原。他在《四六叢話序》中說道：

> 懿夫人文大著，肇始六經。典、墳、邱、索，無非體要之辭；禮、
> 樂、詩、書，悉著立誠之訓。商瞿觀象於文言，邱明振藻於簡策：
> 莫不訓辭爾雅，音韻相諧。至於命成潤色，禮舉多文；仰止尼山，

益知宗旨。使其文章正體，質實無華。是犬羊虎豹，翻追棘子之談；繡黻青黃，見斥莊生之論也。周末諸子奮興，百家並驚。老、莊傳清淨之旨，孟、荀析善惡之端；商、韓刑名，呂、劉雜體：若斯之類，派別子家，所謂以立意爲宗，不以能文爲本者也。至於縱橫極於戰國，春秋紀於楚、漢，馬、班創體，陳、范希蹤：是爲史家重於序事，所謂傳之簡牘，而事異篇章者也。夫以子若彼，以史若詞，方之篇翰，實有不同。惟楚國多才，靈均特起，賦繼孫卿之後，詞開宋玉之先，隱耀深華，驚采絕豔。故聖經賢傳，六藝於此分途；文苑詞林，萬世咸歸圍範矣。……自周以來，體格有殊，文章無異。若夫昌黎肇作，皇李從風，歐陽自興，蘇王繼軌，體既變而異今，文乃尊而稱古。綜其議論之作，並升荀孟之堂，戮其敍事之辭，獨步馬班之室。拙目妄譏其紕繆，儉腹徒襲爲空疏，實沿子史之正流，循經傳以分軌也。考夫魏文典論，士衡賦文，摰虞析其流別，任昉溯其原起，莫不精嚴體制；評隲才華，豈知古調已遙，矯枉或過，莫守彥和之論，易爲眞氏之宗矣。〔註19〕

阮元在尋找「文」的根源時與蕭統在《文選序》中標舉的選文標準如出一轍。蕭統先是將經、子、史排除在外，然後再將「事出於深思，義歸乎翰藻」收入集中。同樣的，阮元從時間上將經、子、史排除在「文」之外，最終的落腳點定在了屈原。與蕭統比，阮元對「文」的定義更加明確，他已將詩、史論、箋等排除在了「文」之外。阮元在此序裏構建了他心目中的「文」史。從他所描述的「文」的歷史看，他所說的「文」其實就是講究文采的駢體文和賦，古文不僅給排除出去，而且認爲韓愈所開啓的古文「實沿子史之正流，循經傳以分軌也。」把八大家古文歸入子史一類。通過概述「文」的發展史，阮元確立了駢賦正宗的文章地位，並把古文歸入了經、史，基本上否定了古文的文章地位。龔自珍在《阮尙書年譜第一序》中說道：

文章之別，論者多矣，公獨謂一經一緯，交錯而成者，綺組之飾也；大宮小商，相得而偕者，《韶濩》之韻也。散行單詞，中唐變古。六詩三筆，見南士之論文；杜詩韓筆，亦唐人之標目。上稽范史，箋記奏議不入集；耑考班書，賦頌箴誄乃稱文。公日走萬言，自裒四集，以沉思翰藻爲本事，別說經作史爲殊科。是公文章之學。

〔註19〕　孫梅，《四六叢話》〔M〕，北京：人民文學出版社，2010年，第2～4頁。

龔自珍點出了阮元對「文」的獨特認識，切到了點子上。章太炎對阮元強硬劃分文學很不滿，他說：

> 近世阮元以爲孔子贊《易》，始著《文言》，故文以耦儷爲主，又牽引文筆之說以成之。夫有韻爲文，無韻爲筆，是則駢散諸體，一切是筆非文，藉此證成，適足自陷。既以《文言》爲文，《序卦》、《說卦》又何說焉？且文辭之用，各有體要。《彖》、《象》爲占繇，占繇故爲韻語；《文言》、《繫辭》爲述贊，述贊故爲儷辭；《序卦》、《說卦》爲目錄箋疏，目錄箋疏故爲散錄。必以儷辭爲文，何緣《十翼》不能一致？豈波瀾既盡，有所謝短乎？或舉《論語》言「辭達」者，以爲文之與辭，劃然異職。然則《文言》稱文，《繫辭》稱辭，體格未殊，而題號有異，此又何也？……以是見韻文耦語，並得稱辭，無文辭之別也。且文辭之稱，若從其本以爲部署，則辭爲口說，文爲文字。古者簡帛重煩，多取記臆，故或用韻文，或用耦語，爲其音節諧適，易於口記，不煩紀載也。戰國從橫之士，抵掌搖脣，亦多積句，是則耦麗之體，適可稱職。〔註20〕

章太炎認爲「文學者，以有文字著於竹帛，故謂之文。論其法式，謂之學。凡文理、文字、文辭，皆稱文。」（同上）章太炎的「文」是廣義上的文，只要是書寫的符號都可以稱爲文，他以廣義的文來衡量阮元狹義上的文，認爲阮元所單列出來的韻文耦語並非文學。文學與非文學之間的界限雖然很難界定，但由此而輕易地否定學科的劃分，我認爲是不科學的。況且章太炎對阮元的批評也有不正確的地方。他說阮元將《文言》視爲文，這是不對的。阮元雖然以《文言》爲自己的理論作注腳，但他已明確地表示，「文」的肇始定位於屈原，孔子的《文言》是經而非文。阮元長於經史考證，怎麼會經、文不分？章太炎不細辨其中原由，一股腦地將《文言》、《序卦》、《說卦》等經文強加於阮元之「文」，這是不對的。

阮元論「文」以文采爲中心，這與桐城派以道統自任的文論形成了鮮明的對比，阮元是否有意針對當時蒸蒸日上的桐城派而論呢？這是個值得仔細玩味的問題。阮元在晚年還在重訴自己關於「文」的看法，他在《研經室續集·自序》中說到：

> 元四十餘歲，已刻文集二三卷，心竊不安，曰：此可當古人所謂文

〔註20〕章太炎，《國故論衡》〔M〕，上海：上海古籍出版社，2003年，第51～52頁。

乎？僭矣妄矣。一日讀《周易・文言》，恍然曰：孔子所謂文者此也，
著《文言說》，乃屏去先所刻之文，而以經史子區別之，曰：此古人
所謂筆也，非文也。然除此則可謂之文者，亦罕矣。六十歲後，乃
據此削去文字，只名曰集而刻之。又十數年，積若干篇至七十六歲，
予告歸田，以所積者刻爲續集，不肯索序於人，只於此自識數言，
以明己意而已。前集所自守者，實事求是四字，此續者，雖亦實求
其是，而無才可矜，無氣可使，無學可當考據之目，歇然退然，自
命爲卑高毋論四字而已。（同上，第 1 頁）

晚歲的阮元按照自己「文」的標準來裁決文集，並認爲是「實事求是」之論。
阮元的這一表態表面上是自己的學術發現，而在實際上卻並沒有這麼簡單。
阮元雖沒有乾嘉考據前輩那樣對宋儒大加鞭撻，但他崇尚考據的傾向還是很
明顯，他不僅建立詁經精舍、學海堂等學術機構培養考據人才，而且還整理、
刊行了大量考據的著作，對乾嘉考據學潮起著積極的推動作用。他在爲江藩
《國朝漢學師承記》所作的序中說道：「我朝儒學篤實，務爲其雜，務求其是，
是以通儒碩學，有束髮研經，白首而不能究者，豈如朝立一旨，暮即成宗者
哉！」〔註 21〕這顯然是對宋儒求義理而不講考證的學問門徑的批判。而桐城
派以宗宋儒爲依歸，長期與漢學家不和，這成了乾嘉時期一個獨特的現象，
雙方在主要學術觀點上各不相讓。在乾嘉早期，紀昀就對唐宋派提出了批評，
他在《香亭文稿序》中說道：

氣化而成形，萬物一太極，故同稟一氣，則同開；一物一太極，故
務分一氣，則各貌皆自然而然耳。豈如模造面具，一一毫釐畢肖哉？
心之成文亦猶氣之成形也，才力之殊無論矣，即學問不殊，而所見
有淺深，則文亦有淺深。故同一明道，而聖人之言、賢人之言、大
儒之言，吾黨能辨；同一說法，而佛語、菩薩語、祖師語，彼教亦
能辨。自前明正德嘉靖間李空同諸人始以摹擬秦漢爲倡，於是人人
皆秦漢，而人人之秦漢實同一音；茅鹿門諸人以摹擬八家爲倡，於
是人人皆八家，而人人之八家又同一音。模造面具，其斯之庚采恩
歟？久而自厭，漸開別途，於是鍾伯敬諸人以冷峭幽渺求神致於一
字一句之間；陳臥子諸人更沿溯六朝，變爲富麗，左右佩劍，相笑
不休。數百年來變態百出，實則惟此四派迭爲盛衰而已矣。爲文不

〔註21〕江藩，《漢學師承記（外二種）》〔M〕，北京：三聯書店，1998 年，第 3 頁。

　　根柢古人，是個規矩也。孟子有言：梓匠輪與能與人規矩，不能使
　　人入巧。是雖非爲論文設，而千古論文之奧具是言矣。夫巧者心所
　　爲，心所以能巧，則非心之自能爲。學不正，則雜；學不博，則陋；
　　學不精則膚。雜而廉以陋且膚，是惡能生巧？即恃聰明以爲巧，亦
　　巧其所巧，非古人之所謂巧也。惟根本六經，而旁參以史子集，使
　　理之疑似，事之經權，了然於心，脫然於手，縱橫伸縮惟意所如，
　　而自然不悖於道。其爲巧也不有不期然而然者乎。〔註22〕

阮元對紀昀的學術極爲推崇，他在《紀文達公集序》中說道：「我朝賢俊蔚
興，人文鬱茂，鴻才碩學，肩比踵接。至於貫徹儒籍，旁通百家，修率情性，
津逮後學，則河間紀文達公足以當之。……元以科名出公門生門下，初入
都，公見元所撰書，稱許之。自入詞館，聞公議論益詳。蓋公之學在於辨
漢、宋儒術之是非，析詩文流派之正僞，主持風會，非公不能。」〔註23〕阮
元受乾嘉時期漢學家影響很深，他的文筆之辯是在繼承考據前輩的基礎上的
發現，阮元的文筆之辯其實是從一個角度解構了桐城派的古文理論。他在
《梁中丞文選旁證序》中說：「《文選》一書總周、秦、漢、魏、晉、宋、
齊、梁八代之文而存之，世間除諸經、《史記》、《漢書》之外，即以此書爲
重。讀此書者必明乎倉雅、凡將訓纂許鄭之學，而後能及其門奧。淵乎浩
乎，何其盛也，夫豈唐宋所謂潮海者能及乎！」〔註24〕阮元沒有直接批評桐
城派，他對唐宋八大家的指責其實便是把矛頭指向了桐城派。他有意擡高秦
漢散文，貶低唐宋八大家，擡高駢體文，貶低古文，這些都是有明顯的針對
性的。

　　阮元的老師孫梅說道：「文之爲言，合天人以炳耀；《選》之爲道，從精
義以入神。《選》而不文，非他山之瑜瑾；文而非《選》，豈麗制之淵林？若
乃懸衡百代，揚榷群言，進退師於一心，總持及乎千載，吾於昭明氏見之
矣。」〔註25〕孫梅對「文」的定義也是從形式入手，他認爲「文」乃是有「炳
耀」的「言」，他還借助於《文選》將不具文采的文章排除在「文」之外。他
認爲具有文采的「文」與天地並生，具有自然的眞理性，「竊惟芍藥調芳，侯

〔註22〕　紀昀，《紀文達公遺集》，嘉慶十七年紀樹馨刻本，卷九，北京師範大學圖書
　　　　　館藏。
〔註23〕　阮元，《研經室三集》〔M〕，臺北：世界書局，1982 年，第 631～632 頁。
〔註24〕　阮元，《研經室續集》〔M〕，臺北：世界書局，1982 年，第 140 頁。
〔註25〕　孫梅，《四六叢話》〔M〕，北京：人民文學出版社，2010 年，第 532～533 頁。

鯖最美；蘭苕鋪綿，戲翠彌鮮。玉樹青蔥，以羅生而擢秀；雲櫨戢香，乃叢倚而呈材。五都則瓌實盈眸，九奏則鏗鏘動魄。覽女床而識異，鳳舞鸞歌；夢閶闔其如迷，門千戶萬。緯蕭狎浪，難尋驪頷之珠；按樂披圖，莫辨霓裳之序。塵埃野馬，鼓生物以含和；春草雞翅，分天章而奪麗。是以通才名世，哲士知言。沿源委而轉益多師，無問津者；貽話言而流傳滋永，克紬繹之。」（同上，第 8 頁）通過將「文」與自然界美的事物相類比，孫梅認為「文」的內涵便是美，辭采是其形式。與多數駢文、古文作家將散文的源頭溯及儒家經典不同，孫梅將駢文的源頭定位於屈原，他說：「屈子之詞，其殆《詩》之流、賦之祖，古文之極致，儷體之先聲乎？故使善品藻者殫於名言，工文章者竭於摹擬，習訓詁者炫於文字，辨名物者窮於《爾雅》。至於後之學者，資其一得，原委可知，波瀾莫二，又略可得而言矣……二十五篇，昭明錄之過半。今以別於《選》者，不以《選》囿《騷》也。自賦而下，始專為駢體。其列於賦之前者，將以《騷》啓儷也。」（同上，第 45～46 頁）孫梅區別了駢、賦，認為屈原是「賦之祖」，而「自賦而下，始專為駢體」。孫梅對駢賦源起的分析是比較客觀的，與我們現代對駢賦的認識基本是一致的。孫梅沒有像阮元、袁枚等人從經典的單言片語中為駢文尋找安身立命之地，而是以比較成熟的文體來看待駢賦的起源，這種科學的態度避免了論文中的意氣成分，這是值得稱許的。孫梅雖然沒有在源頭上與古文爭勝，但他對文學史的釐清讓人們看到了文學自身發展的「內在理路」，增強了自身的學科意識，在一定程度上瓦解了道對文的過多束縛，具有文學解放的意義。在乾嘉駢文家大力倡導駢麗的文采時，孫梅提出了「以意為主」的觀點，他說：「行文之法，用辭不如用筆，用筆不如用意。虎頭傳神，添毫欲活；徐熙沒骨，著手成春：此用筆之妙也。言對為易，事對為難；反對為優，正對為劣：此用意之長也。隸事之方，用史不如用子，用子不如用經。九經苞含萬彙，如仰日星；諸子總集百靈，如探洞壑：此子不如經之說也。南朝之盛，三史並有專門。隋唐以來，諸子束之高閣，而搘撐稍廣，理趣不深，此史不如子之辨也。苟非筆意是求，而惟辭之尚，非無纖穠，謂之剿說可也。若非經中是肄，而雜引《虞初》，非不博奧，謂之哇響可也。」〔註26〕很明顯，孫梅對「意」的追求是對駢文家過於追求形式的修正，他試圖將古文重「意」、重「理」的傳統移植到駢文上來，防止駢文在形式上的過度滑坡。在乾嘉駢散爭論之際，

〔註26〕　孫梅，《四六叢話》〔M〕，北京：人民文學出版社，2010 年，第 532～533 頁。

孫梅的這一觀點並非爲調和駢散雙方，而是試圖重振駢文，改變駢文長期以來受打壓的局面。

吳鼒也認爲駢文乃是文之正宗，他在《八家四六文鈔序》中說：「夫一奇一偶，數相生而相成；尚質尚文，道日衍而日盛。暘谷幽都之名，古史工於屬對；觀閔受侮之句，葩經已有儷言。道其緣起，略見源流。」〔註27〕吳鼒雖然也以「一奇一偶」一論文，其實他看重的是偶而非奇，他對駢文的推崇與阮元基本一致，主要從形式入手，以經爲證說明駢文的正宗，刻意排除古文一派。

乾嘉時期駢文創作興盛，與阮元一樣挺駢貶散的漢學家並不乏其人。淩廷堪在給他的老師翁方綱的信中說道：

> 今年在揚州，見汪君容甫，研經論古，偶及篇章。汪君則以爲《周官》、《左傳》本是經典，馬《史》、班《書》亦歸紀載，孟、荀之著述迥異於鴻篇，賈、孔之義疏不同於盛藻。所謂文者，屈宋之徒，爰肇其始，馬揚崔蔡，實承其緒，建安而後，流風大暢，太清以前，正聲未泯。是故蕭統一序，已得其要領，劉勰數篇，尤征夫詳備。唐之韓、柳，深諳斯理；降至修、軾，寖失其傳。是說也，同學或疑之，廷堪則深信焉。第云文藝，厥故難明，譬彼儒林，其則不遠。夫靈均之高曾規矩，不猶漢晉之授受專門乎？昌黎之力排駢麗，不猶洛閩之高談性命乎？北地之追秦漢，何異姚江之致良知也？震川之祖歐、蘇，何異余幹之主忠信也？雖門徑岐趨，冰炭殊尚，而衡諸舊訓，總屬背馳。世儒言學則知尊兩漢，而論文但解法八家，此則廷堪所滋惑者矣。獨是汪君，始以蕭、劉作則，而又韓、柳是崇，良由識力未堅，以致遊移莫定。猶之《易》主荀、虞而周旋輔嗣，《詩》宗毛、鄭而迴考亭，所謂不古不今，非狐非貉也。愚見若是，未知適從，伏惟教之。又有儀徵阮君梁伯者，年踰弱冠，尚未采芹，其學問識解，俱臻極詣，不獨廷堪瞠乎其後，即方之容甫、鄭堂，亦未易軒輊也。〔註28〕（《上洗馬翁覃溪師書》）

淩廷堪認可了汪中「文」始於屈原、宋玉的觀點，並且認爲這是眞正的源起。對於汪中既推駢賦，又不廢八大家古文，淩廷堪很不滿，認爲「良由識

〔註27〕吳鼒，《八家四六文鈔序》，清較經堂刊本，北京師範大學圖書館藏，序頁。

〔註28〕淩廷堪，《校禮堂文集》〔M〕，北京：中華書局，1998年，第290頁。

力未堅」。按照他的觀點，唐宋八大家的古文應該是給排斥在「文」之外了。
有意思的是，爲了區別駢文與古文，凌廷堪還以漢宋之爭類比駢散之爭。他
把屈宋比作嚴守家法的漢學，把韓愈比爲理論鑿空的宋學，把李夢陽比爲王
陽明。經過這麼一比較，孰優孰劣便一目了然了。凌廷堪進行對比的目的其
實是有意地擡高駢文的地位，打擊古文。凌廷堪的人爲類比其實很勉強，他
有意地將兩者聯繫起來，從根本上來說是學術思想觀點所致，乾嘉時期的漢
學家對宋儒的批判大多是全然地否定，不給宋儒留下生存的空間，這是漢學
家的通弊。

　　凌廷堪與阮元交往甚密，他對「文」的理解其實是與阮元一致的，我們
可以在他的《書唐文粹後》中看出來：

> 唯《平淮西碑》取段文昌而不取昌黎，此眞深知文體者。蓋昌黎之
> 文，化偶爲奇，戛戛獨造，特以矯枉於一時耳，故好奇者皆尚之；
> 然謂爲文章之別派則可，謂爲文章之正宗則不可也。（同上，第290
> 頁）

段文昌的《平淮西碑》基本上是四六的駢文，而韓愈的碑文卻是類比《尚書》，
兩者在文體風格上大異其趣，凌廷堪取前者而不取後者，主要是從文體的角
度而論，其旨歸可想而知。

　　在乾嘉後期，漢學家憑藉在經史考證上的優勢，大力倡導駢文，給桐城
派造成了很大的壓力。桐城派在學術思想的反思中柔性地吸收了漢學家的觀
點，對考據學給予了一定程度的正面評價，在散文理論上汲駢入散，散文觀
念出現了新的變化。劉開可以是說桐城派與駢文家之間的橋梁。

　　桐城派中積極與駢文家聯繫並產生影響的是劉開，他與阮元討論駢散的
長篇論文《與芸臺宮保論文書》是桐城派文學觀念漸變的表現。在這篇論文
中，劉開一方面力挺桐城三祖的方苞，「然其大體雅正，可以楷模後學，要不
得不推爲一代之正宗也。」另一方面認爲「即八家亦未必盡有當也」，學八
家者更是弊病百出，「夫專爲八家者，必不能如八家。」方苞在乾嘉時期無論
是在經學還在古文上都倍受漢學家的批判，劉開推之爲「一代之正宗」
固然是維護桐城派的家底，不致在駢散爭論中失去方向。劉開雖然沒有直
接批評桐城派的其他作家，但從他的論述「夫專爲八家者，必不能如八家」
上看，他顯然對固守八大家的散文傳統很不滿。他認爲學八大家者主要有
三病：

夫專爲八家者，必不能如八家。其失有三：韓退之約六經之旨，兼
眾家之長，尚矣。柳子厚則深於《國語》，王介甫則原於經術，永叔
則傳神於史遷，蘇氏則取裁於《國策》，子固則衍派於匡、劉，皆得
力於漢以上者也。今不求其用力之所自，而但規仿其辭，遂可以爲
八家乎？此其失一也。漢人莫不能文，雖素不習者，亦皆工妙，彼
非有意爲文也。忠愛之誼，悱惻之思，宏偉之識，奇肆之辨，詼諧
之辭，出之於自然，任其所至而無不咸宜，故氣體高渾，難以迹窺。
八家則未免有意矣。夫寸寸而度之，至丈必差。傲之過甚，拘於繩
尺而不得其天然。此其失二也。自屈原、宋玉工於言辭，莊辛之說
楚王，李斯之諫逐客，皆祖其瑰麗。及相如、子雲爲之，則玉色而
金聲；枚乘、鄒陽爲之，則情深而文明。由漢以來，莫之或廢。韓
退之取相如之奇麗，法子雲之閎肆，故能推陳出新，徵引波瀾，鏗
鏘鍠石，以窮極聲色。柳子厚亦知此意，善於造練，增益辭采，而
但不能割愛。宋賢則洗滌盡矣。夫退之起八代之衰，非盡掃八代而
去之也，但取其精而汰其粗，化其腐而出其奇，其實八代之美，退
之未嘗不備有也。宋諸家迭出，乃舉而空之，子瞻又掃之太過，於
是文體薄弱，無復沉浸醲鬱之致，瑰奇壯偉之觀。所以不能追古者，
未始不由乎此。夫體不備不可以爲成人，辭不足不可以爲成文。宋
賢於此不察，而祖述之者，並西漢瑰麗之文而皆不敢學。此其失三
也。〔註29〕（《與芸臺宮保論文書》）

桐城派以唐宋八大家爲宗，批評學八大家之弊其實便是批評桐城派在古文的
師承上不得要領，劉開認爲學習古文不能僅守八大家，應該由經而文，廣泛
學習。

學《史》、《漢》者由八家而入，學八家者由震川、望溪而入，則不
誤於所向，然不可以律非常絕特之才也。夫非常絕特之才，必盡百
家之美，以成一人之奇；取法至高之境，以開獨造之域。先生殆有
意乎？其不安於同然之嗜好宜也。方將摩崑崙之高，探渤海之深，
煥雲霞之章，揚日星之色，恢決堤破藩之識，奮摧鋒陷陣之力，用
之於一家之言，由是明道修辭，以漢人之氣體，運八家之成法，本
之以六經，參之以周末諸子，則所謂增美古人者，庶幾其有在焉。

〔註29〕 劉開，《劉孟塗文集》，姚氏檗山草堂刊本，北京師範大學圖書館藏，卷四。

> 然其後先用力之序，彼此互用之宜，亦不可不預熟也。芻蕘之見，
> 皆先生所已知，不揣固陋，瀆陳左右，且以當面質也。近日斯文寥
> 落甚矣，唯先生可聞斯言，唯開敢爲此言。（同上）

劉開擴大了文章師承的範圍，由八大家上追史漢散文、先秦儒家經典，這打
破了桐城派固守的古文傳統，其目的是要求以駢濟散。劉開以駢濟散的主張
與他的文章觀念是密不可分的。他在《復陳編修書》中說道：「夫文之本出於
道，道不明則言之無物，文之成視乎辭，辭不修則行之不遠。」（同上，卷三）
劉開一方面認爲文與傳道，這與理學家論文並無二致，另一方面認爲「文之
成視乎辭，辭不修則行之不遠。」劉開所謂的「辭」就不是普遍的文辭了，
而是具有藻繪的文辭。「誦百家浩渺奇博之言以富其所蓄，遠取乎八荒之殊狀
異態以開其壅蔽而破其拘墟，使己之性與物通，神與境化，而後八風七音之
入乎耳，九文六采五章之接乎目，二氣四時群變萬化之觸於心者皆可得之以
爲文焉。自唐宋以降，世之考文辭者不可勝數，然終身爲之而不知其法者，
比比皆是，求有人焉，得前人意義，不失古文矩矱已罕遇可貴矣。」（同上）
劉開要求在廣納博取的基礎上力求行文之美，這與駢文家的觀點是相似的。
劉開對硬性地區分駢散很不滿，認爲一駢一散乃是爲文之道，「世儒執墟曲之
見，騰埳井之波，宗散者鄙儷詞爲俳優，宗駢者以單行爲薄弱，是猶恩甲而
仇乙，是夏而非冬也。」「故駢中無散，則氣壅而難疏；散中無駢，則辭孤而
易瘠。兩者但可相成，不能偏廢。」（《與王子卿太守論駢體書》，同上，卷二）
劉開注重的是在一駢一散中所體現出來的行文之美。從劉開的論述中，我們
不難看出，他所謂的「文」有兩個要素：一是傳道，「夫文之本出於道，道不
明則言之無物」，「夫文辭一術，體雖百變，道本同源。」二是駢散合一的優
美文辭，「經緯錯以成文，玄黃合而爲彩。故駢之與散，並派而爭流，殊途而
合轍。故駢中無散，則氣壅而難疏；散中無駢，則辭孤而易瘠。兩者但可相
成，不能偏廢。」「文之成視乎辭，辭不修則行之不遠。」簡而言之，有文采
有道質乃是「文」。劉開對劉勰的《文心雕龍》很推崇，認爲它既有道質，又
具優美之辭藻。

> 自永嘉以降，文格漸弱，體密而近縟，言麗而鬥新，藻繪沸騰，朱
> 紫誇耀。蟲小而多異響，木弱而有繁枝，理紐於辭，文滅其質，求
> 其是非不謬，華實並隆，以駢儷之言而有馳驟之勢，含飛動之彩極
> 環瑋之觀，其惟劉彥和乎！以爲鐘鼓琴瑟，所以理性也，而亦可以

> 惝性鬪薮文章，所以飾情也，而亦可以掩情，故名川三百，非無本
> 之泉也，寶璧十雙皆自然之質也。是宜尋源於經傳，毓材於性靈，
> 問途於古先，假經於賢哲，求溢藻於神爵而後想盛事於青龍，以前
> 磅礴以發端感歎以導興，優柔以競業，慷慨而命辭。(《書〈文心雕
> 龍〉後》，同上，卷二)

由此可見，劉開的文道觀上已不再堅定地取向於單行散句，而是向駢文靠攏
了。這種態度可以是對桐城派古文的修正，桐城派後來的不少作家沿著這一
條路子走下去。

3.1.1.2 古文家的觀點

乾嘉時期的古文家多信奉程朱理學，他們將文與道合一，視文爲傳道的
工具，捨道無文。在文統上，他們大多承認韓愈所開創的古文傳統，否定駢
文的成就，認爲駢文玩物喪志，失去了傳道的功能。

方苞是乾隆時期著名的理學家和文學家，他固守程朱理學，認爲理學到
宋而達到了極致，「然後知生乎五子之前者，其窮理之學未有如五子者也；生
乎五子之後者，推其緒而廣之，乃稍有得焉。」〔註30〕(《再與劉拙修書》)
對於漢代的儒學，他認爲「漢代儒者所得於經甚淺」。方苞的學術思想與乾嘉
考據學格格不入，漢學家對他評價極低，由經學而文學，對他幾乎是全盤否
定。方苞所論的「文」其實就專指古文，是廣義上的文。

> 蓋古文所從來遠矣，六經、《語》、《孟》，其根源也。得其支流而義
> 法最精者，莫如《左傳》、《史記》，然各自成書，具有首尾，不可以
> 分剟。其次《公羊》、《穀梁傳》、《國語》、《國策》，雖有篇法可求，
> 而皆通紀數百年之言與事，學者必覽其全，而後可取精焉。惟兩漢
> 書疏及唐、宋八家之文，篇各一事，可擇其尤。而所取必至約，然
> 後義法之精可見。〔註31〕(《古文約選序例》)

方苞將六經、《論語》、《孟子》看作是古文的源泉，這其實是把經看作是文。
同時，他也將《左傳》、《史記》等史學著作視爲文，這就把文界定得太寬泛
了。方苞將經、史列入古文的範疇，這對提高古文的地位是有幫助的，但
經、史、文不分又在一定程度上抹殺了古文自身的審美特性。在學科分類已
爲人們所廣泛接受的語境下，方苞仍然混而論之，這其實是他的文道觀念在

〔註30〕方苞，《方苞集》〔M〕，上海：上海古籍出版社，2008年，第175頁。
〔註31〕方苞，《方苞集》〔M〕，上海：上海古籍出版社，2008年，第613頁。

作怪，從另一個角度上說，方苞對「文」的理解又很狹隘。在《循陔堂文集序》中，他說道：

> 古之治道術者皆以有爲於世者也。故得其志，則無所爲書；其以書傳，皆不得已於世而有言者也。周秦間，諸子所學雖多駁，而善擇之，則皆有當於實用。自漢以降，文之成體者數家，其於道雖不能大有所明，而述古義，陳時事，必有爲眾人知見所不及者。其間，雜家文不能成體，而持之尚有故。惟明之興，學者尤以文爲貴，士大夫少著名字，必有集行於時，而未幾已漸滅無餘；其傑者亦若存若亡，精氣不足以自振於世，蓋其設心務學之初，即專主於爲文，則所以爲文者無其本矣。〔註32〕

很顯然，方苞認爲文與道是不可分開的，「文」便是「述古義，陳時事，必有爲眾人知見所不及者」。他所說的「文」是指闡釋儒家經義，或在儒家思想指導下的指陳時政。「文」如果偏離了儒家的思想，那就不得「文」之要領了。他將儒家之外的雜家之文排斥出去，認爲「雜家文不能成體」，這其實就是以儒家之義律文。正因如此，方苞認爲，「三傳、《國語》、《國策》、《史記》爲古文正宗，然皆自成一體，學者必熟復全書，而後能辯其門徑，入其窔突。」〔註33〕被方苞視爲「古文正宗」的作品都是離儒家經典最近，而後世的作品不知返本歸源，不免江河日下，他對後世的古文批評道：「退之自言所學，在『辨古書之正僞，與雖正而不至焉者』，蓋黑之不分，則所見爲白者非眞白也。子厚文筆古雋，而義法多疵，歐、蘇、曾、王亦間有不合，故略指其瑕，俾瑜者不爲掩耳。」（同上，第 615 頁）方苞的文論具有濃厚的道學色彩，從根本上說，他是重道而不重文，對古文審美價值的認識是不充分的。

方苞曾奉旨選輯了《古文約選》，以資後學。他的古文選其實忽視了駢賦的價值，他並沒有選駢文和漢賦，認爲兩者「西漢惟武帝以前之文，生氣奮動，倜儻徘宕，不可方物而法度自具。昭、宣以後，則漸覺繁重滯澀，惟劉子政傑出不群，然亦繩趨尺步，盛漢之風，邈無存矣。是編自武帝以後至蜀漢，所錄僅三之一，然尚有以事宜講問，過而存之者。」（同上）方苞對古文理解的狹隘由此可知，這也難怪乾嘉時期的駢文家對他大加討伐。

方苞的文以道爲歸，他甚至認爲詩賦可以與人品分離，而文卻不能與人

〔註32〕 方苞，《方望溪遺集》〔M〕，上海：上海古籍出版社，1990 年，第 5 頁。
〔註33〕 方苞，《方苞集》〔M〕，上海：上海古籍出版社，2008 年，第 613～614 頁。

的道學人品分離：「蓋古文之傳，與詩賦異道。魏晉以後奸佞污邪之人，而詩賦為眾所稱者有矣。以彼瞑瞞於聲色之中，而曲得其情狀，亦所謂誠而形者也。故言之工而為流俗所不棄。若古文則本經術而依於事物之理，非中有所得不可以為偽。故自劉歆承父之學，議禮稽經而外，未聞奸佞污邪之人，而古文為世所傳述者。韓子有言：『行之乎仁義之途，遊之乎詩書之源』，茲乃所以能約六經之旨以成文，而非前後文士所可比併也。」〔註34〕這種對文的苛刻要求比道學家更甚，他對文的要求以道為第一要義，「其文之平奇淺深、厚薄強弱，多與其人性行規模相類。或以浮華炫耀一時，而行則污邪者，亦就其文可辨，而久之亦必銷委焉。蓋言本心之聲，而以代聖人賢人之言，必其心志有與之流通者，而後能卓然有立也。」（同上，第 100 頁）過多地推崇道義，忽略了文學的獨立性，因此，他並不承認八大家的傳統，認為他們並沒有繼承好孔子以來的以文載道的古文傳統。他對八大家評價道：「姑以世所稱唐、宋八家言之，韓及曾、王並篤於經學，而淺深廣狹醇駁等差各異矣。柳子厚自謂取原於經，而掇拾於文字間者，尚或不詳。歐陽永叔粗見諸經之大意，而未通其奧賾。蘇氏父子則概乎其未有聞焉。此覈其文而平生所學不能自掩者也。韓、歐、蘇、曾之文，氣象各肖其為人。子厚則大節有虧，而餘行可述。介甫則學術雖誤，而內行無頗。其他雜家小能以文自襮者，必其行能少異於眾人者也。非然，則一事一言偶中於道而不可廢，如劉歆是也。然若歆者，亦僅矣。以是觀之，苟志乎古文，必先定其祈向，然後所學有以為基。匪是，則勤而無所。若夫《左》《史》以來相承之義法，各出之徑塗，則期月之間可講而明也。」（同上，《答申謙居書》第 164～165 頁）「子厚自述為文，皆取原於六經，甚哉，其自知之不能審也！彼言涉於道，多膚末支離而無所歸宿，且承用諸經字義，尚有未當者。蓋其根源雜出周、秦、漢、魏、六朝諸文家，而於諸經，特用為采色聲音之助爾。故凡所作效古而自汩其體者，引喻凡猥者，辭繁而蕪句佻且稚者，記、序、書、說、雜文皆有之，不獨碑、誌仍六朝、唐初餘習也。其雄厲凄清濃鬱之文，世多好者；然辭雖工，尚有町畦，非其至也。」（同上，第 112 頁）排斥了駢文、排斥了八大家，方苞心目中的文只有儒家經典及史漢散文了。方苞以道的演變來看待文，他的文統嚴格地說應該是道統。桐城派文統的確立最終是由姚鼐來完成。

〔註34〕方苞，《方苞集》〔M〕，上海：上海古籍出版社，2008 年，第 164 頁。

姚鼐信奉程朱理學，學術經由辭章轉入考據，最終由考據再回到辭章，他對三者的得失均有自己的看法。在四庫館遭受排擠後，他對考據一派日益不滿，他重操辭章大旗，創立了以程朱爲道統，以唐宋八大家爲文統的桐城派。在古文創作萎縮，理學受到批判的情況下，姚鼐的開宗立派有與時代主流學術思想對抗之意。姚鼐對文的觀念其實並沒有什麼新奇之處，基本上是對傳統觀念的沿襲，他在《稼門集序》中說道：

> 天下所謂文者，皆人之言，書之紙上者爾。言何以有美惡？當乎理，切於事者，言之美也。今世士之讀書者，第求爲文士，而古人有言曰：「一爲文士，則不足觀。」夫靡精神銷日月以求爲不足觀之人，不亦惜乎！徒爲文而無當乎理與事者，是爲不足觀之文爾。〔註35〕

姚鼐認爲出言爲文，關鍵是「當乎理，切於事」，只是以文采相誇並不足觀。姚鼐將道與文捆綁一處，這似乎沒有什麼值得稱許的地方。然而，與文以傳道的工具論不同，姚鼐認爲美的辭章不僅能充分地體道，而且是近乎道了。將美文與道並稱，打通文與道之間的通道，這是姚鼐文論的獨到之處。他在《復魯絜非書》中云：

> 鼐聞天地之道，陰陽剛柔而已。文者，天地之精英，而陰陽剛柔之發也。惟聖人之言，統二氣之會而弗偏，然而《易》、《詩》、《書》、《論語》所載，亦間有可以剛柔分矣。值其時其人告語之，體各有宜也。自諸子而降，其爲文無有弗偏者。其得於陽與剛之美者，則其文如霆，如電，如長風之出谷，如崇山峻崖，如決大川，如奔騏驥。其光也，如杲日，如火，如金鏐鐵；其於人也，如憑高視遠，如君而朝萬眾，如鼓萬勇士而戰之。其得於陰與柔之美者，則其文如升初日，如清風，如雲，如霞，如煙，如幽林曲澗，如淪，如漾，如珠玉之輝，如鴻鵠之鳴而入廖廓。其於人也，漻乎其如歎，邈乎其如有思，暖乎其如喜，愀乎其如悲。觀其文，諷其音，則爲文者之性情形狀，舉以殊焉。
>
> 且夫陰陽剛柔，其本二端，造物者糅，而氣有多寡進絀，則品次億萬，以至於不可窮，萬物生焉。故曰：「一陰一陽之爲道。」夫文之多變，亦若是也。糅而偏勝可也；偏勝之極，一有一絕無，與夫剛不足爲剛，柔不足爲柔者。皆不可以言文。今夫野人孺子聞樂，以

為聲歌弦管之會爾；苟善樂者聞之，則五音十二律，必有一當，接
於耳而分矣。夫論文者，豈異於是乎？宋朝歐陽、曾間之文，其才
皆偏於柔之美者也。歐公能取異己者之長而時濟之，曾公能避所短
而不犯。觀先生之文，殆近於二公焉。抑人之學文，其功力所能至
者，陳理義必明當；布置取、繁簡廉肉不失法；吐辭雅馴，不蕪而
已。古今至此者，蓋不數數得，然尚非文之至。文之至者，通乎神
明，人力不及施也。先生以為然乎？〔註36〕

姚鼐以陰陽論文，這與漢學家由《易》等經典論證駢文的合法地位如出一轍。
然而姚鼐由陰陽出發而論的重心卻不是奇偶，而是道。姚鼐直接論的也不是
文，而是文風，他認為文風也是由一陰一陽而成，與道一樣，其言下之意便
是文乃心聲，聖人之言乃是至文。將聖人之言的經典列入文的源頭，這是與
道統相結合的文統的高明之處，它由道出發來論文，而不是像漢學家那樣由
字、由史來論文。姚鼐雖然沒有徹底改變道本文末的傳統觀念，但他卻在源
頭上為文找到了一個崇高的根基，以陰陽論文本，以陰陽論文風，這就使文
擺脫了長期以來工具論的被動處境。在堅持道統的前提下，他認為文與道是
相通的，文完全具有道的真理性。他在《敦拙堂詩集序》中說道：

言而成節合乎天地自然之節，則言貴矣。其貴也，有全乎天者焉，
有因人而造乎天者焉。今夫《六經》之文，聖賢述作之文也。獨至
於《詩》，則成於田野閭閻、無足稱述之人，而語言微妙，後世能文
之士，有莫能逮，非天為之乎？

然是言《詩》之一端也，文王、周公之聖，大、小《雅》之賢，揚
乎朝廷，達乎神鬼，反覆乎訓誡，光昭乎政事，道德修明，而學術
該備，非如列國《風》詩采於里巷者可並論也。夫文者，藝也。道
與藝合，天與人一，則為文之至。世之文士，固不敢於文王、周公
比，然所求以幾乎文之至者，則有道矣，苟且率意，以覬天之或與
之，無是理也。(同上，第49～50頁)

這就將文與道幾乎放在了同樣的地位，他認為為文處處可以體現「道」，他說：
「夫文之道一而已，然在朝廷則言朝廷，在草野則言草野，惟其當為貴。夫
《詩》、《書》所載之文，大抵朝廟之文也。」（《石鼓硯齋文鈔序》同上，第

〔註36〕姚鼐，《惜抱軒詩文集》〔M〕，上海：上海古籍出版社，1992 年，第 93～94
頁。

263 頁）當然，文與道接近，那是有條件的，他在《答翁學士書》中說到：「夫道有是非，而技有美惡。詩文皆技也，技之精者必近道，故詩文美者命意必善。」（同上，第 84 頁）由此可見，姚鼐推崇的乃是具有高度藝術價值的古文，而不是一般的文章。

　　姚鼐在長達 40 年的教學生涯中，以《古文辭類纂》爲古文學習的範文教導士子，這個選本選錄戰國古文開始，其他子家不錄，接著以唐宋八大家爲繼。在追源先秦時，姚鼐有意選取傾向於單行散句的經文，這與駢文家作有意捏出經籍中駢偶的語句是不一樣的。這樣，經由選文姚鼐就建立起了他心目中的文統體系，如在「論辯類」中，他說道：「論辯類者，蓋原於古之諸子，各類所學著書詔後世。孔孟之道與文，至矣。自老、莊以降，道有是非，文有工拙。今悉以子家不錄，錄自賈生始。蓋退之著論，取於六經、孟子；子厚取於韓非、賈生；明允雜以蘇、張之流；子瞻兼及於《莊子》。學之至善者，神合焉；善而不至者，貌存焉。惜乎！子厚之才，可以爲其至，而不及至者，年爲之也。」〔註 37〕姚鼐在選文的時候有意地將經、史排除在外，這樣，文與經、史、子的區別就顯現出來了，這是姚鼐的高明之處。在「序跋類」中，他不錄經序，對於史序，他說：「余撰次古文辭，不載史傳，以不可勝錄也。」姚鼐以種種藉口將經、史、子排除在了他的文選之外，建立起了一個以唐宋八大家爲主的文統，這樣的文統少了道學的氣息，多了文的美感。在《劉海峰先生八十壽序》中，姚鼐借周永年之口將桐城方苞、劉大櫆上接前賢，將桐城古文納入了他建立的文統之中，「爲文章者，有所法而後能，有所變而後大。維盛清治邁逾前古千百，獨士能爲古文者未廣。昔有方侍郎，今有劉先生，天下文章，其出於桐城乎？」〔註 38〕姚鼐由此而苦心經營的文統至此而得以完全建立。

　　章學誠長於文史校讎，他對各種文學體裁的源起有自己的看法，在《易教下》中，他說道：「《易》之象也，《詩》之興也，變化而不可方物矣；《禮》之官也，《春秋》之例也，謹嚴而不可假借矣。夫子曰：『天下同歸而殊途，一致而百慮。』君子之於《六藝》，一以貫之斯可矣。物相雜而爲之文，事得比而有其類。知事物名義之雜出而比處也。非文不足以達之，非類不足以通之。六藝之文，可以一言盡也。夫象歟，興歟，例歟，官歟，風馬牛之不相

〔註37〕姚鼐編，《古文辭類纂》〔M〕，北京：西苑出版社，2003 年，序頁，第 2 頁。
〔註38〕姚鼐，《惜抱軒詩文集》〔M〕，上海：上海古籍出版社，1992 年，第 114 頁。

及也，其辭可謂文矣，其理則不過曰通於類也。故學者之要，貴乎知類。」
〔註39〕章學誠是在文史的背景之下來論「文」。他將六藝之辭視為「文」，「夫
象歟，興歟，例歟，官歟，風馬牛之不相及也，其辭可謂文矣」。章學誠所指
的「文」是廣義上的文，他將《易》、《詩經》、《春秋》、《禮記》都視為「文」
的範疇，與今天我們所理解的純文學意義上的「文」是有區別的。章學誠認
識到了「文」的文采性和形式的多樣性，「物相雜而為之文」，在《文集》一
文中，他說道：「苟足顯其業而可以傳授於其徒，則其說亦遂止於是，而未嘗
有參差龐雜之文也」，可見章學誠對「文」很注重其文采性。章學誠認為文還
應該具有縱橫馳騁的氣勢，他說：

> 戰國之文，既源於六藝，又謂多出於《詩》教，何謂也？曰：戰國
> 者，縱橫之世也。縱橫之學，本於古者行人之官。觀春秋之辭命，
> 列國大夫，聘問諸侯，出使專對，蓋欲文其言以達旨而已。至戰國
> 而抵掌揣摩，騰說以取富貴，其辭敷張而揚厲，變其本而加恢奇焉，
> 不可謂非行人辭命之極也。（同上，《詩教上》第 45 頁）

戰國之文在敷張揚厲上達到了一個高峰，後世很難企及，章學誠由此認定這
便是後世文之源。

　　章學誠雖然認識到「文」的文采性，但他更看重的是文的知達性，「知事
物名義之雜出而比處也，非文不足以達之，非類不足以通之；六藝之文，可
以一言盡也。」認為文達道的重要工具。當然，章學誠的「道」並非是程
朱之「道」的簡單翻版，他從「六經皆史」的觀點出發，他的「道」是具有
現實意義的人世之道，是關乎人們生存、發展的「道」。他在《答陳鑑亭》
中說：

> 僕意則謂文以明道，君子患夫於道有所未見，苟果有見於意之所謂
> 誠然，則觸處可以發揮，應酬人事，亦以吾道施之。昌黎詩文七百，
> 其離應酬而自以本意著文者，不過二十之一；《孟子》七篇，凡答齊、
> 梁諸君，答弟子問，與時人相辨難者，皆應酬也，是何傷哉！世人
> 以應酬求之，吾以吾道與之，豈必擇題而後為文字乎？自諸子風衰
> 而文集有辯論，史不專門而文集有傳志記序，中下如能仿諸子而著
> 心言，仿史別而著為專門之傳記，或不暇為人事之應酬；否則正藉

〔註39〕 章學誠，《文史通義新編新注（倉修良輯注）》〔M〕，杭州：浙江古籍出版社，
2005 年，第 16 頁。

人事應酬以爲發揮之地也，可不務乎！至於文學之要，在乎養氣，
養氣之功，不外集義，中有所主而不能暢然於手與心，則博稽廣覽，
多識前言往行，使義理充積於中，然後發而爲文，浩乎其沛然矣。（同
上，第720頁）

章學誠對「道」的理解遠離了玄虛之談，更多地注入了生活的氣息，而他對
體「道」的六經與文的關係是看得很清的，他說：

後世之文其體皆備於戰國，何謂也？曰：子史衰而文集之體盛，著
作衰而辭章之學興。文集者，辭章不專家，而萃聚文墨，以爲蛇龍
之菹也。（詳見《文集》篇。）後賢承而不廢者，江河導而其勢不容
復過也。經學不專家，而文集有經義；史學不專家，而文集有傳記；
立言不專家，（即諸子書也。）而文集有論辨；後世之文集，捨經義
與傳記論辨之三體，其餘莫非辭章之屬也。（同上，第46頁）

經、子、史與文不同類，文生於前三者之後，章學誠這就把文界定爲一個獨
立的門類，避免了經、文不分，而又在一定程度上堅持了經對文內涵的決
定性，這是很難能可貴的。認識到文的獨立性，章學誠認爲文起源於戰國，
他說：

三代盛時，各守人官物曲之世氏，是以相傳以口耳，而孔、孟以前，
未嘗得見其書也。至戰國而官守師傳之道廢，通其學者，述舊聞而
著於竹帛焉。中或不能無得失，要其所自，不容遽昧也。以戰國之
人，而述黃、農之說，是以先儒辨之文辭，而斷其僞託也；不知古
初無著述，而戰國始以竹帛代口耳。（外史掌三皇五帝之書，及四方
之志，與孔子所述六藝舊典，皆非著述一類，其說已見於前。）實
非有所僞託也。然則著述始專於戰國，蓋亦出於勢之不得不然矣。
著述不能不衍爲文辭，而文辭不能不生其好尚。後人無前人之不得
已，而惟以好尚逐於文辭焉，然猶自命爲著述，是以戰國爲文章之
盛，而衰端亦已兆於戰國也。（同上，《詩教上》，第47頁）

道術分裂，由六藝舊典而著述而文辭，章學誠認爲這是文章產生的源變，後
世之文體皆備於戰國。雖然承認了文辭的產生是出於勢之不得已，但章學誠
仍然堅持「六經皆史」的實用性對文的指導性，認爲後世之文應該堅持這個
原則。章學誠認爲後世的文章偏離了經世的傳統，專致於形式，離開了文章
的正確軌道。他對唐宋八大家的散文就很不滿：

惟歸、唐之集，其論說文字皆以《史記》爲宗；而其所以得力於《史記》者，乃頗怪其不類。蓋《史記》體本蒼質，而司馬才大，故運之以輕靈。今歸、唐之所謂疏宕頓挫，其中無物，遂不免於浮滑，而開後人以描摩淺陋之習。故疑歸、唐諸子，得力於《史記》者，特其皮毛，而於古人深際，未之有見。今觀諸君所傳五色訂本，然後知歸氏之所以不能至古人者，正坐此也。（同上，《文理》第 139 ～140 頁）

八大家之文追溯於司馬遷，而司馬遷的源頭乃是六經，章學誠認爲「史遷之書，蓋於《秦紀》之後，存錄秦史原文，惜其義例未廣，後人亦不復踵行。」（《書教中》，同上，第 28 頁）章學誠責怪八大家沒有看到文的源起和本質，故而認爲「其中無物，遂不免於浮滑」。章學誠對唐宋八大家的批評其實也是將其排斥在文統之外，認爲八大家之所以沒有繼承史漢散文經世的傳統，徒於章法與小事上用心，失去了文章經世的價值。他心目中的文統乃是由詩而賦，賦是承詩之後的正宗文體。

今即《文選》諸體，以徵戰國之賅備：（摯虞《流別》，孔逭《文苑》，今俱不傳，故據《文選》。）京都諸賦，蘇、張縱橫六國，侈陳形勢之遺也；《上林》、《羽獵》，安陵之從田，龍陽之同釣也；《客難》、《解嘲》，屈原之《漁父》、《卜居》，莊周之惠施問難也；韓非《儲說》，比事徵偶，《連珠》之所肇也。（前人已有言及之者。）而或以爲始於傅毅之徒，（傅玄之言。）非其質矣。孟子問齊王之大欲，歷舉輕煖肥甘，聲音采色，《七林》之所啓也，而或以爲創之枚乘，忘其祖矣。鄒陽辨謗於梁王，江淹陳辭於建平，蘇秦之自解忠信而獲罪也。《過秦》、《王命》、《六代》、《辨亡》諸論，抑揚往復，詩人諷諭之旨，孟、荀所以稱述先王，儆時君也。（屈原上稱帝嚳，中述湯、武，下道齊桓，亦是。）淮南賓客，梁苑辭人，原、嘗、申、陵之盛舉也。東方、司馬，侍從於西京，徐、陳、應、劉，徵逐於鄴下，談天雕龍之奇觀也。遇有升沉，時有得失，畸才彙於末世，利祿萃其性靈，廊廟山林，江湖魏闕，曠世而相感，不知悲喜之何從，文人情深於《詩》、《騷》，古今一也。（同上，《詩教上》第 46 頁）

章學誠將文的源頭追溯到戰國，並認爲後世的各種文體都可以在戰國時代找

到其根源，這無疑是否定了文體在後世的變革，這其實是跟他將文納入到他的學術體系有關。章學誠認爲官職失守而有戰國的著述，由著述而有文辭，他雖然也承認這種變化的必然性，但他心目中的文仍然是離不開儒道、經世致用的文。正是因爲以古律今，他對後世的散文評價並不高，他並不刻意地追求駢或散，而是從歷史的源流中來對文進行判斷，這在乾嘉時期確實是有點另類。

　　章學誠仔細分辨了經、子、史、文，認爲經、史存於六經舊典，子、文戰國後出，縱橫的氣勢與文采是文的必要條件，經的內涵是文前提。章學誠對文的理解是從學術門類的淵源出發來分析的，他並沒有看到散文生發的現實根源，因而他對文的定義缺乏辯證發展的眼光。

3.1.2　文何用

　　清初，明王朝的亡國之痛讓人們對空談心性的空疏之學深爲不滿，「不習六藝之文，不考百王之典，不宗當代之務；舉夫子論學，論政之大端一切不問，而曰一貫，曰無言。以明心見性之空言，代修己治人之學，股肱惰而萬事荒，爪牙亡而四國亂，神州蕩覆，宗社丘墟。」〔註40〕（《夫子之言性與天道》）顧炎武將明代的亡國歸之於王學的空虛之談，這雖然並非確論，但代表了清初一代學人對明代學術的基本看法。同時，明代「體用排偶」的八股科舉也是人們抨擊的對象，「舉業盛而聖學亡，舉子之亦知其非聖學也，第以仕宦之途寄迹焉而！」〔註41〕（《南雷文案·惲仲升文集序》）黃宗羲對科舉只是作爲官場的敲門磚而不求經術深爲不滿，經世致用的學潮在清初不斷地給強化。到了乾嘉時期，實學爲學者們所普遍接受，空談心性已經失去了市場，講求實用成爲學術的共識。漢學家依據自身豐富的學識，理清了駢文的淵源流別，他們在源頭上看到了經籍中駢偶的語句所具有的審美價值，也在歷代官場的公文中看到了駢文的廣泛應用，在新的歷史條件下，駢文的價值被重新評估了。龔煒在《巢林筆談》中說道：

　　　胡天遊徵君自言爲古文學韓昌黎，澀險處時似唐劉蛻、元元明善。
　　　前人如王阮亭、朱竹詩文，遍摭其疵病。時桐城方望溪爲古文有重

〔註40〕顧炎武，《日知錄集釋（黃汝成集釋）》〔M〕，上海：上海古籍出版社，2006年，第310頁。
〔註41〕黃宗羲，《黃宗羲全集（第10冊）》〔M〕，杭州：浙江古籍出版社，2005年，第4頁。

名，天遊力詆之，以故忌之者眾。全謝山太史至詆為「夫己氏」。平心論之：望溪之文高潔，固一代正宗；天遊之文雄傑，實一代奇才。觀其《與朱孝廉書》云：「近世於文章，絕無解者。但得豎夫舁兒，途巷語言，乃謂之工，反是，乃謂之不工。工不工顛悖若此！彼其作者，肯徒為之。柳河東碑饒娥、范曄傳皇甫嵩妻、李習之傳楊烈婦，雖古今傳之，其於辭猶未工。僕嘗觀《三國志注》、《五代史》，皇甫士安敘龐娥親，歐陽公敘李氏、與習之《高愍女碑》，激發盡意，可為工矣！假出自今世，使眾讀之，必有背嫉交訾，深相不善者。嗟哉！凡人行事，自聖賢、豪傑、忠臣、孝子、悌弟、信友、奇行、異節，欲使聞於後，要不能不借文以傳。今之俗人知託乎文矣，顧懵其能者，偏好其不能者，敝漬陋鄙，一至於此，可為憫笑。」云云。持論若此，宜文之不諧於俗也。〔註42〕

長期以來，駢文由於過度追求辭采而被人們視為無用，胡天遊對這一觀點的批駁其實起到了為駢文正本清源的作用。其實，乾嘉的漢學家多擅長駢文創作，他們在創作上的實績以及將實用與文采並稱的理論，改變了人們對駢文華而不實的看法，這就給倡導古文一派造成了極大的壓力。梁啟超在《清代學術概論》中說：

平心論之，「桐城」開派諸人，本狷潔自好，當「漢學」全盛時而奮然與抗，亦可謂有勇。不能以其末流之墮落歸罪於作始。然此派者，以文而論，因襲矯揉，無所取材；以學而論，則獎空疏，關創獲，無益於社會。且其在清代學界，始終未嘗占重要位置，今後亦斷不復能自存，置之不論焉可耳。〔註43〕

梁啟超對桐城派的評價顯然是不恰當的，但桐城派在開派初期受到漢學的打擊卻是一個事實。梁啟超只是從學術環境上看到了漢學強大的反宋思潮對桐城古文造成的衝擊，他並沒有看到漢學家從文學內部高舉駢文對桐城派古文造成的影響。乾嘉時期，不僅僅是漢宋之爭給桐城古文造成壓力，駢文理論的成熟與創作上的實績使得古文與駢文出現了對峙的局面，兩者的鬥爭既與漢宋之爭有一定的聯繫，又與文學自身的發展有關。在中國的歷史上，純文學的概念幾乎就沒出現過，文學的功用一直被強調，乾嘉時期，關於文的功

〔註42〕 龔煒，《巢林筆談》〔M〕，北京：中華書局，1981年，第234～235頁。
〔註43〕 梁啟超，《清代學術概論》〔M〕，北京：中華書局，2010年，第103頁。

用成爲駢散之爭的一個焦點。

3.1.2.1 駢文家的觀點

乾嘉漢學家大多不滿於宋儒的學術思想，他們對宋儒有意貶低駢文的看法特別反感，他們對駢體文的倡導，一方面是從文章的源流上看到了駢散硬性劃分導致的弊病，另一方面，駢文的官場實用性和文采很符合他們的需要。乾嘉考據的學人多是官場的達人或幕僚，駢文不僅是他們不可或缺的應用文，而且也是他們誇耀學問的重要工具。李兆洛在《駢體文鈔》中說道：

> 右著錄若干首，皆廟堂之制、奏進之篇，垂諸典章，播諸金石者也。夫拜颺殿陛，敷頌功德，同體對越，表裏詩書，義必嚴以閎，氣必厚以愉，然後緯以精微之思，奮以瓌爍之辭。故高而不樅，華而不縟，雄而不矜，逶迤而不靡。馬班以降，知者蓋希。或猥瑣鋪敘，以爲平通，或詰屈雕瑑，以爲奇麗。樸即不文，華即無實，未有能振之者也。至於詔令章奏，固亦無以取麗詞，而古人爲之，未嘗不沈詳整靜，茂美淵懿，訓詞深厚，實見於斯。豈得以唐宋末流，澆劫浮揚，兼病其本哉。故亦略存大凡，使源流可知耳。
>
> 右著錄若干篇，指事述意之作也。或縝密而端愨，或豪侈而誄蕩。蓋指事欲其曲以盡，述意欲其深以婉，澤以比興，則詞不迫切，資以故籍，故言爲典章也。《韓非》、《淮南》，已導先路，王符應劭，其流孔長，立言之士，時有取焉。然枝葉已繁，或披其本，以仲宣之覃精，而子桓病其體弱，亦學者之通患也。碑誌之文，本與史殊體，中郎之作，質其有文，可以後法，故錄之尤備焉。〔註44〕

李兆洛在序中說道：「少讀《文選》，頗知步趨齊、梁。後蒙恩入庶常，臺閣之制，例用駢體，而不能致。因益搜輯古人遺篇，用資時習，區其鉅細，分爲三編。」從《駢體文鈔》的整個選文看，作者是本著實用的目的進行選編的，所選的文章基本上是實用文體，上編包括銘刻、頌、箴、誄諡、詔書、策令、檄移、彈劾等 18 體，是所謂「廟堂之制，奏進之篇」；中編包括書、論、序、碑記等 8 體，多屬指事述意之作；下編包括設辭、連珠、箋牘、雜文等 5 體，多屬緣情託興之作。李兆洛雖然說「少讀《文選》，頗知步趨齊、梁」，但《駢體文鈔》在選文上與《文選》是有很大差距的。《文選》選文的

〔註44〕 李兆洛，《駢體文鈔》〔M〕，鄭州：中州古籍出版社，1990 年，目錄頁。

標準是「事出於沉思，義歸乎翰藻」，主要收錄詩文辭賦，而《駢體文鈔》多
選用實用文，「用資時習」。《駢體文鈔》的選輯使人們長期形成的駢文「競一
韻之奇，爭一家之巧。連篇累牘，不出月露之形；積案盈箱，唯是風雲之狀」
的看法起到了正本清源的作用。通過這個選本，李兆洛無非是想告訴人們，
駢文的文采與實用其實並不矛盾。李兆洛的《駢體文鈔》與姚鼐的《古文辭
類纂》幾乎是同時進行選輯，李兆洛是否有意與桐城派古文爭勝目前尚沒有
很充分的證據，但他有意提高駢文的地位是無可懷疑的。孫梅在《四六叢話》
中也說道：「四六駢儷於文章家爲至淺，然上自朝廷命令、詔冊，下而縉紳之
間牋書、祝疏，無所不用。則屬辭比事，固宜警策精切，使人讀之激昂，諷
詠不厭，乃爲得體。」〔註45〕從應用的角度爲駢文的合法地位尋找根據，這
是乾嘉時期的駢文家們普遍作法。

　　對於將駢文視爲無用的觀點，袁枚進行了反駁，他在《答友人論文第二
書》中說道：

> 足下之答綿莊曰：「散文多適用，駢體多無用，《文選》不足學。」
> 此又誤也。夫高文典冊，用相如；飛書羽檄，用枚皋，文章家各適
> 其用。若以經世而論，則紙上陳言，均爲無用。古之文，不知所謂
> 散與駢也。……布帛菽粟，文也，珠玉錦繡，亦文也，其他濃雲
> 震雷、奇木怪石，皆文也。足下必以適用爲貴，將使天地之大，化
> 工之巧，其專生布帛菽粟乎？抑能使有用之布帛菽粟，貴于無用之
> 珠玉錦繡乎？人之一身，耳目有用，鬚眉無用。足下其能存耳目
> 而去鬚眉乎？是亦不達于理矣。韓退之晚列朝參，朝廷有大著作，
> 多出其手。如《淮西碑》、《順宗實錄》等書，以爲有絕大關係，故
> 傳之不衰。而何以柳州一老，窮兀困悴，僅形容一石之奇，一壑
> 之幽，偶作《天說》諸篇，又多譎詭悖傲，而不與經合，然其名卒
> 與韓埒，而韓且推之畏之者，何哉？文之佳惡，實不係乎有用與無
> 用也。〔註46〕

袁枚一方面將駢文功能多樣化，另一方面又將文的功能虛無化，表面看起來
很矛盾。其實，袁枚反對以功用論文，他認爲以功用論文，將會使散文喪失

〔註45〕孫梅，《四六叢話》〔M〕，北京：人民文學出版社，2010年，第535頁。
〔註46〕袁枚，《小倉山房詩文集》〔M〕，上海：上海古籍出版社，1988年，第1548
　　　～1550頁。

自身的獨立性與審美特性，淪爲經學的附庸。袁枚對文學意義的強調更多的
是在無用之用的文學自身層面上，正是在這個意義上，他甚至將文章擡到了
報國的地步。

> 嘗謂功業報國，文章亦報國，而文章之著作爲尤難。挍之進，知
> 己；勸其退，亦知己，而勸退之成全爲尤大。公疑僕祿有餘贏，故
> 欲退居以自怡，似又非知僕者。僕進有事在，退有事在，未必退閒
> 于進。

> 且所謂以文章報國者，非必如《貞符》、《典引》刻意頌諛而已，但
> 使有鴻麗辨達之作，踔絕古今，使人稱某朝文有某氏，則亦未必非
> 邦家之光！僕官赤緊以來，每過書肆，如渴驥見泉，身未往而心
> 已赴。得少休焉，重尋故物。或未干賢者之譏乎？〔註47〕（《再答
> 陶觀察書》）

袁枚有意提高文章的地位其實是希望文章獲得與經史同樣的地位，以此改變
長期以來文章不切實用的觀點。對於那些不辯是非隨意否定文章意義的作
法，袁枚是不能容忍的。

> 嘗謂方望溪才力雖薄，頗得古文意義。乃竹汀少詹深鄙之，與僕少
> 時見解相同。中年以後，則不敢復爲此論。蓋望溪讀書少，而竹汀
> 無書不覽，其強記精詳，又遠出僕上；以故渺視望溪，有劉貢父笑
> 歐九之意。不知古文之道，不貴書多，所讀之書不古，則所作之文
> 亦不古。唐宋以來，推韓、柳能爲古文；然昌黎自言：「非三代兩漢
> 之書不敢觀，懼其雜也，迎而距之。」柳子《與韋中立書》所引書
> 目，班班可考，其得力處，全在鎔鑄變化，純以神行。若欲自炫所
> 學，廣搜百氏，旁摭佛老及說部書，儳入古文，便傷（雅）〔嚴〕潔。
> 〔註48〕（《與韓紹眞書》）

乾嘉漢學家多薄視方苞，袁枚雖然對方苞也並沒有什麼好感，但對漢學家以
博學而輕視古文，他還是不能苟同。擁有書卷的學識並不一定能創作出好的
文章，文學畢竟不同於考據，袁枚深知古文創作的苦衷，反對漢學家隨意地
貶低散文的價值。漢學家之所以看不到散文的價值，歸根結底是因爲不瞭解

〔註47〕 袁枚，《小倉山房詩文集》〔M〕，上海：上海古籍出版社，1988 年，第 1484
頁。
〔註48〕 袁枚，《小倉山房尺牘》〔M〕，南京：江蘇古籍出版社，1993 年，第 113 頁。

散文創作的甘苦。袁枚認爲作文貴曲折有法，真正的古文要有跌蕩起伏的形式美，爲此，他對漢學家在古文寫作上不講究文法提出了批評。

> 翁中問《道古堂文集》與星齋孰優？星齋先生集未付梓，枚無由得見。《道古堂集》則通行翻擷，其博引繁稱處，自具氣力，惜記序之文失之容易；序事之文，過於宂雜，全無提挈翦裁。要知良史之才，不是酰醬油鹽，照帳謄錄也。集中如梁少師、齊侍郎兩墓誌，是何等題目，乃鋪敍一鹿肉，一蘋果，如市賈列單，令人齒冷！豈不知君恩所繫，有賜必書；然果屬卑官寒士，則尚方之一縷一蹄，自當詳載；而三品以上大臣，則宜取其大者、遠者而書之，瑣碎事端，概從刪節，此文章一定之體例也。不然，如韓、歐集中，所作諸名臣碑版，豈當時天子不賞賜一物者乎？而何以絕不記載乎。近日考據家爲古文，往往不曉此義，十人九病，董甫、謝山皆所不免。惟方望溪力能矯之，而又苦於才力太薄，讀者索然。〔註49〕（答姚小坡尚書）

行文不細究文法，不注重散文的審美，這是漢學家普遍的毛病，從根本上說，根結乃在於輕文。袁枚看到了漢學家們以駢文述考據的弊病，對方苞爲代表的古文亦不盡廢，他的觀點是比較客觀的。只可惜當時漢學家的陣營太強大，其影響力也遠遠超出了文學。汪中在《與趙味辛書》中說道：「比聞足下將肆力於文章……足下頗心折於某氏，某氏之才誠美矣，然不通經術，不知六書，不能別書之正僞，不根持論，不辨文章流別，是俗學小說而已矣，不可效也！足下之年亦長矣，過此則心力日退，不可苟也。」〔註50〕汪中所指「某氏」其實就是袁枚，「不可苟也」的語重心長其實道出了漢學家在考據與文學的天秤上的偏向，在考據佔據主流話語的語境下，袁枚的觀點並沒有引起人們足夠的重視。

駢文雖然有優美的文學形式，但僅僅駐足於形式是不夠的，乾嘉時期的駢文家除了注重駢文的實用功能，他們還要求駢文能達意。杭世駿在《文選課虛序》中云：

> 文章之用虛實二者而已。餖飣典故、襞積舊聞猶襲公家之言。虛則一心所獨運也，屈宋暴興，馬揚代嬗，相如作《凡將篇》，子雲撰《蒼

〔註49〕袁枚，《小倉山房尺牘》〔M〕，南京：江蘇古籍出版社，1993年，第75頁。
〔註50〕汪中，《新編汪中集》〔M〕，揚州：廣陵書社，2005年，第31～32頁。

頡訓纂》，諧聲會意，細入毫髮，故能巧構形似之言，深探窈冥之域，沈博絕麗，橫絕百代。六朝而後，惟杜子美能抉其精，逮至場屋以律賦程材，頹波莫挽，而斯道亡矣。宋人精選理者，向推蘇太簡、劉貢父，二書採摭過多，少所持擇，似童蒙之告，非賦家之心也。天台若以五聲編類選字，而其書久不傳。余漸起家辭賦，學術單疏，獺祭徒勤，疲駝終誚，夫一字詭脆則當句見疵，一言鉏鋙則全篇不振，斯編之作意主於疏，瀹性源擺脫凡想詖。夫操奇觚者有因物造端之妙用，而或以雙字類林之例相儗則儔矣。〔註51〕

杭世駿認為學問為實，心靈為虛，僅以學問、理學為文「非賦家之心」，為文必須「一心獨運」，這其實是強調了主體的作用。駢文家所重之意是個體的思想情感，與古文家所所注重的「道」是不一樣的。

　　針對長期以來駢文過於偏重形式的弊病，孫梅提出了「文以意為主」的主張，他說：「文以意為之統宗，……極而論之，行文之法，用辭不如用筆，用筆不如用意。虎頭傳神，添毫欲活；徐熙沒骨，著手成春：此用筆之妙也。」〔註52〕以意為宗，這就使駢文免陷於形式主義的弊病，這在乾嘉時期是有救弊作用的。「蓋粗才貪使卷軸，往往填砌地名人名，以為典博，成語長聯堆排割裂，以為能事，轉入拙陋。至於活字，謂不妨兔園傖氣，殊不知大為識者所嗤。為作家主於用意，不主于用事，當其下筆，若直抒胸臆，諦加玩味，則字字有來處，渾然天成，此杜詩韓筆，所以絕妙古今也，不知此者，不可以與言四六。」（同上，第 286 頁）以意為主，這使駢文從形式中解放出來，具有了與詩一樣言情達意的作用，孫梅在《四六叢話》中對能充分表達作者思想感情的作品給予了很高的評價。「義山章奏之學，得自文公，蓋具體而微者矣。詳觀文公所作，以意為骨，以氣為用，以筆為馳騁出入，殆脫盡裁對隸事之迹。……由其萬卷填胸，超然不滯，此玉溪生所以畢生服膺，欲從木由者也。」（同上，第 658 頁）「有文無情，則土木形骸，徒驚紆紫；有情無文，則重臺體態，終惡鳴環。……若夫幽通思元，宗經述聖，《離騷》之本意也。……雖音涉哀思，而志純貞正。屈迮江潭之下，抗節雲霄之上，以視夫益稷之陳謨，箕子之衍範，未知何如也。」（同上，第 45 頁）而對於鋪張學

〔註51〕 杭世駿，《道古堂文集》，光緒十四年汪曾唯增修本影印，續修四庫全書本，上海古籍出版社，2002 年，卷七。

〔註52〕 孫梅，《四六叢話》〔M〕，北京：人民文學出版社，2010 年，第 532～533 頁。

問，以辭害意的，孫梅提出了批評。「故義山之文，隔句不過通篇一二見。若浮溪，非隔句不能警矣！甚至長聯至數句，長句至十數字者。以爲裁對之巧，不知古意寢失，遂成習氣，四六至此，弊極矣，其不相及者一也；義山隸事多而筆意有餘，浮溪隸事少而筆意不足，其不相及者二也。」（同上，第 696 頁）正是因爲重表意，孫梅主張駢文在用偶上「言對爲易，事對爲難，反對爲優，正對爲劣」。

張惠言在《十七家賦鈔目錄序》中說道：

> 賦烏乎統？曰：統乎志。志烏乎歸？曰：歸乎正。夫民有感於心，有概於事，有達于性，有鬱於情，故有不得已者，而假於言。言，象也。象必有所寓。其在物之變化：天之漻漻，地之囂囂；日出月入，一幽一昭；山川之崔蜀杳伏，畏佳林木，振硪溪谷；風雲霧露，霆震寒暑；雨則爲雪，霜則爲露；生殺之代，新而嬗故；鳥獸與魚，草木之華，蟲冒著螳趨；陵變谷易，震動薄蝕；人事老少，生死傾植；禮樂戰鬥，號令之紀；悲愁勞苦，忠臣孝子；羈士寡婦，愉佚愕駭。有動於中，久而不去然後形成爲言。於是錯綜其詞，回互其理，鏗鏘其音，以求理其志。〔註53〕

張惠言以志論文，打通了詩與文的界限，以志彌補駢賦在內涵上的不足，這與孫梅以意爲主的文論是一致的。中國的駢文到了清代，總結、集成的特色很明顯，以意論文、以志論文是駢文發展的必然。

3.1.2.2 古文家的觀點

與駢文一派相比，古文一派與傳統的古文理論沒多大的變化。他們多是程朱的信徒，他們從「文以載道」的觀點出發，重道輕文，注重古文在救治世道人心的作用，強調作家的人格品質，以人品定文品。

方苞說道：「文章者，道藝之餘也，而即末以窺其本，十可四三。」〔註54〕（《檄濟寧諸生會課》）道本文末的思想是理學對文學的滲透，也是多數古文家的立足之地。他們將文章視爲傳道的工具，離開了道，文章便失去了存在的意義。方苞對柳宗元批評道：「子厚自述爲文，皆取原於六經，甚哉，其自知之不能審也！彼言涉於道，多膚末支離而無所歸宿，且承用諸經字義，尚有未當者。蓋其根源雜出周、秦、漢、魏、六朝諸文家，而於諸經，特用爲

〔註53〕 張惠言，《茗柯文編》〔M〕，上海：上海古籍出版社，1984 年，第 18 頁。
〔註54〕 方苞，《方苞集》〔M〕，上海：上海古籍出版社，2008 年，第 527 頁。

采色聲音之助爾。故凡所作效古而自汨其體者，引喻凡猥者，辭繁而蕪句佻且稚者，記、序、書、說、雜文皆有之，不獨碑、誌仍六朝、唐初餘習也。其雄厲悽清醲鬱之文，世多好者；然辭雖工，尚有町畦，非其至也。」〔註55〕（《書柳文後》）方苞論文首論道，柳宗元文「辭雖工」，但其思想混入雜家，方苞遂視之爲「尚有町畦」。在道與文的關係上，方苞將道放在了決定性的位置上，認爲道不純則文不值得稱許，在他的心目中，文並沒有佔有太大的份量。文乃是傳道的工具，所以，方苞認爲首要的前提便是作家本人要具有高尚的品質，無德行便無好文章。

> 僕聞諸父兄，藝術莫難於古文。自周以來，各自名家者僅十數人，則其艱可知矣。苟無其材，雖務學不可強而能也；苟無其學，雖有材不能驟而達也。有其材，有其學，而非其人，猶不能以有立焉。蓋古文之傳，與詩賦異道。魏晉以後奸僉污邪之人，而詩賦爲眾所稱者有矣。以彼瞑瞞於聲色之中，而曲得其情狀，亦所謂誠而形者也；故言之工而爲流俗所不棄。若古文則本經術而依於事物之理，非中有所得不可以爲僞。故自劉歆承父之學，議禮稽經而外，未聞奸僉污邪之人，而古文爲世所傳述者。韓子有言：「行之乎仁義之途，遊之乎詩書之源」，茲乃所以能約六經之旨以成文，而非前後文士所可比併也。姑以世所稱唐、宋八家言之，韓及曾、王並篤於經學，而淺深廣狹醇駁等差各異矣。柳子厚自謂取原於經，而掇拾於文字間者，尚或不詳。歐陽永叔粗見諸經之大意，而未通其奧賾。蘇氏父子則概乎其未有聞焉。此覈其文而平生所學不能自掩者也。韓、歐、蘇、曾之文，氣象各肖其爲人。子厚則大節有虧，而餘行可述。介甫則學術雖誤，而內行無頗。其他雜家小能以文自襮者，必其行能少異於眾人者也。非然，則一事一言偶中於道而不可廢，如劉歆是也。然若歆者，亦僅矣。以是觀之，苟志乎古文，必先定其祈向，然後所學有以爲基。匪是，則勤而無所。若夫《左》《史》以來相承之義法，各出之徑塗，則期月之間可講而明也。〔註56〕（《答申謙居書》）

方苞雖然也認識到材、學的重要性，但他認爲第一要義必須是具有理學所要

〔註55〕方苞，《方苞集》〔M〕，上海：上海古籍出版社，2008年，第112頁。

〔註56〕方苞，《方苞集》〔M〕，上海：上海古籍出版社，2008年，第140頁。

求的品質思想。八大家中的柳宗元、歐陽修都沒逃出他批評的眼光，他以人品論文，將人品直接等同於文品，這其實是文學工具論的典型表現。它將具有美學意韻的文學作品簡單化、倫理化，以外部衡量內部，對文學的評價簡單粗暴。郭紹虞說道：「只可惜從孔子以後，再沒有人同他一般的纂集《國風》。非特沒有人出來纂集，並且連他已經選定的《詩經》，也被衛道的腐儒弄糟，沒有看到它的文藝價值。一方面只知道誦文說義，忘了詩歌是同時發生，忘了詩是帶有樂歌的性質。」〔註57〕工具論的流弊使文學成了非文學。方苞所謂的道其實就是程朱理學的「道」，與漢學家考據出來的孔子的「道」是有區別的，他對違反程朱理學之道者深為厭惡。

> 竊疑吾兄承習齋顏氏之學，著書多訾謷朱子。習齋之自異於朱子者，不過諸經義疏與設教之條目耳，性命念倫常之大原，豈有二哉？此如張、夏論交，曾、言議禮，各持所見，而不害其並為孔子之徒也，安用相詆謷哉？《記》曰：「人者，天地之心。」孔孟以後，心與天地相似，而足稱斯言者，捨程、朱而誰與？若毀其道，是謂戕天地之心。其為天之所祐決矣。故自陽明以來，凡極詆朱子者，多絕世不祀。僕所見聞，具可指數，若習齋、西河，又吾兄所目擊也。〔註58〕（《與李剛主》）

李塨是顏元的弟子，顏元痛恨理學的虛假無用，主張以真學、實學救弊時世，「迨辛未遊中州，就正於名下士，見人人禪宗，家家訓詁，確信宋室諸儒即孔孟，牢不可破，口敝舌罷。去一分程朱，方見一分孔孟。不然終此乾坤，聖道不明，蒼生無命矣。」〔註59〕（《未墜集序》）方苞不僅屢勸李塨放棄反程朱的立場，而且還違背李塨的遺志在李塨的墓誌銘中將李塨由顏元的信徒改為程朱信徒，殊為可笑。方苞對道的注重其實是希望通過古文這一工具達到救治人心，治國平天下的目的。

姚鼐在古文的功用上與方苞相近，主張文以明道，他說：

> 然是言《詩》之一端也，文王、周公之聖，大、小《雅》之賢，揚乎朝廷，達乎神鬼，反覆乎訓誡，光昭乎政事，道德修明，而學術該備，非如列國《風》詩采於里巷者可並論也。夫文者，藝也。道

〔註57〕郭紹虞，《照隅室雜著》〔M〕，上海：上海古籍出版社，2009年，第54頁。
〔註58〕方苞，《方苞集》〔M〕，上海：上海古籍出版社，2008年，第164～165頁。
〔註59〕顏元，《顏元集》〔M〕，北京：中華書局，1987年，第397～398頁。

> 與藝合，天與人一，則爲文之至。世之文士，固不敢於文王、周公
> 比，然所求以幾乎文之至者，則有道矣，苟且率意，以覬天之或與
> 之，無是理也。〔註60〕（《敦拙堂詩集序》）

姚鼐所論的道便是程朱理學之道，他對乾嘉時期的反宋思潮很不滿，他說：
「儒者生程、朱之後，得程、朱而明孔、孟之旨，程、朱猶吾父師也。然程、
朱言或有失，吾豈必曲從之哉？程、朱亦豈不欲後人爲論而正之哉？正之可
也，正之而詆毀之，訕笑之，是詆訕父師也。且其人生平不能爲程、朱之行，
而其意乃欲與程、朱爭名，安得不爲天之所惡。故毛大可、李剛主、程綿莊、
戴東原，率皆身滅嗣絕，此殆未可以爲偶然也。」（同上，《再復簡齋書》，第
102頁）姚鼐認爲經學到了程、朱，已經近乎完美，後世只要遵之便可，批判
他們是不可取的。將經學定格於程朱，這就爲文學找到了安身立命之所，那
就是以美文傳道。他說：

> 鼐又聞之：「言之無文，行而不遠。」出辭氣不能遠鄙，則曾子戒之。
> 況於說聖經以教學者、遺後世而雜以鄙言乎？當唐之世，僧徒不通
> 於文，乃書其師語以俚俗，謂之語錄。宋世儒者弟子，蓋過而傚之。
> 然以弟子記先師，懼失其眞，猶有取介也。明世自著書者，乃亦效
> 其辭，此何取哉？願先生凡辭之近俗如語綠者，盡易之使成文則善
> 矣。（同上，《復曹雲路書》，第88頁）

俚俗的語錄雖然可以明道，但並非是文之正道。姚鼐對俚俗文風的批評其實
是有意地提高美文的價值。他甚至認爲，沒有恰當的文辭，道也無從體現，
在《復汪進士輝祖書》中，他說：「夫古人之文，豈第文焉而已，明道義、維
風俗以詔世者，君子之志；而辭足以盡其志者，君子之文也。達其辭則道以
明，昧於文則志以晦。鼐之求此數十年矣，瞻於目，誦於口，而書於手，較
其離合而量劑其輕重多寡，朝爲而夕復，捐嗜捨欲，雖蒙流俗訕笑而不恥者，
以爲古人之志遠矣，苟吾得之，若坐階席而接其音貌，安得不樂而願日與爲
徒也。」（同上，第89頁）將道定格於程朱而努力追求古文的辭采，這是姚
鼐的目標所在，這與方苞求道而忽視辭采是不一樣的。

　　章學誠長於文史校讎，他有宏觀的文史視野，與方苞等以道論文相比，
章學誠對文的功用的看法要辯證得多，他說：

> 夫言所以明理，而文辭則所以載之之器也。虛車徒飾而主者無聞，

〔註60〕姚鼐，《惜抱軒詩文集》〔M〕，上海：上海古籍出版社，1992年，第49頁。

故溺於文辭者，不足與言文也。《易》曰：「物相雜，故曰文。」又曰：「其旨遠，其辭文。」《書》曰：「政貴有恒，辭尚體要。」《詩》曰：「辭之輯矣，民之洽矣。」《記》曰：「毋勦說，毋雷同，則古昔，稱先王。」傳曰：「辭達而已矣。」曾子曰：「出辭氣，斯遠鄙倍矣。」經傳聖賢之言，未嘗不以文爲貴也。蓋文固所以載理，文不備則理不明也。且文亦自有其理，妍媸好醜，人見之者，不約而有同然之情，又不關於所載之理者，即文之理也。故文之至者，文辭非其所重爾，非無文辭也。而陋儒不學，猥曰「工文則害道」。故君子惡夫似之而非者也。〔註61〕（《辨似》）

章學誠看到了文與理的複雜關係，文雖然是明理之器，但文自身的價值也是不容忽視的，「文亦自有其理，妍媸好醜，人見之者，不約而有同然之情，又不關於所載之理者，即文之理也。」陋儒的「工文則害道」似是而非，他們並沒有認識到文與事理的不可分割的複雜關係，只是以一種簡單的工具論來論文，章學誠非之甚當。

　　在駢文和古文相互爭長的時候，章學誠卻以另一種眼光來看待古文，他從古文的源流與功用出發，對古文進行了界定。

《書》無定體，故易失其傳；亦惟《書》無定體，故託之者衆。周末文勝，官禮失其職守，而百家之學，多爭託於三皇五帝之書矣。藝植託於神農，兵法醫經託於黃帝，好事之徒，傳爲《三墳》之逸書而《五典》之別傳矣。不知書固出於依託，旨亦不盡無所師承，官禮政舉而人存，世氏師傳之掌故耳。……《書》無定體，故附之者雜。後人妄擬《書》以定體，故守之也拘。古人無空言，安有記言之專書哉？漢儒誤信《玉藻》記文，而以《尚書》爲記言之專書焉。於是後人削趾以適屨，轉取事文之合者，削其事而輯錄其文，以爲《尚書》之續焉，若孔氏《漢魏尚書》、王氏《續書》之類皆是也。無其實，而但貌古人之形似，譬如畫餅餌之不可以充饑。……濫觴流爲江河，事始簡而終鉅也。東京以還，文勝篇富，史臣不能概見於紀傳，則彙次爲《文苑》之篇。文人行業無多，但著官階貫系，略如《文選》人名之注，試牓履歷之書，本爲麗藻篇名，轉覺

〔註61〕 章學誠，《文史通義新編新注（倉修良輯注）》〔M〕，杭州：浙江古籍出版社，2005年，第158～159頁。

風華消索，則知一代文章之盛，史文不可得而盡也。蕭統《文選》
以還，爲之者眾，今之尤表表者，姚氏之《唐文粹》，呂氏之《宋文
鑒》，蘇氏之《元文類》，並欲包括全代，與史相輔，此則轉有似乎
言事分書，其實諸選乃是春華，正史其秋實爾。（史與文選，各有言
與事，故僅可分華與實，不可分言與事。）……撰輯章奏之人，宜
知訓、誥之記言，必敘其事以備所言之本末，故《尚書》無一空言，
有言必措諸事也。後之輯章奏者，但取議論曉暢，情辭慨切，以爲
章奏之佳也，不備其事之始末，雖有佳章，將何所用！文人尚華之
習見，不可語於經史也。〔註62〕（《書教中》）

章學誠從《尙書》發掘文的源頭，他所論的文兼包駢賦和古文。從文的源變
出發，他主張言事合一，反對只是追求文辭的華美，認爲爲文必須有用，而
且要與實際切合，不做無益之文。他認爲「六經皆史」，「六經皆器」，一切的
經史都是在現實的土壤基礎上產生的，古文也不例外。他說：「文章之用，或
以述事，或以明理」，（《原道下》）離開實際的功用去談文學是不可取的，駢
散的爭論在章學誠這裡似乎是不值一提的。章學誠在論述文的時候並沒有刻
意把古文與駢文作兩個對立面，他其實是站在實用的基點上來看待兩者的，
正因如此，要眞正的瞭解古文，他認爲必須要有史學的基礎。

昔曹子建自謂辭賦小道，而欲採庶官實錄，辨時俗得失，成一家言；
韓退之自謂記事提要，纂言鉤玄，而正言其志，則欲求國家遺事，
考賢人哲士終始，作唐一經；然則辭章記誦，非古人所專重，而才
識之士，必以史學爲歸。爲古文辭而不深於史，即無由溯源六藝而
得其宗，此非文士之所知也。〔註63〕（《報黃大俞先生》）

章學誠認爲文史的最終旨歸都是爲了明瞭事理，也就是「道」，但他的「道」
卻並非是簡單的程朱理學抽象的「道」，而是切合日用的理，並不是遠離實際
的抽象觀念。與固守程朱理學的桐城派相比，章學誠對於「道」的理解更具
有乾嘉時期的時代特色，他對桐城派論「道」而不根柢學問深感不滿，認爲
他們淺薄導致了古文朝著不健康的方向發展，他對方苞批評道：

蓋論文貴乎天機自呈，不欲人事爲穿鑿耳。或問近世如方苞氏刪改

〔註62〕 章學誠，《文史通義新編新注（倉修良輯注）》〔M〕，杭州：浙江古籍出版社，
　　　　2005 年，第 27～29 頁。

〔註63〕 章學誠，《文史通義新編新注（倉修良輯注）》〔M〕，杭州：浙江古籍出版社，
　　　　2005 年，第 634 頁。

唐、宋大家，亦有補毅？夫方氏不過文人，所得本不甚深，況又加
以私心勝氣，非徒無補於文，而反開後生小子無忌憚之漸也。（《答
問》，同上，第 325 頁）

乾嘉時期，漢學家於學問根柢責難桐城派，章學誠對方苞的批評與漢學家並
沒有太大的區別，但他對漢學家責難宋儒也很不滿，這就使得他的散文觀處
於爭論的夾縫中，沒有引起人們的深度關注。章學誠既強調學問根柢，又注
重文章功用的理論在乾嘉時期是有見的的，只可惜他的理論在當時並不被看
重，到了清末，他的觀點才得到人們的重視。

3.1.3 美何在

清初吳喬將詩與文比作飯和酒，這個比喻爲人們所廣泛接受。

問曰：「詩文之界如何？」答曰：「意豈有二？意同而所以用之者不
同，是以詩文體裁有異耳。文之詞達，詩之詞婉。書以道政事，故
宜詞達；詩以道性情，故宜詞婉。意喻之米，飯與酒所同出。文喻
之炊而爲飯，詩喻之釀而爲酒。文之措詞必副乎意，猶飯之不變米
形，啖之則飽也。詩之措詞不必副乎意，猶酒之變盡米形，飲之則
醉也。文爲人事之實用，詔敕、書疏、案牘、記載、辯解，皆實用
也。實則安可措詞不達，如飯之實用以養生盡年，不可矯揉而爲糟
也。詩爲人事之虛用，永言、播樂，皆虛用也。賦而爲《清廟》、《執
競》稱先生之功德，奏之於廟則爲《頌》；賦而爲《文王》、《大明》
稱先生之功德，奏之於朝則爲《雅》。二者必有光美之詞，與文之摭
拾者不同也。賦而爲《桑柔》、《瞻卬》刺時王之秕政，亦必有哀惻
隱諱之詞，與文之直陳者不同也。以其爲歌爲奏，自不當與文同故
也。賦爲直陳，猶不與文同，況比興乎？詩若直陳，《凱風》、《小弁》
大詬父母矣。」〔註64〕

吳喬的比喻在一定程度上點出了詩與文的區別，但他所論的文比較籠統，沒
有注意區分散文的各種體裁，並沒有看到散文在形式上的美。乾嘉時期的駢
散之論在很大程度上超越了這種論文的局限，他們由自己的文學觀念出發，
對駢文、古文的審美所在都有所發現。

〔註64〕吳喬，《圍爐詩話（清詩話續編本）》〔M〕，上海：上海古籍出版社，1978 年，
第 479 頁。

3.1.3.1　駢文家論文之美

乾嘉時期的漢學家多擅長駢文，豐富的經史根柢使得駢文成為他們表現才華的重要工具，而駢文排偶對仗的形式之美也與他們的書齋生活相益得彰。這一時期，以駢賦的形式表現考據內容成了風氣，淩廷堪、汪中、洪亮吉、翁方綱等漢學家紛紛以駢賦的形式表現考據成果，以舊瓶裝新酒，給人耳目一新的感覺。我們且看淩廷堪的《擬璿璣玉衡賦》：

> 稽古帝舜，受命之年。德協放勳，欽若昊天。在彼璣衡，用象大圓。乃召羲和，詢其說焉。曰：「夫璿璣玉衡之為器也，行健遠法乎乾，敬授近取諸革。厥理既深，厥數尤賾。或曰『璿璣者，渾儀也，其制三重；玉衡者，橫簫也，其長八尺。兩曜之陞降，轉之則符；五步之勾已，窺之則得。』或曰：『七政者，北斗之七星也。魁之四星為璿璣，杓之三星為玉衡。運中央而各建，闡四時而遞行。』孰是孰非，孰中孰失。汝世其官，知之宜悉。敷對無隱，欽哉汝弼。」義和拜手稽首颺言曰：「臣聞天有赤極，是名北辰，蓋左旋之所循也。又有黃極，是名璿璣，蓋右旋之所依也。故北辰者，赤道之樞，動天由之而西趨。璿璣者，黃道之紐，七曜恒星由之而東走。是故兩極之相距，亦如赤道之距黃。二十四度而弱分，二十三度半而強。故璿璣者較赤極而尤重，而言天者之所必詳。黃道一周，是分七衡。外衡為南至之迹，內衡為北陸之程。其中衡為赤道，四時因之而遂成……」。〔註65〕

在乾嘉時期，這樣的駢賦並不少見，孔廣森的《戴氏遺書總序》，胡天遊的《玉清宮碑》、《禹陵碑銘》，董方立的《西嶽華山神廟賦》等都是用駢賦表述考據成果的駢賦之作。這些以駢體形式寫考據內容的文章體現了漢學家以博學是尚的審美趣味，也在一定程度上體現了他們對文學形式美的重視。淩廷堪說道：

> 蓋太空弗形，因人心而呈露；元始無聯，緣物象而流通。目所不暇瞬者，竹素能留之，舌所不遑宣者，鉛槧能達之，文之時義大矣哉！是故六律六同，協工商以眇慮；一經一緯，構杼軸以深思。或如金石諧而為樂，或如丹黃雜而云采，則有神瞽遜其工，天孫慚其巧者矣。夫曲糵所以釀酒，而水則類酒之形；繙黻所以成文，而質則為

〔註65〕淩廷堪，《校禮堂文集》〔M〕，北京：中華書局，1998 年，第 1～4 頁。

文攸附。指曲糵爲酒者固謬，謂水爲酒者更非。何則？離曲糵而言

酒，則水不可飲；捨黼黻而言文，則質將何辨。所以炳炳者其澤，

琅琅者其響，渺渺者其情，蓬蓬者其氣，不欲陋而欲華，不取奇而

取耦。譬之虞廷慶雲，色皆備五；豐城寶劍，光必成雙。此屈宋鴻

篇，爲辭林之正軌；班張巨製，乃文苑之大宗也。用能垂日月而不

刊，與天地而齊壽。淵源自古，光景常新。（同上，第 44 頁）

在文與質上，淩廷堪雖然並不否認質的重要性，但他認爲，沒有文采，文質
也很難存在，有了文采，文質才得以充分地體現。淩廷堪對形式的重視有化
形式爲內容的傾向了。淩廷堪對文學形式的推重與他的文學觀是緊密聯繫
的，他在《晚霞賦序》中說道：

昔謝希逸之賦月也，應、劉既逝，猶有仲宣。庾子山之賦枯樹也，

東陽出守，尚逢元子。皆假託古人以暢其旨，設爲往復以騁其才。

是亦長卿之「亡是」「子虛」，平子之「憑虛」「非有」也。豈可指其

疏舛，以爲訛病。或者遂謂文人之瑰辭，但以藻麗爲工，不以考證

爲主，與博洽之儒，章句之士，兩不相謀。此又不然也。夫立言之

體有常，爲文之途不一。紀載則雅應典核，辭賦則無嫌恢詭。譬之

豕薇羊苦，各有所宜；夏葛冬裘，反之均失。故虛爲主客之作，歲

月若與史冊相符，則何異於張霸之僞撰《尚書》，王肅之私定《家

語》？凡所以故爲紕繆者，蓋明其非事實也。是以宣尼而友柳下，

不害莊生之寓言；子產而臣鄭昭，終乖史遷之傳信。（同上，第 24

〜25 頁）

淩廷堪認爲經史與文不同類，各有特點，「夫立言之體有常，爲文之途不一。
紀載則雅應典核，辭賦則無嫌恢詭。」爲文可以虛構，但經史必須著實，兩
者雖然取向不一，卻可以相互滋補。淩廷堪區別了經與文，他對文的理解更
多的是在形式美這一方面。

焦循對桐城派古文推崇單行散句就很不滿，他撰《文說》三篇，提出了
自己對古文的看法。

學者以散行爲古文。散行者，質言之者也。其質言之何也？有所以

言之者而不可以不質言之也。夫學充於此而深有所得，則見諸言者

自然成文，如江河之水，隨高下曲折以爲波濤，水不知也。倘無所

以言之者而徒質言之，諄諄於字句開闔、呼應、頓挫之間，是揚行

潦以爲瀾，列枯骨朽荄吹籟之以爲氣，剿襲雷同，粰修可憎，試思
所欲質言者何在而爲是喋喋也。是故學爲古文者，必素蓄乎所以言
之者，而後質言之。古文者，非徒質言之者也。〔註66〕（《文說一》）
焦循顯然並不贊同唐宋八大家爲代表的文統，認爲單行散句的質言並不一定
美，認爲爲文的美在於自然地表現，「夫學充於此而深有所得，則見諸言者自
然成文，如江河之水，隨高下曲折以爲波濤，水不知也。」他認爲過於講究
文法會使文喪失美的意韻。焦循對古文所求的質也並不是充實的社會內容，
而是讀書博古的知識性，他說：

文有達而無深與博。達之於上下四旁所以通其變，人以爲博耳；達
之於隱微曲折所以窮其原，人以爲深耳。譬如泛舟於湖，港汊繁多，
土人指而告之，終茫然莫能釋。及往來其間歷有年所，而支分派別
瞭然於胸中，乃知土人所縷述者原未嘗溢於所有之外，且向者土人
之所述，今且得而自述之也。醫之達者，其治疾每爲庸醫所詬病，
往往其應如響，又未嘗不詫爲神奇，不知第明其所以然之理而行其
所當然。如人本之南，忽東行，非奇也，南有水，必東乃得梁也。
故非深博不可爲文，非深博不可論人之文。（《文說二》，同上，第
183～184 頁）

漢學家以考據之實視作爲文之質，他們的內容之美就是考據之美了。在乾嘉
時期，強調爲文的根柢幾乎成了共識，這其實是重文章中的學問，以學問爲
美。杭世駿在《古文百篇序》中說「律以鄭賈，衷以程朱，心術端而經學純，
而風俗化，宗之一說，所以立文章之根柢也。此吾所以植其本也。」〔註67〕
惠棟稱讚吳泰來的詩「詩之道，有根柢、有興會，根柢源於學問，興會發於
性情，二者兼之，始足稱一大家。」〔註68〕王鳴盛在《王懟思先生文集序》
中批評方苞等人的爲文無根柢，「我朝之文者，前則汪鈍翁，近則方望溪、李
穆堂耳。茲三家者，其文工矣，其根柢未必遽追配古人也。求其本末兼該，
華實並茂，爲我朝文人冠者將誰屬與？」〔註69〕由此可見，乾嘉漢學家心目

〔註66〕焦循，《焦循詩文集》〔M〕，揚州：廣陵書社，2009 年，第 183 頁。
〔註67〕杭世駿，《道古堂文集》，光緒十四年汪曾唯增修本影印，續修四庫全書本，
　　　　上海古籍出版社，2002 年，卷八。
〔註68〕王昶，《蒲褐山房詩話新編》〔M〕，濟南：齊魯書社，1988 年，第 52 頁。
〔註69〕王鳴盛，《西莊始存稿》，乾隆三十年刻本影印，續修四庫全書本，上海古籍
　　　　出版社，2002 年，卷二十五。

中的質之美有捨理求學的傾向，認爲沒有充實的考據實學，文章便失去了美的根源。

除了注重駢文在內容上的學問之美，駢文的對偶工整的形式也爲駢文家們所稱道。阮元《文言說》中說道：

> 孔子於乾坤之言，自名曰文，此千古文章之祖也。爲文章者，不務協音以成韻，修詞以達遠，使人易誦易記，而惟以單行之語，縱橫恣肆，動輒千言萬字，不知此乃古人所謂直言之言，論難之語，非言之有文者也，非孔子之所謂文也。文言數百字，幾於句句用韻。孔子於此，發明乾坤之蘊，詮釋四德之名，幾費修詞之意，冀達意外之言。要使遠近易誦，古今易傳，公卿學士皆能記誦。以通天地萬物，以警國家身心。

> 不但多用韻，抑且多用偶。即如「樂行憂違」偶也，「長人合禮」偶也，「和義幹事」偶也，「庸言庸行」偶也，「閑邪善世」偶也，「進德修業」偶也，「知至知終」偶也，「上位下位」偶也，「同聲同氣」偶也，「水濕火燥」偶也，「雲龍風虎」偶也，「本天本地」偶也，「無位無民」偶也，「勿用在田」偶也，「潛藏文明」偶也，「道革位德」偶也，「偕極天則」偶也，「隱見行成」偶也，「學聚問辨」偶也，「寬居仁行」偶也，「合德合明」「合序合吉凶」偶也，「先天后天」偶也，「存亡得喪」偶也，「餘慶餘殃」偶也，「直內方外」偶也，「通理居體」偶也，凡偶皆文也。於物兩色相偶而交錯之，乃得名曰文，文即象其形也。〔註70〕

阮元將單行散句的古文排除在了「文」的範圍之外，他所論的文不僅要有言外之意，而且還必須具備文采。阮元所論的文采主要包括對偶排比和用韻，以及由此而產生的情韻之美。阮元論文主要是在形式方面，他說：「綜而論之，凡文者在聲爲宮商，在色爲翰藻。即如孔子文言雲龍風虎一節，乃千古宮商翰藻奇偶之祖，非一朝一夕之故一節，乃千古嗟歎成文之祖，子夏詩序情文聲音一節，乃千古聲韻性情排偶之祖。吾固曰韻者即聲音也。聲音即文也。（韻字不見於說文，而王復齋楚公鍾篆文內實有字，從音從勻，許氏所未收之古文也。）然則今人所便單行之文，極其奧折奔放者，乃古之筆，非古之文也。」

────────────────

〔註70〕阮元，《研經室三集》〔M〕，臺北：世界書局，1982年，第567～568頁。

〔註71〕阮元從形式方面肯定了駢文的美，認爲文必須具有美的形式，「良以文必齊偕，事歸鏤繪，天經錯以地緯，陰偶繼以陽奇，故虞廷采色，臣鄰施其璪火，文王壽考，詩人美其追琢。以實雜文，尙曰彬彬，以文被質乃稱緘緘，文之與質，從可分矣。」（《四六叢話序》，同上，第 685 頁）阮元對單行散句的古文產生了質疑，「爲文章者，不務協音以成韻，修詞以達遠，使人易誦易記，而惟以單行之語，縱橫恣肆，動輒千言萬字，不知此乃古人所謂直言之言，論難之語，非言之有文者也，非孔子之所謂文也。」（《文言說》，同上，第 567 頁）將古文排除在文的範圍之外，這其實是將文采視爲散文的必要條件。在創作上，淩廷堪的《辨志賦》、《懸象賦》、《鄉射賦》、《魏文帝賦詩臺賦》、《九慰》，張惠言的《黃山賦》等都是極力鋪排，辭采華美，體現了他們對聲韻美的追求。

3.1.3.2 古文家論文之美

乾嘉時期桐城三祖（方苞、劉大櫆、姚鼐）成爲古文的中堅，他們的古文創作在繼承唐宋八大家特別是歸有光的基礎上將古文創作推向了一個新的高度，在時代主流學術話語的邊緣生存、壯大，最後成爲影響最深遠的古文流派。受明清敘事文學的影響，桐城派古文更傾向於描寫小事，作者在錯落有致的敘述中將人的聲貌和盤托出。這種創作上的風格與駢文在官場上的雍容華貴形成了鮮明的對比。桐城派古文大多是程朱理學的信徒，他們雖然沒有擺脫道本文末的觀念，但對古文在情理、風格、意蘊等方面的審美性都有獨到的認識，並不是一味地以道論文。

乾嘉時期，文人是一個龐大的隊伍，代寫墓表、壽序、傳文、官場應用文等成爲文人謀生的重要方式，這類文章大多徇情爲文，多爲阿諛之詞，趙翼對此揭露道：「有客忽叩門，來送潤筆需。乞我作墓誌，要我工爲諛。言政必龔黃，言學必程朱。吾聊以爲戲，如其意所需。補綴成一篇，居然君子徒。核諸其素行，十鈞無一銖。其文倘傳後，誰復知賢愚？或且引爲據，竟入史冊摹。乃知青史上，大半亦屬誣。」〔註72〕（《後園居詩》）這種只求文采華麗而不顧道義的做法不僅無益於古文的創作，而且在相當的程度上混淆黑白，是對理學的諷刺。古文家對這種不良的文風提出了批評，要求行文眞實可信，眞正地能發揮古文傳道的功能，認爲道乃是文的生命所在，也是文的

〔註71〕阮元，《研經室續集》〔M〕，臺北：世界書局，1982 年，第 128 頁。
〔註72〕趙翼，《甌北集》〔M〕，上海：上海古籍出版社，1997 年，第 197 頁。

美所在。方苞在《張母吳孺人七十壽序》說道：

> 以文爲壽，明之人始有之。然其知體要者，尚能擇其人之可而不妄
> 爲；而壽其親者，亦必擇其人之可而後往求。今之人則不然，其所
> 求必時之顯人，而其文則備之村師幕賓無擇也；其所稱則男女之美
> 行皆備而不可缺一焉，而族姻子姓之瑣瑣者並著於篇。夫古之良史，
> 其紀事也，直而辨，簡而不汙，雖帝王、將相、豪傑、賢人，所著
> 多者不過數事，而況鄉曲之人，閨中之女婦乎？言孝者稱舜與曾、
> 閔，非他聖賢之不必然也，人之行或遭變以抵其極，而稱人者必舉
> 其尤以見異也。且古人之事其親，可以致隆者，無弗致也，而善與
> 惡則不敢誣。惡之可掩者，掩之而已；其身所絕無之善，則不敢虛
> 加焉。古人之於友，求無不應也，而稱其善以著於後，則不敢過；
> 蓋以善之未有虛加於親，則爲不誠於其親，稱人之善而過其實，則
> 其文無以信今而傳後。非知道之深，豈能無惑於此與？〔註73〕

經達漫長的傳承，在乾嘉時期，古文公式化的毛病日益顯露，「其所稱則男女
之美行皆備而不可缺一焉」，這確實是行文的一大通病。虛假的文辭帶來的是
道義的破壞，方苞認爲行文必須實事求是，他認爲古文的審美價值是建立在
充實內容之上，反對華而不實。古文的眞實除了要求事件的眞實外，方苞還
要求作者必須要有眞實的情感，在《陳月溪時文序》中，他說：

> 蓋諸體之文各自抒其指意而已，而茲以代聖人賢人之言，非要於理
> 之大中，不可施也；理正矣，苟非心之所自得，而獵取先儒之說之
> 近似者，以自粉澤，亦無取也；明於心，當於理，而天資之材不足
> 以達之，誦數講問不足以充之，終不能以自振。甚矣，其成之難也！
> 及其既成，則文之體格意度莫不與其人之性行規模相似，是所謂存
> 乎其中者也。〔註74〕

情感認爲情感的眞實不僅要「當於理」，而且還要「心之所自得」，不能一味
地剽襲套語。方苞認爲有了這樣的眞實，「文之體格意度莫不與其人之性行規
模相似」，這樣的文才能是美的。方苞對美的界定主要在內容上而不是在形式
上，因此，他認爲發源於眞心的詩文才能達到教化的作用，他在《徐司空詩
集序》中說道：

〔註73〕 方苞，《方苞集》〔M〕，上海：上海古籍出版社，2008年，第206頁。

〔註74〕 方苞，《方望溪遺集》〔M〕，上海：上海古籍出版社，1990年，第9頁。

> 詩之用，主於吟詠性情，而其效足以厚人倫、美教化。蓋古之忠臣、
> 孝子、勞人、思婦，其境足以發其言，其言足以感動人之善心，故
> 先王著爲教焉。魏、晉以降，其作者窮極工麗，清揚幽眇，而昌黎
> 韓子一以爲亂雜而無章。蓋發之非性情之正，導欲增悲，而不足以
> 感動人之善心故也。唐之作者眾矣，獨杜甫氏爲之宗。其於君臣、
> 父子、夫婦、昆弟、朋友之間，流連俳惻，有讀之使人氣厚者。其
> 於詩之本義，蓋合矣乎？〔註75〕

發之於性情之正才能感動人的善心，文的美在於其感動教化上，這是方苞對
文的美的看法。在注重文的義理和實用的同時，方苞對古文的美還是有所認
識的，在《書刪定荀子後》中，他說：

> 抑吾觀周末諸子，雖學有醇駁，而言皆有物，漢、唐以降，無若其
> 義蘊之充實者。宋儒之書，義理則備矣，抑不若四子之旨遠而辭
> 文，豈氣數使然邪？抑浸潤於先王之教澤者，源遠而流長，有不可
> 強也。〔註76〕

「旨遠而辭文」的「義蘊」乃是方苞古文審美的所在，從他創作的實績上看，
重理、重實用、重文韻確實是他文論的主要方面。

姚鼐雖然在文道關係上與方苞關沒有太大的區別，但他的文學修養卻遠
在方苞之上，他對古文之美有比較全面的認識。姚鼐認識到了成熟的創作主
體在創作上所形成的風格，認爲它是作者精神風貌的體現，姚鼐將風格總括
爲「陰陽剛柔」，他描述道：

> 其得於陽與剛之美者，則其文如霆，如電，如長風之出谷，如崇山
> 峻崖，如決大川，如奔騏驥。其光也，如杲日，如火，如金鏐鐵。
> 其於人也，如憑高視遠，如君而朝萬眾，如鼓萬勇士而戰之。其得
> 於陰與柔之美者，則其文如升初日，如清風，如雲，如霞，如煙，
> 如幽林曲澗，如淪，如漾，如珠玉之輝，如鴻鵠之鳴而入廖廓。其
> 於人也，漻乎其如歎，邈乎其如有思，暖乎其如喜，愀乎其如悲。
> 觀其文，諷其音，則爲文者之性情形狀，舉以殊焉。〔註77〕

姚鼐以自然現象類比文學風格，以詩化的語言將兩種風格的審美內涵、審美

〔註75〕　方苞，《方苞集》〔M〕，上海：上海古籍出版社，2008年，第605頁。
〔註76〕　方苞，《方苞集》〔M〕，上海：上海古籍出版社，2008年，第37頁。
〔註77〕　姚鼐，《惜抱軒詩文集》〔M〕，上海：上海古籍出版社，1992年，第93頁。

特徵形象道出。陰柔、陽剛，一優美、一壯美，兩者並行不悖而時而融合，文學上的這兩種風格既是最高的道的自然表現，也是藝術表現的最高境界，是「道與藝合」的理想境界。美在自然，因此，古文在取材上不拘一格，隨手而得，「夫文之道一而已，然在朝廷則言朝廷，在草野則言草野，惟其當爲貴。夫《詩》、《書》所載之文，大抵朝廟之文也。」（同上，《石鼓硯齋文鈔序》，第 263 頁），在表達方式上具有一種行雲流水的自然之美，「故文章之境，莫佳於平淡，措語遣意，有若自然生成者，此熙甫所以爲文家之正傳，而先生眞爲得其傳矣。」（同上，《與王鐵夫書》，第 289 頁）姚鼐對古文的隨意性、自然性很推崇，他自己的許多「小文章」便是對日常生活的自由抒寫。劉大櫆也說道：「文章者，人之心氣也。天偶以是氣界之其人以爲心，則其爲文也，必有輝然之光，歷萬古而不可墮壞。天苟不以其心界之，則雖敝終身之力於其中，自以爲能矣，而齷齪塵埃，頹身然不能以終日。夫爲文而至於萬古不可墮壞，此其人雖欲不窮得乎？」〔註 78〕這其實是言志的詩學理論在向古文延伸。在行文上，古文雖不刻意於對偶、排比，但在行文中自有音韻辭采之美，姚鼐說道：

> 意與氣相御而爲辭，然後有聲音節奏高下抗墜之度，反覆進退之態，采色之華。故聲色之美，因乎意與氣而時變者也。是安得有定法哉！自漢、魏、晉、宋、齊、梁、陳、隋、唐、趙宋、元、明及今日，能爲詩者殆數千人，而最工者數十人。此數十人，其體制固不同，所同者，意與氣足主乎辭而已。人情執其學所從入者爲是，而以人之學皆非也；及易人而觀之，則亦然。譬之知擊棹者欲廢車，知操轡者欲廢舟，不知其不可也。（同上，《答翁學士書》，第 84～85 頁）

古文語言的辭采之美與自然語言是有一定的差距的，姚鼐將鄙俗、缺乏情韻的語言排除在古文語言之外，他說：「鼐又聞之：『言之無文，行而不遠。』出辭氣不能遠鄙，則曾子戒之。況於說聖經以教學者、遺後世而雜以鄙言乎？當唐之世，僧徒不通於文，乃書其師語以俚俗，謂之語錄。宋世儒者弟子，蓋過而傚之。然以弟子記先師，懼失其眞，猶有取尒也。明世自著書者，乃亦效其辭，此何取哉？願先生凡辭之近俗如語綠者，盡易之使成文則善矣。」（同上，第 88～89 頁）姚鼐對於文學語言審美性的觀點無疑是正確的，它讓

〔註 78〕 劉大櫆，《劉大櫆集》〔M〕，上海：上海古籍出版社，1990 年，第 59 頁。

古文朝著「美」的方向前行。

　　章學誠不擅長詩文的創作，他論文注重文學經世及抒情的功能，主張言之有物，「夫立言之要，在於有物。古人著為文章，皆本於中之所見，初非好為炳炳烺烺，如錦工繡女之矜誇采色已也。富貴公子，雖醉夢中，不能作寒酸求乞語；疾痛患難之人，雖置之絲竹華宴之場，不能易其呻吟而作歡笑。此聲之所以肖其心，而文之所以不能彼此相易，各自成家者也。」〔註 79〕（《文理》）章學誠提出言之有物乃是針對乾嘉時期文人們阿諛的文風，對於這種行為，章學誠甚為不滿，他說：「吾觀近日之文集而不能無惑焉。其親無所稱述歟？闕之可也；其親僅有小善歟？如其量而錄之，不可略而為漏，溢而為誣可也。黠於好名而陋於知意者，侈陳己之功績，累牘不能自休，而曲終奏雅，則曰吾先人之教也。甚至敷張己之榮遇，津津有味其言，而賦卒為亂，則曰吾先德之報也。夫自敘之文過於揚厲，劉知幾猶譏其言志不讓，率爾見哂矣，況稱述其親，乃為自詡地乎？」（《黠陋》，同上，第 182 頁）章學誠主張實事求是地評價、敘寫人物，反對人為地造作。對於文人們行文的陋習，章學誠也是毫不客氣地進行批判。「黠於好名而陋於知意者，序人請乞之辭，故為敷張揚厲以諛己也。一則曰：吾子道德高深，言為世楷；不得吾子為文，死者目不瞑焉；再則曰：吾子文章學問，當代宗師；苟得吾子一言，後世所徵信焉。己則多方辭讓，人又博顙固求。凡斯等類，皆入文辭，於事毫無補益，而借人炫己，何其厚顏之甚邪？且文章不足當此，是誣死也；請者本無是言，是誣生也。若謂事之緣起，不可不詳，則來請者當由門者通謁，刺揭先投，入座寒溫，包苴後饋，亦緣起也，曷亦詳而誌之乎？而謂一時請文稱譽之辭有異於是乎？」（同上，第 183 頁）章學誠認為虛假的行文歪曲了歷史，也養成了人們不務實際的習慣，其結果是道德的淪喪。生於乾嘉文人隊伍龐大而且生計艱難之際，能堅持這樣的文學主張，實在是難能可貴的。這樣的主張不僅是在乾嘉時期具有針砭的作用，而且在當代仍然有指導的意義。

　　正是因為堅持散文的思想決定性，章學誠認為純粹的形式美並不一定是文學，他說：

　　　　演疇皇極，訓、誥之韻者也，所以便諷誦，志不忘也；六象贊言，

〔註 79〕章學誠，《文史通義新編新注（倉修良輯注）》〔M〕，杭州：浙江古籍出版社，2005 年，第 140 頁。

《爻》、《繫》之韻者也，所以通卜筮，闡幽玄也。六藝非可皆通於
《詩》也，而韻言不廢，則諧音協律不得專爲《詩》教也。傳記如
《左》、《國》，著說如《老》、《莊》，文逐聲而遞諧，語應節而遞協，
豈必合《詩》教之比興哉！焦贛之《易林》，史游之《急就》，經部
韻言之不涉於《詩》也；《黃庭經》之七言，《參同契》之斷字，子
術韻言之不涉於《詩》也。後世雜藝百家，誦拾名數，率用五言七
字，演爲歌訣，咸以取便記誦，皆無當於詩人之義也。而文指存乎
詠歎，取義近於比興，多或滔滔萬言，少或寥寥片語，不必諧韻和
聲，而識者雅賞其爲《風》、《騷》遺範也。故善論文者，貴求作者
之意指，而不可拘於形貌也。（《詩教下》，同上，第 60 頁）

講究聲韻是駢文的一大特徵，章學誠認爲聲韻並不是詩文的必要條件，詩
文的關鍵在於其情韻，不可拘於形貌。這一觀點對於糾正駢文作者過度追
求形式美來說無疑是一劑良藥。對於駢賦，章學誠認爲其美在於內容而非
形式：

文之敷張而揚厲者，皆賦之變體，不特附庸之爲大國，抑亦陳完之
後，離去宛邱故都，而大啓疆宇於東海之濱也。後世百家雜藝，亦
用賦體爲拾誦，（竇氏《述書賦》，吳氏《事類賦》，醫家藥性賦，星
卜命相術業賦之類。）蓋與歌訣同出六藝之外矣。然而賦家者流，
猶有諸子之遺意，居然自命一家之言者，其中又各有其宗旨焉。殊
非後世詩賦之流，拘於文而無其質，茫然不可辨其流別也。是以劉、
班《詩賦》一略，區分五類，而屈原、陸賈、荀卿，定爲三家之學
也。（說詳外篇《校讎略》中《漢志詩賦論》。）馬、班二史，於相
如、揚雄諸家之著賦，俱詳著於列傳，自劉知幾以還，從而抵排非
笑者，蓋不勝其紛紛矣，要皆不爲知言也。……是則賦家者流，縱
橫之派別而兼諸子之餘風，此其所以異於後世辭章之士也。故論文
於戰國而下，貴求作者之意指，而不可拘於形貌也。（《詩教下》，同
上，第 60～61 頁）

對於駢文過於追求形式而不顧內容的做法，章學誠提出了批評。

然則昭明《自序》所謂「老、莊之作，管、孟之流，立意爲宗，不
以能文爲本」，其例不收諸子篇次者，豈以有取斯文，即可裁篇題論，
而改子爲集乎？……《文選》者，辭章之圭臬，集部之準繩，而淸

亂蕪穢，不可殫詰；則古人流別，作者意指，流覽諸集，孰是深窺
而有得者乎？集人之文尚未得其意指，而自哀所著爲文集者，何紛
紛耶？（同上，第 62 頁）

對文的美首先著眼於內容而非形式，這在中國文學史上並不鮮見，章學誠的
可貴之處在於辯析了文學形式與文學之間的關係，認爲文學不能僅從形式上
進行判斷，這在駢文創作興盛的乾嘉時代是有積極意義的。章學誠在文質上
的態度與他重史的學術愛好是分不開的，他說：「古文辭而不由史出，是飲食
不本於稼穡也。」〔註80〕（《文德》）章學誠認爲「六經皆史」，所有的經典必
須放在具體的歷史語境中考察才會顯出意義，也只有在歷史的思辯中才能寫
出有內涵的「文」。他說：「乃知辭命之文，出於《詩》教；敘事之文，出於
《春秋》比事屬辭之教也。左丘明，古文之祖，司馬因之而極其變；班、陳
以降，眞古文辭之大宗。至六朝古文中斷，韓子文起八代之衰，而古文失傳
亦始韓子。蓋韓子之學，宗經而不宗史，經之流變必入於史，又韓子之所未
喻也。」（《與汪龍莊書》，同上，第 693 頁）章學誠以史消融了經，既脫掉了
經神秘的外衣，又將文拉到了現實的土壤。對於被稱爲古文正宗的唐宋八大
家，章學誠批評道：「蓋《史記》體本蒼質，而司馬才大，故運之以輕靈。今
歸、唐之所謂疏宕頓挫，其中無物，遂不免於浮滑，而開後人以描摩淺陋之
習。故疑歸、唐諸子，得力於《史記》者，特其皮毛，而於古人深際，未之
有見。」（《文理》，同上，第 139 頁）歸有光、唐順之的古文以描寫小題材爲
主，即事抒情，短小精練，章學誠稱之爲「無物」不免失當，這與章學誠將
經、文皆視爲史有關。章學誠不屑於八大家的散文傳統，他眞正醉心的乃是
在於具有恢宏歷史視野的史漢散文，認爲體現了歷史發展趨勢、具有重大歷
史意義的「文」才是眞正的「文」。顯然，章學誠雖然在文質觀上與桐城派無
異，但在審美趣味上，兩者的差異還是很明顯的，對八大家的批評其實也隱
含了章學誠對桐城派散文的不滿。

章學誠論文主實用，但卻很少理學氣，對文學作品的美有著很深的體會，
他在多種場合都在告誡人們不要忽視文學特有的美。

文以氣行，亦以情至。人之於文，往往理明事白，於爲文之初指，
亦若可無憾矣。而人見之者，以謂其理其事不過如是，雖不爲文可

〔註80〕章學誠，《文史通義新編新注（倉修良輯輯注）》〔M〕，杭州：浙江古籍出版
社，2005 年，第 137 頁。

也。此非事理本無可取，亦非作者之文不如其事其理，文之情未至
也。今人誤解辭達之旨者，以謂文取理明而事白，其他又何求焉？
不知文情未至，即其理其事之情亦未至也。譬之為調笑者，同述一
言而聞者索然，或同述一言而聞者笑不能止，得其情也；譬之訴
悲苦者，同敘一事而聞者漠然，或同敘一事而聞者涕洟不能自休，
得其情也。昔人謂文之至者，以為不知文生於情，情生於文。夫文
生於情，而文又能生情，以謂文人多事乎？不知使人由情而恍然於
其事其理，則辭之於事理，必如是而始可稱為達爾。〔註81〕（《雜
說》）

「夫文生於情，而文又能生情」這其實是文學作品的感染作用，好的表現形
式不僅能充分地表現內容，而且還能具有反作用，使作品所包涵的事理更鮮
明、更集中、更突出。能充分地認識文學形式的反作用，這在中國古代文論
中是不多見的，這種持論比一般的詩論家更為深刻。正是看到了文學作品所
具有的難以言說的美，章學誠反對用簡單的方法評論文學，他對宋儒的文學
工具論就很不滿。

訓詁名物，將以求古聖之迹也，而侈記誦者，如貨殖之市矣；撰述
文辭，欲以闡古聖之心也，而溺光采者，如玩好之弄矣。異端曲學，
道其所道而德其所德，固不足為斯道之得失也。記誦之學，文辭之
才，不能不以斯道為宗主，而市且弄者之紛紛忘所自也。宋儒起而
爭之，以謂是皆溺於器而不知道也。夫溺於器而不知道者，亦即器
而示之以道斯可矣。而其弊也，則欲使人捨器而言道。夫子教人「博
學於文」，而宋儒則曰：「玩物而喪志。」曾子教人「辭遠鄙倍」，而
宋儒則曰：「工文則害道。」夫宋儒之言，豈非末流良藥石哉！然藥
石所以攻臟腑之疾耳，宋儒之意，似見疾在臟腑，遂欲並臟腑而去
之。將求性天，乃薄記誦而厭辭章，何以異乎？然其析理之精，踐
履之篤，漢、唐之儒，未之聞也。孟子曰：「義理之悅我心，猶芻豢
之悅我口。」義理不可空言也，博學以實之，文章以達之，三者合
於一，庶幾哉周、孔之道雖遠，不啻累譯而通矣。顧經師互詆，文
人相輕，而性理諸儒，又有朱、陸之同異，從朱、從陸者之交攻，

〔註81〕 章學誠，《文史通義新編新注（倉修良輯注）》〔M〕，杭州：浙江古籍出版社，
2005 年，第 355 頁。

而言學問與文章者又逐風氣而不悟，莊生所謂「百家往而不反，必

不合矣」，悲夫！〔註82〕

章學誠認爲文章要表現事理，他所理解的事理與宋儒所理解的「道」是不同的，宋儒所謂的「道」是形而上之道，而他理解的事理卻是形而下的日常之事理，他的思想其實與當時的漢學家是很相似。既反對漢學，又對宋儒不滿，同時對辭章過度追求文采不滿，這是章學誠的與人不同之處。他與袁枚一樣跳出漢宋之爭，但在考據與文學的關係上，他認爲兩者應該融合，「記誦之學，文辭之才，不能不以斯道爲宗主，而市且弄者之紛紛忘所自也。宋儒起而爭之，以謂是皆溺於器而不知道也。夫溺於器而不知道者，亦即器而示之以道，斯可矣。」

在風格上，章學誠論文重清眞，這在散文史上也是獨樹一幟的。

至於古文之要，不外清眞，清則氣不雜也，眞則理無支也，理附氣而辭以達之，辭不潔而氣先受其病矣。辭何至於不潔？蓋文各有體，《六經》亦莫不然，故《詩》語不可以入《書》，《易》言不可以附《禮》，雖以聖人之言，措非其所，即不潔矣，辭不潔則氣不清矣。後世之文，則辭賦綺言，不可以入紀傳，而受此弊者乃紛紛未有已也。〔註83〕（《評沈梅村古文》）

章學誠的「清眞」之論其實是在內容與形式上對散文的要求，內容上既要表現事理，而形式上要「清」，不同的文體各有其語言表現形式，他的「清」就是要求文學作品的表現形式要與所表現的內容相一致，如果兩者相妨，便會兩敗俱傷。「《易》曰：『神以知來，智以藏往。』知來，陽也；藏往，陰也。一陰一陽，道也。文章之用，或以述事，或以明理。事逆已往，陰也；理闡方來，陽也。其至焉者，則述事而理以昭焉，言理而事以範焉，則主適不偏，而文乃衷於道矣。遷、固之史，董、韓之文，庶幾哉有所不得已於言者乎！不知其故而但溺文辭，其人不足道已。即爲高論者，以謂文貴明道，何取聲情色采以爲愉悅，亦非知道之言也。夫無爲之治而奏薰風，靈臺之功而樂鐘鼓，以及彈琴遇文，風雩言志，則帝王致治，賢聖功修，未嘗無悅目娛心之適，而謂文章之用，必無詠歎抑揚之致哉！但溺於文辭之末，則

〔註82〕 章學誠，《文史通義新編新注（倉修良輯注）》〔M〕，杭州：浙江古籍出版社，
　　　　2005 年，第 104～105 頁。
〔註83〕 章學誠，《文史通義新編新注（倉修良輯注）》〔M〕，杭州：浙江古籍出版社，
　　　　2005 年，第 483 頁。

害道已。」〔註84〕（《原道上》）「夫史爲記事之書，事萬變而不齊，史文屈曲而適如其事，則必因事命篇，不爲常例所拘，而後能起訖自如，無一言之或遺而或溢也。此《尙書》之所以神明變化，不可方物。」〔註85〕（《書教下》）章學誠論文既注意到內容對形式的決定作用，又意識到形式的能動作用，這是難能可貴的。而要想做到「清眞」，他認爲平時必須要「集義」與「養氣」。

> 顧文者氣之所形，古之能文者，必先養氣，養氣之功，在於集義，
> 讀書服古，時有會心，方臆測而未及爲文，即簡記所見，以存於錄，
> 日有積焉，月有彙焉，久之又久，充滿流動，然後發爲文辭，浩乎
> 沛然，將有不自識其所以者矣。此則文章家之所謂集義而養氣也。
> 〔註86〕（《跋〈香泉讀書記〉》）

章學誠的「集義」其實就是讀書積理，在平時的讀書中格物致知，爲文時便能水到渠成，他說道：「讀書廣識，乃使義理充積於中，久之又久，使其胸次自有倫類，則心有主，心有主，則筆之於書，乃如火然泉達之不可已，此古人之所以爲養氣也。」〔註87〕

縱觀章學誠對文的辯析，我們不難發現，他對文學的形式美與內涵美都有獨到的認識，在堅持內容決定形式的同時又對文學形式的相對獨立性有深入的認識，這是他高出乾嘉其他學人的地方。

3.1.4 文法之爭

自韓柳倡導「古文運動」，古文便以一種與四六駢體相對的文體而出現。由於語言的規範性，古文具有廣闊的應用空間，呂思勉說道：「因古文體例之謹嚴，一時代一地方之古語被其淘汰者不少，如六朝人傍語、宋明人語錄中語是也。故謂古文專門保存死語言者，亦係外行語，一部分古語乃頗受彼之淘汰而成爲死語耳。以此義言之，古文可謂文言中之官話，他種文言，則猶

〔註84〕 章學誠，《文史通義新編新注（倉修良輯注）》〔M〕，杭州：浙江古籍出版社，2005年，第104頁。

〔註85〕 章學誠，《文史通義新編新注（倉修良輯注）》〔M〕，杭州：浙江古籍出版社，2005年，第38頁。

〔註86〕 章學誠，《文史通義新編新注（倉修良輯注）》〔M〕，杭州：浙江古籍出版社，2005年，第587頁。

〔註87〕 章學誠，《文史通義新編新注（倉修良輯注）》〔M〕，杭州：浙江古籍出版社，2005年，第595頁。

文言中之方言也。率此義以爲文，則其文字能使後來之人易解。因其用一時代一地方之言語少，所用者皆最通行之語，猶之說官話者聽之易懂也。故古文有使前人後人接近之益，猶之官話有使各地方人接近之益，古文者，時間上之官話也。」〔註88〕作爲具有能夠超越地域與時間界限的文體，古文必須要保持有一定的純潔性及用語特點，「然則所謂古文者，性質如何？論古文者最要之義，在雅俗之別（亦稱雅鄭）。必先能雅，然後有好壞可說，如其不雅，則只算範圍以外，無從評論好壞，故雅俗爲古文與非古文之界限。所謂雅者何也？雅者，正也，即正確之義。同時亦含有現在心理學上所謂文雅之義，即於實用之外，尚能使人起美感，至少不使人起惡感。說話有優美及鄙俗，亦由此而分。雅與古不必一致，但相合之時頗多。」（同上，第 26 頁）古文的「雅」不僅意味著用詞、造句、篇章布局要符合古漢語的常規，而且還要給人以美的藝術感受。古文是一種既有工具性又具藝術性的文體，如果不深入其中，很難體會其行文之特點；深入其中，又會因作者自身的思想、文化修養而在古文的取向上各異其趣。在文學史上，既有不講文法者，又有講文法而傾向於取法於經、取法於史甚至取法於小說者。明代以來，隨著小說創作日趨興盛，小說的敘事技法不自覺地被古文吸收，這對提高古文創作的生動性無疑是有幫助作用的，但也由此容易導致古文的俗化。同時，以空洞說理爲古文，以理語、佛語、俚語等語言入古文的也大有人在。乾嘉時期，古文、駢文創作都達到了一個新的高度，如何維護古文的合理地位是一個無法迴避的問題。

　　方苞在古文理論上提出了「義法」、「雅潔」等理論，從內容和形式上成爲桐城派古文的創作指導原則，這幾乎成了桐城派文法的基石。方苞在《又書貨殖傳後》中說：「《春秋》之制義法，自太史公發之，而後之深於文者亦具焉。義即《易》之所謂『言有物』也；法即《易》之所謂『言有序』也。義以爲經而法緯之，然後爲成體之文。」〔註89〕方苞的「義法」之說其實得之於經史之文，而又以之指導古文創作。「義」爲言之有物，要求作品有充實的內容和正確的思想傾向；「法」爲言之有序，既語言的表現形式，要求詳略得當，記敘生動，首尾相應，渾然一體。方苞在《書五代史安重誨傳後》中說道：

〔註88〕呂思勉，《呂思勉文史四講》〔M〕，北京：中華書局，2008 年，第 27 頁。
〔註89〕方苞，《方苞集》〔M〕，上海：上海古籍出版社，2008 年，第 58 頁。

記事之文，惟《左傳》、《史記》各有義法。一篇之中，脈相灌輸而不可增損，然其前後相應，或隱或顯，或偏或全，變化隨宜，不主一道。《五代史·安重誨傳》總揭數義於前，而次第分疏於後，中間又凡舉四事，後乃詳書之；此書疏論策體，記事之文，古無是也。《史記·伯夷孟荀屈原傳》議論與敘事相間。蓋四君子之傳，以道德節義，而事迹則無可列者。若據事直書，則不能排纂成篇。其精神心術所運，足以興起乎百世者，轉隱而不著。故於《伯夷傳》歎天道之難知；於《孟荀傳》見仁義之充塞；於《屈原傳》；感忠賢之蔽壅，而陰以寓己之悲憤。其他本紀世家、列傳有事迹可編者，未嘗有是也。《重誨傳》乃雜以論斷語。夫法之變，蓋其義有不得不然者。歐公最爲得《史記》法，然猶未詳其義而漫效焉。後之人又可不察而仍其誤耶？（同上，第 64 頁）

方苞的義法之分是相對的，法隨內容的不同而相應地變化，「夫法之變，蓋其義有不得不然者。」從根本上來說，法必須能夠充分地作品的思想內涵。對於古文的語言風格，方苞以「雅潔」概之，他說：「南宋、元、明以來，古文義法不講久矣，吳越間遺老尤放恣，或雜小說，或沿翰林舊體，無一雅潔者。古文中不可入語錄中語，魏晉六朝人藻麗俳語，漢賦中板重字法，詩歌中雋語，南北史佻巧語。」〔註90〕（《書方望溪先生傳後》）「雅」即雅馴、遠離低俗，「潔」則要求言簡義豐，行文峻朗。

劉大櫆在文法上提出了神氣說，他認爲「義理、書卷、經濟者，行文之實，若行文自另是一事。譬如大匠操斤，無土木材料，縱有成風盡堊手段，何處設施？然有土木材料，而不善設施者甚多，終不可爲大匠。故文人者，大匠也。神氣音節者，匠人之能事也，義理、書卷、經濟者，匠人之材料也。」〔註91〕劉大櫆認爲只有材料還不能成文，行文乃是一門藝術，「行文自另是一事」。他認爲行文最關鍵的在於「神」：「行文之道，神爲主，氣輔之。曹子桓、蘇子由論文，以氣爲主，是矣。然氣隨神轉，神渾則氣灝，神遠則氣逸，神偉則氣高，神變則氣奇，神深則氣靜，故神爲氣之主。」「神者，文家之寶。文章最要氣盛，然無神以主之，則氣無所附，蕩乎不知其所歸也。神者氣之

〔註90〕 沈廷芳，《隱拙軒文鈔》，卷四，見《中國歷代文論選》第三冊，上海古籍出版社，1980 年，第 40 頁。

〔註91〕 劉大櫆等，《論文偶記·初月樓古文緒論·春覺齋論文》〔M〕，北京：人民文學出版社，1959 年，第 3 頁。

主，氣者神之用。神只是氣之精處。古人文章可告人者惟法耳，然不得其神
而徒守其法，則死法而已。要在自家於讀時微會之。」（同上）劉大櫆的「神」
其實是指作者行文時積極創造的精神境界，有了主體的創造意識，材料才有
活的靈魂，文法才會體現。「氣」則主要是指文章的氣勢，它是創作主體的精
神表現，所以劉大櫆論文首重「神」而不是「氣」。劉大櫆的神氣論以創作主
體的能動性消融文字材料，讓文字材料爲主體精神服務。

　　桐城派的文法論到了姚鼐才算得上是最終成完。姚鼐所處的時代正是考
據學最盛之時，他的文法論之提出乃是時代使然。「余嘗論學問之事，有三端
焉，曰義理也，考證也，文章也。是三者苟善用之，則皆足以相濟；苟不善
用之，則或至於相害。今夫博學強識而善言德行者，固文之貴也；寡聞而淺
識者，固文之陋也。然而世有言義理之過者，其辭蕪雜俚近，如語錄而不
文；爲考證之過者，至繁碎繳繞，而語不可了當。以爲文之至美，而反以爲
病者何哉？其故由於自喜之太過而智昧於所當擇也。」〔註 92〕（《述庵文鈔
序》）姚鼐表面上是說從事學術必須義理、考據、文章三者兼重，其實他重點
強調的是文，認爲行文必須要有義理、考據爲基礎。義理、考據、文章這三
者乃是在學識層面上而言，在具體行文上，姚鼐提出了神理氣味格律聲色之
說，「凡文之體類十三，而所以爲文者八，曰：神、理、氣、味、格、律、聲、
色。神、理、氣、味者，文之精也；格、律、聲、色者，文之粗也。然苟捨
其粗，則精者亦胡以寓焉。學者之於古人，必始而遇其粗，中而遇其精，終
則御其精者而遺其粗者。」〔註 93〕這八個因素由粗而精，由表及裏，層層推
進，最終達到了「神」的境界。至此，桐城派的文法論更全面、系統了。郭
紹虞說道：

　　那麼桐城文人怎樣建立其文論呢？桐城文人既以古文義法之說爲其
　　文論之中心，所以桐城三祖之學問造詣盡有不同，風格也盡不一致，
　　而由文學批評言之，則眞如方東樹所說，「如鼎之不可廢一」，而「無
　　不若出於一師之所傳」。

　　何以見其如鼎足之不可廢一？古文義法之說原是桐城初祖方望溪的
　　主張。此說初立，本極簡單，其後經劉海峰爲之推闡而使之具體化，
　　再經姚惜抱爲之補充而使之抽象化，於是到方東樹再加以綜合而集

〔註 92〕姚鼐，《惜抱軒詩文集》〔M〕，上海：上海古籍出版社，1992 年，第 61 頁。
〔註 93〕姚鼐輯，《古文辭類纂》〔M〕，北京：西苑出版社，2003 年，第 3 頁。

其大成。所以方、劉、姚三家之說不必盡同而互有關係。因此，遂如鼎足之不可廢一。〔註94〕

在堅持義理的前提下，桐城派古文的文法之論經歷了一個發展前進的過程，文法論是他們古文理論不可或缺的一部分。

章學誠雖然不長於詩文創作，但他對文法的觀點也是很圓通的，他說：

律詩當知平仄，古詩宜知音節。顧平仄顯而易知，音節隱而難察，能熟於古詩，當自得之。執古詩而定人之音節，則音節變化，殊非一成之詩所能限也。趙伸符氏取古人詩爲《聲調譜》，通人譏之，余不能爲趙氏解矣。然爲不知音節之人言，未嘗不可生其啓悟，特不當舉爲天下之式法爾。時文當知法度，古文亦當知有法渡。時文法度顯而易言，古文法度隱而難喻，能熟於古文，當自得之。執古文而示人以法度，則文章變化，非一成之文所能限也。歸震川氏取《史記》之文，五色標識，以示義法，今之通人，如聞其事，必竊笑之，余不能爲歸氏解也。然爲不知法度之人言，未嘗不可資其領會，特不足據爲傳授之秘爾。據爲傳授之秘，則是郢人寶燕石矣。〔註95〕

章學誠認爲「學文之事，可授受者規矩方圓，其不可授受者心營意造。」作文不可拘泥於死法，文法要在廣泛積纍之上心領神會，泥法與無法都是不可取的。

桐城派重理學、重古文，而乾嘉時期的漢學家大多對理學家不滿，他們認爲理學家多爲疏淺無學，其古文理論與理學一樣毫無價值。漢學家重實證、重博學，他們對桐城派的文法論很不以爲然，認爲文法無補於學，亦無補於文。錢大昕認爲文無古今，文乃是情之所發，應該不拘於文法。他在《牛樹齋文稿序》中說：

別於科舉之文，而謂之古文，蓋昉於韓退之，而宋以來因之。夫文豈有古今之殊哉！科舉之文，志在利祿，徇世俗所好而爲之，而性情不屬焉。非不點竄《堯典》，塗改周詩，如剪綵之花，五色具備，索然無生意，詞雖古，猶今也。唯讀書談道之士，以經史爲菹余，以義理爲溉灌，胸次灑然，天機浩然，有不能已於言者，而後

〔註94〕 郭紹虞，《中國文學批評史》〔M〕，天津：百花文藝出版社，1999年，第313頁。

〔註95〕 章學誠，《文史通義新編新注（倉修良輯注）》〔M〕，杭州：浙江古籍出版社，2005年，第141頁。

假於筆以傳，多或千言，少或寸幅，其言不越日用之恒，其理不違聖賢之旨，詞雖今，猶古也。文之古，不古於襲古之面目，而古於得古人之性情。性情之不古若，微獨貌爲秦、漢者，非古文；即貌爲歐、曾，亦非古文也。退之云「唯古於詞必己出」，即果由己出矣，而輕佻佚蕩，自詭於名教之外，陽五古賢人，今豈有傳其片語者乎！余持此論久矣，試以語人，多有怒於言色者獨戈子小蓮聞而悅之。〔註96〕

錢大昕對人爲的劃分駢散感到不滿，他認爲文爲由人之情所發，性情不分古今，文亦無所謂古今，爲文就應該源於學識而發，不必斤斤於文法，「有不能已於言者，而後假於筆以傳，多或千言，少或寸幅」。他對方苞批評道：

前晤吾兄，極稱近日古文家以桐城方氏爲最。予常日課誦經史，於近時作者之文無暇涉獵，因吾兄言取方氏文讀之，其波瀾意度，頗有韓、歐陽、王之規杭，視世俗冗蔓猶雜之作固不可同日語，惜乎其未喻乎古文之義法爾。

夫古文之體，奇正、濃淡、詳略，本無定法，要其爲文之旨有四：曰明道，曰經世，曰闡幽，曰正俗，有是四者而後以法律約之，夫然後可以羽翼經史，而傳之天下後世。至於親戚故舊聚散存沒之感，一時有所寄託，而宣之於文，使其姓名附見集中者，此其人事迹，原無足傳，故一切闕而不載，非本有可紀而略之，以爲文之義法如此也。方氏以世人誦歐公王恭武、杜祁公諸誌，不若黃夢升、張子野諸誌之熟，遂謂功德之崇，不若情辭之動人心目；然則使方氏援筆而爲王、杜之誌，亦將捨其功業之大者而徒以應酬之空言了之乎？六經三史之文，世人不能盡好，間有讀之者，僅以供場屋餖飣之用，求通其大義者罕矣；至於傳奇之演繹，優伶之賓白，情詞動人心目，雖里巷小夫婦人無不爲之歌泣者，所謂曲彌高則和彌寡，讀者之熟與不熟，非文之有優劣也。以此論文，其與孫鑛、林雲銘、金人瑞之徒何異？

文有繁有簡，繁者，不可減之使少，猶簡者不可增之使多，左氏之繁，勝於公、穀之簡，《史記》、《漢書》互有繁簡，謂文未有繁而能

〔註96〕錢大昕，《潛研堂文集》〔M〕，南京：江蘇古籍出版社，1997年，第423頁。

工者，非通論也。

太史公，漢時官名，司馬談父子爲之，故史記自序云「談爲太史公」，又云「卒三歲而遷爲太史公」，《報任安書》亦自稱太史公，公非尊其父之稱，而方以爲稱太史公日者皆褚少孫所加。秦本紀田單傳別出它說，此史家存類之法，漢書亦間有之，而方以爲後人所附綴。韓退之撰順宗實錄載陸贄陽城傳，此實錄之體應爾，非退之所刱，方亦不知而妄譏之。蓋方所謂古文義法者，特世俗選本之古文，未嘗博觀而求其法也。法且不知，而義於何有！昔劉原父譏歐陽公不讀書，原父博聞誠勝於歐陽，然其言未免太過。若方氏乃眞不讀書之甚者。吾兄特以其文之波瀾意度近於古而喜之，予以爲方所得者，古文之糟魄，非古文之神理也。王若霖言「靈皐以古文爲時文，卻以時文爲古文。」方終身病之。若霖可謂洞中垣一方癥結者矣。泥濘不及面質，聊述所懷，吾兄以爲然否。（同上，《與友人書》，第575～577頁）

錢大昕認爲古文應該是重經義、重實用，主張古文表現重大的事件、嚴肅的義理，認爲「親戚故舊聚散存沒之感」的古文並不是眞正的古文。桐城派古文大多取材於生活小事，他們講究文法，以使文章生動感人。錢大昕對古文題材的否定應該說是他的學術研究使然。他「常日課誦經史，於近時作者之文無暇涉獵」，精於經史而略於詩文，對方苞荒經而重文深爲不滿，由此而否定了方苞的文法論。錢大昕對古文的美的理解不及方苞，他對方苞的指責也並非客觀。錢大昕的古文觀其實是考據學風下的文章之論，講「明道」那是傳統的調子；「經世」那是乾嘉時期的共同要求；所謂的「闡幽」那便是經典闡釋，也是與乾嘉考據學風密不可分的。

李兆洛也對桐城派的「義法」很不滿，他在《答高雨農書》一文中說到：

古文義法之說，自望溪張之。私謂義充則法自具，不當歧而二之。文之有法，始自昌黎，蓋以投贈酬應之義無可立，假於法以立之，便文自營而已。習之者遂藉法爲文，幾於以文爲戲矣。宋之諸儒矯之以義，而講章語錄之文出焉，則又非也。荀子曰：「多言而類。」茲毋乃不類矣乎？八股義取語錄，法即古文之流弊，今又徒存其法，則不類之尤者也。抱此鄙陋，故每有所述，稱心而言，意盡輒

止，不足與於古文之數也。然猶牽率時俗，爲不由中之言，祇益赧

然。〔註97〕

李兆洛認爲「義充則法自具，不當歧而二之」，認爲內容與形式密不可分，不當以法律文或重內容而輕法度，他對重義的宋儒講章語錄之文與重法的八股文又大加鞭撻。其實，他的義法說其實與方苞並無大的區別，他對方苞的義法說的理解是不深入的。

焦盾對桐城派文風的「雅潔」及在選題上的狹小性也很不滿，他說：

夫謂文無深與博，亦即無所爲簡。行千里者以千里爲至，行一里者以一里爲至。《左氏春秋》一人之筆也，或一二而止，或連篇累牘千百言而不止；一二言未嘗不足，千百言未嘗有餘。災變戰伐，下至瑣褻猥鄙之事，無不備載，未聞徒舉其大端而屏其細故以爲簡也，而文自簡。明康海作《武功志》，不啻殘磚敗瓦而處於荒村巷間也，而說者稱羨之，良可怪矣。〔註98〕（《文說三》）

桐城派的「雅潔」與「義法」是具體的行文之法，而焦循認爲文無所謂深與博，也無所謂繁與簡，當以自然爲歸，「或一二而止，或連篇累牘千百言而不止」，甚至「瑣褻猥鄙之事，無不備載」。焦循所理解的「文」其實是考據之文而非文學之文，他對文法的否定深層原因乃在考據與文學之矛盾。我們且看看焦循對散文選題的看法，他在《與王欽萊論文書》中說到：

循曰：吾子論文於古取韓昌黎，於今取朱梅菴，不樂字句瑣細及文氣佶聲才，足見天分之高。雖然，此猶據昌黎、梅菴以言文，而未嘗即文以言文；是猶即文之當然以言文，而未嘗即文之所以然者以言文也。天下之物各適於用。文何用？有用之一身者，有用之天下者，有用之當時者，有用之百世者。科舉應試之文用之一身者也，應酬交際之文用之當時者也，二者之於文皆無足輕重。若夫朝廷之誥，軍旅之檄，銘功紀德之作，興利除弊之議，關於軍國之重、民物之生，是文之用於天下也，然必仕而在上，有才藝足以達者任之。布衣之士，窮經好古，嗣續先儒，闡彰聖道，竭一生之精力，以所獨得者聚而成書，使《詩》、《書》、六藝有其傳，後學之思有所啓發，則百世之文也。乃總其大要，惟有二端：曰意，曰事。……然說經

〔註97〕 李兆洛，《養一齋文集》，清代詩文集彙編本，卷十八。

〔註98〕 焦循，《焦循詩文集》〔M〕，揚州：廣陵書社，2009年，第185頁。

之文主於意，而意必依於經，猶敘事之不可假也。孔子之《十翼》，
即訓故之文，反覆以明象變，辭氣與《論語》遂別，後世注疏之學
實起於此。依經文而用己之意，以體會其細微，則精而兼實，故文
莫重於注經。敘事則就事以運其事，必令千載而下覽其文而事之毫
末畢著，《禹貢》、《儀禮》、《左氏春秋》是也。吾嘗窮而推之，意與
事不可以言明，莫若琴音與算法。然言算者，先以甲乙子丑等施諸
國，然後指而論之。言音者，先講明句挑吟揉之例，然後按而誌之。
閱二者之書，布算以推其數，撫弦以理其音，不差豪末，此文之至
奇、至巧、至瑣細佶聱者也。使避瑣細佶聱之名，則琴音不可說，
算數不可明，周公之《儀禮》不必作，孔子之《說卦》、《雜卦》不
必撰，豈理也哉？如謂此非文，則惟如韓之記毛穎，蘇之論范增、
留侯，而始謂之文乎？願足下窮文之所以然，主予明意明事，且主
於意與事之所宜明，不必昌黎、梅庵，不必不昌黎、梅庵，不必瑣
細佶聱，不必不瑣細佶聱也。（同上，第 265～266 頁）

焦循論的文乃是「用之天下」、「用之百世」之文，要寫這樣的文，首要的條
件就是窮讀經史。依經之文「經文而用己之意，以體會其細微，則精而兼實，
故文莫重於注經」，而敘事之文「事以運其事，必令千載而下覽其文而事之毫
末畢著」，他甚至不以瑣細佶聱爲病。焦循所論的文很難說是文學意義上的
文，應該說是廣義上的文，他所論的文法其實是取消了文法，其實質不過是
借文來兜售考據罷了。

3.2 駢散合一

3.2.1 乾嘉前期的融合觀點

對於散文的歷史，乾嘉時期的學人並不陌生，雖然駢散偏好有所不同，但
駢散同源仍爲不少人所認同，在激烈爭論之際，不少人試圖將二者打通。《四
庫全書總目》云：「夫文以載道，不易之論也。然自戰國以下，即已岐爲二途，
或以義理傳，或以詞藻見，如珍錯之於菽粟、錦繡之於布帛，勢不能偏廢其
一。」〔註 99〕過度偏重義理或文采確實是駢文與古文發展過程中的弊病，將
二者有機融合，成爲有識者的共識。曾燠在《國朝駢體正宗序》說道：「夫駢

〔註99〕永瑢等纂，《四庫全書總目》，北京：中華書局，1965 年，第 1563 頁。

體者，齊梁人之學秦漢而變焉者也，後世與古文分而爲二，固已誤矣……古文喪眞，反遜駢體；駢體脫俗，即是古文，迹似兩歧，道當一貫」〔註100〕。彭兆蓀也說道：「文章駢格，咸謂肇始東京，然自秦漢以來，李斯、鄒陽、枚乘、王褒之屬，率皆宏麗抒藻，繡錯爲辭。由質趨文，勢有必至。馬、揚而後，益事增華，儷偶之興，實基於此。爰逮魏晉，以迄陳隋，眾製蠭起，雅材彌劭。有唐一代，斯體尤崇。穎達以之敘經，房喬用之論史，其於散著途異原同。昧者不察，自爲卑濫，是蓋末流之放矢，以致僞體之滋繁。若究其椎輪，審其徑遂，義歸於淵雅，詞屏乎嘩囂，佇色於敦彝，含音乎琴瑟，斟酌華實，逖遠淫哇，作者抗行，良無愧矣。」〔註101〕（《荆石山房文序》）彭兆蓀認爲駢散「途異原同」，主張文質並重，這是很有見地的。

照理，漢學家們對先秦散文駢散並用歷史有比較深入的瞭解，由他們提出駢散合一應是情理中的事，但事實卻並非如此。在理論和實踐上彌合兩者關係的卻是爲漢學家們認爲考據功夫並不深的袁枚、姚鼐、章學誠等人。

袁枚最痛恨文學上的分門別派，認爲詩文是一個獨立的王國，門戶之分只會局限人們的視野，看不到詩文的全美，他對駢散硬性劃分很不滿，他在《書茅氏八家文選》裏就批評了這種做法。

> 凡類其人而名之者，一時之稱也。如周有八士，舜有五人，漢有三傑，唐有四子是也。未有取千百世之人而強合之爲一隊者也。有之者，自鹿門八家之目始。明代門戶之習，始於國事，而終於詩文。故於詩則分唐、宋，分盛、中、晚，於古文又分爲八，皆好事者之爲也，不可以爲定稱也。

> 夫文莫盛於唐，僅占其二：文亦莫盛於宋，蘇占其三。鹿門當日其果取兩朝文而博觀之乎，抑亦就所見所知者而撮合之乎？且所謂一家者，謂其蹊徑之各異也。三蘇之文，如出一手，固不得判而爲三。曾文平純，如大軒駢骨，連綴不得斷，實開南宋理學一門，又安得與半山、六一較伯仲也？

> 若鹿門所講起伏之法，吾尤不以爲然。六經、三傳，文之祖也，果誰爲之法哉？能爲文，則無法如有法，不能爲文，則有法如無法。

〔註100〕 曾燠，《國朝駢體正宗》，光緒十年張氏花雨樓刻套印本，北京師範大學圖書館藏，序頁。
〔註101〕 彭兆蓀，《小謨觴館駢文補注》，1927年鉛印本，卷二。

> 霍去病不學孫、吳，但能取勝，是即去病之有法也。房琯學古車戰，
> 乃致大敗，是即琯之無法也。文之為道，亦何異焉！

> 或問：有八家，則六朝可廢歟？曰：一奇一偶，天之道也；有散有
> 駢，文之道也。文章體制，如各朝衣冠，不妨互異，其狀貌之妍
> 媸，固別有在也。天尊於地，偶統於奇，此亦自然之理。然而學六
> 朝不善，不過如紈袴子弟，熏香剃面，絕無風骨，止矣。學八家不
> 善，必至於村嫗呶呶，頃刻萬語，而斯文濫焉。讀八家者，當知
> 之。〔註102〕（《書茅氏八家文選》）

茅坤的《唐宋八大家文鈔》是唐宋古文運動的產物，它倡導單行散句，不講
格式，對扭轉駢文過度追求形式起到了一定的作用。而其流弊卻導致一味復
古，不重文采，忽視了文學的形式美。袁枚對《唐宋八大家文鈔》一方面對
古文生硬的分家、分派感到不滿，另一方面對也不滿於駢散之分。他對八家
的批評其實並不是否定古文，而是對古文一派只知單行散句的美，不知駢體
文形式上的美感到不滿，希望能消除駢散之爭，恢復散文駢散互用的傳統。
袁枚在《隨園詩話》中說道：

> 唐以前，未有不熟精《文選》理者，不獨杜少陵也。韓、柳兩家文
> 字，其濃厚處，俱從此出。宋人以八代為衰，遂一筆抹殺，而詩文
> 從此平弱矣。漢陽戴思任《題文選樓》云：「七步以來誰抗手，『六
> 經』而外此傳書。」〔註103〕

袁枚認為過於求散最終導致了散文的衰落。袁枚嘗言「核詩寬，核文嚴」，認
為古文不易作，他說：「夫古文者，途之至狹者也。唐以前無古文之名，自韓、
柳諸公出，懼文之不古而古文始名。是古文者，別今文而言之也。劃今之界
不嚴，則學古之詞不類。韓則曰：非三代、兩漢之書不觀。柳則曰：懼其昧
沒而雜也，廉之欲其節。二公者，當漢、晉之後，其百家諸子未曾放紛，猶
且懼染於時。今百家回冗，又復作時藝弋科名，如康崑崙彈琵琶，久染淫俗，
非數十年不近樂器，不能得正聲也。深思而慎取之，猶慮勿暇；而乃狃于彤
雜以自淆，過矣。」〔註104〕袁枚對古文寫作之難有故意誇大之嫌，但他這樣

〔註102〕袁枚，《小倉山房詩文集》〔M〕，上海：上海古籍出版社，1988 年，第 1813
　　　　　～1814 頁。

〔註103〕袁枚，《隨園詩話》〔M〕，北京：人民文學出版社，1982 年，第 217 頁。

〔註104〕袁枚，《小倉山房詩文集》〔M〕，上海：上海古籍出版社，1988 年，第 1547
　　　　　頁。

說也不是沒有道理。唐宋以後，古文的末流往往不講修辭、不重法度，語錄、說理滲雜到古文之中，古文與毫無美感的應用文幾乎無異。正是在這個意義上，袁枚認為，要讓散文真正成為美文，必須保持散文的品位，不能讓低俗、陳舊的語言進入散文之中。

> 奈數十年來，傳詩者多，傳文者少，傳散行文者尤少。所以然者，因此體最嚴，一切綺語、駢語、理學語、二氏語、尺牘詞賦語、註疏考據語，俱不可以相侵。以故北宋後逐至希微而寥寂焉。

> ……夫古文者，即古人立言之謂也。能字字立於紙上，則古矣。今之為文者，字字臥於紙上。夫紙上尚不能立，安望其能立於世間乎？不知者，動引隋柳虬之言，以為時有古今，文無古今。唐、宋之不能為漢、秦，猶漢、秦之不能為三代也。此言是也。然而《韶》，舜樂也，孔子云：「樂則《韶》舞。」使夫子得邦家，則《韶》樂未必不可復。文章之道，何獨不然！僕以為欲奏雅者先絕俗，欲復古者先拒今。俗絕不至，今拒不儳，而古文之道思過半矣。韓子非三代兩漢之書不觀，柳子自言所得亦不過《左》、《國》、《荀》、《孟》、《莊》、《老》、《太史》而已。當唐之時，所有之書，非若今之雜且夥也，然而拒之惟恐不力；況今日之僕邀相從，紛紛喋喋哉！

> ……大抵唐文峭，宋文平；唐文曲，宋文直；唐文瘦，宋文肥；唐文修詞與立誠並用，而宋人或能立誠不甚修詞。聖人論為命，尚且重修飾潤色，所謂「言之不文，行之不遠」也。〔註105〕（《與孫俌之秀才書》）

袁枚認為北宋後散文創作「希微而寥寂」乃是由於「一切綺語、駢語、理學語、二氏語、尺牘詞賦語、注疏考據語」過多，破壞了散文的純潔性。因此，他主張向古人學習，特別是向先秦的散文學習，以恢復散文的傳統，避免讓散文成為理學、考據了附庸。在對散文的論述中，我們不難看到袁枚的文學觀念其實已經跳出了時代的束縛，他將文學作為一種真正的藝術來進行經營，將文學放在與經史並行的地位，並不讓經史來侵犯文學的領地。袁枚的觀念其實是文學獨立意識的觀念，這也是他比一般論者高出的地方。

〔註105〕袁枚，《小倉山房詩文集》〔M〕，上海：上海古籍出版社，1988 年，第 1859～1860 頁。

袁枚不僅是在理論上提倡駢散合一，而且在創作實踐上也給世人做出了一個榜樣。他的散文感情真摯，意韻豐富，言辭優美。我們看看他的散文。

隨園後記

夫物雖佳，不手致者不愛也；味雖美，不親嘗者不甘也。子不見高陽池館、蘭亭、梓澤乎？蒼然古蹟，憑弔生悲，覺與吾之精神不相屬者。何也？其中無我故也。公卿富豪未始不召梓人營池圃，程巧致功，千力萬氣，落成，主人張目受賀而已。問某樹某名，而不知也。何也？其中亦未嘗有我故也。唯夫文士之一水一石，一亭一臺，皆得之于好學深思之餘。有得則謀，不善則改，其蒔如養民，其刈如除惡，其創建似開府，其浚渠簣山如區土宇版章。默而識之，神而明之。惜費，故無妄作；獨斷，故有定謀。及其成功也，不特便于己，快于意，而吾度材之功苦，構思之巧拙，皆于是徵焉。〔註106〕

袁枚的散文不拘泥於形式，往往駢散並用，而氣勢磅礡，確實是駢散合一的典範。他的好友杭世駿在序中說道：

文莫古於經，而經之註疏家非古文也，不聞鄭箋孔疏與崔、蔡並稱。文莫古於史，而史之考據家非古文也，不聞如淳、師古與韓、柳並稱。其他藻語、俚語、理障語皆非古文，則本朝望溪先生言之也詳。鹿門八家之說襲真西山《讀書記》中語，雖非定論，要為不失文章正宗。後世遵之者弱，悖之者妄。惟吾友子才太史掃群弊而空之，記敘用斂筆，論辨用縱筆，敘事或斂或縱，相題為之，而大概超超空行，總不落一凡字，此其志也。千載而下，當有定論。同徵老友杭世駿序。〔註107〕《小倉山房文集·序》

這個評價點出了袁枚散文創作的特點。

與桐城派的幾位前輩比，姚鼐的文學修養要好得多。姚鼐不僅散文寫得好，而且詩歌也寫得很好，他的詩崇尚王孟一派，重沖淡陰柔，這與他的散文風格是一致的。姚鼐長於詩文，也參與了四庫全書的編撰，他對詩文的看法與漢學家有很大的差距。

〔註106〕 袁枚，《小倉山房詩文集》〔M〕，上海：上海古籍出版社，1988 年，第 1407 頁。

〔註107〕 袁枚，《小倉山房詩文集》〔M〕，上海：上海古籍出版社，1988 年，第 1147 頁。

> 吾嘗以謂文章之原，本乎天地，天地之道，陰陽剛柔而已。苟有得
> 乎陰陽剛柔之精，皆可以爲文章之美。陰陽剛柔並行而不容偏廢。
> 有其一端而絕亡其一，剛者至於僨強而拂戾，柔者至於頹廢而闇
> 幽，則必無與於文者矣。然古君子稱爲文章之至，雖兼具二者之
> 用，亦不能無所偏優於其間，其故何哉？天地之道，協合以爲體，
> 而時發奇出以爲用者，理固然也。其在天地之用也，尚陽而下陰，
> 伸剛而絀柔，故人得之亦然。文之雄偉而勁直者，必貴於溫深而徐
> 婉；溫深徐婉之才，不易得也。然其尤難得者，必在乎天下之雄才
> 也。夫古今爲詩人者多矣，爲詩而善者亦多矣，而卓然足稱爲雄才
> 者，千餘年中數人焉耳，甚矣其得之難也。〔註 108〕（《海愚詩鈔
> 序》）

姚鼐從本體的角度論證文章源於天地的本性，這與一般的理學家沒有大的區
別，但他並沒有把文章與道直接聯繫，而是把文章與本體的陰陽聯繫，認爲
文章乃是「得乎陰陽剛柔之精」，這就提高了文章的地位，而不是把它附庸在
「道」之下，從而成爲影子的影子，和眞理隔著兩層。正是從陰陽的關係出
發論古文，姚鼐並不排斥駢文，「天地之道，協合以爲體，而時發奇出以爲用
者，理固然也。」駢文與古文都源於天地，只有陰陽合一，才能符合天地的
中庸之道。在《復曹雲路書》中，他說到：

> 鼐又聞之：「言之無文，行而不遠。」出辭氣不能遠鄙，則曾子戒之。
> 況於說聖經以教學者、遺後世而雜以鄙言乎？當唐之世，僧徒不通
> 於文，乃書其師語以俚俗，謂之語錄。宋世儒者弟子，蓋過而傚之。
> 然以弟子記先師，懼失其眞，猶有取尒也。明世自著書者，乃亦效
> 其辭，此何取哉？願先生凡辭之近俗如語錄者，盡易之使成文則善
> 矣。〔註 109〕

姚鼐的古文以道統和文統自居，但他對古文的形式美還是有充分的認識，不
滿於缺乏文采的語錄體古文。在實際的創作中，姚鼐和袁枚一樣做到了駢散
合一。

　　漢學家們將駢文的歷史追溯到了先秦、漢唐，爲駢文的合法性找到了充

〔註 108〕 姚鼐，《惜抱軒詩文集》〔M〕，上海：上海古籍出版社，1992 年，第 48 頁。
〔註 109〕 姚鼐，《惜抱軒詩文集》〔M〕，上海：上海古籍出版社，1992 年，第 88～89
　　　　　頁。

足的根據；桐城派以八大家為傳統，追求單行散句中的起伏之美。章學誠對古文的起源提出了另一個觀點，這值得我們的注意。

> 周衰文弊，六藝道息，而諸子爭鳴。蓋至戰國而文章之變盡，至戰國而著述之事專，至戰國而後世之文體備，故論文於戰國，而升降盛衰之故可知也。戰國之文，奇衰錯出而裂於道，人知之；其源皆出於六藝，人不知也。後世之文，其體皆備於戰國，人不知；其源多出於《詩》教，人愈不知也。知文體備於戰國而始可與論後世之文；知諸家本於六藝，而後可與論戰國之文；知戰國多出於《詩》教，而後可與論六藝之文。可與論六藝之文，而後可與離文而見道；可與離文而見道，而後可與奉道而折諸家之文也。……著述不能不衍為文辭，而文辭不能不生其好尚。後人無前人之不得已，而惟以好尚逐於文辭焉，然猶自命為著述，是以戰國為文章之盛，而衰端亦已兆於戰國也。〔註110〕（《詩教上》）

章學誠認為後世之文，其體皆備於戰國，戰國是一切文體的形成時代，而戰國時的文體主要是受到《詩經》的影響，因而氣勢縱橫。從他所列舉的文章上看，其中既有為桐城派的推尊的古文，也有駢文和賦。章學誠沒有針對駢散而論文，他論文主要從歷史的角度進行評論、分析，沒有刻意於駢散的分界。正因如此，他卻能跳出駢散的爭辯，用深邃的歷史眼光辨析文章源流，承認古文價值的同時也不否認駢文的價值。「四六之文，如《宣公奏議》、《會昌一品》，俱是經緯古今，敷張治道，豈可以六博小技輕相底訶者哉！」〔註111〕（《〈李義山文集〉書後》）章學誠認為古文與駢文的原理一致，兩者並非水火不相容。

> 凡學古而得其貌同心異，皆但知有古而忘己所處境也。古人之於制義，猶試律之與古詩也；近體之與古風，猶駢麗之與散行也。學者各有擅長，不能易地則誠然矣。〔註112〕（《與邵二雲論文》）

章學誠以史的角度論文，避免了駢散兩派在細節上的糾結，他沒有費多大的

〔註110〕 章學誠，《文史通義新編新注（倉修良輯注）》〔M〕，杭州：浙江古籍出版社，2005 年，第 45～47 頁。

〔註111〕 章學誠，《文史通義新編新注（倉修良輯注）》〔M〕，杭州：浙江古籍出版社，2005 年，第 555 頁。

〔註112〕 章學誠，《文史通義新編新注（倉修良輯注）》〔M〕，杭州：浙江古籍出版社，2005 年，第 669 頁。

力氣便把駢散之間的裂痕給抹平了。

3.2.2 乾嘉後期的融合觀點

　　在嘉慶後期，經姚鼐的努力經營，桐城派古文影響日大，以傳承道統和唐宋八大家文統自居的桐城古文被人們所廣泛接受，而其形式上的弊端也開始顯露出來。同時，駢文創作也出現了式微的態勢，人們對前期駢文與古文的爭論也看得比較清，這一時期的駢散合一的理論更趨系統化，陽湖派的李兆洛、惲敬可以說是這一時期的代表。錢基博在《現代中國文學史》中認為「陽湖之文乃別出於桐城以自張一軍。顧其流所衍，比之桐城為狹。」「陽湖派」這一說法，最早出現於光緒年間張之洞的《書目答問》，從陽湖派主要學人的觀點看，他們的古文理論其實是沿承了漢學家崇尚秦漢散文的傳統，並不贊同唐宋八大家的「文統」，這就難怪錢基博認為他們「比之桐城為狹」了。陽湖一派的古文理論是他們學術思想的組成部分，他們追求的亦駢亦散的文學觀與他們推尊秦漢以前的經史典籍是分不開的，這一點卻沒有被學術界充分認識。當前對陽湖派的理論大多局限於其文學方面，對於文學與經史考證的關係卻很少過問，不少論者只是簡單地以桐城分支或對抗桐城目之，缺乏整體性的考察，這自然很難讓人信服。

3.2.2.1 李兆洛的理論

　　李兆洛曾經參與姚鼐《古文辭類纂》的校閱，而《古文辭類纂》正是姚鼐古文理論的指導下的選本，是桐城古文理論的具體體現。不少學者認為李兆洛的《駢體文鈔》是針對姚鼐的《古文辭類纂》而發，我認為，李兆洛《駢體文鈔》的出現固然與桐城派古文有著一定的聯繫，但也與當時的學術風氣、人們對駢文的不正確認識不無關係。李兆洛《駢體文鈔》選定的是在其校對《古文辭類纂》的那一年。由此我們不難看出，李兆洛《駢體文鈔》的出現是有一定的針對性的，而這是否直接針對姚鼐為首的桐城古文，這值商榷，我認為，《駢體文鈔》乃是李兆洛針對桐城古文的不足而發。

　　駢文曾經因為過度地追求形式的美而被人們認為空洞無物，不切實用。「尋虛逐微，競一韻之奇，爭一字之巧。連篇累牘，不出月露之形；積案盈箱，唯是風雲之狀。」〔註113〕柳宗元批評駢文是「炫耀為文，瑣碎排偶。

〔註113〕周祖譔，《隋唐五代文論選》〔M〕，北京：人民文學出版社，1990 年，第 2頁。

抽黃對白，嘻嘻飛走。駢四儷六，錦心繡口。」〔註114〕說自己是「始吾幼且少，爲文章以辭爲工。及長，乃知文者以明道，是固不爲炳炳烺烺、務采色、誇聲音而以爲能也」（同上，第 359 頁）姚鼐四大高弟之一的梅曾亮對駢文大力排斥，認爲駢文「如俳優登場，非絲竹金鼓佐之，則手足無所措。」管同也認爲，「人有哀樂者，面也。今以玉冠之，失其面矣。此駢體之失也。」

在桐城古文成爲文章正宗之後，古文的觀念更加深入人心，李兆洛對這種不辨別是非的做法很不滿，他說：

> 洛之意頗不滿於今之古文家，但言宗唐宋而不敢言宗兩漢。所謂宗唐宋者，又止宗其輕淺薄弱之作，一挑一剔，一含一詠，口牙小慧，讕陋庸詞，稍可上口，已足標異。於是家家有集，人人著書。〔註115〕（《答莊卿珊》）

李兆洛的批評其實是針對桐城派的創作而發的，確實點到了桐城古文在創作上的不足。姚鼐的古文沿襲了歸有光以來的傳統，選題多是生活小事，以小說的筆法融入古文中，講求陰柔的抑揚中的文質之美，李兆洛斥之爲「輕淺薄弱之作，一挑一剔，一含一詠，口牙小慧」並非沒有道理。駢散認識上的偏差正是李兆洛選編《駢體文鈔》的動機。他在序中說：「少讀《文選》，頗知步趨齊、梁。後蒙恩入庶常，臺閣之制，例用駢體，而不能致。因益搜輯古人遺篇，用資時習，區其鉅細，分爲三編。」〔註116〕歷代官方文書中廣泛使用駢文，這是駢文得以生存的重要土壤，洪邁在《容齋隨筆》中也談到：「四六駢儷，於文章家爲至淺，然上自朝廷命令詔冊，下而縉紳之間箋書祝疏，無所不用。」〔註117〕對駢體文的簡單否定顯然是不符合實際的。而吳育給該書所作的《序》更是點出了駢文實用的特點。

> 昔史臣述堯，啓四言之始；孔子贊《易》，兆偶辭之端。此上古之玄音，載道之華辭，不徒以文言也。及《左氏傳》、《曲臺記》，戰國之文、百家之書，莫不時引其緒。至枚乘、司馬長卿出而其體大備，有《書》之昭明，《詩》之諷諫，《禮》之博物，《左》之華腴：故其文典，其音和，盛世之文也。……余於此，固未嘗學切，好諷誦之。

〔註114〕柳宗元，《柳河東全集》〔M〕，北京：中國書店，1991 年，第 214 頁。
〔註115〕李兆洛，《養一齋文集》，清代詩文集彙編本，卷十八。
〔註116〕李兆洛輯，《駢體文鈔》〔M〕，鄭州：中州古籍出版社，1990 年，第 19 頁。
〔註117〕洪邁，《容齋隨筆》〔M〕，上海：上海古籍出版社，1996 年，第 505 頁。

> 大凡廟廷之上，敷陳聖德，典麗博大，有厚德載物之致，則此體爲
> 宜。〔註118〕

我們也可以從全書選編的內容中看出作者的意圖。全書分爲上、中、下 3 編。
上編包括銘刻、頌、箴、諡誄、詔書、策令、檄移、彈劾等 18 體，是所謂「廟
堂之制，奏進之篇」；中編包括書、論、序、碑記等 8 體，多屬指事述意之作；
下編包括設辭、連珠、箋牘、雜文等 5 體，多屬緣情託興之作。該書還入選
司馬遷的《報任安書》，諸葛亮的《出師表》等。從內容上，我們可以看出作
者力圖糾正古文一派認識上的偏差，讓散文回歸到原點，避免過多的人爲干
預。李兆洛在序中對散文的歷史進行了追溯。

> 天地之道，陰陽而已，奇偶也，方圓也，皆是也。陰陽相併俱生，
> 故奇偶不能相離，方圓必相爲用。道奇而物偶，氣奇而形偶，神奇
> 而識偶。孔子曰：「道有變動，故曰爻；爻有等，故曰物；物相雜，
> 故曰文。」又曰：「分陰分陽，迭用柔剛。」故易六位而成章，相雜
> 而迭用。文章之用，其盡於此乎！《六經》之文，班班具存。自秦
> 迄隋，其體遞變，而文無異名。自唐以來，始有古文之目，而目六
> 朝之文爲駢儷。而爲其學者，亦自以爲與古文殊路。既歧奇與偶爲
> 二，而於偶之中，又歧六朝與唐與宋爲三。夫苟第較其字句，獵其
> 影響而已，則豈徒二焉三焉而已，以爲萬有不同可也。夫氣有厚薄，
> 天爲之也；學有純駁，人爲之也；體格有遷變，人與天參焉者也；
> 義理無殊途，天與人合焉者也。得其厚薄純雜之故，則於其體格之
> 變，可以知世焉；於其義理之無殊，可以知文焉。文之體，至六代
> 而其變盡矣。沿其流，極而溯之，以至乎其源，則其所出者一也。
> 吾甚惜夫歧奇偶而二之者之毗於陰陽也。毗陽則躁剽，毗陰則沈膇，
> 理所必至也，於相雜迭用之旨均無當也。

作者理清了散文的理路淵源，認爲文之起源不分駢散，駢散合一才是文章的
眞實意義所在。李兆對駢體文的歷史辯證具有文體解放的意義，它一方面避
免了工具論指導下對文學形式美的忽視，另一方面也試圖讓在朝廷中廣泛使
用的駢文更多地注入充實的內容而非只是表面華麗的諛詞。正因如此，李兆
洛對韓愈強立古文之名甚爲不滿，「文之有法始自昌黎，蓋以酬應投贈之義無
可立，假於法以以立之，便文自營而已。習之者遂借法爲文，幾於以文爲戲

〔註118〕李兆洛輯，《駢體文鈔》〔M〕，鄭州：中州古籍出版社，1990 年，第 1 頁。

矣。」〔註 119〕（《答高雨農》）李兆洛駢散合一文學觀念的出現應該說不是偶然的，是駢散雙方激烈爭論後的結果。

3.2.2.2 惲敬的融合理論

惲敬對宋明以來的儒學派別有比較深入的瞭解，不像桐城派那樣固守理學。正因爲在經學上比較通達，在散文理論上，惲敬對古文陳陳相因很不滿，認爲根本的原因是沒有自己的見解。

> 古文，文中之一體耳！而其體至正，不可餘，餘則支；不可盡，盡則敝；不可爲容，爲容則體下。方望溪先生曰：「古文雖小道，失其傳者七百年。」望溪之言若是。是明之遵巖、震川，本朝之雪苑、勺庭、堯峰諸君子，世俗推爲作者，一不得與乎望溪之所許矣。望溪謹厚兼學有源本，豈妄爲此論邪。蓋遵巖、震川常有意爲古文者也。有意爲古文，而平生之才與學，不能沛然於所爲之文之外，則將依附其體而爲之。依附其體而爲之，則爲支、爲敝、爲體下，不招而至矣。是故遵巖之文贍，贍則用力必過，其失也少支而多敝。震川之文謹，謹則置辭必近，其失也少敝而多支。而爲容之失，二家緩急不同，同出於體下。集中之得者十有六七，失者十而三四焉；此望溪之所以不滿也。（同上，《上曹儷笙侍郎書》）

惲敬反對有意爲文，認爲文的核心乃在於才與學，沒有了這兩者的基礎，所爲之文「則爲支、爲敝、爲體下，不招而至矣。」惲敬所謂的才與學其實正是漢學家所言的「博學於文」，與漢學家所尚的學識是一致的。惲敬認爲「古文，文中之一體耳！」對於唐宋八大家的古文，他更爲不滿，既不滿於他們的文風，也對他們內容的貧乏不滿。對於桐城派開祖的方苞，惲敬仍認爲「旨近端，而有時而歧；辭近醇，而有時而窳」，他的這一指責其實是針對方苞疏於考據而發，認爲方苞對經學理解不深，以附會程朱爲宗，並未眞正瞭解經學，沒有眞正地做到古雅。惲敬對方苞的指責乃是對桐城派古文的批評，他所倡導的古文與桐城派並不在一個趣向上。其實，惲敬所推崇的是諸子百家之文，認爲由百家入手，可以達到古文的眞境界，這與章學誠認爲後世各種文體皆備於戰國很相似。在《大雲山房文稿二集序》中，他說：

> 敬嘗通會其說，儒家體備於《禮》及《論語》、《孝經》，墨家變而離

〔註 119〕 李兆洛，《養一齋文集》，清代詩文集彙編本，卷十八。

其宗，道家、陰陽家支駢於《易》，法家、名家疏源於《春秋》，縱
橫家、雜家、小說家適用於《詩》、《書》，孟堅所謂《詩》以正言，
《書》以廣聽也。是故六藝要其中，百家明其際會；六藝舉其大，
百家儘其條流。其失者，孟堅已次第言之，而其得者窮高極深，析
事剖理，各有所屬。故曰修六藝之文，觀九家之言，可以通萬方之
略。後世百家微而文集行，文集散而經義起，經義散而文集益漓。
學者少壯至老，貧賤至貴，漸漬於聖賢之精微，闡明於儒先之疏證，
而文集反日替者何哉？蓋附會六藝，屏絕百家，耳目之用不發，事
物之賾不統，故性情之德不能用也。敬觀之前世，賈生自名家、縱
橫家入，故其言浩汗而斷制；晁錯自法家、兵家入，故其言峭實；
董仲書、劉子政自儒家、道家、陰陽家入，故其言和而多端；韓退
之自儒家、法家、名家入，故其言峻而能達；曾子固、蘇子由自儒
家、雜家入，故其溫而定；柳子厚、歐陽永叔自儒家、雜家、詞賦
家入，故其言詳雅有度；杜牧之、蘇明允自兵家、縱橫家入，故其
言縱屬；蘇子瞻自縱橫家、道家、小說家入，故其言逍遙而震動。
至若黃初、甘露之間，子桓、子建氣體高朗，叔夜、嗣宗情識精微，
始以輕雋為適意，時俗為自然，風格相仍，漸成軌範，於是文集與
百家判為二途。熙寧、寶慶之會，時師破壞經說，其失也鑿；陋儒
襞積經文，其失也膚。後進之士，竊聖人遺說，規而畫之，睎而斫
之，於是經義與文集並為一物。太白、樂天、夢得諸人，自曹魏發
情；靜修、幼清、正學諸人，自趙宋得理。遞趨遞下，卑冗日積。
是故百家之敝當折之以六藝，文集之衰當起之以百家。其高下遠近
華質，是又在乎人之所性焉，不可強也已。〔註 120〕（《大雲山房文
稿二集目錄》）

「百家之敝當折之以六藝，文集之衰當起之以百家」，我們於此不難看出惲敬
試圖欲將後世的各種文體一網而盡地重回源頭的大爐再煉，以救其弊。惲敬
所論的「文集之衰」既是指以唐宋八大家為代表的古文，也指向了駢文，他
在《與舒白香》中說道：「文章之事，工部所謂天成，著力雕鐫，便覿面千里。
儷體尚然，何況散行。」（同上，卷一）他對駢文創作也是不滿的。惲敬推尊

〔註 120〕惲敬，《大雲山房文稿》，《初集》卷三，同治八年刻本影印，續修四庫全書本，
上海古籍出版社，2002 年。

六藝，以先秦散文為依歸，這與桐城派以程朱理學為宗，以唐宋八大家為依託的古文理論是判然有別的，也與其他漢學家以駢文為正宗有區別。

3.2.2.3 張惠言的融合理論

張惠言學文於劉大櫆，然而不拘於桐城古文，對駢文也有獨鍾，經史考據的根柢使他對文有自己的看法。張惠言認為文以言志，言志之文必須有所經世，不能徒空華麗之文，他在《十七家賦鈔目錄序》中說道：

> 論曰：賦烏乎統？曰：統乎志。志烏乎歸？曰：歸乎正。夫民有感於心，有概於事，有達于性，有鬱於情，故有不得已者，而假於言。言，象也。象必有所寓。其在物之變化：天之漻漻，地之囂囂；日出月入，一幽一昭；山川之崔巍杳伏，畏佳林木，振硪溪谷；風雲霧霮，霆震寒暑；雨則為雪，霜則為露；生殺之代，新而嬗故；鳥獸與魚，草木之華，蟲冒著蝗趨；陵變谷易，震動薄蝕；人事老少，生死傾植；禮樂戰鬥，號令之紀；悲愁勞苦，忠臣孝子；羈士寡婦，愉佚愕駭。有動於中，久而不去然後形成為言。於是錯綜其詞，回互其理，鏗鏘其音，以求理其志。其在六經則為詩。詩之義六，曰風、曰賦、曰比、曰興、曰雅、曰頌。六者之體，主於一而用其五。故風有雅、頌焉，《七月》是也。雅有頌焉，有風焉，《烝民》、《崧高》是也。周澤衰，禮樂缺，詩終三百，文學之統熄。古聖人之美言、規矩之奧趣，鬱而不發，則有趙人荀卿、楚人屈原，引詞表悁，譬物連類，述三王之道，以譏切當；振塵滓之澤，發芳香之㯋；不謀而稱，並名為賦。故知賦者，詩之體也。其後藻麗之士，祖述憲章，厥制舉國繁。然其能者之為之，愉暢輸瀉，儘其物，和其志，變而為失其宗。其淫蕩佚放者為之，則流遁忘反，壞亂而不可紀。〔註121〕

將言志的詩學傳統植於文，消融了駢散在語言表現形式上的差異，從序言上看，作者並不否認駢偶之文的美感，對賦、駢文的形式美是有認識的。張惠言雖然認識到散文在形式上的美，但他並不像阮元那樣執著於形式，而是強調必須要有充實的內容，他的內容要求其實就是「道」，「治經術當不雜名利，近時考訂之學，似興古而實謬古；果有志斯道，當潛心讀注，勿求異說，勿

_____

〔註121〕張惠言，《茗柯文編》〔M〕，上海：上海古籍出版社，1984年，第18頁。

好口談，久久自有入處。」（同上，《與陳扶雅書》，第 193 頁）張惠言論文講
「道」，但他的「道」傾向於實用，反對空談義理，這又與桐城派有異，他在
《文稿自序》中說：

> 已而思古人之以文傳者，雖於聖人有合有否；要就其所得，莫不足
> 以立身行義，施天下致一切之治。荀卿、賈誼、董仲舒、揚雄，以
> 儒；老耼、莊周、管夷吾，以術；司馬遷、班固，以事；韓愈、李
> 翱、歐陽修、曾鞏，以學；柳宗元、蘇洵、軾、轍，王安石，雖不
> 逮，猶各有所執持，操其一以應於世而不窮，故其言必曰「道」。
> 道成而所得之淺深醇雜見乎其文，無其道而有其文者，則未有也。
> 故仍退而考之於經，求天地陰陽消息於《易》虞氏，求古先聖王禮
> 樂制度於《禮》鄭氏，庶窺微言奧義，以究本原。（同上，第 118
> 頁）

張惠言論文重「道」，但他的「道」更多的是乾嘉時期對儒家經典辯證之後的
「道」，並非桐城派的程朱理學；他以言志消融了駢散在形式上的差異，不否
認兩者在形式上的美，並把考據所推尚的學識作爲其論文的基調。

　　經過乾嘉早期與中期的爭論，駢散雙方的弊病漸漸爲人們所認識，因此，
如何合兩者之利而避其弊成了乾嘉後期的話題，也是時代發展的必然，張惠
言、惲敬、李兆洛等人的散文理論可以說是對駢散之爭的最後總結。對於乾
嘉後期的散文，論者都以桐城派、陽湖派目之，這種劃分是有其理論上的便
利，也是一種人爲的製造，當時的人並沒有以派相標榜，而只是以解文自任。
後人強行拉幫結派，這種做法並不利於我們對文學史的演變發展作出合理的
解釋。我認爲以「史」的方式來解決文學理論發展中的問題比以純粹的派別
劃分來探討文學理論更具眞實性，因爲任何的歷史只能是「過程」的歷史，
當其存在的語境消失的時候，它就失去了其存在的合理性。

3.3　駢文、古文與八股文

　　科舉和官場應用駢文的傳統使得駢文盛行不衰，排偶之文仍是士子們的
必修課。乾嘉時期，隨著人口的迅猛增長，科舉應試的隊伍不斷膨大，士子
們爲進階官場而在八股文上耗盡了畢生的精力，不少人由此而荒廢了人生的
全部，科舉時文附會經典皮毛的作法更是引起了人們的不安。「夫自百家之言
興，而後有六經；自舉業之習起，而後有所謂古文。古文之去六經遠矣，由

古文而舉業，又加遠焉。士君子有專聖賢之學，而專求之於舉業，何啻千里？」
〔註122〕科舉表面的尊經而實則反經，隨著時代的演進，科舉的弊病日益顯露，
康熙曾有廢科舉的行動，乾隆時期廢科舉也成了人們熱議的話題。儘管如此，
科舉仍是士子們改變命運的重要途徑。與前代相比，清代通過科舉考試進入
官場的名額比以前大爲減少，而人口的不斷增加又加重了考試的難度，成書
於乾隆年間的《儒林外史》是當時儒林的眞實寫照。「八股文就其發揮經義的
內容來說是一種知識形態，而就其縝密的文體結構及寫作難度來說又是一種
文學形態，不幸的是八股文的寫作實踐非但沒有光耀知識和文學，反而扮演
了反知識、反文學的角色。明清兩代學人對八股的批判也因此深入其反知識、
反文學的各個層面。」〔註123〕乾嘉時期，通過考據也是士子們進身仕途的途
徑，當時不少從事考據的學者很看不起科舉，而正式考試仍然用八股的駢文，
因此，乾嘉時期駢文與科舉的關係呈現複雜的關係。與此同時，漢學家大多
擅長駢文創作，八股文駢偶的語言形式與駢文乃一脈相承，而兩者在對人生
價值的判斷上卻判若水火。古文雖然與八股的駢偶在語言形式上不一，但在
代聖人立言上卻有相似性，而八股科舉的功名意識又與理學重義輕利相矛
盾。因此，在乾嘉時期，駢文、古文與科舉八股文之間呈現複雜的關係，大
體而言，對八股文主要有擁護與反對兩派。

> 國家將求通經致用之才，而必以制義取士者，士果足以徵才於制義
> 乎？曰：「烏在其不可以徵才於制義也？」制義者，含咀六經之英
> 華，漱其芳潤而出之，故謂之經生藝。而用以取士，其屬望於士者
> 意良厚也。自學者視制義爲掇取科名之徑術，於是執經就傅，皆不
> 首其義，而徒記誦其辭章。以爲吾屬文，苟可供吾摛布，能致飾焉
> 足矣，安用說經鏗鏗爲焉？而一二從懶之徒，用益因陋就簡，人有
> 摘抄之書，戶有秘授之冊，於是士之讀全經者罕矣。其所爲文，皆
> 依口拾慧，雖沿襲制義之名，烏在其可謂之經生藝耶？則謂制義
> 不足以徵士之才者信有之，然非制義之過也。〔註124〕（《胡左元時
> 文序》）

〔註122〕王守仁，《王陽明全集》〔M〕，上海：上海古籍出版社，1992 年，上卷，第
　　　　875 頁。
〔註123〕蔣寅，《清代文學論稿》〔M〕，南京：鳳凰出版社，2009 年，第 29 頁。
〔註124〕程瑤田，《程瑤田全集（一）》〔M〕，合肥：黃山書社，2008 年，第 387～388
　　　　頁。

程瑤田從理學的角度論證了科舉的合法性，認爲通過科舉能醇化世道人心，他對徒求浮華文采而不深求經義的作法很不滿。在當時駢文和散文的爭論中，袁枚看到了八股文對散文創作的危害，他說：

> 程魚門云：「時文之學，有害於古文；詞曲之學，有害於詩。」余謂：
> 「時文之學，不宜過深；深則兼有害於詩。前明一代，能時文，又
> 能詩者，有幾人哉？金正希、陳大士與江西五家，可稱時文之聖；
> 其於詩，一字無傳。陳臥子、黃陶庵不過時文之豪；其詩便有可傳。
> 《荀子》曰『藝之精者不兩能』也。」〔註125〕

袁枚入士後便拋棄了時文，他以自身的經歷說明了僵化的時文對詩人性靈的桎梏，認爲詩文創作必須要從時文中解放出來。袁枚並不主張廢棄八股文，甚至認爲一些貧士應該先通過科舉考試解決自身的生計，然後再向理學、文學的高峰進軍。袁枚反對不切實際的一味貶低科舉，認爲科舉也有成與不成。

> 唐以詞賦取士，而昌黎下筆大慚。夫詞賦猶慚，其不如詞賦者可知
> 也。然昌黎卒以成進士，其視夫薄是科而不爲者，異矣。今之人有
> 薄是科而不爲者，黃生也。或且目笑之曰：「《四書》文取士，士頗
> 多賢，其流未可卒非。」吾代黃生對曰：「昔管仲遇盜，得二人焉。
> 盜可以得人，而上不必懸盜以爲的也。」論者語塞。吾不敢謂薦辟
> 策試之足以盡天下士也，亦不敢謂爲古文者之足以明聖道也。然訪
> 某某者，必詢其鄰人，爲其居之稍近也。漢、唐之取士也，與古近。
> 其士之所爲古文也，與聖道近。近，斯得之矣。宋以後制藝道興，
> 古文道衰。士既非此不進，往往靡歲月，耗神明，以精其能，而售
> 乎時。出身後，重欲云云，則噓唏服臆，忽忽老矣。
>
> 予喜生年甚少，意甚銳，不徇于今，其於古可仰而冀也。又虞其家
> 之貧，有以累其能也。爲羞其晨昏，而以書庫託焉，成生志也。既
> 又告之曰：天下有不爲，而賢于其爲之者；有爲之，而不如其不爲
> 者。無他，成與不成而已。不爲而不成，其可爲者自在也；爲之而
> 不成，人將疑其本不可爲，而爲者絕矣。今天下不爲古文，子爲
> 之，安知其不爲者之不含笑以待也。「苟爲不熟，不如荑稗」。生自
> 揣不能一雪此言，且不宜爲古文；吾望于生者厚，故反吾言以勗

〔註125〕袁枚，《隨園詩話》〔M〕，北京：人民文學出版社，1982年，第267頁。

之。〔註126〕（《贈黃生序》）

袁枚的觀點應該說是比較實際，與當時高唱理學的儒者比，他確實是在格調上低了半截，但他的這種眞卻更讓人感覺到了生活的眞實。

袁枚雖然不滿於時文，但他卻刊行自己的時文專輯《袁太史稿》，並以此牟利。其實，袁枚不是一般意義上的反對科舉時文，他認爲科舉時文與古文在深處是有其一致的。

> 時文之學，有害於詩；而暗中消息，又有一貫之理。余案頭置某公詩一冊，其人負重名；郭運青侍講來，讀之，引手橫截於五七字之間，曰：「詩雖工，氣脈不貫。其人殆不能時文者耶？」余曰：「是也。」郭甚喜，自誇眼力之高。後與程魚門論及之，程亦韙其言。余曰：「古韓、柳、歐、蘇，俱非爲時文者，何以詩皆流貫？」程曰：「韓、柳、歐、蘇所爲策論應試之文，即今之時文也。不曾從事於此，則心不細，而脈不清。」余曰：「然則今之工於時文而不能詩者，何故？」程曰：「莊子有言：『仁義者，先王之蓮廬也；可以一宿，而不可以久處也。』今之時文之謂也。」〔註127〕

科舉制度下士人們的醜態引起了人們的不滿，加之科舉對功名利祿的過度追求也與理學重義輕利的思想相牴牾，因此，反對科舉的人也是不在少數。

> 余嘗謂害教化敗人材者無過於科舉，而制藝則又甚焉。蓋自科舉興，而出入於其間者非汲汲於利則汲汲於名者也。八股之作，較論、策、詩、賦爲尤難。就其善者，其持之有故，其言之成理，故溺人尤深，有好之老死而不倦者焉。〔註128〕《何景桓遺文序》

方苞認爲科舉的功利性影響了古文的創作，他說：

> 三數百年以來，古文之學，馳廢夷而不振者，皆由科舉之士力分功淺，末由窮其塗徑也；而時文之行，必附甲乙科弟而後傳。終始有明之代，赫然暴見而大行者，僅十數人；而此十數人者，皆舉甲乙、歷科弟者也。其間一二山谷憔悴之士，窮思畢精，或以此見推於其徒，發名於數十年之間，而若存若亡，侵尋沉沒以歸於盡。蓋由其用無所施於他事，非舉甲乙、歷科弟，科舉之士常棄而不收；

〔註126〕 袁枚，《小倉山房詩文集》〔M〕，上海：上海古籍出版社，1988 年，第 1381頁。

〔註127〕 袁枚，《隨園詩話》〔M〕，北京：人民文學出版社，1982 年，第 197 頁。

〔註128〕 方苞，《方苞集》〔M〕，上海：上海古籍出版社，2008 年，第 609 頁。

不能自張於其時，安能有所傳於其後邪？夫時文之學，欲其可以傳
世而行後，其艱難孤危，不異於古文；及於既成而苟不爲時所收，
則徒歷其心而卒歸於漫滅，可不惜哉！〔註129〕（《與韓慕廬學士
書》）

對待科舉時文，章學誠的看法可謂比較客觀，他既看到時文可能帶來的負面
影響，又看到了由時文而進入經學內涵的積極意義。

制舉之業，如出疆之必載贄也。士子懷才待用，贄非才，而非贄無
由晉接，國家以材取士，舉業非材，而非舉業無由呈材。君子之於
舉業無所苟者，必其不苟於材焉者也。余嘗謂學者之於舉業，其用
於世也如金錢，然人生日用之急，莫如布帛菽粟，彼金錢者，饑不
可食，寒不可衣，然流通交易，不用金錢，而用布帛菽粟，則布帛
菽粟必且濫惡售僞，而病人衣食矣。故急在布帛菽粟，而質劑必於
金錢，理易明也。學人具有用之材，樸則有經史，華則有辭章，然
以經學取人，則僞經學進而經荒，以史學取人，則僞史學進而史廢。
辭章雖可取人，畢竟逐末遺本，上以此求，下以此應，正如金錢之
相爲交質耳。非然，徵金錢者，志不在金錢，而在布帛菽粟，試士
以舉業者，志不在舉業，而在經史辭章有用之材。富家廣有金錢，
正以布帛菽粟，生人日用所需，無所不聚之所致也。士子習爲舉業，
而忘所有事，則如鍛工鑄匠，僅能鎔造金錢，而家無布帛菽粟之儲，
雖金錢出入其手，而其身仍不免於饑寒者也。

科舉之士，沿流忘源，今古滔滔，習焉不察。惟豪傑之士，警然有
省，則不肯安於習俗，由舉業而進求古之不朽，此則不負舉業取人
之初意也。〔註130〕（《跋〈屠懷三制義〉》）

章學誠認爲古文與時文在原理上是一致的，如果能用正確的觀點來看待兩
者，那麼它們是可以並翼齊飛的。

夫藝業雖有高卑，而萬物之情各有其至，苟能心知其意，則體制雖
殊，其中曲折無不可共喻也。每見工時文者則曰不解古文，擅古文
者則曰不解時文；如曰不能爲此，無足怪耳，並其所爲之理而不能

〔註129〕方苞，《方苞集》〔M〕，上海：上海古籍出版社，2008 年，第 671～672 頁。
〔註130〕章學誠，《文史通義新編新注（倉修良輯注）》〔M〕，杭州：浙江古籍出版社，
2005 年，第 591 頁。

解，則其所謂工與擅者，亦未必其得之深也。僕於時文甚淺，近因改古文，而轉有窺於時文之奧，乃知天下理可通也。〔註131〕（《與邵二雲論文》）

章學誠從理論的高度看待時文與古文，對其源流、功用、不足都有認識，他的這一聲音應該說是代表了當時主流的觀點。

3.4 結 語

在駢文與散文的激烈爭論之中，經、史、子、文、詩的概念得以進一步釐清，純文學的概念雖然沒有正式被提出，但人們對文的認識已有了很大的進步，文學學科的獨立性已經被人們隱約地感覺到了。阮元在《書梁昭明太子〈文選序〉後》中明確提出文的獨立性，他說：「昭明所選，名之曰文，蓋必文而後選也，非文則不選也。經也，子也，史也，皆不可專名之為文也。故昭明《文選序》後三段特明其不選之故，必沉思翰藻始名之為文，始以入選也」〔註132〕阮元以為文的特性在於其文采性，這文采既包括詞藻的華美，又包括音韻的抑揚。孫梅說到：「文之為言，合天人以炳耀；《選》之為道，從精義以入神。《選》而不文，非他山之瑜瑾；文而非《選》，豈麗制之淵林？若乃懸衡百代，揚榷群言，進退師於一心，總持及乎千載，吾於昭明氏見之矣。」〔註133〕這其實是阮元的先聲，他收錄的駢體論文集《四六叢話》在一定程度上反映了清代駢體文的復興。

劉大櫆在《論文偶記》中對經史、考據、文學進行明確的表態：

行文之道，神為主，氣輔之。曹子桓、蘇子由論文，以氣為主，是矣。然氣隨神轉，神渾則氣灝，神遠則氣逸，神偉則氣高，神變則氣奇，神深則氣靜，故神為氣之主。至專以理為主，則未儘其妙。蓋人不窮理讀書，則出詞鄙倍空疏。人無經濟，則言雖累牘，不適於用。故義理、書卷、經濟者，行文之實，若行文自另是一事。譬如大匠操斤，無土木材料，縱有成風盡堊手段，何處設施？然有土木材料，而不善設施者甚多，終不可為大匠。故文人者，大匠也。

〔註131〕章學誠，《文史通義新編新注（倉修良輯注）》〔M〕，杭州：浙江古籍出版社，2005年，第669頁。

〔註132〕阮元，《研經室三集》〔M〕，臺北：世界書局，1982年，第570頁。

〔註133〕孫梅，《四六叢話》〔M〕，北京：人民文學出版社，2009年，第1頁。

> 神氣音節者，匠人之能事也，義理、書卷、經濟者，匠人之材料
> 也。〔註134〕

劉大櫆不否認經史義理、書卷經濟對文學的意義，但他認爲那是「行文之實」，徒有這些東西是不足的，詩文的創作「自另是一事」，這「自另是一事」自然是非義理、書卷、經濟所能左右，那這又到底是怎麼「一事」呢？劉大櫆認爲文學的神髓乃在於文學的材料構建之上：

> 神氣者，文之最精處也；音節者，文之稍粗處也；字句者，文之最
> 粗處也。然余謂論文而至於字句，則文之能事盡矣。蓋音節者，神
> 氣之迹也；字句者，音節之矩也。神氣不可見，於音節見之；音節
> 無可準，以字句準之。
>
> 音節高則神氣必高，音節下則神氣必下，故音節爲神氣之迹。一句
> 之中，或多一字，或少一字；一字之中，或用平聲，或用仄聲；同
> 一平字仄字，或用陰平、陽平、上聲、去聲、入聲，則音節迥異，
> 故字句爲音節之矩。積字成句，積句成章，積章成篇，合而讀之，
> 音節見矣，歌而詠之，神氣出矣。（同上，《論文偶記》）

文學乃是語言的藝術，由字而句，由句而章，最後由章而神。文學的美是一種構造的藝術，是一種程序的藝術，它經由語言這一材料完成了一個活氣神現的世界，劉大櫆拉開了文學與現實的距離，文學的「自另是一事」讓人們思考它自身的規律。劉大櫆不僅認識到了文學的內涵之美，而且認識到了媒介的美，並對文學形式的反作用也有所認識。

> 夫詩成於音，音成於聲，聲成於言，言成於志。志平則音和，志哀
> 則音促，志敬則音凝，志佚則音蕩，故聖人樂觀焉。夫然後奏之以
> 金石，吹之以管笙。宮以宮倡，徵以徵合，高下疾徐，莫不中節，
> 屈伸俯仰，雜而成文。有詩而君臣之志通也，有詩而父子兄弟之恩
> 洽也，有詩而夫婦之好永也。夫詩何負於人哉！蓋孔子嘗弦歌三百
> 以求合於韶武雅頌之音，故曰：「小子何莫學夫詩！」「不學詩，無
> 以言。」詩成而禮樂之化行矣。〔註135〕（《左仲郭詩序》）

劉大櫆跳出了傳統文以載道的理路，從文學的材料入手，探求了文學形式構

〔註134〕　劉大櫆等，《論文偶記·初月樓古文緒論·春覺齋論文》〔M〕，北京：人民文學出版社，1959年，第3頁。

〔註135〕　劉大櫆，《劉大櫆集》〔M〕，上海：上海古籍出版社，1990年，第84頁。

造的形式之美，揭示了文學的獨特本性，這實在是很難得的。

　　乾嘉時期駢文與古文之爭不僅涉及了文學自身的問題，而且帶上了時代學術爭論的色彩，論辯使得「文」的概念更加清晰，對文學的思考角度更多樣，從而使文學觀念呈現了多元化的態勢。

結　語

　　乾嘉時期是中國封建社會的回光返照，這一時期在社會經濟、文化等方面都達到了封建社會的高峰。恩格斯說「一個很明顯而以前完全被人忽視的事實，即人們首先必須吃、喝、住、穿，就是說首先必須勞動，然後才能爭取統治，從事政治、宗教和哲學等等」〔註1〕。文學雖然遠離了社會經濟基礎，但歸根到底還是離不開它的，除了受制於社會經濟基礎，文學與思想、文化等社會意識形態也有著緊密的聯繫。在中國歷史上，文學一直被賦予了濃重的政治倫理色彩，在社會危機加劇的時候被視爲政治倫理的奴婢，而在經濟繁榮的時候又在一定程度上擺脫政治倫理的束縛，朝著個性解放的方向發展。乾嘉時期社會經濟的發展與經史考證的學術風氣在都給文學留下了印記，這一時期的文學爭論既是傳統的文學思想與人性化的文學思想的爭論，也是考據學風下人們對文學的重新判斷，不同的文學觀念於此交彙並產生了碰撞，文學觀念呈現出多元化的態勢。經過爭論，這一時期的文學觀念在傳承歷史的同時又出現了新變。如桐城派的古文理論在堅持道統與文統合一時，又注意吸收了騈文藝術上的優點，不再拘泥於單行散句的藝術形式。阮元等騈文論者在接過了《文選》一派的理論，同時，他們更加注重從形式上界定「文」，這就更加突顯了「文」的學科性，在文體上應該說是一種解放。袁枚的性靈說實則是明代公安派的翻版，但對才性的張揚與對考據的批駁使得它沒有太多地陷入公安派的淺俗。這一時期的文學爭論是時代使然，嘉慶以後，隨著考據風氣趨冷與國難加重，經世致用的文學思想又成了主流，乾

〔註1〕　馬克思，《恩格斯，馬克思恩格斯選集》〔M〕，北京：人民出版社，1972年，第3卷，第41頁。

嘉時期的文學思想大多受到了批判與修正。雖則如此，乾嘉時期的文學爭論對之後的文學理論的影響是不可忽視的。經過乾嘉時期與漢學陣營的爭論，後來的桐城派不僅更加注重了學問修養，而且將文學與社會經濟更加緊密地結合了起來，這種進步與桐城派在爭論中成長是有緊密聯繫的。駢文與散文之爭也一直持續到清末，章太炎說道：「清乾隆時，作駢體者規摹燕許，斐然可觀。李申耆選《駢體文鈔》（申耆，姚姬傳之弟子，肄業鍾山書院，反對師說，用作是書），取《過秦論》、《報任少卿書》，一切以為駢體，則何以異於桐城耶？阮芸臺妄謂古人有文有辭，辭即散體、文即駢體，舉孔子《文言》以證文必駢體，不悟《繫辭》稱辭，亦駢體也。劉申叔文本不工，而雅信阮說。余弟子黃季剛初亦以阮說為是，在北京時，與桐城姚仲實爭，姚自為老耄，不肯置辯。或語季剛：呵斥桐城，非姚所懼；詆以末流，自然心服。其後白話盛行，兩派之爭，泯於無形。」〔註2〕駢散之爭對清代後期的文學思想有著不可忽視的影響。袁枚論爭的聲音在清末沉寂之後，在「一切重新估價」的口號下，又被新文化運動者高舉起來，楊鴻烈甚至稱之為「一位被冷落的大思想家」。

　　乾嘉時期的文學爭論是經濟繁榮、文化發達的條件下產生的，文學創作的大眾化與我們今天的大眾文化具有某種程度的相似性。乾嘉主流的性靈說對格調說、肌理說及考據學的批駁讓詩歌擺脫了政治倫理的束縛，使得詩歌在品位下移的同時又擴大了詩歌創作和接受的隊伍，這其實代表了詩歌創作大眾化的趨勢。這股思潮把詩歌與生活的距離拉近了，使得詩歌不再成為政治思想的螺絲釘，而是生活的必要調味品，這實在是詩歌的一大解放。也正由於是大眾化，使得這股創作大潮不免泥沙俱下，為人們所詬病的不少。

> 世之為詩話者，一二才人，侈聲氣之廣，往往摭拾公卿貴遊之名以為重。而廁其間者，降至市井富人，優伶賤卒，靡不攔入。其人不必果能詩，其詩不必皆可采。故其為書也，蕪而雜，蹐而鄙，去古人風雅之道或遠矣。〔註3〕（《序》）

反對者的聲音道出了當時詩歌創作大眾化的真實情況，「廁其間者，降至市井富人，優伶賤卒，靡不攔入。」同時，我們也應該看到，在大眾化的背後，

〔註2〕　章太炎，《國學講演錄》〔M〕，南京：鳳凰出版社，2008年，第245頁。
〔註3〕　吳騫，《拜經樓詩話（清詩話本）》〔M〕，上海：上海古籍出版社，1978年，第719頁。

也帶來了詩歌品位的下調，「蕪而雜，踏而鄙」。當前，我們也正經歷著一場
大眾文化的浪潮，在社會經濟發展、社會相對穩定的條件下，大眾文化的出
現是一個必然。大眾文化雅俗兼具，讓其健康發展的正確之道乃在於引導，
一味地放縱或批判都不利於這股潮流。阮元在評價袁枚時說道：「謂蓮水之詩
非出於隨園不可，然隨園之才力大矣，有醇而肆者，亦有未醇而肆者，使學
之者不善，益其所肆者而肆焉，以爲出於隨園，而隨園不受也。即不敢肆其
詞，而遺其醇焉，以爲出於隨園，而隨園亦不受也。」〔註4〕（《孫蓮水春雨
樓詩序》）袁枚的性靈詩有「醇」即雅的一面，也有任性自流、不拘禮法的一
面，過度地追求一個方面而忽視另一面都是不可取的。同樣的，對於當前的
大眾文化，我們必須用一種辯證的眼光來看待，缺乏批判的意識或全然否定
都不利於其發展。

　　乾嘉時期在「人人賈馬，家家許鄭」的考據學風之下，文學曾一度迷失
方向。袁枚對考據的批判雖然矯枉過正，但卻讓文學保持了正確的方向，不
讓文學在學術文化中迷失方向。當前在網路、影視等大眾文化的影響下，文
學給邊緣化了，「文學之死」的叫喊聲此起彼伏。我認爲文學的「死」與「不
死」關鍵在於有沒有自己的方向，如果一味地尾隨大眾文化，沒有堅持自己
的品質，那文學肯定會死。在大眾文化的浪潮中，文學的格調不必總是趨向
於崇高，但必須堅持自己的「審美場」，沒有了「審美場」，文學就不是文學，
也就消亡了。童慶炳老師說道：

> 「審美場」是作爲藝術的文學的整體性結構關係生成的新質。當人
> 們面對一部文學作品，可以循迹而找到創造、反映、心理、社會、
> 評價、道德、遊戲、語言諸因素，在這裡卻找不到「審美場」這種
> 因素。但文學結構中的諸因素所形成的有機網路關係，產生一種整
> 體質，一種新質，這就是審美場。審美場雖不是作爲文學結構中一
> 種因素而存在，不可循迹以求之，但它卻是決定藝術文學的整體性
> 的東西。它在文學結構中起整合完形的作用。它是穿珠之繩，是皮
> 下之筋，是空中之氣，是實中之虛。它不屬於具體的部分，卻又統
> 領各個部分，各個部分必須在它的制約下才顯出應有的意義。文學
> 有了它，人們似看不見，摸不著；但缺了它，文學就立即化爲非文

〔註4〕阮元，《研經室集》，叢書集成新編本，臺北：新文豐出版公司，1986年，第
636頁。

學。〔註5〕（《審美場──文學的藝術特徵》）

在大眾文化日趨漫延之際，文學免不了要加入到這一行列，堅持文學自身的特性不僅有益於大眾文化的發展，而且也能讓文學不迷失自己的方向。

〔註 5〕 童慶炳，《童慶炳文學專題論集》〔M〕，北京：北京師範大學出版社，2007 年，第 41 頁。

參考文獻

一、傳統文獻

1. 沈德潛《歸愚文鈔》,教忠堂刻本。

2. 沈德潛輯《宋金元三家詩選》,乾隆三十四年刻本。

3. 沈德潛輯《七子詩選》,乾隆十八年刻本。

4. 沈德潛《唐詩別裁集》,上海古籍出版社,1979 年。

5. 沈德潛輯《古詩源》,中華書局,1963 年。

6. 沈德潛《宋金三家詩選》,齊魯書社影印本。

7. 張學仁《青苔館詩鈔》,道光九年刻本。

8. 清高宗弘曆《唐宋詩醇》,四庫全書文淵閣本。

9. 紀昀《紀文達公遺集》,嘉慶十七年,紀樹馨刻本。

10. 毛奇齡《西河詩話》,宣統三年石印本。

11. 郭麐《樗園銷夏錄》,嘉慶刻本。

12. 吳鼐《八家四六文鈔序》,清較經堂刊本

13. 孫原湘《天眞閣集》,清刻本。

14. 惠棟《九曜齋筆記》,文淵閣四庫全書本。

15. 惠棟:《松崖文鈔》,清光緒劉氏刻聚學軒叢書本。

16. 張星鑒《仰蕭樓文集》,光緒六年刊本。

17. 劉開《劉孟塗文集》,姚氏檗山草堂刊本

18. 王鳴盛《西莊始存稿》,乾隆十三年刻本。

19. 段玉裁《經韻樓集》,經韻樓叢書本。

20. 王昶《春融堂集》,嘉慶十二年塾南書舍刻本。

21. 朱仕琇《梅厓居士文集》，乾隆四十七年松古藏版刻本。

22. 法式善《存素堂文集》，嘉慶十二年程邦瑞揚州刻增修本

23. 程晉芳《勉行堂文集》，嘉慶二十三年鄧廷楨等刻本。

24. 姚鼐《惜抱軒尺牘》，宣統二年國學扶輪社刻本。

25. 王元啓《祇平居士集》，嘉慶十七年王尚繩恭壽堂刻本。

26. 翁方綱《復初齋文集外文》，吳興劉氏嘉業堂刊本

27. 曾燠《國朝駢體正宗》，光緒十年張氏花雨樓刻套印本。

28. 彭兆蓀《小謨觴館駢文補注》，1927 年鉛印本。

29. 惲敬《大雲山房文稿》，同治八年刻本。

30. 杭世駿《道古堂文集》，光緒十四年汪曾唯增修本。

31. 葉燮等《原詩、一瓢詩話、說詩晬語》，人民文學出版社，1979 年。

32. 洪亮吉《洪亮吉集》，中華書局，2001 年。

33. 王士禎《分甘餘話》，中華書局，1989 年。

34. 納蘭性德《納蘭成德詩集、詩論箋注》，山西人民出版社，1988 年。

35. 全祖望《全祖望集彙校集注》，上海古籍出版社，2000 年。

36. 趙翼《簷曝雜記》，中華書局，1990 年。

37. 鄂爾泰、張廷玉等纂《國朝宮史》，北京古籍出版社，1987 年。

38. 龔煒《巢林筆記》，臺北：新興書局，1983 年。

39. 紀昀等《四庫全書總目提要》，河北人民出版社，2000 年。

40. 吳之振輯《宋詩鈔》，中華書局，1986 年。

41. 凌廷堪《校禮堂文集》，中華書局，1998 年。

42. 錢大昕《潛研堂文集》，南京：江蘇古籍出版社，1997 年。

43. 陳康祺《郎潛紀聞》，中華書局，1984 年。

44. 袁枚《小倉山房詩文集》，上海古籍出版社，1988 年。

45. 王世貞撰《明詩評》，中華書局，1985 年。

46. 錢謙益《列朝詩集小傳》，上海古籍出版社，1983 年。

47. 顧炎武《日知錄集釋》，上海古籍出版社，1985 年。

48. 趙翼《甌北詩話》，人民文學出版社，1963 年。

49. 袁枚《隨園詩話》，人民文學出版社，1982 年。

50. 翁方綱《復初齋文集》，臺北：文海出版社，1961 年。

51. 章學誠《文史通義新編新注（倉修良輯注）》，浙江古籍出版社，2005 年。

52. 李調元《童山文集》，叢書集成新編本，臺北：新文豐出版公司。

53. 趙翼《甌北集》，上海古籍出版社，1997 年。

54. 王士禎《漁洋山人精華錄箋注（金榮箋注）》臺北：廣文書局，1957 年。

55. 邊連寶《邊隨園集》，中華書局，2007 年。

56. 戴震《戴震集》，上海古籍出版社，1980 年。

57. 錢謙益《牧齋初學集》，上海古籍出版社，1985 年。

58. 朱彝尊《曝書亭集》，國學整理社，1937 年。

59. 昭槤《嘯吟雜錄》，中華書局，1980 年版

60. 姚鼐《惜抱軒全集》，世界書局，1936 年版

61. 焦循《焦循詩文集》，廣陵書社，2009 年。

62. 江藩《漢學師承記》，三聯書店，1998 年。

63. 弘曆《清高宗（乾隆）御製詩文全集》，中國人民大學出版社，2011 年。

64. 錢大昕《潛研堂文集》，江蘇古籍出版社，1997 年。

65. 陳康祺《郎潛紀聞》，中華書局，1984 年。

66. 李斗《揚州畫舫錄》，中華書局，1960 年。

67. 姚鼐《惜抱軒詩文集》，上海古籍出版社，1992 年。

68. 王昶《蒲褐山房詩話新編》濟南：齊魯書社，1988 年。

69. 程顥、程頤《二程集》，中華書局，2004 年。

70. 盧文弨《抱經堂文集》，中華書局，1990 年。

71. 劉聲木《萇楚齋隨筆續筆三筆四筆五筆》，中華書局，1998 年。

72. 李鱓，汪士禎《揚州八怪全書》，中國言實出版社，2007 年。

73. 張問陶《船山詩草全注》，巴蜀書社，2010 年。

74. 舒位《瓶水齋詩文集》，上海古籍出版社，2009 年。

75. 王鳴盛《十七史商榷》，中國書店，1987 年。

76. 鄭板橋《鄭板橋文集》，安徽人民出版社，2002 年。

77. 張維屏《國朝詩人徵略初編》，上海辭書出版社 1982 年。

78. 方苞《方苞集》，上海古籍出版社，2008 年。

79. 洪亮吉《北江詩話》，人民文學出版社，1998 年。

80. 孫星衍《問字堂集》，中華書局，1996 年。

81. 孫星衍《平津館文稿》，叢書集成新編本，臺北新文豐出版公司，1986 年。

82. 程瑤田《程瑤田全集》，黃山書社，2008 年。

83. 李慈銘《越縵堂讀書記》，上海書店出版社，2000 年。

84. 賴貴三《焦循年譜新編》，臺北：里仁書局，1994 年。

85. 汪中《新編汪中集》，廣陵書社，2005 年。

86. 洪邁《容齋隨筆》，上海古籍出版社，1978 年。

87. 李兆洛《駢體文鈔》，中州古籍出版社，1990 年。

88. 阮元《研經室三集》，臺北：世界書局，1982 年。

89. 孫梅《四六叢話》，人民文學出版社，2010 年。

90. 方苞《方望溪遺集》，上海古籍出版社，1990 年。

91. 黃宗羲《黃宗羲全集》，浙江古籍出版社，2005 年。

92. 張惠言《茗柯文編》，上海古籍出版社，1984 年。

93. 顏元《顏元集》，中華書局，1987 年。

94. 劉大櫆《劉大櫆集》，上海古籍出版社，1990 年。

95. 劉大櫆等《論文偶記・初月樓古文緒論・春覺齋論文》，人民文學出版社，1959 年。

96. 姚鼐輯《古文辭類纂》，西苑出版社，2003 年。

97. 呂思勉《呂思勉文史四講》，中華書局，2008 年。

98. 王守仁《王陽明全集》，上海古籍出版社，1992 年。

99. 丁福葆輯《清詩話》，上海古籍出版社，1978 年。

100. 郭紹虞輯《清詩話續編》，上海古籍出版社，1983 年。

101. 王英志輯《清代閨秀詩話叢刊》，鳳凰出版社，2010 年。

102. 李調元《李調元詩注》，巴蜀書社，1993 年。

103. 洪亮吉《北江詩話》，人民文學出版社，1983 年。

104. 徐世昌《清儒學案》，河北人民出版社，2008 年。

105. 趙爾巽《清史稿》，中華書局，1997 年。

106. 黃培芳《香石詩話》，上海書店影印本，1985 年。

107. 厲鶚《宋詩記事》，上海古籍出版社，1983 年。

108. 王士禛《王士禛全集》，齊魯書社，2007 年。

二、近人、今人論著

1. 童慶炳《童慶炳文學專題論集》，北京師範大學出版社，2007 年。

2. 錢鍾書《談藝錄》，三聯書店，2007 年。

3. 繆鉞《詩詞散論》，上海古籍出版社，1982 年。

4. 郭紹虞《中國文學批評史》，上海書店，1989 年。

5. 魯迅《集外集》，人民文學出版社，1995 年。

6. 倉修良《章學誠評傳》，南京大學出版社，1996 年。

7. 朱自清《詩言志辨》，廣西師範大學出版社，2004 年。

8. 齊治平《唐宋之爭概述》，嶽麓書社，1983 年。

9. 李治亭《清史》，上海人民出版社，2002 年。

10. 梁啟超《中國近三百年。學術史》，中國書店，1985 年。

11. 謝國楨《明末清初的學風》，上海書店出版社，2006 年。

12. 章炳麟《訄書》，華夏出版社，2002 年。

13. 章太炎《太炎文錄初編》，民國叢書本影印，上海書店，1992 年。

14. 王英志《袁枚評傳》，南京大學出版社，2002 年。

15. 陸貴山《藝術真實論》，中國人民大學出版社，1984 年。

16. 胡適《戴東原的哲學》，安徽教育出版社，2006 年。

17. 張舜徽《清代揚州學記》，廣陵書社，2004 年。

18. 蔣寅《王漁洋與康熙詩壇》，中國社會科學出版社，2001 年。

19. 王達敏《姚鼐與乾嘉學派》，學苑出版社，2007 年。

20. 姜書閣《駢體史論》，人民文學出版社，1986 年，第 529 頁

21. 余英時《論戴震與章學誠》，三聯書店，2005 年。

22. 朱自清《朱自清古典文學論集》，上海古籍出版社，1981 年。

23. 蔣寅《清代文學論稿》，鳳凰出版社，2009 年。

24. 曹虹《陽湖文派研究》，中華書局，1996 年。

25. 吳孟復《桐城文派述論》，安徽教育出版社，2001 年。

26. 李貴生《傳統的終結》，復旦大學出版社，2009 年。

27. 陳平原《中國現代學術之建立》，北京大學出版社，2010 年。

28. 郭紹虞《照隅室雜著》，上海古籍出版社，2009 年。

29. 徐雁平《清代東南書院與學術及文學》，安徽教育出版社，2007 年。

30. 張健《清代詩學研究》，北京大學出版社，1999 年。

31. 淩郁之《蘇州文化世家與清代文學》，齊魯書社，2008 年。

32. 劉墨《乾嘉學術十論》，三聯書店，2006 年。

33. 周積明《紀昀評傳》，南京大學出版社，1994 年。

34. 李開《惠棟評傳》，南京大學出版社，1997 年。

35. 馬積高《清代學術思想的變遷與文學》，湖南人民出版社，2002 年。

36. 戴逸《乾隆帝及其時代》，中國人民大學出版社，1992 年。

37. 汪學群《清代學問的門徑》，中華書局，2009 年。

38. 陳祖武《乾嘉學派研究》，人民出版社，2011 年。

39. 王英志《性靈派研究》，遼寧大學出版社，1999 年。

40. 郭康松《清代考據學研究》，湖北辭書出版社，2001 年。

41. 漆永祥《乾嘉考據學研究》，中國社會科學出版社，1998 年。

42. 朱光潛《詩論》，人民出版社，2010 年。

43. 黑格爾《美學（第一卷)》，商務印書館，1979 年。

44. 普列漢諾夫《普列漢諾夫哲學著作選集》，三聯書店，1961 年。

45. 〔英〕托‧斯‧艾略特《艾略特文學論文集》，百花洲文藝出版社，2010 年。

46. 〔美〕哈羅德‧布魯姆《影響的焦慮》，三聯書店，1989 年。

後　記

　　2009 年 9 月，我隻身北上，開始了在北師大的博士學習生涯。博士生的課不多，我經常去蹭一些大師的課，每次在聽課的時候我都覺得自己的心特別沉靜，北師大樸實的學風在一代代的學者間傳承著，課堂傳載了這種學風。如果有人問我在北師大最大的收穫，我想應該就是這學術的品格。學習中給我最大幫助的是我的導師李春青，他開闊的學術視野及溫儒的人格情懷讓我感受到了北師大「行為世範，學人為師」的校訓的深刻內涵。我的博士論文從開題到完成，李老師給了諸多富有見的的指導意見，讓我的論文思路由模糊到清晰，啟示了我治學的門徑。在推薦我的博士論文出版後，李老師還敦囑我吸取論文答辯時各位老師的意見，爭取再上一個臺階，老師的這份期盼時時鞭策著我。在單調的學習之餘，趙新、高宏洲、唐衛萍、張懿奕等同門弟子往來交流，相互鼓勵、相互幫助，同門友誼之情，是我又一個難得的收穫。2012 年 4 月中旬，在完成博士論文後，我回到了玉林，不幸意外給車撞著了。在住院的日子裏，我的愛人莫文珍一直陪伴在我的身邊，照顧我的飲食起居。我本次回來原想是慰藉她那思念之情，卻不料此次意外倒增加了她了身心的負擔。在我攻讀博士期間，她用沉默的支持來詮釋她對我的愛，讓我能以平靜的心態沉浸於學術，現在卻又讓她多操心，心裏很是難過。她無怨無悔的關懷讓我感到了語言的蒼白，夫妻之情，或許只能在靈犀之間才能體悟。在我受傷後，我的朋友徐一周、馮健秋、陳玉梅、林春惠、黃俊官、小黑哥、何永寧、梁承祺、韋舟舟、劉倩倩等關注著我的病情，在各個方面給予了不少幫助，分散在各地的友人也都送來了問候。更讓我感動的，分散在廣西各地的朋友梁達政、蘇致誠、黃皇、馬武華、劉永強等利用五一放假

的時間趕過來看望我，伴我渡過了難忘的節日。

　　寫下這些文字的時候，我的博士學習生涯已經結束，我很慶幸有如此多的師友的相助，藉此簡單的文字，帶上我對你們的謝意！

　　在我畢業後不到兩個月的時間裏，經導師推薦，花木蘭文化出版社便與我簽署了論文出版協定。漫長、艱苦的勞動有了一個結局，這給了我莫大的欣慰，也燃熾了我學術探索的熱情。不向著者收取任何費用、沒有任何推銷的責任，並以 30 本樣書作為著者的稿酬，在學術出版困難重重的今天，花木蘭文化出版社的舉動讓我感到了學術研究的價值。在與出版社聯繫出版事宜、校定稿件的過程中，總編輯杜潔祥、楊嘉樂博士等人的熱情與對學術的嚴謹要求也給了我很大的觸動，對於他們的勞動與誠意，於此致上謝意。

梁結玲

2012 年 9 月 2 日